समीक्षाओं में गुरचरण दास और

India unbound

"भारत में कुछ असाधारण घट रहा है, और दास ने अपनी पैनी नज़र और सुरुचिपूर्ण लेखन से इस रूपान्तरण की धड़कन पर एकदम सही उंगली रखी है।"

–दि न्यूयॉर्क टाइम्स बुक रिव्यू

"अद्भुत...आम मुक्त बाजार-क्षेत्र की तुलना में बहुत ही प्रेरक और असरदार... इन सुरुचिपूर्ण लेखों में सभी के लिए कुछ-न-कुछ है।"

–सेंट लूईस पोस्ट–डिस्पैच

"एक दृढ़–और बहुत ऊंचा आशावाद–भारतीय राजनीति और आर्थिक तन्त्र का विश्लेषण।"

–किर्कुस रिव्यूस

"बहुत ही जबरदस्त और आशाओं से भरा लेखा-जोखा, जिसे निस्सन्देह प्रेरणा पाने के लिए पढ़ा जा सकता है।"

–लाइब्रेरी जर्नल

"सामाजिक और आर्थिक परिवर्तन का पठनीय अध्ययन, जो एशिया और विश्व अर्थव्यवस्था में महत्त्वपूर्ण नई वास्तविकताओं का बोध कराएगा।"

–बुकलिस्ट

"ब्रिटिश साम्राज्य के कायदे-कानूनों से निजात मिलने के बाद...भारत के उन्नति की ओर अग्रसर आर्थिक पथ के बारे में लिखी गई यह एक अत्यन्त पठनीय और व्यावहारिक समझ देनेवाली पुस्तक।"

–बिजनेस वीक

"अमेरिकी पाठक भारत को चीतों और महाराजाओं के देश के रूप में जानते हैं, बजाय हाई-टेक और माइक्रोचिप्स के, यह पुस्तक उनके लिए एक सुखद आश्चर्य होगी।"

–दि वाशिंगटन पोस्ट बुक वर्ल्ड

"हर कीमत और जोखिम पर, जी-जान से पूंजीवाद को अपनाने की भारत की जरूरत पर ज्ञानवर्धक, मनोरंजक एक मूल दस्तावेज़।"

–दि इकोनॉमिस्ट

"गुरचरण दास ने अत्यन्त ग्राह्य शैली में लिखा है... यह गरीबी के आर्थिक सिद्धान्तों पर यह एक सामान्य आदमी का हार्दिक निवेदन है, और इनके तर्क बदलती परिस्थितियों में आर्थिक पहलुओं की बारीकी से जांच-पड़ताल करते हैं, लेकिन इनके कहानी रूपी संस्मरण, व्यक्तिगत उदाहरण और बातचीत अपनी एक नई पहचान पैदा करते हैं।"

–लॉस एंजलिस टाइम्स

पेंगुइन स्वदेश

उन्मुक्त भारत

गुरचरण दास एक प्रख्यात लेखक, कॉमेंटेटर और थॉट लीडर हैं। वे दो बेस्टसेलर किताबों के रचनाकार हैं, इंडिया अनबाउंड और द डिफीकल्टी ऑफ़ बीइंग गुड, जो कि जीवन के लक्ष्यों पर आधारित ट्रिलजी के भाग एक और दो हैं, जिसका तीसरा भाग है उनकी नई किताब, *कामा: द रिडल ऑफ डिजायर*। उनकी अन्य रचनाएँ हैं, *अ फाइन फैमिली*, एक उपन्यास, तीन नाटकों का एक संग्रह, *थ्री प्लेज* और एक निबंधों का संग्रह, द *ऐलीफैंट पैराडाइम*। उनकी पिछली किताब, *इंडिया ग्रोज एट नाईट* अंग्रेजी समाचार पत्र, *फाइनेंशियल टाइम्स* की सूची 2013 की सर्वोत्तम किताबों में शामिल थी। वे पेंगुइन की बहुश्रृंखला, *स्टोरी ऑफ इंडियन बिजनेस* के सामान्य सम्पादक हैं।

उन्होंने हार्वर्ड विश्वविद्यालय से फिलॉसफी पढ़ी है। पूर्णकालिक लेखक बनने से पूर्व, वे प्रॉक्टर एंड गैम्बल, इंडिया के सी. ई. ओ. थे। वे छह अंग्रेजी समाचार पत्रों में नियमित रूप से कॉलम लिखते हैं, जैसे कि द *टाइम्स ऑफ़ इंडिया,* और वे समय-समय पर द *फाइनेंशियल टाइम्स, फॉरेन अफयेर्स* व *न्यू यॉर्क टाइम्स* के लिए टिप्पणियाँ लिखते रहते हैं।

वे सपत्नीक दिल्ली में रहते हैं।

लेखक की अन्य पुस्तकें

हिन्दी में

1. अच्छाई की कठिनाई
2. कहानी एक परिवार की

अंग्रेजी में

3. India Unbound
4. India Grows at Night
5. The Elephant Paradigm
6. The Difficulty of Being Good
7. A Fine Family
8. Three Plays

उन्मुक्त भारत

गुरचरण दास

हिन्दी अनुवाद
नरेन्द्र सैनी

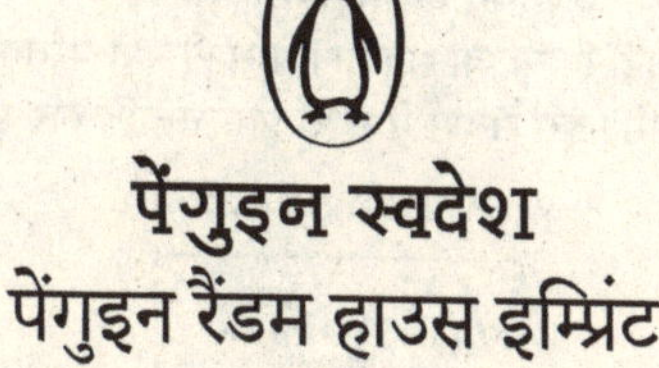

पेंगुइन स्वदेश
पेंगुइन रैंडम हाउस इम्प्रिंट

पेंगुइन स्वदेश

यूएसए । कनाडा । यूके । आयरलैंड । ऑस्ट्रेलिया । सिंगापुर
न्यू ज़ीलैंड । भारत । दक्षिण अफ्रीका । चीन

पेंगुइन स्वदेश, पेंगुइन रैंडम हाउस ग्रुप ऑफ़ कम्पनीज़ का हिस्सा है, जिसका पता global.penguinrandomhouse ।com पर मिलेगा

पेंगुइन रैंडम हाउस इंडिया प्रा. लि.,
चौथी मंजिल, कैपिटल टावर 1, एमजी रोड,
गुरुग्राम 122002, हरियाणा, भारत

प्रथम अंग्रेज़ी संस्करण पेंगुइन बुक्स इंडिया द्वारा 2000 में प्रकाशित
प्रथम हिन्दी संस्करण 'मुक्त भारत' हिन्द पॉकिट बुक्स द्वारा 2002 में प्रकाशित
यह हिन्दी संस्करण पेंगुइन स्वदेश में पेंगुइन रैंडम हाउस द्वारा 2023 में प्रकाशित

हिन्दी अनुवाद : नरेन्द्र सैनी

10 9 8 7 6 5 4 3 2

ISBN 9788121620864

टाइपसेटिंग : डिजीअल्ट्राबुक्स प्रा. लि.

मुद्रकः रेप्रो इंडिया लिमिटेड

www.penguin.co.in

This is a legitimate digitally printed version of the book and therefore might not have certain extra finishing on the cover.

आभार

इस किताब का जन्म अनुभवों से हुआ है। इसमें कई लोगों का योगदान रहा है। जिसमें से कइयों का मैं निजी रूप से आभारी भी हूं। कई लोगों का वर्णन पुस्तक में आया है किन्तु कई ऐसे भी हैं जिन्होंने अपना सहयोग अप्रत्यक्ष रूप से दर्ज किया है। यद्यपि यह एक शैक्षिक कार्य नहीं है फिर भी मैंने कई किताबें पढ़ीं और उनसे उद्धरण लिए। जिनका वर्णन मैंने सन्दर्भ में किया है।

1995 में कॉरपोरेट कैरियर के बाद और किसी अन्य कार्य में हाथ डालने से पहले टी. एन. निनान और पी. जी. मिथाई ने मुझे सलाह दी कि मैं सम्पूर्ण भारत की सैर करूं और यह देखूं कि आर्थिक सुधारों ने देश को किस प्रकार बदला है। मैंने ऐसा ही किया और पाया कि राष्ट्र की सोच में परिवर्तन आया है। मेरी खोज 'ए मिलियन रिफॉर्मर्स' नामक लेख के रूप में 'बिजनेस वर्ल्ड' में छपी। और यहीं से इस किताब का जन्म हुआ। मैं निनान व मथाई का आभारी हूं जिन्होंने मुझे ऐसा करने के लिए प्रेरित किया।

मैं कई लोगों का आभार प्रकट करना चाहूंगा जिन्होंने इस किताब के अध्यायों को पढ़ा और किताब लिखते समय इसके विभिन्न चरणों पर मेरी मदद की। वे हैं मोंटेक और ईशर आहलुवालिया, एस. भट्टाचार्य, एन्द्रे बेरेली, बिपन चन्द्र, पी. चिदम्बरम, सुमनजीत चौधरी, पुरू दास, विवेक देवरॉय, जॉन इलियट, नेट ग्लेजर, डेविड हाउसगो, प्रेम झा, जानकी कठपालिया, एडवर्ड केर्न, शिव कुमार, राकेश मोहन, दीपक नैयर, टी. एन. निनान, लॉयड औ सुजाने रुडोल्फ, जेफ सैच, अमर्त्य सेन, शुनु सेन, हरदयाल सिंह, जसबीर सिंह, कनिष्का सिंह, मनमोहन सिंह, टॉम टील, रूमेन वैकजियार्ग और बेवन वेड। इसके अलावा बॉबी मैथ्यू और शोभा वेणुगोपाल का भी आभारी हूं जिन्होंने इस किताब को लिखते समय इसके विभिन्न चरणों में अपना महत्त्वपूर्ण योगदान दिया। प्रूफ शोधन के लिए अंजन चक्रवर्ती का। अन्ततः शुरू से लेकर अन्त तक पेंगुइन के सम्पादक कृष्ण चोपड़ा के उत्साहपूर्ण सहयोग के लिए उनका आभारी हूं।

–गुरचरण दास

बुनु, किम और पुरु के लिए

जब जुबां से पुराने शब्द लुप्त होने लगते हैं
तब हृदय से नई स्वर लहरी फूटती है और
जब पुराने रास्ते खो जाते हैं
तब एक नया राष्ट्र विलक्षणता के साथ
उभर आता है।

–रवीन्द्रनाथ टैगोर

अनुक्रम

भाग दो

गुम पीढ़ी

(1966-91)

भाग तीन
सपनों का पुनर्जन्म
(1991-99)

भूमिका

सयाना हाथी

... राष्ट्रों की समृद्धि और निर्धनता के कारण हैं–राजनैतिक अर्थव्यवस्था में सभी जांच-पड़तालों का श्रेष्ठ लक्ष्य।

मार्ल्थस का पत्र रिकार्डो
के नाम, 26 जनवरी 1817

किसी भी राष्ट्र की उन्नति की दिशा में एक महान और आकर्षक कदम है, उसका गरीबी से समृद्धि और पारम्परिकता से आधुनिकता की ओर बढ़ना। 1991 के आर्थिक सुधारों के बाद भारत अभी हाल ही में सनसनीखेज रूप से मुक्त बाजार तन्त्र के रूप में उभरा है और इसने विश्वव्यापी सूचना अर्थव्यवस्था के क्षेत्र में खुद को बढ़ाना और फैलाना शुरू कर दिया है। औद्योगिक क्रान्ति को पिछले पचास वर्षों से निरन्तर घुन की तरह चाटनेवाला 'पुराना केन्द्रीय नौकरशाही शासन अब धीमी गति से ही सही किन्तु निश्चित तौर पर अन्त की ओर बढ़ रहा है। साथ ही लोकतन्त्रीय शासन से निम्न जातियों का उत्थान भी धीरे-धीरे होने लगा है। आर्थिक और सामाजिक बदलाव का यही आयाम इस पुस्तक की विषय-वस्तु है। कुल मानव समाज के छठे हिस्से का, प्रतिष्ठा तथा खुशहाली के लिए संघर्ष, मुझे एक बहुत ऊंची व्यवस्था का नाटक लगता है लेकिन सम्पूर्ण मानवता के सन्दर्भ में, संसार के भविष्य के लिए इसके परिणाम अच्छे भी हो सकते हैं, इसका अर्थ है कि विश्व में उदारतावाद के भविष्य पर नई रोशनी डालना।

जो कहानी मैं बताने जा रहा हूं वह एक सॉफ्ट प्ले है, जो भारतीय समाज के हृदय में शान्तिपूर्वक लेकिन गम्भीरता से चल रहा है। यह छोटी-छोटी किश्तों में प्रतिदिन हमारे सामने आता है जो कि नंगी आंखों से बमुश्किल दिख पाता है तथा हार्ड प्ले की अपेक्षा इसे अपनाना और भी मुश्किल है जो कि अधिक नाटकीय अधिकतर लोग भारत की आध्यात्मिकता और गरीबी को सहज ही स्वीकार कर लेते हैं किन्तु शान्त, सामाजिक और आर्थिक क्रान्ति का यह रूप उन्हें भ्रमित करता है। आंशिक रूप से यह परिवर्तन सामाजिक लोकतन्त्र के उदय पर आधारित है, किन्तु पिछले दो दशकों में भारत ने पांच से सात प्रतिशत की जो वार्षिक आर्थिक दर हासिल की है, उसे बनाए रखना भी जरूरी है। इसने मध्यवर्ग का आकार तिगुना कर दिया है, जिसके एक पीढ़ी की वृद्धि के साथ भारतीय जनसंख्या के आधे हिस्से के बराबर हो जाने की सम्भावना है। अन्त में, यह शान्त क्रान्ति, उन राजनीतिक पार्टियों और राजनीतिज्ञों, जो भारतीयों का खून चूस रहे हैं, में लगातार हो रहे आकस्मिक परिवर्तनों की अपेक्षा ऐतिहासिक महत्त्व की है।

मैंने अनुकरण किया और पाया कि डिफो के 'मेमवार ऑफ एकैवेलियर' की जो पद्धति है, उसमें लेखक ने महान राजनीतिक और सामाजिक घटनाओं के विवरण, एक व्यक्ति के निजी अनुभवों के रूप में व्यक्त किए हैं, हालांकि यह आत्मकथा नहीं है। मैंने निश्चय किया है कि मैं इस कहानी को प्रथम पुरुष में कहूंगा। मैं प्रथम पुरुष के अनुभवों पर विश्वास करता हूं क्योंकि उसके अनुभव ईमानदारी से प्राप्त किए हुए होते हैं, चाहे वह हाशिये में हो; वे न केवल अनूठे ही होते हैं बल्कि यही इतिहास के निश्चित आंकड़े भी होते हैं, जिन पर हम इंसान होने के नाते अधिकार रखते हैं। इसके अतिरिक्त मैं यह नहीं चाहता कि राष्ट्रीय प्रतिस्पर्धा का यह विवरण शुष्क तथा उपदेशात्मक हो। मैं आर्थिक और सामाजिक विचारों के इस द्वन्द्व में अपने को झोंकना चाहता हूं।

जब मैं युवा था, तब हम लोग आधुनिक और नवीन भारत के जवाहरलाल नेहरू के सपने में गहरा विश्वास रखते थे। जैसे-जैसे समय बीतता गया, हमने पाया कि नेहरू द्वारा दिखाया गया आर्थिक रास्ता हमें एक अन्धे मोड़ की ओर ले जा रहा है, और हमारे सारे सपने हवा हो गए। जब हम समाजवाद की स्थापना करने निकले तो हमने पाया कि इसके स्थान पर राज्यवाद की स्थापना हो गई है। 1960 में जब मैं मैनेजर के पद पर काम कर रहा था तब मैंने अपने आपको नौकरशाही नियन्त्रण के घने जंगल में पाया। श्रीमती गांधी के निरंकुश शासन काल में, भ्रम से मुक्ति की हमारी समझ अपने चरम पर पहुंच गई। राजीव गांधी के प्रधानमन्त्री बनने पर आशा की हल्की-सी किरण दिखाई दी लेकिन वह भी अंधेरे में खो गई, जब हमने पाया कि उनमें वह सब नहीं था, जो चाहिए

था। हमारी निराशाजनक मनःस्थिति का अन्त तब हुआ जब जुलाई 1991 में पी. वी. नरसिंह राव की अल्पमत सरकार ने स्पष्ट उदारीकरण की नीति की घोषणा की। यह एक प्रकार से हमारे लिए दूसरी स्वतन्त्रता थी, जिसमें हम लोग लोभी और निरंकुश शासन से आज़ाद होने जा रहे थे।

हालांकि 1991 के बाद के सुधार धीमे, अधूरे और हिचकिचाहट भरे थे, लेकिन फिर इन्होंने भारतीय समाज में कई आधारभूत और गम्भीर परिवर्तनों की प्रक्रिया को शुरू किया। यह भी उतना ही महत्त्वपूर्ण पड़ाव है, जितनी कि दिसम्बर 1978 में चीन में हुई डेंग की क्रान्ति। मतपेटियों की अर्द्धशताब्दी ने निम्न जातियों को भी समाज में बराबर के अधिकार प्रदान किए हैं, इसका अर्थ है कि सुधारों के फल को सबमें बराबर बांटा गया है। पिछले कुछ समय से विश्व औद्योगिक अर्थव्यवस्था से सूचना अर्थव्यवस्था में तब्दील हो गया है जो भारत के लाभ की दास्तान कहता है–इसका पहला प्रमाण है सॉफ्टवेयर के क्षेत्र में हमारी अभूतपूर्व सफलता। लेकिन विडम्बना तो यह है कि अधिकतर भारतीय खासकर शासकवर्ग, इस बात को महसूस नहीं करते। अगर वे इसे महसूस करते हैं तो उन्हें शिक्षा के क्षेत्र में अधिक विनिवेश करना चाहिए और सुधारों को तेजी से क्रियान्वित किया जाना चाहिए।

इतिहास का कौतूहल पैदा करनेवाला प्रश्न यह है कि हम औद्योगिक क्रान्ति लाने में असफल क्यों रहे। मार्क्स ने भविष्यवाणी की थी कि भारत और अन्य देशों में रेल औद्योगिक क्रान्ति को लाने में सहायक होगी। वास्तव में, पहले विश्वयुद्ध के बाद बहुत से विचारों को हम छोड़ने को तैयार हो गए। 1914 के बाद भारतीय रेल व्यवस्था विश्व में तीसरे स्थान पर थी, विश्व में सबसे अधिक जूट उत्पादक देश भारत था, सूती कपड़ा उद्योग में यह चौथे स्थान पर था, सबसे बड़ी नहर प्रणाली यहां थी और विश्व व्यापार में इसकी ढाई प्रतिशत की भागीदारी थी। इससे व्यापारी वर्ग, उद्योगपति बनने के लिए तैयार था। युद्ध के बाद औद्योगीकरण, वास्तव में काफी तेजी के साथ हुआ। प्रथम विश्व युद्ध के दौरान जी. डी. बिड़ला, कस्तूरभाई लालभाई और अन्य उद्यमियों ने व्यापार में बहुत मुनाफा कमाया जिसे उन्होंने नए उद्योगों में लगा दिया। 1913-38 के बीच हमारी कुल उत्पादन क्षमता बढ़कर 5.6 प्रतिशत वार्षिक हो गई थी। जो कि विश्व के 3.3 प्रतिशत के औसत से काफी अधिक थी। 1947 तक उद्योग का हिस्सा 3.4 प्रतिशत से 7.5 प्रतिशत हो गया था। यह हमारे कृषि समाज में विस्तृत बदलाव लाने के लिए पर्याप्त नहीं था। आधुनिक उद्योग पैंतीस करोड़ की जनसंख्या में से केवल पचीस लाख लोगों को ही रोजगार उपलब्ध करवा सके। हमारी मुख्य समस्या कृषि थी जो स्थिर रही, जबकि कृषि बचत और पर्याप्त खाद्य संसाधनों को तेजी से,

बढ़ती हुई शहरी जनसंख्या के लिए उपलब्ध कराए बिना औद्योगिक क्रान्ति सम्भव ही नहीं है।

आजादी हासिल करने के बाद जवाहरलाल नेहरू और उनके सहयोगियों ने राज्य रूपी एजेंसी द्वारा औद्योगिक क्रान्ति लाने का प्रयास किया। उन्हें निजी उद्यमियों पर विश्वास नहीं था, इसलिए उन्होंने राज्य को अपना उद्यमी बनाया। कोई आश्चर्य की बात नहीं थी कि वे असफल हुए और भारत आज उनके किए की सजा भुगत रहा है।

जब मैं कॉलेज में था, तब हम भारत के बारे में इस प्रकार की बातें किया करते थे जैसे कि वह कोई हवाई जहाज हो, और यह आश्चर्य करते थे कि यह विकास के क्षेत्र में कब उड़ान भरेगा। किसी ने भी नहीं पूछा कि क्या यह कभी उड़ भी पाएगा; बार-बार एक ही प्रश्न उभरकर सामने आता था 'कब'। अर्थशास्त्रियों ने बताया कि उड़ान भरने के दौरान राष्ट्रीय निवेश दस से बारह प्रतिशत बढ़ जाएगा। भाग्य से, भारत में हमारी निवेश-दर पिछले दो दशकों में बीस प्रतिशत से कहीं अधिक है, और अभी तक हमने अपने समाज में कोई परिवर्तन नहीं किया है। क्यों? भारत के मन्त्र में कम-से-कम छह चीजों में गलतियां हैं: पहली, इसने अन्तर्मुखी आयात का रास्ता अपनाया, बनिस्बत इसके कि बहिर्मुखी निर्यात बढ़ानेवाले मार्ग के; इस प्रकार से इसने स्वयं ही विश्व व्यापार में स्वयं का हिस्सा अस्वीकारा यानी सफलता या सौभाग्य जो युद्ध के बाद का युग अपने साथ लाया था। दूसरा, इसने ठोस, अयोग्य तथा एकाधिकार रखनेवाले सार्वजनिक क्षेत्र की स्थापना की, जिसने इसके स्वतन्त्र रूप से कार्य करने की स्वायत्तता अस्वीकार की। इसलिए, हमारे निवेश बुद्धिमानीवाले नहीं थे और हमारे पूंजी-उपज सम्बन्ध अनुपजाऊ रहे। तीसरा, इसने निजी व्यवसायों को सबसे अधिक बुरे तरीके से नियन्त्रित किया, जिससे बाजार में प्रतियोगिता घट गई। इसके अतिरिक्त हमारे वणिक व्यापारी भी फुटकर नहीं थे और नया परिवर्तन लाने में बहुत धीमे थे। चौथा, इसने विदेशी पूंजी को हतोत्साहित किया तथा स्वयं के लिए प्रौद्योगिकी के फायदों तथा विश्व स्तर की प्रतियोगिता को अस्वीकार किया। पांचवां, इसने अपने श्रमिक वर्ग को उस बिन्दु तक पूर्ण रूप से सन्तुष्ट किया जहां हमारी उत्पादकता बहुत धीमी है। छठा, और शायद सबसे महत्त्वपूर्ण, इसने अपने आधे बच्चों की शिक्षा की उपेक्षा की है, खासकर लड़कियों की।

यह कहानी उस विश्वासघात की है जो भारतीय शासकों ने पिछली दो पीढ़ियों के साथ किया। वे हठपूर्वक विकास के गलत ढांचे के साथ डटे रहे और उन्होंने लोगों के विकास और नौकरी के अवसरों को दबा दिया तथा उन्हें गरीबी से उबरने के अवसरों से वंचित रखा। खासकर 1970 के बाद, जबकि इसका स्पष्ट प्रमाण था कि यह रास्ता

कहीं नहीं जाता। यह विडम्बना है कि स्त्रियों और पुरुषों ने इस व्यवस्था की स्थापना की और उनकी बेतहाशा प्रशंसा भी हुई। इस सबके बाद वे लोकतन्त्र को संस्थागत करने में सफल हुए। दूसरी विडम्बना यह कि गरीबों के नाम पर इन मूर्खों ने अपना रास्ता बदलने से इनकार किया। भारतीय समाजवाद की सबसे बुरी बात यह रही कि इसने गरीबों के लिए बहुत कम काम किया जबकि पूर्वी एशिया के बाकी देशों ने इससे कहीं बेहतर काम किया। यहां तक कि चीन ने भी पिछले पचास साल की सब खलबलियों के बावजूद अपने लोगों की जिन्दगी को बेहतर बनाने के लिए कहीं ज्यादा अच्छे काम किए। हमारी असफलता का कारण खराब व्यवस्था अधिक रही है और विचारधारा कम।

इसलिए भारत की प्रति व्यक्ति आय 380 डॉलर है, जो कि 157 देशों में 124वें स्थान पर आती है। 1960 में यह चीन से अधिक थी परन्तु आज यह उसकी आधी। यद्यपि क्रय-शक्ति की तुलना में भारत की आय 1580 डॉलर तक बढ़ गई है परन्तु यह इसे विश्व के मंच पर ऊपर उठाने के लिए पर्याप्त नहीं है। अन्तर्राष्ट्रीय गरीबी रेखा की प्रति डॉलर प्रति व्यक्ति प्रतिदिन आय के अनुसार भारत की आधी जनसंख्या गरीब है। एक भारतीय की जीवन जीने की औसत आयु तिरेसठ साल है जो कि बहुत से गरीब देशों से कम है। प्रति एक हजार बच्चों में से पैंसठ मर जाते हैं जो कि बहुत ज्यादा है। दो तिहाई बच्चों का वज़न कम है यानी वे कुपोषण के शिकार हैं। दस में से चार भारतीय अशिक्षित हैं। इसलिए भारत यूएनडीपी (UNDP) की मानव विकास सूची के अनुसार 174 देशों में 134वें स्थान पर है। भारत का प्रदर्शन अच्छा नहीं है। भारत के समतुल्य देशों ने इससे कहीं बेहतर प्रदर्शन किया है।

भारत के बीते दशकों की इस कथा में सबसे ऊपर है भारतीय शासन वर्ग के सम्भ्रान्त व्यक्ति जैसे-राजनीतिज्ञ, लोकसभा सदस्य, वरिष्ठ नौकरशाह और आर्थिक योजनाकार-जिन्हें अपने किए पर कोई पश्चात्ताप नहीं है। वे आत्मसन्तुष्टि के साथ उद्घोषणा करते हैं कि आखिरकार हमने हिन्दू विकास दर साढ़े तीन प्रतिशत की तुलना में कहीं बेहतर प्रदर्शन किया है, शब्दकोश में इस भाग्यवादी वाक्य से ज्यादा फेल कोई अभिव्यक्ति नहीं है। उन्हें इसमें कोई शर्म महसूस नहीं होती कि वे देश जिनके पास भारत की तुलना में प्राकृतिक और मानवीय संसाधन कार्यक्षमता का सिर्फ एक छोटा-सा भाग है, उन्होंने विश्व के अत्यधिक उन्नत समाजों में से कुछ की रचना की है। उन्होंने अपने अधूरे और धीमे व कुंठित सुधारों को न्यायोचित ठहराने के लिए हाल ही में हुई पूर्वी एशिया की गड़बड़ियों का इस्तेमाल किया है। एक व्यक्ति की भूल का खामियाजा पूरा परिवार भुगतता है, जबकि एक शासक असफल होता है तो यह राष्ट्रीय विपत्ति होती है।

भारतीय परम्परा में धन कमाना विशेष महत्त्व नहीं रखता। वैश्य या व्यापारी वर्णों के क्रम में ब्राह्मणों और क्षत्रियों के बाद तीसरे स्थान पर आते हैं और श्रमिक शूद्रों से केवल एक कदम आगे हैं। आर्थिक सुधारों के अन्तर्गत धन कमाना सम्माननीय हो गया है और ब्राह्मणों और क्षत्रियों के बच्चे भी एम. बी. ए. की डिग्रियां लेने लगे हैं और वे उद्यमी बनने की दिशा में अग्रसर हैं। भारत सामाजिक क्रान्ति की प्रतिस्पर्धा के बीच में है। 1868 की मेजी (Meiji) पुनर्स्थापना के दौरान जापान के व्यापारी वर्ग की उन्नति ने जापान को अल्पविकसित वर्ग के द्वीपों से आधुनिक समाज व अर्थव्यवस्था में बदल दिया है। छोटे गांवों ने भी इसे अपनाया। कुछ साल पहले मद्रास से पांडिचेरी की यात्रा के दौरान मैं एक गांव की सड़क के किनारे छोटी-सी चाय की दुकान पर रुका। जहां पर चौदह वर्षीय राजू मेज साफ कर रहा था। उसने हमें दक्षिण भारत की बढ़िया चाय और वड़ा प्रस्तुत किए। राजू ने बताया कि यह उसका समर जॉब है और इससे उसे चार सौ रुपये प्रति माह मिलते हैं जो कि उसको कम्प्यूटर सीखने के लिए काफी हैं, जिसके लिए वह शाम को पड़ोस के गांव जाता है। अगली गर्मियों के लिए उसकी आंटी ने मद्रास में उसके लिए एक कम्प्यूटर कम्पनी में नौकरी की व्यवस्था कर रखी है।

मैंने पूछा, "तुम बड़े होकर क्या करोगे?" राजू बोला, "मैं एक कम्प्यूटर कम्पनी चलाऊंगा।" उसने यह निश्चय तब किया था जब उसने टेलीविजन पर 'बिलगे' को देखा। जिसकी एक सॉफ्टवेयर कम्पनी है और जो दुनिया के सबसे अमीर आदमियों में से एक है।

सामन्ती उत्तर प्रदेश के मध्य में बारतोली में, जो कि 600 परिवारोंवाला एक सोया हुआ गांव है। यहां के एक सरकारी अध्यापक ने शोक प्रकट किया कि "सभी पैसे से मतलब रखनेवाले होते जा रहे हैं। यहां तक कि चमड़े का काम करनेवाले मजदूर जो कि समाज के पलड़े पर बहुत निचले स्तर पर हैं, वे भी अपने बच्चे मेरे स्कूल से निकालकर नए उभरे प्राइवेट इंग्लिश स्कूलों में डालते जा रहे हैं जो कि छह माह पहले ही खुला है। क्या तुम विश्वास करोगे कि वो अपनी मेहनत की कमाई में से तीस रुपये प्रतिमाह वहां खर्च करने को तैयार हैं जबकि मेरे स्कूल में सिर्फ एक रुपया लगता है।" वे उसका स्कूल छोड़ रहे हैं क्योंकि वे टेलीविजन में देखते हैं, वे इंग्लिश सीखना चाहते हैं, वे अमीर बनना चाहते हैं। यह तब होता है जब निम्न जातियों पर दया की जाती है। कोई भी काम करना नहीं चाहता।

फतेह सिंह, जो कि शमति हुए दरवाजे से बाहर खड़ा था और हमारे साथ इसलिए नहीं बैठा था क्योंकि वह एक नीची जाति का है, ने आगे कहा, "श्रीमान वफादारी तो बिलकुल नहीं बची है।" उसने शिकायत की कि उसका भतीजा विकास पास ही खुर्जा

में स्टील के ट्रंक बनाने की फैक्टरी खोलना चाहता है, बनिस्बत अपने पिता की तरह राज्य परिवहन की बस का कंडक्टर बनने के। भारतीय धीरे-धीरे यह अनुभव कर रहे हैं कि आर्थिक सुधार केवल शुल्क स्तर, अव्यवस्था और संरचनात्मक संयोजन के बारे में नहीं है। ये विचारों की उस क्रान्ति के विषय में हैं जो कि लोगों का दृढ़संकल्प बदल रही है और भारतीय समाज को 'बनियाकरण' की ओर ले जा रही है। अमीर देशों से आनेवाले कल के सूचना उद्योगों में विशिष्टीकृत होने की अपेक्षा थी और गरीब देशों के उद्योगों में बीते हुए कल की न्यूनतम मजदूरी से। यह एक सिद्धान्त था, परन्तु कोई बैंगलोर, हैदराबाद, चेन्नई, गुड़गांव और पुणे को बताना भूल गया था। इन दिनों हम प्रतिदिन नई 'सूचना अर्थव्यवस्था' की सफलताओं के विषय में पढ़ते हैं और हम अचरज करेंगे, अगर हम अन्त में वहां पहुंच जाएंगे। बैंगलोर में 395 सॉफ्टवेयर कम्पनियां हैं। उनमें अधिकतर के उपभोक्ता अमेरिका में हैं, जो अपना कार्यालय छोड़ने से पहले अपनी जरूरतें ई-मेल कर देते हैं। जब वे सो रहे होते हैं तो भारतीय इंजीनियर उनकी समस्याओं का समाधान ढूंढ़ते हैं। अगली सुबह जब वे अपने कॉफी मग लेकर अपने डेस्क पर आते हैं और जब वे लॉग ऑन (इंटरनेट से जुड़ना) करते हैं तो उन्हें उनके उत्तर मिल जाते हैं।

इनमें से एक कम्पनी इनफोसिल है, जिसने फरवरी 2000 में दस हजार रुपये की पूंजी के साथ शुरुआत की थी। इसका मूल्य छियासठ हजार करोड़ था और सौ से ऊपर इसके मैनेजर हैं जिसमें से हरेक का मूल्य दस लाख डॉलर से अधिक है। दूसरी है एन आई आई टी जिसने भारतीय बाजार में 750 कम्प्यूटर स्कूल स्थापित किए हैं (मैकडोनाल्ड के हैमबर्गर की तरह) और इकतीस देशों में इसकी योजना है, कम्प्यूटर शिक्षा के क्षेत्र में विश्व स्तर पर एकाधिकार प्राप्त करने की। पिछले दशक में इसने 750 उद्यमी तैयार किए हैं और दस हजार नौकरियां। 22 फरवरी 2000 को अज़ीम प्रेमजी फोर्ब्स के क्रमानुसार विश्व के तीसरे अमीर आदमी थे, जो उनकी सॉफ्टवेयर कम्पनी के बाजार में पूंजीकरण पर आधारित थी। जो कि 200,000 रुपये की भारत के सकल घरेलू उत्पाद के 11.3 प्रतिशत से ऊपर था। अपने धन से प्रेमजी भारत के वित्तीय घाटे का भुगतान कर सकते हैं और फिर भी उनके पास बचा रहेगा।

आर्थिक जानकारी के क्षेत्र में सैकड़ों उद्यमकर्ताओं की सफलता में युग चेतना प्रतिबिम्बित होती है। 1980 में सुभाषचन्द्र एक चावल व्यापारी हुआ करता था और उसने फरवरी 2000 में लगभग साठ हजार करोड़ रुपये के विश्वव्यापी संचार साम्राज्य की स्थापना की। वह एशिया का मरडोक कहलाया। बैंगलोर में एक छोटी दो साल पुरानी कम्पनी 'आरमीडिया' ने 1999 में डिजीटल टेलीविजन के लिए चिप बनाने में सफलता

हासिल की। अमेरिका की ब्रॉडकॉम ने इसे 670 लाख डॉलर में खरीद लिया और इसके पैंतालीस कर्मचारियों को उनकी कल्पना से कहीं अधिक अमीर बना दिया। रेनबैक्सी, डॉ. रेड्डी की लैब, सिपला और वॉकहार्ड दवा उद्यम में विश्व स्तर पर सफलता प्राप्त कर रही हैं। मुम्बई में क्रैस्ट कम्यूनिकेशंस उत्तरी अमेरिका से बाहर उन दो स्टूडियो में से एक है जिसे थ्रीडी एनिमेशन फिल्म बनाने में विशेषज्ञता प्राप्त है और इसने हाल ही में हालीवुड से एक स्टूडियो से एडिमेडिड फीचर फिल्म बनाने का ठेका प्राप्त किया है। राजेश जैन की इंटरनेट साइट इतनी आकर्षक थी कि सत्यम इंफोवेज़ ने उसे 499 करोड़ रुपये में खरीद लिया–जो कि उन बीस लाख रुपयों का एक अच्छा प्रतिलाभ था जो उसने पांच साल पहले निवेश किए थे। पूरे विश्व में तकरीबन चालीस हजार भारतीय ऑनलाइन रिमोट सेवाओं में कार्यरत हैं जैसे कि इलाज सम्बन्धी आंकड़ों की नकलनवीसी, किताबों का सम्पादन, डिजिटल मानचित्र बनाना, उपभोक्ताओं की लेखा-जोखा सूची बनाना आदि। मैकिंजी परियोजना जिसके अन्तर्गत नौकरियों के अवसर प्राप्त हो सकेंगे और जिससे कि वर्ष 2010 तक 5000 करोड़ डॉलर का राजस्व कमाया जा सकेगा।

ये उद्यमी चमत्कारी सुधारों के बाद के भारत के नए सामाजिक समझौते के भाग हैं। नए लखपतियों ने धन-सम्पदा विरासत में नहीं पाई है, उन्होंने यह सब अपने बुद्धि-कौशल, मेहनत और व्यावसायिक निपुणता के बलबूते पर हासिल किया है। दूसरी ओर पुराने व्यापारी घराने सुधारों द्वारा निर्मित प्रतियोगी अर्थव्यवस्था में संघर्ष कर रहे हैं। राहुल बजाज की दुविधा का कारण है पुरानी कम्पनियों की विशिष्टता। बजाज स्पष्ट रूप से विश्व में दूसरे नम्बर के सबसे बड़े स्कूटर और दोपहिया बाजार का नेतृत्व करता है। लेकिन अभी तक वह विश्व मंच पर आने के लिए अपना अगला कदम उठाने में असमर्थ है। इसने घरेलू बाजार में बखूबी जापानी प्रतियोगियों की चुनौती का मुकाबला किया है। इसके पास बहुत पैसा है। यदि इसके सभी प्रतियोगियों को इकट्ठा कर दिया जाए तो भी यह सबसे अधिक मुनाफा कमाता है। परन्तु यह अपने उत्पादन का केवल तीन प्रतिशत ही निर्यात करता है। अपने अपार लाभ के बावजूद बजाज में साहस की कमी है कि वह विश्व बाजार में होंडा और यामहा के बाजार पर अपना कब्जा कर सके।

एक दशक पहले कोई भी राहुल बजाज की संकुचित मानसिकता की आलोचना के बारे में सोच भी नहीं सकता था। सरकारी सिद्धान्तों ने इसे विदेशी व्यापार, विदेशी कम्पनी की इक्विटी खरीदने, घटकों का उचित दर पर आयात, इच्छा से सामर्थ्य बढ़ाने या बिना लम्बी अनुमोदन प्रक्रिया के नई तकनीक खरीदने की अनुमति नहीं दी थी। राहुल बजाज की मानसिकता शुद्ध स्थानीय न्यूनतम अर्थव्यवस्थावाली थी। दस सालों तक उसने वह सब कुछ बेचा जिसका उसने उत्पादन किया था क्योंकि मांग हमेशा

आपूर्ति से अधिक थी। इस प्रकार, वह न तो अपना बाजार ही बढ़ा सका और न ही उसने उत्पाद के विकास के लिए नए गुर ही सीखे। राहुल बजाज नेहरू के समाजवाद और लाइसेंस राज की उपज है। चालीस साल की बन्द अर्थव्यवस्था के परिणाम इस तक भी पहुंच गए हैं। वह प्राचीन भारत का प्रतीक है, जो कि भद्दे ढंग से, कमजोर आधारवाली संरचना, रोड़े अटकानेवाले नौकरशाहों, उंची दर, ब्याजी कीमतों और फैक्टरी विचारों के द्वारा बिंधा हुआ था।

राहुल बजाज की तरह ही, पुराने समुदाय भी उस पद्धति की उपज हैं जो उन्होंने कायम नहीं की है। उनमें विश्वव्यापी अर्थव्यवस्था में सफलता प्राप्त करने का कौशल नहीं है। सुधारों के इतने साल बाद भी वे अभी तक लड़खड़ा रहे हैं। विश्वव्यापी अर्थव्यवस्था में सफलता के लिए तीन चीजों की आवश्यकता होती है-मानव संसाधनों में, भारी निवेश, उत्पाद सुधार का जुनून और ग्राहकों की हर तरह की जरूरतों को ध्यान में रखनेवाला रवैया। ये कम्पनियां चतुर हैं और वे यह सब समझती हैं। तब, उन्होंने इन योग्यताओं को प्राप्त क्यों नहीं किया? इसका जवाब यह है कि जो आप सफलतापूर्वक कर रहे हैं, उसे बदलने के लिए समय लगता है। किन्तु यथार्थ रूप में उनके पास समय था ही नहीं।

इक्कीसवीं सदी की शुरुआत जोश के साथ हुई है। दो विश्वव्यापी सम्मान मिले हैं–जो कि, लाभकारी दृष्टि से भारत के पक्ष में जाते हैं और जिन्होंने यह आशा जगाई कि शायद हम विकास के मार्ग पर आगे बढ़ सकें और ऊपर उठ सकें। पहली, उदार क्रान्ति जिसने पिछले दशक में पृथ्वी को बुहार दिया है, जो अर्थव्यवस्थाएं पचास वर्षों से अलग-थलग पड़ी थीं, उन्हें मुक्त अर्थव्यवस्था बना दिया गया है और उन्हें शानदार तरीके से एक विश्वव्यापी अर्थव्यवस्था के रूप में एकीकृत कर दिया गया है। भारतीय आर्थिक सुधार इसी रुझान का हिस्सा हैं। वे नियन्त्रणों व भारतीय उद्यमियों की लम्बे समय से चली आ रही दमनकारी नीतियों से भी प्रतिस्पर्धा कर रहे हैं। वे मुख्य रूप से युवाओं के माध्यम से राष्ट्रीय विचारधाराओं को परिवर्तित कर रहे हैं। क्योंकि हमें वणिक समुदाय प्रदान किए गए हैं, इसलिए हम विश्वव्यापी रुझानों का फायदा उठाने के लिए बेहतर स्थिति में हैं। व्यापारी जन्म से ही चक्रवर्ती ब्याज की शक्ति को समझते हैं, वे जानते हैं कि किस प्रकार पूंजी जमा की जाती है। इंटरनेट ने खेल के इस मैदान को और भी विस्तृत कर दिया है ताकि कोई भी साहसी, प्रेरित भारतीय उद्यमी स्वयं अपना भविष्य लिख सके।

इसी दौरान, सूचना अर्थव्यवस्था भी विश्व को बदल रही है–यह दूसरा विश्वव्यापी रुझान है। हम शायद ठठेरे नहीं हैं, परन्तु हम वैचारिक लोग हैं। इसलिए सूचना काल शायद हमारे लाभ के लिए ही खेल रहा है, सॉफ्टवेयर और इंटरनेट के क्षेत्र में हमारी

सफलता इसका पहला प्रमाण है। हमने भी गूढ़ अवधारणाओं से 3000 वर्षों तक कुश्ती लड़ी है। हमने शून्य का आविष्कार किया। आध्यात्मिक अन्तरिक्ष की ही तरह 'साइबर स्पेस' भी अदृश्य है। इसी प्रकार हमारी मूल योग्यता भी अदृश्य है। सूचना प्रौद्योगिकी के क्षेत्र में शायद हमने वह इंजिन पा लिया है जो भारत की उड़ान का संचालन कर सके और हमारे देश को परिवर्तित कर सके।

एडम स्मिथ जितनी पुरानी एक धारणा अर्थशास्त्र में है कि अगर एक अमीर और गरीब देश व्यापार द्वारा जोड़ दिए जाएं तो एक अन्तराल के बाद उनके रहन-सहन का स्तर एक-सा हो जाना चाहिए। इससे अन्तर्ज्ञान से प्राप्त चेतना स्थापित होती है, क्योंकि रहन-सहन का स्तर उत्पादकता पर निर्भर करता है और उत्पादकता निर्भर करती है प्रौद्योगिकी पर। जब गरीब राष्ट्र को अमीर राष्ट्र से जोड़ा जाता है, तो यह केवल उसकी प्रौद्योगिकी के नए रूपों को अपनाता है, पहिये को दुबारा आविष्कार किए बिना ही। उसके द्वारा, ये बहुत तेजी से विकास करते हैं और अन्ततः अपने लक्ष्य तक पहुंच जाते हैं। यहां प्रश्न उठता है कि फिर पिछले पचास वर्षों में यह जुड़ाव क्यों नहीं हुआ है? इसका सीधा-सा जवाब है कि अमीर और गरीब जोड़े ही नहीं गए थे। हार्वर्ड के विद्वान, सैच और वारनर ने दुनिया का अध्ययन किया और निष्कर्ष निकाला कि तीसरी दुनिया के देशों में सत्तासी में से केवल तेरह ही विश्व व्यापार के लिए 'मुक्त' थे और उन्होंने छह गुणा तेजी से वृद्धि की है। 1970-1990 के बीच तेरह मुक्त देशों ने चौहत्तर बन्द देशों की 0.7 प्रतिशत वृद्धि दर की तुलना में औसत 4.5 प्रतिशत प्रति व्यक्ति प्रतिवर्ष की दर से वृद्धि की है। भारत दूसरे समूह में था और इसमें कोई आश्चर्य नहीं कि बहुत से पूर्वी एशियाई देश इसमें थे। इस प्रकार जुड़ाव कुछ विशिष्ट अर्थव्यवस्थाओं के बीच में हुआ और उन्होंने असल में गरीबी को पराजित कर दिया।

अब विश्व परिवर्तित हो गया है, लेकिन 1970 में विश्व के केवल बीस प्रतिशत लोग मुक्त अर्थव्यवस्था में रहते थे, आज लगभग नब्बे प्रतिशत से अधिक का आंकड़ा। इसलिए हम इसे भूमंडलीय विश्व कहते हैं। चीन और भारत ने विश्व जनसंख्या के तीसरे भाग से अधिक जनसंख्या के साथ पिछले दो दशकों में अपनी वृद्धि दर तेज की है। चीन (आठ-दस प्रतिशत) और भारत (पांच-सात प्रतिशत) की। यह वृद्धि दर यदि यूं ही कायम रखी जाती है और साक्षरता बढ़ती जाती है तो यह सम्भावना है कि वे लोग, जो गरीबी रेखा से नीचे हैं और प्रतिदिन एक डॉलर से कम पर गुजर करते हैं, की संख्या में पन्द्रह-बीस प्रतिशत कमी आ जाएगी। जो कि आज पचास प्रतिशत है। यह पूर्वी एशियाई देशों का अनुभव है। भारत की गरीबी पृथ्वी पर गरीबी का प्रतीक है। यदि भारत इस पर रोक की कोई आशा कर सकता है तो तीसरी दुनिया के राष्ट्र

भी। चीन दस से पन्द्रह वर्ष पूर्व ही यह लक्ष्य हासिल कर लेगा। शायद दस वर्ष पूर्व यह सोचा भी नहीं गया था। आज भी शायद यह आश्चर्यजनक ही लग सकता है, परन्तु हम इस प्रस्ताव पर गहराई से सोचने का साहस कर सकते हैं।

भारत की सबसे बड़ी विफलता मानव योग्यताओं को निर्मित करने में निहित है। जिसके परिणामस्वरूप चालीस प्रतिशत भारतीय निरक्षर रह गए हैं। अब हम यह पूरी तरह समझ गए हैं कि प्राथमिक शिक्षा और प्राथमिक स्वास्थ्य गरीबी उन्मूलन के दो शक्तिशाली साधन हैं। एक ही साथ, वहां इन सामाजिक वस्तुओं की मांग भी बढ़ रही है। भारतीय साक्षरता पिछले छह सालों में पहले ही दस प्रतिशत (बावन से बासठ प्रतिशत) बढ़ गई है। मुख्यतः यह इसलिए है कि क्योंकि निचले स्तर से साधारण जन का दबाव तथा सामाजिक लोकतन्त्र ने, निचली जातियों के माध्यम से ऊपर की ओर गतिशीलता पैदा की है। उदारवादी आर्थिक सुधारों के लिए दबाव तथा मानव योग्यताओं में निवेश संयुक्त रूप से यह आश्वासन दिलाते हैं कि लाखों भारतीय एक ही पीढ़ी के समय-अन्तराल में स्वयं को गरीबी के स्तर से ऊपर उठा लेंगे।

भारत ने पहले लोकतन्त्र को अपनाया, बाद में पूंजीवाद को, और इसी ने सारी गड़बड़ियां पैदा की हैं। 1950 में भारत पूर्ण विकसित गणतन्त्र बन गया था, सामान्य मताधिकार और व्यापक मानव अधिकारों के साथ, परन्तु तब तक भारत बाजारी शक्तियों के मुक्त खेल के लिए नहीं खुला था। इस ऐतिहासिक विपरीत स्थिति का अर्थ है कि भारत के भविष्य का सृजन अनियन्त्रित पूंजीवाद द्वारा नहीं होगा परन्तु यह विकसित होगा जाति, धर्म और गांव की रूढ़िवादी शक्तियों के दैनिक संवाद द्वारा। वामपन्थी और नेहरूवादी समाजवादी शक्तियां, भूमंडलीय पूंजीवाद की नई शक्तियां जिन्होंने राष्ट्र के बौद्धिक जीवन पर प्रभुत्व बना रखा है। लोकतन्त्र के ये लाखों समझौते, विविध स्वार्थपरकता, लोगों की झगड़ालू प्रवृत्ति, अनुशासन और सामूहिक रूप से कार्य करने का अभाव, इन सबके चलते हम यह कह सकते हैं कि आर्थिक सुधारों में धीमी गति से वृद्धि होगी। इसका अर्थ यह भी है कि भारत न तो उतनी तेजी से बढ़ेगा, जितनी तेजी से एशियाई बाघ और न ही उतनी तेजी से गरीबी और अज्ञानता का सफाया करेगा।

1991 से अर्थशास्त्री कुछ हताशा के साथ भारत पर धारियों की चित्रकारी करने का प्रयास कर रहे हैं, परन्तु इसने यह अनुभव नहीं कराया कि भारत कभी भी बाघ बन सकेगा। यह एक हाथी है जिसने मदमाते हुए आगे बढ़ना शुरू कर दिया है। इसे कभी भी प्रगति प्राप्त नहीं होगी। मगर इसका दम हमेशा बना रहेगा। एक बौद्ध कथा का कहना है कि "हाथी सब जानवरों में बुद्धिमान है, यही एक ऐसा जानवर है जो

अपनी पिछली जिन्दगी भी याद रखता है और उसकी वह समझ भी लम्बी अवधि तक रहती है, उसके बाद वह सोचता है।" चीन का कहना है कि पूंजीवाद और लोकतन्त्र के बीच उलटा क्रम यह सुझाता है कि भारत भविष्य में अधिक स्थिर, शान्तिपूर्वक परिवर्तन कर सकेगा। यह अधूरे पूंजीवादी समाज के दुष्प्रभावों को भी नजरअन्दाज कर सकेगा। हालांकि भारत धीमा है फिर भी वह अपने जीवन-मार्ग को-सभ्यता की विविधता, उदारता और आध्यात्मिक भूमंडलीय संस्कृति के घातक आक्रमण के विरुद्ध सुरक्षित रख लेगा। यदि यह ऐसा करता है तो यह एक सयाना हाथी है।

भाग एक

उम्मीदों का वसंत
(1942-65)

अनेक लोगों का मत है कि राजनीतिक अर्थशास्त्र एक नीरस व जटिल विज्ञान है, जिसमें दुखी मानवता को राहत देनेवाली भावनाओं के लिए कोई जगह नहीं है... यह तर्क सच्चाई से कोसों दूर है; इसके विपरीत राजनीतिक अर्थशास्त्र इन बुराइयों दूर करने के लिए गहरी अनुभूतियों से हमारा सामना कराता है, यह हमें चैन से सांस लेने की इजाजत नहीं देता...बल्कि हमें प्रेरित करता रहता है... लोगों के दुखों के सही कारणों को ढूंढने के लिए, और उन तरीकों को ईजाद करने के लिए भी, जिनके द्वारा हम इन दुखों को दूर कर सकें...

जेम्स विल्सन

अध्याय एक

अंग्रेजी में प्रलाप, संस्कृत में आलाप

इस लोक में हर चीज का एक मौसम होता है और हर काम का एक समय होता है। जन्म का भी एक समय होता है और मृत्यु का भी...

बुक ऑफ एक्लीजिएस्ट*

देश की प्रमुख घटनाओं के द्वारा मैं अपने जीवन में आए परिवर्तनों को भी आंक सकता हूं। जब मेरा जन्म हुआ, तब हम अंग्रेजों को भारत से निकालने के लिए संघर्ष कर रहे थे और जब मेरे स्कूल जाने का समय आया तब तक हम आजाद हो चुके थे और एक सुन्दर स्वर्ग की कल्पना कर, उसमें प्रवेश करने का सपना देख रहे थे। 1950 में मेरे स्कूल के दिनों के दौरान नेहरू ने हमें लोकतन्त्रीय, समाजवादी और धर्मनिरपेक्ष राष्ट्र का सपना दिखाया। जब साठ के दशक में काम के लिए निकला तो मैंने पाया कि हम आर्थिक रूप से गुलाम बन चुके हैं। और समाजवाद हमें राज्यवाद की ओर ले जा रहा है। जब मेरी शादी हुई और बच्चे हुए, तब तक इन्दिरा गांधी तानाशाही शासन की स्थापना कर चुकी थीं। और हमें वह एक खाई की ओर ले जा रही थीं। जब सत्तर के दशक में उन्होंने आपातकाल की घोषणा की, तब हमें पूर्ण आभास हो गया कि जिस स्वर्ग की हम कल्पना कर रहे थे, वह अब कहीं खो गया है। मेरे सेवानिवृत्त होने से कुछ समय पहले, नब्बे के दशक में नरसिंह राव ने हमें आर्थिक स्वतन्त्रता प्रदान की। यह महत्त्व नहीं रखता कि जब मैं मरूंगा तब कौन भारत का नेतृत्व कर रहा होगा, क्योंकि लोकतन्त्र

* एंजिल का एक खंड

की पुनः स्थापना हो चुकी है। और इसके सभी संस्थान एक बहुत ही समझदार व विनम्र व्यक्ति के द्वारा चलाए जा रहे हैं। सुधारों के लिए शुक्रिया, हम स्वर्ग को जाने की राह पर दुबारा अग्रसर हैं और उसकी हल्की-सी झलक भी हमें दिखाई दे रही है। हमने सात प्रतिशत की आर्थिक वृद्धि दर को प्राप्त कर लिया है। अगर अगले कुछ दशकों में हम इस वृद्धि दर को और बढ़ा लेते हैं, साथ ही साक्षरता स्तर को भी बढ़ा लेते हैं, तो राष्ट्र जल्द ही मध्यवर्ग बहुल राष्ट्र बन जाएगा और भारत के माथे से गरीबी का कलंक धुल जाएगा।

महात्मा गांधी के 1942 में भारत छोड़ो आन्दोलन के द्वारा अंग्रेजों को ललकारने के एकदम बाद ही मेरा जन्म हुआ। जिसने पांच वर्षों के बाद भारत को आजादी दिलाई। मेरा जन्म, इत्तिफाकन एक दूसरी घटना, बंगाल के भयंकर अकाल से भी सम्बन्धित है, जिसमें तीस लाख लोगों की जानें गई थीं। ये दोनों घटनाएं दोबारा नहीं घटीं और लोगों की स्मृति से भी धीरे-धीरे मिट गई। मेरे दादाजी और पिताजी के दिनों में आम जगहों पर होनेवाली ये अन्तिम घटनाएं थीं। एक तरह से, मेरे जन्म के वर्ष ने एक युग पर पर्दा गिरा दिया था।

भारत छोड़ो आन्दोलन की जन्मदात्री निराशा थी। लगभग बीस वर्षों से गांधीजी और राष्ट्रीय आन्दोलन के अन्य नेता, अंग्रेजों के साथ समझौता वार्ताओं के तहत स्वतन्त्रता प्राप्त करने के प्रयास करते रहे थे। यह संघर्ष अहिंसावादी था, जो कि गांधीजी के सत्याग्रह या 'सत्य की ताकत' पर आधारित था। क्योंकि गांधीजी का मानना था कि सत्य उनके साथ है। गांधीजी का मानना था कि वह शासकों को उनके घृणित कार्य के लिए लज्जित उनमें आत्मग्लानि जगाकर भारत को आजाद करने के लिए मजबूर कर लेंगे। बारह साल पहले, 11 मार्च 1930 को गांधीजी ने अंग्रेजों के समक्ष घोषणा की कि वह सीधे समुद्र से नमक प्राप्त कर, नमक कर कानून का उल्लंघन करेंगे। उस दिन, गांधीजी की एक आवाज पर पूरा भारत एकजुट हो गया। मछुआरों ने नमक इकट्ठा करना शुरू किया। किसान नमक बनाने में जुट गए और गृहिणियों ने भी उन्हीं का अनुसरण किया। जल्द ही पूरा देश इस कानून के खिलाफ हो गया और लोगों ने इसके विरोध में आम गिरफ्तारियां दीं। किन्तु पुलिस भी कितनों को बन्दी बना सकती थी। इस प्रकार साल पर साल बीतते गए, गांधीजी ने सविनय अवज्ञा आन्दोलन के माध्यम से शासकों को भड़काया और उन्हें व्याकुल कर दिया। अन्ततः वे हमें देश सौंपकर यहां से चले गए।

भारत ने बिना किसी ब्रिटिश को मारे आजादी प्राप्त कर ली और यह एक ऐसे संसार में हुआ जहां हिटलर और स्टालिन जैसे भी लोग हुए हैं। हमें यह सोचने में कोई अचरज नहीं होता कि हमारे राष्ट्र का निर्माण सन्तों (महात्माओं) द्वारा किया गया है।

मेरा पालन-पोषण भारत के उत्तर-पश्चिम में पंजाब के एक मध्यवर्गीय परिवार में हुआ। पंजाब की अधिकतर भूमि बंजर थी, किन्तु मेरे पिताजी व उनके जैसे ही

अन्य इंजीनियरों की मेहनत व सकारात्मक दृष्टिकोण से ही नहरों का जाल बिछ सका। जिससे कि भूमि की सिंचाई कर उसे उपजाऊ बनाया गया। चिनाब उन्नीसवीं सदी के शुरुआती पच्चीस वर्षों में बननेवाली पहली नहर थी। इसके साथ ही लयालपुर नामक एक सुनियोजित व व्यवस्थित शहर का जन्म हुआ। जिसका नाम पंजाब पर शासन कर रहे लेफ्टिनेंट गवर्नर सर जेम्स लयाल, बी. ए. के नाम पर रखा गया। मेरे नानाजी बहुत अधिक महत्त्वाकांक्षी व्यक्ति थे। उन्नीसवीं सदी की शुरुआत में वह कानून के अभ्यास के लिए यहां आ गए थे। लयालपुर के बीचों-बीच ईंटों का एक घंटाघर बना हुआ था। जहां से आठ रास्ते अलग-अलग दिशाओं में जाते थे और एक रास्ते पर हमारा घर था। जो कचहरी बाजार के नाम से जाना जाता था। रास्ते में ही कम्पनी बाग पड़ता था, जिसका बगीचा चालीस एकड़ भूमि पर पूरी तरह से फैला हुआ था।

हमारा परिवार एक कामकाजी मध्यवर्गीय परिवार था। हममें विशेष रूप से देशभक्ति जैसी कोई भावना या उत्साह नहीं था। हम गांधीजी के बारे में भी अधिक नहीं सोचते थे। वह हमारे लिए केवल एक साफ छविवाले नेता थे। मेरे चाचाजी को पड़ोस में उठनेवाले हर एक विवाद पर से पर्दा उठाने में महारत हासिल थी। इनमें भी वह मुख्य रूप से राजनीति से सम्बन्धित विषयों को ही महत्त्व देते थे। जाहिर तौर पर अकाल जैसा विषय आपसी बातचीत के लिए बिल्कुल भी उपयुक्त नहीं था। फिर भी, बंगाल का अकाल हमारे सन्तुष्ट जीवन में अपनी पैठ बना चुका था। मेरे दादाजी के भतीजे सतपाल ने एक दिन राहत कार्यों में भाग लेने का फैसला किया। उन्होंने लाहौर से कलकत्ता के लिए ट्रेन ली। और वहां से वह बंगाल गए। जहां पर उन्होंने भावनात्मक उद्वेग में हुए दंगों और मौतों की स्थिति को अपनी आंखों से देखा। वापस लौटने पर उन्होंने बताया कि वह स्थिति के वहशीपन को नहीं समझ सके। भोजन की आपूर्ति कम नहीं हुई थी, किन्तु उसका वितरण पूरी तरह से असफल रहा था। उन्होंने सिर्फ एक ही बात पूरे विश्वास से कही कि वहां हुए आपराधिक और घिनौने कार्यों के पीछे किसी मानव-निर्मित संस्था का ही हाथ था। उसने बताया कि किसान कलकत्ता की सड़कों पर जहां-तहां मरे पड़े थे। वह ये सब ऐसे बता रहे थे जैसे उन्हें निजी तौर पर जानते हों। इसके बाद सतपाल ने एक सफल व्यवसाय को चुना और वह वामपन्थी हो गए।

बंगाल के अकाल के दौरान सभी गांवों में आवागमन पर प्रतिबन्ध लगा दिया गया था। बंगाल का अकाल मानव-निर्मित त्रासदी थी। इसका कारण अनाज में कमी नहीं बल्कि जरूरत का ठीक से प्रत्युत्तर देना था। प्रान्त के जिला कार्यालयों और स्ट्रेट्समैन की कतरनों से इस त्रासदी के बारे में काफी कुछ साफ होता है : तूफान से बंगाल प्रभावित (4 अक्टूबर 1942), रंगून फाल्स टू जापान-राइस इनपोर्त कर ऑफ (10 मार्च, 1942), बीरभूम जिले

में चावल की कीमतें दोगुनी (6 नवम्बर, 1942), कलकत्ता में चावल पिछले साल सात रुपये प्रति किलो की अपेक्षा तेरह रुपये प्रति किलो (11 दिसम्बर, 1942), 'वामपन्थियों ने प्रदर्शन किए (28 दिसम्बर, 1942), लोग भोजन के बिना रहने पर मजबूर (10 फरवरी, 1943), रोष अपने चरम पर (26 मार्च, 1943), आम हुई धान लूटने की घटनाएं (22 मार्च, 1943), धान की खोज में दर-दर भटक रहे हैं लोग (12 जून, 1943), चौराहों पर लाशों के ढेर (12 जून, 1943), भूख से पीड़ित हजारों लोगों द्वारा सड़कों पर जमघट (17 जून, 1943), समस्या बनी शवों की अन्तिम क्रिया (27 सितम्बर 1943)।

वायसराय लार्ड वैवेल ने 1944 में स्थितियों का निष्कर्ष यह निकाला : "ब्रिटिश शासन काल में आई सबसे बड़ी विपत्तियों में से एक है, बंगाल का अकाल। जिसने हमारी छवि को बुरी तरह से आघात पहुंचाया है। यह त्रासदी विंस्टन चर्चिल के रुख के कारण पैदा हुई प्रतीत होती थी। 1944 में माउंटबेटन ने चर्चिल को पत्र लिखा था और स्थितियों से अवगत कराया था और अनाज भेजने के लिए कहा था और वह भी कांग्रेस पार्टी की तुष्टि के लिए। चर्चिल ने कहा, "मैं भारतीयों से नफरत करता हूं... ये व्यवहार और धर्म दोनों से ही जंगली होते हैं।" इस प्रकार जो अनाज उपलब्ध था उसे भारत न भेजकर हालैंड भेज दिया गया। वैवेल ने अपनी डायरी में लिखा : "यूरोप में भूखे लोगों के साथ बिल्कुल अलग व्यवहार किया जाता है।"

चर्चिल के सलाहकार भारत के लिए अनाज प्राप्त करने के वैवेल के प्रयासों से हताश हो चुके थे। उनमें से एक लार्ड चेरवेल तो अकाल को बंगालियों द्वारा मनगढन्त मानता था। इससे चर्चिल का ध्यान इस ओर गया कि भारत उसके सैनिक अभियानों के लिए बीस लाख लोग उपलब्ध करवा सकता है। फील्ड मार्शल एलन ब्रुक ने कहा कि चर्चिल भारत को भूख से लड़ने के लिए अकेला छोड़ने के पक्ष में था जबकि उसकी यहां अपने सैनिक अभियानों के लिए आधार बनाने की इच्छा थी। ब्रिटिश जनरलों ने थोड़ा-सा अनाज देकर अधिकतर को सैनिक बना लिया।

अकाल से सम्बन्धित रिपोर्ट मेरे माता-पिता व उनकी पीढ़ी के लोगों के लिए एक आम समाचार था। आज, अकाल हमारी स्मृति से पूरी तरह मिट चुका है। 1979 और 1987 में मानसून के समय पर न आने से कुछ लोग परेशानी में जरूर आए थे। यह सिर्फ इसलिए नहीं हो सका क्योंकि हरित क्रान्ति ने भारत में अनाज के उत्पादन की वृद्धि कर दी बल्कि यह लोकतन्त्र और राजनीतिज्ञों से खुद को बचाए रखने के लिए भी ऐसा हुआ है। यह हमें नोबेल पुरस्कार विजेता अमर्त्य सेन ने बताया। आजकल सरकार नियमित रूप से अपने खाद्य भंडारों व लोक वितरण प्रणाली के अन्तर्गत तीन से चार महीनों का अनाज सुरक्षित रखती है। दूसरी ओर चीन में उच्च पौषणिक दर होने के बावजूद 1950 में माओ के प्रयोग

के दौरान उत्पन्न हुई अकाल की स्थिति में दो करोड़ लोग मारे गए थे। विश्व इस त्रासदी को 1980 तक भी ठीक से याद न रख सका। इसका कारण लोकतन्त्र की अनुपस्थिति और सक्रिय प्रेस का होना था। सेन का कहना यह है कि पर्याप्त मात्रा में अनाज का होना ही काफी नहीं है, भूख का मुख्य कारण गरीबों की पर्याप्त खरीद क्षमता न होना है।

अगर वैवेल बंगाल के लिए चर्चिल से अनाज प्राप्त करने में सफलता भी प्राप्त कर लेता तो भी वह भूख से पीड़ित लोगों को नहीं बचा सकता था। जब तक कि उत्तकी खरीद क्षमता को सुदृढ़ करने के लिए कोई योजना न तैयार करता।

1942 का वर्ष घटनाओं भरा था। यूरोप में द्वितीय विश्व युद्ध का प्रकोप जारी था और अब यह धीरे-धीरे अपना रुख एशिया की ओर भी कर रहा था। पर्ल हार्बर पर विनाशक हमले के बाद जापान की नजर दक्षिण-पूर्व एशिया की ब्रिटिश कालोनियों पर थी। इससे शिथिल पड़ चुके भारत के राष्ट्रीय आन्दोलन में एक नई जान आ गई। स्वतन्त्रता के लिए एक न बैठनेवाली लहर उठी। पूर्व में जापान की शानदार जीत से ब्रिटेन के हौसले पस्त होने लगे थे। सिंगापुर में समर्पण कर देने से भारत में उनकी छवि को नुकसान पहुंचा था। इससे बंगाल की खाड़ी से निकलनेवाला जलमार्ग भी जापान की नौ सेना के लिए खुल गया। मेरा परिवार इस बात को सोचकर अचम्भित होता था कि क्या हम ब्रिटेन की जापान के खिलाफ मदद करेंगे। वे पूछते हमारा असली दुश्मन कौन है–जापानी या ब्रिटिश ? क्या ब्रिटिश सही में भारत का विकास करेंगे? क्या अंग्रेज जाने से भारत का विभाजन कर जाएंगे?

उन दिनों यह प्रश्न अधिकतर भारतीयों के मस्तिष्क में कौंधते थे। हमारा परिवार अकसर रात के भोजन के समय राजनीति सम्बन्धित विषयों पर ही बात करता था। जो लोग जापानियों को एक बड़ा खतरा नहीं मानते थे, उनके साथ मेरे दादाजी अकसर आपे से बाहर हो जाते थे। मेरे चाचाजी गुस्से में जवाब देते कि हम पहले ही विदेशी शासन के अधीन हैं और कौन यह कह सकता है कि एक विदेशी दूसरे विदेशी से अच्छा है? मेरी मां कहतीं कि हमें उन मामलों में निष्पक्ष रहना चाहिए जिनसे हमारा कोई लेना-देना नहीं है। मेरे चाचाजी ने यह माना कि वह पूर्व में ब्रिटेन के परेशान होने से हैं। उन्होंने हांगकांग, फिलिपींस, मलाया और भारत-चीन में उनके पतन पर प्रशंसा भी जाहिर की थी। उन्हें जापानियों की तीव्र गति पर ताज्जुब था। इसका अर्थ यह हुआ कि उपनिवेशवाद का साम्राज्य सड़ी हुई मिट्टी के खम्भों पर बना एक महीन ढांचा है।

ब्रिटिश अंग्रेजों के खिलाफ युद्ध में भारत का सहयोग चाहते थे। जो कि हमारे पूर्वी दरवाजे पर दस्तक दे रहे थे। गांधीजी ने पूछा कि क्या उचित है–युद्ध के बाद भारत की आजादी का वादा या वापसी पर भारतीयों का जापानियों के साथ युद्ध, लेकिन

चर्चिल इसके लिए तैयार नहीं थे, चर्चिल ने कहा, "मैं ब्रिटिश साम्राज्य की कीमत पर प्रधानमन्त्री बना रहना कभी नहीं चाहूंगा।" भारत की आजादी के समर्थक अमेरिका के राष्ट्रपति रूजवेल्ट भी चर्चिल को मना नहीं सके। इसी निराशा भरे वातावरण से भारत छोड़ो आन्दोलन का जन्म हुआ।

अगर हम चर्चिल से नफरत करते थे तो भारत के समर्थन के लिए हम राष्ट्रपति रूजवेल्ट को पसन्द करते थे। रूजवेल्ट ने चर्चिल के पास अपना निजी दूत एवेरेल हैरीमैन को भेजा। उसने वहां पहुंचकर विंस्टन चर्चिल के पुत्र रैंडोल्फ की पत्नी पामेला चर्चिल के साथ चक्कर चला दिया। ब्रिटिश शासन ने इस अनुचित सम्बन्ध पर कोई आपत्ति नहीं जताई। क्योंकि इससे उनका अमेरिका को युद्ध में खींचने का मार्ग प्रशस्त हो गया था। लार्ड वीवरब्रुक ने इस सम्बन्ध में कहा है कि एफ. डी. आर. का निजी प्रतिनिधि ने पहले ब्रिटेन के भंडार पर कब्जा जमाया और प्रधानमन्त्री की पुत्रवधू के साथ सोना उसके शानदार भाग्य का परिणाम था। लेकिन भारत को आजाद करने के लिए हैरीमैन के दबाव से ब्रिटेन खफा हो गया। सुदूर पूर्व में करारी हार के बाद ब्रिटेन पूरी तरह रूजवेल्ट पर आश्रित हो गया। विडम्बना है कि खुद को लोकतन्त्र व स्वतन्त्रता का अगुवा बतानेवाले चर्चिल ने विश्व के दूसरे सबसे बड़े देश को इस एवज में एक धेला भी नहीं दिया। इसे भाग्य का फेर ही कहेंगे।

अन्त में रूजवेल्ट से पीछा छुड़ाने के लिए चर्चिल ने झूठ का सहारा लेने का मन बनाया। उन्होंने अपने प्रसिद्ध उपनाम 'फोरमर नेवल परसन' से रूजवेल्ट को सूचित किया कि भारतीय सेना में पिचहत्तर फीसदी मुसलिम सैनिकों के होते वह नहीं चाहते कि भारतीय मुसलमानों पर कांग्रेस और हिन्दू पुजारी राज करें। वास्तव में चर्चिल का बयान गलत था-सच यह था कि भारतीय सेना में पैंतीस फीसदी से कम मुसलमान सैनिक थे। इतने पर भी रूजवेल्ट झुकने को तैयार नहीं थे। चर्चिल को मजबूर होकर रंगून से आजाद होने के कुछ दिन बाद ही एक राजनीतिक मिशन 'क्रिप्स मिशन' को भारत भेजने के लिए तैयार होना पड़ा। यह मिशन विफल रहा जिससे चर्चिल प्रसन्न हुए। उन्होंने रूजवेल्ट को फिर लिखा कि "मैं स्वयं को पूरी तरह सन्तुष्ट महसूस कर रहा हूं। हमने अपनी ओर से हर सम्भव प्रयास किए हैं।" हालांकि रूजवेल्ट इससे सहमत नहीं थे। वह जानते थे कि चर्चिल ने जानबूझकर मिशन को विफल किया है। उन्होंने चर्चिल को फिर टेलीग्राफ किया। जिसमें उन्होंने कहा कि 'भारतीयों को स्वराज का अधिकार देने की ब्रिटिश सरकार की अनिच्छा ही विफलता का मूल कारण है।' रूजवेल्ट के पत्र से चर्चिल को अत्यधिक क्रोध आया और उन्होंने जवाब में अत्यन्त कड़े शब्दों का प्रयोग किया। जिसे लिखने में उन्हें आधी रात के समय दो घंटे लगे।

'क्या' और 'अगर' के इतिहास में एक प्रश्न यह भी उठता है कि अगर भारत को चलाने में जापान का हस्तक्षेप होता तो स्वतन्त्रता के बाद हमारी भी एशियन टाइगर्स की तरह निर्यात आधारित सफल अर्थव्यवस्था होती। लेकिन ब्रिटेन की फेबियन विचारधारा ने बुरी तरह प्रभावित किया जिससे हमारा अत्यधिक नुकसान हुआ। अब कोई भी यह कह सकता है कि फेबियन समाजवाद हर जगह असफल रहा और जापानी मॉडल हर जगह कामयाब। असलियत यह है कि भारत ने ब्रिटेन के लोकतान्त्रिक ढांचे को अपनाया। अगर इससे पूर्वी एशिया के पूंजीवाद और लोकतन्त्र के व्यापार बन्द हो जाते तो अधिकतर भारतीय आज भी लोकतन्त्र का विकल्प ही चुनते। हालांकि इनकी जरूरत व्यापार बन्द करने की नहीं है। अगर नेहरू सोवियत संघ की आर्थिक सफलता से सम्मोहित न होते अथवा अगर 1960 में कोरिया और ताइवान की तरह इन्दिरा गांधी ने खुली अर्थव्यवस्था अपनाई होती तो हमारी वृद्धि दर में भी तेजी आई होती और आज हमारी आर्थिक सफलता की दर काफी ऊंची होती।

मेरे पिताजी और दादाजी के समान पुरुष नए और व्यावसायिक मध्यवर्ग के नमूने थे जो अंग्रेजी भाषा और पश्चिमी शिक्षा के आरम्भ के बाद उन्नीसवीं शताब्दी में अंग्रेजी शासन के तहत उभरा था। इस वर्ग ने ईस्ट इंडिया कम्पनी के लिए केवल क्लर्क ही नहीं बल्कि वे सभी नए व्यवसाय भी पैदा किए जो एक देश को चलाने के लिए महत्त्वपूर्ण होते हैं, जैसे–वकील, अध्यापक, इंजीनियर, चिकित्सक और नौकरशाह। इस वर्ग में प्रवेश पाने के लिए परीक्षा उत्तीर्ण करना ही एकमात्र रुकावट थी। इसके सदस्य समाज की विभिन्न जातियों और पृष्ठभूमियों से सामने आए। हालांकि अवसर तो सभी के लिए खुले थे परन्तु सर्वप्रथम उच्च जातियों ने ही उन्हें कब्जाया और दृढ़ता से अपनी गिरफ्त में रखा। एक बार अंग्रेजी शिक्षा व परीक्षा उत्तीर्ण करने के बाद उन पर पुरस्कारों और प्रतिष्ठा-पत्रों की झड़ी लगा दी गई। वे नए सम्भ्रान्त व्यक्ति, मजबूत और सन्तुलित उच्च वर्ग के रूप में स्थापित हुए।

पश्चिमी सम्भ्रान्त वर्ग का ऊपर उठना जमीन से लगे कुलीनजनों के पतन से मेल खाता था। अठारहवीं शताब्दी के अन्त में मुगल शासन वह पहला राज्य था जिसका पतन प्रारम्भ हुआ। इसके बाद प्रादेशिक मुस्लिम और हिन्दू कुलीन वर्ग की सामाजिक स्थिति में क्रमिक परिवर्तन आया। निश्चिन्त रहने के लिए स्थानीय जमींदारों और सामन्तों ने अपनी प्रभुता बनाए रखी, परन्तु वे व्यक्ति जिन्होंने नई विद्या अर्जित कर ली थी, जैसे कि मेरे दादाजी और पिताजी, उनकी सामाजिक स्थिति को खतरे में डाल दिया था। इस नए मध्यवर्ग ने, ब्राह्मणों के बुद्धिजीवी एकाधिकार को भी खतरे में डाल दिया था। किन्तु ब्राह्मण चतुर थे, अपनी परम्परागत चपलता के साथ, उनमें से बहुतों

ने अंग्रेजी शिक्षा प्राप्त की, परीक्षा उत्तीर्ण की और नए मध्यवर्ग के अंग बन गए। हालांकि, अंग्रेजी राज के प्रशासनिक अधिकारी अपने स्वामियों की भाषा में बोलते थे यानी मूलनिवासियों को वे तुच्छ समझते थे और स्वयं को श्रेष्ठ। ये लोग अपने स्वामियों की नकल भी करते थे। जैसे-जैसे समय बीतता गया और एक पीढ़ी के बाद दूसरी पीढ़ी आती गई, ब्राह्मणों की समानता और बन्धुता के बारे में स्पष्ट विरोधी बातों का भी समाधान हो गया। अब वे अंग्रेजी में प्रलाप और संस्कृत में आलाप कर सकते थे।

भारत छोड़ो आन्दोलन के उपरान्त कांग्रेस बहिष्कृत हो गई। इसके नेताओं को जेल में डाल दिया गया। इसके फंड जब्त कर लिए गए। इसके संगठन का संहार होता देख, जिन्ना और मुस्लिम लीग ने राजनीतिक शून्य को देखा और उसने मुस्लिम जनसंघ में डर और भावावेग पैदा करने के लिए इस अवसर को अपने निजी स्वार्थ के लिए प्रयोग किया। गांधीजी की ओजपूर्ण आवाज के बिना, जो कि संयुक्त भारत के लिए बोला करते थे, मुस्लिम और हिन्दू दोनों ने ही अलग-अलग राहें पकड़ लीं। मेरे बचपन के शुरुआती समय में दो जातियों के बीच असहिष्णुता और हिंसा की खाई गहराती जा रही थी।

मैं चार साल का था, जब एक दिन मेरी चाचीजी ने मुझे खिड़की से खींचकर कपाट बन्द कर दिए क्योंकि लयालपुर में लोगों की भीड़ ने हिन्दुओं के घरों पर पत्थर फेंकने शुरू कर दिए थे। युद्ध के अन्त में, जिन्ना की विभाजन की राजनीति और मुस्लिम लीग की पाकिस्तान के लिए मांग साकार हो गई। भारत छोड़ो आन्दोलन के लिए गांधीजी को भारी कीमत चुकानी पड़ी। अनजाने में उसने भारत के विभाजन का मार्ग प्रशस्त किया और एक खूनी अत्याचार के रूप में वह पांच लाख से अधिक लोगों की मृत्यु के लिए उत्तरदायी था। बहुतों के लिए विभाजन अवश्यम्भावी था, जिसके मूल कारण इतिहास में थे। जो हुआ उसके लिए किसी एक पर दोषारोपण करने से कोई फायदा नहीं। 1947 का भयानक जनसंहार तेरहवीं शताब्दी से अब तक के हिन्दू और मुसलमानों के बीच रिश्तों के दुखान्त इतिहास को हाशिये पर ले आया।

पश्चिमी शिक्षा ने हजारों सालों में भारतीयों के मस्तिष्क को अत्यधिक नाटकीय बदलावों के लिए प्रोत्साहित किया। मुस्लिम यात्री अल्बरुनी एक हजार ईसवी के करीब पौराणिक दर्शन और गणित सम्बन्धी ज्ञान की खोज में भारत आया था। उसने लिखा कि "भारतीय सर्वज्ञाता थे, वे स्वयं को बाह्य विश्व से अलग रखते थे और पश्चिम की कला व विज्ञान से अनजान थे।" अंग्रेजी शिक्षा ने दो पीढ़ियों में ही वह सब परिवर्तित कर दिया। भारतीयों ने उत्साह से पश्चिमी ज्ञान को अपनाया। अपनी ब्राह्मणवादी विरासत के कारण उन्होंने व्यावहारिक के बजाय सैद्धान्तिक ज्ञान के लिए अधिक आदर दिखाया। उदाहरण के लिए, जापानियों के विपरीत वे प्रौद्योगिकी के

बजाय शुद्ध विज्ञान के प्रति अधिक आकर्षित थे। जैसा अल्बरुनी के समय में था कि भारतीय लगातार बुद्धिजीवियों के अक्खड़पन को सहन कर रहे थे।

मेरे दादाजी के लिए अंग्रेजी भाषा वह सम्पत्ति थी जिस पर उनका कब्जा था। उन्हें इसमें महारत हासिल होने के लिए अपने पर गर्व था। उनके विदेशी भाषा के प्रति इस अनूठे प्रेम से मैं चकरा गया था, किन्तु अब मैं यह अनुभव करता हूं कि यह उनके लिए विश्व परिदृश्य पर झरोखे के समान थी। मेरे चाचाजी अंग्रेजों द्वारा हमें अंग्रेजी सिखाने सम्बन्धी व्यंग्य को लेकर भरपूर मजा लिया करते थे। इसने भारतीय मस्तिष्कों को उदारवादी विचारों व फ्रांसीसी क्रान्ति के आदर्शों से परिचित कराया। जबकि ब्रिटिश साम्राज्य उपनिवेशवादी शासन के माध्यम से इसके विपरीत अभ्यास कर रहा था। स्कूल और कॉलेज स्वतन्त्रता और समानता का पाठ पढ़ाते जबकि शासक इसके विपरीत दमन और असमानता का आचरण करते थे। कॉलेज के बाद, यही विद्यार्थी राष्ट्रीय आन्दोलन से जुड़ गए। भारतीयों में अंग्रेजी का प्रचार कर अंग्रेजों ने अपनी कब्र खुद ही खोद ली। यह विडम्बना है कि स्वतन्त्रता के बाद कुछ राज्य सरकारों ने भारतीयों के मस्तिष्क से अंग्रेजी का कीड़ा निकालने के यथासम्भव प्रयास किए, इसके बावजूद आज भारतीय दृढविश्वास के साथ अंग्रेजी बोलते और लिखते हैं, इसमें कई भारतीय शब्दों का मिश्रण कर ये उसका प्रयोग इस प्रकार कर रहे हैं जैसे ये उन्हीं की भाषा हो।

उस समय जब 1931 में पिताजी रुड़की गए तो वहां पर अभी मध्यवर्ग का विकास हो रहा था जो भारत में समान शिक्षा प्रणाली से गुजरा था और जिसने समानता की दृष्टि प्राप्त की ही थी। इसका दृष्टिकोण उदारवादी, मानवतावादी था जो कि अस्पष्टता को सहन करनेवाला और निश्चितताओं के प्रति शर्मीला था। इसने चिन्तन, चेतना व विचार के समुदायों में भागीदारी की और एक हद तक भारतीय राष्ट्रीयता का निर्माण भी किया। स्वतन्त्रता इसका पहला उद्देश्य था। इसने औचित्यपूर्ण ढंग से योग्य स्वदेशी मार्गदर्शकों को पैदा किया जो कि भारत के सामाजिक रूप को परिवर्तित करना चाहते हैं तथा गरीबी और अज्ञानता को मिटा देना चाहते हैं। बहुत से अवसरों पर महात्मा गांधी ने कहा था कि "स्वतन्त्रता का तब तक कोई अर्थ नहीं है जब तक कि यह तीन वस्तुएं नहीं सौंपती–रोटी, कपड़ा और मकान।" लेकिन इन्हें कैसे प्राप्त करना है, यह साफ नहीं किया था।

यहां दो दृष्टिकोण आमने-सामने थे। महात्मा गांधी का दृष्टिकोण स्वयं पर भरोसा करनेवाले गांवों, पुनरुत्साहित कृषि और शिल्प उत्पादन का था। उन्होंने आधुनिक नगरीय उद्योगों का विरोध किया क्योंकि यह मानव का अमानवीकरण करते थे। नेहरू के पास आधुनिक वैज्ञानिक दिमाग था और वह सोवियत के आर्थिक लाभों से

बहुत प्रभावित थे, परन्तु वह पूर्ण रूप से लोकतन्त्र को समर्पित थे। उनका दृष्टिकोण लोकतान्त्रिक समाजवाद का था। औद्योगिकीकरण प्रक्रिया का मार्गदर्शन राज्य करते थे। उन्होंने पूंजीवाद को धिक्कारा क्योंकि इसने शोषण और असमानताओं को पैदा किया। गांधीजी और नेहरूजी के सपने भी त्रुटिपूर्ण थे और हमने उनको साकार करने में एक लम्बा समय गंवाया है। गांधीजी ने प्रौद्योगिकी पर तो अविश्वास किया किन्तु व्यापारियों पर नहीं। नेहरू ने इसके विपरीत व्यापारियों पर तो विश्वास किया किन्तु प्रौद्योगिकी पर नहीं। बजाय इसके कि हम विरोधों को सुलझाते, हमने इन दोनों को मिला दिया, हमें कामधेनु रूपी मामलों को निपटाना पड़ा, जैसे-छोटी कम्पनियां बड़ी कम्पनियों से बेहतर हैं (गांधी); सार्वजनिक उद्यम निजी उद्यमों की अपेक्षा बेहतर हैं (नेहरू); विदेशी कम्पनियों की अपेक्षा स्थानीय कम्पनियां बेहतर हैं। उन्होंने हमें इस तरह मदहोश किया कि आनेवाली पीढ़ियां, जिनका काम इन मूर्ख विचारों के चक्रव्यूह से निकलना था, वे इसमें और उलझती गईं। और इसी प्रवृत्ति ने हमें हमारे अनुमान से कहीं अधिक नुकसान पहुंचाया।

मेरे जन्म के छह माह बाद सरकार ने पिताजी का तबादला पूर्वी पंजाब के हिसार जिले के जंगल की एक नहर कालोनी में कर दिया था। उनसे कहा गया कि वे सिंचाई के लिए प्रयोग में आनेवाली नहर की मरम्मत का निरीक्षण करें। रास्ते में, वह अपने गुरु के आश्रम व्यास पर रुके, ताकि उनके बच्चों को गुरु का आशीर्वाद प्राप्त हो सके। पिताजी ने मां को समझाया कि गुरु की आंखों में रक्षा करने की शक्ति होती है, उनकी एक सरसरी दृष्टि लड़के को जीवन में अच्छी शुरुआत दे सकती है। आश्रम में उन्होंने अपने पुत्र को गुरु के चरणों पर रख दिया और उनसे प्रार्थना की कि वे उसके पुत्र को नाम दें। "जैसे कि तुमने उसे मेरे चरणों में रख दिया है, चलो उसे गुरुचरण दास ही बुलाते हैं, गुरु के चरणों का सेवक।" गुरु ने मुस्कुराते हुए कहा कि "यह उसके अपने जीवन को विनम्रतापूर्वक जीने की याद दिलाएगा।" उन्होंने आगे कहा, "यह एक अच्छा नाम है, तुम्हारा क्या विचार है?" और वह अपने ही मजाक पर हंस पड़े। मेरे नाम के पहले दो भाग क्रमशः संक्षिप्त हो गए, परन्तु इसने मुझे नम्र या आध्यात्मिक बनाने के लिए कुछ नहीं किया।

धर्म हमारे जीवन में पूरी तरह से मिला हुआ है। यह हमारे दृढविश्वास पर निर्भर है कि हम मन्दिर, मस्जिद या गुरुद्वारे अथवा किसी सन्त के प्रवचन सुनने जाते हैं। सत्य, भ्रम और मानव जीवन के अर्थ के विषय में बात करना आम था। लोगों को मानव स्थिति या मृत्यु के अवश्यम्भावी होने, घिसी-पिटी बातों को हताशा के साथ इधर-उधर प्रकट करते शर्म भी महसूस नहीं होती थी। वे मनुष्य को उस दैवी का

सूक्ष्म रूप यामी एक अंश मानते थे। "ईश्वर मनुष्य में है और मनुष्य ईश्वर में है।" लोग इस तरह बात किया करते थे। मनुष्य का मस्तिष्क और उसकी स्वार्थी प्रवृत्ति उसकी परेशानियों का कारण थे, ये उसे अहसास दिलाते हैं कि वह ईश्वर से अलग है। हर कोई कर्म में विश्वास करता था–कि कर्मशीलता ही महत्त्वपूर्ण है और यही इस बात को निर्धारित करता है कि अगले जन्मों में हम किस प्रकार का जीवन जीएंगे। समान रूप से हमारा वर्तमान जीवन हमारे पिछले जन्मों के कर्मों का परिणाम है। जीवन का लक्ष्य था ईश्वर के साथ एकात्म स्थापित करना। इसलिए रोजमर्रा की बातचीत में धीरे-धीरे दार्शनिकता का पुट गहराता जा रहा था।

सब-डिविजनल अधिकारी होने के नाते पिताजी अंग्रेजी राज के एक महत्त्वपूर्ण अधिकारी थे। हम ईंटों के बने बंगले में रहते थे जो कि लोकनिर्माण विभाग की शैली में निर्मित था। अन्दर सफेदी, एक सपाट छत और एक लम्बा-चौड़ा बरामदा था और पिछवाड़े में एक नहर बह रही थी। पिताजी का काम नहर की देख-रेख करना था। उन्होंने यह निश्चित कर लिया था कि पानी मुख्य नहर और साथ ही छोटी अलग-अलग नहरों में भी प्रभावी ढंग से बहता था, जो कि किसानों के खेतों को पानी देती थीं। उन्हें सभी किसानों को समान रूप से पानी उपलब्ध कराना था। कई बार यह मुश्किल होता था क्योंकि कुछ किसान स्थायी रूप से अपने पड़ोसियों का पानी अपने खेतों में मोड़ लेते थे और यह लड़ाई-झगड़े और हत्या की अगुवाई करता था।

पिताजी फसलों के लिए पानी का प्रबन्ध करते थे और किसान उन्हें जबरदस्ती अपने खेतों से उपहार लाकर दिया करते थे। वह उन्हें वापस कर दिया करते थे। हालांकि वह यह जानते थे कि यह रिश्वत थी लेकिन देनेवालों को ठेस न पहुंचे इसलिए वह पूरी टोकरी में से एक फल या सब्जी या एक बाल्टी में से एक गिलास दूध ले लिया करते थे और बाकी वापस कर दिया करते थे। गांववाले इस पर आश्चर्यचकित होते थे क्योंकि उनसे पूर्वाधिकारियों ने न केवल उपहार ले लिए थे बल्कि गायों और घोड़ों को मांगने में भी कोई हिचकिचाहट नहीं दिखाई दी थी।

नौ महीने बाद सरकार ने पिताजी की पदोन्नति रोहतक जिला मुख्यालय के सिंचाई विभाग में डेस्क जॉब पर कर दी। जहां वह नहर कालोनी में 'बड़े साहब' थे, जिले के पदाधिकारियों की श्रेणी में सबसे निचले स्तर पर थे। इस पदक्रम में शीर्ष पर क्लेक्टर, इसके बाद पुलिस, चिकित्सा सेवाओं, जंगल लगाने की क्रिया, सिंचाई और अन्य कार्यों के मुखिया आते थे। 1943 तक सेवाओं का भारतीयकरण काफी बढ़ जाने के बावजूद भी इनमें से कुछ अधिकारी अंग्रेज थे। अतएव उनके सहयोगी उनसे ईर्ष्या करते थे कि उनके पास एक प्रशासनिक कार्य है। मेरे पिता नहर पर अपने हाथों

से काम करते थे जिसकी कमी उन्हें खलती रहती थी। सालों बाद उन्होंने मुझे बताया कि वह इसे विचित्र पाते थे कि भारतीय इंजीनियर हमेशा खयाली समस्या को सुलझाने को श्रेष्ठ मानते थे, बजाय मशीनों के साथ काम करने के।

पिताजी को ऐसा लगता था कि वे दोहरा जीवन जी रहे थे, सुरुचिपूर्ण ढंग से दो भागों में विभाजित। दिन के समय, काम पर वह पश्चिमी वस्त्र पहनते थे, अंग्रेजी बोलते थे और बुद्धिसम्पन्न व्यक्तिवादी व अंग्रेजी राज के एक अधिकारी का जीवन व्यतीत कर रहे थे। सायंकाल में वह ढीलाढाला कुर्ता पहनते थे, पंजाबी बोलते, भारतीय भोजन करते व भारतीय संगीत सुनते थे और एक अच्छे हिन्दू की तरह ध्यान करते। सालों बाद, हिन्दुस्तान लीवर के सी. ई. ओ. और 'पंजाबी सेंचुरी' के लेखक प्रकाश टंडन ने मेरा परिचय 'सांस्कृतिक अन्यत्रवासी' अभिव्यक्ति से करवाया, जैसा कि मैं इसके विषय में सोचता हूं, मेरे पिताजी और उनकी पीढ़ी के लिए एकदम उचित है, फिर भी किसी भी तरह यह उस कीमत को कब्जे में नहीं कर पाती है जो उन्होंने चुकाई होगी और स्थिति निर्धारण की अनभिज्ञता और स्वत्वर्पण जो कि उन्होंने अवश्य ही अनुभव किया होगा।

पिताजी के बड़े अधिकारी, अंग्रेज सुपरिंटेंडिंग इंजीनियर का दौरा एक बहुत बड़ा अवसर था। स्थानीय सिंचाई विभाग के समस्त कर्मचारियों का समूह नहर विश्राम गृह पर जमा हुआ। एस. ई. को आदरस्वरूप गेंदे के फूलों का हार पहनाया गया। मेरी मां इस सबसे घबराहट महसूस कर रही थी, अन्ततः जो भी हो यहां सब काम के सिलसिले में आए हुए थे। फिर भी पिछली दो पीढ़ियों से ऐसा ही हो रहा था, उसकी आवभगत करने के लिए दर्जन भर लोग पहले ही पहुंच गए थे। दो क्लर्क, दो अर्दली, दो सुरक्षाकर्मी, दो बैरे, एक रसोइया, एक धोबी, एक सफाई कर्मचारी, ये सब एक खिदमतगार के निरीक्षण में थे। यह एक शानदार तमाशा था। मां ने बताया था कि अपनी चमकदार सफेद वर्दियों, हरे पट्टेवाली पगड़ियों और हरे कमरबन्दों में वे गुलदाउदी के फूलों की बगल में पंक्तिबद्ध खड़े थे।

अठारह महीने बाद पिताजी का तबादला लाहौर कर दिया गया। मां रोमांचित थी कि अन्ततः हम अपनी सभ्यता के केन्द्र में वापस जा रहे थे, सांस्कृतिक और विश्वबन्धुत्व रखनेवाले शहर में, जहां पर वह कॉलेज गई थीं। वहां रहने का इन्तजाम न हो पाने के कारण पिताजी ने निश्चित किया कि मां के लिए लयालपुर जाना ही अच्छा जब तक कि वे रहने के लिए कोई उचित बन्दोबस्त नहीं कर लेते। दिन महीनों में बदलने लगे और वह लाहौर में घर तलाशने में सफल नहीं हुए। इस समय मैं चार वर्ष का था। सर्दी के बाद असहनीय गर्मी आई और अन्ततः सबको गर्मी से निजात दिलाने के लिए जुलाई के आरम्भ में बारिश शुरू हो गई।

1946 में अगस्त की एक दोपहर मैं मां को कंघी करते हुए देख रहा था। मां सागवान की भारी शृंगार मेज पर बैठी थीं। तभी किसी के पैरों की आहट सुनाई दी। जो भी था, वह जीने से ऊपर की ओर तेजी से आ रहा था। मैंने देखा कि दादाजी धड़ल्ले से अन्दर घुसे, उत्तेजित स्वर में वह बोले कि "अंग्रेज भारत छोड़ रहे हैं। साम्राज्य का हिसाब साफ करने के लिए माउंटबेटन को आखिरी वायसराय नियुक्त किया गया है।" थोड़ा रुककर दादाजी ने फिर कहा, "मैंने यह सोचा भी नहीं था कि मैं यह दिन देखने के लिए जीवित रहूंगा। आखिरकार अंग्रेजी राज का अन्त आ ही गया।" खुशी के मारे मां के हाथों से नारियल के तेल की बोतल छूट गई। वह खुशी से उछल पड़ीं और उन्होंने मुझे गले से लगा लिया। दादाजी ने कहा, "मेरा पोता आजाद देश में बड़ा होने जा रहा है।"

हालांकि भारतीय इस पर टीका-टिप्पणी करते हैं कि आधुनिक भारत के निर्माण में अच्छे और बुरे के लिए अंग्रेजी राज एक महत्त्वपूर्ण घटना थी। ब्रिटेन ने हमें लोकतन्त्र, कानूनी शासन, स्वतन्त्र न्याय विभाग और मुक्त प्रेरणा दी। इसने रेलवे, नहरों और बन्दरगाहों का निर्माण किया, परन्तु यह औद्योगिक क्रान्ति नहीं ला सका। न तो यह आर्थिक विकास कर सका और न ही लोगों को गरीबी के मकड़जाल से बाहर निकाल सका। यह अकाल को भी नहीं टाल सका। सच्चाई यह है कि अंग्रेजी राज आर्थिक रूप से अयोग्य था। वह यह नहीं जानता था कि एक देश का विकास किस प्रकार किया जाए। अगर ब्रिटेन, यह जानता होता तो वह अपने उत्पादकों के पास बहुत बड़े बाजार के होने से इसका बहुत लाभ उठा सकता था। इसने भारत को पश्चिमी आधुनिक शिक्षा से परिचित कराया और छोटे मध्यवर्ग का निर्माण करने में मदद की। किन्तु इसने लोगों को बड़ी संख्या में शिक्षित नहीं किया। यह इसकी एक अन्य असफलता थी जो अतीत से जुड़ी हुई थी, क्योंकि जन-साक्षरता के बिना विकास सम्भव नहीं है।

अंग्रेजों ने हमें शान्तिपूर्ण सौ वर्ष प्रदान किए, किन्तु उन्होंने 'फूट डालो शासन करो की नीति को जानबूझकर अपनाया, जिसने हिन्दू और मुसलमानों को अपनी अलग पहचान बनाने के लिए उकसाया। इसने देश के दुखान्त विभाजन का रास्ता दिखाया। यदि भारत एक रहा होता, तो रक्षा खर्च में करोड़ों की किफायत की जा सकती थी और दोनों देशों के सामान्य लोगों के जीवन को बेहतर बनाने में निवेश किया जा सकता था। क्या अविभाजित भारत हिन्दू-मुस्लिम के वैर भाव में बने रह सकता था, यह इतिहास की एक अन्य विपरीत वास्तविकता है।

ब्रिटिश राज ने हमें आधुनिक मूल्य और संस्थाएं प्रदान कीं परन्तु इसने हमारी प्राचीन परम्पराओं और हमारे धर्म के साथ कोई हस्तक्षेप नहीं किया। इसलिए भारत अपनी पुरानी परम्पराओं को सुरक्षित रख पाया, और जीवनयापन के पुराने तरीके

अभी भी जारी हैं। बहुत से भारतीय जातिगत भेदभाव से निराश होते हैं और इसे दूर करने की इच्छा रखते हैं। फिर भी भूमंडलीय संस्कृति के घातक आक्रमणों के खिलाफ भारतीय जीवन पद्धति एक मजबूत प्राचीर है। अंग्रेजों ने हमें अंग्रेजी भाषा दी जिसने हमें अपने ही देश के निवासियों से बातचीत करने की मंजूरी दी, उस देश में जिसकी सोलह राजभाषाएं थीं। फिर भी अंग्रेजों ने हमें दो राष्ट्रों में विभाजित किया– दस प्रतिशत सम्भ्रान्त व्यक्तियों जिन्होंने अंग्रेजी सीखी, ने नब्बे प्रतिशत लोगों को जिन्होंने अंग्रेजी नहीं सीखी, अन्दर नहीं आने दिया। हालांकि आज, अंग्रेजी का ज्ञान भारतीयों को भूमंडलीय अर्थव्यवस्था में प्रतिस्पर्धी लाभ प्रदान करता है और सूचना अर्थव्यवस्था में हमारी नवजात सफलता का यह एक महत्त्वपूर्ण कारण है।

अंग्रेज हमारे दूसरे आक्रमणकारियों से भिन्न थे। वे हममें मिले नहीं और अन्त तक हमसे अलग ही रहे। इसने हमारे आत्मविश्वास को हिलाकर रख दिया। हमने स्कूल में सीखा था कि भारत एक त्रिकोण है, इसकी बगलों में हिमालय, अरब सागर और बंगाल की खाड़ी के साथ पूर्व से पश्चिम तक फैला हिमालय उत्तर से आनेवाली ठंडी हवाओं को काटता था। इसने कृषि को फलने-फूलने में मदद की व सम्पत्ति का सृजन किया। किन्तु इसने उत्तर में जंगली आक्रमणकारियों को भी आकर्षित किया। इसने हमें उष्ण जलवायु प्रदान की, इसलिए जो कोई भी आया वह जाने को तैयार नहीं हुआ। पहले आर्य, फिर तुर्क और फिर मुगल आए। वे आए, यहां रहे और यहीं के होकर रह गए। हर बार हमने सामंजस्य स्थापित करने के लिए एक नई उपजाति की रचना की और वे हमारी विषमता का हिस्सा बन गए किन्तु अंग्रेज नहीं। लेकिन अब वे जा चुके हैं और हमारा विश्वास वापस लौट आया है विशेषकर युवाओं का। हमारी क्रोधित करनेवाली विषमताओं में आज शायद ही कोई मूल्य हो क्योंकि हमने हमेशा अनेकत्व के साथ जीना सीखा, शायद यह सम्भव है कि हम भूमंडलीय अर्थव्यवस्था की विषमताओं से समझौता करने के लिए बेहतर रूप से तैयार हों।

अध्याय दो

बाजार की सुगन्धें

बहुत समय पहले एक विचारक हिसॉयड ने कहा था कि प्रतियोगिता का सिद्धान्त तो विश्व के आरम्भ में ही बन गया था; वस्तुओं की प्रकृति में ही कुछ ऐसा होता है जो उसकी जीत और हार का कारण बनता है।

—इर्विंग बैबित

बहुत से भारतीयों की तरह, हमारा परिवार भी पैसा कमाने को अधिक महत्त्व नहीं देता था। इस प्रकार वाणिज्य और व्यापारियों के विषय में कमजोर विचारधारा के साथ मैं बड़ा हुआ। थोड़ा-बहुत तो यह जातिगत पूर्वग्रह भी था। अरोड़ा जाति से सम्बन्धित होने के कारण हम अपने को खत्री यानी व्यापारी जाति से श्रेष्ठ मानते थे। पंजाब के शहरों में अरोड़ा और खत्री प्रमुख हिन्दू जातियां थीं। शासकीय काबिलियत के कारण हम राजकीय मामलों में अधिकारी थे। लेकिन वाणिज्य के विषय में कमजोर होने के कारण हम महाजनी के काम से ऊपर नहीं उठे थे। उन्नीसवीं शताब्दी के मध्य में जब अंग्रेज पंजाब आए, तो हम उन अग्रणी लोगों में से थे जिन्होंने पश्चिमी ज्ञान और आधुनिक व्यवसायों को अपनाया। हालांकि जातिगत वर्गीकरण में ब्राह्मण हमसे ऊपर थे लेकिन वे सामाजिक रुतबा खो बैठे थे, क्योंकि अंग्रेजी सीखने में वे थोड़े सुस्त थे; और उन्होंने अपने को संस्कृत सीखने और मन्दिरों में धार्मिक कर्म-कांड करने तक ही सीमित रखा।

मुझे याद है, जब मैं छोटा था, तो मेरी दादीजी तराजू के साथ छेड़खानी करने पर हमारे पंसारी को झिड़का करती थीं। ऐसा ही हमारे खानदानी सुनार के साथ था, परन्तु इसके

साथ दादीजी अधिक चतुराई के साथ पेश आया करती थीं। बाद में मां मुझे मेरा जेबखर्च मिलावटी आइसक्रीम पर खर्च करने के लिए डांटा करती थीं। ऐसा लगता है कि हमारी जिन्दगी का प्रत्येक व्यापारिक लेन-देन एक चुनौतीपूर्ण कार्य था। यह हमारे यानी शिक्षित, ईमानदार, करदाता नागरिकों और उनके यानी धोखेबाज व धूर्त व्यापारियों का मामला है।

ब्रिटिश ईस्ट इंडिया कम्पनी और कलकत्ता के महाजन ओमीचन्द की धोखेबाजी ने व्यापारियों के प्रति हमारी धारणा को दृढ़ किया। सोलहवीं शताब्दी के अन्त में ईस्ट इंडिया कम्पनी लूटने के इरादे से भारत आई थी, शीघ्र ही उसने यह जान लिया था कि यहां पर व्यापार द्वारा अधिक पैसा कमाया जा सकता था। अठारहवीं शताब्दी के प्रारम्भ में मुगल साम्राज्य के पतन के साथ ही स्वशास्ति राज्यों में नष्ट होते मुगल प्रभुत्व को पुनःस्थापित करना शुरू कर दिया था। इनमें से एक था बंगाल का युवा नवाब सिराजुद्दौला, जो 1757 में रॉबर्ट क्लाइव और ईस्ट इंडिया कम्पनी की महत्त्वाकांक्षा के विरोध में खड़ा हुआ था। तब तक अंग्रेजों ने कलकत्ता में केन्द्र स्थापित कर लिया था और इसने अत्यधिक साहसी भारतीय उद्यमियों को आकर्षित किया था, मुख्य रूप से मारवाड़ियों को। इनमें सबसे अधिक शक्तिशाली था जगत सेठ का बैंकिंग हाउस, जिसने पूर्व नवाब की नियुक्ति में भी भूमिका निभाई थी।

क्लाइव ने इस अनिश्चितता भरे राजनीतिक माहौल में भी उस अवसर को सूंघ लिया था, जहां व्यापारी किंग मेकर बन सकते थे। तब एक वर्ष पहले ही नवाब ने कलकत्ता पर आक्रमण किया था और क्लाइव उसे राजगद्दी से हटाना चाहता था और उसकी जगह उसके दब्बू चाचा मीर जाफर को गद्दी पर बैठाना चाहता था, जो कि नवाब की सेनाओं का नायक था और जिसने अपनी उन्नति के एवज में अंग्रेजों को बहुत बड़ी मात्रा में सम्पत्ति देने का वायदा किया था। इस षड्यन्त्र का तीसरा सदस्य था ओमीचन्द महाजन जो कि जगत सेठ का नजदीकी था और नवाब एवं कम्पनी के बीच बिचौलिया था। जब क्लाइव ने अचानक आक्रमण करने की व्यूह रचना की, तो ओमीचन्द का काम नवाब को उलझाए रखना था और मीर जाफ़र का काम यह सुरक्षित करना था कि नवाब की सेना निष्क्रिय रहे। 23 जून 1757 में प्लासी में, जो कि कलकत्ता के 145 किलोमीटर उत्तर में था, युद्ध हुआ। नवाब के 50,000 सैनिकों में से केवल 12,000 सैनिक ही युद्ध में शामिल हुए और जो मीर जाफर के प्यादे थे, वे युद्धभूमि में निष्क्रिय खड़े रहे। अन्त में, अंग्रेजों ने केवल अठारह और नवाब ने पांच हजार लोग युद्ध में खोए और नवाब युद्धभूमि से भाग गया। अंग्रेजों ने भारत में अपना सबसे अधिक निर्णयात्मक युद्ध जीत लिया था और उसके इतिहास में बहुत बड़ी उलट-फेर कर दी थी। उन्होंने सीख लिया था कि भारत को किस नीति

से पराजित किया जा सकता है। उनका लूट का हिस्सा तेईस लाख पाउंड था (आज के सौ करोड़ डॉलर) और क्लाइव का हिस्सा 230,000 पाउंड था (आज के चौदह करोड़ डॉलर), इससे अधिक मूल्यवान अंग्रेजों के लिए आस-पास के एक बहुत बड़े भू-भाग को प्राप्त करना था, जिसके दायरे में पहले बंगाल और फिर पूरा देश आ गया था। युद्ध से पहले ओमीचन्द ने क्लाइव को इशारा किया था कि वह लूट का बहुत बड़ा हिस्सा चाहता है अन्यथा वह भंडाफोड़ कर देगा। वह 300,000 पाउंड (आज के पन्द्रह करोड़ डॉलर) चाहता था और वह इसे मीर जाफर के साथ गुप्त सन्धि-पत्र के रूप में लिखित चाहता था। क्लाइव इस चोट से बुरी तरह बौखला गया था और उसने उसे 'पृथ्वी का सबसे बड़ा दुष्ट' कहा था; परन्तु क्लाइव के पास उसकी बात मानने के अलावा और कोई चारा नहीं था, नहीं तो षड्यन्त्र का किला ढह जाता। इतिहासकार मैकाले का कहना है कि 'ओमीचन्द पर अपनी जाति का बहुत अधिक प्रभाव था और वह हिन्दू गुणों–तीव्र निरीक्षण, कुशलता, तत्परता, धैर्य, और हिन्दू अवगुणों–दासता, लालच आदि का एक अनोखा मेल था।

अन्त में क्लाइव और भी मक्कार हो गया था उसने ब्लैकमेलर को धोखे से मात दी। उसने दो सन्धिपत्र बनवाए। असली सफेद पन्ने पर और नकली लाल पर जो कि उसने ओमीचन्द को दिखाया था। जब जगत सेठ के घर विजेता आमने-सामने आए तो उसे इस छल का पता चला। धूर्त व्यापारी इस छल से कभी उबर नहीं पाया और कुछ महीनों बाद मर गया। क्लाइव लॉर्ड क्लाइव बन गया और हीरे-जवाहरातों से लदा हुआ इंग्लैंड वापस गया जिसका वहां एक शूरवीर की तरह स्वागत किया गया। मैकाले ने लिखा है : किसी भी अंग्रेज आदमी ने बिना किसी मूल सम्पदा के इतना बड़ा निर्माण नहीं किया था और वह भी चौंतीस वर्ष की अल्पायु में। किन्तु मैकाले ने क्लाइव की मक्कारी की भी निन्दा की, इसलिए कि उसने सिर्फ एक अपराध ही नहीं किया था बल्कि एक भारी भूल भी की थी क्योंकि राष्ट्रों को छल-कपट में लिप्त ही नहीं समझना चाहिए।

प्रत्येक भारतीय विद्यार्थी इस छलकपटपूर्ण कथा को जानता है कि कैसे प्लासी में बंगाल खोया गया था। यह आश्चर्यजनक है कि व्यापारियों और विदेशी कम्पनियों के प्रति हमारा नजरिया सन्देह-भरा है। हमें विश्वास था कि लालची और धोखेबाज खलनायकों की तुलना में महात्मा गांधी और नेहरू सन्त पुरुषों ने 1947 में हमारे लिए नए राष्ट्र का निर्माण किया था। तब इस बात पर विश्वास करना सम्भव था कि भारत महान होगा क्योंकि वह पहले तो खुशहाल था। 1757 में हुए प्लासी युद्ध में भारत की पराजय कुछ मायनों में सौ साल बाद हुए अफीमी युद्ध में चीन की पराजय के समान थी। ये दोनों ही प्राचीन और वैभवशाली सभ्यताओं पर ब्रिटिश साम्राज्यवाद की घटिया जीतें थीं। दोनों

ही घटनाएं उस समय के इतिहासकारों के लिए मामूली स्थानीय मसलों तक सीमित एवं महत्त्वपूर्ण नहीं थीं। उस समय तक दोनों ने ही उन घटनाओं की, जिनका पूर्वानुमान नहीं लगाया जा सकता था, प्रतिक्रिया श्रृंखला आरम्भ कर दी थी और प्राचीन देशों को विदेशी दमन, खूनी युद्ध, पश्चिमी धारणाओं और प्रौद्योगिकी के आगमन के लिए खोल दिया था।

अंग्रेज व्यापारियों, सट्टेबाजों के एक छोटे व लालची समुदाय ने संसार को दो कमजोर सभ्यताओं की नपुंसकता दिखाई और बताया कि किस प्रकार आसानी से उनकी अपार सम्पत्ति को लूटा जा सकता था। उन्होंने यह सिद्ध कर दिया कि जन्मजात कमजोर, निष्क्रिय लोग शीघ्र पराजित हो जाते हैं। भारतीयों और चीनियों के इस अपमान ने व्यापारियों और विदेशियों को शक करने पर मजबूर कर दिया और देशी डर के घाव का चिन्ह छोड़ दिया। 'विदेशी हाथ' का डर और स्वदेशी से इसका बेतुका लगाव भारत के उद्योग विरोधी नजरिये को स्पष्ट करता है। चीन में इसने साम्यवादी क्रान्ति और सन्दिग्ध चीनी कर्मचारी वर्ग को दृढ़ता दी।

हमने शायद बनियों का तिरस्कार किया होगा परन्तु हम पैसे और बाजार दोनों को प्यार करते थे। लाहौर का अनारकली बाजार पंजाब में बहुत अधिक प्रसिद्ध था और यहां खरीदारी करना हरेक पंजाबी की दिली ख़्वाहिश होती थी। इसकी चहल-पहल को देखने के लिए पूरे उत्तरी-पश्चिम से लोग आते थे। लोगों का कहना था कि अनारकली बाजार की सभी औरतें सुन्दर थीं और आदमी रूपवान थे। अगर कोई वस्तु इस अनारकली बाजार में नहीं मिल पाती तो उसके होने का कोई महत्त्व ही नहीं था। इसकी इन जैसी बहुत-सी दूसरी विशेषताओं के कारण लाहौर को 'पृथ्वी का स्वर्ग' कहा जाता था।

मेरे दादाजी की लाहौर यात्रा तब तक पूरी नहीं होती थी जब तक वे कुछ घंटे अनारकली में न बिता लें। वह याद करते थे कि 1929 में एक दिन वहां पर सामान्य की अपेक्षा अधिक चहल-पहल थी। वह हाईकोर्ट से एक बैरिस्टर को मसौदा देकर वापस आ रहे थे। जब वह लाहौरी गेट की ओर से बाजार में दाखिल हुए तो उन्होंने देखा कि बाईं ओर फूल बेचनेवालों की भव्य कतारें थी और दाई ओर फलों के लदे-फदे पर्वतों की बाढ़। उनके पास से गुजरते हुए वह केसरी सोडा वाटर कम्पनी पर रुके। उन्होंने हमेशा की तरह ताज़गी भरनेवाले एक बड़े नीबू-पानी के गिलास का ऑर्डर दिया। अपने जवानी के दिनों में वे अक्सर भगवान सिंह की दुकान पर लस्सी पीने के लिए जाया करते थे किन्तु अब उन्हें शौक के लिए यह बहुत भारी लगता था।

अचानक बाजार में कानाफूसी शुरू हो गई और जैसे ही एक जुलूस लाहौरी गेट में दाखिल हुआ वैसे ही जोशीले लोगों के शोरगुल की आवाजें आने लगीं। खिड़कियां झटके से खुल गईं, बरामदे भर गए और लोग सुन्दर व आकर्षक दिख रहे जवाहरलाल

नेहरू पर फूलों की वर्षा करने लगे। 1929 के ऐतिहासिक लाहौर अधिवेशन में नेहरू कांग्रेस के नए अध्यक्ष चुने गए थे। जुलूस धनीराम भल्ला की जूतों की दुकान पर रुका, जहां नेहरू का स्वागत नोटों के हार से किया गया जो कि अनारकली के व्यापारियों की ओर से स्वतन्त्रता आन्दोलन के लिए एक भेंट थी। ऊपर से लोग चिल्ला रहे थे 'जवाहरलाल नेहरू, जिन्दाबाद', 'हिन्दुस्तान के बेताज बादशाह, जिन्दाबाद'। मेरे दादाजी को सड़कछाप राजनीति में कोई दिलचस्पी नहीं थी, किन्तु वह भी इस एकदम पसरे हुए जोश से, जो कि अनारकली ने अपने भविष्य के शासक पर बरसाया था, प्रभावित हुए बिना नहीं रह सके।

इस सबके चलते धक्का-मुक्की में कोई व्यक्ति मेरे दादाजी से टकरा गया और। वह नीचे गिर पड़े। वह व्यक्ति तुरन्त घूमा और उसने फौरन मेरे दादाजी की तरफ मदद के लिए हाथ बढ़ाया। अजनबी ने अपना दोष मानकर बार-बार माफी मांगी। अत्यधिक नम्रता के साथ उसने दादाजी को अस्पताल ले जाने की याचना की किन्तु उन्हें चोट नहीं लगी थी। मेरे दादाजी को याद था कि अजनबी का चेहरा प्रभावशाली था। वह दुबला-पतला था, उसने नई धोती और अच्छे से इस्त्री किया हुआ कुर्ता और बिना बाजुओंवाली काले रंग की जवाहर जैकेट पहनी हुई थी। "वह मुझे तो नहीं लेकिन मैं उसे जानता था कि वो मारवाड़ी-चुम्बक और गांधी का विश्वासपात्र घनश्याम दास बिड़ला था। यद्यपि वह भारत के गिने-चुने रईसों में से एक था, फिर भी वह विनम्रता और बहुत शालीनता से बोल रहा था।" जी. डी. बिड़ला ने जुलूस के बाद चाय पीने का दादाजी को निमन्त्रण दिया। मेरे दादाजी एकदम से तैयार हो गए और जुलूस के बाद दोनों एक अन्य व्यापारी के आरामदेह घर में गए। गांधी, कांग्रेस, राजनीति और व्यापार विषय पर बातचीत के साथ-साथ उन्होंने जी. डी. के परिवार के वृत्तान्त को विशेष ध्यान से सुना। उन्होंने जाना कि बिड़ला एक छोटे से गांव पिलानी से आए थे, जो कि राजस्थान के रेत की गहराई में दफन था, जहां हम रहते थे वहां से 650 किलोमीटर दक्षिण की ओर। वे वाणीक, महेश्वरी उपजाति से सम्बन्ध रखते थे। जी. डी. के दादा, शिवनारायण ने हैदराबाद में घनेरीवाला के सम्पन्न मारवाड़ी महाजनों के लिए लेखपाल की आरामदेह पदवी को अस्वीकार कर वित्तीय सुरक्षा को ठुकराया था।

जी. डी. ने कहा था, "मारवाड़ी दूसरों के लिए काम करने में परेशानी महसूस करते हैं।" किन्तु पिलानी में केवल 3,000 लोग थे और वहां पर महत्त्वाकांक्षी व्यक्ति के लिए बहुत कम चुनौतियां थीं। वह 700 किलोमीटर का सफर तय करने के लिए ऊंट पर चढ़े और अहमदाबाद पहुंचने में उन्हें बीस दिन लगे। वहां पर उन्होंने बम्बई

के लिए ट्रेन पकड़ी, वह वहां तब तक रहे जब तक कि उन्होंने अफीम, चांदी और कपास के व्यापार से पर्याप्त मात्रा में धन संचय नहीं कर लिया।

शिवनारायण का बम्बई में आगमन 12,000 किलोमीटर दूर पृथ्वी के दूसरे छोर की एक घटना से मेल खाता था जिसने कि उनका भाग्य ही बदल दिया था। अमेरिका का दक्षिणी भाग दास प्रथा के लिए बदनाम था किन्तु यह महीन, लम्बे-रेशेवाली कपास उगाने के लिए भी प्रसिद्ध था, जिसे वह ब्रिटेन की बुनाई मिलों को भेजता था। मिलें इसे कपड़े में परिवर्तित कर संसार-भर में बेचती थीं। अमेरिकी गृह-युद्ध ने रातों-रात इस पूर्ति–श्रृंखला को काट दिया। जैसे ही कच्चे कपास की पूर्ति में कमी आई, वैसे ही कीमतें आकाश छूने लगीं।

भारतीय उद्यमियों ने इस अवसर को सूंघ लिया और गांवों को रवाना हो गए और पश्चिमी भारत क़े किसानों को अंग्रेजी मिलों के लिए विशिष्ट लम्बी किस्म की कपास उगाने के लिए मनाने लगे। भारतीय किसान शीघ्र ही मान गए और 1860 में कीमतों के अत्यधिक बढ़ जाने से बहुत से व्यापारियों ने लैंकशायर को कपास भेजकर खूब खूब. धन कमाया। शिवनारायण बिड़ला इन व्यापारियों में से एक थे। इस धन का कुछ हिस्सा 1870-80 के बीच बम्बई और अहमदाबाद में स्थापित बुनाई मिलों पर लगाया गया।

लेकिन सात साल बम्बई में गुजारने के बाद शिवनारायण एक अमीर आदमी बनकर वापस पिलानी आए। वहां बालू के टीलों और अरावली पर्वत की झाड़ियों के बीच बरगद के वृक्ष के समीप उन्होंने अपने परिवार के लिए एक आलीशान हवेली बनवाई। उन्होंने बाहरी दीवारों पर गेरुआ रंग करवाया और बंगाल कम्पनी की चित्रकारी शैली में परेड करते हुए हाथियों, ऊंटों और चिंघाड़ते घोड़ों के चित्र बनवाए। अन्दर और बाहर के सहनों में, बड़े-बड़े अलंकृत बरामदों और ताकों के नीचे उन्होंने कलाकारों से व्यापारी क्रियाकलापों के अलावा फौजी कार्यवाही और स्थानीय वनस्पति के भी चित्र बनवाए। अपने नए सामाजिक रुतबे के अनुसार उन्होंने आरामदायक व विलासितापूर्ण बैलों का एक रथ भी बनवाया।

जी. डी. का जन्म इसी घर में हुआ था और उसे महिला सम्बन्धियों की देख-रेख में छोड़ा गया। घर के पुरुष बम्बई और कलकत्ता में थे, वे अपना अलग-अलग धन कमा रहे थे और परिवार की सम्पत्ति को बढ़ा रहे थे। जी. डी. को एक स्थानीय विद्यालय में पढ़ने के लिए भेजा गया जहां किताबें नहीं थीं और कक्षाएं खुले आसमान के नीचे होती थीं। एक दिन अध्यापक बिना किसी पूर्व सूचना के गायब हो गया, ऐसी अफवाह थी कि वह एक विधवा के साथ भाग गया है और विद्यालय बन्द कर दिया गया। नौ वर्ष की आयु में उन्हें कलकत्ता के एक विद्यालय में दाखिल करवाया गया और उसके तुरन्त

बाद उन्हें बही खाते की विद्या और व्यापारिक कौशल सीखने लिए बम्बई भेजा गया। उनकी अंग्रेजी सुधारने के लिए एक शिक्षक भी रखा गया। चौदह वर्ष की आयु में वह विवाह करने के लिए पिलानी वापस लौटे और एक वर्ष बाद उनके एक पुत्र हुआ।

बीसवीं शताब्दी की शुरुआत में बम्बई में प्लेग फैलने के कारण पूरा परिवार कलकत्ता बस गया। वहां उन्होंने ताराचन्द घनश्याम दास की असाधारण रूप से प्रभावशाली मारवाड़ी 'विशाल फर्म' के संरक्षण में जूट और अफीम का व्यापार आरम्भ किया। कुछ वर्षों बाद उन्होंने अपनी फर्म स्थापित कर ली, जिसे अफीम के व्यापार विशेषज्ञता प्राप्त थी। चांदी के बदलते मूल्यों के कारण अफीम के सौदों में व्यापक रूप से उतार-चढ़ाव आ रहा था। चीन की सरकार ने उस वस्तु, जिससे चीन अफीम की कीमत अदा करता था और नशीले पदार्थों पर प्रतिबन्ध लगाने का निरर्थक प्रयत्न किया। अफीम बाजार की अस्थिरता ने अनुमानित सफल व्यापार के लिए मार्ग प्रशस्त किया और बिड़ला परिवार ने कई महत्त्वपूर्ण सफलताएं अर्जित कीं।

सोलह वर्ष की आयु में, जी. डी. ने कलकत्ता में अपनी कम्पनी खोलकर खुद को एक स्वतन्त्र जूट व्यापारी के रूप में स्थापित किया। इस प्रकार बतौर ग्राहक अंग्रेज उनके सम्पर्क में आए। उन्होंने उनकी व्यापारिक विधियों को और व्यवस्थित करने की क्षमता को देखना शुरू किया। किन्तु अंग्रेजों का नस्ली भेदभाव उन्हें परेशान कर देता था। न तो उन्हें उनके दफ्तर में जाने के लिए लिफ्ट का प्रयोग करने की इजाजत थी और न ही उनसे मिलने के इन्तजार में बेंचों पर बैठने की। इन अपमानों के चलते वह और भी चतुर और आक्रोशी बन गए थे और इसने उनके भीतर एक राजनीतिज्ञ का सृजन किया।

प्रथम विश्वयुद्ध के आगमन के साथ ही जूट के बोरों की मांग बहुत बढ़ गई और जी. डी. ने काफी धन कमाया। इसी प्रकार उनके परिवार के अन्य सदस्यों ने भी धन कमाया और युद्ध के समय में बिड़ला सम्पत्ति चौगुनी होकर अस्सी लाख रुपये हो गई। युद्ध के बाद जी. डी. इस लाभ से कलकत्ता में एक जूट फैक्टरी लगाना चाहते थे। इस तरह वह उद्योग के क्षेत्र में प्रवेश पानेवाला पहला बिड़ला बन जाते किन्तु स्कॉटलैंड के एकाधिकार के दुर्ग में सेंध लगाना आसान नहीं था, जिसने कि जूट उद्योग पर शुरू से ही शासन किया था। हर बार जी. डी. मिल शुरू करने के लिए कुछ ज़मीन खरीदते तो स्कॉट (विशेष रूप से एंड्रयू यूल) उनके आसपास की सारी भूमि खरीद लेते थे और सड़क से उनकी पहुंच को रोक देते थे।

किन्तु जी. डी. डरकर रुके नहीं। वह जानते थे कि उनके भविष्य का आधार या पेशा निर्माण करना ही है। एक रात उन्होंने चुपके से दक्षिण में बज-बज की ओर हुगली नदी के घुमाव के पासवाली जमीन खरीद ली। जमीन पाने के बाद आवश्यकता

थी ऋण की। एकाधिकार के प्रभाव तले, इम्पीरियल बैंक ने उन्हें मशीनों के लिए कर्ज देने से इनकार कर दिया। अन्त में, उन्होंने कड़ाई तो त्याग दी लेकिन जी. डी. पर ब्याज की दर ब्रिटिश फर्मों की तुलना में बहुत ज्यादा लगाई। ब्रिटिश रक्षास्थल में भारत की घुसपैठ को रोकने के लिए ढुलाई और परिवहन कर की दर मुख्य रूप से नदी यातायात के लिए चढ़ाई की तरह से ऊंची कर दी गई।

जूट एकाधिकारी ब्रिटेन में मशीन निर्माताओं के पास गए और उन्हें मशीनें निषेधात्मक ऊंचे मूल्य पर लगाने के लिए राजी कर लिया। परिणामस्वरूप, लागतें गुब्बारे की तरह फूलने लगीं और उनकी योजना बेकार हो गई। निराशा के चलते उन्होंने लगभग इस सपने के पूरा होने के खयाल को छोड़ दिया। उन्होंने अपने सबसे बड़े प्रतियोगी एंड्रयू यूल को फैक्टरी बेचने का इरादा कर लिया। सौदे का निर्णय करने के लिए जब वह एंड्रयू यूल के दफ्तर गए तो प्रबन्धक ने उन्हें जूट मिल शुरू करने की धृष्टता पर फटकार लगाई। इस पीड़ाजनक स्थिति में उन्होंने फैक्टरी बेचने की अपनी पेशकश वापस ले ली। उन्होंने ठान लिया कि चाहे जो हो, वह जूट पर से एकाधिकार समाप्त करके रहेगा और वह सबकी आशाओं से अधिक सफल हुए। उसके बाद, उन्हें रोका नहीं जा सकता था। जी. डी. ने दो साल बाद ग्वालियर में उत्कृष्ट बुनाई मिल स्थापित की (ग्वालियर के महाराजा के साथ सहभागिता में) जो कि अन्ततः देश-भर में निर्मित बड़ी-बड़ी मिलों में से एक बनी। आनेवाले वर्षों में उन्होंने एंड्रयू यूल से बाजी मार ली। युद्ध के बाद स्कॉट कम्पनी मन्दी के दौर में थी और अपने कर्ज अदा करने के लिए नकदी पैदा करना बहुत जरूरी था। जी. डी. ने कदम आगे बढ़ाया और सगर्व एंड्रयू यूल की कपास मिल खरीद ली। 1928 में उन्होंने कंफैक्शनरी कम्पनी पर कब्जा ले लिया। जैसे ही चीनी संरक्षण सूची में आई तो 1931-33 के बीच बिड़ला ने चार चीनी मिलें शुरू कीं। वह प्रकाशन के क्षेत्र में भी उतरे और आधुनिक रूप से साबुन व रसायनों में भी अनुभवहीन होने के बावजूद उनके सारे निवेश सफल हुए। तीसरे दशक के मध्य में उन्होंने एक बीमा कम्पनी आरम्भ की, साथ ही एक बहुत बड़ी कागज बनानेवाली कम्पनी भी जो कि 'ओरिएंट पेपर' कहलाई।

दूसरे विश्वयुद्ध ने समृद्धि के लिए एक और बढ़िया अवसर दिया और युद्ध के दौरान बिड़ला ने अपनी पूंजी को छह गुना बढ़ा लिया। जब मेरे दादाजी ने मेरी दादीजी को बताया कि अंग्रेजों ने भारत छोड़ने का फैसला कर लिया है, तब तक बिड़ला की कुल सम्पत्ति लगभग पचीस करोड़ रुपये थी और वह भारत के चोटी के दो औद्योगिक घरानों में से एक था।

बहुत महत्त्वपूर्ण तरीके से जी. डी. कांग्रेस स्वतन्त्रता आन्दोलन के बहुत बड़े समर्थक और महात्मा गांधी के नजदीकी मित्र बन गए थे। वे एक-दूसरे को प्रायः

रोज ही लिखते थे–उनका पत्राचार चार पुस्तकों में फैला है, प्रत्येक के तकरीबन 500 पृष्ठ हैं और यह संग्रह 'बापू : ए यूनीक एसोसिएशन' शीर्षक से प्रकाशित हुआ। गांधी के आन्दोलन को जी. डी. का समर्थन इतना उदारचित्त था कि इसने उनके भाइयों के बीच दरार पैदा करने तक की नौबत ला दी। इसने उन्हें अंग्रेजों के साथ भी संकट में डाल दिया। वायसराय लॉर्ड तिनलिथगो ने नवम्बर, 1942 में भारत छोड़ो आन्दोलन की चरम अवस्था में अपने सभी प्रान्तीय गवर्नरों को एक 'अत्यधिक गुप्त और व्यक्तिगत' पत्र भेजा कि "हाल ही के उपद्रव में जिन बड़े व्यापारियों ने सक्रिय रूप से भाग लिया है ... (विशेषकर) बिड़ला भाइयों ने उन्हें ढूंढ़ निकालने और घेर लाने के प्रत्येक सम्भव कदम उठाए जाने चाहिए।"

जब मेरे दादाजी जी. डी. बिड़ला से अचानक मिले थे, तब वह कांग्रेस वित्त प्रबन्धक के रूप में लाहौर आए थे। उनसे हुई मुलाकात ने मेरे दादाजी पर गहरा असर डाला। उस दिन तक उन्होंने व्यापारियों को कभी भी अधिक महत्त्व नहीं दिया था। . निश्चित रूप से उन्होंने कभी विश्वास नहीं किया था कि व्यापारी और वाणिज्य एक अर्थव्यवस्था के शक्ति स्रोत हैं। न ही वाणिज्य-व्यापार के बारे में उनकी जाति-सम्बन्धी पूर्वधारणा उतनी मजबूत थी जितनी कि जवाहरलाल नेहरू की, जिसने कि अपने पक्षपातपूर्ण रवैये को अपनी आत्मकथा में अभिव्यक्त किया है : "सम्पूर्ण इतिहास में पुराने भारतीय आदर्शों ने राजनीतिक और फौजी उपलब्धियों को गौरवान्वित नहीं किया और व्यावसायिक दृष्टिकोणवाले वर्ग को तुच्छ समझा है। आज पुरानी संस्कृति पश्चिम की बनिया सभ्यता के नए और पूर्ण रूप से शक्तिशाली विपक्ष के विरुद्ध लड़ रही है।"

नेहरू की हैरो और कैम्ब्रिज की शिक्षा जहां उन्होंने व्यापार के विरुद्ध अंग्रेजी उच्चवर्ग का पक्षपात और फेबिन से समाजवाद सीखा था, वहां से यह धारणा और भी दृढ़ हुई थी। 1947 में, सत्ता में आने के बाद, नेहरू ने इस धारणा को संस्थापित कर दिया। 1940 के लॉर्ड वैवेल ने मारवाड़ियों के विरुद्ध पक्षपात में हिस्सेदारी की। तिस पर भी उन्होंने जी. डी. बिड़ला के बेजोड़पन को पहचान लिया और बम्बई क्वीन मैरी के दोपहर के भोजन में उन्हें अपना संगी बनाकर उनका हार्दिक अभिनन्दन किया। हालांकि टाटा भारत के सबसे बड़े और आदरणीय व्यापारी परिवार के मुखिया थे, वैवेल ने लिखा था :

"मैं सोचता हूं कि क्वीन मैरी यदि दोपहर के भोजन पर बिड़ला और टाटा में से किसी एक को बुलाने की इच्छा रखती हैं तो वह जी. डी. बिड़ला के साथ को ही बेहतर पाएंगी। टाटा काफी मिलनसार हैं परन्तु मैंने उन्हें वाचाल नहीं पाया और एक अनौपचारिक मुलाकाती के रूप में वह दूसरे सम्पन्न युवाओं के समान ही जिन्होंने परम्परागत तरीके

से शिक्षा पाई है लेकिन बिड़ला के पास कहने के लिए बहुत कुछ है। यद्यपि मारवाड़ी व्यापारियों के विषय में और उनके तरीकों के बारे में चाहे कोई जो भी सोचे, उनसे बात करने का अपना अलग महत्त्व है। मैं सोचता हूं कि क्वीन मैरी का दोपहर का भोजन टाटा के साथ बहुत नीरस होगा जबकि बिड़ला के साथ बहुत दिलचस्प।"

महात्मा गांधी, जो स्वयं बनिया थे, को बिड़ला से आर्थिक सहायता लेने में कोई आपत्ति नहीं थी। न ही वह नेहरू के समान व्यापार को तिरस्कृत नजरों से देखते थे। वह गुजरात से आए थे, जिसके बहुत से बन्दरगाह और सशक्त वाणिज्य व्यवस्था थी और जहां व्यापारियों को सम्मान की दृष्टि से देखा जाता था। गांधीजी का मानना था कि व्यापारी की सम्पत्ति उसकी अपनी नहीं होती, किन्तु वह बाकी समाज के लिए जमानत के समान होती है। हालांकि उन्होंने किसी से निष्कपट विश्वास के लिए अनुनय नहीं किया। वह स्वतन्त्रता आन्दोलन को उच्चवर्ग के वाद-विवादी समाज से विस्तृत आधारवाले लोगों के आन्दोलन में परिवर्तित करने में सफल हो गए, हमारे मध्यवर्ग की स्वतन्त्रता की अवधारणा जैसे 'अंग्रेजी शासन अंग्रेजों के बिना को चुनौती देते हुए। उनकी साधारण समाज की खोज का बुद्धिजीवी वर्ग के नवीनीकरण पर व्यापक प्रभाव पड़ा।

परन्तु गांधीजी व्यापारियों और वाणिज्य पर हमारी सन्देह-दृष्टि को नहीं बदल सके। दूसरी ओर वे जापानी जो कि विदेशियों पर हमसे भी अधिक सन्देह करते थे, व्यापारियों पर अपने अविश्वास से उबरने में सफल हो गए।

जापानियों ने पश्चिमी चुनौती का उत्तर बिल्कुल अलग ढंग से दिया। 1854 में पेरी द्वारा अपने अपमान के बाद उन्होंने जान लिया कि उनकी प्राचीन सभ्यता पेपर की तरह पतले शोजी दरवाजे जैसी थी, पश्चिम की सर्वोच्च तकनीक के विरुद्ध बचाव करने के लिए बहुत झीनी। अपने स्वर्णिम अतीत की उबाऊ घोषणाएं करने के बजाय वे, उन्नीसवीं शताब्दी के दूसरे भाग में, मेजी काल में, खुशी-खुशी स्कूल गए। उन्होंने गहनता से पश्चिम के शोधों, ज्ञान कौशल और विधियों को हासिल करना शुरू कर दिया। पश्चिम का जो भी महत्त्वहीन था उसे अस्वीकार करने और जो महत्त्वपूर्ण था उसे अपनाने में उन्हें कोई हिचक या संकोच नहीं था। उन्होंने सहज रूप में पश्चिमी परिधान, कानून विधियां और तकनीक को अपनाया। विरोधी गुणों को धारण करनेवाले भारतीयों और चीनियों के समान नहीं बल्कि वे अनुकरण करने में बहुत अच्छे हो गए कि अन्ततः उन्होंने पश्चिम को उसके ही खेल में पराजित कर दिया।

यूरोप के लोग भारत, चीन और जापान में विज्ञान, आधुनिक संगठन और प्रबुद्धता की धारणा पर आधारित नई संस्कृति लेकर आए। जापानियों ने शीघ्र ही उद्देश्यपूर्ण उत्तर दिया। मेजी राज्य ने विस्तृत रूप से आर्थिक और सामाजिक सुधारों का दायित्व

लिया और जनता ने अनुशासन और सामूहिक रूप से कार्य करके प्रतिक्रिया व्यक्त की। वे इतने सफल हुए कि 1905 तक उन्होंने रूसियों को हरा दिया। चीनियों ने पहले कौनिनतेंग और फिर कम्यूनिस्टों के अनियन्त्रित, जूनूनी और दुखद रास्ते पर चलना आरम्भ किया, जिससे 1949-74 के बीच तीन बहुत बड़े सामाजिक अथवा राजनीतिक विप्लवों के दौरान लाखों लोगों ने अपने जीवन गंवाए किन्तु 1979 में डेंग के आर्थिक सुधारों के बाद चीन बहुत उत्साहित हो उठा और अपने पथ पर तेजी से बढ़ने लगा और अब यह विश्व–शक्ति बनने की अभिलाषा रखता है। भारत में राष्ट्रीय चेतना और राष्ट्रीय गर्व का विकास करने में स्वतन्त्रता सेनानियों, उदारवादियों, सुधारकों और उपनिवेशवादी विरोधियों की तीन पीढ़ियां लग गईं। अन्ततः महात्मा गांधी के नेतृत्व में अहिंसावादी आन्दोलन के तहत खून की एक बूंद बहाए बिना 1947 में भारत ने स्वतन्त्रता हासिल की।

स्वतन्त्रता के बाद, लोकतन्त्र ने भारत में अपनी जड़ें मजबूत कीं और जनसाधारण ने भी व्यवस्था में अपना स्थान बनाया, यहां तक कि निचली जातियों के प्रतिनिधि भी चुनाव-प्रक्रिया द्वारा व्यवस्था में आने लगे।

परन्तु शासकों ने समाजवादी आर्थिक पथ को अपनाकर जन-शक्तियों को रोक दिया। यह पथ अच्छे अन्त की ओर ले जानेवाला रहा। भारतीयों ने अपनी आर्थिक आजादी 1991 में प्राप्त की। इसलिए, भारत ने पूंजीवाद से पहले लोकतन्त्र को अपनाया। इसने इसकी आधुनिकता की यात्रा को बेजोड़ बना दिया और इस विशिष्ट परिवर्तन ने भारतीय समाज के बारे में विस्तृत रूप से बताया है। एशिया के तीन बड़े देशों में से, आर्थिक दौड़ में, जापान पहले स्थान पर आया, चीन दूसरे स्थान पर और भारत अन्त में तीसरे स्थान पर रहा। जापानी शायद भारत से तीन-चार पीढ़ी आगे हैं। चीनी, जो कि सत्तर के दशक के मध्य में विकास के बराबरी के स्तर पर थे, अब हमसे एक पीढ़ी आगे हैं। भारत क्यों असफल हुआ, इसका हमारे औपनिवेशिक अतीत से बहुत कम सम्बन्ध है। न तो यह राष्ट्रीय छवि की समस्या है, न ही यह हमारे 'दुर्बल लोकतन्त्र' का दोष है। हमारे बेहतरीन प्रदर्शन न करने का मुख्य कारण हमारी गलत 'मिश्रित अर्थव्यवस्था' रही, जिसने हमारी नौकरशाही को हमारी औद्योगिक क्रान्ति को उसके जन्म के साथ ही खत्म कर देने की अनुमति दी।

अध्याय तीन

कहीं भी न जानेवाली ट्रेन

उन्होंने ट्रेन से उतरते हुए मनोहर सपना देखा।

–चार्ल्स लिलैंड

14 अगस्त 1947 की आधी रात को ब्रिटिश राज का अन्त हुआ। उसी दिन पंजाब और बंगाल के विभाजन से पाकिस्तान का जन्म हुआ। सर सिरिल रैडक्लिफ को विभाजन की रेखाएं खींचने में पांच दिन का समय लगा और नक्शे में खींची इन रेखाओं को रैडक्लिफ रेखा के नाम से जाना जाने लगा। विभाजन से जनसंख्या का अकल्पनीय और अतुलनीय स्थानान्तरण हुआ और लगभग दस लाख लोग बेघर हो गए। करीब दो करोड़ हिन्दू पश्चिमी पंजाब और पूर्वी बंगाल से पलायन कर गए और एक करोड़ अस्सी लाख मुसलमान पाकिस्तान चले गए। इतने बड़े पैमाने पर जन पलायन में पांच लाख लोगों की जानें गईं, बाईस हजार महिलाओं के साथ बलात्कार के मामले दर्ज किए गए और बाईस हजार लोगों को लापता घोषित किया गया।

मेरा परिवार भी शरणार्थी बन गया। हमने अपने पिता के गुरु के आश्रम में शरण ली जो रैडक्लिफ रेखा के अनुसार भारतीय सीमा के साठ किलोमीटर अन्दर था। जहां हमने जवाहरलाल नेहरू का ऐतिहासिक भाषण सुना। उन्होंने कहा, "सालों पहले हमने भाग्य के साथ समय सीमा तय की थी जो अब पूरी हो गई है और अब हमें अपने संकल्प को फिर से दोहराना है।... आधी रात में जब विश्व चैन की नींद सोएगा तब भारत नवजीवन के सुनहरे क्षणों का आनन्द उठाएगा। एक क्षण ऐसा आता है जो

इतिहास में विरले ही आता है, जब हम पुराने से नए में कदम रखते हैं, जब एक युग खत्म होता है और एक राष्ट्र की आत्मा जो कि बहुत लम्बे समय से दबाकर रखी गई हो, अभिव्यक्ति पाती है।"

अपने भविष्य की अनिश्चितता और दुखों के बावजूद नेहरू का भाषण सुनकर हम भावुक हो गए। हमने नए देश का राष्ट्रीय गान पहली बार सुना। कुछ लोगों ने इसको पहचान लिया। सबसे पहले मेरे पिताजी उठे। उसके बाद एक-एक करके सभी श्रोता सावधान की मुद्रा में खड़े हो गए। राष्ट्रगान में जब 'पंजाब' का जिक्र आया तो शरणार्थी बेबसी से एक-दूसरे को ताकने लगे। दर्द और क्रोध के बावजूद हमने यही सोचा कि स्वतन्त्र राष्ट्र के गवाह होने में ही हमारा भविष्य सुरक्षित है। आधुनिक भारत के शायद सबसे महत्त्वपूर्ण भाषण में नेहरू ने आगे कहा, "हम आज अपनी सफलता पर खुशी मना रहे हैं लेकिन यह उस सुनहरे अवसर का पहला कदम है जो हमें उन ऊंचाइयों और सफलताओं की ओर ले जाता है जो हमारी राह देख रही हैं।" उन्होंने याद दिलाया कि "हमारे सामने गरीबी और अज्ञानता को दूर करना सबसे बड़ी चुनौती है; इसके साथ हमें बीमारी और अवसर की असमानता को भी दूर करना है।"

यह पुस्तक उसी लक्ष्य (कार्य) से सम्बन्धित है। नेहरू ने बहुत कुछ हासिल किया क्योंकि वह सत्रह साल तक राज करते रहे, लेकिन वह इस काम को पूरा करने में विफल रहे। आजादी के पचास साल बाद भी विफलताएं सामने हैं : दस में से चार भारतीय अनपढ़ हैं, आधे दयनीय रूप से गरीब हैं जो पूरे दिन में एक डॉलर से भी कम कमा पाते है, एक तिहाई लोगों के पास पीने का स्वच्छ पानी नहीं है, छह गांवों में से एक के पास आधुनिक चिकित्सा सुविधाएं हैं, नेहरू द्वारा रचा गया तन्त्र अधिक विनाशकारी था। वहीं उनकी बेटी ने हमेशा दबाकर विकास करने में रुचि दिखाई। यह और भी विडम्बनापूर्ण है कि जो तन्त्र गरीबों के नाम पर खड़ा किया गया, वही उनके लिए कुछ न कर सका। इस नीति के परिणामस्वरूप भारत सरकार के कुल बजट का साठ फीसदी सरकारी कर्मचारियों के वेतन में चला जाता था और दो करोड़ सत्तर लाख कर्मचारी संगठित क्षेत्र में कार्यरत थे। जिन पर राज्य सरकारों का अधिकार था। यदि इस पैसे का एक छोटा हिस्सा भी समझदारी से शिक्षा और चिकित्सा के क्षेत्र में लगाया जाता तो एक आम भारतीय नागरिक को अधिक फायदा होता।

देश में विकास के कुछ कार्य न हुए हों, ऐसा भी नहीं है। अकाल की आपदा पूरी तरह समाप्त हो गई, देश में अनाज के भंडारण में हर साल वृद्धि होती रही। मृत्यु दर में कमी आई और औसत आयु तीस से चौंसठ वर्ष हो गई। शिक्षा दर सत्रह फीसदी से बासठ फीसदी हो गई। शिशु मृत्यु दर आधी हो गई। स्थिर अर्थव्यवस्था जो सदी के

पूर्वार्द्ध में एक फीसदी बढ़ती थी सदी के उत्तरार्द्ध में 4.4 फीसदी हो गई। 1950-75 के बीच यह साढ़े तीन प्रतिशत सालाना बढ़ी। अस्सी के दशक में 5.6 प्रतिशत और आर्थिक सुधारों के बाद नब्बे के मध्य में 7.5 फीसदी के आंकड़े को छू गई।

गुरु के आश्रम में पिताजी को यह पता चला कि उनका स्थानान्तरण शिमला हो गया है जहां सरकार ने लाहौर पाकिस्तान में चले जाने के कारण अस्थायी कार्यालय बनाया है। हमने जालन्धर से कालका के लिए ट्रेन पकड़ी और वहां से एक छोटी ट्रेन से शिमला पहुंचे। ट्रेन की खिड़की से हमने बर्फ से ढंकी विश्व की सबसे ऊंची पहाड़ियों का नजारा लिया।

अगस्त 1947 में निचले हिमालय के रास्ते शिमला तक की यात्रा ने हमारी समाप्त हो चुकी भावनाओं को एक बार फिर जगा दिया और हम अपने बीते समय को भूलने के लिए तैयार हो गए। मौत की दुर्गन्ध बहुत पीछे रह गई थी। यात्रा के हर मोड़ पर हरे-भरे तराशे हुए छोटे-छोटे खेत थे। दक्षिणी और मैदानी इलाकों में हम अम्बाला पर नजर डाल सकते थे और सामने थी कसौली की खूबसूरत वादियां। ऊंचाई पर जाते हुए चीड़, फर और देवदार के पेड़ थे। और उत्तर में हिमालय की गगनचुम्बी पहाड़ियों की बर्फ से ढंकी चोटियां नजर आ रही थीं। ट्रेन बेड़ोग में रुकी, जहां एक सफेद कार तेजी से गुजरी। इस रेल कार में एंग्लो इंडियन टिकट क्लेक्टर था जो अपना सामान नहीं ले जा रहा था। दिखने में वह बहुत अमीर लग रहा था जो जल्दबाजी में शिमला पहुंचना चाहता था। पहले केवल गोरे साहब ही इस ट्रेन में यात्रा कर सकते थे, लेकिन स्वतन्त्रता के बाद सभी इसमें यात्रा कर सकते थे। यह आश्चर्यजनक था कि कितनी जल्दी भूरे साहबों ने अपने पुराने मालिकों की जगह ले ली। शोगी में हमने शिमला का विहंगम नजारा देखा। दूर से ऐसा लग रहा था मानो हरा मखमली बाग लाल रंग के मकानों की छतों से सजा है। हमारी उत्तेजना बढ़ रही थी। हम जुतोघ से गुजरते हुए 103 नम्बर सुरंग से गुजरे, अन्त में शिमला के विक्टोरियन रेलवे स्टेशन पर पहुंचे। यह हमारे जीवन की सबसे सुखद रेल यात्रा थी।

भारतीय रेल का ढांचा, जो विश्व के सर्वाधिक बड़े रेल तन्त्रों में से एक है, का निर्माण ईस्ट इंडिया कम्पनी की स्थापना के साथ ही शुरू हो गया था। यह ब्रिटेन सरकार द्वारा भारत में लगाई गई पूंजी में सर्वाधिक हिस्सा था और भारत का रेल तन्त्र विश्व में तीसरा सबसे बड़ा रेल तन्त्र बन गया था। इतने बड़े स्तर पर निर्माण भारतीय अर्थव्यवस्था को आधुनिक बनाने के लिए पर्याप्त नहीं था। इतने बड़े स्तर पर रेल सुविधाओंवाले देशों में अकेला भारत ही ऐसा था जहां औद्योगिक विकास नहीं हुआ था। अमेरिका, रूस और जर्मनी जैसे देशों में औद्योगिक विकास में रेलवे का महत्त्वपूर्ण योगदान था। यद्यपि भारत में 1947 में पचास हजार मील लम्बा रेलवे नेटवर्क था जिसमें दस लाख से

अधिक कर्मचारी थे, नौ हजार इंजन, सवा दो लाख माल डिब्बे और सोलह हजार यात्री-डिब्बों के बड़े नेटवर्क के बावजूद भारत में इसका कोई प्रभाव नहीं पड़ा।

स्वतन्त्रता के तुरन्त बाद मेरा चचेरा भाई जीत वर्मा भारतीय रेलवे में भर्ती हो गया। जिस पर हम सबको गर्व महसूस हुआ। ऐसे समय में जब रेलवे में नौकरियों की भारी कमी थी, उसने अपने प्रयासों से नौकरी हासिल की। पाकिस्तान के विभाजन के तुरन्त बाद जब उसने दिल्ली के कश्मीरी गेट के पास स्थित इंजीनियरिंग कॉलेज में दाखिला लिया तो उसे पता चला कि रेलवे को इंजीनियरों की सख्त जरूरत है। उसने प्रवेश परीक्षा उत्तीर्ण की और छह माह के प्रशिक्षण कार्यक्रम के लिए जमालपुर चला गया। जीत न तो उपनिवेशी तन्त्र से और न प्रशिक्षण कार्यक्रम से ही प्रभावित हुआ। वह अपने अध्यापकों से भी अधिक प्रभावित नहीं हुआ। लेकिन उसने स्वयं को टेनिस खिलाड़ी के रूप में स्थापित किया और अन्त में उसे सियालदेह डिवीजन का सहायक मैकेनिकल इंजीनियर बनाकर कलकत्ता भेज दिया गया। सालों बाद जीत ने रेलवे के बारे में हमें काफी जानकारी दी।

भारतीय रेलवे की कहानी 1840 में लन्दन में शुरू हुई। रेलवे को प्रोत्साहन देनेवाले लोग दृढ़ निश्चयी थे। उन्होंने ब्रिटेन के व्यापारियों, निर्माताओं और शिपिंग व्यवसायियों से सम्पर्क साधा और उन्हें विशाल भारत में सम्भावित अवसरों की जानकारी दी। उन्होंने बताया कि एक बार रेलवे का जाल बिछ जाने के बाद भारत कपास और गेहूं का आपूर्ति–गृह बन जाएगा। इसके साथ-साथ ब्रिटेन के कपड़ा और तैयार माल के लिए बहुत बड़ी मंडी भी हमें मिल जाएगी। उन्होंने बड़े उद्यमियों को बताया कि रेल के. माध्यम से वे पश्चिमी बंगाल की कोयला खानों से कोयला कलकत्ता ला सकेंगे। जिससे वे और ज्यादा समृद्ध हो सकेंगे।

उन्होंने ब्रिटिश सरकार पर दबाव डालने के लिए संसद में ताकतवर गुट बनाया। वे एक बहुत बड़ा सौदा हासिल करने में सफल रहे, जिससे उन्हें भारत में रेलवे के निर्माण प्रबन्ध के लिए ब्रिटेन से धन इकट्ठा करने में मदद मिली। सबसे बड़ी बात यह थी कि किसी भी नुकसान की भरपाई की गारंटी सरकार की थी। इससे बढ़िया सौदा तो उनके लिए हो ही नहीं सकता था।

ईस्ट इंडिया रेलवे कम्पनी ने सबसे पहले शुरुआत की। कम्पनी ने कलकत्ता के उत्तर में हुगली नदी के साथ-साथ कुछ मील लम्बी रेल लाइन बिछाई। बाद में इसे कोयला खानों तक बढ़ाया गया जो कलकत्ता से सौ मील उत्तर पश्चिम में थी। इसके बाद रेल लाइनों को जनसंख्यावाले गंगा के उपजाऊ मैदानी इलाकों तक फैला दिया गया। लगभग उसी समय ग्रेट इंडियन पेनीसूलर रेलवे कम्पनी ने बम्बई के उत्तर में कल्याण की ओर पैंतीस मील लम्बी दूसरी रेल लाइन बिछा दी। जिसे बाद में दक्कन

के पश्चिमी घाट के कपास के खेतों की ओर बढ़ाया गया। उसके बाद कई रेल लाइनों का निर्माण हुआ। निर्माण की लागत बहुत ऊंची थी क्योंकि लागत के साथ-साथ पांच फीसदी खर्च वापस लौटाना निर्धारित था। आर्थिक सन्तुलन के लिए उनके पास बहुत कुछ नहीं था। यही कारण है कि वे लोग लापरवाही से काम करते थे। जब काम में कोई कमी रह जाती तो उसे दोबारा किया जाता। उन्होंने बहुत बड़े स्तर पर स्टेशनों का निर्माण किया और उच्चवर्गीय यात्रियों के लिए आरामदेह डिब्बे बनाए।

इन रेल लाइनों ने लाखों लोगों का जीवन प्रभावित किया। लोगों ने यात्रा करनी शुरू कर दी। व्यापारियों ने भी अपना सामान दूर-दराज के क्षेत्रों में भेजना शुरू कर दिया। रेलवे लाइनों के साथ-साथ नए शहर बसने शुरू हो गए। हालांकि गांवों में, छोटे शहरों में कारीगरों की रोटी छिन गई क्योंकि वे ब्रिटेन से आनेवाले सामान की गुणवत्ता का मुकाबला करने में असमर्थ थे। इससे पहले किसान अपने बचे हुए अनाज का भंडारण कर लेते थे। अब रेलवे के माध्यम से उनका अनाज निर्यात के लिए भेज दिया जाता था। इस तरह से अनाज का भंडारण समाप्त हो गया और 1870 और 1890 के दशकों में भयानक और विनाशकारी अकाल पड़ा। यदि रेलवे कम्पनियों ने सिर्फ ब्रिटेन की जरूरतों के अलावा कुछ और सोचा होता और कम बरबादी करतीं तो शायद इतना बुरा प्रभाव न पड़ता। अन्त में इस भारी निवेश का प्रभाव बड़े पैमाने पर नगण्य रहा। इसके विपरीत जापान ने भी इसी समय रेलवे का ढांचा खड़ा किया लेकिन वह उसका घरेलू काम था जिसे उन्होंने सावधानी से सीमित धन से बनाया। उनके परिणाम अधिक सकारात्मक रहे। इससे भी अधिक भारतीय रेलवे नेटवर्क जो दिखने में बहुत बड़ा था, वास्तव में बहुत छोटा था। 1937 में भारत में प्रत्येक 1,000 वर्ग मील के क्षेत्र में से छब्बीस मील के क्षेत्र में रेलवे लाइनें थीं। इसकी तुलना में अमेरिका में यही क्षेत्रफल अस्सी और जर्मनी में 253.8 मील था। इससे पता चलता है कि भारत में रेल औद्योगिक क्रान्ति लाने में सफल क्यों नहीं रही। फिर भी पिछड़ेपन के सामान्य आर्थिक परिदृश्य में यह अंग्रेजी राज की, स्वतन्त्र भारत को एक शक्तिशाली देन थी। रेलवे के बिना भारत और भी कम औद्योगिक हो जाता।

ट्रेन से शिमला की यात्रा के बाद हम शिमला पहुंचे। वहां 'पाइन विला' नाम के कॉटेज में ठहरे। पंजाब सरकार ने हमें जो घर उपलब्ध कराया था, वह छोटा और बर्फ जैसा ठंडा था। लेकिन हमें इस छोटे से घर से प्यार था। यह आक और देवदार के खूबसूरत पेड़ों से घिरा था और अपने घर के बरामदे से हम पहाड़ों के शिखर व चोटियों का नजारा देखते थे। बरामदे से बाहर एक छोटा-सा बगीचा था लेकिन उसके बाहर ताजा हवा के झोंके थे जो शिमला की खूबसूरती की कहानी कहते थे।

भारतीयों ने अब खुद को अंग्रेजों की जगह स्थापित कर लिया था। शाम को शिमला में रहनेवाला हर व्यक्ति हर मौसम में माल रोड जाना नहीं भूलता था। पांच से सात बजे के बीच के समय में लोग तैयार होते और निचले माल रोड पर ताजा हवा खाने निकल जाते। यह एक किलोमीटर लम्बा खूबसूरत नरम घुमावदार रास्ता था जहां आकर्षक दुकानें और बढ़िया काफी हाउस थे। हरेक आदमी वहां खुद को दिखाने और दूसरों को देखने आता था और हरेक शाम को वहां अलग-अलग तरह की फैशन परेड होती थी। बच्चे, बूढ़े और जवान एक-दूसरे के खूबसूरत परिधानों को निहारते थे। महिलाओं की रेशमी साड़ियों का रंगीन नजारा विशेषरूप से दर्शनीय था, लेकिन पुरुष भी लन्दन से आयातित विशेष सूटों में कम नहीं लगते थे। पश्चिमी पंजाब से आए शरणार्थी शिमला आकर बहुत खुश थे। वे पाकिस्तान में बिताए दिनों को भूलकर यहां नया जीवन शुरू करना चाहते थे। शताब्दी के बदलते वर्षों में माल रोड पर घूमते हुए पंजाबी भी वैसी ही भावनाओं से ओत-प्रोत होते थे जैसी से बने-ठने रहनेवाले पारसी।

मेरे पिताजी को सामान्य वेतन मिलता था और मेरी मां तंग हाथ से घर चलाती थीं। उनका ज्यादा खर्च हमारी स्कूल की वर्दी व फीस और उनके बढ़ते बच्चों के दूध पर होता था। उन्होंने हमें इंग्लिश मीडियम स्कूलों में पढ़ाने के लिए कड़ी मेहनत की। यद्यपि इन स्कूलों का खर्च उनकी हैसियत से अधिक था। इतनी बड़ी संख्या में शरणार्थियों के कारण दाखिले के लिए लम्बी कतार थी और हमारे दाखिले के लिए उन्हें भी 'सिफारिश' का सहारा लेना पड़ा। उन्होंने यह सुनिश्चित किया कि हम पढ़ाई में मेहनत करें और विशेषकर अंग्रेजी, गणित में अच्छे अंक प्राप्त करें। वह चाहती थीं कि हम खेलों में सबसे आगे रहें। महीने के अन्त में दूसरी चीजों के लिए बहुत ही कम पैसा बचता था।

हम स्कूल से चार बजे घर पहुंचते और एक-एक गिलास गर्म दूध पीकर खेलने चले जाते थे। एक घंटे बाद लौटकर हम अपनी मां के सामने बैठकर होमवर्क करते। रात के खाने से पहले वह हमारे साथ बैठकर हमें रामायण और महाभारत की कहानियां सुनाती थीं। हमारी मां की प्राचीन हिन्दू ग्रन्थों से ली गई कहानियां उनके मध्यवर्गीय मूल्यों से रंगी होती थीं। उन्होंने हमेशा ही परिश्रम, साहस और बड़ों का आदर करना सिखाया। दूसरी ओर पिताजी लगभग इसी समय हमारे पास बैठते थे, ईश्वर के प्रति प्रेम, गुरु का सम्मान, भक्ति की महत्ता और आत्मिक ज्ञान को जीवन का अन्तिम लक्ष्य बताते थे।

मेरे पिताजी अपना खाली समय ईश्वर की भक्ति और अपने गुरु के मन्त्र को पढ़ने में बिताते थे। शाम को वह अकेले टहलने जाते और सीधे ध्यान लगाने के लिए अपने कमरे में वापस लौटते। इस समय हम सब शान्ति बनाए रखते थे। मेरे पिता के

धार्मिक विचारों के कारण हम शाकाहारी थे लेकिन जो लोग मांसाहार करते थे, वे भी कभी-कभी शाकाहार कर लेते थे। इसका एक कारण था मांस का महंगा होना और दूसरा भारतीय भोजन का स्वाद। मेरे पिता कहते थे कि मांसाहारी लोग पशु की योनि से आते हैं, इसलिए उनका यह जन्म-मरण का चक्कर चलता रहता है। जीवन का एक ही लक्ष्य है कि इन सांसारिक चक्र से छूटकर परमात्मा के साथ बन्धन जोड़ा जाए। इसका मतलब यह नहीं है कि मांसाहार खाने से कर्मों का भार बढ़ता है।

अन्य भारतीय लड़कों की तरह मैं भी अपनी मां के करीब था। बचपन में उनका प्रभाव ही मुझ पर अधिक था। उनकी तुलना में पिताजी मुझसे दूर थे। वह हमेशा ही अपने काम और आध्यात्मिक चिन्तन में व्यस्त रहते थे। वह एक अच्छे और दयालु इंसान थे और मृदु भाषी भी। वह अत्यन्त शर्मीले, गम्भीर और अकेले रहना ही पसन्द करते थे। जब मुझे भी कोई समस्या आती या सुझाव की जरूरत पड़ती तो मैं अपनी मां के पास जाता था। मुझे याद नहीं आता कि उन्होंने मेरी इच्छाओं को बहुत अधिक बढ़ाया, लेकिन ऐसा करना उनके लिए जरूरी था। वह चाहती थीं कि हम अच्छे अंक लाएं, सुदृढ़ बनकर ऊंचाइयों को छुएं।

रात के भोजन के बाद हम रेडियो पर अंग्रेजी समाचार सुनते थे जिन्हें मेलविले डी मेलो पढ़ते थे। समाचारों में ज्यादातर जवाहरलाल नेहरू की गतिविधियां और भाषण ही होते थे। नेहरू ने हमें लोकतन्त्र के आदर्शों, समाजवाद, धर्मनिरपेक्षता और विश्व शान्ति का पाठ पढ़ाया, हम संयुक्त राष्ट्र और भारत द्वारा नए विश्व में निभाई जानेवाली भूमिका को मासूमियत से पूरी तरह स्वीकारते थे।

नेहरू नए देश के नायक थे और हमें उनकी पंचवर्षीय योजनाओं पर पूरा भरोसा जताना था क्योंकि इन योजनाओं से हमारा देश गरीबी के जाल से छूटकर विकास के रास्ते पर अग्रसर होता। हमें इस बात पर गर्व था कि हमारी सरकार इस्पात और विद्युत क्षेत्र में निवेश कर रही है जब मेरे पिताजी ने पंजाब में सिंचाई परियोजना में मदद करना शुरू किया तो हमने महसूस किया कि हम भी राष्ट्र-निर्माण का हिस्सा हैं। यह जोश का समय था, चूंकि घर में हम राजनीति पर चर्चा नहीं करते थे। इसलिए उम्मीद हवा में ही रहती थी। हमें लगता था कि हम बहुत बड़े आदर्शों पर अपना भविष्य खड़ा कर रहे हैं। देश अब आजाद हो चुका था और मेरे माता-पिता व उनके साथियों के लिए यह एक सुखद अनुभव था क्योंकि अब तक उन्होंने केवल औपनिवेशिक शासन देखा था।

मेरी मां अक्सर कहती थीं, "अब सुबह अखबार में गांधी और नेहरू की गिरफ्तारी न होने की खबर देखकर हैरानी होती है, लेकिन बाद में मुझे याद आता है, अरे मूर्ख, अब देश आजाद हो चुका है, और मैं अपने रात के कपड़ों में ही माल रोड पर झूमने

जैसा महसूस करती हूं क्योंकि अब कोई अंग्रेज साहब मेरे व्यवहार पर रोक नहीं लगा सकता।"

मेरी पुरानी यादों में वे दिन भी शामिल हैं जब मेरी कक्षा के छात्र संयुक्त राष्ट्र दिवस मनाने की तैयारियां कर रहे थे। यह 1950 का वर्ष था। हम एक पंक्ति चलना, सैल्यूट करना, एकदम मुड़ना, और विश्राम की स्थिति में खड़ा होना सीख रहे थे। अचानक हमने सुना कि प्रधानमन्त्री हमारे शहर में आ रहे हैं और हमारी कक्षा को सड़क के दोनों ओर खड़े रहने के लिए चुना गया। इस सड़क से प्रधानमन्त्री के काफिले को गुजरना था। स्थिति बहुत उत्तेजक थी हमारे अध्यापक उन्माद की-सी स्थिति में थे। निर्धारित दिन हमने माल रोड पर परेड की। यहां एक पर्व का-सा माहौल था। संयुक्त राष्ट्र के नीले झंडों के बीच-बीच में भारत का तिरंगा छटा बिखेर रहा था। दर्जनों स्कूलों के हजारों बच्चे सड़कों पर थे। निर्धारित समय पर नेहरू की खुली कार आई। उनके पीछे थी मोटरसाइकिलें और सायरन कारें। मुझे लगा नेहरू बहुत सुन्दर हैं, उन्होंने गांधी टोपी और लम्बा कोट पहन रखा था, जिस पर गुलाब लगा था। अचानक उन्होंने हमारी तरफ गेंदे के फूलों की माला फेंकी। यह माला मेरे बाजू को छूती हुई मेरे पड़ोसी के पास गिरी और एक मिनट में वह प्रसिद्ध हस्ती बन गया। मुझे भी कई लोगों ने अभिवादन किया। कभी-कभार मैं सोचता हूं कि आखिरकार माला ने मेरी बाजू को छुआ था।

अब मैं सोचता हूं तो महसूस करता हूं कि नेहरू ने फूलों की माला के रूप में सभी अच्छी चीजें हमें दे दी थीं। उन्होंने इस धरती पर सबसे अलग-अलग प्रकृति के लोगों को एक सूत्र में पिरोया। उन्होंने लोकतन्त्र को सींचा। आज लोकतन्त्र के प्रति मेरे लगाव का श्रेय उन्हीं को जाता है। उन्होंने अल्पसंख्यकों को भी सम्मान दिया और हमें स्वाभाविक रूप से धर्मनिरपेक्ष बनाया। सबसे महत्त्वपूर्ण है कि उन्होंने हमारे अन्दर आपसी भाई-चारे और समानता के आधुनिक विचारों का संचार किया। उन्होंने हमारे अन्दर युवा उमंग जगाई और आशावादी बनाया। यद्यपि मैं माला पकड़ने में विफल रहा। मैं उसे उनके आर्थिक सुधारों के विफल वायदों से जोड़कर देखता हूं जिसके कारण हमारी दो पीढ़ियों को अवसरों से वंचित रहना पड़ा। समाजवाद के बजाय उनकी सचाई हमें भ्रष्टता की ओर ले गई, जिनसे छुटकारा पाने के लिए हम आर्थिक सुधारों की ओर ताक रहे हैं।

नेहरू के भारत की समस्या स्वतन्त्रता प्राप्ति के तुरन्त बाद ही शुरू हो गई थी और मेरे चचेरे भाई जीत को उस समस्या का पता काम के पहले दिन ही चल गया था।

दिसम्बर 1954 के एक दिन काम छोड़ने से पहले उसने सनसनी फैला दी। उसने सियालदह स्टेशन पर एक टिकट क्लेक्टर को बिना टिकट के यात्रा कर रहे हॉकरों से

रिश्वत लेते रंगे हाथों पकड़ा, बिना सोचे-समझे वह उसके विरुद्ध कार्यवाही करने पर उतारू हो गया।

उसने टीसी का बैच नम्बर नोट किया और उसकी खुली हथेली की ओर झपटा, जिस पर एक सब्जी विक्रेता ने पैसे रखे थे। दूसरे हाथ से जीत ने टीसी की घूस के पैसों से भरी जेब में हाथ मारा। जेब से नोट और सिक्के नीचे गिर गए।

उसी क्षण टीसी चिल्लाया– 'चोर ! चोर !' टीसी ने उसे पहचाना नहीं था। वह फिर चिल्लाया– 'चोर-चोर, पकड़ो' और जीत ने देखा कि पूरा स्टेशन उसी के पीछे है। उसी क्षण जीत ने अपनी जिन्दगी का सबसे सही फैसला लिया वह अपनी जान बचाकर भागा। उसके पीछे-पीछे बिना टिकटवाले हॉकर और पागल जनता के साथ टिकट कलेक्टर भागा। जीत रानाघाट जा रही ट्रेन की ओर लपका। टेनिस खिलाड़ी के रूप में उसका प्रशिक्षण पीछे आ रही भीड़ से दूरी बनाए रखने के काम आया, हालांकि जीत को नहीं पता कि टिकट कलेक्टर भी कलकत्ता के प्रमुख फुटबाल क्लब मोहन बगान का खिलाड़ी है।

जैसे ही उसने पीछे देखा, कलेक्टर को लगभग अपने क़रीब पाया। पूरी शक्ति के साथ जीत भागा और गति पकड़ चुकी ट्रेन तक पहुंचकर उससे लटक गया। टिकट कलेक्टर ने भी चढ़ने की कोशिश की लेकिन वह चूक गया। जीत ने अब समझा कि यदि कुछ क्षणों की देरी हो जाती तो सब कुछ खत्म हो जाता। रानाघाट से उसने कंचनपारा की ट्रेन पकड़ी। वहां वह टेनिस खेलने के लिए समय पर पहुंच गया। उस शाम जीत ने कंचनपारा क्लब में टेनिस का आनन्द उठाया। यह उसके काम का पहला दिन था।

अगली सुबह पूरी सियालदह डिवीजन हड़ताल पर थी। काम के दूसरे ही दिन उसे पुलिस के सरंक्षण में लाया गया और उसने देखा कि 4,500 श्रमिक बाहर मैदान में इकट्ठा हैं। ट्रेन यूनियन नेता के साथ वे सभी उसके खून के प्यासे थे।

रेलवे प्रबन्धक परेशान थे। उन पर उच्चाधिकारियों का यातायात बहाली के लिए दबाव बना हुआ था। जीत को डिवीजन सुपरिंटेंडेंट के समक्ष लाया गया जिन्हें दर्जनों ट्रेड यूनियन नेताओं ने घेर रखा था। डिवीजन सुपरिंटेंडेंट ने जीत को टिकट कलेक्टर से माफी मांगने के लिए कहा। जीत ने इनकार कर दिया। इसके विपरीत उसने भ्रष्ट टिकट कलेक्टर के खिलाफ कार्यवाही की मांग की। पर तुमने कलेक्टर को गाली दी थी।" एक यूनियन नेता ने कहा। "नहीं, मैंने उसे रंगे हाथों पकड़ा है।" जीत ने उसकी जेब से निकाले उन्हत्तर रुपये निकालकर रख दिए। "अच्छा ये तुम उसके खिलाफ कह रहे हो न, क्यों ठीक है !" यूनियन नेता ने कहा। "यही सैकड़ों गवाह भी कह रहे हैं।" जीत ने कहा।

इस पर डिवीजन सुपरिंटेंडेंट ने घिघियाते हुए कहा, "क्या तुम एक अच्छे व्यक्ति नहीं हो मिस्टर वर्मा। आफिसर ! माफी मांगने से आपका कुछ नहीं जाएगा और हम सब काम पर लौट जाएंगे।"

लेकिन जीत अड़ा रहा। डिवीजन सुपरिंटेंडेंट ने सबको निलम्बित कर दिया और अपने उच्चाधिकारी से बात की। जीत जैसे ही जाने लगा सुपरिंटेंडेंट ने कहा, "बाद में तुम्हें पता चलेगा कि इससे तुम्हें नुकसान होगा।" दस मिनट बाद जीत ने माइक्रोफोन पर घोषणा सुनी–'माफी हो गई है' काम पर वापस लौट जाओ। काम बन्द करने के लिए तुम्हें सजा नहीं दी जाएगी। जीत हैरान था। कुछ दिन बाद उसे पता चला कि टिकट कलेक्टर को चेतावनी देकर छोड़ दिया गया और जल्द ही मामला दब गया। उसे समझ आ गया कि उसके उच्चाधिकारी कमजोर हैं, यूनियन ताकतवर है और भ्रष्टाचार रोका नहीं जा सकता। जीत की कहानी सार्वजनिक क्षेत्र में स्थापित हो चुके भ्रष्टाचार की पहली सीढ़ी थी। लगभग हरेक चीज जिसे सरकार हाथ लगाती–आर्थिक क्षेत्र में वह मिट्टी बन जाती थी।

सरकारी रेलवे समकालीन भारत की एक झलक-भर थी जो कि अच्छे और बुरे दोनों पहलुओं को परिलक्षित करती है। यह लोगों के यातायात का साधन था। चालीस रुपये में कोई भी व्यक्ति 200 किलोमीटर तक दूसरे दर्जे में सफर कर सकता था। यह दर विश्व में सबसे सस्ती थी, क्योंकि अत्यधिक मालभाड़ा होने के कारण यात्री-भाड़े को सब्सिडी दी जाती थी। फिर भी सत्तर लाख भारतीय यात्री प्रतिवर्ष बिना टिकट के सफर करते हैं। रेलवे हमारे लोकतन्त्र की जीत का प्रतीक है। गरीब-से-गरीब भारतीय भी आराम से आ-जा सकता है। ये लोग काम करने के लायक नहीं हैं, भ्रष्ट हैं और राजनीति से प्रेरित हैं।

रेलवे के पास डेढ़ लाख कर्मचारी हैं जो एक विकसित देश की तुलना में सात गुना ज्यादा हैं। इसकी ताकतवर मजदूर यूनियन आधुनिकीकरण के खिलाफ है। दिल्ली और मुम्बई के बीच सबसे तेज गति से चलनेवाली ट्रेन की गति पैंसठ किलोमीटर प्रति घंटा है और वह प्रायः लेट होती है। फिर भी भारतीय लोगों को कोई फर्क नहीं पड़ता क्योंकि उनके पास कोई दूसरा विकल्प नहीं है। निजी कम्पनियां सिर्फ इसलिए रेल के जरिये माल नहीं भेजतीं क्योंकि उसका किराया अधिक है और माल देरी से पहुंचता है, बल्कि इसलिए क्योंकि उनका माल चोरी हो जाता है। परिणामस्वरूप पेट्रोल और डीजल भी सड़क यातायात से भेजा जाता है। रेलवे में निवेश का फैसला राजनीतिज्ञ करते हैं और उन्हें व्यावसायिक और उपभोक्ताओं की जरूरतों से कुछ लेना-देना नहीं होता। वे राष्ट्रीयकृत हैं और उनके पास निजीकरण के लिए कोई सम्भावना नहीं है।

मुझे शिमला में अपनी स्कूली जिन्दगी के बारे में बहुत थोड़ा याद है, लेकिन वह कहानी अच्छी तरह याद है जो हमारे अध्यापक हमें अक्सर सुनाते थे। वह हमें सिकन्दर महान और राजा पुरु की लड़ाई की कहानी सुनाते थे। मैं राजा पुरु के साहस इतना प्रभावित था कि मैंने अपने बेटे का नाम पुरु रख दिया। जीवन में बाद में मुझे इस बात का आभास हुआ कि हम भारतीयों में मिलकर काम करने की एक बहुत बड़ी कमी है। चूंकि यह कभी एक राह के रूप में हमारी प्रतिस्पर्धा को प्रभावित करती है, जो इस पुस्तक की एक विषयवस्तु है। मैंने लगभग उसी तरह की कहानी लिखी है।

326 ईसा पूर्व बसन्त की एक सुहानी सुबह सिकन्दर महान ने हिन्दू कुश पर्वत-श्रृंखला पार कर भारत में कदम रखा।

खैबर दर्रे से पेशावर के पास पहुंच चुके सैनिकों की लम्बी कतार और उनके हथियारों की चमक से एक अलग ही तरह का नज़ारा बन रहा था। पर्शिया के सम्राट को हराने के बाद अब विश्व विजेता महान योद्धा सिन्धु घाटी पर अपना परचम लहराना चाहता था। उसने हेरोडोटस से भारत की समृद्धि की अनेक कहानियां सुनी थीं। उसने सुना था कि भारत के रेगिस्तानी इलाकों में सोने की समृद्ध खानें हैं और भारत को सोने की चिड़िया कहा जाता है।

सिकन्दर द्वारा पर्शिया के सम्राट को पराजित करने के किस्से पंजाब के बाजारों में अक्सर सुनने को मिलते थे। भारत के राजकुमार यह सुनकर कांप उठते थे कि सिकन्दर ने परसेपोलिस को आग के हवाले कर दिया था। लेकिन जिस भारत का सिकन्दर को सामना करना था, उसमें एकता नहीं थी। उत्तर-पश्चिमी सीमा पर स्थित पंजाब भी तीन राजाओं और दर्जनों खुले आदिवासी समूहों में बंटा हुआ था। एकता में बांध सकने की कमी के कारण ही वे चार वर्षों के समय में भी सिकन्दर के खिलाफ योजना नहीं बना सके।

सिकन्दर ने अटक के पास सिन्धु पार की और तक्षशिला पहुंच गया, जो सिन्धु और झेलम नदियों के बीच स्थित था। तक्षशिला के राजा अम्भी ने किसी कारणवश युद्ध से मना कर दिया। उसने सिकन्दर के पास अपने दूत भेजे और अपने राज्य को सुरक्षित रखने की शर्त पर सैन्य सहायता की पेशकश की। अम्भी ने यूनान के आक्रमणकारी सम्राट का स्वागत किया और अपने उस नगर के द्वार खोल दिए जो शिक्षा और व्यापार का प्रमुख केन्द्र था। तक्षशिला की सीधी-सादी जनता अपने नगर में आए विचित्र पोशाकोंवाले यूनानी लोगों को हैरत से देखती जो उनकी गलियों और सड़कों पर खुलेआम घूमते थे।

आसपास के इलाकों के मुखिया सिकन्दर महान के लिए उपहार लेकर आए और बदले में सिकन्दर ने उनके क्षेत्र बख्श दिए और उन्हें सोने-चांदी के उपहार दिए।

यूनानी सैनिक सहमे हुए नागरिकों के सामने खेलों का प्रदर्शन करते। यूनानी लोग भारत की सभ्य नगरी को देखकर हैरान थे। उन्होंने विश्वविद्यालय की यात्रा की और विद्वानों से मिले। उन्होंने देखा कि नगर के धनाढ्य लोग रेशमी पगड़ियां बांधे रहते थे। जिनकी दाढ़ी सफेद, नीली, लाल और जामुनी रंग से रंगी होती थी। कईयों के पास छतरियां होती थीं और अन्य चमड़े के जूते पहने होते थे। साधु-सन्त आने-जानेवाले लोगों के माथे पर तेल का तिलक लगाकर आशीर्वाद देते थे। राजा पुरु झेलम नदी के पार से सिकन्दर पर नजर रख रहे थे। अपने पुराने शत्रु राजा अम्भी द्वारा सिकन्दर के साथ बनाया गया गठजोड़ भी उनकी नजरों में था। उन्होंने देखा कि अनेक राजा, जिनमें उसका रिश्तेदार पौरव भी था, सिकन्दर के समक्ष हथियार डाल रहे थे। पुरु को यह बात समझ आ गई कि उसे भयंकर कठिनाई का सामना करना पड़ेगा। उनके पास दो विकल्प थे-लड़े या फिर आत्मसमर्पण कर दे। जब सिकन्दर के दूत उन्हें हाजिर होने का सन्देश देने आए तो पुरु ने कहा कि वह किसी दूसरे राजा से एक बराबर के राजा की हैसियत से ही मिलेंगे। अब लड़ाई टाली नहीं जा सकती थी और सिकन्दर की महान लड़ाइयों में से एक के लिए आधार तैयार हो चुका था।

सिकन्दर की सेना ने तुरन्त झेलम की ओर कूच कर दिया। उनके साथ तक्षशिला की सेना भी थी। जब उसकी सेना नदी के पास पहुंची, तो दूसरे किनारे से पुरु के सैकड़ों हाथियों को देखकर यूनानी सेना घबरा गई। हाथियों से पहले मुठभेड़ न होने के कारण यूनानी सैनिक ठीक उसी तरह डर गए जैसे आज के सैनिक पैटन टैंक को देखकर डर जाते हैं। हाथियों के पीछे पुरु के हजारों लड़ाकू वाहन और सेना के चालीस हजार जवान तैनात थे।

यद्यपि दोनों ओर की सेनाओं के अलग-अलग आंकड़े उपलब्ध हैं, फिर भी मोटे तौर पर दोनों ओर बराबर की सेनाएं थीं। लेकिन सिकन्दर की घुड़सवार सेना अधिक उन्नत थी। स्थिति देखकर सिकन्दर को यह समझते देर नहीं लगी कि सीधे पार पाना असम्भव है। इसी बीच हिमालय की बर्फ पिघलने से नदी उफान पर आ गई। भारी वर्षा और तूफान से नदी में पानी का स्तर और बढ़ गया। पुरु के जासूसों ने खबर दी कि सिकन्दर ने भारी मात्रा में अनाज लाने के आदेश दिए हैं, इसलिए आनेवाले दिनों में कुछ होने की सम्भावना नहीं है। इस पर पुरु ने निष्कर्ष निकाला कि आक्रमण अब मानसून समाप्त होने तक टल गया है।

लेकिन एक दिन सुबह पुरु यह सुनकर स्तब्ध रह गए, जब उन्हें पता चला कि घोड़ों से भरी हुई नावों ने पचीस मील तक नदी पार कर ली है। भारी बारिश में छिपकर सिकन्दर ने अपनी एक तिहाई सेना को चुपचाप नदी पार करने के आदेश दे दिए थे।

उसने यह स्थान इसलिए चुना क्योंकि नदी के दूसरे किनारे से यह एक लकड़ी के द्वीप के कारण दिखाई नहीं देता था। जैसे ही बारिश रुकी, सिकन्दर और उसके घुड़सवार सुबह की पहली किरण के साथ नदी पार कर चुके थे। एक अकेली संकरी नाव अपने साथ इतिहास बना गई। उस नाव में राजा स्वयं अपने महान सेनापतियों के साथ सवार था, जिन्होंने एक दिन विश्व के बहुत बड़े भाग पर शासन किया। पटीलमी मिश्र का राजा बना, लिसिमैकस फ्रांस का, पैरडिवकस प्रतिशासक बना और सेल्यूकस सिकन्दर के एशियाई साम्राज्य का उत्तराधिकारी बना। हालांकि वे लोग उस समय स्तब्ध रह गए जब उन्हें पता चला कि वे किनारे पर नहीं पहुंचे हैं, वे अभी भी एक द्वीप पर थे जो फूला हुआ था और बारिश के कारण पूर्वी किनारे से टूट चुका था।

यही वह जगह थी जहां पुरु की सेनाओं ने यूरोपीय आक्रमणकारियों का पता लगाया कि वे लोग जल्द ही किनारे पर पहुंचना चाहते थे, क्योंकि भारतीय सैनिक किसी भी क्षण हमला बोल सकते थे। जब उन्हें पता चला कि चैनल सही नहीं है। उनका भय और बढ़ गया। वे जाल में फंस चुके थे। उन्होंने कई स्थानों से ऊपर आने की कोशिश की लेकिन वे सभी बहुत गहरे पानी में थे। भय के उस क्षण में सिकन्दर ने अपने आदमियों को विश्वास दिलाया कि हम सभी ये अपनी शान के लिए कर रहे हैं–एक दिन एथेन्स के लोग हमारे बारे में बात करेंगे और लिखेंगे। उसी समय एक ऐसा स्थान मिला, जहां पानी मात्र कमर तक था और घोड़ों समेत सभी लोग संघर्ष करते हुए पार लग गए थे।

जब पुरु को पता चला कि शत्रु इस पार आ चुका है तो उन्होंने अपने पुत्र को 2000 सिपाहियों और 120 वाहनों के साथ लड़ाई के लिए भेजा। उन्होंने अपनी मुख्य सेना नहीं भेजी क्योंकि उन्हें लगता था कि यह बड़ा आक्रमण नहीं है। नदी के पार से उसने देखा कि यूनानी सेना, शाही गार्ड और शूरवीर घुड़सवार युद्ध के लिए सतर्क थे। पुरु का पुत्र युद्ध के मैदान में पहुंचा तो तीरों की बौछारों से उसका स्वागत किया गया। उसके पीछे थी–मकदूनिया के प्रसिद्ध घुड़सवारों की सेना। जल्द ही वे पुरु की सेना पर भारी पड़ने लगे। एकतरफा लड़ाई में पुरु का पुत्र शहीद हो गया। 400 घुड़सवारों की सेना हार गई। उसके 120 वाहन पकड़े गए और उनके सवार शहीद हो गए।

जब पुरु को यह खबर मिली तो उन्होंने सोच लिया कि अब युद्ध का समय आ गया है, उन्होंने अपनी पूरी सेना युद्ध के लिए तैयार की। वह स्वयं इन्द्र की मूर्ति के साथ हाथी पर सवार हो गए। पुरु मजबूत कदकाठी के लम्बे ऊंचे व्यक्ति थे। उनके सैनिक अपने नेता को देखते ही साहस से भर उठते थे। हाथियों की घंटियों की आवाज के साथ युद्ध शुरू हो चुका था। जो यूनानी घोड़ों को कंधा देती थी। सिकन्दर के मध्य

एशिया के हजारों तीरन्दाजों ने भारतीय सेना पर बाणों की बौछार शुरू कर दी। भारतीय तीरन्दाजों ने भी जवाबी कार्रवाई की लेकिन बारिश के कारण उनके तीर निशाने पर नहीं लग पाए। जब भारतीय घुड़सवार बाईं ओर से आक्रमण का प्रयास करते, सिकन्दर के घुड़सवार योद्धा दाईं ओर से आक्रमण कर देते। इस तरह भारतीय सेना के पांव उखड़ने लगे। उनके सैनिक यूनानी घुड़सवारों की क्षमता का मुकाबला नहीं कर सके जिनके पास सैकड़ों युद्धों का अनुभव था। यह पता लगने पर कि अब उनका पलड़ा भारी हो गया है, यूनानी आक्रमणकारियों ने पीछे से हमला कर दिया। पुरु की सेना असमंजस में पड़ गई। हाथियों को आगे से पीछे हटा दिया गया। भारी दबाव में घबराए हाथियों ने अपने ही आदमियों में भगदड़ मचा दी। यूरोपीय सेना अब लड़ाई में अपना दबदबा बना चुकी थी और दूसरी ओर से प्रतिरोध कम हो गया था। इसी बीच सिकन्दर की बची हुई सेना भी नदी पार कर चुकी थी। मकदूनिया की दो बड़ी सैन्य टुकड़ियों ने रही-सही कसर भी पूरी कर दी और अन्त में सिकन्दर की उन्नत सेना ने युद्ध का निर्णय किया। उस दिन हजारों सैनिकों के साथ पुरु के दो पुत्र और एक बहादुर पड़ोसी शहीद हो गए।

पर्शिया के राजा की तरह पुरु ने न तो आत्मसमर्पण किया और न ही युद्ध मैदान से भागे। वह लड़ते रहे और अपने आदमियों को सम्मान की रक्षा के लिए लड़ने के लिए प्रोत्साहित करते रहे। सिकन्दर की सेनाएं उनके डील-डौल और साहस दोनों से प्रभावित थी। लड़ते-लड़ते अचानक एक तीर पुरु के कंधे में आकर लगा। जख्मी और थके होने के कारण ही सुरक्षा के लिए उन्होंने अपना हाथी मोड़ लिया। वह बहुत दूर नहीं पहुंचे थे कि सिकन्दर के दूत का रथ तेजी से दौड़ता हुआ आया। उन्होंने अम्भी का घृणा से भरा चेहरा पहचान लिया। पुरु पीछे मुड़ा और पूरी शक्ति के साथ वार किया। अम्भी बचकर मुड़ा। उसी समय दो घुड़सवार उनकी मदद के लिए आ गए। ने देखा, उनमें से एक उसका मित्र है। अत्यधिक खून बहने से उन्हें बहुत अधिक प्यास लगी थी। उन्होंने अपने हाथी को रोका और नीचे उतर गए। सिकन्दर के दूत ने उन्हें सम्मान के साथ पानी पिलाया, उन्होंने उन्हें अपने राजा के पास चलने के लिए कहा।

जैसे ही पुरु मकदूनिया की रेखा के पास पहुंचे, सिकन्दर स्वयं उन्हें लेने दौड़ा आया। ग्रीक पुस्तकों के अनुसार, सिकन्दर को अपने वीर शत्रु पर गर्व था और उसका दिल उस महान योद्धा के लिए प्रसन्नता से भर उठा। उसने पुरु से पूछा, आपके साथ कैसा व्यवहार किया जाए। पुरु का उत्तर था, मेरे साथ भी वैसा ही बर्ताव करो जैसा आप किसी राजा के साथ करते। सिकन्दर असमंजस में पड़ गया और अपनी बात स्पष्ट करने के लिए कहा। पुरु ने फिर दोहराया, 'जब मैंने एक राजा कह दिया इसका मतलब है सब कुछ कहा गया।'

उत्तर सुनकर सिकन्दर बहुत खुश हुआ। उसने न केवल उसका राज्य लौटा दिया बल्कि अम्मी के राज्य का कुछ हिस्सा भी दे दिया। इस तरह से पुरु ने ग्रीक की प्रभुसत्ता स्वीकार की। वह सिकन्दर के एक ताकतवर विश्वासपात्र सहयोगी बन गए। ग्रीक की जनता की तरह पुरु की अपनी जनता भी उन पर गर्व करती थी। सिकन्दर ने युद्ध-स्थल पर जीत के नाम पर निकेइया नामक शहर बसाने के आदेश दिए। सिकन्दर ने झेलम के उस किनारे पर भी शहर बसाने की इच्छा प्रकट की, जहां से उसने नदी पार की थी। उसने अपने वफादार घोड़े के बाद दूसरे घोड़े वुकेफाला को मंगवाया। उसके बाद यूनानी लोगों ने पौरव साम्राज्य की जनता के सामने कई खेलों का प्रदर्शन किया। झेलम नदी की इस महान जीत के बाद यूनानियों ने आगे चलना शुरू किया। जब वे पंजाब की पांचवीं नदी ब्यास (दैफेसिस ग्रीक में) के पास पहुंचे तो सिकन्दर की थकान से चूर सेना ने आगे जाने से इनकार कर दिया। उसने आदेश देकर और आग्रहपूर्वक सेना को प्रेरित करने का प्रयास किया। लेकिन सब व्यर्थ होने पर निराश होकर आधुनिक गुरदासपुर के पास किसी स्थान पर वापस लौट गया। उसके सात वर्ष बाद ग्रीकों का कोई भी निशान भारत में नहीं रहा। इसका प्रमुख कारण मगध सम्राट चन्द्रगुप्त था जो एक योद्धा के रूप में भले ही सिकन्दर से कम था, लेकिन एक शासक के रूप में वह उससे कहीं आगे था। मगध के इस युवक ने अपने चतुर और बुद्धिमान मन्त्री चाणक्य की मदद से यूनानी प्रभुत्व को समाप्त कर दिया। चन्द्रगुप्त ने मौर्य साम्राज्य की स्थापना की जिसने भारत और अफगानिस्तान पर 137 वर्ष तक शासन किया।

इस कहानी के अन्त में जो प्रश्न उभरकर सामने आता है, वह यह कि पुरु क्यों हारा और सिकन्दर क्यों जीता? ऊपरी तौर पर देखें तो स्पष्ट है कि सिकन्दर की उन्नत युद्ध योजना और चौंकानेवाली नीति ने लड़ाई का फैसला यूनानियों के पक्ष में किया।

हालांकि गहराई से देखा जाए तो पता चलता है कि दोनों सेनाओं में कुछ महत्त्वपूर्ण अन्तर थे। हार्वर्ड विश्वविद्यालय के सैन्य इतिहासकार स्टीफन रोजेन ने हाल ही में भारतीय समुदाय की विभिन्न शाखाओं में इस प्रश्न का उत्तर ढूंढ़ा जिसके अनुसार, पुरु की सेना में समन्वय की कमी रही। पुरु की घुड़सवार सेना ने पैदल सेना की मदद से इनकार कर दिया था। युद्ध की पहली सुबह झेलम के किनारे यह पाया गया कि पुरु की वाहनों पर सवार सेना ने उस समय पैदल सेना में शामिल होने से मना कर दिया, जब उनके वाहन पकड़े गए। बाद में जैसे-जैसे मकदूनिया सेना का दबाव बढ़ता गया, भारतीय सेना की पकड़ कमजोर होती गई और हाथियों ने लड़खड़ाते हुए अपनी ही सेना के लोगों को कुचलना शुरू कर दिया। रोजेन कहते हैं कि संकट की इस घड़ी में भारतीय घुड़सवार सेना ने शत्रु की भारी-भरकम पैदल सेना का सामना करने

में अपनी पैदल सेना की मदद नहीं की लेकिन दुश्मन की घुड़सवार सेना से अपनी क्षमता के लोहा लिया।

इसके विपरीत सिकन्दर की सेना पूरी तरह से प्रशिक्षित थी। मूल रूप से वह पुरु की कबीला रूपी सेना जैसी ही थी और न ही यूनानी समाज ही अधिक जुड़ा हुआ था। लेकिन सिकन्दर ने अपनी सेना को व्यावसायिक रूप में विकसित किया और समाज के विभाजन से अलग रखा।

जब सिकन्दर की सेना ने पहली बार पुरु की सेना को देखा तो उनका पहला इरादा आक्रमण करने का ही था। हालांकि सिकन्दर ने अपनी घुड़सवार सेना को आगे बढ़ने से रोका और पैदल सेना को अपने साथ लिया उन्होंने एक रेजीमेंट से दूसरी तक लगातार तब तक सम्पर्क बनाए रखा जब तक पूरी सेना एक सूत्र में नहीं बंध गई।

भारतीय सैन्य इतिहासकारों ने भी इस तथ्य को स्वीकारा। रोजेन का मानना है कि जातीय तन्त्र में एकता की कमी थी। यद्यपि उन्होंने सही कहा है कि उस समय जातीय तन्त्र पूरी तरह से विकसित भी नहीं हुआ था। उनका मानना था कि जातिवाद ने समाज को विभाजित किया। एक ही जाति के गुटों के बीच वफादारी बढ़ी और अपनी जाति से बाहर एकता घटी। पुरु के ऊंची जाति के सैनिक जो घोड़ों पर सवार थे, ने नीची जाति के पैदल सैनिकों की मदद नहीं की। प्राचीन और मध्यकालीन इतिहास के एक जानकार जदुनाथ सरकार कहते हैं कि "यद्यपि पंजाब के भारतीय सैनिक वीर थे और हरेक आदमी मरते दम तक अकेले लड़ा, लेकिन सैनिक दूसरे कमांडरों के अपने साथियों के साथ मिलकर एक संयुक्त (आक्रमण) आन्दोलन नहीं कर सके। पंजाब के लोग बंटे हुए और पूरी तरह से स्वार्थी थे। जिसके परिणामस्वरूप हम विभाजित हुए और हारे।"

पुरु भले ही अपने जमाने के महानतम योद्धा से हारा, लेकिन कमजोर संगठन हमारे इतिहास में हमेशा हावी रहा। बाबर की पानीपत और खनुआ (राणा सांगा के नेतृत्व में राजपूतों के विरुद्ध) की लड़ाइयां जीतने का भी यही कारण था। यद्यपि मराठों में अधिक एकता थी लेकिन कुछ उपजातियों का दूसरों के खिलाफ हो जाने के कारण उन्हें भी नुकसान उठाना पड़ा और मुगल सेनाओं के भारतीयकरण के कारण उन्हें भी परेशानियां उठानी पड़ीं। अंग्रेजी साम्राज्य में भारतीय सेना को व्यावसायिक रूप दिया गया और 1947 के बाद भारतीय 'अनुशासन का द्वीप' बन गया। इसके बावजूद युद्ध के मैदान में जनरलों के बीच समस्याएं आती रही हैं। "1962 के भारत-चीन युद्ध में चौथी बटालियन के कमांडर ने भी स्वीकार किया कि निजी दुश्मनी, व्यक्तिगत कमजोरियां और कई मामलों में कमांडरों में आपसी विश्वास न होने के कारण यह हादसा हुआ।" 1965 और

1971 के युद्धों में भी समन्वय की भारी कमी थी। जनरल हरबख्श सिंह और जनरल सुखविन्दर सिंह और न्यायसंगत निष्कर्ष के अनुसार 1965 में भारतीय सेना के अन्दर एकता की कमी थी। जिसके कारण युद्ध में हम जल्दी लड़खड़ा गए; पैदल सेनाओं के बीच एकता की कमी के कारण वे युद्ध के मैदान में सहयोग नहीं कर सके; शायद टैंक और पैदल सेनाओं के बीच एकता का स्तर और भी कम था।

संगठन शक्ति की कमी भारत में हमेशा रही है। भारत का कोई भी संस्थान ले लीजिए और उसे कुरेदकर देखिए, वहां भी गुटबाजी होगी। चाहे कोई कम्पनी हो, विश्वविद्यालय हो या अस्पताल, गांव की पंचायत हो या फिर नगर परिषद, हर जगह विरोधी स्वर मिलेंगे और उसका प्रभाव राष्ट्रीय प्रतिस्पर्धा पर पड़ेगा। हमारे बंटने का क्या कारण है? यह है हमारी अनेकता। यह है हमारा जातीय तन्त्र। मैं अपनी संस्कृति के अर्थ के प्रति आशंकित था लेकिन मैंने अपनी चचेरी बहन उषा कुमार से पूछा–क्या इसका भारतीय व्यक्तित्व पर कोई प्रभाव है। वह मिशिगन यूनिवर्सिटी से प्रशिक्षण प्राप्त मनोवैज्ञानिक हैं। उन्होंने मुझे सुधीर कक्कड़ की ओर इशारा किया, उन्होंने 'द इनर वर्ल्ड ए साईको ऐनालिटिक स्टडी ऑफ चाइल्डहुड इन इंडिया' लिखी है।

कक्कड़ ने बताया कि कहानी उस भारतीय दुल्हन से शुरू होती है जो अपने पति के घर में तब तक पूरी तरह से स्वीकार नहीं की जाती जब तक कि वह पुत्र को जन्म नहीं दे देती और पुत्र के जन्म के बाद वह बहुत सम्मानीय हो जाती है और उसका अत्यधिक ध्यान उसी पर होता है। जैसे-जैसे लड़का बड़ा होता है, मां के अधिक करीब और पिता से दूर होता चला जाता है। परिणामस्वरूप लड़का खुद से अधिक प्यार करता है और उसमें झूठा दम्भ पैदा हो जाता है।

एक व्यस्क भारतीय व्यक्तित्व, जो कई मनोवैज्ञानिक चरणों से गुजरता है, को अपने बारे में अधिक पता नहीं होता, उसे चलाने के लिए किसी अधिकारिक व्यक्तित्व की जरूरत होती है। वह अपने विषय में कम आराम महसूस करता है, उसे प्रशंसा की जरूरत होती है। यहां तक कि व्यावसायिक जीवन के अन्त में ऐसा होता है। उसके सम्बन्ध 'नियन्त्रित' होते हैं। और वह अपने सहयोगियों के साथ बराबरी और सहयोग का रवैया नहीं अपना सकता। किसी भी संगठनात्मक क्षेत्र में ऐसा व्यक्ति दम्भपूर्वक काम करता है। इसके विपरीत एक अच्छा 'खिलाड़ी' आत्मविश्वासी होता है और समानता के आधार पर सरल और स्वस्थ सम्बन्ध कायम करता है।

यह कहना बहुत मुश्किल है कि बड़े पैमाने पर सामजिक मनोवैज्ञानिक आंकड़ों के बिना यह निष्कर्ष कितना मान्य होगा। व्यावसायिक लोगों के बीच इस व्यक्तित्व के बारे में शायद ही कोई एकमत बने। मैं समझता हूं कि ऐतिहासिक व्याख्या खतरनाक

है और मनोवैज्ञानिक व्याख्या अविश्वसनीय। मैं आर्थिक व्याख्या से अधिक सहमत हूं। इसलिए मेरा विश्वास है कि भारतीय बाजार में अधिक प्रतिस्पर्धा से हम व्यापारिक जगत में अधिक 'टीम वर्क' के साथ काम कर सकेंगे। जब कम्पनियां अपने अस्तित्व के लिए संघर्ष करती हैं, उस समय दम्भपूर्ण व्यवहार के लिए कोई जगह नहीं होती, कोई भी एक ही साथ तैर भी सकता है और डूब भी। चूंकि 1991 के आर्थिक सुधारों के बाद भारतीय बाजार अधिक प्रतिस्पर्धात्मक बना है, इसलिए एकता भी धीरे-धीरे बढ़नी चाहिए। कक्कड़ के अनुसार भारतीय समाज भी बदल रहा है। आज अधिक महिलाएं काम कर रही हैं और मांओं को बच्चे के साथ रहने का समय नहीं मिलता; इसलिए शायद यह उम्मीद की जा सकती है कि भारतीय पुरुष स्वस्थ गर्व के साथ विकसित होंगे और अच्छे सहयोगात्मक खिलाड़ी बनेंगे।

अध्याय चार

तब भी अन्धे थे, अब भी अन्धे हैं

व्यावहारिक समझ के बिना अच्छी मंशाएं भी अर्थहीन होती हैं।

—जामी, बाहरिस्तान

कुछ लोगों की कल्पना में पूरी पीढ़ी के लिए सम्भावनाएं होती हैं; और यह बात जवाहरलाल नेहरू के बारे में एकदम सच है। मेरी पीढ़ी के युवा लोग दशकों तक उनके जादू से बंधे रहे। मैं उनसे कभी व्यक्तिगत रूप से नहीं मिला। हां, जब मैं बच्चा था तो सिर्फ दूर से कई बार उनको देखा था, मुझे इसका अफसोस हैं। मुझे लगता है कि जिस व्यक्ति की कल्पना ने लोगों को इतनी गहराई से प्रभावित किया है, उससे करीब से मिलना और सुनना, ज्यादा वास्तविक और कम आयामोंवाला होता है। नेहरू ने हमें सभी अच्छी और सबसे बुरी आदतें सिखाईं। उन्होंने हमें, विशेषकर मुसलमानों के प्रति, उदार और धैर्यवान बनाया। उन्होंने हमारे मन में लोकतन्त्र के प्रति सम्मान और सामन्ती व्यवहार से घृणा की भावना पैदा की। उन्होंने हमें अपने आदर्शवाद से भी प्रभावित किया। किन्तु उन्होंने व्यापारियों और लाभ के प्रति हमारे पूर्वग्रह को ही पुख्ता किया। हम कभी भी उद्यम-वृत्ति और प्रतियोगिता की सामर्थ्य के बारे में सीख नहीं पाए और इस अन्धविश्वास की हमें बहुत बड़ी कीमत चुकानी पड़ी।

उन दिनों जब मैंने शिमला में स्कूल जाना शुरू किया तब सोलह सौ किलोमीटर दक्षिणी गुजरात में एक जैन व्यापारी कस्तूरभाई लालभाई ने इंडियन केमिकल इंडस्ट्री की स्थापना की। कस्तूरभाई जी. डी. बिड़ला की ही तरह एक मारवाड़ी थे। लेकिन वह

एक पुराने और जाने-माने शान्तिदास जावेरी के परिवार से सम्बन्धित थे जो कि मुगल शासकों के जौहरी थे। यह परिवार रेतीले रेगिस्तान से उस समय स्थानान्तरित हो गया था, जब मुगल शासकों ने अपने कानून गुजरात पर लागू कर दिए थे।

प्राचीन समय से ही गुजरात एक व्यापारिक केन्द्र रहा है। हजारों साल से गुजराती व्यापारी चांदी और सोने के बदले भारतीय कपास और सिल्क अरब देशों में बेचते थे। तब पन्द्रहवीं शताब्दी तक चीनी पोत यहां व्यापार के लिए रुकते थे। सत्रहवीं शताब्दी में इंग्लैंड की ईस्ट इंडिया कम्पनी ने तट पर गोदाम बनाए और गुजराती भारत, यूरोप और तीन दिशाओं के मध्य व्यापार में साहूकार बने। बहुत से गुजराती व्यापारी पूर्वी व दक्षिणी अफ्रीका और मध्य पूर्व के देशों में चले गए। गुजराती बचत के मामले में काफी प्रतिबद्ध थे और उनके परिवार के सदस्य घंटों काम करते रहते थे तथा सफलता पाने के लिए संयमित जीवन जीते थे। किन्तु प्रवासियों की सफलता ने स्थानीय लोगों में नाराजगी और गुस्सा पैदा कर दिया, ऐसा ही 1960 में यूगांडा में हुआ। उन्हें ब्रिटेन और अमेरिका के पश्चिम की ओर निकाल फेंका गया, जहां गुजरातियों ने पूंजी संचय का एक नया दौर शुरू किया।

सोलहवीं और सत्रहवीं शताब्दी में विश्व के मानचित्र में गुजरात व्यापार और वाणिज्य का एक समृद्ध केन्द्र था जो कि सूरत और काम्बे जैसे व्यस्त पत्तनों की सेवा भी उपलब्ध कराता था। यह वह समय था जब अहमदाबाद में कस्तूरभाई का परिवार व्यापार और महाजनी में उन्नति कर रहा था। सम्राट जहांगीर की मृत्यु के साल, 1627 के अंग्रेजी दस्तावेज में कस्तूरभाई के परिवार को दिवंगत राजा के जौहरी के रूप में पेश किया गया है। शाहजहां ने 1656 में उन्हें सम्मान व प्रतिष्ठा का चोगा प्रदान किया और अहमदाबाद के कई गांव, बगीचे और हवेलियां भेंट स्वरूप दिए। ईस्ट इंडिया कम्पनी के दस्तावेज मुगल न्यायालय के 'मुख्य बनिया' के रूप में इनका उल्लेख करते हैं क्योंकि अपनी ताकत और प्रभाव के बल पर इन्हें नगर सेठ 'शहर के व्यापारी' का दर्जा हासिल था।

आखिरी मुगल औरंगजेब ने राजगद्दी हासिल करने के बाद, शान्तिदास जावेरी को सुलह का सन्देश शहर की जनता तक पहुंचाने के लिए चुना। नए राजा ने फरमान जारी कर पुलिताना, उसकी पहाड़ियां और कन्दरों को जौहरी के नाम कर दिया। शान्तिदास ने इस धन से संगमरमर का एक विशाल चिन्तामणी जैन मन्दिर बनवाया। जिसके बारे में 1638 में जर्मन यात्री जे. अल्बर्ट डी. मांडेस्लो ने कहा कि "बिना किसी प्रतिवाद के यह एक शानदार इमारत है (संसार में)।" औरंगजेब यह बर्दाश्त नहीं कर सका कि अहमदाबाद की एक आकर्षक व भव्य इमारत काफिरों का मन्दिर हो और उसने उसको मस्जिद में तब्दील करवा दिया। फिर भी जौहरी के लिए बादशाह के यहां पर्याप्त अवसर थे जिनसे वह इसकी

क्षतिपूर्ति कर सकता था। अठारहवीं शताब्दी के जैन अभिलेख हमें बताते हैं कि नगरसेठ का परिवार दिल्ली, आगरा, कोटा और बंगाल में तो व्यापार करता था, ढाका और उससे आगे भी इसकी दुकानें थीं जो कि विभिन्न किस्मों के वजन में हल्के और दाम में महंगे कपड़े बेचती थीं। दो सौ सालों तक यह परिवार अहमदाबाद परिवार रहा, जिसे जैन मन्दिरों को सहयोग और चन्दे के लिए जनसाधारण द्वारा बहुत सराहा जाता था।

ब्रिटिश शासकों ने 1864 में अहमदाबाद को रेलवे से जोड़ा। इसके आने से गुजरात के केन्द-स्थल से मैनचेस्टर की मिलों तक कपास निर्यात करने के कई नए मार्ग खुले, विशेषकर अमेरिकी गृहयुद्ध के बाद, जिसने कि कपास की सप्लाई बन्द कर दी थी। इसके साथ ही अंग्रेज आधुनिक शिक्षा भी लाए। नगर सेठ के परिवार ने अंग्रेजी सीखी और उन्होंने अपना रुख व्यापार से उद्योगों की ओर किया। 1895 से 1905 के बीच इन्होंने दो कपड़ा मिलें स्थापित कीं, किन्तु जल्द ही परिवार में संकट उत्पन्न हो गया। भाई-भाई आपस में लड़ पड़े और सम्पत्ति का बंटवारा हो गया। लालभाई की, जो कि परिवार की एक शाखा का मुखिया था, 1912 में दिल का दौरा पड़ने से मृत्यु हो गई। कस्तूरभाई उसका दूसरा बेटा था। उसे रामपुर मिल की देख-रेख के लिए सत्रह साल की उम्र में स्कूल छोड़ना पड़ा। पारिवारिक विभाजन के बाद सिर्फ यही उसके हिस्से में आई। दो सौ वर्षों के इतिहास में उनके परिवार का रुतबा अहमदाबाद के समाज में अपने न्यूनतम स्तर पर था। कस्तूरभाई ने बाकी का जीवन अपने परिवार की प्रतिष्ठा को फिर से हासिल करने में लगा दिया।

किशोर ने जल्द ही कपड़ा उद्योग के गुरों को सीख लिया। जल्दी ही प्रथम विश्व युद्ध शुरू हो गया। जिससे आयात घट गया और घरेलू मांग बहुत बढ़ गई। कस्तूरभाई भी तैयार हो गए, उन्होंने अपनी खराब पड़ी मिल को ठीक करवाया और युद्ध के दौरान काफी लाभ कमाया। इसके बाद उन्होंने फिर मुड़कर नहीं देखा। युद्ध के दौरान हुए लाभ से उन्होंने चार नई कपड़ा मिलें खोलीं और 1930 के मध्य तक उसके पास सात मिलें थीं; और भारत के साथ-साथ विश्व का भी वह कपड़े का सबसे बड़ा उत्पादक था।

संकट के दौरान जब प्रतियोगिता एक आवरण के नीचे छिप गई थी, तब कस्तूरभाई ने अपनी मिलों का नवीनीकरण किया और उन्हें फैलाया। उन्होंने यह प्रमाणित किया कि "यदि कपड़े का दाम कम है तो यह मूल्य कपड़ा मशीनरी का है।" उन्होंने नई मशीनें बहुत कम दामों पर विश्व के हताश बाजार से प्राप्त की और उनका झुकाव बढ़िया व उत्कृष्ट किस्म का कपड़ा बनाने की ओर हुआ। उन्होंने मांडी (स्टार्च) बनाना भी शुरू कर दिया। जब दूसरा विश्वयुद्ध शुरू हुआ तो वह फिर से लाभ कमाने के लिए तैयार हो गए। अपनी सात अत्याधुनिक मिलों के जरिये कस्तूरभाई घरेलू और

निर्यात बाजार में बढ़िया किस्म के कपड़े की एक बाढ़-सी ले आए। दोबारा भी, युद्ध से उन्हें बहुत लाभ पहुंचा और अब, गुजराती समाज में उन्होंने अपने परिवार को पुनः प्रतिष्ठित कर लिया था। उनका परोपकार या लोक कल्याण एक दन्तकथा बन गया। जी. डी. की ही तरह वह भी स्वतन्त्रता आन्दोलन के दौरान एक बड़े सहयोगी और राष्ट्र के प्रभावशाली व्यक्ति बन गए थे, तो भी वह असन्तुष्ट थे।

आजादी मिलने के साथ ही कस्तूरभाई भी अन्य भारतीय व्यापारियों की तरह यश का सपना देखने लगे। कपड़ा उद्योग पर वर्चस्व स्थापित कर लेने के बाद वह एक नए व्यापार की तलाश में निकले। उन्हें सिन्थेटिक डाई और रंग बनाने का विचार आया, जो कि कपड़ा उद्योग को भारी मात्रा में चाहिए थे। इससे पहले तक डाई मुख्य रूप. से जर्मनी से ही आयात की जाती थी। यद्यपि भारत को नील के क्षेत्र में कभी एकाधिकार प्राप्त था, एक आधुनिक रंग सामग्री उद्यम का भारत में कोई अस्तित्व नहीं था और कस्तूरभाई ने रसायनों के इस विस्तृत व्यापार के बारे में सोचा।

कस्तूरभाई न्यूयार्क के लिए रवाना हो गए, जहां उन्होंने अमेरिकीयों के साथ रसायन संयन्त्र का डिजाइन और उसके लिए विशेषज्ञों की उपलब्धता के लिए समझौता किया। 5 सितम्बर 1947 को उन्होंने नई कम्पनी की स्थापना की, इसी दिन मैंने शिमला में पहली कक्षा में प्रवेश पाया था। यह भारत में एक नए उद्योग क्षेत्र की शुरुआत थी। उसने इसे 'अतुल' कहा यानी अतुलनीय।

शीघ्र ही गुजरात के बीहड़ों में एक नया शहर उभरा, कस्तूरभाई ने स्थानीय आदिवासियों को काम दिया, उन्हें प्रशिक्षित किया। उन्होंने उनके लिए छोटे लेकिन साफ-सुथरे घर बनवाए। मार्च 1952 में जब कारखाना बनकर तैयार हो गया तो उन्होंने जवाहरलाल नेहरू को उसके उद्घाटन के लिए आमन्त्रित किया किन्तु नेहरू ने इनकार कर दिया था क्योंकि हाल ही में नेहरू ने राष्ट्र को समाजवादी लक्ष्य के नियोजन के लिए वचनबद्ध किया था। वह पूंजीवादी कारखाने का उद्घाटन करने नहीं गए। उन्होंने कांग्रेस पार्टी को भी पश्चिमी पूंजीवादी के संकुचित मार्ग को न अपनाने के लिए समझाया था क्योंकि पूंजीवाद से असमानता बढ़ती है और राष्ट्र की बचत हाशिये पर धकेल दी जाती है। इसने मुख्य रूप से एक बड़ी तादाद में किसानों को छोड़ते हुए कुशल मध्यवर्ग के कर्मचारियों को किराये पर लिया और उन्हें ही लाभ पहुंचाया जो पहले से ही सम्पन्न थे। नेहरू ने महसूस किया कि निराशाजनक लम्बे अरसे से पूंजीवादी विकास आम जनता की पहुंच से दूर जा रहा है और यह स्पष्ट रूप से अस्वीकार्य था।

कुछ सप्ताह बाद नेहरू नर्म पड़ गए, उन्होंने अपने आपको समझाते हुए कहा कि 'तीसरा मार्ग' या कांग्रेस परियोजना का प्रारूप निजी उद्यम को पूरी तरह नकारता नहीं

था–जब तक कि वह सामाजिक नियन्त्रण में हो। इसके अतिरिक्त कस्तूरभाई अधिक दृढ़ निश्चयी थे और उनके अपने जोश ने भी उन्हें प्रभावित किया। उसकी बहन कृष्णा जिसने कस्तूरभाई की बहन के बेटे गुणोत्तम हुथिसिंह से शादी की जिसका इससे भी कुछ सम्बन्ध था। अतः 190,000 लोगों ने उद्घाटन समारोह में भाग लिया और नेहरू ने अपनी लड़खड़ाती प्रभावशाली आवाज में उन्हें सम्बोन्धित किया : "सेठ कस्तूरभाई ने एक बुनियादी औद्योगिक इकाई लगाई है, जिसने कि एक लम्बे समय तक हमें विकास की ओर अग्रसर किया। कपड़ा रंगने और रासायनिक उद्योग का हमारी अर्थव्यवस्था में महत्त्वपूर्ण योगदान है। मैंने इस परियोजना को राष्ट्रीय सन्दर्भ में देखा और पाया यह पूरे राष्ट्र को लाभ पहुंचाएगी, किसी एक अकेले व्यक्ति या एक अकेली कम्पनी को नहीं।"

चवालीस साल बाद, मार्च 1996 में मैंने कस्तूरभाई के पोते संजय लालभाई के साथ तीन दिन बिताए। उसने मुझे एक योजना पर परामर्श के लिए आमन्त्रित किया और मुझे लगा कि कस्तूरभाई ने कभी इतना बड़ा रासायनिक उद्यम लगाने का सपना भी नहीं देखा होगा। अतुल अच्छा काम कर रहा था लेकिन इतना भी अच्छा नहीं कि वह एक अन्य नया उद्योग लगा सके। सरकार की व्यापार विरोधी समाजवादी नीतियां, अत्यधिक कर जो कि सतानवे प्रतिशत तक बढ़ा, कस्तूरभाई जैसे एकाधिकार प्राप्त घरानों के लिए लाइसेंसों की कमी-असफलता के मुख्य कारण थीं। अन्य भारतीय कपड़ा उद्योग की भांति इस परिवार का व्यापार भी घट रहा था। 1980 के मध्य में इसमें तब तेजी आई जब संजय लालभाई ने अरविन्द मिल्स का कार्यभार संभाला और व्यापार को एक नया मोड़ दिया। संजय ने डेनिम के रूप में एक नई खोज की और वह विश्व का तीसरे नम्बर का डेनिम उत्पादक बना। यह विश्व का सबसे कम दामों में डेनिम बेचनेवाला उत्पादक भी बना और उसने यूरोपीय कपड़ा कम्पनियों से कूटनीतिज्ञ समझौते भी किए, ताकि वह वहां के बाजार में प्रवेश पा सके।

1952 में जिस दिन नेहरू ने केमिकल फैक्टरी का उद्घाटन किया, उस दिन मेरे माता-पिता ने अखबार में कस्तूरभाई लालभाई के बारे में पढ़ा। अखबार की रिपोर्ट में भारतीय व्यापार की दशा और साथ ही नेहरू की रक्षात्मकता और तकलीफ का भी वर्णन किया था। उस सयम हम भाखड़ा नांगल के जंगलों में रह रहे थे।

मैं दस साल का था और मेरे पिताजी का स्थानान्तरण सतलुज नदी पर बने भाखड़ा बांध पर पावर हाउस बनाने के लिए किया गया था। उनका काम 200 मीटर ऊंची दीवार, जो कि ऊबड़-खाबड़ हिमालय घाटी से आधा किलोमीटर दूर थी, से गिरते जलप्रपात से विद्युत शक्ति का उत्पादन करना था। तीन सालों में पांच लाख क्यूबिक मीटर समतल मैदान से ऊपर उठकर नए व महान भारत का मन्दिर

बना। यहां और भी चीजें थीं–महानदी पर हीराकुंड बांध, भिलाई, दुर्गापुर, बोकारो के चमकदार स्टील संयन्त्र, नेहरू सरकार ने दर्जनों दूसरी बड़ी फैक्टरियों का निर्माण किया, ताकि भविष्य में एक औद्योगिक शब्द के छवि-निर्माण में सहायक कारकों से देश परिपूर्ण रहे। आजकल बड़े बांध उतने प्रतिष्ठित नहीं हैं किन्तु पचास साल पहले भाखड़ा नांगल का सपना राष्ट्र की कल्पना के एक प्रतीक की तरह था।

अपनी किशोरावस्था में मुझे यह स्मरण था कि बड़े बांध पर काम कर रहे लोगों की भावनाएं उससे प्रेरित होती थीं। मेरे पिताजी कोई अपवाद नहीं थे। आमतौर पर उन्हें अपने काम के बारे में बात करना और अपने अनुचित भावों को व्यक्त करना पसन्द नहीं था। इसलिए मैं उनके बांध बनाने के जुनून को देखकर आश्चर्यचकित था। वह निरन्तर बिना थके काम करते रहते थे। कभी-कभी तो मैं उन्हें कई दिनों तक नहीं देख पाता था। वह सुबह मेरे उठने से पहले ही चले जाते और मेरे सोने के बाद लौटते। उनके अधिकतर सहयोगी भी इसी तरह काम करते थे। उनको चुनौती के आयाम ने बदल दिया था।

एक दिन मेरे पिताजी ने मां से कहा कि "शुरुआत में हम अपनी सफलताओं को उस सुख या आराम के रूप में देखते थे जो हम अपने मालिकों को देते थे। किन्तु अब मैं कुछ अलग महसूस करता हूं। यहां भाखड़ा में हम अपने काम के परिणाम को इस नजरिये से देखते हैं कि हम उत्पादन करते हैं और इससे सुख की अनुभूति हमें प्राप्त होती है।"

यह धूल भरा काम था और वह कीचड़ में लथपथ घर आते थे। यहां तक कि जो फाइलें वह घर लाते थे, वे भी धूल से अटी होती थीं। उन्होंने मां को बताया कि "पहले मैं अपनी फाइलों का गुलाम था। यहां इस इतनी बड़ी परियोजना में जहां कोई भी कोई उत्तर नहीं जानता, वहां हमें जल्दी और ईमानदारी से निर्णय उसी समय लेना पड़ता है। हमने इससे पहले इतना बड़ा बांध नहीं बनाया। नब्बे हजार लोग एक साथ इस पर काम कर रहे हैं, इसलिए हमें खतरा मोल लेना होगा और इसके लिए हिम्मत बहुत जरूरी है।" अब उन बीते दिनों के बारे में सोचता हूं तो यह पाता हूं कि यह विचार सफलता का था। एक उदित होते राष्ट्र के नए जीवन का, जो साहस और आत्मविश्वास पैदा करता था। यह उम्र का जोश था। भाखड़ा एक महान सपना था जो कि हमारी आंखों के सामने सच हो रहा था।

मुझे वह मुश्किल सप्ताह हमेशा याद आता है जब सतलुज के पानी को मोड़ने के लिए चट्टानों में विस्फोटक सुरंगें बिछाई गईं और नौ मजदूर भूस्खलन में फंस गए। मेरे पिताजी और उनके साथियों ने सफलता पर विचार किए बिना हर सम्भव कोशिश की। जब मेरे पिताजी और उनके सहयोगी फंसे हुए लोगों को बचाने की उम्मीद छोड़

चुके थे तब एक जूनियर इंजीनियर रविवार की शाम को एक खतरनाक योजना के साथ आया। वे पूरी रात बचाव कार्य में जुटे रहे और सुबह होने तक वे आदमियों को बचाने में कामयाब हो गए। जब मेरे पिताजी अपने सहयोगियों के साथ घर आए तो वह बच्चों की तरह रो रहे थे। औरों ने भी रोना शुरू कर दिया। बारी-बारी से सभी ने जूनियर इंजीनियर को गले लगाया। खुशी और उल्लास में सभी बच्चों की तरह रोने लगे। यह क्षण कभी नहीं भुला सकता।

1954 की एक सुहानी सुबह मैं पिताजी के समीप गर्व से बैठा हुआ था और साथ ही हजारों गरिमायुक्त मजदूर भी बैठे हुए थे और हम आदर के साथ नेहरू का भाषण सुन रहे थे : "सम्भवतः संसार में इस बांध के जितना बड़ा बांध कहीं नहीं होगा... जब मैं कार्यस्थल पर घूम रहा था तब मैंने सोचा कि आज सबसे बड़े मन्दिर, मस्जिद और गुरुद्वारे वहीं हैं जहां मनुष्य मनुष्य की भलाई के लिए काम करते हैं। कौन-सी जगह इस भाखड़ा नांगल से बढ़कर हो सकती है।"

नेहरू भारत के इस दृष्टिकोण पर पूरे दिन बोलते रहे। उन्होंने नई खरीदी गई कम्पनियों के बारे में प्रफुल्लित होकर बताया और उन्हें 'आधुनिक भारत के मन्दिर' कहा तो श्रोताओं में प्रशंसा भरी प्रसन्नता की लहर दौड़ गई। वह समाजवादी आदर्शों पर आधारित एक ऐसे न्यायसंगत और जातिहीन समाज की रचना करना चाहते थे, जिसमें पूंजी के आधार पर कोई भेदभाव न हो। तब तक निजी क्षेत्र में बहुत थोड़े ही संसाधन उपलब्ध थे। सिर्फ सरकार ही बड़े-बड़े निवेश कर सकती थी। इसी समय उन्होंने एक स्पष्ट वक्तव्य दिया कि वह लोकतान्त्रिक स्वतन्त्रता को बचाना चाहते थे, वह भारत को चीन और एशिया की तरह साम्यवादी समाज नहीं बनाना चाहते थे। इस प्रकार उन्होंने इस व्यवस्था को 'मिश्रित अर्थव्यवस्था' कहा, जो कि समाजवाद और पूंजीवाद का सम्मिश्रण थी।

नेहरू एक उदार व आकर्षक व्यक्तित्व के स्वामी थे जिस कारण हम सभी उनके स्नेह के जाल में फंस गए। हमारे परिवार के प्रत्येक सदस्य को उन पर गर्व है। सभी पड़ोसी उनकी प्रशंसा करते हैं। मेरे माता-पिता के दोस्त उनकी प्रशंसा करते थकते नहीं थे। भारतीय मध्यवर्ग ने उनके सपने को बड़े पैमाने पर खरीदा, और खरीदते भी क्यों नही? यह एक अच्छा सपना था। इसने आधुनिक समय के आदर्शों को अपनाया था, जिसकी स्थापना सभी मनुष्यों की समानता पर हुई थी। 1950 में यह बुजुर्गों और युवाओं के लिए अप्रचलित नहीं था कि वे आदर्शवाद को स्वीकारें। हम भारत में, ऐसा समझते थे कि हम एक ऐसे राष्ट्र का निर्माण कर सकते थे जिसका आधार अहिंसा और नैतिक सिद्धान्त हों, यूरोप की तरह नहीं जिसके थके हुए और पुराने राष्ट्रों के यथार्थवाद और ताकत की समानता के कारण दो विश्व युद्ध हुए। क्या हमने अपनी आजादी

गांधीजी के अहिंसा के सिद्धान्त पर चलकर नहीं हासिल की? दूसरी तरफ दो महान राष्ट्रों चीन और एशिया की आधुनिकता की यात्रा आक्रामक क्रान्तियों पर आधारित थी। तो हमारे लिए यह उचित और जायज है कि हमारा आधार सिद्धान्तोंवाला हो। हमारे दिमागों में हिंसा, जो कि विभाजन के साथ जुड़ी थी, हमारे लिए कोई महत्त्व नहीं रखती थी।

उस समय जब नेहरू अपने भाषण के समापन के करीब थे तब एक विचित्र घटना घटी। पहली पंक्ति में बैठा एक इंजीनियर उठकर पेशाब करने चला गया। नेहरू विचलित हो गए और उन्होंने अपने वाक्य को बीच में ही रोक दिया। वह खीझ गए और अचानक बात को बदलकर अनुशासन व शिष्टता पर बोलने लगे। वह बेचारा इंजीनियर झेंप गया। बाद में मेरे पिताजी ने मां को बताया कि यह अद्भुत था कि एक आदमी, जिसको इतिहास में अपने स्थान की जानकारी थी, एक साधारण-सी घटना से यूं विचलित हो गया।

अब दशकों बाद भी जब मुझे उस सुबह की याद आती है तो मन उदास हो जाता है। नेहरू की मिश्रित अर्थव्यवस्था ने उलझन भरे भविष्य का प्रतिरूप ले लिया था। किसी हद तक यह नेहरू का दोष था कि हम कस्तूरभाई लालभाई और जी. डी. बिड़ला के सपनों का महत्त्व समझ नहीं पाए। किन्तु कैसे एक मासूम अनुभवहीन दस वर्षीय बच्चा यह जान पाता कि नेहरू की प्रज्ञात्मक राज्य संचालित औद्योगिकीकरण नीति जो कि लोगों द्वारा खरीदे हुए बड़े उद्योगों पर आधारित थी और अन्तर्राष्ट्रीय मुकाबले में रुकावट थी, मूलतः गलत थी। कोई भी यह अनुमान नहीं लगा सकता था कि राज्य ने कपड़ा उद्योग को कितना कमजोर बना दिया था जो कि उसे बर्बाद करने जैसा ही था। अगर हम सौ कस्तूरभाई जैसों को प्रोत्साहित करें न कि हताश, तब हमारे पास एक अलग ही भारत होगा। जब कोई व्यक्ति गलती करता है तो यह एक दुखद घटना होती है किन्तु जब कोई नेता ऐसा करता है तो यह एक राष्ट्रीय त्रासदी होती है।

अध्याय पांच

अगर हम कभी अमीर थे, तो आज गरीब क्यों ?

संसार की रचना से लेकर अब तक, सबसे महान घटना, इसके रचनाकार के अवतार और मृत्यु के अलावा, इंडीज की खोज है।

–फ्रांसिस्को लोपेज दि गोमारा

वर्षों बाद, मेरे दादाजी ने कहा कि उन्हें अंग्रेजों को भारत छोड़कर जाते देख व दुख हुआ। उन्होंने खुद को अपनी कोहनियों पर उठाया और मुझे ऊपर चढ़ने के लिए कहा और मैं फ्रंटियर मेल की ऊपरवाली बर्थ पर सोने की कोशिश करने लगा। "आजाद भारत की ताज़ा फिज़ा में सांस लेना अच्छा लगता है, किन्तु तुम एक चीज़ जरूर याद रखो मेरे बेटे कि भारत सौ वर्षों में एक सुव्यवस्थित व शासित देश रहा है और पंजाब इसका अच्छा व्यवस्थित प्रान्त रहा है। आखिर अंग्रेज ठीक से शासन चलाने में कामयाब क्यों नहीं रहे, क्योंकि इसके पीछे संसदीय प्रजातन्त्र रहा था, जिसे भारतीय सिविल सेवा द्वारा नहीं चलाया जाता था।" उनके ये शब्द मेरे दिमाग में घूम रहे थे, मैं खिड़की से बाहर पंजाब के धूल व गेहूं की फसल से भरे खेतों को चांद की रोशनी में देख रहा था। कुछ देर बाद वह बोले, "हां अंग्रेज घमंडी थे, लेकिन हमें सौ सालों की शान्ति की बहुत कम कीमत चुकानी पड़ी। अच्छी सरकार, रेलवे, नहरों का जल और संसार के सुव्यवस्थित कानून के रूप में, तुम मुझे राष्ट्र विरोधी कह सकते हो, लेकिन मैं ऐसा ही महसूस करता हूं।" मैंने पूछा, "यदि अंग्रेज अच्छे शासक थे, तो भारत गरीब क्यों था?" स्पष्ट तौर पर उन्होंने कभी इस बारे में सोचा नहीं था। उन्होंने कभी भी शासन को समृद्धि या विकास से नहीं जोड़ा।

काफी देर चुप रहने के बाद उन्होंने कहा कि वह यह नहीं जानते। "इसके लिए तुम अपने चाचा सतपाल से बात करना।"

अब मेरे पिताजी का तबादला उनके भाखड़ा बांध के दफ्तरों के नक्शों समेत दिल्ली के लिए हो गया था। हम पुराने किले की छत्रछाया में नई और हाल ही में दिल्ली के बीचों-बीच बनी काका नगर कालोनी में रहने लगे। हम लोग चारों ओर से अन्य इंजीनियरों के परिवारों व मेरे पिताजी के बांध के नक्शे दफ्तर के सहयोगियों से घिरे हुए थे। धीरे-धीरे, अन्य सरकारी, व्यावसायिक और उद्योगों के समर्थक लोग वहां बसने लंगे और कालोनी का विस्तार होने लगा। बढ़ती हुई नौकरशाही के रहने का इन्तजाम करने की समस्या को हल करने के लिए सरकार ने दो मंजिला अपार्टमेंट बनाए। जो नीचे की मंजिल पर रहते थे, उन्हें साथ में छोटा-सा बगीचा भी मिल जाता था। और जो ऊपर की मंजिल पर थे उन्हें छत मिलती थी जो कि उन दिनों काम आती थी जब लोग गर्मियों की रात में एयरकंडीशनर न होने की वजह से सौ डिग्री फारेनहाइट की गर्मी में बाहर सोते थे। कालोनी के साथ बहुत ही अच्छे खेल के मैदान व घास के छोटे-छोटे चोकोर पार्क बने हुए थे, जबकि वह लोक निर्माण विभाग का औसत निर्माण था।

दिल्ली में आने के बाद, मेरी मां की पहली प्राथमिकता हमारा दाखिला अच्छे स्कूलों में कराना था। कुछ समय की खोज के बाद उन्होंने निर्णय लिया कि मॉडर्न स्कूल बाराखम्बा रोड ही उपयुक्त है। यह आधुनिकता और पारम्परिकता का सही मिश्रण था, लेकिन जो महत्त्वपूर्ण था, वह यह कि इसका स्तर बहुत ऊंचा था। यह हमारे शिमला स्कूल जैसा पाश्चात्य ढंग का नहीं था। मां महसूस करती थीं कि हमें गणित और हिन्दी में सुधार की आवश्यकता है जो कि हमारी अभी तक की शिक्षा में कमजोर बिन्दु थे। सवाल यह था कि हम कैसे आधुनिक हो सकते थे।

हमारे पास न तो पैसा था और न ही प्रभुत्व। किन्तु मां में दृढ़ इच्छाशक्ति थी। वह सोमवार की सुबह स्कूल आईं, लेकिन प्रिंसिपल नहीं मिले। वह लंच टाइम तक उनका इन्तजार करती रहीं। मंगलवार की सुबह को भी यही घटा। वह अपनी हार महसूस करती हुई घर आ गईं और दोपहर-भर रोती रहीं। बुधबार की सुबह उन्होंने दुबारा प्रयास किया। अन्ततः गुरुवार को प्रिंसिपल ने दया कर उन्हें अन्दर बुलाया। प्रिंसिपल को स्कूल की कठिन पढ़ाई में हमारी सफलता पर संशय था लेकिन मां ने उन्हें हमारा टेस्ट लेने को कहा। और हम टेस्ट में ठीक-ठाक रहे और हमें स्कूल में परखने के आधार पर रख लिया गया। यह सब होने के बाद हम सबने अपनी पहली परीक्षा में उम्मीद के अनुसार अच्छा परिणाम दिया। अनिच्छा से प्रिंसिपल ने मेरी मां से कहा कि उसने आपके साथ गलत व्यवहार किया है।

आज भारत के हर मध्यवर्गीय अभिभावकों को इस चिन्ता और अपमान से गुजरना पड़ता है। यह दुख की बात है कि मध्यवर्ग बढ़ रहा है, किन्तु अच्छे प्राइवेट स्कूल उनकी पहुंच से बाहर होते जा रहे हैं। आजाद भारत में शिक्षा की कहानी एक दुखद व्यथा है। आजादी के बाद सरकार ने बड़ी संख्या में स्कूलों की स्थापना की लेकिन ये हर तरह से बेकार हैं, जिस कारण मध्यवर्ग के लोग इनसे बचना चाहते हैं और कुछ प्राइवेट स्कूलों के लिए छीना-झपटी करते हैं। जिसने कि अभाव की स्थिति पैदा की और दाखिले के लिए या तो आपके पास पैसा हो या जान-पहचान हो। यदि मध्यवर्ग की यह दुर्दशा है, तो आम लोगों की इससे भी बुरी दुर्दशा होगी। राज्य शिक्षा की मात्रा और दर्जा दोनों ही उपलब्ध कराने में असफल रहा। भूमंडलीय शिक्षा के दिखावटी प्रेम के बावजूद चालीस प्रतिशत भारतीय अशिक्षित हैं।

हमने अपनी इतिहास की कक्षा में पढ़ा था कि कोलम्बस भारत के अमीरों की खोज में निकला था और उसने अमेरिका को खोज लिया। यह सोचने की बात है कि उसने भारत को खोजा और यहां के लोगों को भारतीय कहा, जो नाम कौंधता है वह भाषा-विज्ञान सम्बन्धी भ्रम पैदा करता है। मेरी कल्पना को स्कूल में किसने पकड़ रखा था। क्या भारत की महान समृद्धि और वैभव ने जिसने यूरोपियों को भारत की खोज के लिए महान यात्राएं करने के लिए विवश किया। गोलकुंडा यूरोपीय लोगों के मस्तिष्क में भारतीय समृद्धि का चिन्ह बन गया था। वे उसे जानना चाहते थे। भारत की बौद्धिकता ने भी यूरोप के मस्तिष्क को आकर्षित किया। जर्मनी के महान दार्शनिक जी. डब्ल्यू. एफ. हीगेल ने लिखा : "काफी प्राचीन समय से सभी राष्ट्रों के लोग इस भूमि के आश्चर्यचकित और कीमती खजाने के बारे में जानने के इच्छुक रहे हैं, जो कि पृथ्वी के आश्चर्यों में से एक है, जैसे, प्रकृति का खजाना–मोती, हीरे, इत्र, हाथी, शेर आदि और बुद्धि का खजाना। वह रास्ता जो कि इस खजाने से होता हुआ पश्चिम को जाता था। भारत हमेशा विश्व में ऐतिहासिक महत्त्व रखता आया है, जो कि राष्ट्र के भाग्य से बंधा हुआ है।"

पुर्तगालियों को उस समय धक्का लगा जब उनके शत्रु स्पेन ने उनके वहां रहते अमेरिका की खोज का पुरस्कार जीता। इसके बाद पांच साल तक वह अपमान सहन करते रहे और 1497 में उन्होंने वास्कोडिगामा को एक अलग रास्ते से चार जहाजों के बेड़े के साथ अफ्रीका की ओर से असली भारत की खोज करने के लिए भेजा। दो साल की समुद्री यात्रा के बाद भी उन्हें व्यावसायिक सफलता नहीं मिली और वे अपने 170 जहाजियों में से 116 को खो बैठे। भारतीयों को यूरोप की सस्ती वस्तुओं और कपड़ों में कोई दिलचस्पी नहीं थी। वह उनसे कई गुना अच्छा कपड़ा और वस्तुएं बना सकते थे। किन्तु वास्कोडिगामा अपने साथ कुछ और जरूरी चीजें ले गया था।

उसने पुर्तगाल के किंग मैनवल को बताया : "बड़े शहर, बड़ी बिल्डिंगे, नदियां और विशाल जनसंख्या।" उसने मसालों, जवाहरातों, कीमती पत्थरों और साने की खानों के बारे में भी बताया। उसका सोचना था कि उसने भारत की पौराणिक सम्पदा को खोज लिया है।

अंग्रेज इस सम्पदा को सौ साल बाद तब पा सके, जब स्पेन और पुर्तगाल राज्य के बीच वैवाहिक सम्बन्ध स्थापित हुए। अंग्रेज इस भयानक साम्राज्य से युद्ध कर रहे थे। और उन्होंने 1588 में चमत्कारपूर्ण तरीके से स्पेन के अपराजित सशस्त्र सैन्य जलपोत समूह को मार भगाया। अंग्रेज-इंडिज में पहले व्यापार के जगह की लूट-पाट करने आए। वे पश्चिम में पुर्तगालियों को नजरअन्दाज करते हुए पूर्व में कोरोमंडल तट पहुंचे, जहां वह मद्रास में स्थापित हुए। मद्रास को खोजने के बाद उन्हें लगा कि लूट की जगह व्यापार करना ज्यादा उचित है और वे मालावार तट चले गए। पुर्तगालियों से सावधानीपूर्वक बचते हुए मुगल साम्राज्य के समृद्ध सूरत बन्दरगाह पर अपना व्यापार क्षेत्र स्थापित किया। इसके बाद वे डरते-डरते आगे बढ़े और उन्होंने एक खाली द्वीप को कब्जाया जो आगे चलकर बम्बई जैसा व्यावसायिक शहर बना। पूर्वी तट पर वे उत्तर की ओर बढ़े जहां उन्होंने कलकत्ता जैसे व्यावसायिक शहर की स्थापना की। अंग्रेजों ने पाया कि भारत विश्व में सूती धागा और वस्त्र उत्पादन के क्षेत्र में अग्रणी था। भारत का कपड़ा उद्योग अपनी बेहतरीन किस्म और गुण के लिए अद्वितीय है। यह उद्योग न सिर्फ बड़ी मात्रा में घरेलू मांग की ही पूर्ति करता था, बल्कि लगभग इसका आधा भाग हिन्द महासागर के रास्ते दक्षिण एशिया और चीन पहुंचता था। सत्रहवीं शताब्दी की शुरुआत में उन्होंने पाया कि यह विशाल बाजार यूरोप की बड़ी मांग को पूरा कर सकता है। इस प्रकार सत्रहवीं शताब्दी के अन्त तक विश्व कपड़ा उद्योग पर भारत का एक चौथाई अधिकार हो गया था। "भारत का सूत यूरोप के कपड़ों में तब्दील हो गया था...जो कि ऊन की अपेक्षा सस्ता और हलका था, अधिक सजावटी (रंगाई और छपाई के लिए), धोने और बदलने में आसान सूती कपड़ा एक नए विश्व के लिए बनने लगा था। यहां तक कि ठंडे प्रदेशों में भी सूती कपड़ा अन्दर पहननेवाले कपड़ों में तब्दील हो गया था। जो कि अधिक आरामदेह, साफ और स्वास्थ्य के लिए बेहतर था।" अंग्रेजों ने भारत से सूती कपड़ा उद्योग के बारे में सीखा और जल्दी ही उन्होंने आंकड़े बदल दिए। ब्रिटेन के कपड़ा उद्योग को औद्योगिक क्रान्ति मिली, किन्तु लाखों भारतीय बुनकर परिवार बर्बाद हो गए। सोलहवीं शताब्दी के अन्त तक मुगल साम्राज्य के दौरान भारत की समृद्धि लगभग दस करोड़ लोगों के साथ थी। भारत में कृषि भूमि की प्रचुरता होते हुए भी यह किसी मायने में अपने समकालीन समाज व पश्चिमी यूरोप से पीछे नहीं थी। इसकी उत्पादकता भी

तुलनीय थी। जीवन निर्वाह करनेवाले भी अच्छा ब्याज पा लेते थे। भारत के पास न सिर्फ बड़ी संख्या में कपास उगानेवाले किसान ही थे, बल्कि जमींदारों, कोर्ट और अभिजात वर्ग के लिए ऐश्वर्य की वस्तुएं बनानेवाले भी थे। फलस्वरूप अर्थव्यवस्था अच्छा वित्तीय अधिशेष उत्पादित कर लेती थी। "मुगल बादशाह औरंगजेब (1659-1701) ने अपना सालाना राजस्व लगभग 450,000,000 डॉलर घोषित किया था, जो कि उसके समकालीन लुई चौदहवें से दस गुना अधिक था। 1638 के अनुमान के अनुसार मुगल कोर्ट ने भारत के संचित खजाने को लगभग पन्द्रह लाख डॉलर आंका।" वित्तीय अधिशेष ने मुगल बादशाहों को बेहतरीन और अद्वितीय ताजमहल जैसे ऐतिहासिक स्मारक बनाने के लिए प्रेरित किया।

मेरे चाचाजी और राष्ट्रवादियों का कहना सही था कि भारत अठाहरवीं शताब्दी की शुरुआत तक विश्व में अग्रणी उत्पादक देश था। उत्पादन से अभिप्राय है उस समय के हथकरघा और हस्तकला उद्योग। एंगस मैडिसन के अनुसार, भारत का विश्व के सकल घरेलू उत्पाद में 22.6 प्रतिशत का हिस्सा था। पॉल बाइरोच ने पुष्टि की कि विश्वव्यापी व्यापार के कपड़ा उद्योग का पचीस प्रतिशत का हिस्सा था।

"अधिक महत्त्वपूर्ण था यहां का बहुत बड़ा व्यावसायिक क्षेत्र जिसमें बहुत बड़े बाजार और ऋण ढांचे के साथ कारीगर लोगों व अन्य सम्पन्न व्यावसायिक वर्ग की कोई कमी नहीं थी।" भारतीय उत्पादन पद्धति और औद्योगिक एवं व्यावसायिक संगठन विश्व के किसी भी बाजार में प्रतिस्पर्धा में भाग ले सकते थे। व्यापारियों की पूंजी कई दलालों, ब्रोकरों और अन्य लोगों में बंटी हुई थी जो उसे भिन्न-भिन्न तरीकों से दूसरों को उपलब्ध कराते हैं जिनका व्यापार एशिया के कई देशों तक फैला हुआ था। यह आश्चर्य की बात नहीं है कि उस समय के अंग्रेज यात्रियों ने पाया कि भारत एक समृद्ध देश है और व्यावसायिक अर्थव्यवस्था भी पिछड़ी और सुस्त नहीं है।

यहां प्रश्न यह उठता है कि विशाल वित्तीय अधिशेष, असीमित कृषि भूमि और लोग, विश्व स्तरीय कृषि उत्पादन और बड़ी संख्या में कारीगर-शिल्पी होने के बावजूद भी आधुनिक औद्योगिक अर्थव्यवस्था भारत में पूरी तरह क्यों नहीं घुल-मिल पाई? इसके स्थान पर कैसा तो एक कंगाल देश बन गया ? मजबूत और बढ़ते व्यावसायिक क्षेत्र, बाजार शक्तियों और विस्तृत विदेशी व्यापार के बावजूद यह सच है कि अठारहवीं शताब्दी में भारत तकनीकी, संस्थानों और विचारों सभी मामलों में यूरोप से पीछे ही रहा। न ही कृषि में क्रान्ति हुई और न ही कोई वैज्ञानिक क्रान्ति ही हुई। "बाज़ार में भारतीय उत्पादकों की प्रतियोगितात्मक शक्ति वितरण तन्त्र पर आधारित है... और दूसरी ओर भारतीय हस्तकला के कारीगर तकनीकी तरक्की का विकल्प भी

नहीं बन सकते हैं।" बढ़ते व्यापार के बावजूद भी भारतीय व्यापारी अपने उत्पाद में सुधार के तरीकों को न बदलकर बाजार ढांचे में परिवर्तन नहीं कर सके। इस तरह का लचीला मस्तिष्क वैज्ञानिक दिमाग का साथ चाहेगा ही।

अधिशेष और व्यापार के होने पर भी किसान बहुत गरीब थे। फ्रांस के एक चिकित्सक फ्रैंकॉइस बर्नियर ने भारत में बारह साल बिताए और उसने आम लोगों की गरीबी के बारे में लिखा। उसने उनके जर्जर मकानों, अपमानित जिन्दगी और कुछ थोड़े से अमीरों और कंगालों के बीच नाटकीय अन्तर का उल्लेख किया था। क्योंकि मुगलों की प्रवृत्ति लुटेरों की-सी थी। वे भूमि की दशा सुधारने के लिए बहुत कम सहायता करते थे। अच्छा व्यापार होने के बावजूद भी व्यापारी करों के डर से अपनी सम्पत्ति को छुपाए रखते थे।

इसका कोई आसान उत्तर नहीं है कि देश समृद्ध होते हुए भी उसके लोग गरीब थे। इसके लिए हम यह सफाई दे सकते हैं कि अधिक जनसंख्या होने के कारण सस्ते मजदूर मिल जाते थे। जब मजदूरों की पूर्ति लचीली हो तब यह सस्ता पड़ता है कि मशीन में खर्च करने की बजाय लोगों से काम लिया जाए। यह अठारहवीं शताब्दी में भी सच था और आज भी सच है। एक अंग्रेजी समीक्षक ने 1807 में लिखा : "भारत में यह प्रयास कभी-कभार ही होता था कि जो काम आदमी कर सकते थे, उन्हें मशीनों से करवाया जाए।"

यहां यह बताना जरूरी है कि लगभग 250 साल पहले राष्ट्रों की आय के बीच भी इतनी असमानता नहीं थी जितनी कि आज है। पॉल बाइरोच के अनुसार भारत (चीन) और यूरोप के बीच डेढ़ या दो से एक का अन्तर था। भारत और इंग्लैंड के आर्थिक भविष्य ने उन्नीसवीं शताब्दी में पलटी खाई। भारत एक जगह स्थिर रह गया और इंग्लैंड ने औद्योगिक क्रान्ति का मजा चखा। इसका कारण भारत का इंग्लैंड का उपनिवेश होना नहीं था किन्तु इंग्लैंड ने औद्योगिकीकरण के अनुकूल परिस्थितियां प्राप्त कर ली थीं। ये कई प्रकार के सामाजिक, राजनीतिक और आर्थिक संस्थानों, विचारों और मूल्यों से ग्रस्त था, जिन्होंने इसे तकनीकी अवसर के अच्छे मौके प्रदान किए।

अब हम असली प्रश्न पर वापस लौटते हैं। अगर हम कभी धनी थे तो आज निर्धन क्यों? अपने दादाजी की आज्ञा का पालन करते हुए मैं अपने चाचाजी सतपाल से मिलने गया। वह हमेशा ही मेरे दादाजी के चहेते रहे थे। वह रामनगर से आए थे, जहां अंग्रेजों और सिखों के बीच 1849 में लड़ाई हुई थी जिससे अंग्रेजी सरकार को पंजाब में आने का रास्ता मिला था। सतपाल स्थानीय दयानन्द एंग्लो वैदिक स्कूल में पढ़ते थे और उसके बाद लयालपुर सरकारी कॉलेज में गए जहां उन्होंने सारे पुरस्कार

जीते। मेरे दादाजी उनके लिए एक सुन्दर भविष्य के सपने देखते थे। एक दिन खतरनाक ढंग से उन्होंने पाया कि सतपाल मार्क्सवादी हो गया है। यह हमारे परिवार के लिए एक बहुत बड़ा धक्का था। प्रतिष्ठा और समृद्ध जीवन का सपना टूट गया था।

आजादी के बाद सतपाल अमृतसर के निकट चेहरता में एक मजदूर नेता बन गए। मजदूरों के वह चहेते थे, लेकिन उद्योगपति उनसे खौफ खाते थे। अपनी मेहनत से बनाए हुए दो कमरों के घर में उन्होंने मेरा स्वागत किया। सतपाल ने अंग्रेजी उपनिवेशवाद का बहुत ही भयावह चित्र बनाकर टांग रखा था। वह बोले, बंगाल पर कब्जा करने से पहले अंग्रेजों ने भारत को खूब लूटा। उनकी (लंकाशायर) मिलों ने हमारे हथकरघा उद्योग को बेकार कर दिया और उन्नीसवीं शताब्दी में लाखों बुनकर बेकार हो गए। परिणामस्वरूप हमारा कपड़ा निर्यात का व्यापार आकाश से धरती पर आ गिरा। (ब्रिटेन में औद्योगिक क्रान्ति शुरू होने से पहले) इसके साथ ही देसी बैंकिंग प्रणाली भी, जो निर्यात को वित्तीय मदद करती थी, बरबाद हो गई थी, क्योंकि उपनिवेशी सरकार ने आयात-निर्यात कर की सीमा को नहीं बढ़ाया इसलिए भारतीय उपभोक्ता भी अंग्रेजी मिलों द्वारा निर्मित सस्ते वस्त्रों की ओर मुड़ गए और लाखों हथकरघा मजदूर दयनीय अवस्था में पहुंच गए। अंग्रेजी के उपनिवेशवादी शासन ने भारत को उद्योगों से विहीन कर दिया और भारत, बुनाई के निर्यातक से हटकर कच्चे माल का निर्यातक बन गया। सतपाल ने विलियम बैंटिक का उदाहरण देते हुए बताया जिसने एक जगह टिप्पणी की है कि, "भारतीय जुलाहों की हड्डियां भारत के मैदानों की तरह रंगहीन रही थीं।"

मैं अपने चाचाजी को बीच में ही रोकनेवाला था कि उनकी आकर्षक कश्मीरी पत्नी विमला हाथ में दो लस्सी के गिलास लेकर कमरे में आईं। वह एक उत्साही कार्यकर्ता व राज्य विधान-मंडल की सदस्या भी थीं। वे अपने विद्यार्थी काल में 1940 में लाहौर में मिले थे। उनके वामपन्थी दायरे में विमला अपने तीखे नयन-नक्श, दृढ़-विश्वास और चकाचौंधपूर्ण पृष्ठभूमि के लिए सराही जाती थीं।

विमला के पिता बी. बी. सी. में काम करते थे। उनकी माताजी इटली के मोंटेसरी अध्यापन प्रणाली प्रशिक्षित थीं और सर गंगा राम कालेज में पढ़ाती थीं। वे इंडिया काफी हाउस में मिलते थे और फैज़ अहमद फैज़ और इकबाल की शायरी सुनते थे। मैंने सोचा कि यह एक प्रकार की चाल थी कि वह उसे स्वयं से शादी करने के लिए मना पाया, जबकि उसको बहुतों के द्वारा लालच दिया गया होगा।

लस्सी पीने के बाद सतपाल कृषि की ओर उन्मुख हुए। ब्रिटेन ने भारतीय किसानों पर भारी कर लगा दिए थे। इसने किसानों के नुकसान के लिए पुरानी राजस्व प्रणाली को ख़त्म कर दिया। जिसके अन्तर्गत मानसून आए या न आए राजस्व देना जरूरी

कर दिया। कृषि अपनी जमा करने की योग्यता खो बैठी थी और उन्नीसवीं शताब्दी के चतुर्थांश में अकालों की बाढ़ आ गई व बुरे वर्ष शुरू हो गए। सबसे बुरा 1896-97 में रहा, जिसमें 960 लाख लोग प्रभावित हुए और लगभग पचास लाख लोग अपनी जान से हाथ धो बैठे। यूरोप के लोगों ने जिन क्षेत्रों में जूट, नील, कपास, चाय और कॉफी की फसल को बढ़ावा दिया वहां खाद्यानों की बुरी तरह से कमी हो गई। यद्यपि ये नकदी फसलें लाभदायक थीं, इससे प्राप्त बचत यूरोप के लोगों के पास ही रही और उन्होंने इसे इंग्लैंड स्थानान्तरित कर दिया। रेल ने फसलों को लम्बी दूरी तक ले जाकर उनके व्यावसायीकरण में मदद की और विशाल राष्ट्रीय बाजार ने सारी बचत को चूस लिया, जिसे पहले किसान अपने बुरे दिनों के लिए बचाकर रखते थे। इस प्रकार पूरी सदी के लिए कृषि का उत्पादन स्थिर रहा।

भारत में साम्राज्यवाद की स्थापना की बहुत बड़ी कीमत चुकाने के बाद ब्रिटिश सरकार राजस्व बचत को अपने साथ अपने घर ले गई। भारत उन्नीसवीं शताब्दी के दूसरे भाग और बीसवीं शताब्दी की शुरुआत में काफी बड़े स्तर पर आयात की अपेक्षा निर्यात ज्यादा करता था। ब्रिटेन भारत के व्यापारिक अधिशेष का इस्तेमाल अन्य विश्व के साथ अपने वित्तीय घाटे को पूरा करने के लिए करता था। सतपाल के अनुसार सकल घरेलू उत्पाद का आठ प्रतिशत भाग ब्रिटेन को जाता था जो कि हमारी धनसम्पत्ति का महाकाय खर्च प्रदर्शित करता है। इस प्रकार ब्रिटेन हमें कंगाल करता रहा और धन उसकी औद्योगिक क्रान्ति में लगता रहा।

इस मामले में मैंने कहा कि अब हम आजाद हैं और इंग्लैंड अपना उपनिवेशवाद खो चुका है। भारत अमीर बन रहा हैं और इंग्लैंड निर्धन। क्या यह सही है। उन्होंने सिर हिलाया। मेरे चाचाजी ने उपनिवेशवाद के दौरान भारत की गरीबी का श्रेष्ठ मामला प्रस्तुत किया था। सतपाल और विमला की निःस्वार्थ अखंडता और सरलता ने मुझ पर बहुत गहरा प्रभाव छोड़ा। दोपहर के खाने के बाद, विमला अपने जवानी के दिनों की फोटो की एक एलबम लेकर आईं। जिनमें से एक तस्वीर बंगाल के गांव में ली गई थी। यह दर्शाता है कि सतपाल और विमला आदर्शवाद के दो चेहरे थे। जिन्होंने कि 1943 में भयंकर अकाल के दौरान बहुत मदद की थी। दूसरी तस्वीर विमला को 1947 प्राग में दर्शा रही थी। जहां वह अखिल भारतीय विद्यार्थी परिषद की नेता बनकर पहले विश्व युवा महोत्सव में गई थीं। उनकी आंखों में सफलता थी क्योंकि वह विश्व प्रजातान्त्रिक युवा संघ की उपप्रधान चुनी गई थीं। उनका चेहरा आश्चर्यजनक आत्मविश्वास जाहिर कर रहा था जो कि उनके अन्तर्राष्ट्रीय साम्यवादी आन्दोलन की युवा नेता बनने के कारण था, उस समय उसके पास सभी कारण थे, यह

मानने के लिए कि सचाई उसकी तरफ है और साम्यवादी एक दिन संसार पर शासन करेंगे। मैंने 1968 के वसन्त के उस दिन के बारे में सोचा जब सोवियत टैंक प्राग में आजादी को कुचल रहे थे। फिर मैंने विमला का खुश चेहरा तस्वीर में देखा।

सतपाल और विमला के साथ मेरी मुलाकात ने मुझे आर्थिक इतिहास को पढ़ने के लिए प्रेरित किया और मैंने पाया कि अधिकतर विद्वान मेरे चाचाजी की भारतीय गरीबी के श्रेष्ठ विश्लेषण से सहमत हैं। वह सहमत थे कि ब्रिटेन की व्यापारिक नीतियों ने उत्पादकों के आयात और कच्चे माल के निर्यात को प्रोत्साहित किया था और किसानों से ज्यादा कर लेके ब्रिटेन ने भारतीय कृषि को सुदृढ़ किया।

जैसे-जैसे वर्ष गुजरते गए इतिहासकारों की नई पीढ़ी उभरी जिन्होंने पुरानी व्याख्याओं को चुनौती देना शुरू कर दिया। इन विद्वानों ने ऐतिहासिक आंकड़ों को प्रेषित करने में अपना कीमती समय लगाया। उनमें से एक ने तय किया कि भूमिकर अत्यधिक न हो। 1900 में यह केवल कृषि उपज का पांच प्रतिशत था जो कि प्रति व्यक्ति कर के भार से भी आधे से कम था। दूसरी सहमति यह थी कि भारत से ब्रिटेन की ओर धन का प्रवाह हुआ था। मुख्यतः उन्नीसवीं शताब्दी में, मगर यह सिर्फ सकल घरेलु उत्पाद का डेढ़ प्रतिशत भाग था। इतिहासकारों ने बहस की कि भारत ने ब्रिटेन को वास्तविक सेना और असैनिकों की सेवाओं और पूंजी निवेश की सेवा का भुगतान किया। इसी तरह ब्रिटिश संस्थापन को बनाए रखने के लिए ऊपरी कीमत, जो कि 'घरेलू खर्च' कहलाता है, बहुत कम थी। अगर भारत अपनी सेना और नौ सेना बनाए तो यह ज्यादा खर्चीला होगा। वह मानते थे कि भारत के पास भुगतान की जो बचत है, उसे ब्रिटेन अपने वित्तीय घाटे को पूरा करने के प्रयोग में लाता है, लेकिन वह कहते थे कि भारत को इसके लिए अंशतः मुआवजा दिया जाता, जो कि सोने और चांदी के रूप में भारत में आयात होता। जिसमें से कि थोड़ा भाग बहुमूल्य धातु का टकसाल में सिक्के (मुद्रा) बनने के लिए जाता और ज्यादातर निजी भारतीय हाथों में जाता। भारतीय हमेशा सोने और चांदी से सम्मोहित होते हैं। हालांकि रोमन प्लीनी ने भी यह देखा और विश्व में भारत को सोने में डूबा हुआ कहा।

पुनः अवलोकन की सबसे गम्भीर ललकार राष्ट्रवादी धारणा की थी कि ब्रिटेन ने भारत को दुबारा औद्योगीकरण रहित कर दिया था। वे मेरे चाचाजी के साथ सहमत थे कि उन्नीसवीं शताब्दी में भारतीय उद्योग का पतन हो रहा था। उन्होंने गणना की कि भारत 1830 में औद्योगिक उत्पादन का विश्व में 17.6 प्रतिशत भाग उपभोग कर रहा था जबकि ब्रिटेन का भाग सिर्फ 9.5 प्रतिशत ही था। 1900 तक भारत का हिस्सा घटकर 1.7 प्रतिशत रह गया और ब्रिटेन का हिस्सा बढ़कर 18.6 प्रतिशत हो गया। उन्होंने बहस की कि यह पतन तकनीक के कारण था। ब्रिटेन की औद्योगिक

क्रान्ति की मशीनों ने भारतीय वस्त्र उद्योग को नष्ट कर दिया। इसी प्रकार यूरोप से और बाकी विश्व से परम्परागत हाथ से बने वस्त्र अदृश्य हो गए। पचास साल बाद भारतीय कपड़ा मिलों ने इन्हें नष्ट कर दिया। इस प्रकार भारतीय बुनकर तकनीकी रूप से अक्षमता के शिकार थे।

हथकरघा ने सारे विश्व में मिल से बने कपड़ों को रास्ता दिखाया और बुनकरों ने सभी ज़गह अपनी नौकरियां खो दीं। यहां तक कि भारत में भी। दुर्भाग्यवश भारत में ज्यादा बुनकर प्रभावित हुए क्योंकि भारत विश्व में कपड़े का सबसे बड़ा निर्माता था। यह उनकी महान विपत्ति और उनका दुख जो कि दरिद्रपन के कारण था। उससे दूर नहीं ले जा रहा था। अगर ब्रिटिश शासन उनकी दुर्दशा पर कोमल हृदय होता तो भारत में व्यापार में बाधा नहीं आती। यह प्रभाव को लचीला कर देगा और भारतीय हथकरघा वस्त्र को एक समय के लिए जीवित रखेगा। यह सच है कि ब्रिटिश सरकार ने अठारहवीं शताब्दी में इंग्लैंड में भारतीय कपड़े के खिलाफ बाधा उत्पन्न की।

1850 के बाद भारतीय उद्यमियों ने अपनी आधुनिक कपड़ा मिलों की शुरुआत की। 1875 तक भारत ने कपड़े का निर्यात करना फिर शुरू किया और धीरे-धीरे घरेलू बाजार को पुनः प्राप्त कर लिया। 1896 में भारत में सम्पूर्ण प्रयुक्त कपड़े की भारतीय मिलें सिर्फ आठ प्रतिशत भाग, 1913 में बीस प्रतिशत, 1936 में बासठ प्रतिशत और 1945 में छिहत्तर प्रतिशत की ही आपूर्ति कर पाती थीं। प्रथम विश्व युद्ध के दौरान भारतीय और ब्रिटिश पूंजीवादियों ने बहुत लाभ कमाया। जबकि ब्रिटिश व्यापारियों ने अपने युद्धकालीन लाभ को प्रेषित किया, भारतीय व्यापारियों ने युद्ध के बाद के अपने उद्यमों में दुबारा निवेश किया। इस प्रकार लड़ाई के बाद भारतीय उद्योग तेजी से बढ़ने लगे।

जी. डी. बिड़ला, कस्तूरभाई लालभाई और दर्जनों उद्यमियों ने युद्ध के मध्य के सालों में महत्त्वपूर्ण औद्योगिक साम्राज्य बनाया। 1913 और 1938 के मध्य उत्पादन की वृद्धि 5.6 प्रतिशत प्रतिवर्ष थी, विश्व की औसत 3.3 प्रतिशत से ज्यादा। अन्त में ब्रिटिश सरकार ने 1920 में शुल्क से सुरक्षा प्रदान की। इसने उद्योगपतियों को फैलने और विविधता उत्पन्न करने में मदद की। बिड़ला ने कपड़े के अलावा सीमेंट, जूट और कागज के क्षेत्र में भी कदम रखा। अन्य शिपिंग (हीराचन्द), सिलाई मशीन (श्री राम) और घरेलू एयरलाइन (टाटास) में बंट गए।

द्वितीय विश्वयुद्ध तक, प्रथम विश्वयुद्ध से पहले की ब्रिटिश व्यापार की प्रधानता टूट चुकी थी और भारतीय उद्यमी अब मजबूत हो गए और वह इस स्थिति में थे कि प्रस्थान करते हुए विदेशियों के व्यापार को खरीद सकें। उद्योग का भारतीय सकल घरेलू उत्पाद में हिस्सा 3.8 प्रतिशत (1913 में) से दुगुना होकर 7.5 प्रतिशत (1947)

में हो गया। इसने भारत के व्यापार की संरचना को भी प्रभावित किया। निर्यात में उत्पादकों का हिस्सा 22.4 प्रतिशत (1913 में) से बढ़कर तीस प्रतिशत (1947) में हो गया जबकि आयात में उत्पादकों का हिस्सा 79.4 प्रतिशत से घटकर चौसठ प्रतिशत रह गया। फिर भी औद्योगिक रोजगार क्रम में नहीं बढ़ा। हस्तशिल्पियों, बुनकरों की नौकरियों के खोने को आधुनिक उद्योग कम नहीं कर पाए।

भारतीय राष्ट्रवादियों ने ब्रिटेन को भारत के आर्थिक महत्त्व को बढ़ा-चढ़ाकर बताया। उनका सोचना था कि भारतीय साम्राज्य बहुत लाभदायक है। उन्हें सिसिल रोड्स से विचार मिला जो कि उन्नीसवीं शताब्दी का एक महान साम्राज्यवादी था। वह कहता था कि "साम्राज्य एक डबल रोटी है और मक्खन एक प्रश्न... (हमें) देश की बची हुई जनसंख्या को बसाने के लिए नई जगहें खोजनी चाहिए, जो कि फैक्टरियों और खानों में उत्पन्न सामान को नए बाजार प्रदान करे।" बीसवीं शताब्दी में, चर्चिल इस विचार के मार्गदर्शक प्रवक्ता थे। निःसन्देह कट्टरपन्थी भी इसमें विश्वास करते थे, लेकिन मजदूर पार्टियों के वामपन्थियों ने भी ऐसा ही सोचा था। बेविन ने 'हाउस ऑफ कॉमन्स' को बताया, "अगर ब्रिटिश साम्राज्य गिर जाए... इसका मतलब यह है कि हमारे मतदाताओं के जीवन का स्तर बहुत अधिक गिर जाएगा।" सचाई यह है कि भारतीय उपनिवेश ब्रिटेन को अधिक लाभदायक नहीं था। अठारहवीं शताब्दी में अमानवीय शोषण खत्म हो गया था। ब्रिटेन अगली शताब्दी में बढ़ते वैभव के लिए नए विश्व के साथ अपने मुक्त व्यापार और अमेरिका में अपने निवेश के लिए आभारी था। अगर यहां व्यय था, तो वह अंग्रेजी कम्पनियों से अमेरिकी लाभांश के स्थानान्तरण के कारण था। निःसन्देह, चाय और नील की रोपाई के मालिक, ईस्ट इंडिया कम्पनी के हिस्सेदार, और अन्य वाणिज्यिक व्यावसायिक प्रबन्धक एजेंसी के मजदूर, रेलवे निर्माता, बिल्डर्स, असैनिक और सैनिक कर्मचारी विभाग, और अन्य जो भारत के साथ जुड़े हुए थे, वे काफी अमीर हो गए। लेकिन जो लाभ ब्रिटेन को था, वह सम्पूर्णता में बहुत थोड़ा था।

मेरे चाचाजी की भविष्यवाणी गलत सिद्ध हुई। ब्रिटेन भारत को खोने के बाद गरीब नहीं हुआ। इसके बदले 1950-60 में इसने घटिया समृद्धि का उपभोग किया, उस समय वह अपने उपनिवेश खो रहा था। फ्रांस, हॉलैंड और अन्य उपनिवेशवादियों के साथ भी यही हो रहा था। वास्तविकता यह थी कि ब्रिटेन की समृद्धि भारत के शोषण पर आधारित नहीं थी। बहरहाल, ब्रिटेन दरिद्र था या भारत समृद्ध यह एक अकादमिक प्रश्न है। ज्यादा प्रासंगिक क्या है, यह कि भूमंडलीय पूंजीवादी शक्ति था। उन्नीसवीं शताब्दी के मध्य में और बीसवीं शताब्दी की शुरुआत में व्यापक वृद्धि हुई लेकिन भारत में

विकास को मुक्त नहीं किया जैसा कि उन्होंने जापान में किया रेलवे के तेजी से विकास, नहरें और विदेशी व्यापार का व्यापक विस्तार एक मजबूत इंजन की तरह। भारत के पास अनुभवी व्यापारी वर्ग था जिसने आधुनिक उद्योग को विस्तार प्रदान किया।

1914 तक भारत विश्व में जूट उत्पादन का सबसे बड़ा उद्योग था, चौथा सबसे बड़ा कपास उद्योग, सबसे बड़ा नहरों का जाल, तीसरा रेलवे का सबसे बड़ा जाल और विश्व व्यापार में ढाई प्रतिशत का हिस्सा। पचास साल पहले कार्ल मार्क्स ने भविष्यवाणी की थी कि भारत में रेलवे और आधुनिक फैक्टरियों का प्रवेश उपमहाद्वीप को बदल देगा। यह क्यों नहीं हुआ? भारत आजादी के समय उद्योगविहीन और बहुत गरीब बनकर ठहर गया था। आजादी के समय आधुनिक उद्योग ने राष्ट्रीय आय का केवल साढ़े सात प्रतिशत भाग का सहयोग दिया और पैंतीस करोड़ जनसंख्या में से कठिनाई से केवल पचीस लाख लोगों को धन्धे में लगाया। क्यों एक औद्योगिक क्रान्ति नहीं हुई थी?

मेरे पिताजी के अंग्रेजी बॉस और अन्य उपनिवेशवादी अधिकारी भारत की गरीबी के लिए अन्य संसार को हिन्दू जीवन की आध्यात्मिकता और भाग्यवादी विश्वास को उत्तरदायी ठहराते थे। जर्मन समाजशास्त्री मैक्स वेबर ने भारत की अमीरी, जातिवाद के विकास के प्रतीक की अनुपस्थिति की प्रशंसा की। गुन्नार मिरडाल ने यह पाया कि भारत की कम उत्पादकता, साधारण उत्पादन प्रणाली और जीवन के निम्न स्तर का महत्त्वपूर्ण कारण सामाजिक सिद्धान्त और विचारधारा थी। मिरडाल के अनुसार काम का खराब नियन्त्रण, हाथ के काम की अवमानना, समय की पाबन्दी, जागरूकता और महत्त्वाकांक्षा की कमी, सहयोग के लिए कौशल और अन्धविश्वास, जो कि व्यवहार को रोकने का परिणाम थी। ये अपक्षपाती अवस्था से संयोजित किए गए, जैसे कमजोर स्थल, कार्यकाल का समूह, कुशलता और पब्लिक प्रशासन की अखंडता के स्तर में कमी, स्थानीय व्यवसाय में लोगों की कमजोर हिस्सेदारी, सख्त और असमान सामाजिक ढांचा। मिरडाल को विश्वास था कि पूर्व आधुनिक व्यवहार और संस्थान पर सीधा आक्रमण करना था, मुख्यतः शिक्षा के द्वारा और भारत इस बढ़त और आय की असमानता को मिटाने का इन्तजार नहीं कर सकता था। उसने महसूस किया कि गतिहीनता के बल को तोड़ने का एकमात्र साधन भारतीय राज्य थे। उसने निर्णय लिया कि भारतीय सरकार इसको करने में समर्थ नहीं थी क्योंकि वह एक मन्द, सख्त राज्य था। यह सामाजिक अनुशासन को लागू करने में सक्षम था जिसे वह चाहता था, उसने यह 1967 में कहा और भारतीय राज्य तब से सरल बना हुआ है।

एक अन्य अर्थशास्त्री दीपक लाल ने भी आर्थिक स्थिरता को जातिवाद-व्यवस्था से घिरे 'निम्न स्तरीय हिन्दू साम्य' के चरणों में स्पष्ट किया, जिसमें राजनीतिक संघर्ष

में स्थिरता, मानसून की असफलता और जलवायु अस्थिरता, श्रमिकों के परिश्रम में कमी और कम महत्त्व के व्यापारी वर्ग शामिल थे। लाल ने बहस की कि भारत का सामाजिक संगठन और कृषि समूह जो कि दूसरा बढ़िया व कुशल विशिष्ट वातावरण था। हार्वर्ड के आर्थिक इतिहासकार डेविड लेडीस ने हाल ही में भूगोल और मौसम से सम्बन्धित गलत राजनीतिक वाद-विवाद को फिर से खोला। उसने भारत की शक्ति का हरण करनेवाली गर्मी को उत्तरदायी ठहराया। इसके कारण, अमीर क्षेत्र तापमान के क्षेत्र में पड़ते हैं और गरीब उष्णकटिबन्ध और अर्धउष्णकटिबन्ध क्षेत्रों में। उसने कहा कि इसके अलावा वातानुकूलन और उष्णकटिबन्धीय दवाइयों ने द्वितीय विश्वयुद्ध के बाद खेल के मैदान को लगभग समतल कर दिया (और दक्षिण अमेरिका की समृद्धि को सम्भव किया)। अप्रिय सत्य यह है कि प्रकृति की तरह जीवन अपने पक्ष में अन्यायपूर्ण और असमान है और भूगोल बुरे समाचार लाता है।

मैं आसान संस्कृति या भौगोलिक स्पष्टीकरण के बारे में हमेशा शंकित रहता हूं। मेरे अनुभव में, सम्पन्न हिन्दू उद्यमी उग्र, धार्मिक और व्यापार में आक्रामक हो सकता है। जैसे ही हरित क्रान्ति की घोषणा हुई, भारतीय किसानों ने जल्दी ही बाजार पर आधारित प्रोत्साहन पर प्रतिक्रिया व्यक्त की। पाम्परिक उत्तर प्रदेश में अगर जरूरत पड़ी तो ब्राह्मण अपने खेतों को खुद जोतेंगे और राजपूत ठाकुर अपने सामन्ती तरीके छोड़ देंगे, व्यावसायिक अवसर छोड़ देंगे। इसके अतिरिक्त भारत में सन्तोषजनक स्थिति में गैर हिन्दू थे और ये समुदाय स्थिरता की मस्ती से भी चिपके हुए थे। अन्य एशियाई देश जैसे चीन और इंडोनेशिया समान रूप से पिछड़े हुए थे, लेकिन उनके पास अपनी स्थिरता को समझने के लिए 'हिन्दू सन्तुलन' नहीं था। उष्णकटिबन्धीय होने व प्रकृति की नाइंसाफी के बावजूद भी सिंगापुर ने पश्चिमी समृद्धि का स्तर प्राप्त किया।

आर्थिक इतिहासकारों ने भारत की संस्कृति में आर्थिक पिछड़ेपन के स्पष्टीकरण का पता नहीं लगाया। जो था, हिन्दुओं की अन्य सांसारिक उपयोगिता जातिवाद के प्रभाव को गतिहीन करना या व्यापारी वर्ग की कट्टरपन्थी आदतें। बाजार का आकार, पूर्तिकर्ताओं की क्षमता, उत्पादन का मूल्य, वितरण की परेशानियां, तकनीक की उपलब्धता और प्रतिस्पर्धा की स्थिति व्यापारियों को व्यापार में व्यय करने के लिए प्रेरित करते। अमिय कुमार बागची ने बहस की कि प्रभावी मांग की कमी ने व्यापारिक अवसरों को सीमित कर दिया। उसने कहा कि भारतीय आधुनिक सामान और सेवाओं को खरीदने में बहुत गरीब थे। कमजोर क्रय-शक्ति के साथ बाजार बहुत छोटा रह गया और इसने उद्यमियों को व्यय करने से बचाया। हालांकि मैं निश्चित नहीं था कि मांग की कमी एक पर्याप्त कारण था। अगर भारतीय घरेलू बाजार छोटा था,

उद्यमी इसको समुद्र पार बाजार के लिए उत्पन्न करके पूरा करते थे। मोरिस. डी. मोरिस ने कहा कि पिछड़ापन आपूर्ति पर प्रतिबन्ध का परिणाम है। उसने महसूस किया कि भारतीय उद्यमी तकनीकी की कमी, कुशल और पूंजी में भयानक अनिश्चितता से हैरान थे। रजत रे के अनुसार, भारतीय व्यापारी निर्यात नहीं कर सकते थे क्योंकि वे निम्न कोटि के उत्पाद बनाते थे, जो कि विश्व बाजार में स्वीकार्य नहीं थे और उनके पास उत्तम उत्पाद बनाने के लिए तकनीक नहीं थी। उसके दृष्टिकोण में एकमात्र सबसे बड़ी कमजोरी भारतीयों का टेक्नोलॉजी में पिछड़ापन ही था। विडम्बना यह रही थी कि सौ साल बाद भी वही स्थिति बनी रही।

इस प्रकार भारत के पिछड़ेपन का कोई सीधा उत्तर नहीं था। राष्ट्रवादियों से अलग मैं यह विश्वास नहीं करता था कि भारत में कम निवेश करने में या भारत के व्यापारिक हितों को ध्वंस करने में ब्रिटेन का कोई षड्यन्त्र था। (जी. डी. बिड़ला की स्कॉटिश लॉबी के साथ परेशानियों के बावजूद) राष्ट्रवादी धारणा कमजोर है क्योंकि ब्रिटिश व्यापार एक समजातीय शक्ति नहीं है। उन्नीसवीं शताब्दी में बम्बई की कपड़ा मिलें विश्वास, तकनीकी सहायक और ब्रिटिश कपड़ा मशीनरी बनानेवालों की मशीनों के साथ बनी जबकि ये मिलें मैनचेस्टर की मिलों के लिए एक प्रतियोगी खतरा थीं। एक यूरोपियन कम्पनी बर्न एंड कं., ने जब यह पाया कि भारत में भाप के बर्तन ब्रिटेन से आयात करने के मुकाबले बनाना ज्यादा सस्ता है तो उसने ये बर्तन बनाने शुरू कर दिए। ये जहां भी लाभ मिलना हो, वहीं पर निवेश करते हैं और उनके निर्णयों का राष्ट्रवाद, राष्ट्रीयता और जातीय विचारों से बहुत कम लेना-देना होता है। कम्पनियां केवल अपनी निचली रेखा को ही देखती हैं और अपनी उद्गम कम्पनियों का झंडा नहीं फहराती हैं।

तब भारत में ब्रिटिश शासन पर क्या अभिनिर्णय है? क्या ब्रिटिशों ने भारत को निर्धन किया? इसमें कोई सन्देह नहीं कि अठारहवीं शताब्दी में ब्रिटिशों ने भारत में लूटमार मचाई और इसकी धन-सम्पदा को लूट लिया, जैसा कि इतिहास में सभी विजेताओं ने किया था। अत्यधिक महत्त्वपूर्ण प्रश्न है कि अंग्रेजों ने नियमित रूप से अपने उपनिवेश का शोषण किया लगातार चलती संस्थाओं के द्वारा जो कि भारत के अहित के लिए थीं। लेकिन यह उपनिवेशवाद की प्रकृति और सिद्धान्त के अन्तर्गत था। मैंने पहले ही कहा था कि अंग्रेजों ने भारत को विचारपूर्वक उद्योगरहित नहीं किया। यह औद्योगिक क्रान्ति थी जिसने कि लाखों बुनकरों को काम से निकाल दिया था जब नई तकनीक भारत पहुंची। यह तो किसी भी प्रकार होना ही था। ब्रिटिश सरकारी नीति व्यापार व्यवधान को खड़ा करके इस प्रतिघात को लचीला बना सकती थी। परन्तु हथकरघों की रक्षा करना ज्यादा-से-ज्यादा एक अस्थाई समाधान ही होता।

भले ही यह विचित्र लगे, लेकिन अंग्रेजों ने भारत का पर्याप्त शोषण नहीं किया। यदि इसने भारत में महाकाय निवेश किया होता जैसा कि इसने अमेरिका में किया था तो भारत बहुत खुशहाल और बहुत बड़ा बाजार हो गया होता। ब्रिटिश वस्तुओं के लिए गरीब भारत निश्चित रूप से ब्रिटेन के आर्थिक हित में नहीं था। दुख तो यह था कि भारत को विकसित करने में असफल होना एक बहुत भारी नुकसान था। ग्रेट ब्रिटेन और साथ ही भारत के लिए अमीर भारत कहीं बेहतर उपभोक्ता, एक बेहतर सप्लायर और साम्राज्य का ठोस आधार होता। हमारे राष्ट्रवादी यह समझने में असफल रहे कि पूंजी एक आगे बढ़ानेवाली और सुनिश्चित शक्ति है चाहे शोषण करनेवाली प्रतीत हो। मार्क्स यह समझ गया था, वह जानता था कि केवल पूंजीवाद ही पूंजी संचित करने का प्रभावी मार्ग है, निवेश करने का, उत्पादन बढ़ाने का और उत्पादकता बढ़ाने का भी। आज भी, अधिकतर भारतीय अपनी बहुराष्ट्रीय कम्पनियों के डर से यह नहीं समझते हैं।

ब्रिटेन की मुख्य असफलता थी उदासीनता, जब विकास और आर्थिक वृद्धि की बात हो। जापानी सरकार से अलग, 1968 के मेजी सुधारों के बाद जिसने सक्रिय रूप से देश के विकास को प्रोत्साहित किया। इसने सक्रिय रूप से न तो भारतीयों द्वारा और न ही अंग्रेजों द्वारा निवेश को प्रोत्साहित किया। इसने भारतीय जनसाधारण को शिक्षित करने की कोशिश की। स्वतन्त्रता के समय तिरासी प्रतिशत भारतीय अशिक्षित थे। ब्रिटिश शिक्षा प्रणाली ने शिक्षित भारतीयों की केवल ऊपरी परत उत्पन्न की।

जापानियों और कोरियाइयों ने इसी समय के दौरान, अपने साधारण समाज को शिक्षित करने पर ध्यान केन्द्रित किया। 1950 तक, जापान और कोरिया की आधे से अधिक जनसंख्या शिक्षित थी। हालांकि इसने रेलवे और नहरों का निर्माण किया। ब्रिटेन ने पूंजी से निर्धन देश में उद्यमकर्ताओं और किसानों को ऋण उपलब्ध कराने का प्रयास नहीं किया और न ही इसने शिशु रूप में भारतीय उद्योगों, जो कि उन्नीसवीं शताब्दी में उभरे थे, की पर्याप्त रक्षा की। (यद्यपि इसने 1921 से आगे किया) तब "किसी भी उपनिवेश शक्ति ने अपने उपनिवेश के औद्योगीकरण में मदद की।"

सच यह है कि ब्रिटिश यह नहीं जानते थे कि किस प्रकार अर्थव्यवस्था की वृद्धि की जाती है, वे केवल यह जानते थे कि किस प्रकार बजट को सन्तुलित रखा जाता है।

भारतीय राष्ट्रवादियों ने भारतीय सम्पति और गरीबी पर ब्रिटिश के प्रभाव का अधिमूल्यांकन किया। धन सुनिश्चित करने के लिए मुख्यत: उन्नीसवीं शताब्दी में वहां भारत से ब्रिटेन में सम्पत्ति का विकास हुआ।

बचत को भारत में दोबारा से निवेश करने की बजाय उन्होंने हमारे निर्यात की कमाई व हमारी धन-सम्पत्ति को ब्रिटेन स्थानान्तरित किया। यह भी सच था कि भारत

प्रगतिशीलता से कच्चे माल का निर्यातक और निर्मित उत्पाद का आयातक बनता जा रहा था। भारतीय नेता इसका यह मतलब लेते थे कि विदेशी व्यापार और विदेशी मुद्रा हमारी गरीबी और हमारी अर्थव्यवस्था को बन्द करने और आत्मनिर्भर बनाने की नीति को अपनाने के लिए जिम्मेदार हैं। वे यह भूल गए थे कि अंग्रेजों के आने से सदियों पहले भारत की व्यापार करने की अपनी पुरानी परम्परा थी और जिसने कि एक बार आयात और निर्यात की समृद्धि का विशाल रूप से उपभोग किया था। इन और अन्य कारणों से हमारी विश्व अर्थव्यवस्था में भाग लेने के लिए अपनी योग्यता के प्रति निराशावादी थे। और हमने अपने ऐतिहासिक उत्कर्ष को एक महान व्यापारिक राष्ट्र के रूप में दोबारा से हासिल किया। हमने अपने दरवाजे बन्द कर लिए। और हमारा विश्व व्यापार में हिस्सा 1947 में 2.4 प्रतिशत से 1990 में 0.4 रह गया। हमने इतिहास से गलत पाठ पढ़ा।

अध्याय छह

कागज पथ

लोकतन्त्र में वाणिज्य से अधिक महत्त्वपूर्ण और चतुर कुछ नहीं होता, यह जनता का ध्यान आकर्षित करता है और लाखों लोगों के सपनों को पूरा करता है।–सारा जोश इसकी ओर लगता है।

–अलेक्सिस द टॉक्लि

1950 के दशक के मध्य में, पंजाब की नदियों के पानी के बंटवारे पर समझौते के लिए भारत सरकार ने इंजीनियरों के एक छोटे दल का गठन किया। जिसके एक सदस्य के रूप में मेरे पिताजी को नियुक्त किया गया। जिस कारण हमारा पूरा परिवार वाशिंगटन डी. सी. जाकर रहने लगा। विश्व बैंक इन नदियों के स्रोत के विकास की कार्य-योजना पर धन खर्च कर रहा था, जिस कारण उसने इस जल विवाद में मध्यस्थता करने का प्रयास किया। हम अमेरिका में उन दिनों पहुंचे थे जब राष्ट्रपति आइजनहावर का प्रभाव चरम पर था। इस देश की समृद्धि की बराबरी करनेवाला विश्व में कोई नहीं था। अमेरिका का मध्यवर्ग भी धन-वैभव जुटाने में लगा लगा हुआ था और सभी बड़ी-बड़ी कारें और आलीशान बंगले बनाकर उपनगरों को बसा रहे थे। मुझे एक विशेष स्कूल में भर्ती कराया गया, जो कि हमारे होटल से कुछ ही दूरी पर सोलहवीं गली में स्थित था। जब मैं भर्ती हुआ तो स्कूल में अस्सी प्रतिशत गोरे छात्र थे और जब तीन साल बाद मैंने स्कूल छोड़ा तो अस्सी प्रतिशत काले थे। दिनोंदिन मैं अपने गोरे सहपाठी खोता जा रहा था और कालों की संख्या बढ़ती जा रही थी। मैं जनसांख्यिकी क्रान्ति का गवाह था, जिसने अमेरिका के

शहरों का विध्वंस करने और नगर परिसरों पर विजय प्राप्त करने में नेतृत्व किया था।

अन्य अमेरिकी बच्चों की तरह मुझे भी स्कूल जाने से पहले अखबार बांटने का काम मिल गया था। रोज सुबह मैं अपने रास्ते पर जाते हुए घर-घर 'वाशिंगटन पोस्ट बांटता जाता था। मैं जमा देनेवाली सर्दियों में सुबह पांच बजे उठता था, जिसके लिए दृढ इच्छा-शक्ति की आवश्यकता होती है। मैं जानता था कि मेरे ग्राहक मुझ पर निर्भर हैं। इसके अलावा मुझे कई अन्य बातों को भी ध्यान में रखना पड़ता था। जैसे बरसात व हिमपात के दिनों में उनको इस प्रकार ढंककर ले जाना कि उन्हें गीले पन्नों को पढ़ने के लिए जूझना न पड़े। समय पर अखबार के पैसे न देने पर भी मैं अपनी जुबान नहीं खोलता था।

कागज (अखबार) के इस रास्ते ने मुझे यह सिखाया कि अमेरिका में ग्राहक सर्वोपरि होता है। यह महत्त्व नहीं रखता कि आप कितने बड़े हैं, बस आप ग्राहक हैं। मैं यह भी समझने लगा था कि अमेरिका अवसरवादिता की भूमि है। इसलिए नहीं कि यहां काम करने के अवसर पर्याप्त मात्रा में उपलब्ध थे, बल्कि इसलिए कि कड़ी मेहनत से काम करनेवाला व्यक्ति अपने क्षेत्र में अग्रणी हो सकता है। सबका मानना यही था कि मेहनती और गुणी व्यक्ति सफलता की सीढ़ियां चढ़ता चला जाएगा। सिर्फ चौबीसवीं गली में रहनेवाले मेरे कुछ काले सहपाठियों को छोड़कर अमेरिकन सकारात्मक सोचवाले और आशावादी होते हैं। वे उस प्रकार नहीं सोचते जिस प्रकार कि हम भारत में सोचते हैं कि दूसरों की राह में बाधा पैदा कर अपना उल्लू सीधा करना। वे मिलकर आगे बढ़ते थे। क्योंकि वहां क्षेत्र और अवसरों की कोई कमी नहीं थी। युद्ध की समाप्ति के बाद भी सुदृढ़ आर्थिक स्थिति ने इस विश्वास को और भी पक्का कर दिया था। अमेरिकी लोग राजनीति में विश्वास नहीं करते थे। इसके विपरीत मध्यवर्गीय भारतीयों को उस समय सरकारी व गैर-सरकारी क्षेत्र में आवश्यकता की वस्तुओं के अभाव से जूझना पड़ता था। इनको प्राप्त करने के लिए अपनी जान पहचान व रुपयों का प्रयोग करना जरूरी हो गया था। मेरा या मेरे पड़ोसी का बेटा अच्छे स्कूल में प्रवेश पाए, उसके लिए वे राजनीतिक खेल खेलने लगे थे। क्योंकि दोनों के लिए प्रवेश पाना सम्भव नहीं था।

मुझे आश्चर्य था कि हमें अपने वाशिंगटन के स्कूल में 'शॉप' नाम से एक कक्षा को अटेंड करना आवश्यक था। इस कार्यशाला में खराद और मशीनें हुआ करती थीं। और हमें अपने हाथों से काम करना सिखाया जाता था। हमने खिड़की बनाना, मेज बनाना और सिंक की रुकावट दूर करना सीखा। साल के अन्त तक शिल्पविज्ञान के प्रति हमारा भय दूर हो चुका था। हमें ब्रोनोवस्की का कथन समझ आ गया कि विश्व को दिमाग से नहीं हाथों से समझा जा सकता है। जहां दिमाग शून्य हो जाता है, वहां हाथ काम करते हैं। इसी से सिद्ध होता है कि अधिकतर अमेरिकी विचारशील होते

हैं। यह हम भारतीयों के लिए, जो कि हाथ के काम को हेय दृष्टि से देखते हैं, एक सशक्त विचारधारा है। इसके पीछे मुख्य कारण हमारी जाति व्यवस्था है। शूद्र जैसी निम्न जाति को ज्ञान अर्जन का अधिकार नहीं था। इसलिए हाथ से करनेवाले सभी काम उन्हीं के जिम्मे थे, जबकि अन्य तीनों वर्ण दिमाग के कामों में अपना हाथ डालते थे। यही कारण था कि हम विचारशील नहीं बना पाए। विचारवान ज्ञान व श्रम का सम्मिश्रण होता है जो नई खोजों और चीजों को जन्म देता है और हमारे उद्यमी जो कि उच्च जातियों से हैं वे न तो खोजी हैं और न ही नई चीजों के जन्मदाता। उन्हें तो औद्योगिकी सम्बन्धी कार्य करने में शर्म आती है। सम्भवतः यही एक कारण है जिससे हम भारत में औद्योगिक क्रान्ति लाने में असफल रहे।

तीन वर्ष पश्चात नदी के पानी के बंटवारे पर समझौता हो जाने से हम लोग वापस भारत आ गए। समझौता–वार्ता के सफल होने का बड़ा कारण विश्व बैंक की दूरदर्शिता और उसके दानदाताओं द्वारा दोनों देशों में सिंचाई के विकास के लिए धन उपलब्ध कराने को स्वीकार करना था। परस्पर शत्रुता की भावना रखनेवाले इन दोनों देशों के लिए यह एक बहुत ही सुखद अनुभव था कि इस समस्या का हल बिना युद्ध के आसानी से हो गया। मेरे स्कूल का अन्तिम वर्ष होने के कारण मां-पिताजी ने मुझे वहीं रुकने की स्वीकृति दे दी। छह महीने बाद जब मैं घर जाने के लिए तैयार था, तो मेरे आश्चर्य का ठिकाना न रहा जब हार्वर्ड यूनिवर्सिटी ने मुझे स्कॉलरशिप प्रदान की, अतः मैं वहीं रुक गया।

हार्वर्ड यूनिवर्सिटी से मेरी कई महत्त्वपूर्ण स्मृतियां जुड़ी हुई हैं जो कि मुख्यतः व्यक्तियों के बजाय विचारों से सम्बन्धित हैं। समय के साथ-साथ व्यक्तियों से जुड़ी यादें धीरे-धीरे कमजोर पड़ती गईं। हार्वर्ड में रहते हुए सबसे पहले जिस विचार से मेरा सामना हुआ, वह यह था कि मानव इतिहास के राष्ट्र की अवधारणा बिलकुल नई है। देश पहले से विद्यमान थे। मैंने महसूस किया कि संयुक्त राज्य पहला आधुनिक देश था जहां आधुनिकता ने सर्वप्रथम अपने पांव पसारे। पहली बार लोगों ने मिलकर राष्ट्र बनाने का फैसला किया। फ्रांस के लोगों ने भी अपनी क्रान्ति के दौरान अमेरिका का ही अनुसरण किया। यद्यपि उन्हें अतीत से जूझना पड़ा। इस प्रकार पिछले 200 वर्षों में जिसने भी राष्ट्र बनने का प्रयास किया, उसने अमेरिका की क्रान्ति से सीख ली। अमेरिका के लोगों का कोई अतीत नहीं था। लेकिन अमेरिका के लोग कुछ हटके हैं क्योंकि वे सिर्फ भविष्य के लिए जीते हैं। भारत ने भी अमेरिका के अनुसार एक राष्ट्र की बात इंग्लैंड के माध्यम से सीखी, किन्तु हमारी प्रेरणा अमेरिका के लोग ही थे। यह बात शायद उन बहुत से भारतीयों को अच्छी न लगे जो अमेरिका को कोक और मैकडॉनाल्ड की भूमि मानते हैं। हिन्दुत्व एवं स्वदेशी की चाहत उनकी राष्ट्र सम्बन्धी खोज का बौद्धिक मूल केंटुकी

फ्राइड चिकन की तरह ही है। जितना अधिक मैं अमेरिका में रहा, उतना ही भारत के बारे में मैंने जाना। हमारी राष्ट्रत्व की परियोजना को हमारे 'स्वर्णिम अतीत' की धारणा के साथ समन्वय करना पड़ा। यह बेहद थका देनेवाला काम है क्योंकि हमारा इतिहास समजातीय नहीं है। यह कई धर्मों, भूभागों, भाषाओं और प्रजातियों की विभिन्नता अपने में लिए हुए है। अमेरिका ने विभिन्न वर्गीय जनता को राष्ट्र की अवधारणा के साथ संघर्ष में झोंक लिया और इस समस्या का समाधान कर लिया। अनेक अप्रवासी व विभिन्न धर्म व जाति के लोगों ने पृथक आन्दोलन न कर खुशी के साथ अंग्रेजी भाषा और अमेरिकी जीवन-पद्धति को अपना लिया। जिससे वे देश के उपलब्ध प्रगति के प्रत्येक अवसर का लाभ उठा सकें। भारत में हमने जाति व धर्मगत विभिन्नता की समरूपता को ऐतिहासिक आधार पर सुलझाने का प्रयास किया। फलस्वरूप प्रत्येक अल्पसंख्यक समुदाय उपजाति बनकर उभरा। यह सब ठीक-ठाक चलता रहा किन्तु इस्लाम अप्रवासियों के सम्बन्ध में यह समन्वय नहीं हुआ, क्योंकि वे स्वयं को वैश्विक धर्म के अनुयायी मानते थे और किसी प्रकार भी उपजाति बनकर विलीन नहीं होना चाहते थे।

यदि अमेरिका घुलनशील बर्तन है तो भारत पच्चीकारी का नमूना। एक अच्छी पच्चीकारी का अपना ढंग होता है और भारत की सभ्यता और जीवन शैली एकता पर आधारित है। आधुनिक भारत हिन्दू परम्परा, मुस्लिम धर्म और पाश्चात्य सभ्यता की देन है। आधुनिक भारतीय राष्ट्र की खोज शिक्षित एवं बुद्धिजीवी वर्ग के लोगों की पिछले लगभग सौ वर्षों का प्रयास है और जो अभी प्रयासरत हैं। पहले खोजी मैकाले की शिक्षा पद्धति के उदारवादी उत्पाद थे जैसे कि आधुनिक जापानी मेजी शिक्षा नीति के। उन्होंने अतीत की आलोचना की, हिन्दू-मुस्लिम समुदायों में सुधार लाने में सहायता की, राजनीतिक स्वतन्त्रता आन्दोलन को जन्म दिया तथा राष्ट्रीय जागृति पैदा कर आधुनिक भारत में आशावादी युग का स्वप्न दिखाया।

हार्वर्ड यूनिवर्सिटी पहुंचने के तुरन्त बाद मुझे एक और आशा का आभास हुआ जिसका सम्बन्ध गरीब देशों से था और जिसके लिए सदा उदासीन रहनेवाले अर्थशास्त्री भी आशावान थे। वे भी यह सोचने लगे थे कि गरीब देश भी गरीबी के आवरण से मुक्त हो विकसित हो सकते हैं। उनकी आशाओं को फलीभूत करने के उद्देश्य से कॉलेजों में विकासशील अर्थशास्त्र नामक नया पाठ्यक्रम शुरू किया गया, इस नई विद्या के गुरु पॉल रोज़नस्टीन रोडन और रैगनर नर्से थे। रोज़नस्टीन रोडन ने गरीबी की समस्या का कारण निवेश की असफलता बताया। उनका तर्क था कि जब व्यापारी धन का निवेश नहीं करता तो यह कार्य राज्य को करना चाहिए। अतः उसने एक जोरदार योजना प्रस्तुत की जो कि सन्तुलित वृद्धि कहलाई। दूसरी ओर अल्बर्ट हिर्शमैन का कहना था

कि राज्य की ओर से व्यापारी को निवेश बढ़ाने के लिए प्रोत्साहन मिले न कि राज्य द्वारा सीधे निवेश को। इस विचार से लैटिन अमेरिका में अच्छा और लाभकारी परिवर्तन हुआ, अतः वह सरकार द्वारा व्यापार में सीधा हिस्सा लेने के विरुद्ध था। सीमित सुरक्षा के अन्तर्गत कर में वृद्धि, कम ब्याज पर ऋण आदि कुछ ऐसे आर्थिक प्रोत्साहन थे जो व्यापारी वर्ग को निवेश बढ़ाने के लिए प्रेरित करते थे।

उन दिनों एक बात जो सबको भाने लगी थी वह थी, हैरोड डोमर मॉडल की, जिसमें समाज में धन की बचत कर उसके बुद्धिमत्तापूर्ण खर्च की समस्या को उठाया गया। यह मॉडल सरल व परिष्कृत था। उत्पादन वृद्धि का कार्य मूल पूंजी से औसत बचत को विभाजित करने से सम्बन्धित है। इस प्रकार एक गरीब देश भी प्रगति की राह पर अग्रसर हो सकता है। यदि वह कर वृद्धि या विदेशी सहायता से धन-संग्रह करे। उन उपनिवेशवाद विरोधी दिनों में विदेशी निवेश की बात कोई सोच भी नहीं सकता था, भले ही उससे देश में उत्पादन बढ़ने का भरोसा ही क्यों न हो। अर्थशास्त्रियों के लिए भारत हमेशा ही एक प्रयोगशाला के रूप में रहा है क्योंकि वह रोज़नस्टीन रोडन द्वारा तथा हैरोड डोमर में सुझाए गए उपायों का अनुसरण कर रहा था। विश्व-भर के बुद्धिजीवी वर्ग का विचार था कि घरेलू बचत बढ़ाकर उसके सरकारी क्षेत्र की कम्पनियों में निवेश से आर्थिक क्षेत्र में अधिक लाभ कमाया जा सकता है जिससे देश की वित्तीय स्थिति सुधरेगी। इसे टेक ऑफ यानी गतिमान कहा गया। वाल्ट रोस्तोव ने अपनी पुस्तक 'दि स्टैजिस ऑफ इकोनॉमिक ग्रोथ' में इस धारणा की अभिव्यक्ति की थी। यही समय था जब घरेलू बचत आत्मनिर्भरता के स्तर तक पहुंची थी। यह टेक ऑफ शब्द मेरे कॉलेज के शेष दिनों तक काफी प्रचलित रहा। हमारे विचार से किसी ने इस बात की चर्चा नहीं की कि आर्थिक स्थिति गतिमान होगी, किन्तु कब ?

भारत में, मैं बाद में समझा कि हमारा ध्यान केवल एक ही बात पर गया कि 'बचत कैसे हो'। इसे ही अनिवार्य माना गया। हमने पूंजी की उत्पादन क्षमता को नजरअन्दाज किया जो हमारे लिए नासूर बन गई। हमारे नीति निर्धारकों ने निश्चित रूप से मान लिया था कि सरकारी निवेश से स्वतः पूंजी उपलब्ध होगी। राजकीय संस्थाओं पर सीधा भरोसा करना भूल थी–सरकारी निवेशवाली कम्पनियों की उपलब्धि आशानुकूल नहीं थी बल्कि बहुत ही कम थी। इस कमी के कई कारण थे। सही प्रशिक्षण का न होना, कम्पनी के वरिष्ठ प्रबन्धकों का उत्तरदायित्व का निर्धारण न होना तथा स्वायत्तता। यह प्रबन्ध-तन्त्र की बहुत बड़ी असफलता थी। शुरुआती दौर में यदि हमारे नेताओं ने वास्तविकता को पहचानने की यदि सही दिशा में थोड़ी भी कोशिश की होती तो आज दृश्य कुछ और ही होता। लाभ, कार्यदक्षता और उत्तरदायित्व निर्धारित करने में अवश्य ही बहुत बड़ा अन्तर दिखाई दे सकता था।

रैगनर नर्सों ने सुझाया कि ग्रामीण क्षेत्र में बेरोज़गारी बनावटी है। इससे छिपे स्रोतों और श्रमिकों की अधिकता का भान होता है, जिन्हें निवेश के लिए उपयोग में लाया जा सकता है। अल्बर्ट हिर्शमैन का मत था कि जैसे ही आर्थिक लाभ का दौर शुरू होगा, नए-नए उद्योगपति होंगे और बाजार में तकनीकी क्षेत्र से नए-नए उत्पादन होंगे, जिससे पूंजी के अनेकों छिपे स्रोतों का पता चलेगा। रैगनर नर्क्स के 'बेरोजगारी' विचारों. से प्रभावित हो सी. एन. वकील और पी. आर. ब्रह्मनन्द ने वस्तु की कीमत की आदर्शमान नीति तैयार की। जिसकी भारतीय नीति निर्धारकों ने पूरी तरह से अवहेलना की।

उस समय के विकास से सम्बन्धित अधिकांश अर्थशास्त्रियों का गरीबी हटाने या कम करने के लिए किए जा रहे आर्थिक प्रगति के प्रयासों में विश्वास था। क्योंकि वृद्धि से नौकरी के अवसर बढ़ेंगे, आय बढ़ेगी और लोगों को गरीबी से ऊपर उठने का मौका मिलेगा। ऐसा जगदीश भगवती ने अपनी पुस्तक 'दि इकोनॉमिक ऑफ अंडरडेवेलप्ड कंटरीस' में लिखा। उनके आशावादी होने पर भी आश्चर्य है कि अर्थशास्त्री गरीब देशों में निर्यात करने की योग्यता के प्रति निराशावादी थे। नर्से ने तर्क दिया कि निर्यात द्वारा प्रगति के दिन लद गए और व्यापार उत्पादन वृद्धि के लिए वह इंजिन का कार्य नहीं कर सकता। लैटिन अमेरिका के प्रभावशाली अर्थशास्त्री रॉल प्रीबिश ने आयात का पर्याय ढूंढ़ने पर जोर दिया क्योंकि उसके विचार से आयात की व्यापारिक शर्तें गरीब लेटिन अमेरिका के देशों के अनुकूल नहीं हैं। अनेक भारतीयों को प्रिबिश के 'निर्भरता सिद्धान्त' के पक्ष में देखकर मुझे आश्चर्य हुआ। अर्जेंटीना के इस अर्थशास्त्री के इन निराशापूर्ण विचारों ने 1960 के दशक में तीसरी दुनिया के अधिकांश गरीब देशों को समृद्ध देशों की असमान व्यापारिक शर्तों पर निर्भर रहने के लिए स्थाई बन्धन में जकड़ा हुआ माना है। प्रिबिश का तर्क था कि समृद्ध देशों में बनी वस्तुओं की कीमत सदा बढ़ती रहेगी जबकि कृषि उत्पादों के मूल्य में कमी होती रहेगी। इस प्रकार तीसरी दुनिया के देशों का कोई भविष्य नहीं है। विश्व ने प्रिबिश के सिद्धान्तों को दरकिनार कर दिया।

इंग्लैंड के कैम्ब्रिज में अर्थशास्त्र का एक सीधा-सादा छात्र था मनमोहन सिंह। जिसका विश्वास खुले व्यापार तथा आर्थिक नीति पर कम-से-कम नियन्त्रण में था। उसने नर्से के बन्द व्यापार के सिद्धान्त के विरुद्ध यह मत व्यक्त किया कि अधिक आयात के लिए निर्यात बढ़ाने से ही धन उपलब्ध होगा। उसने गरीब देशों में व्याप्त निर्यात सम्बन्धी निराशावादिता को लताड़ते हुए आंकड़े एकत्रित किए। उसने भारत में निर्यात से प्राप्त आय में वृद्धि न होने का कारण गलत आर्थिक नीतियों को बताया, न कि निर्भरता के सिद्धान्त को। 1960 के बुद्धिजीवी वातावरण में अल्पविकसित देशों की आर्थिक नीतियों को निर्यातोन्मुख बनाने का प्रयास सफल न हुआ। केवल

जापान ही निर्यात के क्षेत्र में कुछ ठोस काम और विकास द्वारा इस क्षेत्र में अनुकरणीय उदाहरण बन सका। विशेषज्ञों ने कहा कि आयात का पर्याय ढूंढने के लिए सरकारी सहायता के साथ निर्यातपरक नीतियां अपनाई जानी चाहिए।

तीस साल बाद, उसी सीधे-सादे अर्थशास्त्री को अपने विचारों को क्रियात्मक रूप देने का अवसर मिला। 1991 में यही मनमोहन सिंह भारत का वित्तमन्त्री बना और शान्ति के साथ बिना हो-हल्ला किए अनेक आर्थिक सुधारों को मूर्त रूप देने में सफल भी हुआ।

1950-60 के दशकों में विकसित अर्थशास्त्रियों की जमात को सुदूर पूर्व के देशों ने गलत साबित कर दिया। जापान से शुरू होने के बाद इसका अनुकरण अन्य चार ड्रैगनों–कोरिया, ताइवान, हांगकांग और सिंगापुर ने किया। इन देशों ने दुनिया-भर के बाजारों में कम दाम के उत्पादों को पहुंचाने का बीड़ा उठाया और ये इसमें कामयाब भी रहे। जिसके इनाम स्वरूप इन्हें साठ के दशक में विश्व बाजार में विस्तार मिला। ब्राजील ने भी इस अवसर का फायदा उठाया किन्तु तीसरी दुनिया के अन्य देश इससे अछूते रह गए। लगता है कि वहां के अर्थशास्त्री गरीब देशों द्वारा आयात की जानेवाली वस्तुओं के बदले निवेश द्वारा उत्पादन बढ़ाने में अधिक विश्वास रखते थे। और निर्यात बढ़ाने की क्षमता पर निराशावादी होने से अपनी आर्थिक गतिविधियों में सुधार नहीं ला सके।

सरकार स्वयं उद्योगपति की भूमिका निभा सकती है, ऐसा सोचना भी उन देशों के अर्थशास्त्रियों की बड़ी भूल थी। भारत सहित तीसरी दुनिया के अन्य देशों में राष्ट्रीयकृत सरकारी उद्योग की स्थापना हुई, जो बुरी तरह अयोग्य एवं निष्क्रिय सिद्ध हुई। उनसे न तो उचित प्रतिफल ही मिला और न घरेलू बचत में ही कोई वृद्धि हुई। इस प्रकार आर्थिक हालत और खस्ता हो गई। आयात के अन्य विकल्प अपनाने के कारण स्थानीय व्यापारियों ने निवेश के अन्य स्रोत ढूंढ़ने शुरू किए। जिनके कारण उत्पादन की गुणवत्ता घटने के साथ उत्पादन व्यय में वृद्धि हुई। जिससे तुलनात्मक लाभ प्राप्त न हो सका। इसके साथ ही तीसरी दुनिया के अनेक देशों में निजी क्षेत्र के उद्योगों पर कठोर नियन्त्रणात्मक नियम लागू किए गए। सन्तुलित उत्पादन की इच्छा एवं विदेशी मुद्रा की कमी ने सरकार को उचित कदम उठाने के लिए प्रेरित किया। किन्तु इससे प्रतियोगिता-दर में कमी आ गई। विडम्बना यह रही कि ऐसे अनेक तरह के निवेश करने से गरीब देशों में बिना गुणवत्ता की उत्पादित वस्तुओं का ढेर लगने लगा। एक प्रकार के कूड़ाघर बढ़ गए। निवेश से लाभ प्राप्त नहीं हुआ बल्कि पूंजीगत आनुपातिक उत्पादन कम हुआ। जिसके परिणामस्वरूप चारों ओर भ्रष्टाचार में वृद्धि हुई।

अन्त में, तीव्र आर्थिक प्रगति की आशा पूरी न हो सकी। यह सच था कि विश्व युद्ध के पूर्व की आर्थिक वृद्धि दर अब बेहतर थी। शताब्दी के पूर्वार्द्ध में आर्थिक प्रगति लगभग शून्य रही जबकि युद्ध के बाद विकासशील देशों में उत्पादन में प्रतिवर्ष चार प्रतिशत की

वृद्धि होती गई। यह वृद्धि पश्चिमी देशों में औद्योगिक क्रान्ति की आनुपातिक अवधि में उन्नीसवीं सदी में आधा प्रतिशत उत्पादन वृद्धि से कहीं बेहतर थी। किन्तु चार प्रतिशत की उत्पादन वृद्धि, जनसंख्या की ढाई से साढ़े तीन प्रतिशत की वृद्धि के कारण नगण्य और निष्प्रभावी सिद्ध हुई, बल्कि केवल एक प्रतिशत ही वास्तविक प्रगति समझी गई। यह निश्चित तौर पर सबकी आशा के विपरीत था। उधर सुदूर पूर्व के देशों की आर्थिक स्थिति सत्तर और अस्सी के दशकों में पांच से छह प्रतिशत से अधिक बढ़ बढ़ गई थी।

जापान व सुदूर पूर्व के देशों का अनुभव अत्यधिक आशावादी रहा। उन्होंने सिद्ध किया कि वे न केवल तीव्रता से उत्पादन में वृद्धि कर सकते हैं, बल्कि साथ ही गरीबी को भी दूर करने में सक्षम हैं। शिक्षा और स्वास्थ्य के क्षेत्र में निवेश से यह सम्भव हुआ और यही उनकी सफलता का रहस्य था। उच्च स्तर के औद्योगिकरण के पीछे इसी निवेश का हाथ था। उन्हें समझ आ गया था कि गरीबों के बीच प्राथमिक शिक्षा (विशेषकर बालिकाओं के लिए) तथा प्राथमिक स्वास्थ्य सेवा में वृद्धि से ही जनसंख्या वृद्धि पर अंकुश लगाया जा सकता है। औद्योगिक विकास के साथ रोजगार के अवसरों में वृद्धि से आर्थिक प्रगति भी हुई और इस प्रकार जनता में समृद्धि का विस्तार स्वाभाविक था। अमर्त्य सेन ने मानव सेवा में लगाए गए निवेश का बढ़-चढ़कर प्रचार किया जिसके लिए उन्हें नोबल पुरस्कार मिला था किन्तु भारत सरकार पर इसका कोई प्रभाव नहीं पड़ा। प्राथमिक शिक्षा की अवहेलना हमारी असफलता का एकमात्र कारण रही।

हार्वर्ड में अपने अन्य सहपाठियों के समान मैं भी पूर्णतः उदारवादी रहा। 1960 के दशक में उदारवादियों ने सरकार द्वारा बाजार की असफलताओं को निश्चित कर उनमें हस्तक्षेप करने, नए रोजगार उत्पन्न करने, मूल्यों पर नियन्त्रण रखने के साथ कल्याणकारी राज्य की स्थापना के उद्देश्यों में सहयोग दिया। मेरे उदारवादी विचारोंवाले साथी एफ. डी. आर. की नई नीति तथा कैनेडी की उदारवादी समाज सम्बन्धी नीतियों के प्रबल समर्थक थे, जिन्हें कैनेडी के आकस्मिक निधन के बाद जॉनसन ने भी जारी रखा। यूरोप में भी हमारे जैसे उदारवादी दृष्टिकोण के लोग समाजवादी या सामाजिक लोकतन्त्रवादी कहलाते थे। अमेरिकी उदारवादी वामपन्थी झुकाववाले थे, किन्तु 1960 के भारत में हम केन्द्र-स्थल पर टिके रहे। केवल गरीबी हटाने के उद्देश्य से हमने नेहरू के सरकारी औद्योगिकीकरण, कर-वितरण तथा गैर-सरकारी क्षेत्र में स्थापित उद्योगों पर प्रभावशाली नियन्त्रण को पूरी तरह अपनाया।

हार्वर्ड में हमारा एक उदारवादी नायक था–जॉन कैनेथ गैलब्रेथ–जो शारीरिक रूप से दुबला-पतला और लम्बा था, लेकिन बड़ा हाजिरजवाब और आवेशी प्रवृत्तिवाला था, साथ ही सिद्धान्तों को लेकर पूर्वग्रही और हठी भी था। वह पहले ही एक जानी-

मानी हस्ती बन चुका था और 'द एफ्लुएंट सोसायटी' के माध्यम से अमेरिका की कल्पना पर भी काबिज हो चुका था। किन्तु मेरी दृष्टि में वह एक बुरा अध्यापक था। वह कक्षा में छात्रों की परवाह किए बिना यों ही बड़बड़ाता रहता था। वरिष्ठ अर्थशास्त्री उसकी अवहेलना किया करते थे किन्तु उदारवादी लोग काफी प्रभावित थे।

गैलब्रेथ सदा बाजार पर आधारित पूंजीवाद की असफलताओं पर चर्चा करते वास्तविक बाजार क्षेत्र में जब होड़ का ग्राफ गड़बड़ा जाता था तो वह कहते थे कि उपभोक्ता सार्वभौमिक मिथक विचार है। बड़ी कम्पनियां क्रय मूल्य निर्धारित कर कीमतों को उछालने में सहायक होती हैं और उपभोक्ताओं को विज्ञापन आदि के द्वारा इतना भरमाती हैं कि उन्हें अनावश्यक अनिश्चित उत्पाद खरीदने पर मजबूर कर देती हैं। बड़े व विशाल निगम अपने कुशल कारीगरों की फौज के सहारे आर्थिक व सामाजिक शक्ति को समुदाय के हित के बजाय अपने स्वार्थ हेतु उपयोग में लाते थे। इस प्रकार समकालीन पश्चिमी समाज व्यक्तिगत क्षेत्र में बने सामान से धनी किन्तु सरकारी उत्पाद सामग्री में कमी के कारण गरीब होता गया जैसे कि परिवहन, सामाजिक स्वास्थ्य सेवाएं तथा कम दाम पर बने मकान तथा सामान्य लोगों के लिए स्कूल उपलब्ध न हो सके। इन बुराइयों का उपचार केवल एक जागरूक और क्रियाशील सरकार के द्वारा किया जा सकता है, वह भी एक सन्तुलित सामाजिक व्यवस्था बनाकर न कि धनी निगम बनाकर।

जॉन एफ कैनेडी ने राष्ट्रपति का पद संभालते ही गैलब्रेथ को भारत का राजदूत बनाकर भेजा–जब मैं छुट्टियों में दिल्ली आया तो गैलब्रेथ से भेंट की। उसने बड़े उत्साह से मुझे अन्य युवाओं के साथ दोपहर के भोजन पर आमन्त्रित किया। अमेरिकी दूतावास के भोजन कक्ष में फिलीप जॉनसन द्वारा हाल ही में बनाई गई खाने की टेबल को देखकर मेरे विस्मय का ठिकाना न रहा। मुझे उम्मीद थी कि गैलब्रेथ उस देश में आकर अत्यन्त प्रसन्न होगा जहां उसके सिद्धान्तों के अनुसार कार्य हो रहा था। किन्तु इसके विपरीत मैंने उसे निराश और असमंजस की स्थिति में देखा। भोजन के दौरान उसने अफसोस जताया कि भारतीय अर्थव्यवस्था पर अत्यधिक सरकारी नियन्त्रण है। उसने स्वीकार किया कि विकास के इन क्षणों में भारत जैसे देश में हो सकता है कि व्यक्तिगत उद्योगों का बाहुल्य सम्भव है। उसे लगा कि उसके विचार विकसित समाज के अनुकूल हैं। उस दिन व्यक्त किए गए गैलब्रेथ के विचारों से मुझे नेहरू के समाजवाद पर सन्देह होने लगा और इस प्रकार उस दोपहर के भोजन ने मेरे विचारों की दिशा ही बदल दी।

1930 और 1940 के दशकों में 'योजना बनाम बाजार' पर दुनिया-भर में चर्चा होती रही। अगले दशक में जो जनभावना उभरी, उसने भारत की योजना सम्बन्धी धारणा का उत्साह से साथ दिया। आस्ट्रिया के अर्थशास्त्र के अनेक विशेषज्ञों ने इस विषय पर

तर्क-वितर्क किया। योजनाबद्ध कार्यक्रम के हिमायती ऑस्कर लोगे एवं अब्बा लर्नर ने बाजार व्यवस्था में पूर्ण प्रतियोगिता की असफलता की ओर ध्यान दिलाया। उनका तर्क था कि योजना व कम्प्यूटर के उपयोग से सही चीज वांछित मात्रा में बनने से प्रतियोगिता का सही रूप उभरेगा। उनके आलोचक फ्रेडरिक हैयक तथा लुड्विग वॉन मिसेज ने इस तर्क का मुंहतोड़ जवाब दिया कि योजना बनानेवालों के कम्प्यूटर कितने भी शक्तिशाली हों किन्तु वे उपभोक्ताओं की सदा परिवर्तनशील आवश्यकताओं सम्बन्धी हजारों-करोड़ों सूचनाओं को एकत्रित करने और समाज के स्रोतों, उत्पादन प्रक्रिया तथा तकनीक को एकजुट करने में समर्थ नहीं हो सकते। फिर पूर्व नियोजित आर्थिक व्यवस्था फैक्टरी के प्रबन्धकों को सही और तथ्यात्मक सूचना नियोजन तक शीघ्र पहुंचने के लिए कोई लाभ नजर न आने से भी वे ऐसा क्यों करने लगेंगे। उनका मूल्यांकन उत्पादन के आधार पर होने से वे अपनी फैक्टरी की उत्पादन क्षमता को अधिक समय तक बनाए रखने के उद्देश्य से कच्चे माल को संचित कर न्यूनतम स्तर पर चलाए रखने की सोचेंगे। चाहे उससे फैक्टरियों पर दुष्प्रभाव ही क्यों न पड़ता हो। इस प्रकार बाजार की तुलना में नियोजित आर्थिक व्यवस्था में अनुपयोगी एवं अकुशलता का वातावरण बना रहेगा। बाजार व्यवस्था में मानव का निजी स्वार्थ इस अकुशलता को समाप्त करने में सहायक होता है।

कॉलेज के दौर में अन्य छात्रों की तरह मैंने भी जॉन लॉक, हॉब्स तथा मिल को काफी पढ़ा और मुझे लगा कि दर्शनशास्त्र की ओर मेरा झुकाव बढ़ रहा है। ह्यूम के मानव सम्बन्धी शोधात्मक निबन्ध 'ट्रीटिस ऑफ ह्यूमन नेचर' पढ़कर मैंने दर्शनशास्त्र की ओर अधिक ध्यान देना शुरू कर दिया। क्विन के तर्क के आधार पर मुझे सुरुचिपूर्ण लेखों के रूप में पुरस्कृत किया गया था। प्रसिद्ध नामों से हटकर मुझे हाल ही में हार्वर्ड के अत्यन्त शर्मिले एवं शान्त स्वभाव के प्रोफेसर जॉन रॉल्स के निकट आने का अवसर प्राप्त हुआ। सुनने में आया कि उन्हें केवल एक पांच पृष्ठ के लेख 'जस्टिस एज़ फेअरनेस' के आधार पर ही हार्वर्ड में सम्मानित स्थान मिल गया था। उन अनेक विद्वानों, जिन्होंने अनेक पुस्तकें लिखीं, अनेक प्रकाशित ग्रन्थों और प्रसिद्ध एवं सुस्थापित दार्शनिकों के बीच उन्हें प्राथमिकता दी गई थी। रॉल्स अपने समय के सर्वाधिक प्रभावशाली नैतिक एवं राजनीतिक दार्शनिक सिद्ध हुए। उनके पांच पृष्ठ का लेख ही प्रसिद्ध पुस्तक 'द थ्योरी ऑफ जस्टिस' बना। जिसने समानता, स्वतन्त्रता, अधिकार तथा राज्य की भूमिका पर विचार-विमर्श के द्वारा पूरी दिशा ही बदल दी। उन्हें चुनकर हार्वर्ड चुनाव प्रणाली के कर्णधारों ने वास्तव में हार्वर्ड का ही नाम ऊंचा किया। वे छिपे हीरे को पहचानने की क्षमता रखते हैं और इसके लिए वे जोखिम उठाने से भी नहीं हिचकते। रॉल्स ने दुनिया के प्रति मेरा नजरिया ही बदल

दिया। उन्हें मिलने से पहले मैं किसी भी विषय पर बिना सोचे प्रतिक्रिया व्यक्त कर देता था, किन्तु रॉल्स के व्याख्यानों ने मुझे अपने से ही सवाल पूछने की कला सिखा दी–विशेषकर मार्क्स के समानता सम्बन्धी विचारों को स्वीकार करने में।

एक दिन की बात है–रॉल्स कक्षा में पहुंचे और हम सबको विचारों का खेल खेलने के लिए कहा। हमें यह सोचकर चलना था कि हम सब समानता के स्तर पर बैठे हैं। हमें यह मान लेना था कि सभी स्वतन्त्र हैं। स्वार्थ में लिप्त समाज में अपनी स्थिति से अनजान, जिन्हें अपनी आयु व सामाजिक स्तर का कुछ ज्ञान नहीं है तथा भाग्य प्रकृति से प्राप्त वैभव, योग्यता, बुद्धिमत्ता, साहस व शक्ति से अनभिज्ञ हैं। अन्त में, हमें यह भी समझना था कि हममें परस्पर किसी के प्रति द्वेष भावना भी नहीं है। अनभिज्ञता के इस पर्दे के पीछे हमें न्याय के कुछ सिद्धान्तों को अपनाने को कहा गया। जिनके आधार पर हम अपनी संस्थाओं को आगे बढ़ाते। रॉल्स ने सुझाया कि हमें दो सिद्धान्त अपनाने हैं, पहला यह कि प्रत्येक व्यक्ति को अधिक-से-अधिक स्वतन्त्रता, जो अन्यों की स्वतन्त्रता में बाधक न हो, दूसरा यह कि हम समानता को ही अपनाएंगे जब तक कि असमानता सभी के लिए लाभकारी न हो, जिससे सभी को समान रूप से सर्वोच्च स्थान पर पहुंचने का अवसर मिले।

इन दो सिद्धान्तों को स्वीकार करते हुए, उनके दूसरे सिद्धान्त का व्यावहारिक परिणाम यह होगा कि एक कर्मचारी के नाते मुझे स्वीकार करना होगा कि कम्पनी के अध्यक्ष की आय मुझसे अधिक होगी, जब तक कि वह कम्पनी के लिए अधिक-से-अधिक लाभ अर्जित करेगा और मुझे बढ़े हुए लाभांश या वेतन–वृद्धि मिले। मुझे लगा कि यदि इस असमानता से गिरती स्थिति में कुछ सुधार हो तो कुछ लोगों को अधिक लाभ मिलना न्यायसंगत होंगा। यद्यपि रॉल्स का प्रारम्भिक विचार समतावाद से सम्बन्धित था किन्तु इससे उसे असमानता का नैतिक आधार मिल गया। अन्तर्दृष्टि से उन्होंने महसूस किया कि स्वतन्त्र व्यक्ति कुछ परिस्थितियों में असमानता के लिए सहमत हो जाएगा। बेन्थम या कील के एकतरफा अपील करने से कि सार्वजनिक हित में या कार्यकुशलता में सुधार होने से तो रॉल्स का सिद्धान्त अधिक नैतिक एवं सन्तोषजनक प्रतीत होता है। अधिक संख्या में लोगों के अधिक लाभकारी होने के सिद्धान्त से बेहतर नैतिक एवं न्यायसंगत बात पर सर्वसम्मति होना बहुत बड़ी बात है। अधिक सरलीकरण के आधार पर रॉल्स ने बाजार पर आधारित उदारवादी जनतन्त्र 'समान अवसर किन्तु समान परिणाम नहीं के विचार को बल दिया है। मेरे विचार से रॉल्स ने समाजवाद के आकर्षक स्वरूप को समाप्त कर दिया है। हममें से अधिकांश लोग समाजवाद समर्थक बन गए क्योंकि हम पूंजीवाद के असमान व्यवहार से पीड़ित थे। ऐसा कहते समय यह याद रखना जरूरी है कि रॉल्स का सिद्धान्त केवल सही रूप से उपयुक्त समाज में ही व्यावहारिक है। वास्तविकता के धरातल

पर कोई भी समाज (अमेरिका भी नहीं) पूर्णतः खुला नहीं है। यह केवल इस आधार पर कार्य कर रहा है कि प्रत्येक को समान अवसर मिलें और प्रत्येक नागरिक उच्च पद पर आरूढ़ हो सके। इस प्रकार एक 'खुली' प्राथमिक पाठशाला पद्धति अति आवश्यक है। अमर्त्य सेन व अन्य लोगों ने भी संकेत दिया है कि समानता स्वयं में बहुत अच्छी वस्तु है, किन्तु उसके कुछ अन्य कारण भी हैं जैसे व्यक्तिगत आत्मसम्मान।

वितरणशील न्याय के प्रति मेरी रुचि के होते हुए भी मुझे मानना पड़ा कि समानता लाने से अधिक महत्त्वपूर्ण गरीबी हटाना है। समाज में आय के बंटवारे में सुधार कर दीन-हीन को ऊपर उठाने का अवसर मिलना, समानता प्राप्त करने से अधिक जरूरी है। अमेरिकी हाई स्कूल से प्राप्त अनुभव से मुझे शिक्षा मिली कि नेहरू के समाजवादी कार्यक्रम से अच्छा तो यह होगा कि गरीब छात्र को राजकीय विद्यालय में अच्छी शिक्षा पद्धति के तहत शिक्षा प्राप्त हो। जिससे वह स्वतः समानता की ओर सार्थक कदम होगा। पूंजीवादी अमेरिका ने व्यावहारिक रूप से समानता के अवसर प्रदान करने में कई समाजवादी और सामाजिक जनवादी पश्चिमी देशों से अधिक योगदान दिया है। यहां तक कि हार्वर्ड जैसे प्रबुद्ध स्थान पर मेरे अधिकांश सहपाठी औसत परिवारों के होने के बावजूद भी छात्रवृत्ति ले रहे थे। सर्वेक्षण से पता चलता है कि अमेरिका के बड़े कार्पोरेशनों के अधिकांश अध्यक्ष औसत पृष्ठभूमि से ही आगे आए हैं। अमेरिका के प्रत्येक धनी या निर्धन परिवार की मान्यता है कि वे मध्यवर्गीय हैं। (घरों में रहनेवाले काले लोगों को छोड़कर) पिछले बीस वर्षों में अमेरिका में असमानता अधिक बढ़ी है किन्तु समानता के अवसर ज्यों के त्यों हैं।

मुझे निराशा हुई कि भारतीय बुद्धिजीवी एवं राजनेता इतने अधिक अमेरिका विरोधी कि उन्हें अमेरिका की अच्छाइयां भी दिखाई नहीं देतीं। अमेरिकी शिक्षा प्रणाली में अनेक दोष हैं किन्तु अन्य अनेक प्रणालियों से वह अधिक साफ-सुथरी एवं रचनात्मक है। मैंने जब भी भारतीय नेताओं एवं बुद्धिजीवियों को इसे अपनाने के लिए प्रयास करने को कहा तो नीति निर्धारकों ने स्वीकार नहीं किया। यह भी नेहरू का अन्धविश्वास ही था। हार्वर्ड में रहते हुए मैंने एक बहुत ही अच्छी जो किताब पढ़ी, वह थी, अलेक्सिस टॉक्विले की 'डेमोक्रेसी इन इंडिया'। जिससे अमेरिका के सामुदायिक जीवन में स्पन्दन के विषय पर मेरी आंखें खुल गईं। इसे मैंने वाशिंगटन में अपने स्कूली दिनों में अनुभव किया था। जब मेरे मां-पिताजी को पैरेंट्स टीचर्स एसोशिएसन की बैठक में भाग लेने के लिए उपस्थित होना पड़ता था। इन बैठकों में उन्हें अपने पड़ोसियों के बारे में जानकारी मिलती थी। विद्यालय में सुधार किस आधार पर लाए जाएं, इस पर चर्चा होती थी। उनकी बातचीत का परिणाम था कि सड़कों पर कूड़ाघर बने, स्थानीय बस सेवा, सड़कों की स्थिति तथा अन्य समाज हित के कार्य होने लगे। स्थानीय प्रजातन्त्र को मूर्त रूप में कार्य करते हुए देखा।

समाजशास्त्री इसे 'सामाजिक पूंजी' के नाम से जानते हैं। 1830 में जब एक फ्रांसीसी डि टॉक्विले नामक व्यक्ति अमेरिका आया तो उसने लिखा कि अमरीकी लोग जुड़नेवाले हैं, यूरोप के लोगों की तरह नहीं। उन्होंने स्थानीय संस्थाओं में भाग लेना शुरू किया और इससे अमेरिकी प्रजातन्त्र को काफी बल मिला। इसके विपरीत भारत में सामाजिक जीवन न के बराबर है। हमारे सामाजिक कर्तव्य केवल परिवार व जाति तक सीमित रहते हैं। सम्भवतः यही कारण है कि हमारी गलियां गन्दगी से भरी होती हैं जब कि घर बहुत स्वच्छ रहते हैं। महात्मा गांधी ने इसे समझा और इसी उद्देश्य से उन्होंने अपने संगी-साथियों में भावना जाग्रत करनी चाही किन्तु असफल रहे। अन्ततः 1990 में स्थानीय प्रजातन्त्र लाने के उद्देश्य से संविधान संशोधन पारित किया गया। हालांकि राज्य सरकारों ने शक्ति छोड़ने में आनाकानी की किन्तु पंचायती राज ने अमली जामा पहन लिया है। आज हमारे पांच लाख गांवों में तीस लाख स्थानीय विधायक (दस लाख महिलाएं) सक्रिय हैं। मध्यप्रदेश अग्रणी राज्य है जहां मुख्यमन्त्री दिग्विजय सिंह ने अमेरिकी पद्धति के अनुसार विद्यालयों का उत्तरदायित्व स्थानीय पंचायतों को सौंप दिया है।

अमेरिका की उदारवादी शिक्षा पद्धति के विषय में जो महान सिद्धान्त है, वह यह है कि स्नातक से पूर्व छात्र अपनी रुचि के विषयों को चुन सकता है। अपनी छोटी कथा में हार्वर्ड में मेरी रुचि संस्कृत विभाग में थी, जिसने महान हार्वर्ड 'प्राच्य ग्रन्थ', जिसमें सौ से अधिक जिल्दों में मैक्समूलर सरीखे दुनिया के विद्वानों से संस्कृत छात्रवृत्ति तथा अनुवाद 'सैकर्ड बुक ऑफ ईस्ट', श्रृंखला प्रारम्भ की। जब मैं वाइडनर पुस्तकालय में एक पुस्तक देख रहा था, तब मेरी भेंट डेनियल इंगाल से हुई जो संस्कृत के माने हुए विद्वान थे। उन्होंने मुझे संस्कृत की प्रारम्भिक शिक्षा लेने की सलाह दी तथा साथ ही कहा कि यह काम आसान नहीं है। मैंने पहले छह सप्ताह पाणिनी के व्याकरण को पढ़ने का प्रयास किया और शीघ्र ही कथा सरितसागर व हितोपदेश, ऋग्वेद तथा मानव धर्मशास्त्र से प्रसंग पढ़ने लगा। हम लगभग आधे दर्जन छात्र इंगाल वाइडनर के कार्यालय में बैठते। वह वहां पुराने गुरुओं की तरह व्यवहार करते। जब भी हम पाणिनी के नियमों को भंग करते तो वह हमें प्रताड़ित करते। जब हम शुद्ध संस्कृत पढ़ते तो वह खुश होकर हमें अपनी आनेवाली पुस्तक 'विद्याकर के प्रेमगीत' का अनुवाद पढ़कर हमें सुनाते। अनुवाद पढ़ते हुए उनका चेहरा खिल उठता था। वह मुस्कुराते और कभी-कभी उनकी आंखों में एक प्रेमी की झलक दिखाई देती।

इंगाल सही थे। संस्कृत की शिक्षा कठिन होती गई और मुझे लगने लगा कि मैं या तो संस्कृत ही पढ़ सकता हूं या अन्य विषय। न चाहते हुए भी शीतकालीन सत्र के बाद मैंने संस्कृत शिक्षा छोड़ दी। इंगाल नाराज हो गए कि तीन महीने मेरे ऊपर व्यर्थ ही लगाए। उसने संस्कृत विद्वानों के प्रेमी जीवन की लुभावनी झलक मेरे सामने

रखी किन्तु मैं टस से मस न हुआ। दूसरी ओर मेरे मां-पिताजी को प्रसन्नता हुई कि मेरा संस्कृत से मोह भंग हो गया। उनके विचार से दूर हार्वर्ड यूनिवर्सिटी में जाकर भी संस्कृत ही पढ़ना उन्हें अच्छा नहीं लगा था।

यदि इंगाल ने भारत सम्बन्धी मिथ्या धारणाएं मेरे दिमाग में भरी तो हेनरी किसिंजर ने उन्हें और भी हवा दी। मैंने संस्कृत के स्थान पर सरकारी 180 अपनाया जो अन्तर्राष्ट्रीय सम्बन्धों का मूल आधार था। हेनरी किसिंजर उन दिनों इतने जाने-पहचाने न थे किन्तु वह अच्छे उत्सुकता जगानेवाले लगभग सौ से अधिक स्नातक पूर्व के छात्रों को अपने भाषण से आकर्षित करने में समर्थ थे। किसिंजर ने हमें समझाया कि किसी भी देश का अन्य देशों में सम्बन्ध के लिए अपने देश के हितों को बनाए रखने अथवा उनकी वृद्धि करना ही सही रास्ता है। जब देश इस प्रकार प्रयत्न करेंगे तो शक्ति सन्तुलन की स्थिति उत्पन होगी और इससे विश्व शान्ति स्थापित करने में सहायता मिलेगी। नैतिकता प्रेमी या सत्यवादी होने का इसमें कोई अर्थ नहीं है। इस मामले में मेटरनिख किसिंजर का आदर्श था क्योंकि उसके तथा टेलीरैंड कास्लेरे तथा ज़ार अलेक्जेंडर की 1815 की वियना कांग्रेस के परिणामस्वरूप ही उन्नीसवीं शताब्दी 'शान्ति शताब्दी' बन सकी। इस खेल में वास्तविक राजनीति तथा राजनेताओं द्वारा नियमों से खिलवाड़ ही इसके नियम थे। किसिंजर ने हमें पढ़ाया कि कूटनीति गुप्त रीति से ही संचालित होती है क्योंकि सूचना तन्त्र एवं संसदीय प्रणाली की सरकार द्वारा सदा नैतिकता की दुहाई देकर समस्याएं उलझती हैं। जिससे कभी-कभी राष्ट्र कुछ ऐसे अयथार्थवादी निर्णय लेने को बाधक हो जाते हैं जिससे उनके अपने राष्ट्र हितों पर प्रतिकूल प्रभाव पड़ सकता है।

अमेरिकी सहज व आदर्शवादी स्नातकपूर्व छात्रों में विशेषकर कैनेडी के राष्ट्रपति शासन काल में ऐसा अनैतिक सबक पचा लेना कठिन था जबकि वह एक कपटी यूरोपियन के मुंह से निकला हो (किसिंजर का गहरा जर्मनभाव हमारे लिए समझना कठिन था) और वह यूरोपियन प्रभाव जमाने के चक्कर में हो। मेरी परेशानी तब अधिक बढ़ी जब किसिंजर ने नेहरूजी का उदाहरण पेश किया कि किस तरह अन्तर्राष्ट्रीय क्षेत्र में नेहरू का बड़े भयावने तरीके से कि नैतिकता की दुहाई देना सुखद नहीं रहा, वह इस पर कोई वक्तव्य सुनने को तैयार नहीं था और यही कारण है कि शक्ति की दौड़ में भारत की कहीं कोई पहचान नहीं थी। यद्यपि नेहरू विश्वयुद्ध के बाद अग्रणी नेता थे। किसिंजर ने कहा कि नेहरू गैर-जिम्मेदार व्यक्ति था। जिसने अपने देश के हितों को बिल्कुल भी आगे नहीं बढ़ाया। जिससे भारत सबको खटकने लगा। मुझे नहीं मालूम था कि उसका गन्तव्य क्या था। यदि उसका आशय भारत का चीन के प्रति अत्यधिक विश्वास था तो मेरे विचार से वह सही था और इतिहास शीघ्र उसे सही सिद्ध करेगा। यदि उसके विचार से भारत को निर्गुट

न होकर अमेरिका का अनुसरण करना चाहिए था तो यह चर्चा का विषय है। किसिंजर ने अपने भाषणों में कहा कि "स्वप्नद्रष्टाओं को शक्ति सौंपना खतरनाक सिद्ध हो सकता है।"

हेनरी किसिंजर प्रगति करता गया और विदेश सचिव के पद पर उसने ख्याति पाई। उसका सौभाग्य था कि जो वह कहता था, उसे व्यवहार में लाने का अवसर मिलता गया। किन्तु वह भारत के लिए अच्छा साबित नहीं हुआ। सबसे अच्छे समय में भी विश्व के दो सबसे बड़े प्रजातन्त्र साथ-साथ न चल सके, बल्कि 1970 के वर्षों में किसिंजर और निक्सन के समय में इन दोनों देशों के सम्बन्ध निम्नतम स्तर पर कटुतापूर्ण हो चुके थे, जब अमेरिका का कुख्यात झुकाव पाकिस्तान की ओर बढ़ गया था जिसके कारण भारत को सोवियत से घनिष्टता बढ़ानी पड़ी।

जब मैं पीछे मुड़कर अपने कॉलेज के चार वर्ष की अवधि को देखता हूं तो मुझे बहुत दुख होता है कि उन दिनों बजाय सम्पत्ति जोड़ने के हम सम्पत्ति के बंटवारे करने में किस तरह लिप्त हो गए थे। शायद इसका कारण पश्चिमी देशों के अर्थिक विकास में चहुंमुखी प्रसार देखकर सबका विचार था कि यह धन-वैभव बढ़ता ही चला जाएगा। किन्तु भारत की समस्या बिल्कुल अलग थी–सम्पत्ति को पैदा करना। हमारे नीति निर्धारक एवं बुद्धिजीवी अधिकांश वे ही थे जिन्होंने पाश्चात्य शिक्षा प्राप्त की थी, और इस तरह वे कुछ समझ नहीं पाए। पश्चिमी सभ्यता में लिप्त, मुझे लगा कि मैंने आस्ट्रियन, शूमपीटर, हेयक एवं वॉन मीसेस का अध्ययन नहीं किया। इस कारण मैं पूंजीवादी क्रान्ति तथा सृजनशील विनाश का मिलन नहीं देख सका। मैं पूरी तरह मार्क्स के आलोचना से प्रभावित था। जिसका मैंने गहन अध्ययन कर लिया था। मैक्स वेबर की 'दि प्रोटेस्टेंट एथिक एंड दि स्पिरिट ऑफ कैपिटेलिज्म' भी मुझे प्रशंसा से अधिक आलोचना ही लगी। हार्वर्ड में मेरे अधिकांश अध्यापकों को भी इनमें विचारों का पूर्वग्रह ही लगा। जिससे मेरे विचारों को बल मिला। कला व विज्ञान के स्नातक पूर्व के छात्र, हम लोगों ने चार्ल्स नदी के उस पार हार्वर्ड बिजनेस स्कूल की ओर घृणा की दृष्टि से देखा। हम सब विद्वान बनकर सुकरात की तरह सत्य, सुन्दरता व न्याय की खोज में अपना जीवन अर्पण करना चाहते थे। जब चित कपूर, जो कॉलेज में मुझसे एक वर्ष आगे था, ने नदी के पारवाले स्कूल में एम. बी. ए. पाठ्यक्रम में प्रवेश लेने की सोची, मुझे हैरानी भी हुई और निराशा भी। मुझे लगा कि वह अब तक की नई शिक्षा को छोड़ना चाहता है। किन्तु आज मैं सोचता हूं कि वह नितान्त भिन्न विचार रहा। आज के स्नातक पूर्व के छात्र हमारी तरह आदर्श व नैतिक मूल्यों से चिपके रहना पसन्द नहीं करते हैं। फिर भी उन दिनों की भावनाएं और वह शिक्षा जो मुझे तेरह वर्ष के बच्चे को कागज की राह पर मिली जिसके कारण मैं अपने जीवन में निखार ला सका, कभी नहीं भूली जा सकती।

अध्याय सात

अमीरों के लिए पूंजीवाद, गरीबों के लिए समाजवाद

वे लोग जिन्होंने दूसरों की खुशी की अपेक्षा खुद को अधिक महत्त्व दिया है, उन्होंने सदा ही अपने पड़ोसियों को दुखी किया है।

–अनातोले फ्रांस

जब मैं अमेरिका में पढ़ रहा था, तब भारत ने विकासशील अर्थशास्त्रियों के विचारों और सिद्धान्तों को एक नई ऊर्जा व स्फूर्ति से लागू करना शुरू कर दिया था। हम कितने आगे पहुंच गए हैं, इसका स्वाद चखने का मौका मुझे तब मिला जब मैं ग्रीष्मावकाश पर अपने घर आया। मैंने लुधियाना में अपने दादाजी के साथ कई हफ्ते बिताए। तब मैंने देखा कि वह अपनी पूरी सुबह आंगन में ट्रिब्यून पढ़ते हुए व्यतीत करते थे और तब जो भी उन्हें सुन रहा होता था, उससे वह यही शिकायत करते कि नेहरू करदाताओं का पैसा बुरी तरह बर्बाद कर रहे हैं। उन्हें लगता था कि नेहरू की राज्य के अधीन कम्पनियों का प्रबन्ध उन सरकारी कर्मचारियों के हाथ में था जिन्हें व्यावसायिक उद्यम चलाने का कोई प्रशिक्षण प्राप्त नहीं था। न ही उन्हें किसी ने लाभ अर्जित करने के लिए कहा था। वे कर्मचारियों के किसी विशेष प्रदर्शन पर विचार किए बिना ही उन्हें गाजर-मूली की तरह भर्ती कर रहे थे। एक बार, उन्होंने गुस्से में समाचारपत्र के पहले पन्ने के उस समाचार की ओर इशारा किया जिसमें नेहरू संसद में हुए अपने नुकसान को यह कहते हुए दृढ़ता से भरने की कोशिश कर रहे थे कि उनका कार्य लाभ कमाना नहीं बल्कि सामाजिक लक्ष्य की प्राप्ति करना था। वह आह भरते हुए बोले कि “सार्वजनिक क्षेत्र राजनीतिज्ञों के

लिए गाय के समान था जो उन्हें हमेशा दूध देती रहे।" वह कोई अर्थशास्त्री नहीं थे, लेकिन जब बात आम समझ की होती हो तो उस समय वह इस पर बहुत अच्छा बोल लेते थे। नेहरू द्वारा सार्वजनिक सम्पत्ति की अवहेलना करने पर उनकी एक वकील के रूप में संवेदनशीलता और भी अधिक आहत हुई। बिना किसी उचित मुआवजे के सरकार ने बड़ी संख्या में कम्पनियों को राष्ट्रीयकृत किया।

दादाजी अपने समय से चार कदम आगे थे। उनके दोस्त और पड़ोसी उनके विचारों को अटपटा मानते थे, क्योंकि वे सब नेहरू के विचारों से बुरी तरह प्रभावित थे। उनका पूर्वानुमान था कि नौकरशाही एक दिन हमारे समाज में कैंसर की तरह फैलते हुए भ्रष्टाचार का नेतृत्व करेगी और जिससे हमारी स्वतन्त्रता को खतरा पैदा हो जाएगा। वह यह नहीं सोचते थे कि नेहरू के पांव जमीन पर थे, उन्हें नेहरू की समाजवाद सम्बन्धी बातें उसी प्रकार निराश करती थीं जैसे मेरे चाचा सतपाल की मार्क्सवाद से जुड़ी बातें। नेहरू यह कहकर अपनी नीतियों की रक्षा करते थे कि वह सोवियत संघ से प्रभावित हैं और वे पिछड़े किसानों की अर्थव्यवस्था से विश्व शक्ति के रूप में तब्दील होना चाहते थे। लेकिन वह स्टालिन के तरीकों में कोई सुधार न ला सके।

उन शुरुआती सालों में नेहरू की विचारधारा के समक्ष एक और दर्शन उभर रहा था जो महात्मा गांधी से सम्बन्धित था। वह नजर थी ऐसे गणतन्त्र की जहां के गांव आत्मनिर्भर हों और गांव के लोगों की मूलभूत आवश्यकताएं, देशी प्रौद्योगिकी, वस्तुएं और योग्य प्रतिभाओं को रोजगार के उचित अवसर मिल सकें। गांधीजी के दिशा-निर्देशक सिद्धान्तों का उद्देश्य मूलभूत आवश्यकताएं जैसे–रोटी, कपड़ा और मकान लोगों के लिए उपलब्ध करवानी थीं। इस विचारधारा के विषय में गांधीजी का विचार था कि इससे गांव से शहर की ओर पलायन, बेरोजगारी, बेघर और अपराध जैसी मौजूदा समस्याओं पर नियन्त्रण पाया जा सकेगा। नेहरू का विचार था कि गांधीजी का दृष्टिकोण निराशात्मक होते हुए भी आदर्शवादी था, लेकिन वह उनके शहरी विकास सम्बन्धी दृष्टिकोण से अधिक सहमत थे और उन्होंने 1950 में अमेरिका की मदद से सामुदायिक विकास कार्यक्रम की रचना की। कार्यक्रम की शुरुआत धूमधाम व उत्साह के साथ हुई किन्तु जल्दी ही ये कार्यक्रम नौकरशाही के निराशापूर्ण अन्धकार में डूब गया। इसका हश्र भी कई अन्य अच्छे उद्देश्यवाले कार्यक्रमों की तरह हुआ क्योंकि नेहरू में धीरज, प्रबन्धकीय योग्यता और इसे कार्यान्वित करने की धुन की कमी थी। इसमें गांधी के विचारोंवाली कोई बात नहीं थी और ये नीचे से ऊपर जाने के बजाय ऊपर से नीचे आया। आश्चर्यजनक तरीके से भारतीय उद्योगपतियों ने भी नेहरू के केन्द्रीय योजना के विचार को समर्थन दिया। उन्हें इस विचार से बहकाया

गया था कि बाजार की शक्तियों पर आधारित बंटी हुई वृद्धि तेज विकास में बाधक सिद्ध होगी। उनका विश्वास था कि मुक्त व्यापार और अंग्रेजी राज की अहस्तक्षेपवाली नीति ही देश की आर्थिक समस्याओं की जड़ है। इसके अलावा उन्हें युद्ध के बीच के सालों में प्रशासन में हस्तक्षेप करने से बहुत लाभ हुआ था। उन्होंने 1920 से आयातित वस्तुओं पर उच्च शुल्क से बहुत अधिक लाभ कमाया और यह स्वाभाविक था कि वह इसे जारी रखना चाहते थे। अंग्रेजों के भारत के लिए विकास सम्बन्धी कोई भी कार्य न करने से वह उनसे नाराज थे।

1944 में भारत के जाने-माने पूंजीपति बम्बई में इकट्ठे हुए और वहां उन्होंने आधुनिक स्वतन्त्र भारत से सम्बन्धित अपने विचारों का मन्थन किया। इसमें भारतीय उद्योग जगत के पुरोधा–जे. आर. डी. टाटा, जी. डी. बिड़ला, श्रीराम, कस्तूरभाई लालभाई, पुरुषोत्तमदास ठाकुरदास, ए. डी. श्राफ और जान मथाई शामिल हुए। उन्होंने इस बैठक में जो प्रस्तुत किया वह बाद में 'बम्बई प्लान' के नाम से जाना गया। बम्बई प्लान में अपने बूते पर खड़े औद्योगीकरण पर चर्चा की गई। उद्योपतियों ने विदेशी पूंजी और तकनीक की जरूरत महसूस की। किन्तु वे इसे राज्य के सख्त नियन्त्रण के अन्तर्गत चाहते थे। वे इक्विटी और उद्यमिता निवेश की अपेक्षा विदेशी कर्ज लेने के पक्षधर थे और बैंकिंग, इंश्योरेंस, पावर और विमानन जैसे क्षेत्रों में विदेशी हस्तक्षेप पर रोक लगाना चाहते थे। जिसके लिए वे राष्ट्रीयकरण की नीति को अपनाना चाहते थे। अनिष्टकारी रूप से वे निजी क्षेत्रों पर कुछ जरूरी प्रतिबन्ध लगाने के लिए तैयार हो गए क्योंकि वे जानते थे कि ये अधिकार उन्हें निजी क्षेत्रों को घेरने के लिए पर्याप्त रहेंगे।

सबसे अधिक विध्वंसकारी था मूल्य निर्धारण लाभांश पर सीमा निर्धारण, विदेशी व्यापार और विदेशी विनियम पर नियन्त्रण, लाइसेंसी उत्पादों में नियत पूंजी और वितरित उपभोक्ता उत्पादों पर राज्य के व्यापक नियन्त्रण की स्वीकृति, बिना यह महसूस किए कि भारतीय पूंजीपति अपनी कब्र खुद ही खोद रहे हैं।

राज के अन्तिम दशक में, अर्थव्यस्था को चलाने में सरकार का हस्तक्षेप बढ़ गया था। दूसरे विश्व युद्ध के आगमन के साथ ही राशन, मूल्य नियन्त्रण और अन्य वस्तुओं में नौकरशाही की मध्यस्थता जरूरी बन गई। उन्होंने राजनीतिज्ञों व नौकरशाहों को स्वतन्त्र भारत की अर्थव्यवस्था पर नियन्त्रण करने के हथियार उपलब्ध कराए। जबकि अन्य देशों ने ये नियन्त्रण क्रमशः युद्ध की समाप्ति पर निरस्त कर दिए, जिन्हें भारत ने जारी रखा।

भारत ही अकेला नहीं था जो कि राज्य नामक संस्था के द्वारा विकास और औद्योगीकरण चाहता था। वे सभी देश जो युद्ध के बाद स्वतन्त्र हुए थे, उन सबकी भी यही अभिलाषा थी, और वे भारत के उदाहरण का अनुसरण करने लगे। यद्यपि लोकतान्त्रिक

अर्थों में भारत ऐसा करने की चाह के लिए विलक्षण था। भारत को लोकतान्त्रिक समाजवाद के रास्ते पर ले जाने के लिए कौन उत्तरदायी था? निःसन्देह नेहरू, इसके साथ ही प्रशान्तचन्द्र महालानोबीस भी बराबर के भागीदार थे। जो कि 1950 के दौर के प्रसिद्ध बुद्धिजीवी थे। वह नेहरू युग के कुछ विशिष्ट लक्षणों पर सहमत थे।

प्रोफेसर महालानोबीस योजना आयोग में एक प्रतिष्ठित स्थान रखते थे। जो कि हमारे काका नगर के घर से तीन किलोमीटर की दूरी पर स्थित था। 1950 के दशक में योजना आयोग ने पूर्ण रूप से अद्वितीय प्रतिष्ठा का उपयोग किया। महालानोबीस विज्ञान के आदमी थे, किन्तु वह इसके अतिरिक्त दार्शनिक, साहित्यिक आलोचक और संस्कृत के विद्वान भी थे। उन्होंने अपनी गणित और भौतिक की शिक्षा कैम्ब्रिज से पाई थी और कलकत्ता के प्रेसीडेंसी कालेज के दो कमरों में भारतीय सांख्यिकीय संस्थान की स्थापना की। जहां से उन्होंने 'सांख्य' नामक सांख्यिकीय पर आधारित पत्रिका निकाली, जो कि आगे चलकर भारतीय आयोजकों का हाउस जनरल बना। वे न केवल रवीन्द्रनाथ टैगोर के करीबी थे बल्कि उनकी शुरुआती रचनाएं भी कंठस्थ थीं जो स्वयं कविवर को स्मरण नहीं थीं।

यह तो महालानोबिस की कट्टरता ही थी जिसकी वजह से नेहरू भी उनकी ओर आकर्षित हुए थे। उनका मानना था कि वैज्ञानिक मानसिकता ही आधुनिक युग की सबसे खास बात है। यह ऐसा विषय है जिसमें मानव नियन्त्रण से कट्टरता तक की व्याख्या नैसर्गिक तरीके से की जा सकती है। साथ ही यह बुद्धिजीवियों को जबरदस्त सफलता दिला सकता है। महालानोबिस चाहते थे कि भारत तथा अन्य पिछड़े देशों में पुरुष और महिलाओं की जिम्मेदारियां वैज्ञानिक आधार पर तय की जानी चाहिए। उन्हें इस बात का बेहद अफसोस था कि भारत का जातिगत समाज इस तरह की भावनाओं को प्रोत्साहित ही नहीं होने देगा। ब्राह्मणों को सम्मान देना हम लोगों की परम्परा का हिस्सा है। ब्राह्मणों को गुरु का दर्जा हासिल है। वह अक्सर कहा करते थे कि अब जरूरत इस बात की है कि विज्ञान और विज्ञानियों को बढ़ावा देने की परम्परा डाली जाए। दरअसल ये विचार इसलिए थे क्योंकि नेहरू की भारतीय अर्थव्यस्था को सुधारने की अपील का समाधान भी विज्ञान में ही निहित था। महालानोबिस ने नेहरू को सुझाव दिया कि आर्थिक योजनाओं के लिए सांख्यिकी बहुत कारगर यन्त्र हो सकता है। यद्यपि वह स्वयं अर्थशास्त्री नहीं थे, परन्तु महालानोबिस शीघ्र ही इस विषय में भी पारंगत हो गए और उन्होंने 1949 में राष्ट्रीय आय से सम्बन्धित आंकड़ों को जुटाने का काम शुरू कर दिया। वास्तव में यह उनकी बुद्धिमत्ता और व्यक्तित्व ही था, जिसकी वजह से शीघ्र ही वह योजना निर्माण के केन्द्र बिन्दु बन गए। शीघ्र ही योजना के क्षेत्र में उनकी तूती बोलने लगी।

महालानोबिस के पास भले ही कोई आधिकारिक पद नहीं था। फिर भी वह नेहरू की सोच को काफी हद तक प्रभावित करने लगे। भारत सरकार में उनका पद अवैतनिक सांख्यिकी सलाहकार का था। जाहिर है, उनका पद वास्तव में उनकी अहमियत की सही तस्वीर पेश नहीं करता था। उनका सबसे बड़ा योगदान दूसरी पंचवर्षीय योजना में योजना का खाका खींचना था। सम्भवतः 1950 के दशक का यह सबसे महत्त्वपूर्ण दस्तावेज था। शायद उस समय सारी दुनिया के सबसे महत्त्वपूर्ण दस्तावेजों में से एक माना गया। इसमें उन्होंने भारी पैमाने में सार्वजनिक क्षेत्र में निवेश के लिए साम्यवादी विचार का प्रयोग किया। (जिस पर लागत निजी क्षेत्र के बराबर आती है) और भारी उद्योग पर जोर दिया (जिस पर उपभोक्ता वस्तुओं के बराबर लागत आई) साथ ही आयात के विकल्प पर खास तवज्जो दी (जिससे निर्यात को बढ़ावा मिल सके। जबकि उस समय लोगों का झुकाव सोवियत संघ और चीन की ओर अधिक था। लिहाजा शीघ्र ही वह वामपन्थियों के भी प्यारे हो गए।

योजना में प्रस्तावित था कि भारत की स्थिर अर्थव्यवस्था को सफलता की दिशा में आगे बढ़ाने के लिए जरूरी है कि उस पर दोहरी चोट की जाए। पहले तो यह कि दूसरे दर्जे के उद्योगों को विस्तार देने के आधार पर भारी मशीनी उद्योग का निर्माण किया जाए। साथ ही कुटीर उद्योगों का विकेन्द्रीयकरण किया जाए ताकि भारत में बेरोजगारों की फौज के लिए रोजगार के अवसर सुलभ हो सकें। बाद में यही उम्मीद की जा रही थी कि उपभोक्ता वस्तुओं का उत्पादन बेहद कम कीमत पर किया जाए और समाज में कम-से-कम परिवर्तन करके अधिक-से-अधिक रोजगार के अवसर पैदा किए जाएं। एक बार मशीन उद्योग के स्थापित हो जाने के बाद हैंडलूम का स्थान पावर लूम ने ले लिया और कम लागत के कुटीर उद्योग फैक्टरी के सामान से होड़ करने में सक्षम हो गया।

गांधीवादी लोग कुटीर उद्योगों का संरक्षण चाहते थे। साम्यवादियों ने भी भारी उद्योग के प्रभाव तथा सार्वजनिक क्षेत्र के विस्तार का स्वागत किया। हालांकि साम्यवाद की ओर बढ़ते देश तथा सोवियत तर्ज की योजनाओं के कारण व्यापारी समुदाय में असमंजस की स्थिति पैदा हो गई थी। नौकरशाह भी दस्तावेजों में 'समाजवादी व्यवस्था' के लिए तैयार नहीं थे। यद्यपि भीतर-ही-भीतर वे खुद ही इस बात को लेकर खुश थे कि सबकुछ उनके अधीन है। वित्तमन्त्री सी. डी. देशमुख इस बात पर खफा थे कि योजना के नमूने की विचारधारा पर कैबिनेट में अपर्याप्त चर्चा हुई है। परन्तु विचारकों का वर्ग उस दस्तावेज से बेहद उत्साहित था। विदेशों में रहनेवाले बुद्धिजीवी बेहद खुश थे। विदेशी पर्यवेक्षक एवं जाने-माने विचारक जी. बी. एस. हाल्देन ने विदेशों में रह रहे बुद्धिजीवियों में व्याप्त रोमांचकता को कुछ इस तरह से

व्यक्त किया–"यदि कोई आशावादी विफलताओं की सम्भावनाओं पर पाकिस्तान तथा अन्य किसी जरिये से अमेरिकी दखल को पन्द्रह फीसदी की इजाजत दे देता है, तो सोवियत संघ और चीन को दखलन्दाजी के लिए दस फीसदी के मौके मिल जाते हैं। राजनीतिक गतिरोध और रूढ़िवाद से जकड़े नौकरशाही को दखल के मौके बीस फीसदी मिलते हैं, साथ ही हिन्दू परम्परावादियों से पांच फीसदी की दखलन्दाजी हो सकती है, तो भी सब मिलाकर सफलता के लिए पचास फीसदी मौके बच जाते हैं, जो कि विश्व की भलाई के समूचे इतिहास को बदलने के लिए काफी हैं।"

एक ब्रिटिश पत्रकार ताया जिनकिन ने इंगित किया कि भारत में भीतर-ही-भीतर साम्यवादी विचारधारा पनप रही थी जो कि कम्यूनिज्म को लड़ाका और पुराने चलन का मानती है। यह क्रान्ति वर्ग संघर्ष अथवा पीड़ितों के बिना हुई है। और इसका हथियार नीरस कानूनी अध्यादेश बने थे। नेहरू ने जन-जन को अपनी योजनाओं के बारे में बताया था और उन्हें इस बात की समझ दी कि वे आर्थिक व सामाजिक विकास में भागीदारी कर सकें। 1954 की सर्दियों में उन्होंने अपने धाराप्रवाह भाषणों के जरिये समाजवादी समाज के प्रति अपने नजरिये के बारे में लोगों को शिक्षित भी किया था। जनवरी 1955 में कांग्रेस पार्टी के अवाड़ी अधिवेशन में एक अध्यादेश पारित हुआ जो उनके लिए मील का पत्थर बना। इसमें उन्होंने राष्ट्र से समाजवाद आधारित समाज के निर्माण का वादा किया। जिसका सही अर्थ यह था कि सामाजिक स्वामित्व अथवा नियन्त्रण में उत्पादन हो। इससे नेहरू की बुद्धिमत्ता का सभी ने लोहा माना और कीनेशियन माइक्रो इकोनॉमिक्स, स्टालिनिस्ट लोक विनिवेश नीति तथा गांधीवाद के ग्रामीण विकास कार्यक्रम के बीच संयुक्त उपक्रम की शुरुआत हुई।

महालानोबिस मानते थे कि क्रान्ति की धुरी इस्पात है। विभिन्न देशों में इस्पात के उत्पादन का सीधा सम्बन्ध सम्भवतः राष्ट्रीय आय से ही लगाया जा सकता है। उनका तर्क था कि कलपुर्जों और इस्पात के अधिक उत्पादन के लिए अधिक-से-अधिक मशीनरी का इस्तेमाल किया जाना जरूरी है। इसके साथ-साथ उपभोक्ता वस्तुओं को बढ़ाने के लिए भी मशीनरी का उत्पादन आवश्यक है। उनका तर्क स्पष्ट है, मगर इसके लिए यह जरूरी था कि भारत में विदेशों से तकनीकी और विनिवेश भारी मात्रा में हो। उस समय भारत में दो मामूली स्टील प्लांट थे जो बामुश्किल साल-भर में दस लाख टन ही उत्पादन कर पाते थे। महालानोबिस ने निजी विदेशी विनिवेश को अपनी समाजवादी विचारधारा के कारण पूरी तरह से खारिज कर दिया। इसके अलावा भारतीय उद्यमियों के पास भी धन का अभाव था। उन्हें महसूस हुआ कि इस दिशा में कड़े नजरिये की बहुत जरूरत है। तब सरकार ने विदेशी सरकार से सम्पर्क साधा

जो विदेशी अनुदानों पर आधारित प्लांटों का निर्माण कर सकती है। पश्चिमी जर्मनी प्लांट के निर्माण के लिए ऋण देने को राजी हो गया। और प्रसिद्ध क्रुप्प टेक्रोलॉजी से उड़ीसा के राउरकेला इलाके में प्लांट का निर्माण हुआ। ब्रिटेन ने उपकरण बनाने के लिए पश्चिमी बंगाल में दुर्गापुर के प्लांट लगाने के लिए ऋण देने का प्रस्ताव किया। मध्यप्रदेश में भिलाई में प्लांट लगाने के लिए सोवियत संघ ने कदम आगे बढ़ाया। इन तीनों प्लांटों को मिलाकर तेइस लाख टन इस्पात का उत्पादन किया जा सका। और साठ के दशक के शुरुआती दौर में भारत को प्रतिवर्ष दो हजार लाख डॉलर की कीमत का दस लाख टन इस्पात आयात करना पड़ता था। भारत सरकार ने अमेरिका से बोकारो में चौथा प्लांट लगाने की बात की। राष्ट्रपति जान. एफ. कैनेडी भारत के मित्र थे। वे तत्काल इस परियोजना के लिए राजी हो गए। यह उस समय तक का सबसे बड़ा प्लांट था तथा इसकी लागत अनुमानतः एक अरब डॉलर के आसपास थी। इस प्लांट से चालीस लाख टन इस्पात का उत्पादन होता था। राष्ट्रपति की दोस्ती तथा राजदूत गैलब्रेथ के सहयोगी रवैये के बावजूद अमेरिकी कांग्रेस ने इस प्लांट को बन्द करवा दिया था। उस दिन लाखों भारतीयों सहित मैं भी अमेरिकी रवैये से बेहद क्षुब्ध हो गया था। तब भारत ने सोवियत संघ से इस प्लांट को वित्तीय सहायता देने की मांग की। और अन्त में रूस ने इसे स्थापित कर दिया।

1950 के दशक में महालानोबिस के वैकल्पिक नजरिये का प्रभाव था। इसका सम्बन्ध बम्बई के दो अर्थशास्त्रियों सी. एन. वकील और पी. आर. ब्रह्मानन्द से था। यह विकल्प न तो उतना आकर्षक था और न ही तकनीक पर आधारित था जितना कि महालानोबिस को माना जाता था। लेकिन वह भारत की अविकसित अर्थव्यवस्था के लिए काफी माफिक था। इसकी शुरुआत ही इस बात से होती थी कि भारत के पास लोगों की कोई कमी नहीं है परन्तु पूंजी का अभाव है। भारत के ग्रामीण इलाके बेरोजगारों की फौज से भरे पड़े हैं। लिहाजा ऐसा किया जाना जरूरी है कि लागत भी कम आए और ऐसे लोगों को उत्पादन कार्य में लगा भी दिया जाए। बम्बई के अर्थशास्त्रियों का सुझाव था कि रोजमर्रा की वस्तुओं के उत्पादन अथवा कपड़े, खिलौने, जूते, टॉफी, बिस्कुट, रेडियो और साइकिल आदि के उत्पादन में अधिक-से-अधिक श्रमिकों को खपाने की व्यवस्था की जाए। इस कम लागत और कम जोखिमवाले व्यवसाय ने उद्यमियों को भारी मात्रा में अपनी ओर आकर्षित किया। इससे उन्हें जल्दी ही परिणाम दिखने लगा और निवेश की वसूली भी तेजी से होने लगी। श्रमिक जो भी उत्पादन करते वह खपत तो होता ही साथ ही सस्ता भी मिलता जिससे वस्तुओं का उत्पादन करना सहज हो गया। इसे भत्तावस्तु इसलिए कहा गया क्योंकि वे जो भी उत्पादन करते, दिहाड़ी मजदूर उन्हीं वस्तुओं की

मांग बढ़ा दिया करते थे। यह बिल्कुल उसी तरह की बात हो गई थी जैसे हैनरी फोर्ड अपने कर्मचारियों को इतना पैसा दे देते थे, ताकि वे अपने लिए भारी पैमाने पर उत्पादित होनेवाली कार खरीद सकें और वे भी उन्हें सस्ती पड़ें। इतने बड़े राष्ट्र को नियन्त्रित करने, पूंजी बढ़ानेवाले स्टील प्लांटों का निर्माण करने और लोगों को रोजगार देने तथा दीर्घ अवधि तक बहुत कम वसूली होनेवाला यह नजरिया महालानोबिस का था जो कि बम्बई की रणनीति से एकदम विपरीत था। भत्तावस्तु की रणनीति ने अब कृषि, ग्रामीण मूलभूत ढांचे, उद्योग तथा साधारण उपभोक्ता वस्तुओं के क्षेत्र में भी निवेश को बढ़ावा दिया जो कि घरेलू और निर्यात दोनों ही बाजारों में समान रूप से लागू हुआ। इसका अर्थ यह हो गया कि पूंजी और भारी उद्योग की महत्त्वाकांक्षी परियोजनाओं को आगे के लिए टाल दिया जाए। हम मामूली शर्तों पर पूंजी-वस्तुओं का आयात करने लगे और साधारण उपभोक्ता वस्तुओं का निर्माण कर उसके निर्यात से विदेशी मुद्रा कमाने लगे। जापान एवं अन्य एशियाई देश भी इस तरह के उत्पादन में लग गए। नतीजा समृद्धि, निर्यात, रोजगार तथा अर्थव्यवस्था में जबरदस्त सुधार देखा गया।

बम्बई अल्फॉन्सीं प्रगोज, जहाजरानी के लिए आदर्श गहरे नैसर्गिक बन्दरगाहों और मशहूर शेयर बाजारों के लिए जाना जाता है। लेकिन इसकी पहचान कभी भी इसके अर्थशास्त्रियों के लिए नहीं हुई। अर्थशास्त्रियों की सबसे ज्यादा संख्या कलकत्ता में पनपी और जब भी वे किसी परेशानी में होते तो वे दिल्ली की राह देखते। इसमें कोई ताज्जुब की बात नहीं कि बम्बई के नजरिये को नजरअन्दाज किया जाता रहा। यह ठीक बम्बई के नागरिक की भांति यथार्थपरक और संजीदा था। यह इतिहास की सबसे बड़ी त्रासदी ही कही जाएगी कि किसी ने भी वकील और ब्रह्मानन्द की रणनीति को कोई अहमियत नहीं दी। खासकर सरकार ने कोई तवज्जो नहीं दी। सोवियत संघ की कामयाबी को लेकर भारतीय बुद्धिजीवी काफी भ्रम की स्थिति में थे। सोवियत की जरूरत बड़े-बड़े स्टील प्लांट थे, न कि छोटी-छोटी फैक्टरियां जहां कपड़े, जूते, खिलौने और साइकिल आदि बनते थे। ये वे वस्तुएं थीं जिन्हें आम लोग इस्तेमाल करते थे। उन दिनों भारत में जो भी कृषि क्षेत्र में भारी निवेश करता उस पर अमेरिकी एजेंट होने का ठप्पा लगा दिया जाता। जब अमेरिकी विदेशी अनुदान विशेषज्ञों ने अपनी यह सिफारिश दी कि वे इस्पात के बजाय कृषि क्षेत्र में निवेश करने के इच्छुक हैं तब भारतीयों को लगा कि यह भारत को पिछड़ा बनाने की कोई बड़ी साजिश है।

महालानोबिस ने अपनी रणनीति में दो बड़ी गलतियां कीं, जिसका पता बाद में चला। उन्होंने अनुमान लगाया था कि निर्यात को तेजी से बढ़ावा देने के कोई अवसर नहीं हैं। जल्दी ही हमें पता चल गया कि छोटे से हांगकांग ने अपने निर्यात

से भारत के मुकाबले कहीं ज्यादा कमाई शुरू कर दी थी। उन्होंने यह भी अनुमान लगाया कि स्पर्धा का कोई मतलब नहीं है लेकिन बाद में पता चला कि उत्पादकता में सुधार तो इसके बिना किया ही नहीं जा सकता। और उनकी कुछ अन्य गलतियों का नतीजा यह हुआ कि भारत अपने गतिशील प्रतिद्वन्द्वियों के मुकाबले काफी पीछे छूट गया और धीरे-धीरे उसकी छवि बिगड़ने लगी परन्तु भारत की लाइसेंसी व्यवस्था ने अर्थव्यवस्था में फैले कैंसर को काफी हद तक दूर करने में सफलता हासिल की।

दूसरी योजना में महालानोबिस ने तर्कपूर्ण विचार किया। 1956 में विखंडित औद्योगिक नीति अधिनियम को आगे बढ़ाया जिससे सार्वजनिक क्षेत्र की सत्रह औद्योगिक इकाइयों को आरक्षण मिला। आरक्षित उद्योगों में लौह और इस्पात, खनन, मशीनी उपकरण निर्माण और भारी विद्युत निजी प्रवेश के लिए दरवाजे खुले रखे गए थे। परन्तु हकीकत में ये दरवाजे पैंतीस सालों तक बन्द रहे और यह आरक्षण व्यवस्था 1991 में आर्थिक सुधारवाद तक आफत बनी रही। आरक्षण के पीछे तर्क यह था कि यह उद्योग मूल रणनीतिक महत्त्व के हैं और इसमें भारी पैमाने पर किया जानेवाला निवेश का अधिकार किसी देश को ही हासिल हो सकता है। हालांकि यह फिजूल का तर्क था। 1950 में उद्योगों के पास संसाधनों की कमी थी, मगर साठ के दशक तक आते-आते कइयों ने संसाधन जुटा लिए थे। उसी समय जी. डी. बिड़ला को स्टील प्लांट लगाने के लिए लाइसेंस देने से इनकार कर दिया गया था।

इसका अर्थ यह कतई नहीं लगाया जा सकता कि उद्योग निजी क्षेत्र में नहीं हो सकते। लेकिन यह उद्यमिता को हतोत्साहित करने के लिए काफी था, जो कि बाजार के विरुद्ध था। इसके ठीक विपरीत सुदूर पूर्व के सफल देशों में 1960 के दशक में ठीक विपरीत नीति अपनाई जा रही थी। उदाहरण के तौर पर कोरिया में सरकार ने उन निजी व्यापारियों को सस्ती दर पर ऋण उपलब्ध कराने का प्रस्ताव दिया था, जिनके पास रणनीतिक और मूल उद्योगों को स्थापित करने के लिए आवश्यक संसाधनों की कमी थी। 1960 से 1989 तक नया व्यापार शुरू करने अथवा पुराने को विस्तार देने सम्बन्धी टाटा ने एक सौ उन्नीस प्रस्ताव रखे थे। जिनका गन्तव्य नौकरशाही की रद्दी की टोकरी बना। बिड़ला घराने के युवा और उत्साही आदित्य बिड़ला ने एम. आई. टी. में प्रशिक्षण हासिल किया था और वह भारतीय नीति से कतई सहमत नहीं थे। लिहाजा उन्होंने भारत के बाहर बिड़ला प्रतिष्ठान को विस्तार देने का फैसला किया था। अपने घरेलू माहौल के बहुत दूर थाइलैंड, मलेशिया, इंडोनेशिया और फिलीपींस में अपनी कम्पनियों की स्थापना की।

अर्थव्यवस्था की स्थिति नियन्त्रण में होने के कारण सार्वजनिक क्षेत्र फायदे के बजाय नुकसानदेह अधिक साबित हुआ। जिसने हमेशा निजी क्षेत्र को पनपने से रोकने

का प्रयास किया। सबसे ज्यादा नुकसानदेह और बरबाद करनेवाली लाइसेंसी व्यवस्था रही। इसकी शुरुआत 1951 में औद्योगिक लाइसेंसिंग अधिनियम से हुई। इसके तहत किसी भी उद्यमी को नई इकाई खोलने, स्थापित करने अथवा उत्पादन बदलने के लिए लाइसेंस की जरूरत पड़ती थी। दरअसल लाइसेंसिंग का उद्देश्य था कि-(i) निवेश नियोजित तरीके से हो सके, (ii) एकाधिकार और जमाखोरी से बचा जा सके, (iii) उद्योगों के क्षेत्र में क्षेत्रीय सन्तुलन बनाकर रखा जाए, (iv) लघु इकाइयों में उत्पादन और देश के नए उद्यमियों के प्रवेश को प्रोत्साहन दिया जा सके (v) आवश्यक संख्या में ही संयन्त्र लगाए जाएं और आधुनिक तकनीक को बढ़ावा मिले। हालांकि इसके उद्देश्य बहुत अच्छे थे मगर नौकरशाही ने जिस तरीके से लाइसेंसी व्यवस्था को लागू किया, उसने उद्यमियों के लिए इसे दुःस्वप्न बना दिया। तकनीकी विकास महानिदेशालय में तीसरे दर्जे के इंजीनियरों की एक पूरी की पूरी फौज काम करती थी। वे दक्ष तो थे ही नहीं और उन्हें तनख्वाह भी कम मिलती थी। आधी-अधूरी सूचना, गैर-जिम्मेदाराना तौर-तरीकों और अदूरदर्शिता की वजह से ये लोग हजारों आवेदनों को यूं ही निरस्त कर देते थे। किसी भी आवेदन की गहरी छानबीन करने में महीनों लग जाते थे, तब जाकर यह प्रशासन मन्त्रालय के पास अनुमोदन के लिए भेजता था। उन्हीं आंकड़ों की मन्त्रालय में भी सूक्ष्मता से परख की जाती थी। जाहिर है, कुछ और महीने इसमें बरबाद हो जाते थे और तब ये आवेदन मन्त्रालय लाइसेंसी कमेटी के वरिष्ठ नौकरशाहों के पास पहुंचते थे। चूंकि उनके पास पहले से निर्धारित प्राथमिकताओं का अभाव होता था। लिहाजा ये लोग भी कामचलाऊ नजरिये से ही काम करते थे। एक बार लाइसेंसी कमेटी से हरी झंडी मिल जाने के बाद अन्त में आवेदन मन्त्रालय के पास अन्तिम संस्तुति के लिए भेजा जाता था। मन्त्रालय की संस्तुति मिलने के उपरान्त निवेशक को विदेशों से मशीनें आदि आयात करने के लिए एक बार फिर अनुमोदन की जरूरत पड़ती थी। यदि इसमें विदेशी सहयोग शामिल होता था तो इस पर अन्तर्मन्त्रालय विदेश सहमति समिति की इजाजत आवश्यक हो जाती थी। यदि राजकीय वित्तीय संघटन से वित्त की जरूरत पड़ती थी, तो फिर नए सिरे से आवेदनों की छानबीन की प्रक्रिया पूरी की जाती थी। नतीजतन, अच्छा-खासा वक्त गुजर जाता था। और परियोजना में जबरदस्त विलम्ब होता था। कभी-कभी तो सालों लग जाते थे। इसी लम्बी और उबाऊ प्रक्रिया को कम करने के लिए भ्रष्टाचार के पनपने का अवसर बन जाता था। फाइलों के दफ्तर से-दफ्तर तक घूमने की समूची प्रक्रिया पूरी होने तक कई दफा ऐसा होता था कि उद्यमी अपना मन ही बदल लेता था।

बड़े-बड़े औद्योगिक घरानों ने दिल्ली में एक तरह से समानान्तर नौकरशाही की व्यवस्था कर रखी थी, जो लाइसेंस हासिल करने के लिए और फाइलों को आगे बढ़ाने

के लिए रिश्वत आदि की व्यवस्था किया करता था। चूंकि यह सारी व्यवस्था 'पहले आओ-पहले पाओ' के आधार पर थी, लिहाजा बड़े घरानों ने एहसास किया कि समान उत्पाद के लिए बहुत पहले और काफी तादाद में आवेदन करने का लक्ष्य निर्धारित कर दिया, ताकि उनका काम कुछ ले-देकर जल्दी पूरा हो जाए। यद्यपि सफलतापूर्वक लाइसेंस आवेदक के लागू होने की मंशा के बिना भी वे इतने सक्षम थे कि अपना काम आसानी से कर सकें। यदि उद्यमी अपने उद्यम को सफलतापूर्वक शुरू कर लेता था तथा उपक्रम को सफल बना लेता था, तो भी वह फिर परेशानियों से घिर जाता था। लाइसेंस द्वारा निर्धारित क्षमता से अधिक उत्पादन करने के नियम के तहत कड़े दंड का प्रावधान था। गैर साम्यवादी देशों में हम इकलौते ऐसे हैं जहां लोगों की जरूरत के हिसाब से वस्तुओं का उत्पादन करना भी कानूनन जुर्म है।

दुर्भाग्यवश इस व्यवस्था ने किसी सामाजिक उद्देश्य की उपलब्धि के बिना स्पर्धा, उद्यमिता और विकास को बुरी तरह से नष्ट कर दिया था। इससे एकछत्र राज्य, गैर–फायदेमन्द प्लांटों में दूसरे दर्जे की तकनीक को अपनाए जाने और गैर-स्पर्धात्मक क्षेत्र से दूर रहने की फितरत पनपने लगी। आवेदनों को मंजूरी मिलने में होनेवाली देरी से मेहनती, दक्ष और ईमानदार लोगों को इस क्षेत्र में आने के लिए हतोत्साहित किया, इससे हुआ यह कि गैर-दक्ष निर्माताओं के पौ बारह हो गए और वे समूची व्यवस्था में जोड़-तोड़ कर फायदा उठाने लगे। तकनीकी को अपनाने एवं कारखानों का स्थान तथा आकार जैसे पूर्णतः उद्यमियों के फैसले भी कभी-कभी स्वयं उद्यमी नहीं ले पाते थे बल्कि इसके बारे में भी नौकरशाह ही फैसला करते थे जिन्हें व्यापार का क, ख, ग भी नहीं आता था। जाहिर है कि लाइसेंस व्यवस्था ने भला करने के बजाय बिगाड़ ही दिया है। इसका बुरा प्रभाव यह पड़ा कि लागत बढ़ी, देरी हुई, माहौल बिगड़ा और भ्रष्टाचार पनपा जबकि हासिल कुछ भी नहीं हुआ। लिहाजा हमने औद्योगिक क्रान्ति की तमाम सम्भावनाओं को पैदा होने से पहले ही समाप्त कर दिया।

किसी भी प्रतिष्ठान पर निगरानी का तमाम नियन्त्रण नौकरशाही ने अपने हाथ में ले रखा था। जाने-माने अर्थशास्त्री आई. जी. पटेल काफी वरिष्ठ स्थिति में सरकार से जुड़े रह चुके हैं। उन्होंने इस बात को स्वीकार किया कि नौकरशाहों और अर्थशास्त्रियों के बहकावे में आकर ही नेहरू ने इस सारी व्यवस्था पर नियन्त्रण रखना स्वीकार किया। ऐसा इसलिए हुआ क्योंकि नौकरशाह और अर्थशास्त्री उसी तरह के स्कूलों में पढ़े थे तथा वैसी ही अंग्रेजी बोलते थे जैसी नेहरू बोलते थे, लिहाजा उनके बीच ताल्लुकात गहरे होते चले गए और उन्हें विशेष दर्जा मिलता चला गया। उस समय जब नेहरू आर्थिक विषयों पर फैसला कर रहे होते थे, प्रायः वे शीर्ष नौकरशाहों के

विशेष वर्ग से घिरे रहते थे। उस समय रिजर्व बैंक में रामाराव और एच. वी. सी. रंगाचारी हुआ करते थे। नेहरू ही की तरह वे सभी साफ छवि के भले लोग थे।

प्रधानमन्त्री के चचेरे भाई बी. के. नेहरू ने भी उस समय आर्थिक मामलों के फैसलों में काफी महत्त्वपूर्ण भूमिका निभाई थी। उन्होंने भी अपनी आत्मकथा में स्वीकार किया कि निजी हितों के कारण ही उस समय इस बात को अनदेखा कर दिया गया कि देश की मांग है कि औद्योगिक क्षेत्र में विकास हो और इसके लिए व्यवस्था की ओर से ऐसे इन्तजाम होने चाहिए ताकि इस बात की गारंटी मिल सके कि उद्योगों को कोई दिक्कत नहीं होगी। उन्होंने स्वीकार किया कि उस समय सरकार में शायद ही कोई ऐसा था जो जानता हो कि उद्योग आखिर चलाया कैसे जाता है। प्रधानमन्त्री नेहरू यही चाहते थे कि अर्थव्यवस्था का नियन्त्रण वास्तव में सार्वजनकि क्षेत्रों के हाथों में होना चाहिए। इससे भी आगे बढ़कर प्रधानमन्त्री ने निजी उद्यमों को चलाने के लिए नौकरशाही पर समूचा खाका तैयार करने की जिम्मेदारी छोड़ दी थी। हालांकि यह बात उस समय भी सभी के दिलों में घर कर चुकी थी कि व्यापार ईमानदारी से नहीं किया जा सकता। व्यापार में ईमानदारी का मतलब मुनाफे से हाथ धोना। लिहाजा निजी व्यवसाय पूरी तरह से सरकारी नियन्त्रण में ही होना चाहिए।

टी. टी. कृष्णमाचारी एकमात्र ऐसे ताकतवर व्यक्ति थे जो उस समय की पनप रही अव्यवस्था को रोक सकते थे क्योंकि प्रधानमन्त्री को उन पर सबसे अधिक भरोसा था। 1952-56 तक वह कैबिनेट मन्त्री थे। और वाणिज्य तथा उद्योग मन्त्रालय उनके अधीन थे। जबकि 1955-56 में लौह और इस्पात तथा उसके बाद 1956-58 तब और फिर 1963-65 तक वित्तमन्त्री रहे। वह विशुद्ध व्यापारी थे, लिहाजा वह समझते थे कि अर्थव्यवस्था कैसे काम कर सकती है। वह न तो महालानोबिस से डरते थे, न ही उनकी विचारधारा से। वह कैबिनेट के काबिल सदस्यों में एक थे तथा काम छोड़ने के लिए हमेशा उतावले हो जाते थे। उन्हें इस बात की कोई चिन्ता नहीं थी कि निवेश सार्वजनिक है या निजी। उनकी नजर में दोनों ही अच्छे थे। वे लगातार निजी उद्योपतियों से मिलते रहे और उन्हें निवेश करने के लिए प्रोत्साहित करते रहे। टिस्को स्टील संयन्त्र को स्थापित करने में उन्होंने टाटा की मदद की थी। इसके अलावा ट्रक बनाने की टेल्को की परियोजना को मूर्तरूप प्रदान करने में उन्होंने महत्त्वपूर्ण भूमिका निभाई। निजी क्षेत्रों को आर्थिक मदद करने तथा आसान शर्तों पर ऋण उपलब्ध कराने के लिए कई प्रमुख वित्तीय सस्थानों आई. डी. बी. आई. (IDBI), आई. एफ. सी. आई. (IFCI), आई. सी. आई. सी. आई. (ICICI) को स्थापित करने में प्रमुख भूमिका निभाई। सार्वजनिक क्षेत्र के तीन स्टील संयन्त्रों को तेजी से आगे बढ़ाने में उनकी भूमिका अग्रणी थी। 'चलो

गांव की ओर' का नारा लगानेवाले गांधीवादियों से वह बहुत चिढ़ते थे। समाजवाद के कट्टर विरोधी थे। वह अक्सर कहा करते थे कि राजकीय उपक्रमों का सबसे बड़ा प्रभाव यह है कि ये खाई में गिरने के लिए ही बने हैं।

टी. टी. सार्वजनिक क्षेत्र के उपक्रमों के संगठनात्मक व्यवस्था को लेकर हमेशा चिन्तित रहते थे।

'हिन्दुस्तान स्टील लिमिटेड सार्वजनिक क्षेत्र का ऐसा उपक्रम था जिसका अधिग्रहण मैंने किया था। इसको लेकर मैं काफी चिन्तित भी रहा। मुझे कहने में खेद है कि यदि इसकी छानबीन सार्वजनिक कर दी जाती तो सार्वजनिक क्षेत्र के निर्माण पर हमेशा के लिए विराम लग जाता।' इस निडर वक्तव्य के बावजूद आखिर में टी. टी. एक दृढ़संकल्पित राजनीतिज्ञ के रूप में उभरे। उनकी सारी ताकत इस बात पर निर्भर थी कि नेहरू उन पर कितना भरोसा करते हैं जबकि उनके बारे में नेहरू का आत्मविश्वास इस बात पर आधारित था कि टी. टी. प्रधानमन्त्री की समाजवादी नीतियों को कितनी गर्मजोशी से समर्थन देते हैं। क्योंकि राजनीतिक तौर पर यह सही था। टी. टी. ने संसद में महालानोबिस की दूसरी योजना को पूरी तरह से समर्थन दिया। उन्होंने बीमा क्षेत्र का राष्ट्रीयकरण किया। 1956 के औद्योगिक नीति अध्यादेश के रचयिता भी वही थे। जिसने उद्योगों को सुरक्षित अवस्था में पहुंचा दिया था। इसके अलावा 1957-58 का मशहूर बजट भी उन्होंने पेश किया था जिसमें उन्होंने कालडोर सम्पत्ति कर, व्यय कर, उपहार कर, पूंजी कर, और सबसे अधिक 87.5 आयकर दर निर्धारित की थी जिससे उन्होंने स्टॉक मार्किट को लगभग समाप्त ही कर दिया था।

कैसे एक चमकदार और काबिल व्यापारी ने भारत में निजी उद्योगों के भविष्य को नेस्तनाबूत कर दिया था, यह इस बात का सबूत है कि टी. टी. की ताकत किस हद तक थी। नियन्त्रण पर प्रतिबन्ध के बावजूद वह इसे लगातार आगे बढ़ाते रहे क्योंकि वह ऐसा समझते थे कि नेहरू के साथ-साथ उन्हें भी इससे लोकप्रियता हासिल होती रहेगी। व्यापारी वर्ग बुरी तरह असमंजस की स्थिति में था। हालांकि उसे ही इस बात का सबसे पहले विरोध करना चाहिए था। आजादी के वर्षों बाद भी लोग महंगाई की मार से त्रस्त थे, क्योंकि युद्ध समाप्ति तथा देश का बंटवारा होने के बाद लोग इधर-से-उधर हो गए थे। अनाजों की कीमत बढ़ने लगी थी। जाहिर है कि मध्यवर्ग इसके लिए अपने पड़ोसी व्यापारी को दोषी ठहराने लगा था। और उसे मुनाफाखोर तथा कालाबाजारी की संज्ञा देने लगा था। ऐसे में व्यापारी वर्ग रक्षात्मक हो गए थे।

हालांकि अन्तर्राष्ट्रीय विशेषज्ञों ने कोई भी शिकायत नहीं की थी। 1950 और 1960 के दशकों के दौरान दुनिया के जाने-माने अर्थशास्त्रियों का एक दल भारत

आया जिनमें रोज़ेन स्टीन रोडेन, आरनॉल्ड हारबर्गर, जान टिम्बर्जन, रैगनर फ्रिस्क, इयान लिटल, रिचर्ड एकूस, मैक्स मिलिकन, निकोलस काल्डोर, रिचर्ड गुडविन, ऑस्कर लैंज, ब्रयान रैडवे, एलन मैन, जेम्स मिरलीज़ शामिल थे। इनमें से ज्यादातर ने नेहरू के समाजवाद के सामाजिक न्याय को लोकतन्त्र की स्वतन्त्रता के साथ जोड़ने के कड़े प्रयोग को सराहा था। 1960 की शुरुआत में स्वतन्त्र पार्टी ने आखिरकार सबसे पहले नियन्त्रण के खिलाफ आवाज उठाई। इसका नेतृत्व जानी-मानी हस्ती सी. आर. राजगोपालाचार्य ने किया था। पार्टी का कहना था कि भारत में उद्यम पूरी तरह आजाद हों। उन्होंने नेहरू के समाजवाद को लाइसेंस राज का नाम दिया। मगर यह पार्टी ज्यादा दिनों तक टिक नहीं सकी, क्योंकि भारतीय व्यापारियों ने लाइसेंस परमिट जैसे अपने निजी हितों के लिए इसका दुरुपयोग करना शुरू कर दिया था। भारतीय व्यापारियों में से कोई भी नहीं चाहता था कि प्रतिस्पर्धा हो। वे सभी विदेशी आयात एवं विदेशी पूंजी से सरंक्षण पाने के लिए लालायित रहते थे। हालांकि उन्हें यह बात अच्छी तरह से मालूम थी कि ब्रिटेन की तोड़-फोड़ राजनीति ने ही भारत के औद्योगिकीकरण को बरबाद किया है और ऐसे में वे चाहते थे कि राजकीय दखल बना रहे। स्वतन्त्र पार्टी इसलिए भी अप्रभावी रही क्योंकि भारत में स्वतन्त्र और प्रतिस्पर्धात्मक बाजार के लिए समर्थन करनेवाले बुद्धिजीवियों की संख्या बहुत कम थी। समाज में सामन्ती प्रथा का बोलबाला था तथा पीढ़ी आर्थिक ठहराव में जकड़ी हुई थी। ऐसे में किसी सकारात्मक परिणाम के बारे में सोचना मुश्किल था। हर आदमी केवल इतना ही सोचा करता था कि उसकी सफलता का सीधा अर्थ है, दूसरे की विफलता और हम दूसरे को लेकर ही अपनी जमीन का विस्तार कर सकते हैं। सरकार माई-बाप है जो हमें हमारे विरोधी भाई से बचा सकती है। समाज में यह पागलपन सरकारी नियन्त्रण लाइसेंस राज की वास्तविक परिणति थी। जब 1950 के दशक में सबकुछ भारत के लिए ही था, तो फिर गड़बड़ी कहां हुई ? विज्ञान ने कहां हमें शर्मिन्दा किया? विकास कार्यों में लगे विशेषज्ञ क्यों विफल हो गए? यद्यपि विज्ञान का चमत्कार चारों ओर फैला हुआ था और अन्तर्राष्ट्रीय अर्थशास्त्रियों ने लम्बी-चौड़ी घोषणाएं कर रखी थीं। हमने नेहरू की मिश्रित अर्थव्यस्था को अपनाया क्योंकि हम मानते थे कि पूंजीवाद और साम्यवाद दोनों के लिए ही यह बेहतर है। मिश्रित अर्थव्यवस्था में नेहरू ने समाजवाद और पूंजीवाद व दोनों का घाल-मेल कर रखा था। जिसके तहत औद्योगिकीकरण के लिए शासन महत्त्वपूर्ण भूमिका निभाएगा। मिश्रित अर्थव्यवस्था को प्रभावशाली न पाकर हमने खुद को बहलाने के लिए यह धारणा बना ली कि यह कम-से-कम पूंजीवाद से तो बेहतर है, क्योंकि इसमें गरीबों की देखभाल तो होती है। यह साम्यवाद से बेहतर है,

क्योंकि इसमें लोकतान्त्रिक स्वतन्त्रता को संरक्षण मिलता है। वास्तव में इससे गलत परम्परा का चलन हो गया था।

समाजवाद और पूंजीवाद के अवगुणों के मिलने से ही मिश्रित अर्थव्यवस्था की समाप्ति हुई। समाजवाद के नियन्त्रण ने पूंजीवाद के एकछत्र राज और गुटबाजी को बढ़ावा दिया। जाहिर है कि हमने दोनों का सबसे खराब स्वरूप देखा है। पूंजीवाद की दानवीय प्रवृत्ति तथा नियन्त्रण की नएपन की ऊर्जा को दबाने की ताकत वास्तव में विकास को समाप्त कर देती है। मिश्रित अर्थव्यवस्था कभी भी सामाजिक न्याय और कल्याण नहीं कर सकती। कम-से-कम साम्यवादी देशों में तो यही हुआ। हालांकि अच्छी शिक्षा और स्वास्थ्य लोगों को मिल सकता है, इसके बावजूद यह सब्सिडी तो देता है जो आमतौर पर अच्छी बात नहीं कही जा सकती।

शिक्षित अर्थव्यवस्था की परेशानी विश्वास की नहीं बल्कि प्रदर्शन की थी। यह नेहरू का दूरदर्शितापूर्ण बढ़िया नजरिया था जिसे शासन द्वारा बर्बाद कर दिया गया। बाद में भारतीयों ने तकलीफदेह अनुभवों से यह सबक लिया कि जरूरी नहीं शासन लोगों की खातिर काम करे। इसमें राजनेता, नौकरशाह और ऐसे लोग भी शामिल हैं जो सीधे तौर पर इनका समर्थन करते हैं। राजकीय कर्मचारी बेमतलब के हितों की बदौलत धीरे-धीरे ताकतवर बनते चले गए और उनकी जवाबदेही किसी के प्रति नहीं थी तथा वे प्रायः यह मानते थे कि वे काम करने के लिए नहीं बने हैं।

हमारे समाजवाद में कम-से-कम पांच महत्त्वपूर्ण कमियां थीं। हमने अपने आपको देखने की व्यवस्था अपनाई। निर्यात को बढ़ावा देनेवाले रास्तों जैसे बाहर की ओर देखने की व्यवस्था के बजाय हमने आयात के वैकल्पिक पात्र का रास्ता अपनाया, लिहाजा हम विश्व-व्यापार में भगीदारी नहीं कर सके और युद्ध के बादवाले युग में समृद्धि के कारोबार को नहीं अपना सके। हमने भारी-भरकम, अक्षम और एकछत्र राजवाले सार्वजनिक क्षेत्र की स्थापना कर दी, जिससे हम काम की संस्कृति को बढ़ावा नहीं दे सके। दुनिया में सबसे ख़राब तरीके से हमने अपने निजी उद्यमों पर नियन्त्रण किया, जिससे घरेलू बाजार में स्पर्धा का माहौल ही नहीं बन पाया। हमने विदेशी पूंजी को भी हतोत्साहित किया, साथ ही तकनीकी का लाभ उठाने से भी चूके। नतीजा यह हुआ कि विश्वस्तर की प्रतिस्पर्धा से हम बाहर हो गए। हम श्रमिकों को संगठित करने में भी विफल रहे जिससे उत्पादकता का स्तर बहुत कम हो गया।

आखिरकार हमें बाजार की क्षमता के मुताबिक अपने संसाधनों का ईमानदारी से बंटवारा करने के लिए भारी कीमत अदा करनी पड़ी। मुनाफे से हम अर्थव्यवस्था की क्षमता पर भरोसा नहीं कर सकते थे। न ही हम यह सोच सकते थे कि भारतीय

उद्यमियों में ऐसी इच्छाशक्ति अथवा संसाधन हैं जो देश को तेजी से ऊपर ले जाने में जरूरतमन्द निवेश करने में सक्षम हैं। हम यही मानकर चलते थे कि इस काम को केवल शासन ही कर सकता है। हम इसी भ्रम में थे कि सोवियत अर्थव्यवस्था चमत्कार है, लिहाजा हम भारी उद्योग की ओर खिंचते चले गए तथा कृषि और हलके उपभोक्ता उद्योग के खिलाफ हो गए। हम यह मान चुके थे कि भारत निर्यात कर ही नहीं सकता। और इसका असर यह हुआ कि हमारे पास विदेशी मुद्रा की कमी बनी रही, इसलिए हम वैकल्पिक आयातित उत्पाद पर निर्भर होते चले गए। खासकर प्रमुख वस्तुओं में। बाद में पता चला कि हम कितना गलत सोच रहे थे।

हमारी विफलता विचारधारा और प्रबन्धन दोनों ही क्षेत्रों में रही। कई लोगों का मानना था कि यदि नेहरू के बजाय सरदार पटेल पहले प्रधानमन्त्री होते, तो हमारा भविष्य अलग ही होता। पटेल न केवल कम आदर्शवादी थे बल्कि वह बेहतरीन प्रबन्धक थे।

हमें यह नहीं भूलना चाहिए कि 1950 के दशक में समाजवाद की बात आदर्श के तौर पर हर एक गम्भीर व्यक्ति को आकर्षित करती थी। देश दो सौ सालों बाद दासता से मुक्त हुआ था और चारों ओर धनवान लोगों की संख्या बहुत कम थी। ऐसे लोग ज्यादातर उच्चवर्ग से थे। लिहाजा ताकतवर पर उनका एकछत्र राज था और शिक्षा, स्वास्थ्य तथा अन्य मूलभूत सुविधाओं पर उन्हें प्राथमिकता हासिल थी। शेष जनसंख्या के पास सर्द आहों के सिवा कुछ नहीं था। जाहिर है कि आम भारतीय आजाद भारत से यह उम्मीद करने लगा कि इन स्थितियों में परिवर्तन होना चाहिए और आम लोगों को सहूलियतें मिलनी चाहिए। हमें यह नहीं भूलना चाहिए कि नेहरू भी उस युग में समाज के विशेष वर्ग से ताल्लुक रखते थे। समय की मांग के हिसाब से समाजवाद सबसे सही उत्तर था। उस दौर में जिन नेताओं ने दशकों तक स्वतन्त्रता संग्राम में हिस्सा लिया था, वे अब सत्ता में थे और उन्हें भी जल्दी थी। वे बाजार को बढ़ानेवाली रणनीति से मिलनेवाले फायदे तक इन्तजार नहीं कर सकते थे, इसीलिए समाजवाद बहुत कमजोर बनकर उभरा।

भाग दो

गुम पीढ़ी
(1966-91)

जब राजा दूर होता है तो जनता खुश रहती है।

—चीनी कहावत

अध्याय आठ

बाजार शक्ति

किसी वस्तु के प्रति किसी की इच्छा को अपने मनमाने ढंग से उपलब्ध कराके फायदा उठाने को 'वाणिज्य' कहते हैं।

—एडमंड एंड जूल द गोंकर्ट

आठ साल अमेरिका में रहने के बाद जब मैं अगस्त की एक शाम बम्बई आ पहुंचा तो गलियों और शहर की हवा में बरसात का गीलापन था। लेकिन सड़कें साफ धुली हुई थीं। ऊबड़-खाबड़ और कीचड़ भरे रास्ते से काली-पीली टैक्सी ने जब मुझे ठिकाने पर पहुंचाया तो सड़कों व गलियों में बत्तियां जलने से जगमगाहट हो रही थी। कमरे की खड़की के नीचे कठोर चट्टानों से पन्द्रह फीट तक उभरती अरब सागर की लहरें टकरा रही थीं, खिड़की-दरवाजों के पल्लों के बीच से जोर से गुजरती हवा के झोंके बार-बार अपनी मौजूदगी का एहसास करा रहे थे। जो तरह-तरह की आवाजें कर रहे थे। सागर के बीच में से मानों अनुशासित सेना के एक लय में आगे बढ़ने की तरह वर्षा का वेग बढ़ता देख अद्भुत आश्चर्य हो रहा था। दूसरे दिन सुबह मैं 'विक्स' के दफ्तर अपनी ड्यूटी के लिए पहुंचा तो पाया कि फोर्ट एरिया के क्वींस मैंशंस की तीसरी मंजिल पर एक छोटा-सा किराये का मकान था, जिसमें लगभग बारह व्यक्ति कार्यरत थे। कम्पनी के न्यूयार्क स्थित मैनहट्टन नगर में जहां से तीन महीने के प्रशिक्षण के बाद मुझे भेजा गया था, उसके मुकाबले यह कार्यालय वास्तव में छोटा और बौना प्रतीत होता था।

हार्वर्ड से स्नातक की उपाधि लेने के बाद मैं दुविधा में था। मुझे घर की बहुत याद आती थी। यद्यपि मेरे पास कई छात्रवृत्तियां थीं, जिनसे मैं दर्शनशास्त्र में स्नातकोत्तर

कर सकता था। परन्तु पंडिताऊ बनने की ओर मेरा झुकाव कभी नहीं रहा। तब मुझे मालूम नहीं था कि मैं और क्या करूं? मैं खाली हाथ घर लौटना नहीं चाहता था। मेरे माता-पिता शायद यह बात कभी नहीं समझते। बस इसी उधेड़बुन में मैंने दर्जनों ऐसी अमेरिकन कम्पनियों को लिखा, जिनकी शाखा भारत में हो। ऐसा नहीं था कि मैं व्यापार में अपना भविष्य चाहता था। बल्कि मेरे लिए यह शैक्षणिक जीवन से हटकर कुछ नया करना था। जवाब सिर्फ एक कम्पनी की ओर से आया। वह कम्पनी 'विक्स' की थी जो वेपोरब और कई अन्य दवाइयां बनाती है। न्यूयार्क में कई साक्षात्कार देने के बाद विक्स के भारतीय शाखा के मुख्य प्रबन्धक सरीन बन्ता, जो बम्बई से यहां आए थे, ने मुझे नौकरी दी। उन्होंने बताया कि कम्पनी भारत में नई है और कम्पनी में पांव जमाने का यह मेरे लिए अच्छा अवसर था। और इस तरह मैं बम्बई पहुंचा।

मुझे एक मेज-कुर्सी दी गई। मेरे साथ के कमरे में मार्केटिंग के और दो लोग थे। 750 रुपये प्रतिमाह की तनख्वाह पर मुझे ट्रेनी के पद पर रखा गया। मेरा बॉस अहमदाबाद का हंसमुख गुजराती था। जो कम्पनी का विज्ञापन प्रबन्धक था। ग्यारह बजे मेरे लिए ट्रे में चाय लाई गई, जिससे यह साबित हो चुका था कि मेरा ओहदा 'अफसर' का है। क्लर्कों और सचिवों को पहले से बनी चाय मिलती थी। मेरा काम यह जानना था कि भारतीय बाजार में विक्स का खांसी-जुकाम की दवाओं के लिए कैसे स्थान बनाया जाए। काम के पहले दिन ही मैं दोपहर तक मुसीबत में फंस चुका था। करीब साढ़े ग्यारह बजे मुझे सेल्स मैनेजर की तरफ से बुलावा आया। उसने मुझे कम्पनी के बिक्री और वितरण के ढांचे के बारे में बताया। चूंकि मुझे इससे पहले व्यापार के बारे में कोई जानकारी नहीं थी, इसलिए मैंने बुनियादी पद्धति से जुड़े कई छोटे-बड़े सवाल किए। मैं यह जानना चाहता था कि काम उस तरह से क्यों होता है, जैसा वह था। उसने सोचा कि मैं अपनी सीमा लांघ रहा हूं। किसी ने भी मूलभूत प्रणाली से सम्बन्धित प्रश्न नहीं किए थे। अपने बचाव में मैंने कहा कि मैं प्रश्नों के जरिये सीखना चाहता था। यह सुनकर वह नाराज हो गया और उसने बन्ता से मेरी शिकायत कर दी। उसने कहा कि मुझे रखकर कम्पनी ने गलत निर्णय लिया है।

"क्यों?" बन्ता ने पूछा।

"वह कुछ ज्यादा ही सवाल करता है। वह यहां नहीं टिक पाएगा। बेहतर होगा कि उसे जाने दिया जाए।" सेल्स मैनेजर ने कहा।

बन्ता ने कहा कि "वह विज्ञापन प्रबन्धक को मुझसे बात करने के लिए कहेगा।"

"वह जितना चाहे बात करे। लेकिन मैं आदमी को देखकर उसकी पहचान कर सकता हूं। वह यहां नहीं चल पाएगा।"

उस दिन दोपहर को विज्ञापन प्रबन्धक ने मुझे अपने कमरे में बुलाया। वह कभी ऊपर लगी बत्ती को देखता तो कभी अपनी लोहे की टेबल को। थोड़ी देर के लिए चुप्पी छाई रही। आखिरकार वह गला साफ कर सन्तुलित भाव से बोलने लगा। उन्हें मुख्य मुद्दे पर पहुंचने में थोड़ा समय लगा। उन्होंने मुझसे पूछा कि सेल्स मैनेजर के साथ मेरी मीटिंग में क्या गड़बड़ हुई। मैंने कहा, "कुछ नहीं।"

"ठीक है, वह तुम्हें निकालना चाहते हैं।"

मैं यह सुनकर स्तब्ध रह गया। समस्या शायद मेरा बर्ताव था। "उनका मानना है कि तुम बहुत सवाल करते हो।"

"क्या सवाल करना गलत है?"

"हां, अगर उसमें सम्मान की कमी दिखाई दे ! अब तुम विश्वविद्यालय में नहीं हो। सबसे पहले, तुम्हें सीखना होगा कि काम कैसे किया जाता है। उसके बाद सवाल पूछने के लिए बहुत समय मिलेगा। हम तुम्हें एक मौका और देते हैं। लेकिन याद रहे, अगली बार मैं तुम्हें बचा नहीं पाऊंगा।"

मैं टूट चुका था। जब मैं वापस हॉल में गया तो ऐसा महसूस हुआ, जैसे सभी क्लर्क मुझे घूर रहे हों। ऐसा लगा कि जैसे सब जानते हों कि मैं मुसीबत में हूं। अपनी सीट पर बैठने के बजाय मैं गली में निकल पड़ा। वहां से मैं उद्देश्यहीन-सा बन्दरगाह को देखता रहा। मैंने सोचा, क्या दुनिया इतनी अनोखी है, जहां आप सवाल भी नहीं पूछ सकते। मैंने कठिन और हर कदम पर मुश्किलों से भरे शहर की ओर देखा। मैं कई गोदामों को पार करता हुआ जल्द ही समुद्र-तट पर पहुंच गया। जहां दर्जनों व्यापारी जहाज खाली होने के इन्तजार में खड़े थे। उस दिन आसमान साफ था और भारत का यह महाद्वीप दूर-दूर तक साफ नजर आ रहा था। लेकिन पूरा दृश्य जैसे मेरे रंगा हुआ था। जैसे-जैसे दिन बीतते गए, हालात सुधरने लगे। बन्ता और विज्ञापन प्रबन्धक अब समझ गए थे कि मेरी समस्या यह थी कि मैं कुछ ज्यादा ही जिज्ञासु' था। फिर भी सेल्स मैनेजर मेरा विरोधी ही रहा और मैंने भी उसे नजरअन्दाज करने की कोशिश की। यह आसान नहीं था, क्योंकि वह दिन में तीन बार हमारे कमरे में आता। हम तीनों से यह उम्मीद भी की जाती थी कि उसके कमरे में प्रवेश करते ही हम आदर से खड़े हो जाएं और तभी बोलें; जब बोलने को कहा जाए। यह उसके अहम् का पोषण करता था। किन्तु मेरा सोचना था कि यह काम करने का गलत तरीका है, खासतौर पर जबकि वह घंटों हमें भाषण देने में बिताता। इससे वह अपने साथ-साथ हमारा भी समय बरबाद करता।

बम्बई में मुझे मेरे भतीजे ने रात्रि भोजन पर आने का न्यौता दिया। वह एक बड़ी अंग्रेजी कम्पनी में काम करता था। जिनकी बहुत-सी फैक्टरियां थीं। हजारों कर्मचारी

थे और साथ ही बहुमंजिला संगमरमर से सजा दफ्तर था। उसने मुझसे मेरे काम, मेरी कम्पनी, मेरे पद आदि से जुड़े कई सवाल किए। उसे सुनने के बाद मैं अपने दफ्तर और अपने काम के विषय में बात करने में बहुत छोटा और शर्म महसूस कर रहा था।

"तुम्हारे पास कितनी फैक्टरियां हैं?" वह जानना चाहता था।

"कोई नहीं।" मैंने कहा।

"तुम्हारे पास कितने सेल्समैन हैं?"

"एक भी नहीं।"

"कितने कर्मचारी हैं?"

"बारह।"

"तुम्हारा दफ्तर कितना बड़ा है?"

"बस तुम्हारे घर से थोड़ा छोटा है।" मैंने ईमानदारी से जवाब दिया।

कई वर्षों बाद मुझे एहसास हुआ कि जिस बात पर मुझे उस दिन शर्मिन्दा होना पड़ा, वही मेरी कम्पनी की ताकत बनी। हमारे सभी बारह कर्मचारियों को विक्स ब्रांड बनाने में पूरा ध्यान लगाने को कहा गया, जिससे फैक्टरी के अन्य विभागों, मुख्यालयों के कर्मचारी, बिक्री विभाग के कर्मचारी, औद्योगिक सम्पर्क तथा दर्जनों अन्य विभागों के कर्मचारी शामिल थे। एक अंग्रेजी दवा निर्माता बूट्स ने हमारे उत्पाद का निर्माण एक अनुबन्ध के तहत शुरू किया। वितरक मूलर और फिप्स ने देश-भर में अपने सौ से अधिक सेल्समैनों के साथ वितरण के लिए कॉन्ट्रैक्ट किया। हमारे बाहरी ऑडिटर ने किसी को हमारे हिसाब-किताब के लिए रखा और हमारे वकील सभी सरकारी कार्यों का ध्यान रखते। हम सभी मंझे हुए और दक्ष थे और व्यापार को बनाने में लगे हुए थे। साथ ही केमिस्ट और उपभोक्ताओं के बीच भी खुद को सच्चा साबित करने में लगे रहते। इसमें हम फायदे में ही रहे। उस रात मेरे भतीजे की सारी बातें दफ्तर की राजनीति के ईद-गिर्द घूमती रही थीं और उसकी सलाह नौकरशाही से कैसे लड़ा जाए, इस बात पर थी।

मुझे यही स्पष्ट नहीं हुआ कि उसकी कम्पनी कैसे निर्णय लेती है, लेकिन वह वाकई चतुर था। मैंने पाया कि एक बड़ी संस्था के लिए काम करते हुए जहां एक ओर वह गर्व महसूस करता था, वहीं कम्पनी की नौकरशाही अन्दाज के लिए उसके मन में सम्मान भी था। आज मुझे यह बात समझ में आती है कि उपभोक्ता में सामान खरीदने के लिए विश्वास पैदा करना ही आखिरकार व्यापार को सफल बनाता है। तभी एक कम्पनी अपना सारा समय और शक्ति उन तरीकों को बढ़ाने में लगाती है जिनसे उपभोक्ता सन्तुष्ट हो। उसे अपनी सेवाओं को उतना ही बढ़ाना होता है जितना थोक विक्रेता ले सकते हैं। कम्पनी के सभी कर्मचारी उत्पाद को बढ़ाने और

समृद्ध बनाने के साथ-साथ ग्राहकों को बनाने, सुरक्षित रखने और सन्तुष्ट करने की जिम्मेदारी उठाते हैं।

योग में एक धारणा है–एकाग्रता (ध्यान)। हम सभी बारह लोगों का उन दिनों एकमात्र उद्देश्य था–विक्स को भारत के घर-घर में पहुंचाना। जब कभी मैं अपनी नौकरी के शुरुआती दिनों की ओर देखता हूं, मैं वाकई किसी की सफलता के मर्म में एकाग्रता की कीमत का अर्थ समझ पाता हूं। उपभोक्ता उत्पादन कम्पनी में एकाग्रता से तात्पर्य है कि उत्पादन में विकास और विपणन ही कम्पनी की जरूरत है, शेष सभी काम कॉन्ट्रैक्ट पर किए जा सकते हैं। मैं यह पाठ इसलिए सीख पाया क्योंकि मैंने लगातार उपभोक्ताओं के साथ सम्पर्क बनाए रखा। मैनहट्टन के शीशे की मीनार में इस बात को समझने में मुझे बहुत वक्त लगता।

जैसा कि जीवन में अक्सर होता है, मैं उन बातों पर अमल कर सकता था, जो मैंने अब तक सीखी थीं, हमारी कम्पनी के हजारों लोग कई फैक्टरियों, विक्रय ताकतें और कई विभाग बाजार में अपने उत्पादों को बनाने में जुटे रहते थे। मेरा विश्वास है कि कल की सभी बड़ी कम्पनियां शायद कई छोटी-छोटी इकाइयों की बनेंगी। हर इकाई अपने ग्राहकों और बाजार पर विशेष नजर रखेगी।

हर उत्तर भारतीय की तरह मुझे भी पहले बम्बई पसन्द नहीं आया। उत्तर भारत की खुली जगहों पर रहने के बाद यह भीड़-शोर और अव्यवस्था से भरा शहर-सा लगा। मुझे अभी यहां की जटिल यातायात व्यवस्था, भिखारियों और पटरियों पर सोनेवालों को नजरअन्दाज करना सीखना शेष था। मैंने यह सब गन्दा और निराशाजनक पाया। पारले की मिलों से निकलनेवाला धुआं बदबूदार और दमघोंटू होता था। वह भी खासतौर पर बरसात के दिनों में। औद्योगिक भारत के इस कटु सच के बीच मैं अपने बचपन के भारत को बहुत याद करता। हिमालय के पक्षी, पेड़, घास जिनके साथ मैं शिमला और दिल्ली में बड़ा हुआ। जब मैं मिल मजदूरों की ओर देखता तो उनके चेहरों को बिलकुल खाली पाता। उनके चेहरे पर जीने की कोई चाह नहीं दिखती। उद्योगों से जुड़े लोगों के जीवन में कोई खूबसूरती नहीं थी।

लोकल ट्रेन में सफर करते हुए मैं शहरीकरण के बढ़ते निशान देख सकता था। पुराने गांवों की शान्ति को निगलते हुए, नारियल के पेड़ों को पीछे छोड़ते हुए, बड़े-बड़े बंगलों के शान्तिपूर्ण जीवन को रासायनिक धुओं और झुग्गी-झोपड़ियों की संकीर्ण कतारें ही शहर में दिखतीं। एक प्रमुख कारण था इसका महाद्वीप होना। बम्बई के उत्तरी हिस्से में लोग रहते। बाकी तीनों दिशाओं में पानी ही पानी था। उत्तरी हिस्से में शहरी जीवन मीलों तक फैला हुआ था। जहां बहुमंजिली इमारतें देखने को मिलती थीं।

हालांकि ये इमारतें हाल ही में बनी थीं, फिर भी वे टूटी-फूटी और गन्दी थीं। बीच-बीच में यहां-वहां हरे मैदान, बिखरे हुए ताड़ के पेड़ और छोटे-छोटे पहाड़ों के नजारे मुझे देखने को मिले। किन्तु प्रायः पूरा दृश्य एक-दूसरे से सटी छोटी-छोटी झोपड़ियों, मिट्टी के घरों, जिन्हें टीन की चादरों या पुराने चीथड़ों और प्लास्टिक शीटों से ढंका था। ऐसे भयंकर दृश्य का सहसा सामना होने पर मुझे उद्योग और शहरी जीवन के दो पहलू समझ में आए। मैंने उस दिन कल्पना की कि एक दिन जब अपार जन समुदाय उमड़ेगा तो सागर की लहरों की तरह इस द्वीपनुमा शहर को पूरी तरह निगल लेगा।

शुरुआती झटके से उभरने के बाद मैंने पाया कि शहर का प्रभाव मुझ पर अपना रंग दिखाने लगा था। अरब सागर से आनेवाली ठंडी हवाओं के झोंकों में वह शक्ति थी जो सभी असहज भावों को मन से निकालकर शरीर को सुकून प्रदान करते। संगमरमर के समान चमचमाते सागर के सम्मोहक रूप को देखकर मैं बहुत आनन्दित महसूस करता। पूर्णिमा की रातों में गुलमोहर के पेड़ों के बीच हैंमिंग गार्डन में घूमते हुए मैंने मन को महका देनेवाली हवाओं का आनन्द लिया। यहां तक कि बारिश के दिनों में मैरीन ड्राइव में चलनेवाली आंधी के साथ तालमेल बिठाना किसी साहसिक कार्य से कम नहीं था। धीरे-धीरे इस शहर ने मुझ पर विजय प्राप्त कर ही ली। मैं इसे इसकी दरियादिली के लिए पसन्द करता था। बम्बई को हम छोटा भारत कह सकते हैं जिसने देश के किसी भी भाग से आए व्यक्ति का बांहें फैलाकर स्वागत किया। यहां अनगिनत संख्या में सामाजिक दुनिया पेचीदगी भरी थी, लेकिन फिर भी एक-दूसरे से अलग। उद्योगों के विषय में मेरी नकारात्मक सोच धीरे-धीरे बदलने लगी, क्योंकि अब मैं व्यावसायिक दुनिया से प्यार करने लगा था। मैंने इस व्यावसायिक शहर के हृदय में काम किया जो चारों ओर बन्दरगाहों स्टॉक एक्सचेंज और बाजार से घिरा था। अपने काम के दौरान मैं कई गोदामों, व्यापार संगठनों और शिपिंग एजेंटों के बीच से गुजरा। धीरे-धीरे मैंने बम्बई के नायकों को अपना लिया। मेरी आंखों के आगे तब धुंधलापन छाया जब बातचीत व्यापार जगत के राजकुमारों, जैसे सैमूनस, वाडिया, टाटा और बिड़ला के इर्द-गिर्द होने लगी। उद्योग को अब तिरस्कार भरी नजरों से देखने की बजाय मैं इसे देश की प्राणशक्ति और समृद्धि के रूप में देखने लगा था। मैं यह समझने लगा था कि अगर इंजीनियरिंग उद्योग पुराने वस्त्र उद्योग पर सफल नहीं होता और पेट्रोकेमिकल इंजीनियरिंग पर सफल नहीं होते, तो बम्बई अपनी शक्ति को सुरक्षित नहीं रख पाता और न देश के प्रमुख, मालिक और करदाता के रूप में अपनी जगह बना पाते। लेकिन मैं इस सचाई से चिन्तित था कि जितनी तेजी से समृद्धि बढ़ रही है उतनी ही तेजी से गन्दगी भी अपने पांव पसार रही है।

मेरे कम्पनी से जुड़ने के महीने भर बाद सरीन बन्ता ने मुझे सेल्समैनवाला चमड़े का भूरा बैग और ट्रेन की टिकट देकर देहात भेज दिया। उसका विश्वास था कि आप खरीदारी बाजार में ही सीख सकते हैं, इसलिए मैंने पन्द्रह महीनों के पहले दस महीने सड़क पर बिताए और देहातों के कई बाजार देखे। गर्मी, धूल और कभी-कभी होटल में जगह न मिलने की स्थिति को झेलने के बावजूद, मैंने अपने क्षेत्र प्रशिक्षण और नित्य नए लोगों से मिलने के अनुभवों का आनन्द उठाया। हर दिन मैंने कर्मठता से काम करते हुए धूर्त व्यापारियों को पछाड़ने के तरीके भी सीखे। मैं अब तंग और बैलगाड़ियों, साइकिलों, ठेलियों, कूड़ागाड़ी से भरी गलियों में रहने का अभ्यस्त हो चुका था। हर सुबह स्थानीय व्यापारियों से मिलने के बाद मैं पोस्टर लगानेवाले और एक ठेलेवाले को साथ लेकर शहर के फुटकर विक्रेताओं से मिलता। जब तक मैं ऑर्डर लेता ठेलेवाला माल पहुंचाकर पैसे इकट्ठे करता और पोस्टर बनानेवाला दुकान पर हमारी कम्पनी का विज्ञापन तैयार करता। शेयर दलालों ने ठेलेवाला और पोस्टरवाला उपलब्ध कराया था। यह काम बांटने का एक बढ़िया तरीका था, लेकिन पोस्टर लगानेवाला कभी-कभी विज्ञापन उलटा-पुलटा लगा देता। कुल मिलाकर व्यापार की जटिलताओं के उद्देश्यों की गम्भीरता और विशाल सम्पत्ति को पैदा करने की क्षमता से मैं चकित था। व्यापारियों की वैभवशाली जीवन-शैली के विपरीत भारतीय सरकारी दफ्तर की सामान्य कार्यप्रणाली नीरस, ह्रासोन्मुख और असभ्य लगती।

सर्दियों की एक सुबह मैं बम्बई-दिल्ली मुख्य मार्ग पर स्थित मध्यप्रदेश के रतलाम रेलवे स्टेशन पर उतरा। कुली मेरा होल्डाल और बक्सा उठाए सौ कोस की दूरी पर स्थित श्रीकृष्ण लॉज में आया। दस कमरोंवाला यह गुलाबी और हरा होटल विक्रेताओं और व्यापारियों के बीच खासा मशहूर था। चूंकि होटल के सभी कमरे भरे हुए थे, मुझे पहली मंजिल में किसी के साथ कमरा शेयर करना पड़ा। मैं बिस्तर पाने पर खुद को बहुत खुशनसीब महसूस कर रहा था, इसलिए मक्खियों की भिनभिनाहट या खिड़की के बाहर खुले नाले से मुझे कोई दिक्कत महसूस नहीं हो रही थी। इसके मैं बालकनी में गया और नीचे गली की ओर देखने लगा। उस पार खस्ताहाल सिनेमा हॉल था। एक रिक्शा चालक रिक्शे को खींचकर चाय की दुकान के पास ले गया। सिर पर लाल साफा बांधे इस रिक्शेवाले ने सस्ती सी सिगरेट जलाई। इसी बीच दूसरा रिक्शा चालक आधा दर्जन बच्चों को खतरनाक तरह से बिठाए बगल से गुजरा। मैं पीछे मुड़ा और पान की पीक के निशान से सनी बालकनी में चक्कर काटने लगा। दरअसल मैं सीलन-भरे गुसलखाने में जाने के लिए अपनी बारी आने का इन्तजार कर रहा था। लोहे की बाल्टी से पीतल के मग में पानी भरकर सिर पर डालता। इस तरह बाल्टी और मग के शोर के बीच मैं नहाया।

मेरी पहली मुलाकात हमारे दलाल मैसर्स मालवा ट्रेडर्स से थी जो शहर के दवाइयों के जाने-माने थोक विक्रेता थे। पांच प्रतिशत की दलाली पर वह हमारा माल स्थानीय फुटकर विक्रेताओं और थोक विक्रेताओं को देते जो आगे गांव में अपने ग्राहकों को भेज देते। मेरा स्वागत एक गन्दे और दाढ़ी बढ़े मालिक केवल राम ने किया। वह नीम की दातून से दांत साफ कर रहा था और अभी तक उसने वह लुंगी भी नहीं बदली थी जिसमें वह सोया था। दुकान भी उतनी ही गन्दी थी, जितना कि वह खुद। अनाज और मिर्चियों से भरी उसकी खुली बोरियों से मुझे छींकें आनी शुरू हो गईं।

केवल राम ने अपनी दुकान के सामनेवाली चाय की दुकान में चाय का आदेश दिया। मैं अपने सामान को देखने में व्यस्त हो गया। चाय के दौरान हमने थोक भाव के विषय में चर्चा की। दुखी स्वर में केवल राम बोला, "बाजार बहुत मन्दा है।" यह गौर करते हुए कि मैं नौसिखिया हूं, केवल राम ने मुझ पर रौब डालने की कोशिश की और इस तरह उसने मुझे बाजार के कुटिल तरीकों पर अच्छा-खासा भाषण दे दिया। इस बीच धागा बनानेवाली कम्पनी से दो सेल्समैन आ गए। केवल राम उनका थोक विक्रेता था।

वे बैठ गए और चाय का आदेश एक बार फिर दिया गया। वे भी मेरी तरह नए थे, शरमाते हुए उन्होंने अपनी ऑर्डर बुक खोलकर ऑर्डर ले लिया। जल्द ही वे जाने के लिए तैयार भी हो गए। लेकिन चाय अभी तक नहीं आई थी। चूंकि वे जल्दी में थे इसलिए उन्होंने जाने की इजाजत मांगी।

"अहा, पर आपको चाय लेनी होगी," केवल राम जोर देते हुए बोला।

"नहीं, नहीं, मेहमाननवाजी के लिए शुक्रिया।"

"नहीं, आपको चाय तो लेनी ही होगी।"

"अच्छा अगर आप जोर देते हैं तो ठीक है, पर हमें दोपहर की ट्रेन पकड़नी और अभी कई दुकानों पर और जाना है।"

चाय की दुकान की ओर गुस्से में उंगली उठाते हुए केवल राम चिल्लाया, "चाय को क्या हो गया? दो गिलास बढ़िया चाय ले आओ। और हां, वो भी जल्दी।" दस मिनट इन्तजार करने के बाद दोनों सेल्समैन जाने के लिए बेचैन हो गए, लेकिन उनका मेजबान उन्हें रोकने पर उतारु था। वह दोबारा फटकारने के अन्दाज में अपनी उंगली को उठाते हुए गली के दूसरी तरफ से चिल्लाया। सेल्समैनों के चले जाने के बाद केवल राम चायवाले को कोसने लगा। जब वे जा चुके थे, तत्काल चाय का दूसरा कप मेरे सामने आ गया।

देर शाम होटल में, मेरे कमरे के साथी ने चायवाले किस्से पर रोशनी डाली। उसने बताया–केवल राम स्टाकिस्ट और थोक विक्रेता दोनों है। उसकी नीति के अनुसार वह सिर्फ उन्हीं कम्पनी के सेल्समैनों को चाय पूछता है जिन्होंने उसे स्टाकिस्ट मुकर्रर

कर रखा है। यद्यपि वह औरों के सामने मेहमाननवाजी दिखाने में कोई कसर बाकी नहीं छोड़ता। इसलिए उठी हुई उंगली उसके और चायवाले के बीच बहुत पुराना और जाना-पहचाना इशारा बन गया था। अगर वह उंगली उठाकर चाय का ऑर्डर देता है, इसका मतलब चाय नहीं लानी। पुराने लोग उसके तरीकों से वाकिफ हैं लेकिन शायद ये धागेवाले लोग नए थे। कोई बात नहीं, पहली बार सब पकड़े जाते हैं। मैं आश्चर्य में था कि कैसे चायवाली नीति से बेवकूफ बनाकर केवल राम फायदा उठा रहा था, जो शायद एक दिन समान देनेवालों के बीच उसकी इज्जत को खतरे में डाल सकती थी।

सड़क पर सुबह मैं अपने विशेष व्यापारी ग्राहकों से और शाम को आम ग्राहकों से मिलता था। दोपहर में सब सो जाते थे। चूंकि दिन में बाजार बन्द रहता इसलिए दोपहर का खाना इत्मिनान भरा होता था। मैं दोपहर में सोने की आदत नहीं डाल सका और उसके बदले में पंखे के नीचे बिस्तर पर बैठकर किताब पढ़ता रहता। ज्यादातर मैं इतिहास की किताबें पढ़ता, वह भी खासतौर पर उस स्थान-विशेष के बारे में जहां मुझे जाना होता। शाम को मैं ग्राहकों से मिलता और रात में अगर दूसरे शहर जाने के लिए ट्रेन नहीं पकड़नी होती तो मैं पास के सिनेमाघर चला जाता। वहां अपनी कम्पनी के इश्तहारों के साथ नई हिन्दी फिल्म भी देख लेता। कभी-कभी मुझसे यह उम्मीद भी की जाती कि बाजार या स्कूलों में भीड़ के सामने अपने सामान के प्रदर्शन के लिए मैं अपने निरीक्षण में कुछ स्कूली बच्चों को किराये पर ले लूं। यह प्रदर्शन भी हमारे बम्बई के विज्ञापन विभाग की बढ़ावा नीति का हिस्सा था और छोटे शहरों में जहां टेलीविजन नहीं थे, वहां यह अतिरिक्त हितकारी साबित हुई। आमतौर पर इन प्रोमोज़ पर लगनेवाली राशि के कुछ भाग का भुगतान स्टॉकिस्ट करते थे।

यूं तो मेरा प्रशिक्षण का दौर बिना किसी बड़ी घटना के पूरा हुआ। सिर्फ जबलपुर के पास 'कटनी' नामक व्यापारिक केन्द्र को छोड़कर, जहां मुझे एक जहरीले सांप ने डस लिया था। होस्टल के कर्मचारी मुझे उठाकर अस्तताल में नहीं, बल्कि एक पारसी दुकानदार के पास ले गए। जैसे ही मैं उसके सामने लड़खड़ाया, पारसी चिल्लाया 'खड़े हो जाओ' जब तक मैं सीधे खड़े होने की कोशिश करता, उस गम्भीर दुकानदार ने मन्त्रों का पाठ भी पूरा कर लिया था।

"अपने पांव को पटको" पारसी चीखा। मैंने उसकी आज्ञा का पालन किया और पारसी ने दोबारा मन्त्र का उच्चारण किया।

"अब अपने पांव को दो बार पटको।" कुछ मिनटों बाद मैं उस दुकान से पूरी तरह ठीक हो बिना लड़खड़ाते हुए निकला।

कई शामों तक मैं दुकानदारों के बीच चर्चा का विषय बना। मैंने भी मौके का फायदा उठाया और अपने ग्राहकों को उनके घर मिलने जाता और विज्ञापन प्रबन्धक को अपने बाजार अनुसन्धान के विषय में विस्तृत रिपोर्ट लिखता। एक दिन सूरत में मैंने अपने व्यापारिक पेशे का बेहद महत्त्वपूर्ण पाठ सीखा।

बम्बई से 360 किलोमीटर उत्तर में अत्यधिक व्यस्त व्यापारिक शहर सूरत स्थित है। अंग्रेजों द्वारा बम्बई के निर्माण से पूर्व सूरत भारत का व्यस्त बन्दरगाह और आयात-निर्यात का केन्द्र था। सत्रहवीं और अठारहवीं शताब्दी में सूरत के साहूकारों ने ईस्ट इंडिया कम्पनी को सुदूर पूर्व में व्यापार करने के लिए पूंजी उपलब्ध कराई थी। एक शाम मैंने सूरत के एक घर के दरवाजे पर दस्तक दी। घर की महिला ने अनिच्छा से दरवाजा खोला। कुछ आरम्भिक प्रश्नोत्तर के बाद मैंने उससे पूछा कि जब उसके परिवार में किसी को खांसी-जुकाम होता है, तो वह क्या करती हैं। उसकी आंखें चमक उठीं और उसके चेहरे पर भाव उभरे। उसने मुझे बताया कि उसने एक बहुत खूबसूरत तरीके का आविष्कार किया है। उसने मुझे अन्दर आने को कहा, खुद किचन में चली गई और एक केतली के साथ लौटी। मैंने सोचा हम चाय पीनेवाले हैं। परन्तु उसने समझाया कि वह इस केतली का इस्तेमाल अपने परिवार के खांसी-जुकाम के समय करती है। उसने कहा, "रुको, अभी दिखाती हूं तुम्हें।"

इससे पहले कि मैं कुछ कहता वह किचन में जा चुकी थी। जल्द ही वह खौलते पानी से भरी केतली के साथ वापस आई। उसके बाद एक चम्मच विक्स वेपोरेब केतली में डाला और हम दोनों ने इस दवाईयुक्त भाप को लिया। उस शाम हमने चाय पीने के बजाय विक्स का कश लिया। जब उसे पता चला कि मैं इसी कम्पनी के लिए काम करता हूं तो वह बहुत खुश हुई। उसने कहा कि उसका पूरा परिवार विक्स पर ही बड़ा हुआ है। अपने इस एहसास की अभिव्यक्ति के लिए मुझे मिठाई का डिब्बा पेश किया। जब मैं उसके घर से वापस चला तो खुद को विजेता महसूस कर रहा था। उसने मुझे अपने उत्साह से प्रभावित कर दिया था। मुख्य बात यह है कि आखिर उस दिन मैंने जाना कि वह और उसकी जैसी करोड़ों माताएं ही तो थीं, जिनसे मुझे तनख्वाह मिलती थी। उस दिन से मैंने अपने काम के लिए एक नया सम्मान अर्जित कर लिया था। बम्बई लौटने पर मैंने कम्पनी को उसके विचारों को अपने विज्ञापनों से प्रस्तुत करने के लिए राजी कर लिया। तब तक मैं यही मानता था कि मेरा वेतन क्लर्क से मिलता है जो सरीन बन्ता की सेक्रेटरी भी थी। इसलिए मैं खासतौर पर उससे अच्छे से पेश आता। वह सुन्दर थी और उसके लिए छोटे-छोटे काम करना मुझे अच्छा लगता। अब मैं उसे अच्छी तरह से जानता था। यह वही पाठ था जो मैंने वाशिंगटन में अपनी पढ़ाई के दौरान पढ़ा था।

बाजार अब भी मुझे सीख दे रहा था। जब भी मैं किसी उडीपी कैफे या ढाबे में खाता, मेरी चावल की प्लेट तीन मिनट में मेरे सामने होती। अगर मुझे अतिरिक्त रोटी चाहिए होती, तो वह तीस़ सेकेंड के भीतर मेरे सामने होती। साड़ी की दुकान पर दुकानदार मुझे सौ से अधिक साड़ियां दिखाता, चाहे मैं एक भी साड़ी न लूं। मेरे चले जाने के बाद वह मेहनत से एक-एक साड़ी को तह कर खाने पर रखता होगा, जिसके लिए उसे कोई धन्यवाद भी नहीं कहता होगा।

इसकी तुलना में जब मैं रेलवे टिकट खरीदने, अपना टेलीफोन बिल जमा कराने व अपने बैंक से पैसे निकालने जाता तो वहां मेरे साथ दुर्व्यवहार होता या मुझे बेकार समझ लम्बी लाइनों में इन्तजार करने को कहा जाता। बाजार बेहतरीन सेवाएं उपलब्ध करता है क्योंकि दुकानदार जानता है कि बाजार में उसकी मौजूदगी ग्राहक पर ही निर्भर करती है। अगर वह शिष्टतापूर्वक बेहतरीन उत्पादों को उचित मूल्य पर बेचेगा तो उसका ग्राहक उससे खुश होगा। अगर नहीं तो उसका ग्राहक उसे छोड़ अगली दुकान पर चला जाएगा। रेलवे, टेलीफोन सेवाएं या बैंक में इस तरह की प्रतिस्पर्धा नहीं होती और इसलिए उनके कर्मचारी ग्राहकों का महत्त्व नहीं समझते।

सालों बाद मैं इस विडम्बना से आतंकित हुआ कि कम्पनी जो पैसा बनाती है, वह कम्पनी के बाहर बनता है, फिर भी मैंने कर्मचारियों को घंटों कम्पनी के अन्दर विभिन्न मुद्दों पर बहस करते पाया। कारण है कि बड़ी कम्पनियों में जब हम सुबह काम शुरू करते हैं तो अपने इर्द-गिर्द ग्राहकों को नहीं पाते। जब मैं कम्पनी का प्रबन्ध निदेशक बना तो मैंने यह कानून बनाया कि प्रत्येक विभाग का हर कर्मचारी बाहर जरूर जाए और बीस ग्राहकों या बीस थोक विक्रेताओं से मिले। यह नियम कर्मचारियों के सालाना वेतन वृद्धि के लिए योग्यता स्वरूप है। इससे हमें इस बात का अहसास तो हुआ ही कि कौन वेतन देता है साथ ही यह हमें अपने उत्पादों और सेवाओं को सुधारने के नए तरीके भी उपलब्ध कराता है।

दो साल बाद मेरी तरक्की हुई। मैं कम्पनी का पहला ब्रांड मैनेजर नियुक्त किया गया और मुझे हमारे बेहतरीन ब्रांड विक्स वेपोरब के प्रबन्धक का कार्यभार सौंपा गया। पहली बात जो मैंने गौर की, वह यह थी कि हमारे उत्पाद की मांग दक्षिण में तो बढ़ रही थी लेकिन उत्तर में स्थिति चिन्ताजनक थी।

मैंने खुद से पूछा, क्या मुझे उत्तर में अपने सामान की बिक्री शुरू करनी चाहिए या फिर दक्षिण में वर्चस्व को बनाए रखना चाहिए। मैंने दूसरे को चुना और यही सही फैसला था। मैंने बाद में जाना कि उत्तर भारतीय अपने शरीर पर कुछ भी मलना पसन्द नहीं करते। लेकिन मुख्य बात जो मैंने समझी, वह यह थी कि बजाय अपनी कमियों को सुधारने के हमें अपने सकारात्मक पक्ष को उभारने की कोशिश करनी

चाहिए। समझदारी इसी में है कि बाजार की मांग को समझा जाए, बजाय उस पर अपनी इच्छाएं थोपने के। दक्षिण भारतीय सिरदर्द, ठंड, बदनदर्द, कीड़े के काटने और अन्य छोटी खरोचों पर बाम मलने में सुकून पाते थे। यही वजह थी कि इसे यहां बाजार मिला, हालांकि दक्षिण में हमारे समक्ष बड़ा और सफल प्रतियोगी था अमृतांजन बाम, जो उपरोक्त सभी बीमारियों में राहत पहुंचाता था। मेरी पहली इच्छा थी कि दक्षिण भारत में बाम के विस्तृत बाजार में प्रतियोगी के रूप में उभरने के लिए मैं विक्स वेपोरब की जरूरत को सर्दी-जुकाम के अलावा अन्य बीमारियों में भी प्रस्तुत करूं। बन्ता ने चतुराई से इसे शीघ्र रुकवा दिया। वह रूखे स्वर में समझाने लगा कि सर्दी-जुकाम से राहत दिलाना वेपोरब का विशिष्ट कार्य है। उसने तेज आवाज में कहा कि "हर वस्तु की अपनी क्रिया होती है। कुर्सी व्यक्ति के बैठने के लिए होती है, मेज लिखने के लिए। तुम लिखने के लिए कुर्सी और बैठने के लिए मेज का इस्तेमाल नहीं करना चाहोगे। तुम कभी भी उनके कार्यों को मिलाना पसन्द नहीं करोगे।"

वर्षों बाद मैंने जाना कि वेपोरब को अधिक सफलता भारत में क्यों मिली। दरअसल उसका उपयोग किसलिए होता है, यह लोगों को स्पष्ट था। वह सर्दी से मुक्त करनेवाली दवा थी। जिसे हर मां सोते समय अपने बच्चे की छाती पर मलती। बाम इसके बिल्कुल विपरीत है। वयस्क बाम का इस्तेमाल आमतौर पर दोपहर में सिरदर्द के समय करते हैं। वेपोरब इसलिए सफल हो रहा था क्योंकि वह बाम नहीं था और सर्दी-जुकाम के दौरान मला जाता है। मेरे बाद आनेवाले हर ब्रांड प्रबन्धक को यह पाठ समझना जरूरी था। यह जानना जरूरी था कि आप कौन और क्या हैं। इससे वयस्कों के साथ सफल व्यापार को बढ़ाने से हमें कोई नहीं रोक सका। परन्तु जैसा कि सरीन बन्ता कहता था, 'वयस्कों का जुकाम कुर्सी की तरह है किन्तु आज भी यह कुर्सी है मेज नहीं।'

जब मैं पहली बार ब्रांड प्रबन्धक बना, तो हम अपना अधिक समय सर्दियों में अपने उत्पाद को उपलब्ध कराने के लिए विज्ञापन बजट बनाने पर बिताते। मैं उत्तरी अमेरिका और यूरोप में काम कर चुका था, जहां इस मौसम में ज्यादा-से-ज्यादा लोगों को सर्दी-जुकाम होता। हालांकि हमारे एक ही बिन्दु पर अटके मासिक आंकड़े यह सलाह देते कि हम वेपोरब का निर्यात बारिश के महीनों जुलाई और सितम्बर में अधिक करते थे। इसलिए मैंने अपने विज्ञापन प्रबन्धक से कहा कि बारिश के दिनों में हमें अपने उत्पाद को बढ़ाने के लिए प्रचार में प्रयोग की जानेवाली राशि का बड़ा हिस्सा लगाने का इकरारनामा बनाना चाहिए और हम जल्द ही बिक्री में बढ़ोत्तरी के जरिये पुरस्कृत हुए। इसी श्रृंखला को आगे बढ़ाते हुए मैंने अपने विज्ञापन विभाग को सिनेमा हॉल में दिखाए जाने के लिए विज्ञापन बनाने को कहा। (क्योंकि उस समय टेलीविजन

नहीं थे) जिससे यह दिखाया जाए कि एक बच्चा बारिश में खेल रहा है और इससे उसे सर्दी लग गई है। इस तरह हमने एक नई बीमारी का आविष्कार किया। 'मानसूनी सर्दी'। अन्ततः बिक्री के सन्दर्भ में शरद् ऋतु की भांति वर्षा ऋतु भी मुख्य बन गई।

इस तरह की योजनाओं ने हमें बाजार में कामयाब बना दिया। लेकिन इस सफलता की खुशियां मनाने के बजाय बन्ता अधिक निराश दिखाई दे रहे थे। एक दिन उन्होंने मुझे अपने दफ्तर में बुलाया और पूछा कि बाजार कितनी तेजी से बढ़ रहा है।

"दस प्रतिशत।" मैंने कहा।

"क्या यह अच्छा है?"

"बाजार दस प्रतिशत से बढ़ रहा है लेकिन हमारी बिक्री में लगभग पन्द्रह प्रतिशत की बढ़ोत्तरी हुई है और इसलिए हम भारत में पहले स्थान पर हैं।" मैंने गर्व के साथ कहा।

"यह वाकई अच्छा है, लेकिन आज भी हम छोटे तालाब की मछली हैं। इस तालाब को झील और फिर महासागर बनाना है। इसके बाद ही हम दुनिया में पहले स्थान पर होंगे।" वाकई बन्ता सही था। हमारी सफलता के बावजूद विक्स वेपोरब मध्यवर्ग के लिए ही था। हालांकि हमारी उन्नीस ग्राम की शीशी साढ़े तीन रुपये की कीमत पर बिकती थी, जो अन्य देशों से काफी कम थी। लेकिन जनता के लिए फिर भी वह बहुत महंगी थी। इससे छोटे आकार में बेचना सम्भव नहीं था क्योंकि कांच की लागत ज़्यादा थी। उस समय प्लास्टिक नहीं था। बन्ता ने हमें शीशी का आकार और छोटा करने को कहा। हमने आपूर्तिकर्ताओं को वही बात कही तो एक दिन उनमें से एक पांच ग्राम के टिन के टुकड़े को लेकर आया जिसने बहुत बड़ा काम कर दिखाया।

शुरू-शुरू में यह नहीं चला। हमने जोखिम उठाते हुए उसका दाम केवल पचहत्तर पैसे कर दिया। परिणामस्वरूप उन्नीस ग्राम की कांच की शीशी के स्थान पर पांच ग्राम के चार टिन खरीदने पर भी सस्ते ही पड़ते थे। व्यापार जगत में हमें पागल समझा गया। आखिर कोई कांच की महंगी शीशी क्यों खरीदे ? किन्तु ऐसा नहीं हुआ क्योंकि टिनवाले उत्पाद को हमने श्रमिक वर्ग के लिए रखा। हमें पूर्ण विश्वास था कि मध्यवर्गीय समाज उनके लिए बने 'जार' को ही पसन्द करेगा। इस छोटे-बड़े आकार के झंझट से मुझे एक सीख मिली कि चाहें आप पहले स्थान पर हों, आपको बाज़ार में आगे बढ़ते जाना है, केवल स्थानीय आधार पर ही नहीं आपको विश्व बाजार में भी अपनी पहचान बनानी है। अन्ततः विश्व के 130 देशों में भारत विक्स वेपोरब का सबसे बड़ा निर्माता देश बन गया, विक्स वेपोरब के व्यापार में केवल राम जैसे स्थानीय व्यापारियों के सहयोग के बिना हम सफलता प्राप्त नहीं कर सकते थे। वे हमारे उत्पादन को देश के कोने-कोने में ले गए।

पिछड़े इलाकों और गांव-गांव में लोगों को विक्स आसानी से मिलने लगी। कभी-कभी हमने पश्चिमी देशों की तरह वितरण प्रणाली के बारे में सोचा किन्तु अच्छा हुआ कि हमने वह नहीं किया। हमने भारतीय आढ़त प्रणाली का सहारा लेकर अच्छा ही किया। प्रत्येक बड़े नगर में हमने वितरक नियुक्त किए। थोक व्यापार के आधार पर उसे अपना थोक विक्रेता घोषित किया। केवल राम इसी तरह हमारा एक थोक व्यापारी था। वह महीने में एक बार विक्रेता भंडार के मालिक से मिलता और उसके द्वारा थोक व फुटकर व्यापारी को हमारा उत्पादन पहुंचाया जाता–ठीक वैसे ही जैसे मैंने अपने प्रशिक्षण के दौरान दुकान-दुकान जाकर वस्तुओं को बाजार में ले जाकर प्रचलित किया था। समय के साथ भंडार के मालिक ने नए-नए तरीके अपने व्यापार में वृद्धि के लिए अपनाए। उन्होंने क्षेत्रीय आधार पर स्थानीय लोगों को अपना एजेंट नियुक्त किया और इस तरह प्रत्येक गांव के प्रत्येक कस्बे को अपने व्यापार के दायरे में ले लिया। उत्पादित वस्तु की अधिक खपत के लिए विज्ञापन, प्रोत्साहन के तरीकों का आविष्कार कर कम्पनी की उत्पादित वस्तु को घर-घर पहुंचाया। भंडार का मालिक प्रायः पांच प्रतिशत छूट देकर यह कार्य करता था और हमें अपने उत्पादन का मूल्य तुरन्त मिल जाता था। अधिक-से-अधिक छह दिन की बिक्री की वसूली बाकी रहती थी जो स्वीकार्य थी। इस प्रणाली से विक्स वेपोरब कम दाम पर देश के कोने-कोने यानी हर कस्बे व गांव में मिलने लगा। विदेशी कम्पनियां इस प्रकार के स्थानीय व्यापारिक ढांचे का महत्त्व प्रायः नहीं समझ सकीं, उनके विचार से पूर्व निश्चित व्यापार के तौर-तरीके ही काम में लाए जाने चाहिए।

मैं लौटकर शैक्षणिक संसार में नहीं गया। मैं व्यापार के क्षेत्र में रम गया। मुझे इस क्षेत्र के कठिन और कठोर वातावरण से मोह हो गया। कुछ वर्षों बाद मेरी कम्पनी ने मुझे न्यूयार्क मुख्यालय भेज दिया। मैंने मैक्सिको तथा स्पेन में भी वर्षों काम किया। 1981 में, जब मैं अड़तीस वर्ष का था, भारत में कम्पनी का प्रमुख बनाया गया, तब कम्पनी कठिन दौर से गुजर रही थी। केमिस्टों और फार्मासिस्टों ने मिलकर देशव्यापी संगठन कर हमारे उत्पादन पर अधिक लाभ उपलब्ध कराने के लिए, जोर डालने के लिए आन्दोलन शुरू कर दिया। अन्यथा वे कम्पनी का बहिष्कार करने का निर्णय ले लेते। मूल्य नियन्त्रण के कारण सरकार ने उत्पादन मूल्य में वृद्धि की अनुमति नहीं दी। अतः व्यापार जगत की बात मानने का अर्थ था लाभ में कटौती। हमने व्यापार जगत की अनुचित मांग का प्रतिरोध करने का निर्णय किया। वे बहुत निराशाजनक दिन थे जब हमारे उत्पादन का विक्रय शून्य तक गिर गया। चार महीने बाद समझौता हुआ किन्तु तब तक वर्ष भर का लाभांश समाप्त हो गया था। और हमें वार्षिक बजट में घाटा घोषित करना पड़ा।

बुरे दिनों का भी अपना महत्त्व होता है। संकट के इन्ही दिनों एक सुबह हमारे एक गुजराती प्रबन्धक भरत पटेल को सहसा समस्या का समाधान नजर आया, जैसे वह बड़बड़ाया–अगर हम अपने उत्पादन को पश्चिमी दवा के बदले आयुर्वेदिक दवा के रूप में प्रचारित करें तो कैसा रहेगा? हमारी आर एंड डी. के प्रबन्धक एक तमिल ब्राह्मण डॉ. टी. राजगोपालन ने उनकी हां में हां मिलाते हुए हंसी में ही उत्तर दिया कि यदि विक्स वेपोरब और अन्य विक्स उत्पादन प्राकृतिक जड़ी-बूटियों के सिद्धान्त पर आधारित हैं तो क्यों न हम उन्हें आयुर्वेदिक सिद्ध करें। हमारे बंगाली वित्त प्रबन्धक एस. भट्टाचार्य ने सूत्र संभालते हुए कहा कि यदि यह हो सका तो हम मूल्य नियन्त्रण के सरकारी कानून से बच सकते हैं। मारवाड़ी कम्पनी के हमारे सचिव मनसुख बंगर्ड ने इस विचार को ओर आगे बढ़ाते हुए कहा कि "यह सब होने पर हम केमिस्टों व फार्मासिस्टों के चंगुल से छूटकर अपने उत्पादों को केवल दवा बेचनेवालों के बदले हर प्रकार की दुकानों में रख सकते हैं।" हम सबने एक-दूसरे की ओर अविश्वास से देखा। डॉ. राजगोपालन इतने उत्साहित हुए कि वे तुरन्त बम्बई विश्वविद्यालय के आयुर्वेदिक पुस्तकालय में यह पता करने चल दिए कि हमारे उत्पादन में प्रयुक्त जड़ी-बूटियों का उल्लेख हजारों वर्ष पूर्व रचित आयुर्वेदिक ग्रन्थों में है या नहीं। भट्टाचार्य व बंगर्ड कम्पनी के वकीलों के पास दौड़े गए यह पता करने कि क्या आयुर्वेदिक औषधि प्रणाली को सरकार द्वारा प्रोत्साहन उपलब्ध है और क्या हम अपने उत्पादन का पंजीकरण पाश्चात्य दवा के बदले आयुर्वेदिक दवा के रूप में करवा सकते हैं; यदि यह सम्भव हुआ तो हम अपने उत्पादन को अन्य खाद्य पदार्थों तथा छोटे-छोटे दुकानदारों के पास वितरित कर आम जनता के उपयोगार्थ पहुंचा सकते हैं जिससे फार्मासिस्टों पर निर्भरता समाप्त हो सकेगी।

हमें आश्चर्य तब हुआ जब पुस्तकालय एवं वकीलों से हमें अनुकूल उत्तर मिला। बहुत कुछ कार्य करना था। अतः हमें अपनी उत्तेजना को दबाना पड़ा। वकीलों के विचार से हमारे द्वारा सोचा गया समाधान यद्यपि नया किन्तु पूर्णतः विधिसम्मत था, किन्तु साथ ही उन्होंने कहा कि यह इतना अच्छा है कि सच नहीं जान पड़ता। उन्होंने स्वीकार किया कि पंजीकरण बदलने से हमें मूल्य–नियन्त्रण तथा वितरण पर अंकुश दोनों से ही छुटकारा मिल सकता है। यही नहीं नए पंजीकरण के साथ हमें पिछड़े क्षेत्रों में नई इकाई स्थापित करने में कर छूट का लाभ भी मिल सकता है तथा वहां पर नई तकनीक का उपयोग करते हुए, सस्ते श्रम व अच्छे कार्य करने से उत्पादन वृद्धि भी हो सकती है। इसके बाद हम दिल्ली में मित्रों, शुभचिन्तकों व प्रयोजन प्रशासनिक अधिकारियों से मिलने गए। जिन्हें यह समझाना पड़ा कि विक्स वेपोरब में प्रयुक्त सिद्धान्त प्राचीन ग्रन्थों पर आधारित हैं। उनका विचार भी यही था कि सरकार कानूनी

दृष्टि से हमारे कार्य में बाधक नहीं होगी। हमने तुरन्त एफ.डी.ए. कार्यालय में आवेदन भर दिया। एफ.डी.ए. के निर्यातकों को हमारे आवेदन-पत्र में कोई त्रुटि नहीं मिली और प्रसन्नता की बात यह रही कि हमें नए पंजीकरण की अनुमति प्राप्त हो गई।

हमें लगा कि हमारे सारे झंझट एक झटके में ही छू हो गए। हमारे विक्रेताओं ने तीव्र गति से उत्पादन को औषधि के रूप में खुले बाजार में वितरण के लिए प्रस्तुत कर दिया। जिससे लगभग तिगुने स्थानों-लगभग सात लाख पचास हजार स्टोरों विक्स वेपोरब मिलने लगा। धीरे-धीरे केमिस्टों पर केवल तीस प्रतिशत निर्भरता रह गई। ग्राहक खुश थे कि उन्हें हमारे उत्पादन गली-गली में उपलब्ध हो रहे हैं। शीघ्र ही हमारा एक कारखाना हैदराबाद में बना। जहां किसी प्रकार का श्रमिक संगठन नहीं था और जहां हमारे बम्बई कारखाने से छह गुना अधिक उत्पादन किया गया। ऊंचे मूल्य और अच्छी कीमतों पर हमने विज्ञापन व बाजार सर्वेक्षण करने पर निवेश किया। जिसके फलस्वरूप कर भुगतान के पश्चात हमारा लाभांश एक प्रतिशत से बढ़कर बिक्री कर का बारह प्रतिशत हो गया और हमें बम्बई स्टॉक एक्सचेंज में प्रमुख स्थान मिला क्योंकि हमारे शेयरों पर अठारह महीने में तीस से चार सौ रुपये मूल्य वृद्धि हो गई। हम सदा ध्यान रखते थे कि अधिक लाभ एवं सरकारी नियन्त्रण से खिलवाड़ न हो। तकनीकी दृष्टि से आयुर्वेदिक वर्गीकरण के कारण स्थानीय राजस्व देने की अनुमति थी। हमने स्वेच्छा से अधिक कर देना जारी रखा।

इस कथा का अन्तिम अध्याय तब शुरू हुआ जब हमने भारतीय औषधि पद्धति को अपनाने का निर्णय लिया। मैं कम्पनी के मुख्यालय संयुक्त राज्य यह समझाने गया कि वे हमें एक शोधशाला स्थापित करने की अनुमति दे। जिससे अन्य सुरक्षित और आयुर्वेदिक उपचार के लिए जांच व शोध कार्य किया जा सके। कनक्टीकर न्यूयार्क से हमारा मुख्यालय यहां आ गया था। जब मैंने अपने इस विचार को वरिष्ठ प्रबन्धकों के सम्मुख रखा तो वे अपनी कुर्सी से उछल पड़े। धीरे-धीरे वे इस विचार से सहमत हो गए। मैंने उनके इतिहास एवं उद्देश्यों की ओर ध्यान देने का निवेदन किया। रिचर्डसन परिवार, जिसका इस कम्पनी में काफी बड़ा सहयोग रहा, ने एक-एक सदस्य को सम्बोधित करते हुए कहा, "उत्तरी कैरोलिना के ग्रीनसबोरो में आपके पूर्वज ने 1890 के दशक में पूर्वी औषधि के अध्ययन के बाद विक्स बनाने का सिद्धान्त खोजा और आज एक सौ वर्ष बाद उन्हें इस दिशा में हो रहे हमारे प्रयासों को देखकर गर्व हो रहा होगा।" काफी तर्क और विचार-विमर्श के बाद उनकी सहमति प्राप्त हुई और बीस लाख डॉलर का एक चैक प्राप्त किया।

हमने डॉ. टी. राजगोपालन के नेतृत्व में बम्बई में आयुर्वेदिक प्रयोगशाला स्थापित की, जिन्होंने संयुक्त राज्य में नोबेल पुरस्कार प्राप्त विद्वान से शिक्षा प्राप्त की थी

तथा स्वीट्जरलैंड के बेसल प्रयोगशाला में काम किया था। उन्होंने जड़ी-बूटियों की सूचीबद्धता तथा प्राचीन ग्रन्थों से उनके उपयोग के सिद्धान्त का कम्प्यूटर में खाका तैयार किया। उन्होंने कम्प्यूटर की सहायता से उंगलियों के निशानों को जानने की प्रक्रिया का आविष्कार तथा नए उत्पादों की सुरक्षा का प्रबन्ध किया। उनके दल ने दो उत्पादनों को विकसित किया जिनका वर्षों भारत के बाजार में विक्रय किया गया। विक्स वेपोसिरप तथा विक्स होटसिप प्राकृतिक सिद्धान्त पर आधारित थे। खांसी के लिए और जुकाम के लिए। 1986 में पी. एंड जी. ग्लोबल रिसर्च नेटवर्क ने विक्स को खरीद लिया था। दुर्भाग्य से दोनों उत्पादन वाणिज्यिक क्षेत्र में असफल रहे और प्रयोगशाला में उपलब्ध सुविधाओं को पी. एंड जी. के वैश्विक स्वास्थ्य सेवा कार्यक्रम में उपयोग किया जाने लगा। डॉ. राजगोपालन ने अनेक पुरस्कार, प्रशंसा तथा पेटेंट हासिल किए।

भारत में विक्स की कहानी दर्शाती है कि किस प्रकार कम्पनियां विश्व स्तर पर पहुंचती हैं। प्रबन्धकों में एक गलत धारणा पैदा होती है कि किसी एक ब्रांड के नाम के सहारे अपना कार्य शुरू करो, सामान्य स्तर पर उत्पादन करो, अच्छी पैकिंग व विज्ञापन के साथ बटन दबाओ और पाओगे कि आप विश्व बाजार में धूम मचा सकेंगे। मार्लबोरो, कोक, सोनी तथा लेवी का नाम इस श्रेणी में लिए जा सकते हैं। फिर भी, यदि यह इतना आसान है तो भी बड़े नाम व उत्पादन क्यों नही पनप सकते? मानकीकरण बनाम अनुकूलता के वाद-विवाद में न जाते हुए विक्स की कहानी बताती है कि विश्व बाजार में सफलता हासिल करने के लिए जो सर्वाधिक व आवश्यक तत्व है, वह है स्थानीय लोगों में उसका महत्त्व। यदि स्थानीय प्रबन्धक उस उत्पादन को अपना मानकर चलते हैं, तो उपभोक्ता भी उसे उसी तरह अपनाएंगे। वस्तुतः कुछ वर्ष पूर्व भारतीय उपभोक्ताओं में सर्वेक्षण करने से पता चला है कि सत्तर प्रतिशत भारतीय गृहिणियों को विश्वास था कि विक्स भारतीय नाम है।

संयुक्त राज्य में, जहां विक्स का व्यापार शुरू हुआ, 1970 के दशक में प्रबन्धक यह मानने लगे थे कि विक्स वेपोरब पुराना पड़ चुका है और दादी मां का नुस्खा है। निश्चय ही उपभोक्ता भी इसी विचार के हो गए थे। जिससे बिक्री कम होने लगी। जब 1992 में मैं पी. एंड जी. मुख्यालय में गया तो मैंने इस धारणा को चुनौती दी। कुछ प्रबन्धकों ने तर्क दिया कि अमेरिकी समाज इतना आगे बढ़ गया है कि मां के पास इतना समय नहीं है कि बच्चों के बदन पर मालिश कर सके या दवा मल सके। लेकिन, अन्त में उन्होंने इस ब्रांड में निवेश करने की स्वीकृति दी। जिससे सौ वर्ष पुराना वेपोरब पुनः जाग्रत हो गया।

मैं निश्चयपूर्वक कह सकता हूं कि प्रबन्धन के आधारभूत सिद्धान्त पश्चिमी देशों में अथवा तीसरी दुनिया में एक समान होते हैं। किन्तु आपको चाहिए कि किसी मानक

उत्पाद के पैकेजिंग के विज्ञापन के लिए बटन दबाने से कुछ अधिक कर सकें, जिससे विश्व बाजार में उसे स्थान मिल सके। स्थानीय लोगों में आपके उत्पाद का ब्रांड, नाम लोकप्रिय हो तथा लोग गर्व के साथ उसे अपना सकें, ऐसा प्रचार होना चाहिए। भूमंडलीकरण से अभिप्राय यह बिल्कुल नहीं है कि अपने विचार किसी पर थोपे जाएं, बल्कि विश्व की नजर में उत्पादन बढ़ जाए तथा उपभोक्ताओं के बीच वह अपनी जड़ें जमा सके। इसका अभिप्राय हुआ कि स्थानीय अन्तर्दृष्टि बढ़े अपितु दुनिया में भौगोलिक स्थिति में संचार योग्य विचारों को पुनः उपयोग में लाया जा सके। मानव जितना अपने-आप को देशकाल में ढाल सके उतना ही वे सभी जगह एवं हर समय के होकर रह जाते हैं। आज के विश्व में प्रबन्धक इस तथ्य को समझते हैं, वे हर तिनके का महत्त्व जानते हैं।

विक्स की कहानी से यह निष्कर्ष नहीं निकाला जाना चाहिए कि किसी ब्रांड के विश्व बाजार का प्रबन्धन स्थानीय मुद्दा है। इसके विपरीत नए, सीमाओं से परे, आर्थिक विकास में वे ही ब्रांड व कम्पनियां विजयी रहेंगी जो भौगोलिक विभिन्नता में भी अनुभवजनित कौशल द्वारा अपना कार्य संचालन कर सके। बहुराष्ट्रीय कम्पनियों का स्थानीय कम्पनियों से नैसर्गिक लाभ है कि उनके पास अनुभवी व बुद्धिमान गुणवान व्यक्ति हैं जो समस्याओं का निदान करने में सफल हो सकते हैं। प्रबन्धक एक-दूसरे की उन्नति व अवनति, सफलता व असफलता के कारण व अनुभवों से सीख प्राप्त कर सकते हैं। यदि मिश्र में कोई सद्विचार पनपता है तो मलेशिया व वेनेजुएला के सतर्क, चौकस प्रबन्धक उस दिशा में कुछ कर सकने में समर्थ हो सकता है।

भारत में सूरत की उस गृहिणी की चाय की केतली राष्ट्रीय आन्दोलन का कारण बन सकती है। बम्बई की दीवार में एक छेद से एक अवस्था का शुभारम्भ हो सका और उसने पीढ़ियों तक की उत्पत्ति का मार्ग खोज दिया। गर्मी व बरसात के मौसम के खांसी-जुकाम के लिए विज्ञापन तैयार करने का कार्य कठिन व सटीक न भी हो, इतना अवश्य है कि विज्ञापन सारे साल व क्षेत्रीय आधार पर किए जा सकते हैं। भंडार रखनेवाली प्रणाली को इंडोनेशिया व चीन में स्वीकृति मिली। आयुर्वेदिक औषधि प्रणाली सुरक्षित जड़ी-बूटियों के सेवन के रूप में अपनाई जा सकती है। आयुर्वेदिक कथा से मुझे जो सीख मिली, वह यह कि अत्यधिक कानूनी अंकुश से दुष्परिणाम प्राप्त होगा। महान व्यापारिक संस्थान अच्छे विचार की विभिन्नता के आधार पर अच्छे प्रबन्धक द्वारा, जिसे एक उद्देश्य की जानकारी होगी, वह अवसर को कभी भी भुना लेगा।

अध्याय नौ

लरमा रोजो और ताइचिंग निवासी नं. 1

धरती में जीवन है, जो बीज रूप में फूटता है और जो व्यक्ति उसका मन्थन कर उपयोग में लाता है, उसी में वह जीव शक्ति समा जाती है।

–चार्ल्स डड्ले वार्नर

अपने बचपन के दिनों में साल में एक बार गांव जाकर मेरी बूढ़ी मौसियों से मिलने की बातें मेरी मां बड़े चाव से सुनाती हैं। हफ्तों उस यात्रा की तैयारी में लगते थे-गांव जाना बहुत बड़ी घटना होती थी और उसके लिए उत्साह होना स्वाभाविक था। मां बताती हैं कि उनके लयालपुर के घर में कई दिनों तक उत्सुकता और जोश-खरोश का माहौल रहता था। लयालपुर से सारा परिवार रेलगाड़ी से गुजरांवाला जाता और रास्ते में अनेक रिश्तेदार उस काफिले में जुटते रहते थे। गुजरांवाला स्टेशन पर पहुंचते-पहुंचते तो एक बड़ा जमघट हो जाता था जो अनेक तांगों की कतार में गांव की ओर बढ़ता था। सारे रास्ते हंसी-मजाक करते वे लोग अपने भाई-भतीजों के स्नेह-सत्कार का आनन्द उठाने के लिए तरह-तरह के कार्यक्रम बनाते रहते थे।

मां बताती हैं कि उन दिनों भी शहर व देहात की जीवन-शैली में फर्क होता था। शहरी लोग खुद को बड़ा चतुर और उच्चस्तरीय समझते थे, हालांकि धन-दौलत उनके पास गांव में रहनेवालों के मुकाबले हमेशा कम ही रहती थी। अपने को श्रेष्ठ समझने का एकमात्र कारण होता था. उनका शिक्षित होना और अंग्रेजी भाषा का ज्ञान। मां बताती हैं कि देहाती रिश्तेदारों के रहन-सहन का ढंग और साफ-सफाई के तौर-तरीके बहुत फूहड़

थे जिनसे घिन आती थी। मगर उनकी उदारता, प्यार-मोहब्बत के साथ-साथ खुले हाथ से खर्च करने की क्षमता के कारण कोई कुछ नहीं बोलता था। लयालपुर ब्रिटिश भारत का सुन्दर शहर था, ठीक वैसे ही जैसे नेहरू युग में कोर्वुसीर द्वारा बसाया गया शहर चंडीगढ़। लयालपुर में मेरा ननिहाल शिक्षित समाज और भारत के अभिजात वर्ग का सुन्दर नमूना कहा जा सकता है, क्योंकि उनके पास पद-प्रतिष्ठा तो जबरदस्त थी मगर धन-सम्पदा नहीं थी। हमारे नाना अक्सर कहा करते थे कि अंग्रेजी भाषा के साथ-साथ शासन की नीति भी हमें गुजरांवाला के परिवार और ग्रामीण समाज से अलग कर देती हैं। हमारे पास अगर पद-प्रतिष्ठा है तो उनके यस अपार धन-दौलत।

भारतीय भू-भाग में कृषि की अलग ही सत्ता रही है। हालांकि पैदावार पर उसका ही नियन्त्रण होता था जिसका जमीन पर अधिकार होता था। न जाने कितने ही ग्रामीण जमींदार अंग्रेजी राज की पैदाइश थे। उदाहरण के तौर पर हमारे रिश्तेदारों ने भी तभी दौलत इकट्ठा की जब नहर बन जाने के बाद वे लोग गुजरांवाला चले गए थे। अंग्रेजों ने भूमि सम्बन्धी नीति सबसे पहले 1793 में बंगाल में और फिर उसके बाद देश के अन्य भागों में लागू की थी। इसके अनुसार स्थानीय लोगों को भू-स्वामित्व मिला। जिसके बदले वे ईस्ट इंडिया कम्पनी को किराया देते थे। जिसे लगान कहते थे। इन लगान देनेवाले लोगों का एक वर्ग तैयार हो गया था। यद्यपि इन जमींदारों में से कई अपना सम्बन्ध मुगलों से जोड़ते थे, फिर भी पंजाब में जमींदार बहुत कम थे क्योंकि भूमि की जुताई व बुवाई किसान स्वयं करते थे जो अधिकांश जाट थे।

अंग्रेजी राज में शान्ति और स्थिरता के कारण जमींदारों को बहुत फायदा हुआ। उन्होंने अंग्रेजी हुकूमत का कभी विरोध नहीं किया और यही वह कारण था जिसकी वजह से ये लोग आजादी के आन्दोलन के साथ न जुड़ सके। भारत के राष्ट्रीय आन्दोलन ने तब जोर पकड़ा जब बुद्धिजीवी लोग जैसे मेरे चाचा सतपाल और मोतीलाल नहेरू जैसे लोग उससे जुड़े। नगर व गांवों के बीच 1920 के बाद सेतु निर्माण का काम महात्मा गांधी की बहुत बड़ी उपलब्धि थी। सम्पूर्ण देश के लोग इस आन्दोलन में जुट गए किन्तु सामाजिक भेदभाव व ऊंच-नीच ज्यों की त्यों मौजूद रही और आज भी भारतीय राजनीति के इर्द-गिर्द घूम रही है। 1947 के विभाजन ने हमारे रिश्तेदारों के जीवन को झकझोर दिया। गांवों से हमारा नाता टूट गया। गुजरांवाला के पाकिस्तान में जाने से उनकी जमीन-जायदाद छिन गई। जिससे वे गरीब हो गए और मेरे दादाजी लुधियाना में बस गए। भारत सरकार ने थोड़ा-बहुत मुआवजा दिया भी किन्तु वह अपर्याप्त था। वे गरीबी व मुफलिसी में जीवन बिताने पर मजबूर थे। बीते दिनों का ऐश्वर्य वापस न मिल सका। अशिक्षित होने के कारण वे नौकरियां भी प्राप्त न कर सके।

दो तिहाई भारतीय अब भी गांवों में रहते हैं। किन्तु मैं गांव से किसी भी प्रकार के सम्पर्क के बिना ही शहर में पला-बढ़ा। इसमें आश्चर्य की बात नहीं कि समकालीन भारत में शहरी जीवन का अधिक प्रभाव पड़ रहा है और मैंने भी सीधे व्यक्तिगत अनुभव के आधार पर ही अपना ध्यान केन्द्रित करना चाहा। सौभाग्यवश मुझे ये अवसर तब मिला जब मैंने काम करना शुरू किया। मैं आभारी हूं डेनियल थार्नर का जिनसे मैं बम्बई में मिला और जिनके साथ हरित क्रान्ति की बारीकियों को समझने का मुझे एक नया अनुभव प्राप्त हुआ। जिसके बिना आधुनिक भारत की प्रगति की कहानी अधूरी है। इससे मुझे जो सबक सीखने को मिला वह यह था कि प्रायः अपने द्वारा किए गए कार्यों के परिणाम से बेखबर अनजाने में ही घटनेवाली घटनाओं को जाने-समझे बिना व्यक्ति इतिहास रच देता है।

क्लाइव यदि सिराज को सबक सिखाने की कठोर इच्छा से काम न करता तो अंग्रेज भारत पर आधिपत्य कभी नहीं जमा सकते थे। यदि सी. सुब्रह्मण्यम की उत्कृष्ट इच्छाशक्ति को प्रधानमन्त्री शास्त्री का पूर्ण सहयोग न मिलता तो आज भारत में खाद्यान्न के इतने भंडार न होते।

बीस साल की उम्र से पहले तक मैंने भारत के गांव देखे तक न थे। मेरे बॉस ने विक्स की बिक्री गांवों में बढ़ाने के उद्देश्य से मुझे ग्रामीण भारत दौरे पर भेजा। मैंने एक महीना मध्यप्रदेश, गुजरात व तमिलनाडु में बिताया। यह समय अनुकूल नहीं था क्योंकि वर्षा न होने से सारे भू-भाग में सूखा पड़ने के कारण त्राहि-त्राहि मची हुई थी। वापस आने पर मैंने यात्रा का ब्यौरा लिखा कि विक्स वेपोरब का ग्रामीण क्षेत्रों में प्रचार में कोई कठिनाई नहीं होगी क्योंकि थोक व्यापारियों ने सारे ग्रामीण बाजार पर प्रभाव जमा रखा है। हमें केवल अपनी ग्रामीण गाड़ियों के संचालन व्यय में छूट देनी होगी, जब तक कि वे अपना व्यय भार स्वयं उठाने लायक नहीं हो जाते। साथ ही हमें अपने उत्पादन के लिए मांग बढ़ाने के उपाय भी करने होंगे। एक उपाय जो मैंने सुझाया, वह था, चलते-फिरते सिनेमाघरों में विज्ञापन द्वारा। यह तब की बात है जब टेलीविजन नहीं था। प्रारम्भ में इसके लिए मैंने जिले के सभी सिनेमाघरों के मालिकों से बात की। अपनी रपट में मैंने विस्तार से किसानों की दुर्दशा के बारे में लिखा, जिसे पढ़कर मेरे अधिकारी को लगा कि कम्पनी में अवांछित तत्त्व पनप रहा है।

आर्थिक दृष्टि से गांवों को आत्मनिर्भर देखकर मुझे बड़ी हैरानी हुई। विशुद्ध पुरातन गांव भी आन्तरिक स्तर पर हस्तकला उद्योग तथा कृषि के सूत्र से बंधे थे। प्रत्येक परिवार सामूहिक रूप से भूमि का मालिक था तथा प्रत्येक जाति के लोग एक सुनिश्चित सामाजिक व्यवस्था के प्रति अपना दायित्व निभाते थे। उसी दौरान मुझे कृषक, कलाकार, ज्योतिषि,

नाई, धोबी, चमड़े व लकड़ी का काम करनेवाले, दस्तावेज बनाकर संभालनेवाले, ग्राम प्रधान आदि सभी देखने को मिले। लगभग बत्तीस किस्म के व्यवसायी मैंने गिने, हालांकि सभी गांवों में ये सब उपलब्ध नहीं थे। प्रत्येक गांव के आत्मनिर्भर स्वशासन के जरिये मुझे महात्मा गांधी के सपनों के भारत को समझने का अवसर मिला। मार्क्स ने भी भारत के गांवों के स्वतन्त्र उद्योग व कृषि का उत्सुकता से उल्लेख किया है। अन्य विचारकों के समान मार्क्स ने भी कहा कि भारतीय गांव आत्मनिर्भर हैं क्योंकि उन्होंने अपने अतिरिक्त उत्पादन की खपत की व्यवस्था कर रखी है। किन्तु उसे यह लगा कि इस प्रकार की ग्रामीण स्वतन्त्र अर्थव्यवस्था के परिणामस्वरूप एक प्रकार का ठहराव व परिवर्तन सम्बन्धी विरोधी भावना का पनपना है। इससे आम हिन्दू राजनीतिक गतिविधियों से अनभिज्ञ रहता। फलतः राजसत्ता वंश, अथवा एकाधिकार में विश्वास रखनेवाले लोगों की सत्ता स्वीकारने में भी उन्हें कोई आपत्ति नहीं हुई। यही कारण था भारत की पराधीनता का। मार्क्स के अनुसार पश्चिमी तकनीकी शिक्षा इस स्थिति को बदल सकने में सक्षम थी। विश्व इतिहास में आधुनिक बनने और उसके प्रवाह में बहने के लिए भारतीयों को अपनी हस्तकला के विनाश के रूप में कीमत चुकानी पड़ी।

यद्यपि इस आत्मनिर्भर समाज को मैंने प्रेमपूर्ण तथा आकर्षक पाया किन्तु मार्क्स ने इसे ठहरा हुआ; बन्द, प्रकृति की मार से पीड़ित समाज कहकर इसकी भर्त्सना की। कड़े शब्दों में उसने कहा कि ये सुस्त ग्राम्य समाज.... कूपमंडूक बनकर भ्रष्ट और क्रूर शासक की अधीनता स्वीकार करने में भी नहीं हिचकिचाता और अन्धविश्वासी भी बन गया है। मार्क्स ने भारत पर अंग्रेजी हुकूमत की निन्दा की तथा उसके आधुनिकीकरण के प्रभाव को स्वीकारा। मशीनी वस्त्र उद्योग भारतीय ग्रामीण अर्थव्यवस्था पर एक प्रहार है, किन्तु यह भी सच है कि समस्त एशिया में अपनी ढंग की अनूठी औद्योगिक परम्परा है। मार्क्स ने अनुमान लगाया था कि रेल के प्रचलन से विकसित नए उद्योगों से भारतीय श्रमिकों का प्रभावित होना लाजिमी है क्योंकि भारतीय समाज में श्रमिकों का बंटवारा भी जातिगत आधार पर हो गया था। ये परिवर्तन भारत की तरक्की और मजबूती के लिए अनुकूल नहीं हैं।

भारतीय गांवों के प्रति महात्मा गांधी का दृष्टिकोण भिन्न था। वह ग्राम्य उद्योग और हस्तकला का पुनरुद्धार करना चाहते थे। जिससे ग्रामीणों को रोजगार मिल सके, और वे सम्मान के साथ जीना सीख सकें। सादे जीवन के हिमायती गांधीजी नहीं चाहते थे कि लोग अनावश्यक रूप से अपनी जरूरतों को बढ़ाएं। इसी वजह से उन्होंने हाथ सूत कातना, कपड़े बुनना तथा धान कूटकर चावल निकालने, हाथ की चक्की से आटा पीसने के साथ पारम्परिक तरीके से कोल्हू द्वारा तेल निकालने और फैक्टरी के

बजाय हाथों से तैयार गुड़ के महत्त्व को समझाया। उनका मानना था कि पारम्परिक उपकरणों तथा हथकरघे के इस्तेमाल से हमारे बुद्धि-कौशल व विवेक में वृद्धि होती है जो सर्वथा समाज के हित में है। अतः हमें फिर से पुराने सादगीपूर्ण जीवन की ओर लौटना चाहिए। रेलवे, तार, अस्पताल, वकील, डॉक्टर इनकी उतनी आवश्यकता नहीं। फैक्टरी की सफलता के सहारे अहिंसा को बढ़ावा नहीं मिल सकता, किन्तु ये आत्मनिर्भर गांवों के द्वारा ही सम्भव हो सकता है।' दुर्भाग्य से गांधीजी इतिहास के विपरीत चल रहे थे। वह औद्योगीकरण को रोक पाने में असमर्थ रहे। स्वतन्त्रता के बाद उनके अनुयायियों ने उनके विचारों के अनुरूप काम करने का प्रयास किया। ग्राम्य उत्थान तथा सामुदायिक विकास की राह पर दीर्घकाल तक समय की मांग के फैशन के रूप में चले किन्तु अन्ततः गांधीवादी कार्यक्रम असफल रहे और सम्भवतः उससे फायदे की अपेक्षा हानि ही अधिक हुई। अधिकांश कांग्रेसी खादी पहनते और चरखा चलाने की रीति निभाते रहे, उसमें उनकी आस्था नहीं थी। उन्होंने नेहरू के प्रति निष्ठा जगाते हुए मशीनी व फैक्टरी सभ्यता को अपनाया।

27 मई 1964 में मैं मध्यप्रदेश के जंगलों में घूम रहा था, जब रेडियो से नेहरू के निधन का समाचार सुना। मुझे ठीक से याद है, उस दिन मैं सागर जिले के एक गांव से दूसरे गांव जाने के लिए अपनी भंडारवाहक गाड़ी में बैठा था। समाचार सुनकर हर कोई स्तब्ध था। अनेक दुकानें बन्द हो चुकी थीं। एक दुकानदार ने मुझे कहा–बेटे ! आप चाहते हैं कि मैं विक्स खरीदूं जबकि मेरी जीवन जीने की इच्छा खत्म हो चुकी है। मेरा प्रिय मुझे छोड़कर चला गया है। गांधी की मृत्यु के बाद नेहरू के निधन ने राष्ट्र को अत्यन्त शोक व भावविह्वल कर दिया था। जिस तरह प्रत्येक अमेरिकी नागरिक को याद है कि जब राष्ट्रपति कैनेडी की हत्या हुई थी तो वह कहां था। उसी तरह मेरी उम्र के हर भारतीय लोगों को नेहरू की मृत्यु के विषय में याद है तथा मेरे पिता के साथियों को गांधी के निधन का दिन।

1950 के दशक में एक प्रश्न बार-बार उठता था कि नेहरू के बाद कौन? विदेशी संवाददाताओं में नेहरू के बाद भारत में अनिश्चितता व गड़बड़ी होने की भविष्यवाणी की थी। आज वह स्थिति आ गई है जिसके लिए सभी चिन्तित थे। 2 जून को मैं ट्रेन में सवार था जब मैंने सुना कि संसदीय दल ने सर्वसम्मति से लालबहादुर शास्त्री को नेहरू का उत्तराधिकारी निर्वाचित किया है। उसी सन्ध्या को राष्ट्रपति सर्वपल्ली राधाकृष्णन ने शास्त्रीजी को नई सरकार बनाने का न्यौता दिया। इससे सत्ता परिवर्तन हो गया। हम सबको राहत मिली। कुछ लोगों ने निर्णय की बड़ी प्रशंसा की। कुछ महज मुस्कुराकर रह गए। अनिष्टकारी भविष्यवाणीकर्ता झूठे पड़ गए थे। यहां तक

कि मेरे जैसे भारतीय जिनको विश्वास था कि उत्तराधिकारी का चयन शालीनता और परिपक्वता से पूरा हुआ और सत्ता परिवर्तन हो गया, उससे हम सभी गौरवान्वित हो गए और राष्ट्र प्रजातन्त्र की कसौटी पर खरा उतरा था।

1950 के दशक के उत्तरार्द्ध में वाशिंगटन पोस्ट के सेलिग हैरिसन ने बहुत गम्भीरता से लिखा था कि भारत छिन्न-भिन्न हो जाएगा किन्तु ऐसा न हुआ। आपदापूर्ण दशक आया और गुजर गया। क्षेत्रीय समस्याएं उभरीं किन्तु भारत एक सूत्र में बंधा रहा। आज इन सबकी ओर किसी का ध्यान नहीं जाता। अक्सर जो लोग कहा करते थे कि भारत तो अंग्रेजों की देन है अथवा भारत की भौगोलिक दशा चर्चिल द्वारा स्थापित धारणा के अनुकूल होगी, वे लोग बिल्कुल गलत साबित हुए। स्पष्ट है कि भारत की एकता तथा सांस्कृतिक, सामाजिक और यहां तक कि आर्थिक सम्प्रभुता को कमतर करके आंका जा रहा था। मुझे याद है, एक बार अमर्त्य सेन ने मुझसे कैम्ब्रिज में भारत का आर्थिक इतिहास इसलिए पढ़ने को कहा था क्योंकि उसमें ब्रिटिश राज से पहले भारत में सामाजिक और आर्थिक एकता का बहुत ही शानदार वर्णन किया गया था।

लालबहादुर शास्त्री को आर्थिक संकट विरासत में मिला था। खाद्यान्न की बहुत कमी थी–कीमतें आसमान छू रही थीं–चारों ओर दरिद्रता फैली थी। कृषि में ठहराव था। औद्योगिक उत्पादन धीमा हो गया था और बेरोजगारी बढ़ गई थी। विदेशी मुद्रा विनिमय न्यूनतम स्तर पर पहुंच चुकी थी। सर्वाधिक शोचनीय बात यह थी कि कांग्रेस पार्टी के अन्दर तथा बाहर आत्मविश्वास का अभाव हो गया था। नए नेता के लिए ऐसी स्थिति सुखद नहीं हो सकती थी। कांग्रेस पार्टी ने शास्त्री को नेता चुना था क्योंकि वे सीधे-सादे सामान्य व्यक्ति थे–चुपचाप काम करनेवाले और जनता से जुड़े नेता थे, उनसे किसी को कोई खतरा नहीं था। एक तरह से नेहरू के बिल्कुल विपरीत स्वभाववाले वह सिद्धान्तवादी कम और क्रियाशील अधिक थे। खाद्यान्न आपूर्ति उनकी प्राथमिकता थी।

शास्त्री जानते थे कि कृषि की अवहेलना हुई है। यद्यपि वह स्वयं इसके दोषी थे। नेहरू ने भी कई दफा खाद्यान्न की कमी पर निराशा व्यक्त की थी। 1957 में नेहरू ने स्वीकार किया था कि "यह बहुत ही दुखद बात है कि आजादी के दस साल बीत जाने पर भी कृषि प्रधान देश अपना पेट नहीं भर सकता। इसके लिए देवता, नक्षत्र, बाढ़ या सूखा उत्तरदायी नहीं है बल्कि हमारी सोच व सही दिशा में प्रयास न करने के परिणामस्वरूप यह स्थिति पैदा हुई है।" एक ईमानदार कथन किन्तु नेहरू भी अपनी कथनी के अनुसार करनी में असफल रहे। उन्होंने निश्चय ही इसके लिए सही कार्य सही समय पर भी किया। यदि नेहरू कृषि व खाद्यान्न पर ध्यान देते और अपने कार्यालय के संसाधनों का उपयोग करते तो अवश्य स्थिति में सुधार होता। वर्षों तक अमेरिकी नेताओं ने कृषि पर अधिक ध्यान देने की सलाह

दी किन्तु नेहरू के परामर्शदाताओं ने यह कहते हुए उसकी ओर ध्यान नहीं दिया कि कृषि में ध्यान लगाने का अमेरिकी उद्देश्य भारत को गरीब बनाए रखना है। इसके बावजूद तब भी साठ करोड़ डॉलर की वार्षिक मदद अमेरिका से भारत को मिलती थी।

1950 के दशक के आरम्भ से ही भारत ने अमेरिका से गेहूं का नियमित आयात शुरू कर दिया था। द्वितीय विश्वयुद्ध के दौरान अमेरिका ने कृषि उत्पाद पर अधिक ध्यान दिया। फलस्वरूप उनके यहां आवश्यकता से अधिक गेहूं की उपज होने से भंडार भर गए थे। कृषकों के मत लेने, उन्हें प्रोत्साहित करने के लिए सरकार ने कृषि उत्पादन बढ़ाने की नीति अपनाई थी और कृषकों को उनकी उपज अधिक समर्थन मूल्य पर खरीदने का आश्वासन दिया था। इस तरह बाजार की कीमत अधिक होने के कारण कृषकों को मुंहमांगा पैसा मिल जाता था। फलस्वरूप सरकार के पास हर साल गेहूं के भंडार भर जाते, यहां तक कि अनाज गोदामों में सड़ने लगा–इसलिए गेहूं का अधिक भंडार आग से या अन्य तरीके से नष्ट किया जाने लगा या फिर भारत जैसे अकाल पीड़ित देशों में निर्यात किया जाने लगा। उस अनाज को नष्ट करने या बेचने से उन्हें फायदा ही होता था। इसलिए पी एल-480 नाम का एक कानून अमेरिकी संसद ने पारित किया जिसके अनुसार स्थानीय आवश्यकता से अधिक उपज के गेहूं के बेचने का प्रावधान किया गया। अपनी आत्मकथा में बी. के. नेहरू ने कांग्रेस में हर कानून के विरुद्ध की गई हकीकत का उल्लेख इस प्रकार है–जन-प्रतिनिधियों ने करदाताओं के धन को विदेशियों को देने का विरोध किया। इनका विरोध तभी शान्त हुआ जब यह स्पष्ट किया गया कि प्रस्ताव में केवल उधार देने का जिक्र है, वास्तविक नकद धन देने का नहीं। कांग्रेसी सदस्य इससे सन्तुष्ट हो गए थे। सन् 1957-58 में मानसून न आने के कारण अमेरिकी गेहूं से बड़ी सहायता मिली जब खाद्यान्न की उपज ठीक ढंग से नहीं हुई तब हम पी एल-480 के आदी हो गए। 1960-64 की अवधि में भारत ने जब एक करोड़ साठ लाख टन गेहूं आयात किया तो खाद्यान्न की स्थिति कुछ हद तक सुधरी। विदेशी निषेधकार वाशिंगटन में भारत को 'टोकरेप' की संज्ञा दी गई।

हमेशा की तरह इस विषय में भारतीयों में मतभेद रहा। एक ओर वामपन्थी थे जिनके अनुसार खाद्यान्न में कोई कमी नहीं थी, बल्कि बिचौलिये और व्यापारियों ने अनाज की कमी का शोर मचाया है। जिससे इनका मुनाफा बढ़ता रहे। उनके अनुसार खाद्यान्न की नीति का राष्ट्रीयकरण होना चाहिए और अनाज का वितरण राजनीतिक नेताओं के संरक्षण में सरकारी दुकानों से होना चाहिए। दूसरी ओर दक्षिणपन्थी नेता एस. के. पाटिल थे जो गेहूं की कमी को सही मानते थे मगर इसके लिए सरकारी तौर पर खड़ी की गई बाधाओं को दोषी मानते थे।

यह सही है कि गेहूं की पैदावार हो रही थी मगर व्यापारी इसकी जमकर जमाखोरी भी कर रहे थे। इसका कारण साफ था कि सरकार पर से उनका विश्वास उठ चुका था। किसानों एवं व्यापारियों में इस बात का डर बैठता जा रहा था कि व्यापार को राजकीय प्रशासन के तहत करने की बात चल रही है जबकि उनका जवाब था कि व्यापार पर किसी तरह का नियन्त्रण न हो और इसकी गतिविधियां पूरी तरह स्वतन्त्र हों। किसानों के हित में कीमतें बढ़नी चाहिए जिससे अधिक-से-अधिक पैदावार करने की होड़ लगे। इसी बीच अर्थशास्त्रियों एवं विश्लेषकों की अतिवादी विचारधारा पनपने लगी। इनका मानना था कि शासन की ओर से ही कृत्रिम तौर पर 'खाद्यान्न क्षेत्र' निर्धारित किया गया है। ऐसा किसानों को हतोत्साहित करने के लिए किया जा रहा है ताकि अमेरिकी गेहूं का आयात बड़े पैमाने पर होता रहे। इसके अतिरिक्त कुछ और कारण भी विचारों में प्रकट होते रहे। भारतीय अभिजात वर्ग में कुछ ही ऐसे थे जो अमेरिका की इस उदारता के प्रति कृतज्ञता महसूस कर रहे थे। और वियतनाम में अमेरिकी दखल के बारे में भी चुप्पी साधे हुए थे। वास्तव में 1966-67 में यह समस्या और भी गम्भीर हो गई थी। लगातार दूसरे साल सूखा पड़ा और देश अकाल की चपेट में आ गया। देश को भुखमरी से बचाने का एकमात्र रास्ता ही यह था कि 140 लाख टन खाद्यान्न से लदे अमेरिकी जहाज भारत पहुंचें। इतने अनाज की कीमत डेढ़ अरब डॉलर से ज्यादा थी। हालात की पराकाष्ठा यह थी कि अमेरिकी पत्तनों से हर दस मिनट में अनाज लदे जहाज भारत रवाना होने लगे।

उन दिनों वाशिंगटन में हमारे राजदूत बी. के. नेहरू हुआ करते थे। और गेहूं के आयात के पूरे कार्यक्रम का संचालन कर रहे थे। एक दिन सहसा जहाज रुकने की बात को याद करते हैं–बी. के. घबरा गए। वे बेतहाशा विदेश सचिव और फिर कृषि सचिव ऑरविले फ्रीमैन तथा सहायता कार्यक्रम के अध्यक्ष डेविड वेल के पास गए किन्तु परिणाम कुछ न निकला। किसी को जहाज रोके जाने का कारण पता न था। नई दिल्ली में भी प्रशासन असमंजस में पड़ गया और राजदूत को तार सन्देशों की झड़ी लगा दी। संवाददाताओं को इस मामले की भनक पड़ी तो न्यूयार्क टाइम्स ने प्रशासन को लापरवाही और अक्षम्य व्यवहार के लिए आड़े हाथों लिया। पता चला कि राष्ट्रपति जॉनसन से स्वयं ऐसा आदेश दिया था। बाद में उसने बी. के. नेहरू को बताया कि उनकी बेटी लूसी ने उनसे कहा, "पापा यह आप क्या कर रहे हैं? आप क्रिसमस के अवसर पर भारतीयों को भूख से तड़पता नहीं देख सकते!" तो मैंने उसे चिन्ता न करने के लिए कहा। जॉनसन ने कहा कोई भारतीय क्रिसमस के मौके पर भूखा नहीं रहेगा। दूसरे दिन ही फिर जहाजों की रवानगी शुरू हो गयी। बी. के. नेहरू ने अनुमान लगाया कि जहाज रुकने का कारण जॉनसन द्वारा इन्दिरा गांधी की मास्को यात्रा पर रूस व भारत द्वारा जारी

सम्प्रभुत्व वक्तव्य पर अपनी नाराजगी जताने के लिए था। इस वक्तव्य में अमेरिका की वियतनाम सम्बन्धी नीति की आलोचना की गई थी, उनका मानना था कि यह जॉनसन ने हमें अहसास करा दिया कि हमें कृषि नीति पर असरदार ढंग से सोचना चाहिए।

जब शास्त्री ने सत्ता संभाली तो उन्होंने कृषि को प्राथमिकता दी। उनका पहला और सर्वोत्तम काम था कृषि के क्षेत्र में सूझबूझ रखनेवाले सी. सुब्रह्मण्यम को कृषि मन्त्री और खाद्य मन्त्री नियुक्त करना। वह नई सोच लिए ठोस और स्वतन्त्र निर्णय लेने में सक्षम थे। उन्हें पता चला कि मैक्सिको में गेहूं की बौनी फसल उगाने में अमेरिकी वैज्ञानिक नारमन वोरलाग सफल रहे हैं। उन्हें जवाब मिल गया था। इस नाते कई महीने तक अमेरिका से समझौता करने में लगे रहे। जैसे ही उन्हें समर्थन हासिल हुआ सुब्रह्मण्यम ने अपनी नई कृषि नीति की घोषणा कर दी। साथ ही नए गेहूं को लेकर दांव खेल दिया।

सी. सुब्रह्मण्यम बहुत उतावले व्यक्ति थे और उन्होंने अनेक बार बोइंग 707 की उड़ान के बाद सोलह हजार टन नए गेहूं के बीज के भंडार भर दिए। अपने इस काम की पैरवी के लिए उन्होंने रासायनिक खाद का अत्यधिक आयात किया और विदेशी कम्पनियों से खाद्य उत्पादन के लिए गैर सरकारी निवेश आमन्त्रित किए। इसके बाद तो इतिहास साक्षी है कि इस नए बौने गेहूं की इतनी पैदावार हुई कि भारत में हरित क्रान्ति की व्याप्ति फैल गई। अब भारत खाद्यान्न में पूर्णतः आत्मनिर्भर हो गया था। पंजाबी किसान मैक्सिको के 'लरमा रोजे' द्वारा उनके खेतों में जड़ जमाने की जोर-शोर से चर्चा करेंगे कि किस तरह एक बीज ने वहां खुशहाली पैदा की। भारतीय प्रजातन्त्र अपने नेताओं द्वारा ऐसे ठोस कदमों की आदी नहीं रहा। यद्यपि इसका संसद व संचार माध्यमों में बड़ा विरोध किया गया। सौभाग्य की बात है कि बुद्धिजीवी वर्ग ने सुब्रह्मण्यम के कदमों में पूरा विश्वास व्यक्त किया और स्वयं उन्होंने भी अपनी नीतियां व कार्य की जमकर वकालत की। सुब्रह्मण्यम ने राष्ट्रपति लिंडन जॉनसन को भी प्रभावित किया। जॉनसन ने बी. के. नेहरू से स्पष्ट कहा कि " आपका वह सुब्रह्मण्यम अच्छा समझदार व्यक्ति है"। अमेरिकी राष्ट्रपति भारतीय कृषि मन्त्री के सम्बन्ध में आश्वस्त होना चाहता था क्योंकि भारत अमेरिका से लगाकर प्रतिवर्ष खाद्यान्न अभाव करने लगा था जिससे अमेरिकी रणनीति व कृषि नीति प्रभावित हुए बिना न रही।

सुब्रह्मण्यम को मन्त्रिमंडल एवं कांग्रेस पार्टी द्वारा जारी विरोध का सामना करना पड़ा-टी. टी. कृष्णमाचारी ने, जो फिर शास्त्री मन्त्रिमंडल में मन्त्री बने, गेहूं की फसल के पन्द्रह प्रतिशत वृद्धि के प्रस्ताव का विरोध किया किन्तु सुब्रह्मण्यम अपनी जिद पर अड़े रहा। उन्होंने जोर देकर कहा कि किसानों को जोखिम उठाने के लिए कुछ लाभ मिलना चाहिए और नए गेहूं के उत्पाद को अपनाया जाना चाहिए। उनका मानना था

कि यदि नई तकनीक के समर्थन में मूल्य, खाद्य, भूस्वामित्व, जल एवं ऋण नीतियों का सही निर्धारण नहीं किया गया तो वह कारगर नहीं होगा। उन्होंने इसे एक 'पैकेज डील' के रूप में लिया।

भारत अपनी नई नीति को जोर-शोर से लागू करने में सफल रहा और इसका सारा श्रेय शास्त्रीजी एवं सी. सुब्रहमण्यम को जाता है साथ ही तकनीकी विशेषज्ञ एम. एस. स्वामीनाथन एवं प्रशासक शिवरमण भी इस कामयाबी के बराबर के भागीदार बने क्योंकि इन लोगों ने पूरी तरह नई नीति का समर्थन किया। भारतीय कृषि प्रगति के पथ पर अग्रसर हुई और औपनिवेशिक भारत का निर्णयात्मक अन्त हुआ। 1967 से 1977 के दशक में गेहूं का उत्पादन प्रतिवर्ष साढ़े पांच प्रतिशत बढ़ा। सम्प्रभुत्व राज्य के अभिलेखों-विश्वव्यापी भूख सम्बन्धी राष्ट्रपति आयोग की रपट के अनुसार 1980 तक भारत ही एकमात्र देश रहा जो खाद्यान्न सुरक्षा के क्षेत्र में ठोस प्रणाली अपनाने में सफल रहा। 1980 के दशक में भारत इथोपिया जैसे अकालग्रस्त देशों को खाद्यान्न देने योग्य हो गया था और वियतनाम को गेहूं देने में समर्थ रहा। 1950-51 में 540 लाख टन अन्न उत्पादन को अब 20 करोड़ टन अर्थात तीन प्रतिशत प्रतिवर्ष की औसत उत्पादन वृद्धि कर सका जबकि 1905 से 1945 की अवधि में केवल एक प्रतिशत की वृद्धि ही दर्ज की गई थी।

नकारात्मक रूप में हरित क्रान्ति ने केवल उत्तर पश्चिम की भूमि पर गेहूं को लाभ पहुंचाया किन्तु देश के अन्य भागों से बहुत बड़ा अन्तर था। 1985 तक उत्तर पश्चिम के तीन राज्यों ने अतिरिक्त उपज का तिरासी प्रतिशत किया जिसमें पचास प्रतिशत केवल पंजाब का हिस्सा था। कुछ लोगों ने चिन्ता व्यक्त की कि एक प्रदेश सारे देश के लिए अन्न भंडार बने, यह देश की एकता के लिए उचित नहीं। मैं इससे असहमत हूं। मेरे विचार से यह प्रकृति की देन है और हमें प्रकृति की सीमाएं माननी चाहिए। उद्योग भी किसी क्षेत्र समूह में ही पनपने की प्रकृति रखते हैं। अब हरित क्रान्ति पूर्व के गरीब राज्यों की ओर बढ़ गई है और उसमें धान की उपज भी थोड़ी होने लगी है, यद्यपि गेहूं के समान नहीं। जहां भी हरित क्रान्ति का प्रभाव बढ़ा उसने अतिरिक्त श्रमशक्ति को उपयोग में लेने का कार्य भी किया अर्थात अधिक लोगों को काम मिला। इससे यह तथ्य समझने में आसानी हो सकती है कि भारत की पैंसठ फीसदी आबादी अब भी गांवों में क्यों रहती है। यद्यपि सकल घरेलू उत्पाद में कृषि का योगदान पचीस फीसदी तक पहुंच गया था। अभी भी भारत के गांवों में होने का एक कारण यह भी है। यह मशीनों के बाहुल्य एवं श्रम में बचत के तरीके अपनाने के बावजूद है। हरित क्रान्ति के आरम्भिक दिनों में बड़े-बड़े किसान लाभान्वित हुए क्योंकि उनके पास पूंजी और

जोखिम उठाने की क्षमता थी। धीरे-धीरे छोटे किसान भी इससे लाभान्वित होने लगे और कालान्तर में इसका प्रभाव गरीब क्षेत्रों में भी पड़ा। अतः 1970 के बाद श्रमिकों के पारिश्रमिक में जानेवाला क्षेत्रीय अन्तर घटता गया। गरीबों को काम मिलने से ही नहीं अपितु खाद्यान्न के मूल्यों में कमी आने से ही लाभ हुआ।

कृषि के क्षेत्र की इस चमक के बावजूद आर्थिक दृष्टि से गिरते परिदृश्य में भारतीय बुद्धिजीवी वर्ग हरित क्रान्ति की सदा आलोचना करते रहे। मुझे याद है कि 1970 के दशक में समाचारपत्र इस हरित क्रान्ति को सरकार द्वारा देश को अमेरिकनों के हाथ बेचना या गिरवी रखना कहते थे। आर्थिक व राजनीतिक पत्रिकाओं में शिक्षाविदों एवं राजनेताओं ने वर्षों तक अनेक लेख लिखकर हरित क्रान्ति की भर्त्सना की। कुछ लेख नई विचारधारा को लेकर लिखे गए जिन्हें कृषक क्रान्ति का नाम देकर समाप्त किया गया। उन्हें आशा थी कि छोटे किसान एवं भूमिहीन मजदूर बाजार प्रक्रिया के अनुरूप उत्पादन में भाग ले सकेंगे। इसकी जड़ में मुझे विश्वास है कि उनका हरित क्रान्ति का विरोध केवल बाजार, लाभ एवं पूंजीवादियों के प्रति गुस्सा मात्र है। उन्होंने इस परिवर्तन को पूंजीवादियों की कृषि के उत्थान के रूप में ठीक ही समझा है। यहां तक कि सामान्यतः सन्तुलन बनाए रखनेवाले अर्थशास्त्री अशोक ने भी लिखा-विकासशील कृषि का कार्य ऐसे लालची प्रवृत्ति के मनुष्यों को सौंपा जा रहा है जो पूंजीवाद को बढ़ावा देते हैं। परम्परागत भारतीय कृषि में ब्याज पर धन उधार देनेवाले व्यवसायी-विचारवान व्यापारी में लोलुपता की प्रवृत्ति को सदा अपराधी घोषित किया गया है, नकारा गया है।

1960 के दशक में मैं अमेरिका के विलक्षण शिक्षाविद् डेनियल थॉर्नर से मिला जिसने भारतीय ग्रामीण क्षेत्र का विस्तृत दौरा किया और उससे मुझे हरित क्रान्ति के विषय में काफी कुछ सीखने को मिला। डेनियल और ऐलिस थॉर्नर संयुक्त राज्य में सीनेटर जोज़फ मैकार्थी के मोहजाल से बचने के उद्देश्य से 1950 के वर्षों में भारत आए थे। थॉर्नर को अपने वामपन्थी मित्रों के नाम बताने से इनकार करने के कारण भारत में जानकारी प्राप्त करने के सरकारी छात्रवृत्ति की सुविधा तथा नौकरी से हाथ धोना पड़ा था। सारे अवरोधों की परवाह न कर ऐलिस और उसने अपने मां-बाप से पैसे लिए और मुम्बई आ गए, जहां अपने अनेक मित्रों के आसरे तब तक रहने लगे जब तक कि भूलाभाई देसाई मार्ग स्थित श्याम निवास की पांचवीं मंजिल पर उन्होंने अपना ठिकाना न बना लिया। बच्चों को ऋषि वैली स्कूल में भर्ती कर अर्थव्यवस्था सम्बन्धी अपनी योजनाओं को जिससे भी जहां से भी धन उपलब्ध हुआ-के आधार पर कार्य प्रारम्भ कर दिया। शीघ्र ही उनके मित्रों की संख्या बढ़ गई। सचिन चौधरी ने

'इकोनॉमिक एंड पॉलिटिकल वीकली' के लिए कृषि सम्बन्धी लेख लिखने का आग्रह किया। वी. के. आर. वी. राव ने उन्हें दिल्ली स्कूल ऑफ इकोनॉमिक्स में व्याख्यान देने के लिए आमन्त्रित किया। योजना आयोग के धुरन्धर पी. सी. महालानोबिस ने उन्हें 1961 की जनगणना सम्बन्धी विचारों का विश्लेषण करने की परियोजना सौंपी। इससे उनका निवास सामाजिक विज्ञान के शोध छात्रों की मिलन-स्थली बन गया।

डेनियल थॉर्नर को भारत से बेहद लगाव था। भारत के सम्बन्ध में उसकी रुचि स्वतन्त्रता से पूर्व की थी। ऐलिस के साथ मिलकर उसने लन्दन में रहते हुए 'इंडिया लीग' के कार्यालय जाने का मन बनाया और कृष्णा मेनन से भेंट की। शीघ्र ही वे विकास कार्यों की प्रगति की जानकारी प्राप्त करने स्टैंड थॉर्नर हाउस में रोज शाम को मेनन से नियमित रूप से मिलनेवाले छात्रों, राष्ट्रवादी तथा नए विचारोंवाले समूह में जुड़ गए। वहां उनकी घनिष्ठता के टी. चंडी एवं पी. एन हक्सर से हुई जो वकालत पढ़ रहे थे। युद्ध के समाप्त होने पर थॉर्नर ने कोलम्बिया विश्वविद्यालय से भारतीय रेलवे पर पी-एच. डी. की उपाधि प्राप्त की और पेनीसिलवेनिया विश्वविद्यालय में नार्मन ब्राउन के दक्षिण एशिया कार्यक्रम में शामिल होने चले गए। वहां उनकी भेंट प्रख्यात अर्थशास्त्री डी. आर. गाडगिल व डी. पी. सी. महालानोबिस से सायमन व एडिथ कुजनेट के फिलाडेलफिया स्थित घर पर हुई जिसमें अन्य छात्रों के साथ थे जार्ज ब्लाइन जिन्होंने फल उत्पादन के दीर्घकालीन विवरण एकत्रित किए, तथा सुरेन्द्र पटेल जिन्होंने कृषि क्षेत्र के श्रमिकों पर अपना शोध ग्रन्थ तैयार किया था।

जब मैं थॉर्नर से पहली बार मिला था तो वह ग्रामीण क्षेत्रों के कस्बे प्रवास के बाद वापस आ गए थे। ग्रामीण भारत में पूंजीवादी गतिविधियों के विषय में बड़ी शान्ति के साथ उन्होंने बातें कीं। भारत के अनेक भागों में कृषि उत्पादन में छाई खुशहाली को पूरे उत्साह से उन्होंने बताया और किसानों की उम्मीदों का अच्छा आशापूर्ण चित्रण किया कि छोटे-बड़े किसान नए बीज, नलकूप, ट्रैक्टर, पानी खींचने के लिए पम्प तथा खाद का उपयोग कर सकेंगे। किन्तु निवेश करनेवाले सभी किसान न थे। उन्होंने करनाल जिले के एक कृषि अफसर से मिलाया जिसके पास एक सुस्त–सा ढीला-ढीला व्यक्ति था। किन्तु बाद में पता चला कि उसने कृषि उत्पादन का पुरस्कार प्राप्त किया है। इस किसान ने थॉर्नर को बताया कि इससे पहले वह पैसा ब्याज पर उधार देता था। 1938 के कड़े कानून के बाद उसने अपना यह धन्धा छोड़ दिया। वह सड़क के पार तायचुंग नेटिव नं. 1 के खेतों में हाईब्रिड धान की उपज देखने थॉर्नर को ले गया। थॉर्नर ने वहां एक नाटे और सीधे-सादे व्यक्ति को देखा जिसने केवल एक बनियान, घुटने तक की निकर तथा कलाई घड़ी बांध रखी थी। उसे देखकर थॉर्नर

ने पूछा कि क्या वह उसका सुपरवाइजर है तो उत्तर मिला–'नहीं, वह तो मेरे पड़ोसी लालाजी हैं।' पता चला कि लालाजी के पास ट्रैक्टर व ट्यूबवेल दोनों उपलब्ध थे। इतना समृद्ध व्यक्ति, मैं नहीं समझता, कि पूरी जिन्दगी में मुझे कहीं मिला हो, जिसका कृषि व कृषि उपकरण में तथा कृषि वाणिज्य के विषय में इतना विस्तृत ज्ञान हो। हरियाणा के करनाल जिले में जो काम थॉर्नर ने किया, वही उसने उत्तर प्रदेश के मेरठ व बाराबंकी जिलों तथा गुजरात व आन्ध्र प्रदेश के सागर तटीय क्षेत्रों में भी किया। किसानों ने जो भूमि सटोरियों को गिरवी रख दी थी उन्हें अपना ट्रैक्टर, नलकूप और बिजली उत्पादन हेतु जेनरेटर तक लगाने की हिम्मत बटोरकर कृषि उपज बढ़ाने के लिए प्रोत्साहित किया। थॉर्नर से भेंट होने तक मुझे नहीं पता था कि ग्रामीण कृषि के लाभ-उन्नति हेतु विकासशील तकनीक अपनाने की सूझ एकदम नई है। 1947 तक बड़े-बड़े जमीदारों ने अधिकांश भूमि पर कब्जा कर अपनी जमीन पट्टे पर छोटे-छोटे किसानों को बांट दी थी। आजादी से पूर्व बहुत कम जमींदारों ने कभी सोचा कि भूमि की जोत बढ़ाकर, श्रमिकों की मदद से कृषि उपज को लाभ तथा पुनर्निवेश द्वारा उत्पादन को कई गुना बढ़ाया जा सकता किन्तु क्रान्ति की लहर चलने लगी थी।

थॉर्नर की पैनी दृष्टि का अन्दाजा मुझे पश्चिमी उत्तर प्रदेश के तराई इलाके को देखकर हुआ। मैं वहां अपनी कम्पनी की ओर से एक विशेष प्रकार के पुदीना के उत्पादन की सम्भावना का पता लगाने गया था। उस पुदीना से तेल निकालकर मेन्थाल प्राप्त करने के उद्देश्य से यह योजना बनाई गई थी। यह मेन्थाल विक्स वेपोरब में प्रयोग किया जाता था। कृषकों के साथ मुझे वहां सेवानिवृत्त सैनिक, अफसर मिले जिन्होंने झाड़-जंगल साफ कर भूमि को कृषि योग्य बना लिया था। वे कृषि के वैज्ञानिक तरीके अपनाने के लिए प्रोत्साहित थे। उन्होंने पुदीना उगाने में रुचि इसलिए भी जाहिर कर दी क्योंकि यह उन्हें तीसरी फसल के रूप में दिखाई दे रही थी। उन्होंने इस काम को हाथ में लेकर छोटे और रूढ़िवादी किसानों के सामने एक उदाहरण पेश किया। इन्हीं किसानों ने मैक्सिकोवाली गेहूं की अलग किस्म के बीज को भी अपनाने में पहल की थी। जब 1980 में मैं उनसे मिला तो वे बड़े गर्व से लरमा रोजो दिखाते थे। यह वही गेहूं था जिसने एक साल पहले ही सनसनी मचाई थी।

थॉर्नर ने बताया कि ठीक यही बात हैदराबाद और बैंगलोर के अलावा महाराष्ट्र के कई इलाकों में अंगूर के साथ हुई। मुझे याद है, 1950 के समय हमारे घरों में अंगूर काफी महंगे फलों में शुमार किया जाता था। मगर सत्तर के दशक तक आते-आते दक्षिण में हुई क्रान्ति से साल दर साल अगूरों की कीमतें गिरती चली गईं और स्थिति यहां तक पहुंच गई कि मध्यवर्ग परिवारों में यह आम फल बन गया। ठीक ऐसा ही

1990 की शुरुआत में स्ट्राबेरी के साथ हुआ। थॉर्नर ने पाया कि औद्योगिक क्षेत्र के विकासशील उद्योगों की तरह ही कृषि उद्योग में भी पूंजीवादी अपनी घुसपैठ बनाने लगे हैं जिन्होंने जिन्दगी में कभी खेत में जाने की जहमत नहीं उठाई थी, उन्होंने भी शासन से उपलब्ध कर छूट ऋण सहायता आदि का फायदा उठाकर मैक्सिको के गेहूं उगाने में रुचि ली और नई तकनीक के सहारे गेहूं का उत्पादन बढ़ाया।

वामपन्थी लोगों ने कृषि के इस विकास को समाज में असमानता बढ़ाने का कारण बताया, वहीं थॉर्नर को भरोसा था कि यही पूंजीवादी किसान वर्ग एक दिन भारत की खाद्य समस्या को पूर्णतः हल कर लेगा और वह सही निकला। जहां भी हरित क्रान्ति का प्रभाव फैला, वहीं किसानों को अप्रत्याशित लाभ मिला और आम किसानों की क्रयशक्ति बढ़ गई। वे किसी भी वस्तु को खरीदकर अपनी कृषि योग्य नई तकनीक के उपकरण खरीदने में समर्थ हुए जिससे उत्पादन में आशातीत वृद्धि हुई। फलतः आर्थिक उन्नति होने लगी। सामान्य जनजीवन के उपयोग में आनेवाली विविध वस्तुओं का उत्पादन बढ़ गया। ट्रैक्टरों, खाद आदि के अनेक कारखाने खुल गए। बैंकिग सेवा में विस्तार हुआ। इस तरह सब तरह की प्रगति देश में खुशहाली के लिए होने लगी। वामपन्थियों ने सरकार की गलत नीतियों को कोसने का काम किया-विशेषकर भूमि सुधार के क्षेत्र में उसकी त्रुटिपूर्ण नीतियों को उजागर किया तो थॉर्नर ने पूंजीवादी कृषि व्यवस्था को अच्छा कदम बताया। उसने भूमि सुधार के सम्बन्ध में हुई भूलों को स्वीकार किया किन्तु कृषि विकास में आशावादी दृष्टिकोण को अपनाने की बात पर जोर दिया। उसने 1947 के एक दशक बाद हुए भूमि सुधारों में किए गए उपायों के विषय में लिखा। जिन जमींदारों ने गांव छोड़ शहरी जीवन अपना लिया था, उनकी जमीन को कृषिकारों में बांटने के लिए किये गए कार्य को सराहा जिनसे उन गरीब किसानों को भूमि का स्वामी बना लिया जिस पर वे पुश्तों से काश्तकार रहे थे। इन सुधारवादी उपायों का सीधा प्रभाव यह हुआ कि छोटे-छोटे किसान अपनी भूमि पर अधिक श्रम करने के लिए प्रोत्साहित हुए।

थॉर्नर को पूरा विश्वास था कि भूमिहीन किसानों में इन भूमि सुधारों के द्वारा भूस्वामित्व प्राप्त करने में सहायता मिलेगी किन्तु उसे अनुभव हुआ कि इन सुधारों से रोजगार की दिशा में भी अनेक अवसर मिलेंगे क्योंकि कृषि की नई तकनीक में अनुभवी श्रमिकों की मांग बढ़ेगी। मजदूरी बढ़ने लगी। 1995 तक दैनिक मजदूरी पचास रुपये प्रतिदिन तक हो गई। यद्यपि इस प्रक्रिया का अधिक साथ भूमि के मालिक, जो स्वयं काश्तकार रहे थे, को मिला किन्तु श्रमिकों को भी लाभ हुआ। अब थॉर्नर ने देखा कि पंजाब, हरियाणा, गुजरात व सागर तटीय आन्ध्रप्रदेश के कृषि

मजदूरों को पूरे दिन में दो-तीन बार अपने चूल्हे जल सकने लायक पारिश्रमिक मिलने लगा जहां पहले एक जून की रोटी नहीं मिलती थी। कृषि में काम कम होने की अवधि में अवश्य उन्हें फिर कम पैसे मिलते थे तो खाने के लाले पड़ जाते थे।

समय किस प्रकार बदला-जहां 1960 में टोकरों में अनाज भर जाता था। आज भारत अनाज के ढेर पर बैठा है। प्रतिवर्ष कृषि उपज के पहाड़ खड़े हो रहे हैं। प्रतिवर्ष जून तक केन्द्रीय अन्न भंडार में तीन करोड़ पचास लाख टन अनाज तक जमा हो जाता है। इतना अनाज होने पर भी मानसिक रूप से अनाज की कमी हम लोगों के दिलो-दिमाग में भी अभी भी है। अनाज का भंडारण होने से भी देश को उतना लाभ नहीं हुआ क्योंकि उसके रखरखाव में काफी कमी करनी पड़ गई। भले ही हमारे देश में अनाज की जबरदस्त पैदावार हो रही है मगर हमारी मानसिकता अभी भी भुखमरी की पीड़ा से ग्रस्त है। करदाताओं के पैसों का सदुपयोग नहीं हो पाता जो धन विकास में लगता, वह भंडारण के लिए किए गए उपायों पर खर्च हो जाता है। इस प्रकार कृषि औद्योगिकी में विकास रुक जाता है।

अब क्या करें? विशेषज्ञों का मानना है कि दूसरी हरित क्रान्ति आनेवाली है। भारत में कृषि योग्य भूमि अभी भी बंजर पड़ी है -सूर्य का ताप व भूमि उपलब्ध है तो भारत विश्व की महानतम शक्ति बनने की सामर्थ्य रखता है। सर्वप्रथम हमें अपने मन से यह धारणा समाप्त करनी होगी कि 'भारत भूखा देश है'। विश्व व्यापार संगठन व वैश्विक आर्थिक योजना घातक नहीं अपितु हमारे लिए उपयोगी है। दूसरा यह कि कृषकों द्वारा प्रयुक्त भूमि उत्पादन से नहीं अपितु तकनीक व पूंजी से हम विश्व को जीत पाएंगे। याद रहे कि पहली हरित क्रान्ति एक तकनीकी क्रान्ति थी। तीसरी बात, तकनीक अब अन्तर्राष्ट्रीय कम्पनियों के लिए है जिन्हें महत्त्वपूर्ण भूमिका अदा करनी है। समाप्त करनेवाली तकनीक की बात करना बकवास है। 1960 में भी मैक्सिको गेहूं के बारे में वही बातें कही गई थीं। चौथी बात, हमें कृषि के क्षेत्र में उदार नीति अपनानी होंगी और अनावश्यक नियन्त्रण, अंकुश हटाने होंगे।

कृषि अर्थशास्त्री अशोक गुलाटी ने स्पष्ट सुधार कार्यक्रम सुझाया है। उसने दिखाया कि लगभग एक दर्जन वस्तुओं में भारत को प्रतियोगितात्मक लाभ है जैसे कपास, गेहूं, चावल, शाक एवं फलोत्पादन तथा दुग्ध उत्पादन। हमें चाहिए कि इनका मुक्त बाजार हो, आयात-निर्यात बेरोकटोक हो और उनका मूल्य विश्व बाजार से सम्बन्धित हो। इससे उपभोक्ताओं को विश्व बाजार में कम मूल्य का लाभ मिलेगा और किसानों को विस्तृत बाजार का लाभ। पहले एक वस्तु की उदारता का लाभ उठाते हैं जैसे कपास। हमें निश्चय ही आनुपातिक लाभ तथा श्रमिक को अधिक कपास

प्राप्त होगा। एक ओर कपास का निर्यात बढ़ेगा तो हममें आत्मविश्वास जागेगा जिससे अधिक सुधार की प्रक्रिया सम्भव होगी।

कृषि के क्षेत्र में उदारवाद सरल नहीं क्योंकि खाद्यान्न का मूल्य राजनीति से प्रेरित है। 1998 में भाजपा को प्याज के मूल्य में वृद्धि के कारण विधान सभाओं चुनाव में पराजय का मुंह देखना पड़ा। आज उत्पादक एवं उपभोक्ता मूल्यों पर पूर्ण सरकारी नियन्त्रण है। यद्यपि 1990 के दशक में खाद्यान्न के उत्पादन में कुछ कमी आई किन्तु आर्थिक सुधारों के कारण कृषि के पक्ष में अनुकूल परिवर्तन भी हुआ है। औद्योगिक क्षेत्र की अर्थव्यवस्था बचत खुलने से उत्पादित वस्तुओं के मूल्यों में कमी आई है और कृषि उपज के मूल्य बढ़े हैं। फलतः किसानों ने कृषि में निवेश को बढ़ाया है। कृषि उत्पादों के निर्यात में छूट से भी किसान लाभान्वित हुए हैं। दूसरी ओर कृषि व सिंचाई के क्षेत्र में सरकारी काम में कमी हुई है क्योंकि कोष खाली है। शीघ्र ही बिजली, पानी तथा खाद पर दी जानेवाली सरकारी सहायता समाप्त हो जाएगी। हालांकि कृषि मूल्यों पर नियन्त्रण हटाने से पूर्व राजनीतिक नीति-निर्धारकों को लताड़ना जरूरी होगा।

गरीबी उन्मूलन के लिए केवल कृषि में विकास काफी नहीं है। सेन ने कई बार यह तथ्य दोहराया है, कि भारत में भूख में वृद्धि का एकमात्र कारण देश में व्याप्त गरीबी है। अधिकांश लोग अपनी जरूरत के खाद्यान्न खरीदने में असमर्थ हैं या सेन के शब्दों में, पर्याप्त खाद्य पदार्थ पर अपना हक जमाने में (धनाभाव के कारण) असमर्थ हैं। हरित क्रान्ति के कारण गरीबी की समस्या पर अनुकूल प्रभाव पड़ा है। इस कथन को सेन सही नहीं मानते। उनका कहना है कि केवल कृषि उत्पादन में कुछ वृद्धि होने से भारतीय जनता में व्याप्त भुखमरी की समस्या हल नहीं हो जाती। उन्होंने आंकड़े देकर सिद्ध किया है कि सहारा-अफ्रीका, जो गरीबी व भुखमरी के लिए प्रसिद्ध है, से भारत में विशेषकर बच्चों में, कुपोषण की समस्या अधिक भयावह है। भारतीय जनमानस में गरीबी बसी हुई है। अफ्रीका में समय-समय पर अकाल व अभाव की स्थिति पैदा होती है किन्तु भारत में पर्याप्त पोषण न होना, निरन्तर कुपोषण तथा सर्वव्यापक भूख का प्रचलित स्तर बहुत बड़ी समस्या है। यद्यपि इससे भारत द्वारा कृषि के क्षेत्र में उपलब्धि को किसी प्रकार नकारा नहीं जा सकता किन्तु हमारी विचारधारा पर कुछ संयम या नियन्त्रण के लिए सही कदम उठाने के लिए अवश्य संकेत देता है।

1999 के अक्टूबर में शायद छः अरब की आबादी को पूरा करनेवाले शिशु का जन्म हुआ है। दुनिया-भर के अखबारों में तरह-तरह की चेतावनी भरे समाचार छपे। जनसंख्या वृद्धि के कारण सम्भावित प्रतिकूल स्थितियां पैदा होने का बढ़ा-चढ़ाकर प्रचार किया गया। प्रायः ऐसा किया जाता रहा है किन्तु माल्थस के सिद्धान्त सही सिद्ध

नहीं हुए हैं। जनसंख्या की वृद्धि के साथ खाद्यान्न के उत्पादन भी बढ़े हैं और 1945 के बाद भी प्रति व्यक्ति आय में भी वृद्धि हुई है। माल्थस गलत सिद्ध हुआ और खाद्य पदार्थों ने इस दौड़ में अवश्य जीत हासिल की है। अमर्त्य सेन ने भी अकाल के प्रश्न पर स्पष्ट रूप से सिद्ध किया है कि कृषि उत्पादन में कमी से अकाल नहीं पड़ता बल्कि आय में कमी से अकाल की स्थिति पैदा होती है। यदि सरकार ऐसी योजनाएं प्रस्तुत करे जिनसे गरीब लोगों की क्रय-शक्ति बढ़े तो अकाल की स्थिति से बचा जा सकता है। यदि छः अरबवां बच्चा भारत में पैदा होता है तो पचास प्रतिशत तक उसे अल्पाहार रहना होगा, वह कुपोषण से पीड़ित होगा किन्तु जैसे-जैसे बड़ा होगा उसकी दशा में भी सुधार होगा।

जो कुछ है–आज के भारत में हरित क्रान्ति की कथा बहुत ही सुन्दर है। दूधं के क्षेत्र में अत्यधिक कमीवाले भारत ने श्वेत क्रान्ति के द्वारा दुग्ध उत्पादन में विश्व का अग्रणी देश बनकर अभूतपूर्व सफलता पाई है। यह भी एक व्यक्ति की कहानी है–डॉ. वर्गीज कुरियन, जिसने यह चमत्कार किया है। यह अपने आप में एक अद्भुतं विचार है जिसकी सफलता कृषि में सहकारिता द्वारा प्राप्त हुई है जबकि अन्य सहकारिता आन्दोलन बुरी तरह असफल हुए हैं।

अध्याय दस

जाति

दुनिया को अपनी इच्छानुसार बांट दो, फिर भी महत्त्वपूर्ण सवाल जस का तस रहता है, कि इसे खोदेगा कौन, संक्षेप में कहें तो, हममें से कौन इस मुश्किल और गन्दे काम को करेगा, और किस कीमत पर।

—जॉन रस्किन

हर जगह लोग अपने को दूसरे से श्रेष्ठ सिद्ध करना चाहते हैं। और सभी समाजों में एक प्रकार की हायरार्की होती है। लेकिन इसका मतलब यह बिल्कुल नहीं है कि वहां जातिवाद है। भारत में विभिन्न श्रेणियां परम्पराओं से चली आ रही हैं और आगे भी चलनेवाली हैं। भारतीय परम्परा सामाजिक वर्गों में विभाजित है और अन्तर्जातीय विवाह भी नहीं करती, न ही उन्हें व्यवसाय बदलने की स्वतन्त्रता देती है और न ही एक साथ बैठकर भोजन करने की। यहां प्रश्न यह उठता है कि भारत के हायरार्की से गहरे लगाव ने किस प्रकार हमारी वृद्धि और विकास की क्षमता को प्रभावित किया।

जातिवाद ने हमारे सामाजिक और राजनीतिक जीवन में अपनी पैठ बना ली है, लेकिन क्या इसने हमारे आधुनिक आर्थिक जीवन को भी प्रभावित किया है? वह जातिवाद का कैसा विस्तार था जिसने विश्व अर्थव्यवस्था में हमारी फर्मों की क्षमता पर असर डाला? जाहिर है कि हमारा पारम्परिक व्यापारी वर्ग, जो जानता था कि पूंजी को कैसे बढ़ाया जाता है, ने लाभ कमाया। कई व्यापारिक घरानों ने यहां व्यापार से उद्योग स्थापित कर अपनी क्षमता को जाहिर किया। व्यापारी जाति के कुछ युवाओं

ने उद्योग को सूचना तकनीकी में बदलकर अपनी योग्यता का परिचय दिया। यद्यपि सॉफ्टवेयर और सूचना सम्बन्धी सेवाओं के क्षेत्र में कई बड़ी सफलताएं व्यापारिक घरानों से सम्बन्ध न रखनेवालों ने अपने नाम दर्ज की हैं। धन को कमाने व उसे सही तरीके से खर्च करने की योग्यता ने ही उन्हें सूचना युग में लाभ कमाने के अवसर दिए, जिसका उन्होंने बहुत ही खूबसूरती से फायदा उठाया।

भारतीय अच्छे टीम प्लेयर नहीं माने जाते। क्या मिलकर काम न करने की हमारी इस कमी के लिए जातिवाद जिम्मेवार है? हम 'टिंकरर्स' (Tinkers) भी नहीं हैं, और कुछ लोगों का मानना है कि यही वह कारण है जिसकी वजह से हम औद्योगिक क्रान्ति से दूर रहे। क्या हमारी खुद काम न करने की भावना ही इस कमजोरी के लिए उत्तरदायी है? दूसरी ओर, हमारी आम लोगों के साथ निपटने की ब्राह्मणी योग्यता ही हमारे साइबर स्पेस और सूचना तकनीकी के क्षेत्र में अभूतपूर्व सफलता का कारण भी है। अगर हम इक्कीसवीं शताब्दी की ओर नजर उठाकर देखें तो यह स्पष्ट होगा कि राष्ट्र की आर्थिक सफलता उसकी विश्व अर्थव्यवस्था में भाग लेने की क्षमता पर निर्भर करती है। एक के बाद एक देश के उदारवादी होने के बाद राज्य हर जगह पिछड़ रहा है। व्यापारी वर्ग के लिए पूंजी कमाना और निवेश करना, दोनों ही आम बात है, तथा, वह इस विश्व में प्रतिस्पर्धात्मक लाभ के महत्त्वपूर्ण स्रोत के साथ जुड़ा हुआ है। ब्राह्मणवादी जातीय परम्पराएं 'ई-कामर्स' और इंटरनेट के बदलते व्यापार जगत में लाभकारी हथियार सिद्ध हो सकती हैं। ये कुछ मुद्दे और अनुमान हैं जिनका मैं यहां निरीक्षण करूंगा।

जब मैं बड़ा हो रहा था, तब मुझे अन्य भारतीयों की तरह जाति का कोई ज्ञान नहीं था। इसका कारण यह भी हो सकता था कि हम एक शहरी, मध्यवर्गीय परिवार से थे या फिर हम पंजाब से आए थे, जहां विदेशी घुसपैठियों का तथा इस्लाम, सिख और हिन्दू सुधारवादी आन्दोलनों जैसे आर्यसमाज आदि से जातिगत विभाजन का असर कम हो गया था। कारण कुछ भी हो, जातिगत विभाजन सर्वव्यापक नहीं था और न ही इसने हमारे दैनिक जीवन में ही अपनी पैठ बनाई थी। हमारे बीच केवल धर्मगत विभिन्नताएं थीं। कुछ समय बाद जब मैं विक्स से सम्बन्धित अपने काम के लिए ग्रामीण क्षेत्रों में गया तो मैंने वहां पाया कि जातीयता उनके दैनिक, सामाजिक जीवन का एक सुव्यवस्थित केन्द्रीय लक्षण है। यहां तक कि शहरों में रहनेवाला शिक्षित मध्य और उच्च वर्ग भी इससे अछूता नहीं था। जाति ने भारतीय समाज को समूहों में विभाजित कर दिया है, जिसके सदस्य न तो अन्तर्जातीय विवाह और न ही एक साथ बैठकर खाना खा सकते थे। उनकी सामाजिक स्थिति ही यह निर्धारित करती थी कि कौन किसके हाथ का पानी पीएगा। हर कोई अपनी जात-बिरादरी में भाई-भाई था

और वे एक-दूसरे को जानते थे किन्तु इससे बाहर वे एक-दूसरे के लिए अजनबी थे। जातियों की विभिन्नता, प्रदेश और उनकी संख्या के आधार पर प्रत्येक गांव से भिन्न थी। किन्तु हर जगह जातिगत नियम कठोर थे और वहां स्वतन्त्र अस्तित्व के लिए कोई स्थान नहीं था।

हिन्दू समाज में ब्राह्मण (पंडित, अध्यापक) चार जातियोंवाली हायरार्की में पहले स्थान पर आते हैं, इसके बाद क्षत्रिय (शासक, जमींदार, सैनिक), वैश्य या व्यापारी तीसरे स्थान पर और शूद्र (मजदूर, कारीगर) सबसे नीचे आते हैं। इन चार वर्गों से बाहर के लोग अनुसूचित जाति, 'अछूत' और आदिवासी कहलाते हैं। इस हिन्दू समाज के बाद मुस्लिम, सिख, ईसाई और पारसी आदि समुदाय आते हैं। तीन उच्च जातियां भारतीय कुल जनसंख्या की पन्द्रह प्रतिशत हैं जिसने लगभग तीन हजार सालों तक हम पर राज किया है। भारत की आधी जनसंख्या शूद्र या श्रमिकों की है जो कि कई सौ उपजातियों में बंटी हुई है। कुछ व्यवसाय के आधार पर हैं जैसे बढ़ई, मोची आदि और कुछ भौगोलिक आधार पर। जनसंख्या का बीस प्रतिशत से भी अधिक हिस्सा जातिहीन यानी अछूत अथवा आदिवासियों का है जिनके उत्थान के लिए महात्मा गांधी ताउम्र संघर्ष करते रहे। बाकी बचे हुए पन्द्रह प्रतिशत में से ग्यारह प्रतिशत मुसलमान, और शेष सिख, ईसाई, पारसी आदि हैं।

हमारे लिए जो एक सामान्य भूल सिद्ध हुई, वह थी–हमारा चार वर्णों के आधार पर समाज की हायरार्की। जिसने कि हमें धर्म आदि के आधार पर हजारों सामान्य उपजातियों में विभाजित कर दिया, जो कि हमारे दैनिक जीवन में बहुत महत्त्व रखती हैं। लगभग तीन हजार ऐसी जातियां हैं जो अपने को इन चार ऐतिहासिक वर्णों का हिस्सा मानती हैं, कुछ समाज के, कुछ व्यवसाय के और कुछ प्रादेशिकता के आधार पर। एक जाति के लोग पारम्परिक व्यवसाय में तो हिस्सा ले लेते थे किन्तु जाति से बाहर विवाह और खाना खाने को बिलकुल भी राजी नहीं होते थे। वे समृद्ध हुए, सामाजिक स्तर पर जातियों का विकास हुआ और यह एक वर्ण से दूसरे वर्ण तक फैला। बंगाल ने कुछ ही पीढ़ियों में अपने को बदल लिया। पंजाब के एक जिले के बढ़इयों द्वारा अपने स्तर में सराहनीय बदलाव लाया गया। निम्न जाति समझे जानेवाले 'गन्दी' सूरत के कपड़ा व्यापारी बन गए। बौद्ध, इस्लाम और ईसाई धर्म ज्यादा उदार नहीं हो पाए। गांवों में मुसलमान व ईसाइयों की स्थिति वैसी है जैसे कि पहले 'अछूतों' की थी।

विविधता भारत का एक प्रमुख लक्षण है। धर्म और जाति के अलावा भारत भाषाओं के आधार पर भी विभाजित है। इसलिए भारत एक बहुराष्ट्रीय राष्ट्र है। भारत की विविधता हजारों सालों से हो रहे ऐतिहासिक विस्थापन और खानाबदोश लोगों और

जातियों का भारत आना व यहां बस जाने का परिणाम है। एक विज्ञानशास्त्री ने व्याख्या करते हुए बताया है कि भारतीय उपमहाद्वीप वह 'गहरा जाल' है जिसमें समय-समय पर लोग फंसते रहे और अन्त में यहीं के होकर रह गए। उत्तर में विशाल हिमालय और पूर्व, पश्चिम और दक्षिण में समुद्र इस जाल को बाकी विश्व से अलग करता है जो कि एक विलक्षण समाज और जातिवाद के विकास का नेतृत्व करता है। इसी ने भिन्न-भिन्न लोगों को एक ही समाज में रहने के लिए उपयुक्त माहौल उपलब्ध कराया और यहीं हजारों वर्षों से लोग एक ही छत के नीचे रह रहे हैं। यह इसकी सभी घुसपैठियों को अपने में समा लेने की क्षमता के बारे में बताती है। इस प्रकार जातिवाद भौगोलिक और ऐतिहासिक परिस्थितियों को स्वाभाविक और जैविक प्रतिक्रिया प्रदान करता है।

टिप्पणीकारों ने भारत के लोगों की सहनशक्ति के बारे में अक्सर लिखा है। उनको आश्चर्य होता है कि ये लोग कैसे इतनी विविधता के बावजूद एक साथ रहते हैं।

इस प्रश्न का उत्तर जातिप्रथा में छिपा हुआ है। इस प्रथा में 'एक संगठन' अपने लिए स्वीकार्य अन्तरों को तय कर लेता है, जो कि सिद्धान्त रूप में पूरे समाज पर लागू होते हैं। अगर आप गौ मांस खाते हैं तो आपको चाहिए कि अपने को अछूत जाति का समझें। इसे ध्यान में रखते हुए आपमें सहनशक्ति होनी चाहिए। कुछ विद्वानों का कहना है कि जातिप्रथा एक बनावटी वर्गीकरण है जिसके आविष्कारक साम्राज्यवादी यूरोपियन हैं जिसका प्रचार उन्होंने भारतीय समाज में किया ताकि वे अपना राज्य जमा सकें, यूरोपीय सभ्यता का प्रचार करें और राजनीतिक वर्चस्व स्थापित करें। यह सच है कि उन्नीसवीं शताब्दी में कुछ विद्वान (जैसे जेम्स मिल) भारतीय जातिप्रथा की कठोर तस्वीर लोगों के सामने पेश कर रहे थे जो बिलकुल ही गलत थी। किन्तु जातिप्रथा एक सामाजिक रेखाचित्र है। यही कारण था कि ऐसी बेवकूफियों को नकारा गया और मध्ययुग में चीनी व अरब यात्री भारत में आए और लगातार भारत आते रहे और उन्होंने यहां जातिवाद को देखा और उसका वर्णन किया। भारतीय राष्ट्रीय नेता सालों से जातिप्रथा की बुराइयों का विरोध करते रहे हैं। भारतीय और विदेशी नृ-शास्त्रियों और समाजविज्ञानियों ने जातिप्रथा पर गहन अध्ययन किया। साधारण रूप से देखें तो जातिवाद स्वदेशी है। यह प्रगतिशील व्यवस्था है। देश के एक किनारे से लेकर दूसरे किनारे तक इसमें अनेक विविधताएं हैं। किसी भाग में यह बहुत सख्त (कठोर) है तो किसी भाग में लचीली और आधुनिक जीवन पर इसके अलग प्रभाव हैं।

अभी कुछ साल पहले समाजशास्त्रियों ने प्राचीन ठोस जातिप्रथा को चुनौती दी, जो व्यक्ति को अपना परम्परागत व्यवसाय बदलने की इजाजत नहीं देती। जी. एस. घूरे ने बताया कि प्रशासनिक और सेना के कार्य सभी जातियों के लिए खुले रहते।

इसी प्रकार खेती का कार्य सभी कर सकते हैं। सिर्फ ब्राह्मण ही ऐसे हैं जो हल को हाथ नहीं लगाते। यह संकेत करता है कि अछूत जैसे 'चमार' अपने पारम्परिक धन्धे यानी 'सिलने को चुने। उसने महाराष्ट्र में एक गांव का अध्ययन किया जिसमें उसके छात्रों ने बीस साल बाद 1954 में दुबारा अध्ययन किया और उसने पाया कि गांव के सभी नीची जाति के लोगों ने आधुनिक व्यवसाय अपना लिए हैं। एन्द्रे बेतीली ने 1965 में यह सिद्ध किया कि तमिलनाडु के गांव में किसी व्यक्ति के लिए अब जातिप्रथा नहीं रही। अन्य समाजशास्त्रियों का कहना था कि अछूतों को उनके फायदे के लिए काम दिए गए हैं जैसे बढ़ई, लुहार और सफेद कालर के व्यवसाय।

एड्रियन मेयर ने भी मध्य भारत के (उसी गांव) रामखेरी में 1954 और 1992 में अध्ययन किए और पाया कि बढ़ई को छोड़कर सभी कारीगरों ने अपना व्यवसाय बदल लिया है। बहुत सारे निम्न और मध्यवर्गीय जातियों के किसान पड़ोसी नगर देवास जाकर अपना व्यवसाय बदलकर मिलों और इंजीनियरिंग कम्पनियों में नौकरी करने लगे। कोई टीचर बन गया, कोई बस कंडक्टर, कोई चौकीदार आदि। अन्य लोगों को गांव में ही नया व्यवसाय मिल गया जैसे पम्प, टेलीविजन और साइकिल की मरम्मत आदि। कुछ ने ठेके लिए जैसे जानवरों के लिए चारा, बीज, खाद आदि। मैंने भी पश्चिमी उत्तर प्रदेश के बरौली गांव में ऐसा ही अनुभव किया। वहां पर चमार जाति का एक जवान लड़का स्नातक था जो कि व्यापार करने के लिए उत्साहित था और खुर्जा जाकर स्टील के सन्दूक बनाना चाहता था।

भारत में कम-से-कम दो संस्कृतियां तो हैं ही। पहली, प्राथमिक ग्रामीण सभ्यता है जो पहले से पारम्परिक रूप से चली आ रही है जिस पर भारतीय रूढ़ियों व विश्वासों का दबाव है। दूसरी, शहरी सभ्यता, जिसमें दिखावा है। वे अधिक आधुनिक व राष्ट्रीय हैं। दोनों सभ्यताओं को प्रायः अलग-अलग करना सरल नहीं है। किन्तु मैं हमेशा यह मानकर चलता था कि भारतीय कम्पनियों के मालिक भी इससे अछूते नहीं हैं। यदि आधुनिक भारतीय व्यवसाय इन्हीं घरानों के अन्तर्गत चल रहे हैं। व्यावसायिक परिवार संकीर्ण विचारों के होते हैं और वे चाहते हैं कि कारीगर उन्हीं के समूह और जाति के हों। बिड़ला कम्पनी में मारवाड़ी भरे पड़े हैं, यहां तक कि टाटा कम्पनियां अत्यधिक व्यावसायिक संगठन है, लेकिन चौंकानेवाला तथ्य उनकी कम्पनियों में पारसियों की संख्या है। कारण तो समझने लायक है। व्यापार में विश्वास और पारिवारिक नाम की आवश्यकता होती है और कर्मचारी अपनी ही जाति का हो तो अधिक विश्वास के योग्य होता है। पारम्परिक भारतीय व्यापारी अपने व्यापार में लगे रहते थे और वे व्यापार के सिलसिले में दूर तक जाते थे जिस कारण उन्हें अपनी जाति के विश्वासपात्र व्यक्ति

की आवश्यकता होती थी। उसका साथी व्यक्ति चाहे वह उसका कर्मचारी हो या एक एजेंट अपना लाभ अवश्य लेता था। मारवाड़ियों की बहुत बड़ी संस्था है। उन्नीसवीं शताब्दी में उनका व्यापार चीन और मध्य एशिया तक फैला हुआ था और बहुत बड़ी रकम का साधन था, शायद ही व्यापारिक संसार में ऐसा कहीं रहा हो। यह स्वाभाविक ही था क्योंकि वे अपना व्यापार खुद देखते थे।

1960 और 1990 के बीच के समय में जब मजदूर आतंक फैलाने लगे तो व्यावसायिक परिवारों ने अपने ही लोगों को काम करने के लिए किराए पर रख लिया, यह सोचकर कि अपनी जाति के व्यक्ति उनसे ऊंचा नहीं बोलेंगे, उनके विरुद्ध नहीं होंगे, बल्कि वे नम्र और लचीले होंगे। मजदूरों के हितैषी समाजवादी वातावरण में 1970 में बम्बई की कम्पनी के एक सुपरिंटेंडेंट पांजवानी से कहा कि नरेन्द्र नए लोगों की भर्ती करना पसन्द करेगा और वह भी भरोसेमन्द जरिये के द्वारा। तथा हमारे पास जो लोग रोजगार कार्यालय से आ रहे थे, वे नितान्त अजनबी थे। समाचारपत्र में जो विज्ञापन दिया था वह सही था, अधिकारियों और इंजीनियरों के पद के लिए, किन्तु श्रमिकों के विषय में हमारा यह अनुभव ठीक नहीं था, इसलिए हम ऐसे आदमी को चाहते थे जिसे वह जानता हो। ऐसे मजदूर गलत व्यवहार कर सकते हैं। मशीनों को खराब कर सकते हैं। हिंसक दंगा कर सकते हैं। जब हम किसी नए आदमी को भर्ती करते हैं तो हमें जानना चाहिए कि वह क्या करता है, उसके अन्य लोगों के साथ कैसे सम्बन्ध हैं, वह अपने काम के प्रति ईमानदार रहेगा आदि।

अपनी जाति के वफादार कर्मचारी भी उद्योगपतियों को जटिल लाइसेंस राज से सामना करने में सहायता करते थे। अनेक कम्पनियां अपने वफादार कर्मचारियों के नाम से फार्म भरके पहले ही प्रतियोगिता परीक्षा करवा देती थी। 'उन्हें विश्वासपात्र प्रबन्धकों की आवश्यकता होती थी जो उनके कार्यों और उद्योगों को गुप्त रख सकें।' समाजवादी तरीके में यह निश्चित था कि व्यापारियों को प्रतिमाह कोई-न-कोई कानून और नियम तोड़ना है। ऐसे संवेदनशील स्थानों पर अपनी जाति और विश्वासपात्र व्यक्तियों का होना आवश्यक होता है 1990 में स्वतन्त्र विचारवालों के कारण परिस्थितियां बिल्कुल बदल गई। प्रतिस्पर्धा बहुत कठिन हो गई। ऐसे में टिक पाना जोखिम भरा कार्य था। औद्योगिक परिवारों की संख्या में वृद्धि हुई तो वे अपनी जाति से बाहर भी कुशल कर्मचारियों को देखने लगे। कुछ कार्यों जैसे बाजार और उत्पादन में वृद्धि होने के कारण लूटखसोट होने लगी। व्यवसायियों में और वेतन में अत्यधिक वृद्धि हो गई। जाति की वफादारी धूमिल होने लगी। अब उद्योगपतियों को यह लगने लगा कि उन्हें कार्य के लिए अच्छा व्यक्ति चाहिए, चाहे वह किसी भी जाति का हो।

मेरी कम्पनी के प्रबन्धक अलग-अलग जाति और देश के अलग-अलग भागों से आए हुए थे। हमारी कम्पनी में जब कोई नया व्यक्ति रखा जाता था तो हमें उसके या उसकी जाति के विषय में पता नहीं होता था। हमें काम के लिए अच्छे व्यक्ति की आवश्यकता होती थी। मैंने मालूम किया कि हमारे कम्पनी की प्रबन्धक कमेटी में दो पुराने प्रबन्धक भी किसी एक राज्य के नहीं थे और न ही वे दोनों एक क्षेत्रीय भाषा बोलते थे। इसलिए हमारा सारा काम अंग्रेजी में होता था। हमारे अधिकतर प्रबन्धक हिन्दू थे किन्तु हमारे पास मुस्लिम, ईसाई और पारसी प्रबन्धक भी थे। हमारे अन्य बहुउद्देशीय उद्योग भी भारत में ऐसी विविधता लिए हुए थे। इसी तरह की सरकार भी है। सरकारी नौकरियां हमेशा प्रतियोगिता परीक्षाओं के आधार पर होती हैं। यह बैंक, डॉक्टरी, वकालत, इंजीनियरिंग कॉलेजों और विश्वविद्यालयों के बारे में भी सच है।

इसके विपरीत कि हमेशा से भारत में अधिकतर प्रबन्धक और व्यवसायी ऊंची जातियों के आधार पर आते हैं, कारीगर जाति अधिकारियों और कुशल कारीगरों के दबाव में रहती है। अकुशल कारीगरों को अधिकतर निम्न जातियों से लिया जाता है। समाजशास्त्री इसे 'जातियों का गुच्छा' कहते हैं। जातिप्रथा उन निम्न जातियों के लिए जरूरी है जिन्हें अवसर प्राप्त नहीं होते। अनपढ़ होने के कारण उन्हें नौकरी पाने के लिए जाति पर ही निर्भर रहना पड़ता है। कारण साफ है। जातिप्रथा में ऊंची जाति को पढ़ाई-लिखाई की सुविधाएं मिलती हैं। पढ़े-लिखे होने के कारण उन्हें आधुनिक व्यवसाय में नौकरी भी मिल जाती है। मेरे दादाजी के समय से यह सचाई चली आ रही है। यहां आधुनिक उद्योगों में स्थान पाने के लिए जातिप्रथा आवश्यक नहीं है, ये पिछड़ी जातियों के राजनीतिज्ञों द्वारा रची गई काल्पनिक कहानियां हैं। पिछड़ी जातियों को उठाने के लिए हमेशा शिक्षा ही उत्तरदायी रही है, न तो आरक्षण की जरूरत है, न ही कोटे को जैसे कि राजनीतिक और पिछड़ी जातियां आन्दोलन करती रहती हैं। अभी तक एक भी पिछड़ी जाति के नेता ने आज तक स्कूलों के बारे में बात नहीं की। सरकार हमेशा ही विश्वास दिलाती रही है कि वह ग्रामीण लोगों की शिक्षा की इच्छा को पूरा करने के लिए तेजी से प्रयत्न करती है।

आधुनिक भारत में लगभग सौ साल से भी अधिक समय से जातिप्रथा के विरोध में विचार चल रहा है। राष्ट्रीय नेता जातिप्रथा की निन्दा करते हैं। और अछूत शब्द को मिटा देना चाहते हैं। और पार्टियां हैं जो जातियों की आड़ में अपना आर्थिक लाभ उठाती हैं। किन्तु यह मानवतावादी इच्छा है जो बहुत सारी छोटी जातियों में सुधार करना चाहती है और ऊंची जातियों के विरोध में साफ सन्देश भेजती है कि 1947 में जब भारत आजाद हुआ था हमारे उदारवादी विचारों के नेताओं को चाहिए था कि

अछूत शब्द को समाप्त कर देते और इसे व्यवहार में कानूनन जुर्म ठहराया जाना चाहिए था। लम्बे चौड़े सकारात्मक कार्यक्रम मोटे तौर पर चलते ही रहते हैं। बीस प्रतिशत सीट कॉलेजों व विश्वविद्यालयों में आरक्षित हैं। नौकरी के लिए भी सरकारी और निजी क्षेत्रों में सीटें आरक्षित हैं। अछूत की जगह अब वे दलित कहलाते हैं। इसका अर्थ है दबा देना-अपने राजनीतिक लाभ के लिए उन सताए हुए लोगों को दया से पुरस्कार देकर सभी राज्यों में प्रयत्न किए जा रहे हैं कि सदियों से उन पर जो अन्याय हुआ है, उसका प्रायश्चित किया जा सके।

जब तक कोई इस हजारों साल पुरानी जातिप्रथा को कानून से हटा नहीं देता तब तक अन्याय होता रहेगा। इसके लिए दृढ़ संकल्प की आवश्यकता है। आधुनिक अर्थव्यवस्था के चलते जातिप्रथा शहर में धूमिल पड़ती जा रही है। जिसका कारण सभी व्यवसायों में पारस्परिक निर्भरता है। किन्तु ग्रामीण क्षेत्रों में राजनीतिक नेता वोट बैंक बनाने के चक्कर में जातिवाद को बढ़ावा देते हैं। जातियां आक्रमणकारियों की तरह शक्ति प्राप्त करना चाहती हैं और निम्न जातियों का उत्थान करना चाहती हैं, विशेष रूप से हिन्दी बोलनेवाले उत्तरी भाग में। इसी कारण जातियों के बीच हिंसा भी फैलती है। बिहार में पिछड़ी जातियों के बीच जातिवाद का झगड़ा निरन्तर चलता रहता है जिसमें उच्च और दलित वर्ग दोनों ही भाग लेते हैं।

जातियों के बीच में यह विलक्षण प्रतिस्पर्धा वास्तव में उनके मूल अधिकारों को खत्म कर देती है। जातिप्रथा पारस्परिक निर्भरता और एक-दूसरे के स्तर को स्वीकार करती है। जनजातियों को यह विश्वास हो जाता है कि प्रजातान्त्रिक रूप से राजनीतिक प्रतिस्पर्धा में आगे बढ़कर बड़े बन सकते हैं तब वे कभी भी अपनी निचली अवस्था में ग्रामीण समाज के साथ पारस्परिक मेल-मिलाप को स्वीकार नहीं करते। अब वे बड़ी जातियों से बराबरी करने में लगे हैं। पुरानी पहचान गुम हो गई है। वे जातिगत संस्थाएं बनाते हैं। अपने व्यवसाय की प्रगति के लिए और शक्ति को बढ़ाने के लिए वे ऐसा व्यवहार करते हैं जिससे आधुनिक संगठनों को लाभ हो, अन्य संगठनों के साथ प्रतिस्पर्धा करके न कि पुराने संगठनों के साथ व्यवहार रखकर।

1950 में अस्पृश्यता को समाप्त कर दिया गया था। 1990 में बड़े नाटकीय ढंग से जातिप्रथा को फिर से विकसित किया गया। रूढ़िवादी विश्वनाथ प्रताप सिंह, राजीव गांधी के समय में काबिल वित्तमन्त्री थे जो राजशाही से राजनीति में आए थे। अपने को औरों से अलग दिखाने के लिए उन्हें चुनावी मंच चाहिए था। समाजवाद की धारा बहने लगी। श्रीमती गांधी की प्रसिद्धि को नष्ट कर दिया गया। भारतीय जनता पार्टी ने धार्मिक मंच अपना लिया। पुराने गांधीवादी विचारों का बहुत कम आग्रह रह गया।

प्रतिस्पर्धा के लिए भ्रष्टता से लाभ उठाना माफ करने योग्य नहीं रह गया था क्योंकि मतदान करनेवालों को विश्वास हो गया था कि सभी राजनेता भ्रष्ट थे। वी. पी. सिंह जिस सुराग की तलाश में थे, वह उन्हें पिछड़े हुओं में 'अन्य पिछड़ी जातियों में मिला। बीस प्रतिशत दलित और आदिवासी को तो राजनीति में स्थान मिल ही गया था। अब उनकी प्रगति के लिए कार्यक्रम चलाए जा रहे हैं। पन्द्रह प्रतिशत ऊंची जातियां तीन हजार साल से अपनी ही देखभाल कर रही हैं। जनसंख्या के पचास प्रतिशत शूद्र थे-दूधिये, नाई, मोची, बढ़ई, गोदनेवाले आदि जिनकी राजनीति में पहुंच नहीं थी।

वी. पी. सिंह ने 1990 में अपने जीवन का सबसे खतरनाक कदम उठाया। उन्होंने सरकारी रिपोर्ट ढूंढ़ निकाली जो एक आदमी 'मंडल' द्वारा लिखी गई थी। जो अन्य पिछड़ी जातियों के साथ न्याय का सकारात्मक संकेत देती है। उन्होंने उनसे प्रतिज्ञा की कि उनके लिए आरक्षण होगा। ये ओ. बी. सी. आन्दोलन उत्तर भारत, जो भारत की हृदय-भूमि है, में जंगल की आग की तरह फैल गया।

एकदम से सरकारी नौकरियों में उनके लिए पचास प्रतिशत की कमी आ गई थी, ऊंची जातियां बहुत घबराई। अचानक पचास प्रतिशत नौकरियां और विद्यालयों में स्थान उनके हाथ से निकलने को थे क्योंकि बीस प्रतिशत नौकरियां वास्तव में पहले से ही आरक्षित हैं। दलित वर्ग के लिए वे ये समझने लगे कि यदि ओ. बी. सी. की मांग पूरी होती है तो केवल तीस प्रतिशत सीटें ही भविष्य में प्राथमिकता के आधार पर उपलब्ध होंगी। यह तो जातिवाद के संग्राम के लिए निमन्त्रण होगा। हजारों विद्यार्थियों ने जुलूस निकाले और दर्जनों विद्यार्थियों ने आत्मदाह कर अपना विरोध प्रकट किया। अन्त में उनका बलिदान व्यर्थ नहीं गया। मतपेटी का तर्क बहुत शक्ति रखता है। किसी भी राजनीतिक पार्टी में इतना साहस नहीं था कि वे छात्रों की मदद करें, उनके हक में बात करें। कुछ महीनों के बाद विद्रोह समाप्त हुआ और विद्यार्थी वापस अपनी-अपनी कक्षाओं में जाने लगे। उस समय वी. पी. सिंह संयुक्त सरकार के प्रधानमन्त्री थे और वह चाहते थे कि अपने चुनावी वादों को पूरा करें किन्तु उनकी कोशिशें सीटें आरक्षित करने के लिए सिर्फ कोर्ट तक ही पहुंच सकीं। जबकि नरसिंह राव की कांग्रेस सरकार को यही अवसर मिला तो वह ओ. बी. सी. का 'मत' प्राप्त करने में सफल हुई। सरकार ने ओ. बी. सी के लिए आरक्षित सीटें तीस प्रतिशत बढ़ाईं। अतः आजकल सरकारी नौकरी के लिए और कॉलेजों में योग्यता के आधार पर पचास प्रतिशत सीटें नहीं हैं।

इसमें कोई शक नहीं कि दलित और ओ. बी. सी. संघर्ष ने उत्तरी भारत में सामाजिक क्रान्ति पैदा कर दी। 1996 का आम चुनाव यह दिखाता है कि ऊंची

जातियों से पिछड़ी जातियों में, खासकर, उत्तर प्रदेश और बिहार, जहां जनसंख्या तेजी से हस्तान्तरित हो रही थी। राजस्थान और मध्यप्रदेश इन सामाजिक विभिन्नताओं की उथल-पुथल से अछूता रहा। दक्षिण भारत में सामाजिक क्रान्ति दशकों पहले आ चुकी थी। जब सामाजिक और राजनीतिक शक्तिया हस्तान्तरित हुई थीं, ऊंची जातियों से निम्न जातियों के पास।

आरक्षण के पचास साल बाद भी दलित वर्ग भेदभाव का कष्ट भोग रहा है किन्तु पुरानी अस्पृश्यता अब बिलकुल चली गई है। चुनाव उन्हें संसद तक ले गए हैं और आरक्षण ने उन्हें सरकारी और गैर-सरकारी, पुलिस और सभी जगह नौकरियां दीं। अब उनकी अपनी राजनीतिक पार्टियां हैं। भारत के राष्ट्रपति दलित वर्ग से हैं। उसी प्रकार अनेक मन्त्री भी। अन्य पिछड़ी जातियां अल्पसंख्यक नहीं हैं, वह भी अब बहुसंख्यक हैं। आरम्भ में वे जातियों का विरोध सहते थे किन्तु अब प्रजातन्त्र ने उन्हें राजनीतिक क्षेत्र में अनेक लाभ प्रदान किए हैं। बदले में लगातार कोटे व सीटों के लिए चीखने चिल्लाने का स्वर सुनाई पड़ता है। आरक्षण का मूल उद्देश्य पिछड़ी जातियों को शीघ्रता से आगे बढ़ाना था। प्रशासन चलानेवाले अब इस एक हथियार से पिछड़ी जातियों को अपने अनुकूल करने में लगे हैं। कहा जाता है कि वास्तविकता यह है कि स्वतन्त्रता के पचास साल बाद भी दलित और पिछड़ी जातियां दीन दशा में ही हैं, बिल्कुल अनपढ़, शोषित। उन्हें भारत में कोई भी सहायता नहीं मिलती। उनकी इस अवस्था का कारण लम्बे समय से अशिक्षित होना और बाजार हैं। राज्य ने उनके लाभ के लिए आरक्षण करके भेदभाव से उनकी रक्षा की। किन्तु आरक्षण तो अस्थाई शक्ति देनेवाला है। नौकरियां भविष्य में बढ़नेवाली नहीं हैं। न तो सरकारी और न गैर-सरकारी क्षेत्रों में।

इतिहास में पहली बार भारत ने निम्न स्तर के लोगों को न्याय दिया। इससे पहले निम्न स्तर के लोगों के लिए कोई अधिकार नहीं थे। उनके साथ सिर्फ निर्दयता का व्यवहार किया जाता है, खासकर बिहार जैसे राज्य में। मध्यवर्ग के लोगों ने आवाज उठाई कि लालू यादव जैसे राजनीतिज्ञों को राजनीति से अलग कर देना चाहिए जिन पर चारा घोटाले जैसे आरोपों की जांच चल रही हो, जिसमें उसने एक हजार करोड़ रुपये का गोलमाल किया है। आज भारत ऐसे दर्जनों राजनेताओं द्वारा शासित हो रहा है। वी. एस. नायपाल ने कहा है कि 'आपको बिहार में अच्छे व्यवहार करनेवाले व्यक्ति नहीं मिल सकते। सताए हुए जब सत्ता प्राप्त करते हैं तो वे अपने-आप में ऐसी दृढ़ता पैदा कर लेते हैं कि वे बुरा व्यवहार करते हैं।' वह सोचते हैं कि उन्हें कम-से-कम कुछ पीढ़ियां लगेंगी अच्छा व्यवहार करने में संस्थाओं में जाने से पहले जब वे

संस्थाओं पर विश्वास करने लगेंगे तो वे अच्छा व्यवहार करने लगेंगे। तब तक हमें ऐसी ही उलझनों में जीना पड़ेगा।

इस तथ्य के अनुसार जातियों ने उद्योगों का दमन किया। इस खंड को मानव की अगली पीढ़ियों के अभ्यास के लिए रहने दें ताकि इसकी महक समाज में फैल सके। समाज की पैदाइशी रूढ़िवादिता कलात्मकता व प्रयोगधर्मिता को समाप्त कर देती है। जातिप्रथा ने ब्राह्मणों को शिक्षा व ज्ञान का और बनियों को खतरा उठाने का एकाधिकार दिया। निम्न छोटी जातियों को कारीगरी का काम सौंपा गया। ऐसे समाज में नया ढंग और पूंजीवाद कैसे विकसित हो सकते हैं। कार्ल मार्क्स का मानना था कि जातिप्रथा भारत की अर्थव्यवस्था में नवीनता लाएगी। किन्तु उन्होंने भी भविष्यवाणी की कि जातिप्रथा को अब समय के साथ समाप्त हो जाना चाहिए। क्योंकि आधुनिक उद्योग रेलवे के तरीकों के फलस्वरूप परम्परा से चले आ रहे हैं, इसलिए मजदूर जातिप्रथा समाप्त कर देनी चाहिए। किन्तु ऐसा हुआ नहीं और न ही औद्योगिक क्रान्ति हुई।

जर्मन के समाजवादी मैक्स वेबर के अनुसार जातियों का उद्यमों पर बुरा प्रभाव पड़ता है। उसके विचार से भारतीय जातिप्रथा एक रुकावट पैदा करती है।.. यह अक्सर जातियों के बीच में दूरी पैदा करता है और एक-दूसरे से ईर्ष्या पैदा करने की भावना पैदा करता है, एक-दूसरे की मेहमाननवाजी करने में और अन्य छोटी बातों में क्योंकि जातिप्रथा समाज द्वारा बनाई गई बनावटी प्रथा है। वेबर ने भारतीय जातिप्रथा की तुलना दक्षिणी यूरोप की पुराने वर्ग-भेद और दुकानदारों के सहकारी संगठनों से की है। ईसाई सिद्धान्तों के विषय में उसका तर्क है कि वे यूरोपियन समाज के साथ सामाजिक और धार्मिक रूप से संगठित हैं। यह आस्था उन्हें साधारण जीवन की तरफ ले जाती है। इसके बदले में इन्होंने पूंजीवादी संस्था और वर्गहीन संघ बनाने में सहायता की। कारीगरों का व्यापारिक नगर बनने से नहीं रोका। भारत में हिन्दू धर्म ने समाज को जातिप्रथा में बांटने की मान्यता दी। वह सोचता था कि यह विभाजन लोगों को मेलमिलाप से रोकेगा और भारतीय समाज को कमजोर बनाएगा।

इस प्रकार मार्क्स और वेबर दोनों ही गलत थे। परिणामस्वरूप वेबर ने मुख्य रूप से संगठित कार्य का मामला उठाया। आधुनिक अर्थव्यवस्था के कार्यकलापों के लिए संगठन आवश्यक है। भारतीय इस प्रकार से सम्मिलित नहीं हो पाएंगे, यह सभी जानते हैं। क्या हमारे पारस्परिक मेलमिलाप की असमर्थता का कारण जातिप्रथा है? अपनी तमाम सफलताओं के बावजूद मैं अपनी कम्पनी रिचर्डसन हिन्दुस्तान में एक अच्छा प्रबन्धक संगठन बनाने में असफल रहा। कमजोर संयुक्त कार्य ऊपर से लेकर नीचे तक हमारे जवान प्रबन्धकों को विनाश की तरफ ले जा सकता है। अन्य बहुत-

सी कम्पनियों की तरह हम कम्पनी के कार्यों में मुख्य प्रबन्धकों के साथ संगठित हैं जो मुख्य विभागों के प्रबन्धक हैं–मार्केटिंग वस्तुओं का विकास, वित्त, बिक्री, उत्पादन विभागीय मुखिया होने के कारण पूरी बिल्डिंग पर राज्य था। वहां छोटी-छोटी बातों पर लड़ाई होती रहती थी। प्रायः छोटे प्रबन्धक ऐन मौके पर पकड़ लिए जाते थे और उन्हें दोषी करार दिया जाता था। वे इसके लिए बड़े प्रबन्धकों के व्यवहार को समान दोषी समझ सकते थे। हमने अनेक संगठनात्मक कारखाने बनाए जिन्होंने हमारे बर्ताव में सकारात्मक प्रभाव डाला। किन्तु वह प्रभाव अस्थाई था। कुछ महीनों के अच्छे व्यवहार के बाद हम दोबारा लड़ने लग गए। मुझे लगा कि मेरे पास दिल ही नहीं है। मैंने महसूस किया कि मैं एक नेता के रूप में असफल रहा हूं। मेरे मन में इसी प्रकार के अनेक शक उठने लगे। वास्तव में मैं निपुण लोगों को संगठित करने में समर्थ न हो सका। मैंने बम्बई में अन्य कम्पनियों के प्रबन्धकों से बात की। मैं आश्चर्यचकित था जब मुझे पता लगा कि उनमें से ज्यादातर मेरी जैसी समस्या से ही दो-चार हो रहे थे। थोड़ी देर के लिए मुझे चैन मिला। मेरी कोई समस्या नहीं थी किन्तु समस्या तो कहीं जा नहीं सकती। बारह साल के दौरान जब से मैं रिचर्डसन हिन्दुस्तान और (सुरक्षा) प्रोक्टर एंड गैम्बल को चला रहा था, पता चला कि काम करनेवाला संगठन एक पुरानी भयानक संगठित होकर काम न करने की बीमारी के घेरे में है।

पी. एंड जी. छोड़ने के बाद मैं आधा दर्जन भारतीय कम्पनियों का सलाहकार रहा। मुझे पता चला कि सभी भारतीय उद्यम इस बीमारी से ग्रस्त थे। कोई ज्यादा कोई कम। काफी खोज करने के बाद इसका स्रोत मैंने राष्ट्रीयकृत अलाभकारी प्रतिस्पर्धा को माना। यह व्यापारिक वर्ग तक ही सीमित नहीं थी, इसका प्रभाव सभी भारतीय संगठनों पर था चाहे वह विश्वविद्यालय हो, एक अस्पताल हो, कोई ग्राम पंचायत हो, या नगर निगम बोर्ड हो, ये विरोध करने में अच्छे थे। सेनाओं में भी यह आरामपरस्ती फैली हुई थी। सेनाएं भी कार्यशैली से परेशान थीं, कमजोर थीं, मिलजुलकर काम न करने के कारण।

उदाहरण के तौर पर यह कहानी दो भारतीयों के विषय में है जो न्यूयार्क में मिलते हैं और निर्णय लेते हैं कि एक भारतीय संस्था बनाएंगे। जब तीसरा आया तो उन्होंने तमिल संस्था बनाई। चौथा बंगाली आया तो उसके साथ बनाई बंगाली संस्था। इसी प्रकार यह क्रम चलता रहा। इस प्रकार 13 (तेरह) भारतीय संस्थाएं बनीं। पुरानी भारतीय सामाजिक संस्था को भुला दिया गया। एक दिन किसी के मन में एक चमत्कारिक विचार आया कि भारतीय संस्था में भारतीय क्षेत्रीय संस्था अपनाता हूं। यह एक हास्यास्पद कहानी है जिस पर हंसी आती है। किन्तु यह हमारे फूट डालनेवाले चरित्र पर भी दृष्टि डालती है। एक स्वीस बहुराष्ट्रीय कम्पनी का प्रबन्धक, जो बहुत वर्षों

से भारतीय सहायक के रूप में कार्यरत है, ने मुझसे कहा कि निश्चय ही यह सही तरीका काम कराने का कि दो पढ़े-लिखे भारतीयों को उनकी शक्ति के अनुसार काम दिया जाए। लेकिन वे कभी भी तैयार नहीं होंगे, और बड़ी समझदारी से बहस करते रहेंगे और प्रस्तावित कार्य समाप्त हो जाएगा।

हमारी फूट का कारण क्या है? क्या हमारी विविधता फूट का कारण है? क्या जातिप्रथा इसका कारण है? अमेरिकी समाजशास्त्री ऑस्कर लुइस ने जाटों के एक गांव का अध्ययन किया जो दिल्ली के पास है। उसने देखा कि जातीय प्रतिद्वन्द्विता के कारण गांव दो भागों में बंटा है। अधिक शक्तिशाली संगठन को चला रही हैं बड़ी जातियां किन्तु अपनी आश्रित जातियों का भी इन्हें समर्थन है। लगता था कि दल लगातार एक-दूसरे के साथ लड़ते रहते थे। अन्य समाजवादी भी इस बात का अनुमोदन करते थे कि जातियों की फूट दलबन्दी के कारण ग्रामीण जीवन, देश के सभी भागों में फैल जाएगा।

फिर भी हम केवल जातिप्रथा को ही अनबन का कारण नहीं मान सकते। मैंने अनुभव किया है कि सजातीय मारवाड़ी कम्पनियों में भाई-भतीजे निरन्तर एक-दूसरे से लड़ते रहते थे। कुछ व्यवसाय को छलकपट से हथियाना चाहते थे। कुछ उसका विस्तार करना चाहते थे कि किसी प्रकार आगे बढ़ सकें। वास्तव में ऐसा सभी कम्पनियों में और सभी जगह चलता था। निर्देशकों के लिए तो यह आम था। अपना साम्राज्य स्थापित करने के लिए, एक-एक तिनके के लिए कड़े बोर्डरूम में खूब कहा-सुनी अर्थात गड़बड़ हुई। संसार की अच्छी कम्पनियों में ऐसे लड़ाई-झगड़े होते ही रहते। इसलिए ये प्रतिस्पर्धा करनेवालों को चोट नहीं पहुंचाते। भारत में वे हमेशा बोलने के लिए तैयार रहते हैं। और जब वे ऐसा करते हैं तो उसका प्रभाव विनाशकारी होता है।

उन्नीसवीं शताब्दी में ब्रिटिश उपनिवेशवादियों का मानना था कि भारत में जो कुछ गलत हो रहा है, उसकी दोषी जातिप्रथा है। राष्ट्रीय नेता बीसवीं शताब्दी में सुविधापूर्वक अनुसरण कर रहे थे। महात्मा गांधी लगातार भारतवासियों को यह कहते रहते थे कि हम तब तक स्वतन्त्रता प्राप्त करने के योग्य नहीं होंगे जब तक अपने समाज को सुधार न लें और छुआछूत को समाप्त न कर दें। जब मैं बच्चा था, मुझे सिखाया जाता था कि जाति एक बुराई है जो हमारे पिछड़ेपन के लिए उत्तरदायी है। अब मेरी सोच बदल गई है। जातिप्रथा के प्रति अपने विचार बदलने से मैं यह समझने लगा कि प्रतिस्पर्धा में जातियों का क्या स्थान है। मैं विश्वास करने लगा कि इस सार्वभौमिक पूंजीवाद में प्रतिभा से सम्पन्न व्यावसायिक जातियां वास्तविकता में लाभदायक स्थिति में हैं। व्यापारी जानते हैं कि कैसे धन को इकट्ठा किया जाता है और

पूंजी को कैसे संभाल के रखा जाता है। उनके पास धन के स्रोत हैं और धन कमाने की कुशाग्र बुद्धि भी। उनकी अतिसंयमी जीवनशैली में जोखिम उठाने की प्रवृत्ति होती है। उन्होंने व्यापार को उद्योग में बदलकर अपने लचीलेपन को सिद्ध किया। जोल कोटकिन ने इस तथ्य को सामने रखा है पालमपुरी जैनियों के मामले में, जिसने अपनी जाति और परिवार का इस्तेमाल किया। संयुक्त कार्य बचे हुए आधे व्यापक बाजार में जैसे बिना तराशे हीरे जैसा।

आर्थिक सुधारों के बाद हमारे व्यावसायिक संगठनों को चाहिए कि समाज का उत्थान हो। हमारे समाज में अधिक-से-अधिक लोग सम्मिलित हो जाते हैं और उद्यमी बन जाते हैं। पैसा कमाना अब सम्मानजनक बन गया। लोगों की सोच में बहुत बदलाव आया है। सभी बुद्धिजीवियों ने इसे भारतीय समाज का बनियाकरण कहा। ब्राह्मण, क्षत्रिय के बच्चों की अब प्रशासनिक नौकरी करने में कोई रुचि नहीं रह गई थी। वे एम. बी.ए. कर व्यापार क्षेत्र में प्रवेश करना चाहते हैं। वास्तव में व्यावसायिक स्कूल अब बड़े स्कूलों में बदल गए।

अगर पैसा और शक्ति नहीं तो फिर युवाओं को क्या प्रेरित करता है? दक्षिण भारत के मन्दिर के एक पुरोहित ने कहा कि 'अपवित्र धन्धों व जातियों का एक-दूसरे में मिलान शोचनीय है.. ये हिन्दू समाज के पतन की शुरुआत है।' ये मेजी के समय में जापानी व्यापारियों द्वारा दी गई परिभाषा की पुनर्विवेचना थी। इसने जापान को विकासशील द्वीपों के समूह से निकालकर समृद्ध और आधुनिक समाजों की श्रेणी में लाकर खड़ा कर दिया। भारत भी सामाजिक क्रान्ति के बीच में है और हमारे नए उद्यमी साफ्टवेयर, ई-कॉमर्स, औषधि निर्माण, विज्ञान और ज्ञान के क्षेत्र में उभरकर सामने आ रहे हैं। जो कि किसी भी वैश्य जाति या समूह से सम्बन्ध नहीं रखते।

कई भारतीय हमारे हाथ से काम करने की अवहेलना के लिए जातिवाद को दोषी मानते हैं। जैसा कि पहले बताया जा चुका है कि ब्राह्मणों का शिक्षा पर एकाधिकार था और शूद्र कारीगर जो हस्तकला का काम करते थे, उन्हें वे देखते थे। तब ब्राह्मणों ने उनके सामने आदर्श की भूमिका निभाई और यही रवैया बाद में अन्य जातियों ने भी अपना लिया। इस प्रकार ज्ञान और श्रम के संसार अलग-अलग हो गए, जिसने नई तकनीक की खोजों पर रोक लगा दी। यह सच है कि जब इसने उत्पाद विकास व नवीन खोजों के क्षेत्र में कदम रखा तब भारतीय कम्पनियां बुरी तरह से असफल रहीं। हमारे उत्पाद रद्दी साबित हुए, और उद्योगपतियों में से विरले ही यह जानते थे कि उनका उत्पाद कैसे प्रभावी बनेगा। वे उत्पाद की गुणवत्ता को सुधारने के लिए मिली-जुली प्रतिक्रियास्वरूप केवल नई तकनीक खरीदते और वैज्ञानिकों को अच्छी कीमत

देकर अनुबन्धित करते। 1991 के सुधारों के बाद यदि भारत अपनी इन ऐतिहासिक कमजोरियों से नहीं उबर पाता है तो वह कभी भी प्रतिस्पर्धात्मक माहौल में अपना अस्तित्व नहीं बचा पाएगा।

दूसरी ओर जापानी उद्योगपति अपने उत्पाद की गुणवत्ता को लेकर धुन के पक्के होते हैं। जापानी उद्यमियों में मेजी काल से ही तकनीक के प्रति उनकी भूख देखा जा सकता है। यह सच है कि जापानियों में अपने उत्पाद की गुणवत्ता को लेकर श्रेष्ठता की भावना के लिए उनके यहां का अधिक प्रतिस्पर्धात्मक घरेलू बाजार जिम्मेवार है। कारण कुछ भी हो चाहे जातिगत पूर्वग्रह या प्रतिस्पर्धा की कमी-नई तकनीक की खोज के विषय में भारतीय व्यापारी वर्ग तिरस्कार का पात्र है। समान रूप कारीगर भी इन सदियों पुराने उत्पादों और तरीकों में नवीनता न लाने के लिए निन्दनीय हैं। भारतीय सड़कें साइकिल रिक्शों से भरी रहती हैं जिन्हें चला चलाके उसके चालकों की कमर टें बोल जाती है और वायु को प्रदूषित करनेवाले ऑटो भी सड़कों पर अपनी उपस्थिति दर्ज करवाते रहते हैं। घर के कूड़े से लेकर बैलगाड़ी तक, सदियों से हमारे प्रयोग में आ रहीं दैनिक वस्तुओं में कोई सुधार नहीं आया है।

हालांकि ब्राह्मणवादी पैतृक सोच औद्योगिक युग में हमारी रफ्तार को धीमा करने के लिए उत्तरदायी है, लेकिन फिर भी इसने सूचना युग में कई सकारात्मक नतीजे हमारे सामने प्रस्तुत किए हैं।

जब से भारतीयों ने सिलिकॉन वैली में सफलता प्राप्त की और बैंगलोर के लोग आश्चर्यचकित हैं कि कैसे हम लोग साफ्टवेयर और सूचना के क्षेत्रों में पुराने उद्योगों से अधिक सफल हुए। मेरा दोस्त और हार्वर्ड बिजनेस रिव्यू के सम्पादक टोमटील की राय है कि जातिप्रथा के युग में जाना अच्छा है। वह कल्पना करता है कि ब्राह्मण जाति ने हजारों सालों से अमूर्त तत्त्वों और उपनिषदों के आध्यात्मिक पहलुओं पर काफी अभ्यास किया है। इसीलिए भारत मुख्य रूप से गणित और लिखित भौतिकी (प्रैक्टिकल भौतिकी का उलट) में काफी अच्छे हैं। भारतीयों ने '0' का आविष्कार किया। इस प्रकार सूचना युग ने हमारी ताकत में वृद्धि की। साइबर स्पेस की तरह आध्यात्मिक अन्तरिक्ष भी नहीं दिखाई देता। हमारे स्पर्धा करनेवाले भी दिखाई नहीं देते। हमने वास्तव में औद्योगिक क्रान्ति के युग में छलांग लगाई और पहुंचे ठीक सूचना क्रान्ति के युग में।

भारतीय जातिप्रथा खत्म होने से राज्यों में क्रान्ति भी समाप्त हो गई। जातिप्रथा ने वास्तव में आधुनिक अर्थव्यवस्था को उस तरह प्रभावित नहीं किया, जिस तरह उसने सामाजिक ग्रामीण जीवन को। अर्थव्यवस्था में वृद्धि होने के कारण जातियों के

पुराने व्यवसाय बन्द हो गए और उनके द्वारा बनी वस्तुओं से सबका ध्यान हट गया। पुराने ग्रामीण व्यवसाय कभी दृढ़ता से टिके नहीं रहे। निम्न जातियां हमेशा ऊपर उठने की अपनी सामर्थ्य और व्यवसाय को बदलने की शक्ति दिखाती रहती हैं। आधुनिक संगठन जो शहरों में रहते हैं, वे कर्मचारियों को प्राथमिकता के आधार पर परीक्षा लेकर रखते हैं न कि जातियों के आधार पर। कम्पनियों में आश्चर्य में डालनेवाली जाति-भाइयों की संख्या है (उदाहरण के लिए मारवाड़ी कम्पनियां मारवाड़ियों से भरी हुई हैं)। बाजार में प्रतिस्पर्धा और आर्थिक सुधार के कारण यह अब तेजी से बदलता जा रहा है। राजनीतिज्ञ चुनाव में अपना वोट बैंक बनाते हैं। निम्न जातियां अपना सामाजिक स्तर बढ़ाने के लिए राजनीति का सहारा लेती हैं। इस प्रकार सामाजिक क्रान्ति आती है, अधिकतर उत्तर के पिछड़े हुए राज्यों में। इसका सबसे बड़ा तोहफा है सरकारी दफ्तरों, नौकरियों तथा कॉलेजों में निम्न जातियों के लिए आरक्षित स्थान। सार्वभौमिक मताधिकार, आर्थिक प्रगति अन्य सकारात्मक कार्यों में तेजी से परिवर्तन हो रहा है, मूल रूप से व्यवस्थित समाज में। एम. एन. श्रीवास्तव एक बहुत बड़े जातिवादी विद्वान ने अपने मरने से पहले यह भविष्यवाणी की थी कि हो सकता है कि एक दिन जातिप्रथा हायरार्की के बजाय मानव जाति का चिन्ह बन जाए।

हमारी व्यावसायिक जातियों को चाहिए कि वे भारत को सार्वभौमिक आर्थिक प्रतिस्पर्धा में लाभ दें किन्तु पुराने व्यापारिक संगठन अभी भी इस कोशिश में लगे हैं कि वे अपनी ऐतिहासिक कमजोरी से उबर सकें। यह स्पष्ट नहीं हो सका है कि हमारी कमजोर कार्यशैली के लिए जातिप्रथा उत्तरदायी है। किन्तु ब्राह्मण जाति अपनी कुल परम्परा के अनुसार अपने आर्थिक ज्ञान का लाभ हमें इक्कीसवीं शताब्दी में अवश्य पहुंचाएगी।

अध्याय ग्यारह

विश्वासघात

जिन्होंने धोखा खाया,
वे धोखा खाकर भी होश में बने रहते हैं,
सबसे बुरी हालत धोखा देनेवाले की होती है।

–विलियम शेक्सपीयर

प्रधानमन्त्री बनने के उन्नीस महीने बाद 11 जनवरी 1966 को लालबहादुर शास्त्री का हृदयगति रुकने से आकस्मिक निधन हो गया। उनका स्वर्गवास प्रसिद्ध नगर ताशकन्द में पाकिस्तान के साथ हुए समझौते पर हस्ताक्षर करने के ठीक बाद हुआ। जिसके अनुसार युद्ध में शानदार विजय के बाद सेना द्वारा जीते गए कश्मीर घाटी के हाजी पीर सहित अन्य सामाजिक महत्त्व के स्थान को पाकिस्तान को वापस करना पड़ा। जब हमने इस समाचार को सुना तब मैं अपने माता-पिता के साथ चंडीगढ़ में था। देश के अन्य लाखों लोगों की तरह हमें भी बहुत दुख हुआ। शास्त्रीजी से हम सभी प्रभावित थे। यद्यपि हम नहीं चाहते थे कि इन दरों को हम छोड़ दें किन्तु ऐसा लगा कि उन्होंने एक स्तरीय सर्वमान्य नेता का परिचय दिया है। अपने सादे व्यक्तित्व की छाप के कारण वे सबके प्यारे हो गए थे और इसी गुण के कारण वे प्रभावशाली नेता बने।

शास्त्री के दिवंगत होने से जैसे सब कुछ निर्जीव-सा हो गया था। लोगों का मानना था कि नेहरू की मृत्यु के साथ युग का अन्त नहीं हुआ था लेकिन ऐसा शास्त्री की मृत्यु के बाद हो गया। यद्यपि वह पचास के दशक में वर्षों तक केन्द्रीय मंत्रिमंडल में रहे लेकिन वह मृत्यु के समय गरीब ही थे। तब उनके पास केवल एक पुरानी कार

थी जो उन्होंने सरकार से ऋण लेकर किश्तों पर ली थी और जिसकी कुछ देनदारी शेष थी। उन्होंने अपने जीवन में कीर्तिमान स्थापित किए थे। वही एकमात्र रेलवे मन्त्री हुए जिन्होंने एक भीषण रेल दुर्घटना का उत्तरदायी स्वयं को समझते हुए अपने पद से त्याग-पत्र दिया था। शास्त्री के निधन के बाद राजनीति में जीवन मूल्यों का ह्रास होने लगा और प्रशासन तन्त्र में अनैतिकता का बोलबाला बढ़ने लगा। राजनीतिक जीवन में व्यक्तिपरक कार्यप्रणाली पनपी। संस्थाओं का महत्त्व घटने लगा जिसका स्वाभाविक प्रभाव कांग्रेस पार्टी पर पड़ा। शास्त्रीजी के निधन के बाद आदर्शों से अधिक हानि हमारे आर्थिक जीवन में हुई। प्रगतिशील नीतियों के जो अवसर उपलब्ध हुए थे, वे सभी समाप्त हो गए। यदि वे जीवित होते तो हमारा राष्ट्र बहुत उन्नति करता और अधिक लोग गरीबी की रेखा से ऊपर उठते। किन्तु दुःख की बात है कि वे नहीं रहे और जो होना था, वह इतिहास के गर्त में समा गया।

शास्त्री के उत्तराधिकारी के लिए कांग्रेस पार्टी में बड़े नाटकीय घटनाक्रम हुए, अफवाहें उड़ीं और एक घंटे में भाग्यों के हेर-फेर हुए। कांग्रेस अध्यक्ष कामराज ने अधिक सुदृढ़ता का परिचय दिया और किंगमेकर बन गए। वह बहुत बुद्धिमान एवं व्यूह रचनाकार थे। महत्त्वाकांक्षी न होना ही उनकी शक्ति का स्रोत था। वह स्वयं प्रधानमन्त्री पद नहीं लेना चाहते थे। ऐसे व्यक्ति का सभी सम्मान करते हैं। उन्हें न हिन्दी का ज्ञान था, न अंग्रेजी का, केवल तमिल बोलना ही आता था। उन्होंने अपनी कमी को समझा भी। उनमें एक अन्य गुण था जो सामान्यतः राजनीतिज्ञों में नहीं पाया जाता और वह था चुप रहना। वह घंटों दूसरों की बात सुनते, और स्वयं कुछ नहीं बोलते थे। इस कारण लोग उन्हें बुद्धिमान और चतुर समझते थे। मोरारजी देसाई अग्रणी प्रत्याशी थे। मोरारजी को कोई पसन्द नहीं करता था क्योंकि वह अनुशासन के कठोर तथा एकाधिकार की मान्यतावाले व्यक्ति थे। सबसे अलग रहना तथा अन्य व्यक्तिगत कमियों के कारण लोग उन्हें पसन्द नहीं करते थे। कांग्रेस के शक्तिमान नेता जिन्हें सिंडीकेट के नाम से जाना जाता था, भी उन्हें पसन्द नहीं करते थे। यद्यपि इसके कारण भिन्न थे। वे किसी ऐसे व्यक्ति को प्रधानमन्त्री पद पर चाहते थे जिसे कठपुतली बनाकर अपने इशारों पर नचाया जा सके।

मोरारजी को रोकने के लिए सिंडीकेट ने कामराज को तैयार करने का प्रयत्न किया किन्तु वह अपनी बात पर अड़े रहे। मोरारजी चाहते थे कि संसदीय पार्टी के नेता का चुनाव सांसदों के द्वारा ही किया जाए। सिंडीकेट को भय था कि मोरारजी चुनाव जीत सकते हैं। अतः वह यह कहकर चुनाव टालते रहे कि नेता चुनने के लिए सर्वसम्मति से निर्णय लिया जाएगा। यह कार्य कामराज को सौंपा गया। हम भले ही मोरारजी को

पसन्द नहीं करते थे किन्तु सिंडीकेट का तरीका भी कम ही लोगों ने पसन्द किया। हमने मोरारजी देसाई का चुनाव सम्बन्धी लोकतान्त्रिक विचार का समर्थन किया। इन सब बातों के चलते इन्दिरा गांधी का नाम सामने आया। राजनीतिक नेताओं ने जवाहरलाल नेहरू की बेटी का नाम यह सोचकर लिया कि वह दुर्बल और अनुभवहीन है, अतः सदा उनके परामर्श पर निर्भर करेगी। हमने उनका प्रत्याशी होना पसन्द नहीं किया क्योंकि इसमें वंशवाद झलकता था। अन्त में बहुत विचार-विमर्श के बाद कामराज ने अपना मत व्यक्त किया और पार्टी ने सर्वसम्मति से इन्दिरा गांधी के नाम का प्रस्ताव किया उसने कहा कि नेहरू का नाम जुड़ा होने के कारण वह भावी चुनाव में पार्टी को विजय दिलाने में समर्थ होंगी। किन्तु मोरारजी देसाई ने दृढ़तापूर्वक अपना मत व्यक्त किया कि संसद सदस्य ही चुना जाएगा। कामराज अपना प्रभाव बढ़ाने के लिए सक्रिय हुए। उन्होंने सब मुख्यमन्त्रियों को इन्दिरा गांधी के पक्ष में खड़ा किया। इससे अनुकूल प्रभाव पड़ा और अन्ततः 19 जनवरी को संसद के केन्द्रीय कक्ष में गुप्त मतदान हुआ और इन्दिरा गांधी 169 के मुकाबले 355 मत पाकर विजयी घोषित की गईं।

लालबहादुर शास्त्री पुर्णरूप से सहज बुद्धिवाले व्यक्ति थे। उन्होंने अनुभव किया कि हमारी चुनाव प्रक्रिया बड़ी बोझिल और भारी सिद्ध हुई है। जब कभी इस पर कोई अंकुश का प्रावधान करना पड़ा, परिणामस्वरूप सरकार में विचार विभिन्नता हो गई जिससे राजकाज में विलम्ब और हानियां होने लगीं। इसे सुधारने के लिए उन्होंने लक्ष्मीकान्त झा को अपना मुख्य सचिव नियुक्त किया। दिसम्बर 1965 में टाइम्स ऑफ इंडिया के मुख्य पृष्ठ पर प्रकाशित एक कहानी के अनुसार सरकार अपनी कार्यप्रणाली के कुछ अनावश्यक अंकुशों को दूर करने की सोच रही है। इस कहानी में प्रयुक्त उदारवाद शब्द पहली बार पढ़ने को मिला। इसके चार दिन बाद इसी अखबार में एक और कहानी छपी। दुर्भाग्य से एक महीने बाद शास्त्रीजी का निधन हो गया और उनके साथ ही उदारवाद के विचार का भी अन्त हो गया। श्रीमती गांधी, जो अपने पिता के समान सिद्धान्तवादी थीं, ने अपने वामपन्थी परामर्शदाताओं को एकत्रित किया। 'एल. के. झा' के स्थान पर 'पी. एन. हक्सर' को लाया गया। नीति निर्धारण में पूर्व साम्यवादी मोहन कुमार मंगलम निर्णायक भूमिका निभाने लगे। इन लोगों ने शास्त्रीजी के उदारवाद को हमेशा के लिए दफना दिया। एल. के. झा ने कुछ वर्षों बाद टाइम्स ऑफ इंडिया की सत्यता स्वीकार की और कहा कि शास्त्रीजी के अधीन औद्योगिक, अर्थनीति को बदलने का पक्का विचार किया गया।

यह स्पष्ट हो चुका था कि नेहरू द्वारा अपनाया गया आर्थिक मार्ग न तो उत्पादन ही बढ़ा सका और न लाभ। शास्त्री ने कुछ प्रयास अवश्य किए, विशेषकर कृषि को मुक्त

करके बाजारोन्मुख कर दिया था किन्तु इससे पहले कि वह इच्छित परिवर्तन ला पाते, उनकी मृत्यु हो गई। हमने 1970-80 में यह जानते हुए भी कि 'मिश्रित अर्थव्यवस्था' हमें एक खाई की ओर धकेल रही है तब भी उसी का अनुसरण किया। वास्तव में इन्दिरा गांधी सरकार और अधिक कठोर होकर अंकुश और नियन्त्रण लगाते हुए एकाधिकार और निरंकुशता की ओर अग्रसर हुई। बैंकों का राष्ट्रीयकरण कर दिया गया। विदेशी निवेश को निरुत्साहित किया गया, और घरेलू उद्योगों के सामने कई रोड़े खड़े किए गए। कुछ पूर्वी एशियाई देशों ने इस बीच पुराने तरीकों को छोड़कर निर्यात को बढ़ावा देने की नीतियां अपनाई जिसने बाजार मूल्य को विकृत कर दिया।

भारत की त्रासदी यह नहीं थी कि उसने पचास के दशक में गलत आर्थिक नीतियां अपनाईं बल्कि सन् 1965 में उन्हें उलटने की दिशा में कोई काम नहीं किया। औद्योगिक (आर्थिक प्रगति नहीं) प्रगति 1951-65 में 7.7 प्रतिशत से घटकर वर्ष 1966-80 के बीच चार प्रतिशत रह गई। भारत विश्व व्यापार से अलग हो गया। सीमा शुल्क बढ़ा दिया गया, करों में वृद्धि की गई और 1970 के दशक में विकासशील देशों में भारत सबसे खराब स्थिति में पहुंच गया। राष्ट्रीय अनुप्रयुक्त आर्थिक अनुसन्धान परिषद के राकेश मोहन शर्मा ने बताया कि श्रीमती गांधी की आर्थिक रूप में असफलता 1.3 प्रतिशत सकल घरेलू उत्पाद प्रतिवर्ष के हिसाब से हुई थी, इसे दूसरी तरह से देखा जाए तो प्रति-व्यक्ति सकल घरेलू उत्पाद होना चाहिए था कम-से-कम अस्सी प्रतिशत से अधिक। 1990 में 350 डॉलर के बदले में 300 डॉलर। 1980 के दशक में आधुनिक उदारवादियों ने उद्योगों को बढ़ावा दिया किन्तु विद्वानों का मानना है कि 1966 से लेकर 1980 तक का समय भारत के लिए आर्थिक रूप से काला था। यह दुर्भाग्य था कि श्रीमती गांधी, गरीबों के नाम पर राज कर रही थीं। 'गरीबी हटाओ' चुनाव के समय उनका नारा होता था। अन्त में आर्थिक प्रगति घट गई और गरीबों के लिए अवसर समाप्त हो गए।

विद्वान अलग-अलग कारण खोजने लगे कि विकास क्यों नहीं हो रहा। किस कारण से उत्पादन में गिरावट आई। इन्दिरा गांधी के समर्थकों का विचार था कि कृषि में हरित क्रान्ति के कारण व्यापार के तरीके बदल गए हैं। यह कहना बिल्कुल ही गलत था क्योंकि वे तरीके 1991 के सुधार तक मौजूद थे। कुछ का कहना था कि असमानता बहुत बढ़ गई थी। बाजार में जनता की आवश्यकताओं की पूर्ति की तुलना में उत्पादन घट गया था। अतः मांग ही समस्या थी। अनुमान करनेवाले झूठे साबित हुए। गिनी, जो कि आय की असमानता को नापती थी, ने इसका समर्थन नहीं किया। तीसरा कारण था, पूंजी की कमी था। यह भी सही नहीं था। स्वतन्त्रता मिलने से पहले की आर्थिक नीति में नाटकीय परिवर्तन आया। लोगों का बचत और पूंजी बनाने की

तरफ झुकाव हो गया। भारत की बचत दर 1950 में छह प्रतिशत थी, जो 1960 में बढ़कर चौदह प्रतिशत हो गई, 1980 में आठ प्रतिशत, और 1990 में तेईस प्रतिशत लाभ हो गया। 1960 में निवेश दर सत्रह प्रतिशत, राष्ट्रीय आय का तेईस प्रतिशत हो गई। 1980 के दशक में इसकी तुलना अच्छी तरह से विकसित देशों से की जा सकती थी। हो सकता है, यह इतना अधिक न रहा हो जितना एशियन टाइगर। इस प्रकार कहा जा सकता है कि पूंजी की कमी हमारी असफलता का कारण नहीं था।

हमारी उत्पादकता और व्यय पर दोषारोपण होते रहे, उसी प्रकार उनकी पूंजी के लाभांश पर भी। फिर भी हमने व्यय करने में बचत की और लाभ बहुत कम मिला। अर्थशास्त्री इशर आहलुवालिया ने अन्दाजा लगाया कि भारत में बननेवाली वस्तुओं की उत्पादकता 1960 और 1985 के बीच में आधा प्रतिशत गिर गई है। पूंजी का लाभांश घाटे की ओर जा रहा था जो बड़ी-बड़ी सार्वजनिक कम्पनियों की अंकुशता के कारण बहुत कम हो रहा था। निजी कम्पनियां कोई लाभ नहीं दिखाती थीं क्योंकि हमने उन्हें अपने अंकुश लगाकर दुर्बल बना दिया था। विडम्बना यह है कि हमने राज्यों की कम्पनियों को अपनी बचत के अनुपात में बढ़ावा दिया। हमने सोचा कि वे अच्छा लाभ देंगी और राष्ट्रीय बचत में वृद्धि करेंगी। किन्तु वे असफल सिद्ध हुईं और उन्होंने हमारी राष्ट्रीय आय को भी समाप्त कर दिया और खुद भी समाप्त हो गईं। हमारी बचत में वृद्धि वास्तव में निजी कम्पनियों से होती है।

ढांचा भी हमारे खराब प्रदर्शन का एक अन्य कारण था। विद्युत, रेलवे, कोयला, टेलीफोन आदि रुकावट के कारण बन गए। 1970-80 के दशक में जो भी भारत में रहा होगा, उसने इस चीज को देखा होगा, अनुभव किया होगा। लगातार बिजली की कमी के कारण अंधेरा रहता था। माल ढुलाई में कमी हो गई। कोयला, सीमेंट, इस्पात सभी की कमी थी जो कि एक-दूसरे पर आश्रित थे। उदाहरण के लिए यदि रेलवे ठीक से काम नहीं करेगा तो कोयला खानों से नहीं निकाला जाएगा जिससे कि बिजली बनानेवाले कारखाने चलते हैं। यदि पर्याप्त मात्रा में बिजली नहीं होगी तो खानों से कोयला नहीं निकाला जा सकता। यदि कोयला, बिजली ठीक काम नहीं करे तो गाड़ियां नहीं चलेंगी। ऐसी रुकावटें क्यों बढ़ती हैं? यह एक अध्ययन करने का विषय है किन्तु इस पर कोई कार्रवाई नहीं की जाती। उत्पादकता में गिरावट और धीमा निवेश का संयोग ही मुख्य समस्या है। ढांचा राज्य के अधीन होता है न कि बाजार की शक्ति के। यहां तक सीमेंट भी पूर्णरूप से उनके अधीन था। इसका अभिप्राय यह है कि राजनीतिज्ञ और नौकरशाही मूल्य तय करते हैं कि कहां नई फैक्टरी बनानी हैं। एक अड़ियल राजनेता ही ऐसा कर सकता था कि अपने क्षेत्र में बिजली का कारखाना खोले जबकि बिजली की कमी किसी अन्य क्षेत्र में है, वहीं

कारखाना लगाना चाहिए था। वह क्षेत्र के मतदाताओं को खुश करने के लिए उस इलाके में रेलवे लाइन भी बनवा सकता है जबकि किसी अन्य औद्योगिक क्षेत्र में रेलवे लाइन की आवश्यकता है। वे इसे न्यायिक और निष्पक्षीय क्षेत्रीय तालमेल का नाम देते थे। जहां मांग और पूर्ति साथ-साथ नहीं चलते। यहां इस तरह के विरोधाभास आमतौर पर देखने को मिल जाते हैं। वस्तुओं की कम कीमतें हतोत्साहित करनेवाली थीं। मतलब यह कि राज्य की विद्युत कम्पनियां दिवालिया थीं और उनके पास पूंजी नहीं थी कि वे नया कारखाना खोल सकें या पुराने को चला सकें। व्यापारिक संगठन शक्तिशाली बन गए थे क्योंकि राजनीतिज्ञ इच्छा न होते हुए भी अपने वोट बैंक को नाराज नहीं करना चाहते थे। व्यापारिक संगठन चाहते थे कि और मजदूरों को नौकरी दी जाए और जो पहले से हैं, वे काम करते रहें। यह राजनीतिज्ञों के लिए अच्छा था क्योंकि इस तरह से नए लोगो को नौकरी मिल रही थी। यह मतदाताओं को खुश करने के लिए भी अच्छा था। कानून के अनुसार कोई किसी मजदूर को काम न करने पर निकाल नहीं सकता था। ऐसे में श्रम की नीति उत्पादकता को घटा सकती थी। राज्यों की संयुक्त कम्पनियों के प्रबन्धकों ने शिकायत की किन्तु किसी ने भी उन पर ध्यान नहीं दिया। मजदूर सुस्ती से काम करते, अपने काम में प्रायः रुचि नहीं दिखाते और प्रबन्धक कुछ भी नहीं कर पाते। अनेक बिजली के कारखाने अपनी कार्य-कुशलता के अनुपात में आधा ही काम करते हैं। इन कारखानों के लाइनमैन छोटे उद्योगों के साथ अपना निजी समझौता करके बिजली का तीसरा भाग चुरा लेते थे, बिजली मीटर वहां लगा लेते किन्तु उनका अपराध साबित नहीं हो पाता था। बिहार की कोयला खानों में माफिया सक्रिय था जहां वह खुद ही कानून था अर्थात उसके आगे कानून प्रभावहीन था। सरकार की आर्थिक शक्ति घटती जा रही थी। अतः नए कार्यों में खर्च करने के लिए धन नहीं था। परिणामस्वरूप मन्दी का दौर आ गया किन्तु आश्चर्यचकित करनेवाली बात है कि सरकार के कार्यकलाप ठप नहीं पड़े, बन्द नहीं हुए।

बंगाल में हमारी कम्पनी का सेल्समैन अभिनेता की तरह था। इसलिए 1950 के दशक में बिक्री लगातार बढ़ती रही। इसका कारण वह हलदिया में अपने अच्छे प्रदर्शन को बताता था जहां एक खाद का कारखाना बनाया गया था। हजारों अच्छा वेतन पानेवाले कर्मचारियों में हमारे उत्पादन की मांग थी। एक नए नगर के लिए, प्रबन्धक की कोठी के लिए और कर्मचारियों के लिए अच्छे मकानों के लिए मांगें उठने लगीं। वहां सड़कें चौड़ी होनी चाहिए, तेज रोशनीवाली लाइटें, स्कूल, दवाखाना अस्पताल यहां तक कि कर्मचारियों के लिए एक सहकारी भंडार भी होना चाहिए। मध्यवर्गीय लोगों का जो सपना था उसके कारखाने के लिए पूंजी दे दी गई। जबकि उस कम्पनी ने एक किलो खाद भी नहीं दी और ये कुछ सालों तक चलता रहा। फैक्टरी में मशीनों

की सफाई करने और उन्हें अच्छे कार्य करने की हालत में रखने के लिए कर्मचारियों का एक दस्ता रखा गया और उन्हें कलपुर्जे अलग से दिए गए। प्रबन्धक और मजदूर काम करने लगे। निजी विभाग उपस्थिति लगाने लगे। सबको वेतन दिया जाने लगा यहां तक कि लाभांश भी दिया जाने लगा, कभी-कभी अतिरिक्त कार्य करनेवालों को भी उसका मेहनताना दिया जाने लगा। फिर भी जबकि उनके पास कोई काम नहीं था क्योंकि कम्पनी बनाने के तुरन्त बाद ही यह मालूम पड़ा कि कम्पनी बेकार है। यदि वे उसमें उत्पादन करते हैं तो बहुत अधिक पैसा खर्च होगा। यह सस्ता पड़ेगा कि इसमें उत्पादन ही न किया जाए। फिर भी उन्होंने कारखाना बन्द नहीं किया। बन्द करना एक गलत राजनीति ही न होती बल्कि गैर-कानूनी भी होता।

ऐसी दशा के लिए हलदिया ही अन्तिम नहीं था बल्कि और भी उदाहरण हैं। एक और कम्पनी 'स्कूटर्स इंडिया लिमिटेड' लखनऊ में जो अपने 3000 श्रमिकों को 1992 तक वेतन देती रही जबकि इसने दस साल तक एक भी स्कूटर नहीं बनाया। अस्सी के दशक के अन्त तक राज्य के अधीन वाली तीन चौथाई कम्पनियों के मालिकों का पैसा डूब गया। राज्य ने कम्पनियों को सहायता देने के लिए अपनी आय में से तीन प्रतिशत 1970-77 में, बीस प्रतिशत 1980-81 में, व बीस प्रतिशत 1988-89 में दिया।

प्रकाश टंडन जो 'पंजाबी सेंचुअरी' के लेखक हैं। उन्होंने यह प्रशंसनीय कहानी सार्वजनिक तथा निजी उद्योगों के विषय में बताई। प्रतिवर्ष वह अपने परिवार को साथ लेकर छुट्टियों में बम्बई से कश्मीर सड़क से जाया करते थे। एक साल उन्होंने देखा कि नासिक से आगे हाइवे पर एक पेट्रोल पम्प बन गया है। लगभग उसी समय पेट्रोल पम्प से बीस किलोमीटर आगे एक बहुत बड़ी सार्वजनिक कम्पनी बनकर पूरी हो रही थी। चौड़ी तीन पंक्ति, मुख्य मार्ग पर पेड़ों की पंक्तियां, खुले-खुले मकान, स्कूल, अस्पताल और खेल-कूद के स्थान। अगले साल टंडन ने देखा कि पेट्रोल पम्प अच्छा काम कर रहा था। मिस्त्रियों की मरम्मत करनेवाली दुकानें भी दोनों तरफ खुल गई थीं, वे भी अच्छा काम कर रही थीं। आनेवाले वर्ष में उसने देखा कि वहां पर सड़क के किनारे एक होटल खुल गया था जिसका खाना मोटर चालकों को बहुत पसन्द आता था। एक पान-सिगरेट बेचनेवाला, फल बेचनेवाला, उसके बाद वहां दर्जी की दुकान और एक जनरल स्टोर भी खुल गया। एक दशक से भी कम समय में वहां एक फलता-फूलता नगर तैयार हो गया। उन्हीं दिनों राज्य की कम्पनी की पूंजी समाप्त हो रही थी। उसकी इस गिरावट के कारण समस्या ने विशालकाय रूप ले लिया था।

विषमता शिक्षा देनेवाली है। विरोधाभास ध्यान देने योग्य है। एक तरह से धन क्रमिक रूप से कमाया जा रहा था। एक अकेले पेट्रोल पम्प ने कई उद्यमियों को

आकर्षित किया। वे लोगों की इच्छानुसार सेवाएं देते रहे। वे अपने लाभवाले पैसे को दुबारा दूसरे कार्य के लिए खर्च करते थे और इस तरह व्यवसाय फैलता रहा था। उनका लाभान्वित होना दूसरों को प्रभावित करता था। अन्त में संस्था का धन इकट्ठा होता था और वह धन फलते-फूलते हजारों परिवारों को लाभ पहुंचाता था। यह सब एक पेट्रोल पम्प से आरम्भ हुआ। बीस किलोमीटर दूर राज्य ने भी एक नगर बसाया था। फिर भी इसमें एक अन्तर था, राज्य ने समाज के धन को बर्बाद किया था।

दुर्भाग्यपूर्ण दशक के दौरान कई लोग थे जो पूरी तरह सरकार पर निर्भर थे। भारत के संगठित सेक्टरों में सत्तर प्रतिशत कर्मचारी (वे कम्पनियां जहां दस से अधिक कर्मचारी काम करते हैं) सरकार से चैक के द्वारा अपना वेतन पाते हैं। यदि क्लास वन अफसरों को छोड़ दिया जाए तो भारत में पचपन प्रतिशत व्यक्ति सार्वजनिक कम्पनियों में काम करते थे। 1990 में सार्वजनिक कम्पनियों का सकल घरेलू उत्पाद केवल सत्ताईस प्रतिशत था। उदाहरण के लिए चीन में राज्य की अपनी कम्पनियों के कर्मचारियों में चालीस प्रतिशत औद्योगिक श्रमिक हैं। अस्सी के चीन के सुधारों के दौरान निजी उद्यमों का तेजी से विकास यह स्पष्ट करता है कि भारतीय अर्थव्यवस्था चीन की अर्थव्यवस्था से अधिक समाजवादी है।

1990 तक भारत में योजना के अनुसार बड़ी संस्था में किराया भोगियों को सार्वजनिक बहुराष्ट्रीय कम्पनियों में लिया गया और केन्द्रीय सरकारों के कर्मचारियों को राज्यों और स्थानीय सरकार में लिया गया। ऐसी संगठन व्यवस्था में बहुत बड़ी शक्ति थी। इसने सभी महत्त्वपूर्ण निर्णयों में मध्यस्थता की। इसने समाज के संसाधनों को निर्धारित किया। इसने यह निर्णय लिया कि क्या उत्पादित करें, किस कीमत पर किसको सहायता देनी है, कौन उत्पाद लेगा, किसको लाइसेंस देना चाहिए। इससे इस नई श्रेणी को सामान्य लोगों पर छूट मिल गई जिसे अर्थशास्त्र की भाषा में नागरिकों से कर लेने को भ्रष्टाचार और घूसखोरी कहते हैं। जहां पहले बदले में बिना कुछ दिए नहीं होता था, वहां बिजली के ठेकेदारों को स्पष्ट कर दिया गया जो सरकारी तन्त्र का उपयोग अपने लाभ के लिए करते थे।

1967 के पश्चात भारत विश्व व्यापार से अधिक दूर हट गया। हमारे उत्पाद भद्दे और महंगे हो गए क्योंकि हमने बड़े नाटकीय ढंग से कर बढ़ा दिए थे। आयात पर कर एकत्रित किया गया जो 1960-65 में कुल आयात का 21.2 प्रतिशत था किन्तु 1985-90 की अवधि में वह 54.8 प्रतिशत तक बढ़ गया जबकि निर्यात सकल घरेलू उत्पाद के पांच प्रतिशत पर ही रुका रहा। हमने अपने उद्योगों को कठोर नियन्त्रण व व्यक्तिगत आधार पर संरक्षण देने का प्रयास किया। यह विडम्बना है कि ये सारे नियन्त्रण हमें विदेशी धन

की बचत के लिए करने पड़े। फिर भी 1956 के बाद करीब पैंतीस वर्ष तक हम भुगतान में ही लगे रहे और अभी भी देना शेष था। 1950 से 1990 के चालीस वर्षों की अवधि में अनेक कमियों के होते हुए भी छह प्रतिशत उत्पादन वृद्धि का प्रयास किया और 1951-52 के 11.8 प्रतिशत के स्थान पर 1990-91 में सकल घरेलू उत्पाद 24.6 प्रतिशत तक बढ़ा दिया। किन्तु उद्योगों की प्रगति के लिए यह पर्याप्त नहीं था। यद्यपि हमने बचत की और उसका निवेश भी किया किन्तु उनसे लाभ बहुत कम हुआ। नौकरशाही पर राष्ट्रीय आय से अधिक व्यय होता गया। अनुमानतः भारत का स्थान विश्व में उसी के समान विकासशील देशों में काफी पिछड़ गया। 'जॉन पेज' द्वारा तैयार तीसरी दुनिया के देशों के तुलनात्मक विवरण के आधार पर राकेश मोहन तुलनात्मक आंकड़ों के अनुसार निष्कर्ष निकाला कि 1950 और 1982 की अवधि में भारत विश्व के विकासशील देशों में अत्यन्त पिछड़ा सिद्ध हुआ। उसका प्रदर्शन सबसे अधिक बुरा रहा।

मैं कभी-कभी सोचता हूं कि हमारे पास इतने विद्वान अर्थशास्त्रियों के होते भी हम कहां गलती कर बैठे। दिल्ली स्कूल ऑफ इकोनॉमिक्स ने अपने बहुत ही बढ़िया व प्रशंसनीय प्रदर्शन की वजह से अन्तर्राष्ट्रीय ख्याति प्राप्त की है। जगदीश भगवती जैसे व्यापारिक स्तर पर बीज अनुसन्धान, ए. एल. नागर जैसे विद्वान जिसने अर्थशास्त्र में नए-नए मार्ग सुझाए, सुखमय चक्रवर्ती योजना के आदर्शों व नमूनों पर एकाधिकार रखने वाले 'पोतरिएमीन' जिसने गणित के सिद्धान्तों को अर्थशास्त्र में प्रभावी ढंग से प्रयुक्त किया, तपन राय चौधरी व धर्म कुमार जिन्होंने अर्थशास्त्र के इतिहास में नाम कमाया, अमर्त्य सेन व प्रशान्त पटनायक जो सामाजिक पसन्द के सिद्धान्त में प्रसिद्धि प्राप्त कर चुके थे और मोटेक जिन्होंने 1991-93 में भारतीय आर्थिक सुधारों के क्षेत्र में प्रभावशाली कार्य किए, यह एक पेचीदा प्रश्न है कि इतने सारे विख्यात और अद्वितीय विद्वानों ने भारत को सही दिशा नहीं दिखाई, वर्षों तक वे सभी देश की दिवालिया स्थिति को देखते हुए भी काम करते रहे और किसी तरह बौद्धिक सहयोग से इस जर्जर प्रणाली को ढोते रहे।

मेरे वामपन्थी मित्र 1969 के उस दिन बहुत खुश नजर आए जब श्रीमती इन्दिरा गांधी ने देश के चौदह बड़े बैंकों को एक झटके के साथ राष्ट्रीय करार दे दिया। वह सदा बैंकिंग प्रणाली की आलोचना किया करते थे। वे बैंकों को कुछ बड़े व्यापारिक घरानों द्वारा नियन्त्रित पूंजीवादी एकाधिकार मात्र समझते थे जो केवल इन घरानों या उनके द्वारा समर्पित व्यक्तियों या संस्थाओं को ही बैंकों से ऋण उपलब्ध कराते थे। श्रीमती गांधी का बैंकों के राष्ट्रीयकरण का उद्देश्य यह था कि उपेक्षित क्षेत्रों तथा कृषि, लघु उद्योग तथा निम्न स्तर पर ऋण लेने की इच्छा रखनेवाले समूहों को धन उपलब्ध कराने की सुविधा प्राप्त कराने के लिए नई ऋण व्यवस्था हो। उनकी इच्छा थी कि

बैंक द्वारा देश के कोने-कोने में, पिछड़े क्षेत्रों में, गांव व देहातों में अपनी शाखाएं खोली जाएं, जिससे जन-सामान्य को बैंकिंग प्रणाली समझ में आ सके। उन्हें सभी उपयोगी उद्देश्यों में सफलता प्राप्त हुई। अगले दो दशकों में बैंक की शाखाएं 1969 में 8,262 से 1992 में 60,190 हो गईं। जिनमें से आधी शाखाएं ग्रामीण क्षेत्रों में खुलीं और किसी बैंक द्वारा औसत जनसंख्या जो 1961 में 65,000 थी, वह 1991 में 11,000 तक नीचे आ गई, बैंकों में जमा पूंजी 1969 में तेरह प्रतिशत से बढ़कर 1991 में तीस प्रतिशत हो गई तथा ऋण राशि इसी अवधि में सकल घरेलू उत्पाद की दस प्रतिशत से बढ़कर पचीस प्रतिशत हो गई।

यह शुभ समाचार था। अगर अशुभ था तो केवल बैंकिंग प्रणाली की कार्य-कुशलता का ह्रास, बैंकों की उत्पादकता एवं लाभ अर्जित करने की शक्ति का कम होना। 1990 तक बैंकों का कुल अर्जित लाभ अनुपयोगी ऋणों को छोड़कर निर्देशित पूंजी का केवल 1.1 प्रतिशत तथा स्थापन व्यय उसका दो प्रतिशत बढ़ गया। वसूले जा सकनेवाले ऋण, जिन्हें निष्क्रिय पूंजी कहा जाता है, बीस प्रतिशत तक बढ़ गए। फलतः अधिकांश राष्ट्रीयकृत बैंक, विशेषकर ग्रामीण क्षेत्रों में, दिवालिया होने के कगार पर पहुंच गए। उन पर कर्मचारी वर्ग, संगठनों, राजनीतिज्ञों का प्रभाव इतना बढ़ गया कि मेरी पत्नी को अपना पैसा जमा कराने या निकालने में आधे घंटे तक बैंक की खिड़की पर खड़ा रहना पड़ता था।

मुझे एक बार किसी ग्रामीण बैंक के शाखा प्रबन्धक से मिलने का अवसर मिला। दिल्ली से अमृतसर के बीच चलनेवाली रेलगाड़ी में रात्रि के खाना खाने के समय सहभागी के रूप में मिला तथा बिस्तर पर जाने से पूर्व एक घंटा पढ़ने के लिए जब मैं तैयार हुआ तो इसमें ग्रामीण शाखा को चलाने में आनेवाली कुछ बातों का जिक्र किया। वह युवक ईमानदार था। गहरी सोच रखता था और अपनी दिनचर्या में आनेवाली समस्याओं के विषय में बताकर मन का बोझ हल्का करना चाहता था। उसने कहा कि न वह स्वयं, न उसके अन्य कर्मचारी यह तय कर पाते थे कि ऋण लेनेवाला कौन-सा आवेदक सुपात्र है। इसका निर्णय स्थानीय सांसद या विधायक करता था और अपना निर्णय जुबानी देता था। निश्चय ही ऋण लेनेवाले राजनीतिक समर्थक होते थे और उनका उद्देश्य ऋण लेकर कभी वापस न करना था। उसे केवल निर्देश दिया जाता था कि फलां व्यक्ति ही ऋण के लिए सुपात्र है और निःसन्देह वे सभी धनाढ्य व्यक्ति ही होते थे। जब ऋण वसूल न हो सकने के कारण बुरे ऋण की श्रेणी में आते थे तो ये राजनीतिक नेता ऋण व उसके लेनेवाले के विषय में पूर्ण अनभिज्ञता जताते थे। इसलिए दोषी पाए जाने पर बैंक शाखा प्रबन्धक के गले पर ही छुरी चलाई जाती थी।

समय-समय पर मुख्यालय से अनदेखे निर्देश जारी होते थे कि बुरे ऋणों को आगे बढ़ा दिया जाए, छोड़ दिया जाए, जबकि ऐसा करना नियमों के विरुद्ध था। निर्देश भी अलिखित होते थे। लिखित आदेश मांगने की हिम्मत शाखा प्रबन्धक जुटा नहीं पाते थे क्योंकि ऐसा करने पर उन्हें केवल किसी दूरस्थ पिछड़े क्षेत्र की शाखा में भेजा जाता। दूसरी ओर अब शाखा प्रबन्धक या बैंक का अन्य अधिकारी किसी उपयुक्त एवं धन की सही आवश्यकता का ज्ञान होने पर छोटे किसान या व्यापारी को ऋण देते थे तो वह सारा वापस मिल जाता था, भले ही कुछ विलम्ब से। किन्तु यह सुनिश्चित माना जाता था कि फसल कटने पर अवश्य ही ऋण की अदायगी हो जाएगी।

उसके अपने कर्मचारियों का व्यवहार भी कम हताशापूर्ण नहीं था। कार्यालय का संचालन वह नहीं, कर्मचारी संघ करता था कि कौन क्या करे, किसकी पदोन्नति हो और किसका स्थानान्तरण। उसने बहुत ही निपुण और सुयोग्य महिला कर्मचारी की पदोन्नति करनी चाही तो कर्मचारी संघ के नेता ने अड़ंगा लगा दिया। उसने मुझसे सीधा प्रश्न किया कि 'फिर मेरा यहां रहने का क्या लाभ है?"

उसकी स्थिति का मैंने जायजा लिया, उसकी स्थिति में यदि मैं होता तो क्या करता, यही सोचते-सोचते मैं सोने चला गया। मुझे कोई तर्क-संगत उत्तर नहीं सूझा। कम-से-कम अपनी कम्पनी में मैं ऐसी नासमझी नहीं होने दूंगा। दूसरे दिन जब अमृतसर स्टेशन पर हम उतरने लगे तो मैंने उसे अन्यत्र कहीं नौकरी तलाशने की राय दी।

राष्ट्रीयकरण के कारण वास्तविक रूप से सुयोग्य उद्योग धन्धे खोलने के इच्छुक व्यक्तियों को ऋण लेने में बहुत कठिनाई झेलनी पड़ी। अमरीक सिंह, जिसे मैं बम्बई में मिला था, ने अपनी दिनचर्या से तंग आ कृषि कार्य करने का निर्णय ले लिया। एक साहसी इलेक्ट्रोनिक इंजीनियर होते हुए उसने बहुत सारी योजनाएं बनाई थीं किन्तु ग्रामीण जीवन की ओर उसका झुकाव हुआ। उसके मित्रों ने उसे निरुत्साहित करना चाहा किन्तु उसने ऐसा सोचा कि चौदह वर्ष का इलेक्ट्रोनिक जीवन बहुत है। गम्भीर प्रकृति होने से उसने 'सुअर' के सम्बन्ध में जानकारी हासिल की और शीघ्र ही वह उसमें पूरा जानकार हो गया। लगभग 105 किलोमीटर दूर उसने किसी गांव में कुछ जमीन खरीदी और इसे नाम दिया 'आर्कडिया क्रीडर्स'। जमीन खरीदने के बाद दूसरा काम पूंजी प्राप्त करना था तो वह गांव के राष्ट्रीयकृत बैंक से ऋण लेने के लिए पहुंचा। शाखा प्रबन्धक ने साफ इनकार कर दिया। अमरीक सिंह ने उससे अनापत्ति पत्र देने का निवेदन किया जिससे कि वह अन्य किसी बैंक के पास जा सके किन्तु उसे देना भी उसने मंजूर नहीं किया। बहुत अनुनय-विनय करने पर अन्ततः शाखा प्रबन्धक कुछ ढीला पड़ा और उससे रिपोर्ट प्रेषित करने को कहा 'जिसे अस्वीकार कर मैं अनापत्ति पत्र जारी कर दूंगा'। अमरीक सिंह को

यह उचित नहीं लगा कि जब वह उसकी योजना को अस्वीकार कर देगा तो अन्य शाखाएं भी उसी आधार पर उसकी योजना को लटका देंगी। कई बार चक्कर लगाने के सात महीने के बाद अमरीक सिंह मनवांछित अनापत्ति प्रमाणपत्र प्राप्त करने में सफल हुआ। उसने पहला सबक सीख लिया था कि वह शाखा प्रबन्धक को पहले ही कुछ राशि भेंट कर देता तो इतना विलम्ब न होता।

अनापत्ति प्रमाणपत्र प्राप्त करने के बाद उसने एक अन्य राष्ट्रीयकृत बैंक से ऋण लेने के लिए आवेदन किया। इस पर ग्यारह महीने लगे और वह भी तब जब संयोग से उसकी भेंट एक सहपाठी से ग्रामीण पुनर्वित्त बैंक नाबार्ड में हुई जिसने उसके आवेदन को आगे बढ़ाया। अब तक योजना की कीमत बढ़ चुकी थी और उसे चिन्ता हुई कि वित्तीय आधार पर वह स्वीकार्य होगी भी या नहीं। अन्त में वह गांव गया और पशुओं के लिए आवास बनाने शुरू कर दिए। एक महीने के बाद तहसीलदार ने आकर उसे निर्माण कार्य बन्द करने को कहा क्योंकि कृषि भूमि पर ऐसा निर्माण नहीं किया जा सकता था। अमरीक सिंह ने काफी समझाया कि उसकी योजना भी कृषि कार्य है जैसे मुर्गी पालन। और इस प्रकार पशुशाला बनाने की अनुमति स्वतः ही उसे मिली हुई थी किन्तु तहसीलदार ने एक न सुनी। पशुपालन विभाग के उपनिदेशक से मिलकर उसने यह स्पष्ट रूप से लिखकर देने के लिए आवेदन किया कि सूअर के बाड़े का निर्माण कृषि कार्य के अन्तर्गत माना जाता है। उपनिदेशक ने भी सहायता करने से साफ इनकार कर दिया। तीन महीने के बाद उसने अपना तौलिया फेंका और अपनी कृषि योग्य भूमि को अन्यथा उपयोग में लाने के लिए बदल दिया। इसके लिए भी उसे अन्य कई विभागों से अनापत्ति प्रमाणपत्र चाहिए थे। शीघ्र ही दफ्तर में चक्कर काटते हुए उसका उत्साह घट गया। उसने स्वयं यह काम छोड़ कर बिचौलिये को सौंप दिया। जिसने रिश्वत लेकर एक महीने से कम समय में सभी विभागों से इच्छित अनापत्ति प्रमाणपत्र प्राप्त कर लिए। उसी तहसीलदार ने स्वयं उस पर हस्ताक्षर किए। यह सब करने में छह महीने लग गए। मानसून शुरू हो गया। जिससे निर्माण कार्य शुरु न हो सका क्योंकि श्रमिक धान की फसल उगाने में व्यस्त थे। आखिर एक साल के विलम्ब के बाद उसने पुनः निर्माण-कार्य शुरू किया।

अमरीक सिंह ग्रामीण क्षेत्र में उद्योग स्थापित करनेवालों को सरकारी नियमों के अनुसार प्रोत्साहन स्वरूप दी जानेवाली एक लाख रुपये की राशि के लिए सुयोग्य था। उसने तुरन्त कोंकण विकास निगम से ऋण के लिए आवेदन कर दिया। कई बार मिलने और अनुनय-विनय करने पर दस महीने बाद उसे ऋण की स्वीकृति प्राप्त हुई किन्तु नकद के उनहत्तर हजार रुपये ही मिले। क्योंकि निगम के पास धन नहीं था। ऐसा पता चला कि निगम के अधिकारियों एवं राजनीति नेताओं की यात्रा पर एक

बड़ी रकम व्यय हो चुकी थी। परिणाम यह हुआ कि सरकार ने ऋण स्वीकार करने का अधिकार जिला उद्योग आयुक्त को दे दिया। ढाई वर्ष बाद भी जब उसे ऋण की राशि नहीं मिली तो उसने महाराष्ट्र की न्यायवादी लोक आयुक्त के पास शिकायत कर दी तब कहीं आठ महीने के बाद उसे ऋण की शेष राशि उपलब्ध हुई।

सूअर फार्म खोलनेवाले मेरे इस किसान मित्र का अनुभव, अन्य लघु उद्योग खड़ा करनेवाले हजारों उद्यमियों से भिन्न नहीं है। अन्य देशों में युवा उद्यमियों का संघर्ष प्रतिस्पर्धा करनेवालों में होता है किन्तु भारत में मुख्य शत्रु प्रशासन-तन्त्र है। बैंकों के राष्ट्रीयकरण से तो समस्या और भी जटिल हो गई। प्रशासकों ने यह मान लिया है कि उद्यमी के पास साधन सीमित हैं और समय कम। एक-एक दिन बीतने पर व्यय बढ़ने से योजना व्यय बढ़ता जाता है। इस प्रकार सरकारी कर्मचारी निर्णय लेने में विलम्ब करता है। यह सच है कि कई उद्यमी अयोग्य एवं अस्पष्ट होने के कारण स्वयं असफल होते हैं किन्तु अधिक संख्या में उद्यमियों को सफलता इसलिए नहीं मिलती कि वे सरकार के प्रशासनिक तन्त्र से नहीं जूझ पाते। मैं निश्चयपूर्वक कह सकता हूं कि जब तक इंस्पेक्टर राज समाप्त नहीं होगा, तब तक भारत में उद्योग नहीं पनप सकते। एक नागरिक होने के नाते मुझे भी सरकार से कई बार अनुमति लेनी पड़ी। पिछली बार तब अवसर आया जब दिल्ली में हमने अपने आवासीय मकान का नक्शा बदलना चाहा। इसके लिए अनुमति लेने में दो वर्ष का समय लगा और अड़तीस बार स्वयं नई दिल्ली नगर पालिका एवं अन्य सम्बन्धित विभागों के चक्कर लगाए तथा हजारों बार टेलीफोन से बात करनी पड़ी।

1960 के आसपास के व्यापारिक घरानों के समाजवादी मस्तिष्क में एक बूथी। उनमें से अधिकांश लोगों का मानना था कि वे व्यापार अपने हित के लिए करते थे और उपभोक्ता या अन्य निवेशकों से उनका कुछ लेना-देना नहीं है। वे समझते थे कि व्यापारी वर्ग कुटिल, कर चोर, व्यापारिक गतिविधियों को कम दर्शाने तथा व्यापार से प्राप्त धन को एक तरफ अलग से जमा करने का उनका अधिकार है। व्यापारिक घरानों के इस प्रकार के एकाधिकार की शक्ति से संसद भी चिन्तित थी। 1964-69 की अवधि में सरकार ने बड़े व्यापारिक घरानों की गतिविधियों की जांच हेतु चार समितियां गठित कीं। इन समितियों ने पिचहत्तर व्यापारिक घरानों की कार्यप्रणाली को परखा और जो देखा उन्हें वह पसन्द नहीं आया। कम्पनियों की गतिविधियों पर दृष्टि रखनेवाले विभाग द्वारा प्रतिवर्ष इन पिचहत्तर घरानों की सम्पति व बिक्री पर सूचना एकत्रित कर आज्ञाकारी सेवक की तरह संसद के सामने प्रस्तुत की।

मुझे विश्वास है कि उनके द्वारा उपलब्ध अधिकांश जानकारी सही थी। कुछ घराने आपसी बातचीत में अपने बचाव में काफी कुछ कहते थे और वे सरकारी नियन्त्रण एवं

सत्तानवे प्रतिशत कर प्रावधानों को इसके लिए जिम्मेदार मानते थे। आत्मरक्षा की बात भी सच थी। लाइसेंस राज ने व्यापारियों को कुटिल बना दिया था। उन्होंने औद्योगिक लाइसेंस एकत्रित कर बाजार पर नियन्त्रण में उनका उपयोग किया। उनके उत्पाद भद्दे होते थे क्योंकि कोई प्रतिस्पर्धा नहीं थी। शेयरधारी सदस्यों को लाभ मिले इसके लिए उद्योग नहीं चलाए जाते थे। केवल नियन्त्रण और स्वामित्व उनके लिए मायने रखते थे। व्यापार करने का एकमात्र रास्ता यह था कि ऐसा बैंक मिले जिससे मित्र भावना के साथ योजना को कार्यरूप देने के लिए ऋण मिले। उस ऋण राशि का पन्द्रह प्रतिशत व्यापार में लगता रहे और वही उसकी तरफ से योगदान माना जाए। उसके बाद आप अपने चाचा/ मामा को क्रय पर कमीशन के रूप में धन देते रहें और भतीजों को बिक्री पर कमीशन। वे स्वयं अंग्रेजी कम्पनियों के भारत छोड़ने पर सस्ते दामों में उनकी सम्पत्ति, आदि खरीदकर अपना धन्धा बढ़ाकर लाभ/ पूंजी बढ़ाते रहे। दर्जन भर सांसदों के चुनाव खर्च में अपना योगदान कर अपनी रक्षा का प्रबन्ध आप बखूबी कर सकते हैं।

इन्दिरा गांधी ने जब बैंकों के राष्ट्रीयकरण के बाद दूसरा समाजवादी कदम उठाया तो उपरोक्त परिस्थितियां जड़ जमा चुकी थीं। उसने एकाधिकार व सीमित व्यापार अभ्यास अधिनियम (एम. आर. टी. पी.) पेश किया और व्यक्तिगत घरानों द्वारा संचालित उद्योगों पर लगाम कस दी। जब संसद में इस अधिनियम पर चर्चा हो रही थी तो मुझे औद्योगिक क्षेत्र के युग-पुरुष जे. आर. डी. टाटा से मिलने का संयोग प्राप्त हुआ। मुम्बई के प्रत्येक नागरिक को मालूम था कि भारत की सबसे बड़ी औद्योगिक सत्ता का नियन्ता वही था। वह भारत के उस एकमात्र शहर का बेताज बादशाह था जहां राजनीतिक शक्ति से अधिक आदर वाणिज्यिक शक्ति को मिलता था, हालांकि एकाधिकारवादी सूची में टाटा घराने का नाम सबसे ऊपर था। सभी लोग जे. आर. डी. टाटा की ईमानदारी का सम्मान करते थे। टाटा कम्पनियों को सदा स्वच्छ छवि का माना जाता था और विश्वास किया जाता था कि उनमें से किसी ने ऐसा कोई काम नहीं किया होगा जिस पर उंगली उठाई जा सके।

पीलू मोदी मेरा उदारचित्त मित्र था, जो स्वतन्त्र पार्टी का सांसद था। वह हमें अल्टामाउंट के रास्ते एक गली में मफतलाल बंगले तक अपनी गाड़ी में ले गया। रास्ता संकरा होता गया और अन्त में एक बंगले के पास कंकरीट के जंगल के बीच ले गया। जिसके चारों ओर खुला हरा मैदान था। हम जे. आर. डी. के घर पर पहुंच गए थे। 'द कर्ण'। हम सब एक लम्बे बरामदे से बीच-बीच में कई दर्जन सीढ़ियां चढ़ते-उतरते कुछ खाली कमरों की कतारों को पार करते हुए, जिनका उपयोग शायद ही कभी होता होगा, वहां पहुंचे जहां फूलों की खुशबू बिखरी पड़ी थी। अन्ततः हम जे. आर. डी. के अध्ययन कक्ष में पहुंचे। उन्होंने खड़े होकर हमारा स्वागत किया। वह मेरे अनुमान से कुछ छोटे

लगे। मैंने भूरे सोफे पर बैठते हुए उनके साधारण शयन कक्ष की ओर देखा। टाटा सत्ता के संस्थापक जमशेदजी के आदमकद चित्र को मैं निहारता रहा। मैंने सोचा कि यही वह साहसी व्यक्ति था जिसने 1907 में उपनिवेशवादी सत्ता का विरोध करते हुए स्टील प्लांट तथा विश्व के सबसे बड़े होटलों में एक 'द ताजमहल' खड़ा किया, क्योंकि उसे 'गेटवे ऑफ इंडिया' के पास के होटल में ठहरने की अनुमति नहीं मिली थी।

जे. आर. डी. ने मेरी ओर देखते हुए कहा, "कल संसद में उन्होंने मुझे महान शक्ति का केन्द्र व एकाधिकारवादी कहा। रोज सुबह उठकर मुझे यह कहना चाहिए कि मेरे पास अतुल शक्ति है। आज किसे कुचलूं? किसी प्रतियोगी को या कम्पनी के कर्मचारी को या उपभोक्ता को?" मुझे कुछ नहीं सूझा कि क्या उत्तर दूं।

"नहीं मैं शक्तिहीन हूं–मैं नहीं सोच पाता कि कितना उधार लूं, कितने शेयर जारी करूं और किस कीमत पर क्या मजदूरी और बोनस दूं तथा कितना लाभांश दिया जाना चाहिए। मुझे अपने वरिष्ठ अधिकारी कार्यकर्ता के वेतन भुगतान के लिए भी सरकार से अनुमति लेनी पड़ती है।" मुस्कुराते हुए उन्होंने कहा, "चलो हम चाय लें?"

पीलू की ओर मुड़ते हुए उन्होंने कहा, "अब देखें, आपकी स्वतन्त्र पार्टी इस अधिनियम के विषय में क्या गुल खिलाती है–यह भी बेकार पार्टी है। आप जानते हैं कि इस विधेयक का अर्थ क्या है? इसके बाद मैं कोई नया कारखाना या वर्तमान कारखाने का विस्तार नहीं कर सकूंगा। वे मुझसे क्या चाहते हैं?" कुछ देर तक चुप्पी छाई रही, "यहां बैठो और मौत का इन्तजार करो।" उनका चेहरा उदासी से भर गया।

पीलू ने कहा, "जी मैं इसी उद्देश्य से यहां आया हूं कि इस बिल का संसद में मुकाबला करें। मैं चयन समिति में प्रस्तुत प्रस्ताव पर आपके विचार जानना चाहता हूं।" अनिच्छा से जे. आर. डी. ने मेज की दराज खोली और ड्राफ्ट की प्रति निकाली। "मैंने कहीं-कहीं इसमें सुधार किया है। क्या समझते हो कि इससे कुछ फायदा होगा? तुम जानते हो कि उनके पास जनमत है।"

उनके पीठ पीछे कपबोर्ड में मैंने प्रसिद्ध रिपोर्ट-द महालानोबिस कमेटी 1964, एकाधिकार जांच समिति 1965, हजारी समिति 1966 तथा द दत्त कमिटी ऑन लाइसेंसिंग 1969 देखी। उन्होंने मेरी नजरें कपबोर्ड पर देखीं तो कहा, "ये सब मैं पढ़ चुका हूं।" उन्होंने पीलू को ड्राफ्ट मेमो दिया और हम चलने के लिए खड़े हो गए। रास्ते में पीलू ने कहा, "आपने उन्हें अपने स्वाभाविक रूप में नहीं देखा, यह एम. आर. टी. पी. विधेयक अन्तिम क्रिया है। सोलह वर्ष पूर्व एयर इंडिया के राष्ट्रीयकरण के साथ इनका वर्चस्व कम होने लगा। वह दिल से पायलट हैं और जब से उन्होंने एयर इंडिया इनसे लिया है, यह अपने को संभाल नहीं सके।"

"अपने स्तर की तुलना में वह बहुत ही सादा जीवन व्यतीत करते हैं।" मैंने कहा।

"वह पैसे की परवाह नहीं करते," पीलू ने कहा, "वह रईस नहीं हैं। टाटा के सारे शेयर ट्रस्ट में हैं। जो कुछ उन्होंने स्वयं अर्जित किया, वह भी उन्होंने ट्रस्ट में डाल दिया। वह अपनी आय का सतानवे प्रतिशत आयकर में दे देते हैं, उसके बाद सम्पति कर। इस प्रकार उनकी कर की दर सौ प्रतिशत से अधिक हो जाती है और जीवन-यापन करने के लिए उन्हें प्रतिवर्ष सम्पति का कुछ-न-कुछ हिस्सा बेचना पड़ता है।

अपने भरसक प्रयत्न करने के बावजूद स्वतन्त्र पार्टी संसद में एम. आर. टी. पी. अधिनियम को पारित होने से रोकने में असमर्थ रही। श्रीमती गांधी के पास सांसदों के मत थे। जे. आर. डी. द्वारा बहुत ही तार्किक ढंग से लिखे हुए मेमो को किसी ने पढ़ा तक नहीं। एक भिन्न प्रकार के सांसद सत्ता में आ गए थे जिन्हें इस तरह के विचारों से कुछ लेना-देना नहीं था। टाटा के द्वारा सुझाए गए उपाय, उन्हें लगता था किसी भिन्न युग के लिए थे। आधुनिक भारत के इतिहास में एम. आर. टी. पी. अधिनियम सर्वाधिक हानिकारक सिद्ध हुआ। 1969 के बाद बीस करोड़ से अधिक की सम्पति रखनेवाला कोई भी शक्तिशाली एकाधिकारवादी घोषित हो जाता और फिर उसे अपने व्यापार को विकसित करने की अनुमति नहीं मिलती थी। विश्व बाजार में एक करोड़ से अधिक की सम्पति रखनेवाली एकल कम्पनी इसी तरह एकाधिकार विरोधी पर्यवेक्षण एवं नियन्त्रण के अन्तर्गत लाई जाती थी। टाटा के एक निदेशक फ्रेडी मेहता ने 1989 में एक बार कहा कि "टाटा ने नई परियोजनाओं से सम्बन्धित एक सौ प्रस्ताव तथा वर्तमान व्यापार की विकास सम्बन्धी योजनाएं सरकार के पास भेजीं किन्तु सभी अस्वीकार कर दी गईं।" 1980 के दशक के मध्य में राजीव गांधी की सरकार ने एम. आर. टी. पी. के अधीन सम्पति की सीमा पांच गुणा बढ़ाकर 100 करोड़ कर दी। अन्त में, 1991 में नरसिंह राव ने इस हास्यास्पद अधिनियम को समाप्त कर दिया।

पिछले पचास वर्षों की सभी विरोधी सरकारों के द्वारा उत्पन्न कठिनाइयों एवं परेशानियों को झेलते हुए भी टाटा के मूल उद्योग मजबूत होते गए और 1997 में भी पैंतीस हजार करोड़ वार्षिक बिक्री के साथ सबसे बड़े व्यापारिक घराने के रूप में जमे रहे। राजनीतिक व व्यावसायिक क्षेत्र के दो अग्रणी घराने नेहरू व टाटा परस्पर पारिवारिक मित्र थे, तब से जब मोतीलाल नेहरू अपने दो बच्चों जवाहरलाल व विजयलक्ष्मी को 1920 में जे. आर. डी. के पिता के घर पर ले गए थे। यह मित्रता वर्षों तक बनी रही। जवाहरलाल के निवेदन पर जे. आर. डी. ने 1949 की गर्मियों में आम का टोकरा माउंट बेटन को भेजा था। वर्षों तक इन्दिरा गांधी, नेहरूजी के साथ जे. आर. डी. के मुम्बई स्थित घर में जाती रही थीं। जब जे. आर. डी. को दिल्ली में नेहरू के आवास पर

आमन्त्रित किया जाता था तब भी वे मिलते थे। नेहरू व टाटा दोनों ने ही यूरोप में अपने अनेक अच्छे व प्रभावशाली वर्ष साथ-साथ बिताए थे और विवेकशील व वैज्ञानिक स्वभाव पाया था। यहां तक कि दोनों का आधुनिक भारत सम्बन्धी दृष्टिकोण भी एक था, फिर भी जे. आर. डी. सदा अपनी पराजय की भावना के साथ जी रहा था–वह नेहरू या इन्दिरा को निजी उद्यमों का सही मूल्यांकन कराने में भी सफल न हो सका।

जे. आर. डी. ने अनेक बार नेहरू से खुलकर बात करने का प्रयत्न किया किन्तु हर बार उसे झिड़क दिया जाता था। एक बार दिन के भोजन के पहले तीनमूर्ति भवन पर जे. आर. डी. ने सामान्य तौर पर कह दिया कि सरकारी क्षेत्र के कारखाने लाभ कमा रहे होंगे तो नेहरू तुरन्त बोल उठे, मुझसे लाभ की बात कभी न करना जे., यह बहुत गन्दा शब्द है। और वह खिड़की से बाहर झांकने लगे थे। एक अच्छा संकेत कि नेहरू कुछ सुनने को तैयार नहीं। बात बदलने के लिए नेहरू टाटा को अपना पांडा दिखाने ले गए। इन्दिरा का तरीका कुछ भिन्न था किन्तु वह भी उतनी ही अशिष्ट हो सकती थीं। हर बार जब भी जे. आर. डी. ने उनसे आर्थिक नीति पर बात करनी चाही तो उन्होंने बात को टाल दिया। डाक खोलना शुरू कर दिया। एक बार जब ऐसा ही हुआ तो जे. आर. डी. ने अपने साथी शरीक को धीरे-धीरे कहा कि "उसकी कोई रुचि नहीं है, हम यों ही उसे थका रहे हैं।" श्रीमती गांधी ने ऊपर देखा और कहा, "नहीं-नहीं, मैं सुन रही हूं–मुझे उकताहट नहीं महसूस हो रही।"

जे. आर. डी. ने इन्दिरा गांधी से सदा आग्रह किया कि सरकारी क्षेत्र के उद्योगों को अधिक स्वायत्तता तथा उत्तरदायित्व सम्पन्नता प्रदान करें। लोगों से बात करते हुए वह कहते-'मेरा पक्का विश्वास है कि अधिकांश सरकारी उद्योगों में अयोग्यता व महंगाई का मुख्य कारण उसके उत्पाद की गुणवत्ता, योग्यता या उनके प्रबन्धकों व कर्मचारियों की निष्ठा का न होना नहीं अपितु उन्हें परिस्थिति के अनुसार स्वविवेक से निर्णय लेने की अनुमति न देना है।' इस प्रकार आधुनिक भारत में सरकारी क्षेत्र के उद्योगों की असफलता के कारणों को जे. आर. डी. ने संक्षेप में कह दिया, मैं सहमत हूं। सारा दोष सरकारी तन्त्र का है जिसने निरन्तर रोजाना के कार्यों में अवांछित हस्तक्षेप करते हुए बहुत ही हानि पहुंचाई। सरकारी अफसरों व राजनेताओं ने निर्णय लेने में इस हद तक देरी की कि नैतिक एवं अनुशासन मूल्यों को ताक पर रख दिया। आरम्भ में मन्त्रालयों द्वारा अपने विभागों पर कड़ी नजर रखना स्वाभाविक था। फिर भी समय रहते यूरोपीय सरकारी उद्योगों की तरह प्रबन्धकीय स्वतन्त्रता देनी चाहिए थी।

इन्दिरा गांधी के राज में गांधीवादियों ने मूर्खतापूर्ण हरकतों को बहुत बढ़ा दिया। उन्होंने परम्परागत उद्योगों को संरक्षण देने के लिए सरकार पर जोर डाला जैसे कि

हथकरघा उद्योग। जब कि साफ जाहिर था कि खराब सौदे पर अच्छा पैसा गंवा रहे हैं। उन्हें आधुनिक उद्योगों से, विशेषकर बड़े आकार से, चिढ़ थी। क्योंकि परम्परागत उद्योगों को नष्ट करने के साथ ही ये रोजगार दिलानेवाले नहीं थे। उन्होंने यह नहीं सोचा कि आर्थिक दृष्टि से बेकार कम्पनियों को बन्द किया जाना चाहिए। उनका विचार था कि पूंजी व रोजगार उपलब्ध होने पर किसी भी कीमत पर उनकी रक्षा की जानी चाहिए। इस विचारधारा को गांधीवादी समाजवाद की संज्ञा दी गई और जनता पार्टी की सत्ता में रहने की अवधि में यह अधिक लोकप्रिय रही।

गांधीवादी समाजवादी लोगों को 863 उद्योगों का वर्गीकरण करने में सफलता मिली। इसका अभिप्राय यह था कि साठ लाख से कम का निवेश करनेवाले उद्यमी इस योजना के अन्तर्गत आ सकें जिससे बड़े या मध्यम श्रेणी के उद्योगों से प्रतिस्पर्धा न करनी पड़े। छोटे कारखानों को अपने उत्पाद में सुधार करने के लिए नए डिजाइन तैयार करने या कुछ नया प्रयोग करने की उत्सुकता न रही। गांधीवादी समाजवाद के विचार–दर्शन की मुख्य बात प्रतियोगितात्मक बाजार में अविश्वास के साथ इस भावना को बढ़ावा देना था कि लघु उद्योगों द्वारा उत्पादित प्रत्येक वस्तु अधिक सुन्दर होती है, फिर चाहे उसकी कीमत कुछ भी हो तथा गुणवत्ता हो न हो।

1990 के मध्य में आबिद हुसैन समिति ने स्पष्ट किया था कि लघु उद्योग के क्षेत्र में रखे जाने के कारण भारत के निर्यात को बहुत धक्का लगा। अतः इस विधा के अन्तर्गत किए गए उत्पादन वर्गीकरण को समाप्त किया जाना चाहिए जिससे उन वस्तुओं का उत्पादन बड़े उद्योगों द्वारा कराकर निर्यात बढ़ाया जा सके। किन्तु गांधीवादी समाजवादी लोग न माने। समिति ने जापान व पूर्वी एशिया के देशों का उदाहरण देकर कहा कि प्रतियोगितात्मक आधार पर खिलौने, जूते, पोशाक का निर्माण कर साधारण उत्पादक भी सफल हुए जबकि भारत में ये सारे उद्योग लघु स्तर में रखे जाने से घरेलू बाजार में सीमित रहे और महंगे होने से खपत कम रही। प्रतिस्पर्धा से उत्पादन की गुणवत्ता में सुधार होता और निर्यात के अवसर मिलते, लेकिन समाजवाद की भावना हमारी नस-नस में इस कदर घुस गई कि यह विषय भी गौमाता की तरह पावन माना गया। हम यही सोचते रहे कि छोटे और बीमार उद्योगों की रक्षा हर हाल में की जानी चाहिए। इस सोच के चलते हमारे श्रमिक कानूनों में किसी कर्मचारी को किसी भी कारण से हटाया नहीं जा सकता। अन्ततः 1990 में श्रमिकों की भर्ती बन्द करनी पड़ी और छोटी-छोटी कम्पनियों को वस्तु उत्पादन की छूट मिल गई जो इन कानूनों की सीमा से बाहर थे और जो निरीक्षकों के चंगुल में नहीं आते थे। संगठित क्षेत्र में श्रमिकों की संख्या बढ़नी रुक गई। मेरी कम्पनी ने भी

वही किया। हमने अहमदाबाद तथा हैदराबाद के निकट कुछ उद्यमियों को हमारे लिए विक्स बनाने का काम सौंपा। उत्पादन गुणवत्ता स्थिर करने के लिए हमने पर्यवेक्षक नियुक्त किए। इस प्रक्रिया से उत्पादन मूल्य बहुत कम हो गया।

1975 की गर्मियों में एक दिन जब मैं घर आया, तो मुझे पता चल गया कि सर्वोच्च न्यायालय ने चुनाव में भ्रष्ट तरीके अपनाने के लिए इन्दिरा गांधी को दोषी पाया है और उन्हें त्यागपत्र देना होगा। मुझे बहुत धक्का लगा। एक छोटी-सी बात के लिए वे ऐसा कैसे कर सकते हैं? यह तो ऐसा है कि तेज गति से वाहन चलाने के चालान पर प्रधानमन्त्री को गद्दी से हटाना। इलाहाबाद उच्च न्यायालय ने उसे सरकारी दोषी पाया था। जबकि जनसभा के लिए यन्त्र बनाना और उस पर ध्वनि विस्तारण उपकरणों में लगाने का काम उसके अधीनस्थ कर्मचारियों ने किया था। मुझे लगा कि यह बहुत ही निम्न स्तर की अनियमितता हो सकती है, अपराध नहीं। श्रीमती गांधी ने 100000 वोटों से चुनाव जीता था, लेकिन यह बेअसर सिद्ध हुआ।

त्यागपत्र देने के बाद इन्दिरा गांधी ने आपात्काल की घोषणा कर दी। अगली ही सुबह से इनके आदेशों को लागू करते हुए पुलिस ने विपक्षी दलों के नेताओं को गिरफ्तार करके जेल में बन्द करना शुरू कर दिया। अगले छत्तीस घंटों में भारत एक लोकतन्त्र देश से तानाशाह देश के रूप में बदल गया था। इससे हम सभी को बहुत गुस्सा आया, लेकिन उस गुस्से की कोई जिन्दगी नहीं थी। बम्बई जैसे वाणिज्यिक शहर में हम राजनीतिक रूप से नगण्य थे; लाखों भारतीयों की तरह हम भी अपने काम में और अपनी रोजाना की जिन्दगी में व्यस्त हो गए थे। प्रेस सेंसरशिप होने के कारण हम घटनाओं के बारे में नहीं जान पाते थे। एक चीज जो हम साफतौर पर देख पा रहे थे, वह थी लोगों के सुधरती जिन्दगी। सरकारी दफ्तरों में क्लर्कों ने काम करना शुरू कर दिया था, रेलों और हवाई जहाजों ने समय पर उड़ान भरनी शुरू कर दी थी, फैक्टरियों में ज्यादा उत्पादन होने लगा था, सरकारी अधिकारी विनम्र और उत्तरदायित्वपूर्ण हो गए थे। लोग कहने लगे थे कि यह वही रास्ता है जिस पर भारत को चलना चाहिए। शायद एमरजंसी उतनी बुरी चीज नहीं है! विनोबा भावे ने तो इसे 'अनुशासन पर्व' कहा था।

जो भी हुआ, अन्त अच्छा ही हुआ। धीरे-धीरे यह अनुशासन अपने अन्त को पहुंचा। इन्दिरा गांधी के कायदे-कानूनों की जगह उनके पुत्र संजय गांधी के निरंकुश शासन ने ले ली। संजय गांधी सिर्फ अठाईस वर्ष के थे, लेकिन अपनी मां से प्रभावित होने के कारण, वह कुछ अलग कैसे कर सकते थे। दून स्कूल से पढ़े और इंग्लैंड में रॉल्स रॉयस के यहां मोटर मैकेनिक का काम सीखनेवाला संजय गांधी अपनी मां का दिल, 1971 के चुनाव में 'गरीबी हटाओ' का नारा देकर जीतने में सक्षम हो गए थे।

जैसे ही संजय अपने साथियों की सहायता से शासन-तन्त्र पर हावी होने लगे, यहां तक सुना गया कि प्रत्येक मुख्यमन्त्री तथा मन्त्रिमंडल का सदस्य उनकी खुशामद करने लगे। एक बार संजय की चप्पल गिर गई तो सुना है कि तीन मुख्यमन्त्री उसे उठाने के लिए भागे। वे उनके अपमानजनक और आपराधिक आदेशों का पालन निःसंकोच करने लगे। इस विनाशक कीटाणु से हमारी सभी संस्थाएं प्रभावित हुईं। पुलिस, न्यायपालिका, प्रशासनिक सेवाएं, मुख्यमन्त्री, केन्द्रीय मन्त्री और यहां तक कि राष्ट्रपति भी इस प्रक्रिया में अवनति की ओर जाने लगे। भ्रष्टतन्त्र फैलने लगा और चाटुकारिता शासन का आदर्श वाक्य हो गया, जबकि एक लाख से अधिक विरोधी नेता जेल में बन्द कर दिए गए।

प्रेस पर प्रतिबन्ध के बावजूद आतंकपूर्ण कहानियां सुनी जाने लगीं। संजय गांधी का विचार था कि भारत की बढ़ती जनसंख्या पर नियन्त्रण जरूरी है। उनके दिमाग में सूझा कि भारत की पुरुष जनसंख्या की प्रजनन शक्ति को रोक दिया जाना चाहिए। इसका बीड़ा उन्होंने स्वयं उठाने की सोची। जिसके भी दो से अधिक बच्चे हों उसकी नसबन्दी अनिवार्य रूप से की जानी चाहिए। उन्होंने इस सम्बन्ध में अनेक नारे प्रशासन-तन्त्र को दिए किन्तु इसमें विपरीत प्रभावों को रोकने की दिशा में कुछ नहीं सोचा गया। नासमझी के इस आलम में न उम्र का ध्यान रखा गया, न शादीशुदा और गैरशादीशुदा का।

हमें आश्चर्य होता था कि इस तरह इन्दिरा गांधी ने जो देश के सुसंस्कृत परिवारों में से एक में पलीं और जिन्हें अनेक विद्वानों से मिलने की सुविधा प्राप्त थी, यह सब कैसे होने दिया? एक सिद्धान्तवादी एवं आदर्श पिता की पुत्री होकर भी ऐसी घृणित हरकत करने लगीं। कुछ लोगों ने उनके बचपन की विरोधाभासी स्थिति को इसका दोषी माना। जब वह किशोरावस्था में थीं तो उनकी मां का देहान्त हो चुका था। उनके जीवन के प्रारम्भिक वर्ष एकान्त में बीते, जबकि उनके पिता अधिकांश समय जेलों में बन्द रहते थे, वह अपनी दो कठोर बुआओं के संरक्षण में रहीं, नेहरू की दो छोटी बहनें। इस कारण उनका स्वभाव अन्तर्मुखी एवं सख्त हो गया। फिरोज गांधी से उनकी शादी ने उनकी इस दशा में और वृद्धि की क्योंकि युवावस्था में ही सन् 1960 में उनकी मृत्यु हो गई। उनकी मृत्यु के बाद कहते हैं कि वह अपने दोनों पुत्रों, राजीव व संजय पर निर्भर रहने लगीं, जो भी कारण हो किन्तु उनके पागलपन भरे कारनामों से हम विचलित होने लगे।

सौभाग्य से आपातकाल केवल इक्कीस महीने तक ही चला। श्रीमती गांधी ने यह सोचकर बड़ी भूल की कि वह अभी भी लोकप्रिय हैं और विजयी हो सकती हैं। चूंकि एक तानाशाह को भी कानूनी शक्ति का सहारा लेना पड़ता है। उन्होंने चुनाव कराए और पराजय का सामना किया। मोरारजी देसाई जो अब विरोधी जनता पार्टी के

सदस्य हो गए थे, को यह अवसर प्राप्त हो गया था जिसकी प्रतीक्षा वह हमेशा करते रहे। वह 24 मार्च 1977 को भारत के चौथे प्रधानमन्त्री बने।

1965 और 1991 के बीच बजाय इसके कि हम अन्य अनेक देशों की तरह अपना रास्ता बदलते, हमने अपनी प्रणाली को और अधिक कसना शुरू किया जिससे वह कठोर एवं शासन-तन्त्र के अधीन हो गई। चीन ने भी 1978 में प्रतियोगिता की भावना को पनपने देने और प्रगति के लिए अपना मार्ग बदल दिया था। भारत ने प्रतियोगिता की भावना को सदैव समाप्त करना चाहा क्योंकि उसकी दृष्टि में यह व्यर्थ है। हमने थोड़े सुधार 1980 के वर्षों में किए किन्तु वे अपर्याप्त थे। उदाहरणार्थ हमने नियन्त्रणों को कुछ ढीला किया और दो वर्षों के अन्तर्गत हमें भयंकर कमी के स्थान पर अत्यधिक की प्राप्ति हो गई। सीमेन्ट नियन्त्रक ही एकमात्र हानि उठानेवाला रहा, किन्तु हमने इससे भी सीख नहीं ली और अन्य उद्योगों से नियन्त्रण समाप्त नहीं किए।

जवाहरलाल नेहरू पर दोष मढ़ना बहुत आसान है, हालांकि उन्होंने गलत आर्थिक नीतियां निर्धारित कीं, लेकिन वे उस युग के विवेक के अनुसार थीं। असफलताओं का अभ्यास होने पर 1970 के वर्षों में विकासशील देशों ने नीतियों में संशोधन किए। भारत ने ऐसा नहीं किया। इसके लिए इन्दिरा गांधी को दोष नहीं दिया जाना चाहिए, जबकि इस अवधि में अधिकांशतः वही सत्ता में थीं। दूसरे शब्दों में भारत के सम्पन्न शासक इसके अपराधी हैं। हमें इसका विश्वास तब तक नहीं हो सकता जब तक यह न समझें कि पागलपन की ऐसी आर्थिक नीतियों को सुयोग्य व्यवसायी वैज्ञानिक दृष्टिकोण के साथ ठेलते रहे, विक्षिप्त आर्थिक आतंकवाद से। मैं सुन्न हो जाता हूं, जब सोचता हूं कि यह सब हमारे उदीप्तमान अर्थशास्त्री व प्रशासनिकों, जिनमें से कुछ कालान्तर में सुधारवादी बने और जो शक्ति के स्रोत थे, ने आतंकवाद के नाम पर यह सब किया। जगदीश भगवती के अनुसार देश में मेधावी अर्थशास्त्रियों का होना ही भारत का दुर्भाग्य था।

अधिक-से-अधिक युवा भारतीय बार-बार यह जानना चाहते हैं कि ऐसी भयावह बातें कैसे पैदा हो गईं। हमने लाइसेंस राज के नाम का भस्मासुर खड़ा कर लिया जो स्वीकृत मात्रा से अधिक उत्पादन करने पर जेल भेजता था। एक किसान अपनी उपज को राज्य की सीमा से बाहर नहीं बेच सकता। एक युवा उद्यमी को सैंतीस कर्मचारियों व निरीक्षकों को झेलना पड़े जिनमें से प्रत्येक अपना हक मांगता था। बैंक अधिकारी केवल उसी को ऋण की स्वीकृति देते थे, जो किसी सांसद या विधायक का कृपा-पात्र हो। एक व्यवसायी को अपने व्यवसाय को बढ़ाने या आरम्भ करने का अधिकार नहीं होगा, यदि उसके परिवार की सम्पति पचीस करोड़ से अधिक हो। विदेशी मुद्रा

विनिमय के नियमाधीन अपने ग्राहक को यात्रा के दौरान भोजन पर आमन्त्रित करना अपराध माना जाना क्योंकि वह स्वीकृत विनिमय राशि से अतिरिक्त होगी। यद्यपि लाखों बेरोजगार देश में हैं, हम हजारों सुविधा प्राप्त मजदूरों को आवास, अतिरिक्त मजदूरी देते रहे जबकि उनकी फैक्टरियों में कोई उत्पादन नहीं होता था।

केवल कुछ ही लोगों ने आर्थिक स्वतन्त्रता की मांग करते हुए विरोध नहीं किया क्योंकि वे पीड़ित लोग, असंगठित किसान, व्यवसायी, बेरोजगार एवं उपभोक्ता थे। व्यवसायी लोग, वस्तुओं के निर्माता, रोजगार दिलानेवाले थे, किन्तु वे डरपोक थे और कुछ नहीं बोलते थे। उनमें से एक 'राहुल बजाज' ने एकाधिकार आयोग के सम्मुख सुनवाई के दौरान कुछ कहा। न्यायालय ने उसे पूछा कि लाइसेंस द्वारा निर्धारित सरकार से अधिक स्कूटरों के उत्पादन करने के लिए क्यों न उस पर मुकदमा चलाया जाए तो राहुल बजाज ने उत्तर दिया, "महोदय मेरे दादा स्वतन्त्रता की खातिर जेल गए। मैं मातृभूमि की तरफ से अधिक उत्पादन करने के कारण जेल जाने के लिए तैयार हूं।" एम. आर. टी. पी. द्वारा जांच बन्द कर दी गई। उन काले दिनों में मैं हमेशा चिन्तित रहता था कि फ्लू रोग के फैलने के कारण हमने भी विक्स वेपोरब का स्वीकृत मात्रा से अधिक उत्पादन कर दिया था। हमारे विधि सम्बन्धी मामलों के प्रबन्धक ने वकीलों से कई महीनों तक चर्चा करके, कि यदि हमसे भी जवाब तलब किया गया तो, अपने बचाव में उत्तर स्पष्टीकरण तैयार करने में लगाए। हमें अपने लाभांश पर भी वही डर लगा रहा। अच्छे वर्षों में हमारा लाभ सरकार के औषधि मूल्य नियन्त्रण आदेश द्वारा निर्धारित सीमा से कुछ अधिक हो गया था।

अधिकांश लोग सामान्यतः स्वतन्त्रतापूर्वक काम न कर सकने के कारण उत्पादनकर्ता को याद करते हैं। वे नहीं समझते कि वर्षों तक आर्थिक स्वतन्त्रता को दबाने के कारण हमने विकास और भावी दो पीढ़ियों का गला घोंट दिया। आम जनता के साथ यह बहुत बड़ा विश्वासघात था। हमें भूलना नहीं चाहिए कि उस समय हम ऐसी स्थिति में रह रहे थे जब एक तिहाई जनसंख्या भूखी थी, कुपोषण की शिकार थी, आधी जनता अनपढ़ थी, जबकि कुछ सम्भ्रान्त लोग उच्च शिक्षा प्राप्त कर आनन्द लेते थे। दस में से एक शिशु पैदा होते ही मर जाता था। नियन्त्रण व लालफीताशाही नए उद्यमियों एवं किसानों को तंग करके निरुत्साहित कर देते थे, दबाने का काम करते थे और सदा आदेश देने की अफसरशाही प्रवृत्ति आज भी सुधार के किसी भी प्रयास को निराश एवं हताश करने पर तुली हुई है।

अध्याय बारह

मारवाड़ी

इससे कोई फर्क नहीं पड़ता कि कौन शासन करता है, क्योंकि शासन व्यापारी ही करते हैं।

–हेनरी वार्ड बीचर

मारवाड़ियों को भारतीय समाज से कभी वह सम्मान नहीं मिला जिसके लिए वे हमेशा लालायित रहते थे। एक आम भारतीय की नजर में मारवाड़ी या तो एक छोटा दुकानदार है जो ऋण देता है या फिर वह उसे एक निरंकुश व्यापारी मानता है। फिर भी यह अपने-आप में एक अद्भुत कहानी है कि राजस्थान के रेगिस्तानी इलाकों से उठकर आया यह छोटा-सा वर्ग किस तरह उत्तर, पश्चिम और मध्य भारत के हर कोने में फैल गया और उन्नीसवीं शताब्दी में देश के हजारों गांवों और कस्बों में बस गया। मारवाड़ियों ने शीघ्र ही भारत के आन्तरिक व्यापार पर प्रभुत्व कायम कर लिया। प्रथम विश्वयुद्ध के बाद मारवाड़ियों का झुकाव 'उद्योगों की ओर हुआ। धीरे-धीरे उन्होंने उद्योगों में अपने पांव जमाने शुरू कर दिए और आज देश की कुल निजी औद्योगिक सम्पदा में से लगभग आधे हिस्से पर उनका अधिकार है। उनकी सफलता के पीछे क्या कारण रहा और वे औद्योगिक क्रान्ति लाने के बावजूद देश में मोटे तौर पर सुधार करने में सफल क्यों नहीं रहे? मैं इन दोनों सवालों का जवाब मारवाड़ियों के ऐतिहासिक उद्भव और लाइसेंसी राज के दौरान जी. डी. बिड़ला, के पुत्र आदित्य बिड़ला की कहानी के जरिये ढूंढ़ने का प्रयास करूंगा।

भारतीय उद्योग का जन्म पुराने व्यापारी वर्गों द्वारा हुआ और आज भी उद्योग जगत पर इन्हीं वर्गों का नियन्त्रण है। 1997 में देश के बीस सर्वाधिक बड़े औद्योगिक घरानों में से पन्द्रह वैश्य या बनिया वर्ग से सम्बन्धित थे जबकि आठ मारवाड़ी परिवार से थे। (इसी तरह पाकिस्तान में भी जिन बाईस परिवारों का देश की आधी से अधिक निजी सम्पदा पर अधिकार है, वे सभी अविभाजित भारत के प्रमुख मुसलिम व्यापारी वर्ग कुची मेमोन से सम्बन्धित हैं।) उन्नीसवीं शताब्दी के उत्तरार्द्ध में व्यापारी समुदायों ने अहमदाबाद और मुम्बई में पहली बार कपड़ा मिलों की शुरुआत की। इनमें से मुम्बई में पारसी, खोजा और भाटिया व्यापारियों ने, जबकि अहमदाबाद में जैन और बनियों ने व्यापार आरम्भ किया। यद्यपि मारवाड़ी प्रथम विश्वयुद्ध के बहुत समय बाद आए लेकिन फिर भी वे सर्वाधिक सफल रहे। मारवाड़ी राजस्थान के पुराने जोधपुर प्रान्त के मेवाड़ इलाके से आए थे। जबकि सर्वाधिक सफल परिवार राजस्थान के बीकानेर और जयपुर प्रान्तों के छोटे से क्षेत्र शेखावटी के मूल निवासी थे। ये सभी जाति से बनिया, जैन और धर्म से वैष्णव हिन्दू थे। राजस्थान की कुल 128 मारवाड़ी उपजातियों में से केवल पांच ही राष्ट्रीय वाणिज्य में महत्त्वपूर्ण स्थान बना पाने में सफल रहीं। ये हैं–महेश्वरी, ओसवाल, अग्रवाल, पोरवाल और खंडेलवाल।

कई शताब्दियों से मारवाड़ियों ने भूमि व्यापार के लिए धन उपलब्ध करवाया। चूंकि पश्चिम और पूर्व के बीच व्यापार उत्तरी राजस्थान के रास्ते होता था इसलिए मारवाड़ी इसमें महत्त्वपूर्ण भूमिका निभाते थे। मुगल काल के दौरान उन्होंने राजा के परिवार समेत अनेक राजकुमारों को धन उपलब्ध करवाया था। कस्तूरभाई लालभाई का परिवार उनमें से एक था। जगत सेठ नामक एक ओसवाल मारवाड़ी बंगाल के नवाबों का महाजन था। न केवल वह नवाबों को बनानेवालों में था, बल्कि वह क्लाइव का मित्र भी था जिसने प्लासी युद्ध के षड्यन्त्र में अहम भूमिका निभाई थी। राजस्थान के प्रसिद्ध इतिहासकार कर्नल टॉड ने 1832 में कहा था : "भारत का हर नौवां या दसवां (महाजन) और व्यावसायिक आदमी मारू का रहनेवाला है और इनमें भी प्रमुख हैं जैनी।"

उन्नीसवीं शताब्दी में ब्रिटिश सरकार द्वारा एक राष्ट्रीय बाजार की रचना के साथ ही भारी संख्या में मारवाड़ियों का पलायन शुरू हुआ जो देश के छोटे-छोटे गांवों में बस गए। शुरू में इन लोगों ने गांवों में दुकानदारी शुरू कर दी। (ये लोग अपने समुदाय के थोक विक्रेताओं से अग्रिम धन लेकर कारोबार शुरू करते थे।) और धीरे-धीरे इन्होंने ऋण देना शुरू कर दिया। इसके बाद उन्होंने किसानों को उनकी व्यावसायिक फसलों (अफीम, कपास) के लिए धन उपलब्ध करवाना शुरू किया। रेलवे के विस्तार ने इसे गति प्रदान की।

कुछ मारवाड़ी परिवारों को इसमें भारी सफलता मिली और उन्होंने बहुत बड़ी-बड़ी फर्मों की स्थापना कर ली जिनमें से एक ताराचन्द घनश्यामदास थी। यही वह फर्म थी जिसके साथ जुड़ने में बिड़ला भी गर्व महसूस करते थे। मुम्बई और कलकत्ता के प्रमुख बन्दरगाहों में उनकी शाखाएं थीं। गंगा के किनारों के बन्दरगाहों के समीप अफीम व कपास उगाए जानेवाले क्षेत्रों पर उनका अधिकार था। यह फर्म ऋण के लेन-देन के कारोबार के अलावा वस्तुओं के थोक व्यापार में बराबर का अधिकार रखती थी। दूरदराज के शहरों के ग्राहकों के लिए फंड उपलब्ध करवाना भी उसके व्यवसाय में शामिल था। ऐसी फर्मों से व्यापार और बैंकिंग बहुत करीब से जुड़े हुए थे और सभी फर्में ऋण देती थीं। इनमें से कुछ फर्मे विशेष रूप से ऋणदाताओं के रूप में काम करती थीं और इन्हें श्रॉफ कहा जाता था। ये बड़ी फर्मे राजघरानों को धन उपलब्ध करवाती थीं। उदाहरण के लिए ताराचन्द घनश्यामदास फर्म के संस्थापक भगौती राम पोद्दार जयपुर, बीकानेर और हैदराबाद के शाही परिवारों को धन उपलब्ध करवाते थे।

मारवाड़ियों ने कलकत्ता के ब्रिटिश व्यापारिक केन्द्रों पर अभूतपूर्व सफलताएं प्राप्त कीं। इन लोगों को जहां कहीं से भी किसी बड़े लाभ की खुशबू आती, ये ब्रिटिश सरकार के एजेंट बनकर वहां पहुंच जाते (जो इन्हें बनिया कहते थे)। रामदत्त गोयनका इसका सटीक उदाहरण थे। वह 1830 में कलकत्ता आए। उन्होंने एक मारवाड़ी फर्म में क्लर्क की नौकरी से अपना कैरियर शुरू किया और धीरे-धीरे प्रमुख ब्रिटिश फर्मों के एजेंट बन गए। इसी तरह नाथूराम श्रॉफ रामदत्त गोयनका की फर्म में क्लर्क से अन्य ब्रिटिश फर्मों के बनिया बन बैठे। उन्होंने शेखावटी क्षेत्र से आनेवाले मारवाड़ियों के लिए एक मुफ्त होस्टल बनवाया। इस सम्बन्ध में जी. डी. बिड़ला कहते हैं कि इस होस्टल ने बहुत से उद्यमियों के जीवन को संवारा। इस होस्टल में रहनेवाले युवा रात में अपने साथ दिन-भर होनेवाले व्यापारिक शोषण की बातें एक-दूसरे के साथ बांटकर अगले दिन के लिए खुद को तैयार करते और इनमें से कुछ कहानियां तो मील का पत्थर बन चुकी हैं। 1860 में दिल्ली और कलकत्ता के बीच रेल मार्ग की शुरुआत से कलकत्ता आनेवाले मारवाड़ियों की संख्या में भारी वृद्धि हुई और शताब्दी के अन्त तक मारवाड़ी जूट और कपास के व्यापार में बहुत आगे निकल गए। प्रथम विश्वयुद्ध के दौरान उन्होंने कपास और जूट के व्यापार में आश्चर्यजनक सफलता प्राप्त की और इसका परिणाम यह रहा कि विश्वयुद्ध के बाद यह सफलता बहुत से उद्योगों का आधार बनी।

प्रसिद्ध लेखक टॉम टिमबर्ग अपनी प्रसिद्ध पुस्तक 'द मारवारीज़' में इसका उल्लेख करते हैं कि मारवाड़ियों को इतनी बड़ी सफलता मिलने के पीछे इनके सहयोगी

रवैये का बहुत बड़ा हाथ था। जब कोई मारवाड़ी व्यापार करने के लिए बाहर जाता था तो उसकी पत्नी और बच्चों की देखभाल संयुक्त परिवार के दूसरे सदस्य करते थे। और वह जहां कहीं भी व्यापार की तलाश को जाता, तो उसे 'बासा' में रहने के लिए जगह और बढ़िया मारवाड़ी खाना भी मिलता था। 'बासा' एक तरह का कोऑपरेटिव होस्टल होता था जिसे मारवाड़ी व्यापारी संयुक्त रूप से चलाते थे। जी. डी. बिड़ला के दादा, शिव नारायण, जब 1860 में पहली बार मुम्बई आए तो इसी बासा में ठहरे थे। जब भी किसी मारवाड़ी व्यापारी को धन की जरूरत होती, वह दूसरे मारवाड़ी व्यापारी से इस समझौते के तहत धन उधार लेता कि जरूरत पर आधी रात को भी पैसा वापस देना पड़ सकता है और ऐसा ही ऋण लेनेवाला व्यापारी भी करेगा। वर्ष के अन्त में दोनों हिसाब मिलाकर ब्याज की राशि बांट लेते थे। उस व्यापारी के लड़के दूसरे मारवाड़ी व्यापारियों के यहां प्रशिक्षण प्राप्त कर सकते थे। यहां वे लाभ के आधार पर वेतन प्राप्त कर सकते थे। ये व्यापारी पुत्र यहां रहकर व्यापार के गुण सीखते हुए स्वतन्त्र निजी व्यवसाय के लिए धन इकट्ठा करते थे।

यह कहना कि समाज के कई समूह तो बड़े उद्यमियों के रूप में स्थापित हो गए लेकिन बाकी लोग कुछ क्यों नहीं कर सके, यह एक पुराना सवाल है। मैं नहीं सोचता कि इसका कोई सन्तोषजनक उत्तर होगा, लेकिन मैंने पाया है कि व्यापारी ही हर जगह प्रथम उद्योगपति बने, यह आश्चर्यजनक नहीं है क्योंकि उनके पास इसके लिए पर्याप्त पूंजी तो थी ही, ऋण लेने की योग्यता भी थी। उनके पास व्यवसाय करने के गुण थे और वे जोखिम उठाना जानते थे। सबसे बड़ी बात यह थी कि वे बाजार में आनेवाले उतार-चढ़ावों और उसकी प्रकृति को भी समझते थे। इसके साथ-साथ मारवाड़ियों के पास उनकी सहायता के लिए उन्हीं के समाज में एक शक्तिशाली सहयोगी तन्त्र था। दूसरा, भारतीय व्यापारियों पर यह कुछ हद तक लागू होता है। लेकिन मारवाड़ी दूसरे व्यापारी वर्गों से आगे निकलने में सफल रहे क्योंकि उनके पास जोखिम उठाने का माद्दा अधिक था। बहुत से मारवाड़ियों ने प्रथम विश्वयुद्ध के दौरान असाधारण व्यापारिक क्षमता दिखाकर भविष्य के लिए पूंजी एकत्र की। एक व्यवसायी के रूप में उनकी योग्यता उनके साथ प्रतिस्पर्धा रखनेवाले लोगों के लिए भयावह थी।

कलकत्ता में ब्रिटिश व्यापारी जी. डी. बिड़ला को इसलिए नापसन्द करते थे क्योंकि उसने जूट बाजार पर एकाधिपत्य जमाकर यूरोपीय मिलों को भाव बढ़ाने के लिए मजबूर कर दिया था। दूसरी ओर उसके पास दूसरे मारवाड़ी व्यवसायी बांगुर, गोयनका और बजोरिया थे, जो जूट को फुटकर बाजार के माध्यम से यूरोपीय बाजार में कम मूल्य पर बेचते थे। डालमिया ने 1917 में लन्दन में चांदी का भाव बढ़ने

का अनुमान लगाकर कलकत्ता के चांदी-सोना बाजार में अपना स्थान बनाया और अनेक ब्रिटिश व्यापारी दुश्मनों को तबाह किया था। राष्ट्रवादी इतिहासकार ब्रिटिश व्यापारियों की प्रतिक्रिया को भारत विरोधी भावना के रूप में देखते हैं। वास्तव में ब्रिटिश व्यापारी हर जगह प्रतिस्पर्धी की तरह व्यवहार करते थे और वही करते थे जो दूसरे व्यापारी प्रतिस्पर्धा बन्द करने के लिए करता।

स्वतन्त्रता के बाद आदित्य बिड़ला मारवाड़ी आचार संहिता का प्रतीक बन गया था। लगभग बीस साल पहले मैं आदित्य को बम्बई जिमखाना क्लब के बैडमिंटन कोर्ट में अक्सर देखता था। वह अपने चौकोर चेहरे पर चौकोर चश्मा लगाते थे। हम अक्सर एक-दूसरे से दुआ सलाम करते थे। लेकिन अच्छे मित्र न बन सके थे। मुझे वह तपस्वी की तरह अत्यधिक गम्भीर लगते थे। मैं पहली बार उन्हें बोस्टन में मिला, जहां वह एम. आई. टी. के छात्र थे और मैं हार्वर्ड में था। वह अपने दो साथियों के साथ ही चिपके रहते थे। मुझे याद आता है कि हम दोनों गुरुदत्त की फिल्मों, विशेषकर 'साहिब, बीवी और गुलाम' को बहुत पसन्द करते थे और अक्सर इस पर बातचीत करते थे। वह इस फिल्म के गाने सुना करते थे।

आदित्य बिड़ला बहुत ही शर्मीले थे और इस बात पर विश्वास ही नहीं होता था कि वह भारत के सर्वाधिक बड़े पूंजीपतियों में से एक जी. डी. बिड़ला के पोते हैं और इतने बड़े व्यवसाय के उत्तराधिकारी हैं। उनके परिवार के पास इतनी बड़ी मात्रा में धन-सम्पदा लगभग सौ सालों से थी। फिर भी सादगी उनके परिवार की विशेषता थी। आदित्य के शर्मीले स्वभाव के पीछे उनका एक बहुत बड़ा आकर्षक गुण छिपा था जिसने मुझे उनकी ओर आकर्षित किया। वह जिस अबाध गति से दक्षिण पूर्वी एशिया के थाइलैंड, मलेशिया, इंडोनेशिया और फिलीपींस में बड़ी-बड़ी कम्पनियों की स्थापना कर रहे थे, उसे देखकर मैं चकित था। 1980 की शुरुआत में उन्होंने पूर्वी विश्व में दर्जनों कम्पनियों का एक विशाल साम्राज्य स्थापित कर लिया था। वह विस्कॉस स्टेपल फाइबर, पाम आयल, कपड़े और काला कार्बन के उत्पादन के क्षेत्र में एक विश्वव्यापी नेता बन चुके थे।

मैं और आदित्य जब अमेरिका से पढ़ाई करके लौटे तो हम दोनों इक्कीस-इक्कीस वर्ष के थे। जहां 1964 में मैंने एक प्रशिक्षु के रूप में 'विक्स' में काम करना शुरू किया। वहीं आदित्य अपने औद्योगिक साम्राज्य के विस्तार की योजना में जुट गए। उसके दादा चाहते थे कि वह किसी पारिवारिक कम्पनी (ग्वालियर रेयॉन या हिन्दुस्तान एल्यूमीनियम) में काम करे। जहां वह स्वयं उसे प्रशिक्षण देना चाहते थे लेकिन आदित्य ने उनका प्रस्ताव नम्रता से ठुकरा दिया। जी. डी. बिड़ला इससे निराश तो हुए लेकिन वह आदित्य की स्वयं कुछ कर दिखाने की इच्छा को समझते थे। और

समझते भी क्यों नहीं, उन्होंने भी यह सब कुछ सोलह साल की उम्र में ही कर दिखाया था। उन्होंने प्रथम विश्वयुद्ध के ठीक पहले अपनी व्यापारिक कम्पनी खोल ली थी जो उनके महान साम्राज्य की नींव बनी। उनके बेटे ने भी उन्हीं का अनुसरण कर स्वतन्त्र कम्पनियों का समूह स्थापित किया। वास्तव में उनके अपने दादा शिवनारायण ने भी अपने पिता से विद्रोह कर 1860 में अपना व्यवसाय स्थापित किया था। और आदित्य भी अपनी पारिवारिक परम्परा का ही निर्वाह कर रहे थे। आदित्य ने एम. आई. टी. छोड़ने से छह माह पहले ही अपने दादा को बता दिया था कि वह वास्तव में 'कुछ बड़ा' कर दिखाना चाहते हैं।

यह समझते हुए कि आदित्य पारिवारिक फर्मों में काम न करने के अपने फैसले पर अडिग है, उनके पिता बसन्त कुमार बिड़ला ने उन्हें स्नातक की डिग्री पूरी करने पर एक असाधारण तोहफा दिया। उन्होंने उन्हें औद्योगिक लाइसेंस दिया। यह लाइसेंस कपास कातने की मिल के लिए था। पिता ने लाइसेंस देते समय पुत्र को एक बहुमूल्य सीख दी : " यह अनुमति पत्र तो एक कागज का टुकड़ा है। अगर तुम इसे लेना चाहते हो तो ले सकते हो और यदि नहीं तो इसे फाड़कर फेंक दो। इसके बाद शुरू से लेकर अन्त तक पूरी जिम्मेदारी तुम्हारी होगी।"

इस सीख के साथ उन्होंने व्यवसाय शुरू करने के लिए कुछ धनराशि भी दी। आदित्य ने बिना समय गंवाए मिल लगाने के लिए जमीन की तलाश शुरू कर दी। उन्होंने लोगों को काम के लिए रखा और मशीन की जांच-परख शुरू करवाई। उन्होंने मिल के लिए कलकत्ता हवाई अड्डे के पास छोटी-सी जगह चुनी। आदित्य ने चौदह घंटे लगातार काम करना शुरू कर दिया। वह अपनी फैक्टरी और घर के बीच झूलते रहते थे। उसी समय उन्होंने 'पारता' सीखना शुरू कर दिया। वह जानते थे कि हिसाब-किताब करने की यह पुरानी पद्धति सफलता का मन्त्र है।

अब माता-पिता ने उनकी शादी के बारे में सोचना शुरू किया। आदित्य की सगाई एक खूबसूरत मारवाड़ी लड़की राजश्री फोमरा से बचपन में ही हो गई थी। उस समय आदित्य चौदह वर्ष का और राजश्री दस वर्ष की थी। अब वह सत्रह साल की हो चुकी थी और मदुरै के एक कॉलेज में पढ़ रही थी। दोनों सिर्फ बार ही मिले थे। जनवरी 1965 में कलकत्ता स्थित पारिवारिक बंगले में धूमधाम से दोनों की शादी हुई। अपने स्वभाव के अनुसार आदित्य ने बिहार के पास रांची को हनीमून के लिए चुना और दर्जनों मित्रों और रिश्तेदारों को वहीं बुला लिया। उनके इस फैसले से सभी आश्चर्यचकित हुए क्योंकि वह अमेरिका से पढ़कर आए थे। लेकिन आदित्य का मानना था कि परिवार की मौजूदगी में दोनों के बीच बेहतर सम्बन्ध बन पाएंगे।

हनीमून से लौटने के बाद आदित्य को अपनी कपास मिल में समस्याओं का अम्बार मिला। तब उन्हें समझ आया कि उन्होंने गलत अधिकारियों को चुन है। 1965 के भारत-पाक युद्ध के कारण उसके उत्पादों की डिलीवरी में देरी हुई जिससे परियोजना की लागत नियन्त्रण से बाहर हो गई। आदित्य का गर्व टूट गया। उसने बिड़ला परिवार के विश्वास को भी तोड़ा। बिड़ला की सभी परियोजनाएं समय से शुरू होती थीं। फिर भी आदित्य ने अनुभव से सीखा और उनकी यह असफलता पहली और आखिरी थी। उसके बाद उन्होंने मुड़कर नहीं देखा और अपने जीवन काल में सत्तर फैक्ट्रियों की स्थापना की। उनका पहला संयन्त्र अक्टूबर 1965 में शुरू हुआ। उसमें 600 कर्मचारी थे और 1967 तक इसने अपना पहला लाभ कमाया। आदित्य अब अपनी दूसरी कम्पनी खोलने के लिए तैयार थे। इसी समय बिड़ला परिवार के पास बम्बई के प्रसिद्ध मोरारजी वैद्य परिवार की ओर से एक 'बीमार कम्पनी' बेचने का प्रस्ताव आया। 'इंडियन रेयॉन' कम्पनी एक बहुत बड़ी फर्म थी जिसमें हजारों कर्मचारी थे। गलत प्रबन्धन के कारण यह भारी घाटे में चल रही थी। चूंकि यह एक प्रसिद्ध कम्पनी थी, इसलिए प्रस्तावित मूल्य भी बहुत अधिक था। बिड़ला परिवार को यह प्रस्ताव पसन्द नहीं आया, लेकिन आदित्य को इसमें काफी सम्भावनाएं नज़र आईं। उन्होंने तर्क-वितर्क करके अपने परिवार को कम्पनी खरीदने के लिए मना लिया।

दूसरी कम्पनी पाकर आदित्य बहुत उत्साहित थे। लेकिन उनका यह उत्साह बहुत जल्द ठंडा पड़ गया। जब फैक्टरी के श्रमिक हड़ताल पर चले गए। इसके एक माह बाद संयन्त्र में आग लग गई। आग पूरी रात जलती रही और जब आदित्य अगली सुबह फैक्टरी पहुंचे तो सब कुछ जलकर स्वाहा हो चुका था। हिम्मत न हारते हुए उन्होंने दिन-रात काम किया और वह उत्पादन शुरू करने में सफल रहे। धीरे-धीरे लेकिन बहुत मुश्किल और काफी समय के बाद उनकी कम्पनी फिर चल निकली। धीरे-धीरे उन्होंने उत्पादों की गुणवत्ता बढ़ाई। उसने पहली बार रंगीन सूत निकाला। इस तरह 'इंडियन रेयॉन' भारत की प्रमुख कम्पनियों में एक बन गई जिसका मुनाफा सर्वाधिक था। दशक के अन्त तक बिड़ला परिवार की तीनों पीढ़ियों-जी. डी., बसन्त और आदित्य के स्वतन्त्र व्यवसाय चमक उठे। ठीक इसी समय तत्कालीन प्रधानमन्त्री इन्दिरा गांधी ने कांग्रेस पार्टी पर अपनी पकड़ मजबूत करने के लिए कई लोकप्रिय फैसले किए जिसमें बैंकों का राष्ट्रीयकरण और निजी कम्पनियों पर नियन्त्रण प्रमुख थे। उन्होंने कम्पनियों पर फेरा और एम. आर. टी. पी. जैसे कानून थोप दिए। गांधी की समाजवादी नीतियों ने बिड़ला परिवार की विस्तार नीतियों को नुकसान पहुंचाया। उन्होंने बिड़ला के विश्व स्तर के संयन्त्र लगाने और विश्व स्तर की तकनीक अपनाकर

पुराने संयन्त्रों को आधुनिक बनानेवाले मंसूबों पर पानी फेर दिया और अन्त में श्रीमती गांधी ने बिड़ला समूह को हिलाकर रख दिया।

श्रीमती गांधी की नीतियों से यह साफ जाहिर था कि आदित्य बिड़ला का भविष्य भारत में सुरक्षित नहीं है। एम. आई. टी. में पढ़ाई के दौरान वह औद्योगिक विश्व द्वारा किए जानेवाले व्यापार से अभिभूत थे। वहां कोटा और लाइसेंस के स्थान पर पारदर्शी नियन्त्रक कानून थे और उचित कर लगाया जाता था। इंडियन रेयॉन को पूरी तरह स्थापित करने के बाद आदित्य अब बड़ी चुनौतियों से खेलना चाहते थे। अगर वह भारत में कुछ नहीं कर सके तो कहीं बाहर जाकर करना चाहते थे। उनकी नजर पूर्वी एशिया के छोटे और अविकसित देश थाईलैंड पर थी। उन्होंने अपने एक प्रबन्धक को बैंकाक भेजा। उसने लौटकर सकारात्मक रिपोर्ट दी। बैंकाक एक उभरता हुआ बाजार है और थाईलैंड सरकार का रुख भी सकारात्मक है। आदित्य को यही . चाहिए था। उन्होंने वहां पर एक सिन्थेटिक फाइबर संयन्त्र लगाने की योजना बनाई। फिर भी थाईलैंड के दरवाजे पर ही वियतनाम का युद्ध चल रहा था और जिसे एक दिन समाप्त तो होना ही था। अब आदित्य ने सोचा, ऐसे में वह थाईलैंड में स्थापित कम्पनी को धन कैसे उपलब्ध करवा पाएंगे। ऐसे में जब भारत सरकार ने विदेश यात्रा, मेडिकल, आपातकाल या फिर विदेश में महज एक कप चाय पर विदेशी मुद्रा विनिमयन पर रोक लगा दी हो, वह एक कम्पनी के लिए मुद्रा कैसे उपलब्ध करवा पाएंगे। उन्हें एक स्वदेशी आइडिया सूझा : वह एक साझा उद्योग लगाएगा। उनकी योजना के तहत विदेशी भारतीय कम्पनी में धन लगाएंगे और वह भारत से अपने हिस्से के बदले मशीनरी और समान निर्यात करेंगे। यह कानूनन वैध था। उन्होंने एक हीरा व्यापारी विजय मेहता और बैंकाक में एक कपड़ा व्यापारी अमरनाथ सचदेवा को अपना हिस्सेदार बनाने का निमन्त्रण दिया। बिड़ला समूह की प्रसिद्धि और नाम को देखकर वे तुरन्त राजी हो गए। आदित्य की इस थाईलैंड परियोजना ने सितम्बर 1970 में निर्धारित समय और निर्धारित बजट पर काम शुरू किया और जल्दी ही यह बिड़ला के लिए एक बड़ी सफलता बनी।

थाईलैंड की सफलता आदित्य के लिए आदर्श बन गई और उन्होंने 1970 में दक्षिण-पूर्वी एशिया में पांव जमाने शुरू किए। अगले वर्ष उन्होंने थाईलैंड में कपड़ा मिल लगाई। उसके बाद एक रेयॉन संयन्त्र, फिर इंडोनेशिया में एक कपड़ा मिल, थाईलैंड में काले कार्बन का संयन्त्र और फिलीपींस में एक स्पिनिंग मिल, विश्व की सर्वाधिक बड़ी पाम ऑयल रिफाइनरी थाईलैंड में लगाई। इसके अलावा इंडोनेशिया में विस्कॉस रेयॉन फाइबर संयन्त्र थाइलैंड में एक पोलीफास्फेट संयन्त्र और यूनान में एक और काले कार्बन की परियोजना शुरू की। इस तरह वह पाम ऑयल और

विस्कॉस स्टैप्ल फाइबर के विश्व के सबसे बड़े उत्पादक बन गए और काला कार्बन के उत्पादन में वह विश्व में छठे स्थान पर पहुंच गए। भारत में उनका समूह रेयॉन फिलामेंट, यार्न फ्लैक्स, यार्न कास्टिक सोडा, रेयॉन ग्रेड पल्प और एल्यूमीनियम धातु के उत्पादन में पहले स्थान पर पहुंच गया। सीमेंट उत्पादन में भी वह देश की तीन प्रमुख बड़ी कम्पनियों में एक थे। 1995 में आदित्य के अचानक निधन के समय उनके समूह में सैंतीस कम्पनियां थीं जिनकी कुल बिक्री 16,500 करोड़ थी और कर देने के बाद 1500 करोड़ रुपये की शुद्ध बचत थी। उसके कुल व्यवसाय में से तीसरा हिस्सा विदेशों में था। उन्हें ह्यूमन फैक्टरीमेकिंग फैक्टरी के नाम से ठीक ही पुकारा जाता था। उनकी मौत से पहले एक तेल रिफाइनरी, एक कॉपर समैन्टर, एक स्टील मिल लगाने का काम पूरा होनेवाला था। उनकी एक पेट्रोकेमिकल कॉम्पलेक्स, 1000 मेगावाट का पावर स्टेशन और टेलीकम्यूनिकेशन के क्षेत्र में प्रवेश की योजना थी।

आदित्य की इतनी सफलताओं के साथ-साथ समस्याओं की भी कमी नहीं थी। उनमें एक थी–मैंगलोर रिफाइनरी जिसे पास करने में दिल्ली के नौकरशाहों ने ग्यारह साल लगाए जो कि एक रिकॉर्ड था। सितम्बर 1985 में राजीव गांधी सरकार ने उदारीकरण के तहत निजी उद्योगपतियों को सरकारी कम्पनियों के साथ सहयोग में ऑयल रिफाइनरी लगाने का निमन्त्रण दिया। आदित्य ने सोलह अन्य प्रतिस्पर्धी व्यवसायियों के साथ कर्नाटक के मैंगलोर में एक रिफाइनरी और एक नाफथा क्रैकर लगाने की इच्छा जताई। नवम्बर 1986 में पेट्रोलियम मन्त्रालय ने उनके नाम को हरी झंडी दिखाई और जून 1987 में उन्होंने सरकारी उपक्रम हिन्दुस्तान पेट्रोलियम के साथ समझौता पत्रों पर हस्ताक्षर किए। इतनी बड़ी परियोजना हाथ में आते ही आदित्य अपने दल के साथ इस योजना की तैयारी में जुट गए। दो साल बाद जब वह बीस करोड़ रुपये और पसीना बहा चुके तो सरकार का मन बदल गया। सरकार ने अपने फैसले पर पुनर्विचार करना शुरू किया क्योंकि आबिद हुसैन योजना आयोग ने सुझाव दिया कि क्रैकर नाफथा के बजाय गैस आधारित होने चाहिए। आदित्य को लगा कि अब यह क्रैकर उसके हाथ से छूट जाएगा क्योंकि प्रतिस्पर्धी अम्बानी समूह ने गैस स्रोतों पर आधारित रिफाइनरी शुरू कर दी थी। लेकिन कर्नाटक सरकार ने तेजी से कार्यवाही करते हुए राज्य के लिए परियोजना को मंजूरी दिलाने का प्रयास किया। कर्नाटक सरकार को यह डर था कि कहीं यह परियोजना गुजरात के हाथों में न चली जाए। इसलिए उन्होंने केन्द्र सरकार के नौकरशाहों के साथ गुटबाजी शुरू कर दी। इसी बीच राजीव गांधी चुनाव हार गए और वी. पी. सिंह प्रधानमन्त्री बने। चूंकि वी. पी. सिंह धीरूभाई अम्बानी के खिलाफ थे, इसलिए 1990 में आदित्य की उम्मीदें जगीं। लेकिन मार्च में सरकार की इस घोषणा कि 'सरकार के स्रोतों की कमी के कारण वह जारी

सुविधाओं को आगे बढ़ाएगी और नई परियोजनाओं पर फिलहाल विचार नहीं किया जाएगा' ने बिड़ला की उम्मीदों पर पानी फेर दिया।

आदित्य बिड़ला का दिल टूट गया। उन्होंने उम्मीद के सहारे पांच साल बर्बाद किए लेकिन अनुमति नहीं मिली। उन्होंने अपने लोगों का समय, पैसा और ऊर्जा बर्बाद किया लेकिन उनकी उम्मीदें पूरी नहीं हुईं। उन्हें लगा, अब उसे इस परियोजना से हाथ खींच लेने चाहिए। लेकिन नवम्बर 1990 में चन्द्रशेखर प्रधानमन्त्री बने और उन्होंने एक माह बाद न केवल मैंगलोर रिफाइनरी को मंजूरी दे दी, बल्कि सभी के लिए द्वार खोल दिए। उसी समय उनकी पी.टी.ए (प्यूरीफाइड टैरीफैथलिक एसिड) निर्माण के लिए दी गई अर्जी रद्द कर दी गई। इससे निराश होकर आदित्य ने कहा : "हमने एक ऐसा तन्त्र बना दिया है जो अब हमारे नियन्त्रण से बाहर हो चुका है।" जो भी हो जुलाई 1991 में आर्थिक सुधारों की प्रक्रिया शुरू होने के साथ ही 1996 में यह रिफाइनरी आरम्भ हो गई।

एक दिन जब हम दोनों बम्बई जिमखाना क्लब के बाहर प्रतीक्षा कर रहे थे तो मैंने आदित्य से पूछा कि उसने विदेशों में निवेश क्यों किया। उनका जवाब था, इसके सिवा कोई चारा नहीं था, भारत में बहुत अधिक अड़चनें थीं। यहां उद्योग लगाने के लिए उन्हें लाइसेंस की जरूरत थी जो सरकार उन्हें देने को तैयार नहीं थी क्योंकि एम. आर. टी. पी. एक्ट के तहत मैं 'बड़े घरानों' की सूची में आ गया था। और यदि किसी तरह लाइसेंस मिल भी जाता तो सरकार ही यह निश्चित करती किं निवेश कितना होना चाहिए, किस तकनीक का प्रयोग किया जाए, परियोजना का आकार कितना बड़ा हो, इसे धन कैसे उपलब्ध करवाया जाए और यहां तक कि उसके सार्वजनिक विषयों का आकार और संरचना भी सरकार ही तय करती। यही नहीं उसे कच्चे माल के आयात के लिए भी नौकरशाहों से जूझना पड़ता। उसके बाद उसे राज्य स्तर पर भी बिजली, जमीन, बिक्री कर, उत्पादन शुल्क, श्रम और अन्य कई समस्याओं से दो-चार होना पड़ता। यह सब होते सालों लग जाते। सच तो यह है कि "मैं इन सबके बारे में सोचकर ही बहुत थका हुआ महसूस करता हूं।"

आदित्य ने मुझे बताया कि उसने कनाडा से पल्प खरीदकर थाईलैंड में स्टैप्ल फाइबर का उत्पादन किया। इस फाइबर को यार्न बनाने के लिए इंडोनेशिया में अपनी फैक्टरी में भेज दिया। यही यार्न बेल्जियम को निर्यात किया गया, जहां इससे कालीन बनाए गए और अन्त में कालीनों का कनाडा में निर्यात किया गया। मैंने सोचा, यही आदित्य है जो भारतीय है, फिर भी इस वैश्विक शृंखला में भारत कहीं नहीं आया। ऐसा इसलिए हुआ क्योंकि भारत ने अपनी अर्थव्यवस्था के दरवाजे बन्द कर रखे थे। ऐसा करके भारत सरकार ने बीसवीं शताब्दी के उत्तरार्द्ध में वैश्वीकरण के जरिये विश्व व्यापार में भाग लेने

का अवसर खो दिया। सरकार ने अपने लोगों को नौकरी का ज्ञान और संगठन के नए तरीके नहीं खोजने दिए। इस तरह सरकार ने जान-बूझकर आर्थिक विकास को दबाया।

घरेलू स्तर पर भारत ने स्वयं को काफी नुकसान पहुंचाया। उदाहरण के लिए ग्वालियर रेयॉन, जिसमें आदित्य चेयरमैन थे, 1978 में अपने विस्कॉस स्टैप्ल फाइबर संयन्त्र का विस्तार करना चाहता था। सरकार से अनुमति प्राप्त करने के लिए आवेदन किया गया। बिड़ला के मैनेजर द्वारा लगातार सम्पर्क किए जाने के बावजूद परियोजना को मंजूरी नहीं मिली। एम. आर. टी. पी. नियमों के कारण यह मंजूरी नहीं मिली। न ही सरकार ने आवेदन खारिज किया। अठारह माह तक इन्तजार करके अन्त में बिड़ला समूह ने अपनी परियोजना को इंडोनेशिया स्थानान्तरित कर दिया। इंडोनेशिया ने परियोजना का स्वागत किया और भारत का नुकसान उसके लिए मुनाफे का सौदा साबित हुआ। अपने मूर्खतापूर्ण नियमों की कल्पना करना असम्भव-सा प्रतीत होता है। आदित्य अपनी विदेशी कम्पनी के निदेशक बनना चाहते थे और उन्होंने अनुमति के लिए आवेदन किया। जब नौ माह तक मंजूरी नहीं मिली तो वह सम्बन्धित अधिकारी से मिलने गए। अधिकारी ने उनसे साफ शब्दों में कहा कि "श्रीमान बिड़ला, यदि आपने विदेशी कम्पनी का निदेशक बनने की पेशकश स्वीकार कर ली तो आपके खिलाफ कार्यवाही की जा सकती है।" दूसरी ओर आदित्य को कम्पनी के बोर्ड ऑफ डायरेक्टर्स के सामने शर्मिन्दा होना पड़ा क्योंकि उन्हें नौ माह तक किसी और को निदेशक बनाने का कारण समझ में नहीं आ रहा था। अन्त में बिड़ला के अधिकारियों द्वारा जबरदस्त गुटबाजी करने के बाद अनुमति मिली लेकिन उसके लिए बहुत-सा पैसा और कीमती समय बर्बाद हो गया।

जीवन में इतना सब कुछ पा लेने के बावजूद आदित्य बिड़ला को चैन नहीं मिला। वह सोचते थे कि भारत के शासकीय वर्ग में बिड़ला समूह के बारे में ऐसे छोटे विचार हास्यास्पद हैं। जीवन भर संसद में, नौकरशाही और मीडिया में उनके परिवार को निशाना बनाया जाता रहा। बहुत से भारतीयों की नजर में वह राजनेताओं और व्यापारियों के बीच में 'लाइसेंस परमिट' मिलीभगत का प्रतीक थे। उनका मानना था कि बिड़ला की सफलता के पीछे उनकी सत्ता में बैठे लोगों से मिलीभगत ही। जब 1991 में आर्थिक सुधार लागू हुए तो लोगों का कहना था कि प्रतिस्पर्धा के माहौल में उनकी कम्पनियां मुकाबला नहीं कर पाएंगी। लेकिन सच तो यह है कि लाइसेंसिंग समाप्त होने पर बिड़ला के सिर से बहुत बड़ा बोझ उतर गया। आलोचक यह नहीं जानते थे कि सरकार ही उसके रास्ते का सबसे बड़ा कांटा थी। सुधारों के बाद वह बहुत खुश थे और उन्होंने एक बार फिर अपनी भारतीय कम्पनियों की दशा सुधारने

के लिए खुद को झोंक दिया। भारत में उनका व्यवसाय 1991 के बाद ऐसा चमका जितना पहले कभी नहीं। लेकिन फिर भी उन्हें अपने आलोचकों को पूरी तरह गलत साबित करने का मौका कभी नहीं मिला। और एक अक्टूबर 1995 को मात्र पचपन वर्ष की उम्र में प्रोस्टेट कैंसर से उनकी मौत हो गई।

आदित्य को अपनी, अपने पिता और दादा की जीत के बावजूद एक ऐसी छवि के साथ जीना पड़ा जो एक आम भारतीय की नजर में मारवाड़ियों के प्रति धारणा थी। यही कारण है कि बिड़ला परिवार की सभी पीढ़ियां शर्मीली स्वभाव की रहीं। 1960 में हजारी कमेटी की रिपोर्ट से बिड़ला को भारी नुकसान झेलना पड़ा। समिति ने सरकार द्वारा 1957 से 1966 के दौरान जारी किए लाइसेंसों के सम्बन्ध में बिड़ला समूह पर उंगली उठाई। बिड़ला समूह की 1945 में बीस कम्पनियां जो 1962 तक एक सौ पचास तक पहुंच चुकी थीं, बहुत से भारतीयों के लिए व्यापार पर एकाधिकार के समान थीं। इससे मारवाड़ियों की निरंकुश व्यापारी की छवि को और बल मिला जो अपनी इच्छाओं की पूर्ति के लिए कुछ भी कर सकते थे। यहां तक कि अगर मौका मिलता तो वे करों का भुगतान भी न करते।

सामान्यतः उद्योगपतियों के खिलाफ कुछ हद तक रोष होता है, लेकिन आदित्य को यह समझ नहीं आया कि लोग उन्हीं के परिवार को अपना निशाना क्यों बनाते थे। उन्हें इस बात का दुख था कि लोगों के दिमाग में बिड़ला बड़े औद्योगिक घरानों के भद्दे स्वरूप का प्रतिनिधित्व करते हैं। वह इसे गलत और अन्यायपूर्ण मानते थे। ऐसा हो भी क्यों नहीं, आखिर उन्होंने देश के स्वाधीनता आन्दोलन को अपना समर्थन दिया था। उन्होंने चैरिटी संस्थाओं को भारी मात्रा में धन दिया था। उन्होंने हमेशा ही सादा जीवन जिया और बचत के धन का प्रयोग करने के बजाय हमेशा उसका निवेश किया। आदित्य का मानना था कि उनके परिवार ने महात्मा गांधी के उस सिद्धान्त को दूसरों की तुलना में अधिक अपनाया जिसमें वह कहा करते थे कि उद्योगपति की पूंजी समाज की होती है और अपने जीवनकाल के दौरान वह तो महज एक ट्रस्टी की भूमिका निभाता है। वास्तव में जी. डी. बिड़ला ने एम.आई.टी. में पढ़ाई के दौरान आदित्य को यह शिक्षा दी थी कि शाकाहारी भोजन करो, शराब और नशे से दूर रहो, जल्दी उठो, जवानी में शादी करो, कमरों से बाहर निकलते समय बत्तियां बन्द करो, प्रतिदिन सैर के लिए जाओ, परिवार के सम्पर्क में रहो और सबसे बड़ी बात, फिजूलखर्ची मत करो। आदित्य का मानना था कि उनके दादा की सीख एक भारतीय व्यापारी के लिए आचार संहिता है। इसका अभिप्राय स्वयं पर नियन्त्रण से है जो चीनी और यहूदी औद्योगिक परिवारों से अलग नहीं है। इसमें संरक्षण की भावना छिपी है जिसके चलते धीरे-धीरे संग्रहण होता है।

व्यापार में बिड़ला हमेशा ही बहुत ऊंचे स्थान पर देखे गए लेकिन उन्हें वह सामाजिक स्तर कभी नहीं मिला जिसके लिए वह पूरे चालीस साल के समाजवादी राज के दौरान लालायित रहे। मैं इस आम धारणा से पूरी तरह असहमत हूं कि लाइसेंस राज से मारवाड़ियों को सर्वाधिक लाभ हुआ। मेरा मानना है कि समाजवादी राज के दौरान मारवाड़ियों का बाजार से सम्पर्क टूट गया था। प्रतिस्पर्धा को समाप्त कर समाजवाद ने उनके व्यवहार को विकृत कर दिया था और उनकी व्यापारिक निपुणता को दबा दिया था। प्रतिस्पर्धा ऐसा स्कूल है जहां कम्पनियां अपनी क्षमताओं को सम्पूर्ण बनाती हैं। अर्थव्यवस्था को बन्द करके और प्रतिस्पर्धा को हतोत्साहित कर समाजवाद ने भारतीय औद्योगिक घरानों को ग्राहक की जरूरतों के प्रति संवेदनहीन बना दिया था। वे अपने उत्पादों की गुणवत्ता सुधारने का मौका और बाजार की नई तकनीक को अर्जित करने का मौका खो चुके थे। 1991 में प्रतिस्पर्धा बढ़ चुकी थी और पुराने व्यवसायी मुसीबत में थे। अतः आर्थिक सुधारों के आठ साल बाद बिड़ला समूह समेत सभी मारवाड़ी घराने लड़खड़ा रहे हैं।

अध्याय तेरह

कबूतरखाने में सपने

दुःसाहस ही व्यापार में कामयाबी की पहली, दूसरी और तीसरी सीढ़ी है।

–थॉमस फुल्लर

धीरूभाई अम्बानी एक ऐसे व्यापारी थे जिन्होंने लाइसेंस राज को अपने फायदे के अनुरूप ढाला और एक दिन शिखर पर पहुंच गए। सभी कठिनाइयों के बावजूद उन्होंने एक ही पीढ़ी के दौरान एक ऐकेमिकल कम्पनी की स्थापना की। जिसने इतनी तेजी से विकास किया कि वह भारत का सर्वाधिक बड़ी और विश्व के पांच प्रमुख पोलिस्टर, पोलिप्रेपोलिन, पीटीए और गोलि लिन उत्पादक कम्पनियों में गिनी जाने लगी, और विश्व में पैराजिलिन और पीईटी बनानेवाली विश्व की नम्बर एक कम्पनी बन गई, और जिसने शताब्दी के अन्त तक विश्व की सर्वाधिक बड़ी मल्टी फीड रिफाइनरी की स्थापना भी कर ली। इस प्रक्रिया के चलते धीरूभाई ने इन्दिरा गांधी के भ्रष्ट शासन का उपहास उड़ाया।

धीरूभाई 1965-90 के बीच में युवा पीढ़ी के नायक, हजारों युवा उद्योगपतियों के लिए प्रेरणा-स्रोत और भारतीय शेयर बाजार की प्रेरणा बन चुके थे। 1995 तक उनके चौबीस लाख हिस्सेदार थे जो विश्व में किसी भी कम्पनी से अधिक थे–इतने अधिक कि उन्हें अपनी वार्षिक बैठक फुटबाल के स्टेडियम में करनी पड़ती थी।

1960 के मध्य में जब मैं बम्बई के बाजारों में विक्स वेपोरब के व्यापारियों को बेचने के गुर सीखा रहा था, तब धीरूभाई अम्बानी पास ही बम्बई के मूलजी जेठा बाजार में घूम रहा था। वह आयातित यार्न (सूत) बेचता था जो उसने रेयॉन धागे के

निर्यात से प्राप्त किया था। वह भात बाजार के एक छोटे से कार्यालय में काम करता था। वह पूरा दिन चाय के कप पर कप पीता और हमेशा मुंह में पान दबाए पाईधोनी के यार्न बाजार में घूमता रहता था। धीरूभाई अन्य व्यापारियों से कुछ हटकर था। वे सभी बहुत तेज थे और उस्तरे की धार के समान तेज मुनाफे पर भी काम करना जानते थे। वह बम्बई के बाजार के आन्तरिक हिस्से में भुलेश्वा के कबूतरखाने जैसे एक कमरे में अपनी पत्नी, भाई, मां और दो बेटों के साथ रहते थे। यह कमरा पांचवीं मंजिल पर था। यह पूरी इमारत 500 परिवारों के लिए एक कबूतरखाने के समान थी।

वास्तव मैं कबूतरखाना उस जगह का नाम होता है जहां कबूतर रहते हैं लेकिन इस बारे में किसी को पक्का पता नहीं था कि इस जगह का नाम कबूतरखाना कैसे पड़ा। इस जगह से थोड़ी दूरी पर एक मन्दिर था जहां सभी लोग पूजा करने जाते थे और कबूतरों को चने डालते थे। बम्बई में दूध बेचनेवाले भी इसी कबूतरखाने में रहते थे और पास ही पिंजरापोल में दूध का बाजार था। उन दूध बेचनेवालों के साथ थे बम्बई के कशीदाकार। जिनमें प्रसिद्ध व्यापारी मगनलाल ड्रैसवाला भी शामिल था। सभी जानते थे कि कबूतरखाने में हमेशा मारा-मारी रहती थी।

दूसरे व्यापारियों की तरह धीरूभाई भी अपने परिवार को रविवार के दिन चौपाटी ले जाते थे। वहां वे एक-दूसरे को दावत देते थे। कभी-कभी रविवार को वह अपने बेटों को चर्चगेट पर हॉकी दिखाने ले जाते थे और उनके बाद उडीपी कैफे में इडली-सांभर की दावत चलती। उनके पुत्र अनिल अम्बानी बताते हैं कि रविवार हमारे लिए एक महत्त्वपूर्ण दिन होता था। धीरूभाई के इस संसार से कुछ ही दूरी पर मेरा उच्च मध्यवर्ग था जहां जिमखाना क्लब की आरामपरस्त जिन्दगी, अंग्रेजी फिल्में, आरामदायक नौकरी, खुले मकान और रविवार की शाम की पार्टियां थीं।

अम्बानी की दूरदर्शिता उन्हें दूसरे गुजराती परिवारों से अलग करती थी। वह आदमी के दिमाग को समझते थे। वह समझते थे कि सिन्थेटिक फाइबर आनेवाले भारतीय मध्यवर्ग की जरूरत होगा। यद्यपि सरकार उस पर टैक्स लगाती थी और उसे ऐश्वर्य की वस्तु माना जाता था। एक दिन समझ ने काम किया और धीरूभाई ने अहमदाबाद के पास एक छोटी लेकिन तकनीकी रूप से उन्नत कपड़ा मिल लगाई जिस पर 150,000 के लगभग पूंजी व्यय की। इसी शुरुआत के साथ धीरूभाई ने अगले तेईस सालों तक यही व्यापार नीति अपनाई। सिन्थेटिक फाइबर के व्यापार से शुरुआत करके उन्होंने इसका निर्माण भी शुरू किया। सिन्थेटिक फाइबर बनाने के बाद वह और भी आगे गए और इसमें लगनेवाला कच्चा माल, पोलीयस्टर फाइबर और फाइबर इंटरमीडिएट बनाया। और अन्त में वास्तविक कच्चे माल पेट्रोलियम तक पहुंचने से

पहले उन्होंने पोलीमर और केमिकल बनाए। यह सब कर लेने के बाद उन्होंने विश्व की सबसे बड़ी इथीलिन गैस क्रैकर और आयल रिफाइनरी लगाई। इतना सब करने पर भी सन्तुष्टि न हुई तो उन्होंने पश्चिमी भारत के समुद्री तट पर तेल की खोज शुरू कर दी।

धीरूभाई 'जीरो क्लब' से सम्बन्धित होने में गर्व महसूस करते थे क्योंकि उन्होंने जीरो से ही शुरुआत की थी। धीरूभाई का जन्म गुजरात के जूनागढ़ जिले के चोरवाड़ गांव में एक स्कूल मास्टर के घर हुआ था। जिसका निकटवर्ती शहर पोरबन्दर पड़ता था जहां महात्मा गांधी का जन्म हुआ था। धीरूभाई अपने माता-पिता के पांच बच्चों में से एक थे। अन्य स्कूल मास्टरों की तरह वह भी गरीब थे। वह मोध बनिया जाति से सम्बन्ध रखते थे और उन्हें भी लड़कपन में ही व्यापार की गन्ध लग गई थी। उनके बड़े भाई बताते हैं कि महाशिवरात्रि के मेले में धीरूभाई और उसके मित्र 'गाठिया' (एक गुजराती मिठाई) बेचा करते थे।

उन्होंने बताया कि वह साइकिल पर गांव-गांव घूमकर ऑर्डर बुक किया करता था। वह जूनागढ़ के हाईस्कूल में गए जिस पर पीले रंग का प्लास्टर किया हुआ था, जिसका निर्माण 1902 में जूनागढ़ के नवाब ने करवाया था। इस स्कूल में उन्हें गरीब होने के कारण मुफ्त में ही दाखिला मिल गया। वह मोध बनिया समुदाय के हॉस्टल में रहने लगे। बताया जाता है कि जूनागढ़ का नवाब अपने 150 कुत्तों और इतने ही कुत्तों की देखभाल करनेवालों के लिए प्रसिद्ध था। उसने अपनी पसन्दीदा कैनिन कुत्तों की जोड़ी की शादी पर बीस लाख रुपये खर्च किए थे और 700,000 लोगों के लिए सार्वजनिक अवकाश की घोषणा भी की थी।

गरीब होने की वजह से कॉलेज में दाखिला लेने में असमर्थ धीरूभाई उस समय के अंग्रेजी उपनिवेश अदेन चले गए। जहां सत्रह साल की उम्र में उन्होंने शैल पेट्रोल स्टेशन पर गैस भरने की नौकरी की। जल्दी ही उन्हें शैल की सहयोगी बेस एंड कम्पनी में शिपिंग क्लर्क का काम मिल गया। अदेन में सिर्फ तेल का व्यापार होता था। धीरूभाई इससे बहुत प्रभावित हुए और सोचने लगे कि काश ! एक दिन उनका भी अपना तेल का व्यापार हो।

वह अपना काम पूरी लगन से करते थे और इसलिए उन्हें जल्द ही तरक्की मिली और उन्होंने एक फ्लैट और एक कार खरीदे। एक बार वह छुट्टी के दिन घर आए और गुजराती लड़की से शादी कर उसे भी अपने साथ अदेन ले गए। उन्होंने अब तक समाज में एक मध्यवर्गीय की हैसियत से अपना स्थान बना लिया था लेकिन फिर भी वह सन्तुष्ट नहीं थे। वह एक बहुउद्देश्यीय कम्पनी की एक छोटी-सी सहायक कम्पनी में बतौर कर्मचारी सन्तुष्ट नहीं थे। काम के बाद व्यापार करके अपना ध्यान बंटाने का

प्रयास करते थे। कुछ समय बाद उन्होंने नौकरी छोड़ दी और अदेन से वापस आकर अपना स्वतन्त्र व्यवसाय शुरू कर लिया।

बम्बई आकर उन्होंने 15,000 की पूंजी के साथ सिन्थेटिक यार्न का व्यापार किया। यार्न को खरीदनेवालों की समस्या नहीं थी बल्कि आपूर्ति की समस्या अधिक थी। हमारे लाइसेंस आयात नियन्त्रण और कोटा नियमों के कारण आपूर्ति की कमी रह ही जाती थी। जिसके फलस्वरूप नायलोन, विस्कॉस और पोलीयस्टर कपड़े की बड़ी मात्रा में तस्करी होती थी। धीरूभाई के लिए आपूर्ति का सबसे बड़ा स्रोत पुनः प्राप्ति लाइसेंस (आर.ई.पी) था। जिसके तहत निर्यात से प्राप्त आय के कुछ भाग से आयात कर सकते थे। ये लाइसेंस किसी दूसरे से हस्तान्तरित नहीं किए जा सकते थे क्योंकि जिस किसी के पास भी यह लाइसेंस होगा, उसका आयात के लिए 'वास्तविक उपभोगी' होना जरूरी होता था। इसके लिए अभी बाजार विकसित नहीं हुआ था, लेकिन धीरूभाई शेर के मुंह में हाथ डालकर उसके दांत गिननेवालों में से थे और लाइसेंस के लिए ज्यादा कीमत देने से भी वह पीछे नहीं हटे और जल्द ही वह आर.ई.पी. का बेताज बादशाह बन गए। अपनी प्रभावशाली स्थिति के कारण उन्होंने शीघ्र ही यार्न की आपूर्ति पर नियन्त्रण कर लिया और भारी मुनाफा कमाया। समय के साथ प्रेस में 'वास्तविक उपभोगी' लाइसेंस के दुरुपयोग की खबरें छपने लगीं। कस्टम अधिकारियों के छापे पड़ने से बाजार बन्द हो गया लेकिन जल्द ही संकट टल गया और सब कुछ सामान्य हो गया। लेकिन धीरूभाई पर कोई उंगली नहीं उठी।

आपूर्ति पर नियन्त्रण बढ़ाने के मकसद से धीरूभाई ने व्यापार से कमाए गए मुनाफे को सिन्थेटिक कपड़ा बनानेवाली नई फैक्टरी में निवेश कर दिया। लेकिन उद्योगपति बनने के लिए उसे लाइसेंस की जरूरत थी और लाइसेंस सम्पर्कों के बिना नहीं मिल सकता था। अब उन्हें यह बात समझ आ गई थी कि इसके लिए दिल्ली में सम्पर्क बनाए जाने जरूरी हैं। उस समय इन्दिरा गांधी प्रधानमन्त्री थीं और उनका यशपाल कपूर नामक एक निजी सचिव था। धीरूभाई ने यशपाल के साथ दोस्ती कर ली और उसके उत्तराधिकारी व भतीजे आर. के. धवन से मित्रता कर ली। उन्होंने इन्दिरा सरकार के एक मन्त्री टी. ए. पाई से भी सम्पर्क बनाए। बैंकों के राष्ट्रीयकरण से पहले सिंडीकेट बैंक पर पाई परिवार का अधिकार था। एक अच्छे बैंकर की तरह पाई को एक चतुर उद्यमी की भी पहचान थी, इस तरह सिंडीकेट बैंक अम्बानी की टेक्सटाइल मिल को धन उपलब्ध करवाने के लिए राजी हो गया।

जल्द ही धीरूभाई एक बड़े निर्माता बन गए। बहरहाल, उन्हें सिन्थेटिक फाइबर बनाने के लिए कच्चे माल की कमी खलती रही। वह दूसरों की तरह तस्करी करके

कानून तोड़ने के पक्षधर नहीं थे। इसके बजाय उसने टी. ए. पाई को नायलोन फैब्रिक के निर्यात के बदले पोलियस्टर फिलामेंट यार्न (पी.एफ. वाई.) के अधिकाधिक आयात की अनुमति दिलाने की सिफारिश की। इसे, 'हाई यूनिट वैल्यू स्कीम' के नाम से जाना जाता था और इसी से धीरूभाई का भविष्य बना। यदि नाइलोन का निर्यात घाटे में भी किया जाता तो भी पी. एफ. वाई. का आयात सस्ता पड़ता था, क्योंकि पी. एफ. वाई. का भारतीय भाव विश्व बाजार में उसके भाव से छह गुना अधिक था। 1980 में 'बिजनेस इंडिया' में एक साक्षात्कार में धीरूभाई ने स्वीकार किया था कि उन्होंने इस योजना के तहत देश के आयात-निर्यात के साठ फीसदी तक व्यापार किया। उन्होंने रूस, पोलैंड और अफ्रीका में निर्यात शुरू किया, वह लन्दन के साउथ हाल में भारतीयों को सिन्थेटिक साड़ियां बेचते थे, उन्होंने उच्च स्तर के फैशन शो आयोजित किए। उनके उत्पाद की गुणवत्ता शानदार थी, उनकी बाजार नीति नई थी।

1977 में इन्दिरा गांधी चुनाव हार गईं और नई जनता सरकार ने हाई यूनिट वैल्यू स्कीम रद्द कर दी। इस तरह धीरूभाई के निर्यात व्यवसाय में मुनाफा बन्द हो गया। अब उन्होंने घरेलू बाजार में घुसने का फैसला किया। उन्हें यह बात पता थी कि प्रतिस्पर्धा के युग में उन्हें एक ब्रांड की जरूरत है जो अपनी उच्च गुणवत्ता के चलते बाजार में स्थापित हो सके। उन्होंने इसके लिए 'विमल' का नाम सोचा और युग का एक यादगार विज्ञापन बनाया, जिसका बजट उस समय सर्वाधिक था। जल्द ही 'विमल' घर-घर में प्रसिद्ध हो गया। बहरहाल, धीरूभाई को इसके वितरण में काफी समस्याओं का सामना करना पड़ा। उन्हें पारम्परिक बाजार में, थोक विक्रेताओं के विरोध से जूझना पड़ा, जो उस समय पुराने मिल मालिकों पर ही विश्वास करते थे। उन्होंने इस समस्या का समाधान थोक विक्रेताओं को नकारते हुए देश के प्रमुख केन्द्रों में विमल के शोरूम खोलकर किया। उन्होंने अपने नाम और शोरूम की पूरे देश में लगभग 500 दुकानें खुलवाईं।

1980 तक धीरूभाई कपड़ा व्यवसाय में सबसे आगे निकल चुके थे लेकिन फिर भी उन्हें चैन नहीं था। अपनी पुरानी नीति के तहत अब उन्होंने सिन्थेटिक कपड़े में प्रयोग किए जानेवाले कच्चे माल पोलीयस्टर फाइबर का उत्पादन करने की योजना बनाई। लेकिन सरकार ने किसी एक व्यक्ति को इसके उत्पादन की अनुमति नहीं दी क्योंकि उस समय सिन्थेटिक कपड़ों को उच्चवर्ग की वस्तु ही माना जाता था। अब श्रीमती गांधी फिर सत्ता में आ चुकी थीं और धीरूभाई के मित्र भी अपने काम पर लौट आए थे। यद्यपि उच्च स्तर पर उसके कई मित्र थे लेकिन फिर भी उसे महीनों धैर्य के साथ, नीति-निर्माताओं के साथ मशक्कत करनी पड़ी। उन्होंने दूसरे देशों के अनुभवों और आंकड़ों के माध्यम से समझाया और बताया कि विदेशों से कितनी बड़ी मात्रा में

सिन्थेटिक फाइबर की तस्करी होती है। आखिरकार सरकार ने दरवाजे खोल दिए। धीरूभाई और अन्य बयालीस लोगों ने लाइसेंस के लिए आवेदन किया और वह उन तीन लोगों में शामिल थे जो सफल रहे। उनके विरोधियों ने इसका भारी विरोध किया और बम्बई में राजनेताओं को घूस देने की अफवाहों का बाजार गर्म हो गया।

न्यूनतम कीमत में उत्पादन बढ़ाने की इच्छा रखनेवाले धीरूभाई ने सोचा कि उनका पोलीयस्टर फाइबर का संयन्त्र विश्व स्तर की क्षमतो और उच्च तकनीक पर आधारित होना चाहिए। सिर्फ ऐसा होने पर ही वह कीमत और गुणवत्ता बरकरार रख पाएगा। वह अपनी तकनीक को भी लगातार और अधिक उच्च स्तर की बनाना चाहते थे। आम लोगों के लिए ये तरीके बिलकुल नए थे। इससे पहले भारतीय उद्योगपति बाजार का अनुमान लगाकर उत्पादन करते थे। किसी भारतीय उद्यमी ने इससे पहले इतने बड़े स्तर पर विश्व स्तर के बाजार से प्रतिस्पर्धा करने की हिम्मत नहीं जुटाई थी। पुराने विचारों के नौकरशाह धीरूभाई के सम्पर्कों के बावजूद उनकी बात सुनने को तैयार नहीं थे।

इस बार भी धीरूभाई के लोगों को नियन्त्रकों को समझाने में महीनों लग गए। अन्त में वे कामयाब तो रहे लेकिन धीरूभाई पर फिर घूस देने का आरोप लगा। अनुमति मिलने के साथ ही उनका व्यापार ऊंचाइयां छूने लगा। उन्होंने दिन-रात काम करके अठारह महीनों में पोलीयस्टर प्लांट खड़ा कर दिया। इतनी जबरदस्त प्रगति देखकर नई तकनीक देनेवाली डूपोंट भी हैरान थी। डूपोंट के निदेशक का कहना था कि हमारे देश में इस तरह की परियोजना शुरू करने में कम-से-कम दो साल से अधिक समय लग सकता है। परिणामस्वरूप धीरूभाई की यार्न की कीमत एक पौंड की अठारह सेंट हो गई जबकि पश्चिमी यूरोप के उत्पादकों के लिए यह चौंतीस सेंट और उत्तरी अमेरिका में उनतीस सेंट और पूर्व में तैंतालीस सेंट थी। पोलीयस्टर संयन्त्र शुरू से ही बहुत सफल रहा और दो साल के अन्दर ही इस कम्पनी ने कपड़ा व्यवसाय में सबको पीछे छोड़ दिया। पोलीयस्टर यार्न की घरेलू आपूर्ति होने के बाद भारतीय कपड़ा मिलों ने सिन्थेटिक कपड़े का उत्पादन शुरू कर दिया। पहले चरण की रिकॉर्ड सफलता के बाद अब धीरूभाई को अपने बाकी सपने पूरे करने से कोई नहीं रोक सकता था। 1986 में उसने एक बार फिर कच्चे माल पेट्रोकेमिकल टेरीपथेलिक एसिड (टी. पी. ए.) और पैराजिलीन के साथ डिटर्जेंट इंटरमीडिएट और लिनियर एलक्लाइन बेंनजीन (एल. ए. बी.) का उत्पादन करने की घोषणा की। 1988 में उन्होंने रिलांयस पेट्रोकेमिकल्स की शुरुआत की। अब तक उनके अमेरिका से एम. बी. ए. करके लौटे दोनों पुत्र अनिल और मुकेश अम्बानी ने भी व्यवसाय में हाथ बंटाना शुरू कर दिया था। वे दूसरी पीढ़ी के असाधारण युवक थे क्योंकि उनके सामने

पिता का अनुशासन, उसकी प्रतिभा और आगे बढ़ने की इच्छा थी। रिलायंस ने इतनी तेजी से प्रगति की जिसे देखकर लोग कहते थे कि इसमें सरकार की मिलीभगत है अन्यथा धीरूभाई को आगे बढ़ने के लिए लाइसेंस और अनुमति कैसे मिलती।

1991 में सरकार के आर्थिक सुधार कार्यक्रम से धीरूभाई पर कोई प्रभाव नहीं पड़ा। लाइसेंस-व्यवस्था समाप्त कर दी गई और धीरूभाई ने विश्व की सबसे बड़ी रिफाइनरी के निर्माण का फैसला किया। उसने रिलायंस पेट्रोलियम के लिए शेयर बाजार से पैसा इकट्ठा किया। लोग पूछते थे कि अधिक रिफाइनिंग क्षमता के कारण बाजार में भीड़ हो जाएगी लेकिन धीरूभाई इस सवाल के जवाब में कहते थे, तेजी से विकसित हो रहे मध्यवर्गीय समुदाय की इच्छा को पूरा करना आसान नहीं होगा। उनका तर्क था कि कोक और पेप्सी ने प्लास्टिक और क्रेटों का प्रयोग शुरू कर दिया है और इसी कारण रिलायंस की पोलीइथीलीन और पी.ई.टी. बाजार में एक तरह से विस्फोट हो रहा है। लकड़ी के फर्नीचर की जगह प्लास्टिक का फर्नीचर उपयोग हो रहा है जिसमें रिलायंस के पोलीप्रोपीलीन की मांग बढ़ेगी। देश में दुपहिया वाहनों की प्रतिवर्ष पैंतीस फीसदी की वृद्धि हो रही है और पहले ही भारत विश्व का दूसरा सबसे बड़ा बाजार बन चुका है।

जिस चीज ने हर किसी की कल्पनाओं को झकझोरा, वह था धीरूभाई द्वारा अकेले अपने दम पर भारतीय मध्यवर्ग में 'साझेदारी पन्थ' की संस्कृति पैदा करना। चूंकि बैंक उसे पर्याप्त धन नहीं दे सकते थे और वह सार्वजनिक वित्त संस्थाओं की मदद लेना नहीं चाहते थे इसलिए वह वापस जनता के पास लौट आए। 1977 में उन्होंने बम्बई और अहमदाबाद के शेयर बाजारों में अपने शेयर जनता के लिए खोल दिए। इस तरह उन्होंने पूरे देश में घूम-घूमकर निवेशकों से पैसा इकट्ठा किया। उनके प्रयासों से भारतीय शेयर होल्डरों की संख्या 1980-85 के बीच एक से चार लाख तक पहुंच गई। इनमें हर चौथा व्यक्ति रिलायंस का शेयर होल्डर था। वह सफल रहा क्योंकि उसने हमेशा अपने वायदे पूरे किए। 1983 तक रिलायंस शेयर होल्डरों को शेयरों का सालाना पिचहत्तर फीसदी रिटर्न प्राप्त हुआ और 1986 तक भी यह पैंतालीस फीसदी रहा। 1990 की शुरुआत तक धीरूभाई के पास चौबीस लाख शेयर होल्डर थे। छोटे शहरों में धीरूभाई एक दन्तकथा बन चुके थे। जहां लोगों ने शेयर बाजार में निवेश के बारे में कभी सोचा भी नहीं था, वहीं लोग अब अखबारों के आर्थिक पन्नों में अपने निवेश की कीमत रोज आंकने लगे। धीरूभाई ने अकेले ही भारतीय पूंजी बाजार में ऊर्जा पैदा कर दी।

लाखों निवेशकों के चलते, रिलायंस को अपनी सालाना बैठकें दक्षिणी बम्बई के एक फुटबाल स्टेडियम में करनी पड़तीं। 1982 में मैंने भी रिलायंस के कुछ शेयर

खरीदे और 1995 में मुझे भी कूपरेज फुटबाल स्टेडियम दिखा दिया गया। जहां मेरे आसपास बारह हजार शेयर होल्डर बैठे थे। मैं तीन घंटे के उस खर्चीले कार्यक्रम को देखकर अभिभूत था जो हमारे मनोरंजन और जानकारी के लिए तैयार किया गया था। धीरूभाई ने इस बैठक में घोषणा की थी कि "मेरे निवेशक ही मेरे महान बैंकर हैं।" मुझसे आगे बैठे एक विदेशी बैंक के अधिकारी ने फुसफुसाकर कहा कि "रिलायंस वास्तव में एक बैंक है जो पेट्रोकेमिकल कम्पनी की तरह काम कर रही है।" और अगले दिन के 'फाइनेंशियल टाइम्स' में छपी रिपोर्ट में इस बैठक को अब तक की किसी कम्पनी की सबसे बड़ी सालाना बैठक कहा गया।

धीरूभाई की सफलता का क्या रहस्य था? वह धीरे-धीरे सफल हुआ क्योंकि वह अपनी योजना के साथ चला। दूसरी ओर, दूसरे भारतीय व्यवसायी परिवार दर्जनों गतिविधियों में व्यस्त रहे। रिलायंस ने एकमात्र 'पेट्रोलियम' की श्रृंखला पर काम किया। व्यक्तिगत तौर पर भी धीरूभाई ने एक मन से केवल अपने व्यवसाय पर ही ध्यान केन्द्रित किया। वह चैम्बर्स ऑफ कॉमर्स इत्यादि में नेतृत्व की गतिविधियों से स्वयं को दूर ही रखते थे। शुरुआत से उनकी विश्व स्तर की प्रतिस्पर्धा करने की इच्छा थी और उसने विश्व में स्वयं को स्थापित भी किया। आज उनकी प्रतिस्पर्धा-ड्रूपोंट, आई.सी. आई. और शैल जैसी विदेशी कम्पनियों से है। कोई भी भारतीय कम्पनी उसके साथ प्रतिस्पर्धा की क्षमता नहीं रखती। अन्त में वह लाइसेंस राज के वातावरण को भी अपने अनुकूल बनाने में सफल रहे। शिकायत करने के बजाय वह बातचीत के जरिये समाधान करने में कभी नहीं हिचकिचाए। उस लाइसेंसी तन्त्र को अपने फायदे के लिए इस्तेमाल किया। इसी कारण 1991 के सुधारों के बाद लोग कहने लगे थे कि इतनी जबरदस्त प्रतिस्पर्धा के माहौल में वह लड़खड़ा जाएंगे और रिलायंस का बुलबुला फट जाएगा। लेकिन हुआ इसके विपरीत। उसके प्रदर्शन में साल-दर-साल सुधार आता गया।

आज उनके दोनों पुत्र अनिल और मुकेश उनका व्यवसाय चला रहे हैं। अपने पिता की ही तरह वे एकाग्र और मेहनती हैं। इतने एकाग्र कि अनिल अम्बानी ने वाहरटोन में अपनी अन्तिम परीक्षा समाप्त होने के चार घंटे बाद ही बम्बई की सीधी उड़ान ले ली थी। नहाने और शेव करने के समय अपने घर पहुंचने के एक घंटे बाद ही अनिल ने ऑफिस संभाल लिया था। कुछ ही दिनों में अनिल को अहमदाबाद के निकट नरौदा में एक कपड़ा मिल संभालने के लिए भेज दिया गया। जब वह नरौदा जाने के लिए तैयार हुए तो उसने पूछा, मेरी छुट्टी का दिन क्या होगा? तो धीरूभाई का जवाब था, नरौदा ही तुम्हारी छुट्टी का दिन है बेटा। मैं 1980 के अन्त में अनिल

से मिला, जब वह प्रोक्टर एंड गैम्बल में हमारे डिटर्जेंट के लिए लैब (एल. ए. बी.) बेचने आया। मैं उसकी दूरदर्शिता से प्रभावित हुआ। मैंने उसे बताया कि हमने अभी डिटर्जेंट का व्यवसाय चलाने की नहीं सोची है। उसने मुझे यह व्यवसाय शुरू करने के पांच कारण बताए। वह यहां एक अच्छे 'सेल्समैन' की तरह यह बता रहा था कि मुझे अपना व्यवसाय कैसे चलाना चाहिए।

रिलायंस की कहानी पूरे भारतवर्ष के युवा लोगों के लिए प्रेरणादायक है। जुलाई 1999 में उनकी रिफाइनरी की शुरुआत ने विश्वस्तर की इच्छा रखनेवाले उन सभी भारतीयों को सन्देश दिया कि सपने भी हकीकत में बदले जा सकते हैं। वर्ष 2000 में रिलायंस का टर्न ओवर दस अरब डॉलर को पार कर जाने की सम्भावना है। बम्बई में यह कहा जाता है कि काश ! यहां दस धीरूभाई होते। दूसरी ओर, कहानी का एक और पहलू भी है कि धीरूभाई ने अत्यधिक मुसीबतें झेलीं। हर किसी ने उन्हें रोकने की कोशिशें कीं। उनके कट्टर विरोधी नुसली वाडिया के साथ वह महीनों 'इंडियन एक्सप्रेस' के पन्नों पर छाए रहे। उनके वास्तविक विरोधियों का दावा था कि सरकार ने उसके साथ सहानुभूति बरती है। उनके आलोचकों का मानना था कि उन्होंने सरकार पर नियन्त्रण रखा। लेकिन जिस बात का कोई तर्क नहीं था, वह यह थी कि हर कदम पर उन्हें सरकार की नीतियों को गलत साबित करना पड़ा। सरकार को यह समझने में कई साल लग गए कि सिन्थेटिक फाइबर अमीर लोगों के लिए नहीं है। इस पर लग्जरी टैक्स लगाने की जरूरत नहीं है। पेट्रोकेमिकल क्षेत्र को निजी क्षेत्र के लिए खोलने के लिए सरकार को तैयार करने में उन्हें सालों लग गए।

धीरूभाई की कहानी एक भारतीय की नैतिकता की कहानी है। एक स्तर पर यह अत्यन्त गरीब से सर्वाधिक अमीर बनने की कहानी है। यह गांव के एक साधारण लड़के की कहानी है जिसने सभी मुसीबतों के बावजूद अपनी इच्छा-शक्ति के बलबूते एक ऐसा विश्वस्तर का औद्योगिक साम्राज्य खड़ा किया जिसने उसे भारत का सर्वाधिक शक्तिशाली व्यवसायी बना दिया। दूसरी ओर यह भ्रष्ट तन्त्र द्वारा पैदा की गई दुविधाओं को भी प्रदर्शित करती है।

धीरूभाई की कहानी से जो निष्कर्ष निकलता है, वह यह है कि वैश्विक क्षमता रखनेवाला विश्वस्तर का उद्योग जो उपभोक्ताओं की तेजी से बढ़ती जरूरतों के अनुरूप हो, वही सफल होता है। जो कि 1965-91 के बीच भारत की स्थितियों में कभी भी पूरा नहीं किया जा सकता था। जहां एक धीरूभाई सफल रहा, वहीं हजारों ऐसे थे जो इस प्रवाह में बह गए।

अध्याय चौदह

लाइसेंस राज

नियन्त्रण की ऐसी कोई भी व्यवस्था सुरक्षात्मक ढंग से वैयक्तिक स्वतन्त्रता का विकल्प नहीं हो सकती, जो प्रतिस्पर्धा का अंग हो।

–लुईस ब्रांडीज़

1981 के बसन्त में अड़तीस वर्ष की उम्र में मैं रिचर्डसन हिन्दुस्तान का निदेशक था। हम स्पेनिश बोले जानेवाले क्षेत्र मैक्सिको और स्पेन में पांच वर्ष बिताने के बाद हाल ही में लौटे थे। मैं आपातकाल के तुरन्त बाद रिचर्डसन मेरिल का खाद्य एवं पौष्टिकता का व्यवसाय संभालने मैक्सिको चला गया था। अब मैं उस कम्पनी का प्रमुख बनकर लौटा, जिसमें मैंने सत्रह साल पहले बिल्कुल नीचे से शुरुआत की थी। हमारे बच्चे दस और आठ वर्ष के हो चुके थे। हमने सोचा कि अब उन्हें युवा भारतीय होने का मतलब समझना शुरू कर देना चाहिए।

हालांकि मेरी घर वापसी बेमानी थी क्योंकि यहां हमारा व्यवसाय गम्भीर मुसीबत में था। मूल्य नियन्त्रण की गलत नीतियों के कारण मुनाफा खत्म होता जा रहा था। मजदूरों के साथ सम्बन्ध खराब हो रहे थे। मूल्य नियन्त्रण के माहौल के प्रति अधिक झुकाव होने के कारण हमारे उत्पाद की गुणवत्ता प्रभावित हो रही थी। कम्पनी के पास नकद पूंजी नहीं थी, लोगों के हौसले गिरे हुए थे, मजदूर विद्रोही हो चुके थे और पिछले साल एक तिहाई मैनेजर कम्पनी छोड़ चुके थे।

मार्च में एक दिन मुझे ओरविले फ्रीमैन नामक व्यक्ति का फोन आया। उसने मुझे उद्योग और सरकार के बीच होनेवाली तीन दिन की गोलमेज बैठक के लिए

आमन्त्रित किया। अमेरिका का यह पूर्व कृषि सचिव अब एक व्यवसाय चला रहा था, जिसका उद्देश्य व्यापार और सरकार के बीच सम्बन्धों में सुधार करना भी था। मैंने उसे बताया कि मेरी कम्पनी बुरी स्थिति में है और मुझे नहीं लगता कि मैं समय निकाल पाऊंगा। उसने मुझे बड़ी आसानी से यह कहकर मना लिया कि जिन्दगी में मन्त्रियों और नौकरशाहों से ऐसे सौहार्द्रपूर्ण माहौल में मिलने का मौका दोबारा नहीं मिलेगा। उसने बताया कि हम प्रधानमन्त्री इन्दिरा गांधी के साथ नाश्ते पर बातचीत करेंगे जो कि 1980 के आम चुनावों में दोबारा सत्ता में आई थीं।

गोलमेज बैठक में मेरे चारों ओर सरकार और उद्योग जगत के 'बड़े' लोग बैठे थे। पहले दिन के बाद मैंने सोचा यहां तो कोई बातचीत हुई ही नहीं, सरकार बोलती रही और उद्यमी सुनते रहे। उद्योगों का नेतृत्व डरपोक लोगों का समूह कर रहा था। उस समय के वित्तमन्त्री प्रणव मुखर्जी किसी भी नए विचार के लगभग विरोधी थे और सवालों का जवाब देते समय वह काफी उत्तेजित दिखाई दे रहे थे। दूसरी ओर एल. के. झा पूरी तरह खुले विचारोंवाले थे। उन्होंने स्वीकार किया कि सरकार ने पीछे गलतियां की हैं और अब बदलाव और खुले होने का समय आ गया है।

अगले दिन, बसन्त की सुहावनी सुबहवाला दिन जो कि दिल्ली के अच्छे दिनों में से एक था, हम प्रधानमन्त्री के घर के बाग में पहुंच चुके थे। बसन्त के फूलों से घिरी श्रीमती गांधी बहुत सुन्दर लग रही थीं। उन्होंने लाल बॉर्डरवाली सफेद रंग की बंगाली साड़ी पहन रखी थी। वह विशेष रूप से एक अच्छी वक्ता तो नहीं थीं लेकिन उनमें मुहावरों का सटीक प्रयोग करने का गुण था। उन्हें देखकर यह विश्वास नहीं होता था कि वह एक राजनीतिज्ञ होंगी जिन्होंने अकेले कांग्रेस के सभी दिग्गजों को किनारे कर दिया और 1971 के चुनावों में गरीबों की मसीहा बनकर उभरीं। उन्होंने चौदह दिन तक चला युद्ध जीतकर पाकिस्तान को विभाजित कर एक नए देश बंगलादेश को जन्म दिया। वह अमेरिका के राष्ट्रपति निक्सन के सामने खड़ी हुईं (उनके सात फुट के कद और बंगाल की खाड़ी में उनकी परमाणु शक्ति से बिना प्रभावित हुए) और अपना कानून लागू करने के लिए आपातकाल की घोषणा से भी नहीं हिचकिचाईं।

थोड़ी देर के भाषण के बाद उन्होंने फीरम को खुली बहस के लिए कहा। उद्योग जगत के कुछ चापलूस लोगों ने खड़े होकर उनकी कामयाबी का बखान किया। उसके बाद वहां सन्नाटा छा गया। कोई भी कठिन सवाल उठाने के पक्ष में नहीं था। मैंने सोचा यह तो बड़ी अजीब स्थिति है। निश्चित रूप से किसी को तो बोलना ही होगा। मैं खड़ा हुआ। मैंने कहा, "प्रधानमन्त्री महोदया ! क्या मैं उन दो मुद्दों पर आपके विचार जान सकता हूं जो मुझे परेशान किए हुए हैं? मेरे मित्र की पहली समस्या है कि वह अपना

नया उत्पाद नहीं बना सकता क्योंकि उसके पास लाइसेंस नहीं है। इस बीच उसके प्रतिस्पर्धी ने सारी लाइसेंस क्षमता खाली कर दी। अब वह क्या करे?"

श्रीमती गांधी ने अपनी एक सलाह के साथ बड़ी चतुराई से लाइसेंस राज का बचाव किया। उन्होंने कहा कि "आप जानते हैं कि हमारा देश गरीब है। हमारे स्रोत भी कम जिन्हें हम लाइसेंस के जरिये बांटते हैं। अगर हम हर किसी को उसका मनचाहा उत्पाद बनाने की मंजूरी दे दें तो हमारे पास देश की जरूरतों के लिए विदेशी मुद्रा समाप्त हो जाएगी। इस तरह से देखने पर बहुत बुरा अर्थशास्त्र ही सामने आता है।"

मैंने जोर देकर कहा, "मैडम यह एक शानदार उत्पाद है। आपके विचार में उसे क्या करना चाहिए?" उन्होंने पूछा, "क्या उसके पास कोई प्रस्ताव है?" "हां, लेकिन इंडस्ट्री की क्षमता अधिक होने के कारण इसे डी.जी.टी. डी. ने नामंजूर कर दिया।" उन्होंने कहा, "प्रस्ताव मेरे पास भेजो।" मैंने सोचा एक देश के प्रधानमन्त्री का ऐसे मामलों में हस्तक्षेप गलत था। मुझे हैरानी थी, "प्रधानमन्त्री महोदया, क्या यह बाजार का काम नहीं होना चाहिए, कि क्या पैदा किया जाए, क्या नहीं?" उन्होंने कहा, "क्या बाजार हमेशा ही सही निर्णय लेता है!" मैंने कहा, "हमेशा नहीं लेकिन नौकरशाहों की तुलना में हमेशा ही सही निर्णय लेता है। हम कह सकते हैं, आह, हमारे पास बहुत बड़ा बाजार है।" वह मुस्कुराई और मेरी तरफ ऐसे देखा जैसे मैं पागलों के स्कूल से आया हूं जो उन्होंने कल ही खोला है। दूसरे भी हंसने लगे और इससे तनाव भी कम हुआ।

मेरा दूसरा प्रश्न हमारे उत्पादों की ऊंची कीमत को लेकर था। मैंने सुझाव दिया कि अगर हम आबकारी कर और आयात ड्यूटी कम कर दें तो कीमत घट जाएगी, दाम घटेंगे और बाजार का विस्तार होगा और इस तरह सरकार के राजस्व में बढ़ोत्तरी होगी। श्रीमती गांधी ने अपना सिर झटका और उसी नजर से मेरी ओर देखा। उन्होंने धैर्यपूर्वक समझाना शुरू किया, "मैं नहीं मानती कि उद्योगपति कम करों का फायदा उपभोक्ताओं तक पहुंचाएंगे। आयात ड्यूटी की कम दरों से हमारे विदेशी मुद्रा भंडार पर बुरा असर पड़ेगा और उद्यमी एक बार फिर सुरक्षा की मांग करेंगे क्योंकि वे आयात के साथ प्रतिस्पर्धा करने में सक्षम नहीं होंगे। जहां तक आयकर की बात है, यदि हम उसे कम कर दें तो हमारे वेतन कौन देगा।" यह कहकर वह मुस्कुराई। दर्शक एक बार फिर हंसे और मैं असन्तुष्ट ही रह गया। उनका अर्थशास्त्र के बारे में एक स्थिर विचार था, जो प्रतिस्पर्धा और विकास की ताकत को नजरअन्दाज करता था। उद्यमियों के बारे में भी उनके विचार ठीक नहीं थे।

मेरे प्रश्न से एक अमेरिकी उद्यमी को हिम्मत मिली और वह खड़ा हो गया। उसने कहा, "प्रधानमन्त्री महोदया, आपकी सरकार द्वारा कम्पनियों में विदेशी लोगों का हिस्सा चालीस फीसदी कर दिया गया है जिसके परिणामस्वरूप बहुद्देश्यीय कम्पनियां

भारत के प्रति अपनी रुचि खो चुकी हैं और आपके देश में न तो निवेश हो रहा है और न ही नई तकनीक आ रही है?"

श्रीमती गांधी ने गहरी सांस ली। उनके सलाहकार धैर्य खोने लगे। उन्होंने कहा कि "हम आत्मनिर्भर होना चाहते हैं। हमारे विदेशी निवेश सम्बन्धी नियमों को संसद का संरक्षण प्राप्त है। हम चाहते हैं कि बहुउद्देशीय कम्पनियां नई तकनीक लाएं और हम उन्हें इक्यावन फीसदी विदेशी इक्विटी दें। हम नहीं चाहते कि बहुउद्देशीय कम्पनियां हमारे युवा मित्रों की तरह यहां विक्स वेपोरब बेचें।" उन्होंने मेरी ओर देखा और फिर हंसी का ठहाका गूंज उठा।

बसन्त की उस खूबसूरत सुबह चमकते गेंदे के फूलों के बीच श्रीमती गांधी ने 'पुराने शासनकाल' के तीन मिथकों को सुरक्षित रखा, ये थे-लाइसेंस का महत्त्व, ऊंची कर दरें, निर्धारित विदेशी निवेश। जैसे ही मैं प्रधानमन्त्री निवास से बाहर निकला, उद्योग समूह के प्रमुख व्यक्ति ने मेरे कान में कहा, 'देखते रहो, यंग मैन' जैसे ही मैं पीछे घूमा वह जा चुके थे। चूंकि यह एक खूबसूरत सुबह थी, मैंने पैदल चलने का फैसला किया। मैं रायसीना हिल के साथ लगी पेड़ों की लम्बी कतार के साथ-साथ चला जा रहा था और वहां से गुजरा जिसके बारे में एन्द्रे मैलरॉक्स ने कहा था कि "सिख सन्तरियों द्वारा एकान्त में शस्त्र प्रस्तुत करते हुए बलुआ पत्थर का विशालकाय परिदृश्य।" मैलरॉक्स सही था। यह केवल अंग्रेज़ों का प्रस्थान ही था जिसने कि इस निष्प्राण वास्तुकला में भी प्राण फूंक दिए थे, ऐसा लगता था कि हम तब तक महान नहीं हो सकते थे जब तक कि कब्रों के ढेर का हिस्सा न बन जाएं। ऐसा इन्दिरा गांधी के बारे में सही जान पड़ता था, जिसने अपनी पुरानी कल्पित कथाओं के साथ एक महान पुजारिन की तरह इनका संचालन किया।

मैंने स्वयं से पूछा कि जो मैंने देखा, उसे वह क्यों नहीं देख सकीं। भारत में उद्यमों की अनिश्चित संख्या और विविधता, विशाल मानव शक्ति और प्रतिभाएं असीमित थीं। विशाल टाटा स्टील से लेकर लाखों शिल्पकारों, विक्रेताओं और सड़क पर बेचनेवाले तक-मैंने सभी को एक गहरी शक्ति से ओत-प्रोत देखा जो कि बहुत-सी अर्थव्यवस्थाओं को उपलब्ध नहीं थी। हमारे पास कृत्रिम नया आधार बनानेवाले प्रशिक्षित मैनेजर, व्यवसायी और पूंजी बाजार था। विज्ञापन, लेखा-परीक्षा और कानूनी सेवाओं में प्रवीण व्यक्ति सहज ही उपलब्ध थे। इसी से सम्बन्धित था अप्रवासी भारतीयों का भयंकर डिसपोरा जो कि समुद्र पार के उपभोक्ताओं, पूंजी और ज्ञान को संघटित कर सकते थे। फिर भी भारत पूर्णरूप से सफलता न पा सका। ओह ! यह हू-ब-हू उन विचारों के कारण हुआ था जिनका मैंने उस सुबह निरीक्षण किया था। हम राज्य के अत्यधिक नियन्त्रण की बेड़ियों में थे जो कि लाभ के प्रति सन्देह से भरा था। लेकिन भाड़ा तलाशने में खुश था। विदेशियों की

सुरक्षा और डर से जुड़कर इसने अव्यावसायिक आदतों की भारी पैतृक सम्पत्ति को छोड़ा है। हम कब तक खड़े हुए अपनी शक्ति और योग्यताओं को यूं ही नष्ट होता देखते रहेंगे।

1991 में आए आर्थिक सुधारों ने श्रीमती गांधी के लाइसेंस राज के मिथक को तोड़ दिया। लाइसेंस राज समाप्त होने पर भी हमारा विदेशी मुद्रा भंडार कम नहीं हुआ। भारतीय उद्यमी नियन्त्रण से आजाद होकर नए निवेश के प्रति जागरूक होने लगे। करों की घटी दर से सरकार का राजस्व कम नहीं हुआ। प्रतिस्पर्धा ने यह सुनिश्चित किया कि आयात और आबकारी ड्यूटी की घटी दरों का असर उपभोक्ताओं तक पहुंचा। मांग बढ़ी और बाजार का विकास हुआ। आयकर की घटी हुई दरों से खजाने में राजस्व बढ़ा। सीधे करों से 1995-96 में राजस्व उनतीस फीसदी रहा जबकि 1990-91 में यह महज उन्नीस फीसदी था। विदेशी निवेश तीन गुना बढ़ गया, लेकिन फिर भी हमने प्रभुसत्ता नहीं खोई। एक वरिष्ठ नौकरशाह ने पीछे मुड़कर इस बात को स्वीकार करते हुए कहा कि "मैं कैसे इस तरह की बेवकूफाना नीतियां लागू कर सकता हूं।"

दिल्ली से लौटने के बाद मैंने अपनी कम्पनी की बहाली के लिए खुद को झोंक दिया। सबसे पहले मैं मजदूरों की समस्याओं से निपटा, जो प्रबन्धन की समस्या ही थी। शुरुआत में मैंने अपने कार्मिक प्रबन्धक को बदला जो 'सारा काम मजदूरों पर ही छोड़ना चाहता था और जिसे विश्वास था कि मजदूर उसे खुशी-खुशी कर लेंगे। मैंने जिनील शिरोडकर नामक एक नया कार्मिक प्रबन्धक रखा। उसका मानना था कि हमें दोनों ओर से नजरिये को बदलना होगा। हम दोनों इस बात पर राजी हो गए कि हमें यूनियन और श्रमिक, दोनों के बीच पारदर्शिता लानी चाहिए, हमें अपनी जीत और मुसीबतों, दोनों को बांटना चाहिए। श्रमिक यह सुनकर सकते में थे कि हम पैसा नहीं कमा रहे। एक साल तक धैर्यपूर्वक बातचीत के बाद हम उनका विश्वास जीतने में सफल रहे, नजरिया बदला और उत्पादन सम्बन्धी तीन साल के समझौते पर हस्ताक्षर किए।

मैंने उन्हें विश्वास दिलाया कि कम्पनी का हरेक कर्मचारी तरक्की करता है। लोगों के विकास के लिए हमें उन्हें प्रशिक्षित और विकसित करने में निवेश करना होगा। मेरा मानना था कि सहयोगात्मक और भागीदारी का तरीका सत्ताधारी और पितृ व्यवहारपूर्ण तरीके से अधिक प्रभावी है। मेरा विचार था कि सफलताएं प्रेरणा का सबसे अच्छा स्रोत। शिरोडकर ने भी मेरे इन विचारों से सहमत होकर काम करने के लिए एक खुला मंच बनाया। परिणामस्वरूप लोगों को प्रेरणा मिली और हमारे अधिकारियों ने कम्पनी से पलायन बन्द कर दिया।

इसी बीच 1982 में सरकार ने दवाइयों के मूल्य नियन्त्रण कानून में ढील दे दी और हम मूल्य बढ़ाने में सक्षम हुए और मुनाफा कमाया। फैक्टरी में उत्पादन बढ़ने से

प्रबन्धकों का मनोबल बढ़ा। परिणामस्वरूप मुनाफे में भी वृद्धि हुई। इसी तरह बम्बई शेयर बाजार में भी हमारे शेयरों की कीमत बढ़ी। जैसे-जैसे हमारे पास पूंजी बढ़ी। हमने बोनस शेयर देने की पेशकश की। मैं चाहता था कि हमारे कर्मचारी भी इस सम्पन्नता में भागीदार बनें। हालांकि सरकारी नियमों के कारण इसकी अनुमति नहीं मिली। हमने पूंजी सम्बन्धी नियन्त्रक के खिलाफ लड़ाई छेड़ दी। मैंने तर्क दिया कि यदि हमारी कम्पनी के कर्मचारी स्वयं 'मालिक' की तरह हों तो कम्पनी की योग्यता और बढ़ेगी। जबकि नियन्त्रक का मानना था कि यह कर्मचारियों द्वारा कम्पनी का धन हड़पने की साजिश है। उसे इस बात पर विश्वास नहीं था कि 'भागीदारी प्रबन्धन' से भी काम होता है। अन्त में मैंने उसे इतना तंग कर दिया कि वह 'न' कहते-कहते थक गया और नौ माह बाद उसने हमें कम्पनी के पांच प्रतिशत बोनस शेयर देने की अनुमति दे दी। हमारे निवेशक बैंकरों ने योग्यता और वरिष्ठता के आधार पर निष्पक्ष रूप से शेयर वितरित करने में शिरोडकर की मदद की। सभी को शेयर मिले। मुझे उम्मीद थी कि वह इन्हें कम-से-कम तीन साल तक अपने पास रखेंगे लेकिन शेयर का मूल्य बीस रुपये से 400 रुपये हो गया और अधिकतर कर्मचारियों ने तीन माह के भीतर ही शेयर बेच दिए। इस मुनाफे से कई कर्मचारियों ने अपने घर भी बना लिए।

मेरे पिता ने सारी उम्र कड़ी मेहनत की और रिटायरमेंट पर उन्हें मिली थोड़ी-सी पेंशन। उनकी पूरी जिन्दगी की बचत से चंडीगढ़ में हमारा घर बना। हम सभी को वह घर बहुत पसन्द था। विशेष रूप से मेरे छोटे भाई-बहनों को इस घर से बहुत प्यार था क्योंकि उन्होंने अपने जीवन के खूबसूरत दिन यहीं बिताए थे। यह एक चौथाई एकड़ में बना था जिसके सामने 7000 फुट ऊंची हिमालय और कसौली की पहाड़ियां थीं। चंडीगढ़ एक खूबसूरत शहर है, जिसमें चौड़ी सड़कें, पार्क, पेड़-पौधे और ली कोरबिसियर द्वारा बनाई गई शानदार इमारतें हैं।

एक सुबह मेरे पिता जल्दी में थे। उन्हें एक महत्त्वपूर्ण बैठक में जाने में देर हो रही थी कि हमारा एक पड़ोसी आया और एक अहानिकर कागज़ पर हस्ताक्षर करने के लिए कहने लगा। मेरे पिताजी ने पड़ोसी की भावना से प्रभावित होकर हस्ताक्षर कर दिए लेकिन उन्हें नहीं पता था कि उन्होंने घर बेच दिया था। हमारा पड़ोसी और उसकी तेज व खूबसूरत पत्नी पिछले कुछ सालों में ही आए थे। बम्बई में एक कम्पनी में कुछ साल तक काम करने के बाद उन्होंने व्यापार करने की सोची। उन्होंने एक माल्ट फैक्टरी स्थापित कर तेजी से उभर रहे बीयर उद्योग की आपूर्ति करने की योजना बनाई। दोनों जवान और उत्साही थे और उत्साह ने उनके पड़ोस को संक्रमित कर दिया। मेरे पिता के हस्ताक्षर से उन्हें बैंक से दो लाख का ऋण मिला और उसके बाद बाकी ऋण भी मिलता रहा।

जब लोगों को पता चला कि हमारे पड़ोसियों के पास धन है तो उन्होंने मांग शुरू कर दी। जिस बैंक मैनेजर ने ऋण मंजूर किया वह अपना हिस्सा मांगने लगा। फैक्टरी में उपकरण लगाने का समय आया तो इंस्पेक्टर आ धमका कि वह पैसे लिए बगैर मंजूरी नहीं देगा। उधर राज्य विद्युत बोर्ड का इंजीनियर भी रिश्वत के बिना उनकी फैक्टरी को बिजली आपूर्ति के लिए तैयार नहीं था और श्रमिक इंस्पेक्टर भी अपना हिस्सा मांगने लगा। ब्यालर इंस्पेक्टर को भी घूस देनी पड़ी। आबकारी इंस्पेक्टर ने भी साफ कहा कि फीस के बिना वह उत्पादन शुरू नहीं कर सकते। इस बीच मन्त्री भी छोड़ने को तैयार नहीं था। उसने कानून बदलने की धमकी दे डाली जिससे वह अपनी बीयर की आपूर्ति नहीं कर सकते थे। हमारे पड़ोसी भी डटे रहे और मन्त्री के साथ सौदा कर लिया। वह कम्पनी में उसे हिस्सेदारी देने को राजी हो गए और उसने अपना आदेश वापस ले लिया।

कुछ साल बाद हमने देखा कि पड़ोसी का जीवन स्तर ऊंचा होता जा रहा है। उसने नई कार खरीद ली थी और पत्नी नए-नए गहनों से सजी-संवरी रहती थी। एक दिन उन्होंने हमारे घर के कागजात कुछ घंटों के लिए यह कहकर लिए कि बैंक उन कागजों की पुष्टि करना चाहता था। (मेरे पिता द्वारा दिए गए पत्र के लिए उन कागजात की पुष्टि की जानी थी) वही आखिरी दिन था जब मेरे पिता ने हमारे घर के कागजात देखे थे। वह नहीं जानते थे कि बैंक ने ऋण वापस ले लिया है। उन्हें यह भी पता नहीं चला कि हमारे पड़ोसियों के पास पैसे की कमी हो गई थी और उन्होंने अपनी फैक्टरी में अभी माल्ट बनाने की शुरुआत भी नहीं की थी। वे दिवालिया हो गए और हमारा घर बैंक के ऋण की भेंट चढ़ गया।

यह एक उद्यमी की परेशानी थी कि यदि वह व्यापार के प्रति गम्भीर है तो उसे बीस से चालीस लोगों को घूस देनी पड़ेगी। राष्ट्रीयकृत बैंक उद्यमियों को ऋण देने के लिए तैयार थे लेकिन बैंक मैनेजर उसमें अपना हिस्सा मांगते थे। हमारे पड़ोसी इसलिए उखड़ गए क्योंकि उन्होंने बैंक का पैसा खुद पर खर्च किया। अगर कहीं दूसरी जगह ऐसा होता तो, या तो उन्हें पैसा देना पड़ता या जेल जाना पड़ता। लेकिन भारत में ऐसा नहीं होता। इसलिए हजारों लघु उद्योगों में सैकड़ों अधिकारिक रूप से 'बीमार' इकाइयां घोषित हो चुकी हैं और उद्यमियों को ठीक वैसे ही भागने का मौका मिलता है जैसे हमारे पड़ोसी को मिला। यह सच है कि बैंक ने उनकी फैक्टरी नीलाम की और अपने उधार का कुछ वसूल कर लिया। लेकिन हमारे पड़ोसी को अन्त में बहुत ज्यादा मुश्किल नहीं आई। बैंक अपना बकाया वसूलने के लिए अदालत गया लेकिन हमारी न्यायिक प्रणाली इतनी धीमी है कि उसमें किसी को भी जल्दी न्याय मिलना बहुत मुश्किल है। इसी कारण भौतिक रूप से हमारा घर बचा रहा।

सेवानिवृत्त होने के तुरन्त बाद मेरे पिता व्यास के किनारे अपने राधास्वामी गुरु के आश्रम में शान्ति की तलाश में चले गए और अपनी बाकी जिन्दगी वहीं गुजारी। मेरी मां भी उनके साथ गईं। उन्होंने आधुनिक सुविधाओं से परिपूर्ण मध्यवर्गीय घर बनाया। जिसमें गर्म और ठंडा दोनों तरह का पानी, एक आधुनिक रसोई जिसमें फ्रिज अन्य घरेलू उपकरणों के साथ एयरकंडीशनर भी था। मेरे पिताजी ने गुरुजी द्वारा शुरू किए भवन निर्माण के काम का भार संभाल लिया। उन्होंने सड़कें बनवाईं, भक्तों के लिए प्रार्थना कक्ष, उनके रहने के लिए कमरे और बड़े अस्पताल का निर्माण भी गुरुजी ने करवाया। अगले पचीस वर्ष तक उन्होंने दिन में दो घंटे ध्यान लगाकर और अत्यन्त व्यस्त और फलदायक जिन्दगी जी।

मैं अक्सर मां-पिताजी से मिलने जाता और हर बार संगठन की क्षमता और उसके पवित्र आध्यात्मिक स्वर्ग में आसान तकनीक का प्रयोग मुझे झकझोर देता था जो विज्ञान और अध्यात्म का अनूठा संगम था। सब कुछ बढ़िया था-यहां और बाहर के संसार में जमीन-आसमान का अन्तर था-विशेषकर सार्वजनिक क्षेत्र के संसार से अधिक अन्तर था। राधास्वामी विश्वास अध्यात्म का ऐसा विश्वास था जिसका प्रबन्धन अन्तर्राष्ट्रीय ढंग से होता था और जिसका वास्तविक स्वरूप वेदों में निहित है जो बिना जातीय भेदभाव के भक्तों को स्थान देता है। राधास्वामी समुदाय ने तेजी से विस्तार किया। भारत के साथ-साथ विदेशों में भी इसका विस्तार हुआ और अब इसके अनुयायियों की संख्या दस लाख के आंकड़े को भी पार कर चुकी है।

मैं गुरुजी के स्वभाव से प्रभावित हो गया। वह कहा करते थे कि हमारे जीवन का लक्ष्य आत्मा से सम्बन्ध जोड़ना है। ऐसा हम भक्ति के माध्यम से अपनी आत्मा के साथ प्रयोग करके कर सकते हैं। धर्म एक अनिश्चित खोज करने लायक राजा न कि एक विशेष संस्थान। यहां कोई तैयार समाधान नहीं मिलता। केवल संकेतों, सुझावों के रास्ते ही प्रत्येक व्यक्ति को अपना रास्ता ढूंढ़ना पड़ता है।

शाम के समय मैं नदी के किनारे शान्त होकर टहलता था। नदी के किनारे सरकंडे के बड़े-बड़े पेड़ थे जो धूप के कारण बदरंग हो चुके थे। मैंने नदी की पवित्र हवा के झोंकों में गहरी सांस ली और शाम के धुंधलके में नीले शान्त आसमान की ओर देखा। मैंने नदी के अन्दर से क्षितिज की ओर देखा और मुझे अपने उन पूर्वजों की याद हो आई जो इस धरती पर जिए और अपने अनुभवों को आदमी की पहली पुस्तक 'ऋग्वेद' में लिखा। नदियों के इन्हीं किनारों से वैदिक सभ्यता गंगा नदी की घाटियों शुरू होकर पूरे भारत में फैल गई। कई अवसरों पर मैं पुरानी संस्कृति का प्रभाव महसूस करता, लेकिन मैं दूसरों की चमक देखकर विरोध नहीं कर पाता। पश्चिमी सभ्यता विश्व की सर्वाधिक प्रभावी संस्कृति बन चुकी थी।

1982 की शरत् ऋतु में मैंने कई बार दिल्ली की यात्रा की। दिल्ली में हमारे प्रबन्धक वीरेन्द्र खनेजा पहले से ही बैठक तय कर लेते थे और हम दोनों सत्ता के गलियारों में राजनेताओं और नौकरशाहों से बात करते। हम लोग मूल्य बढ़ाने, नए उत्पाद का निर्माण या फिर उत्पादन क्षमता बढ़ाने की अनुमति चाहते थे। हमारी विदेशी कम्पनी होने के कारण और कुछ अन्य कारणों से हमें सरकारी अनुमति की जरूरत थी। हमारे वित्त निदेशक सुमित भट्टाचार्य प्रायः हमारे साथ ही थे। वह एक शान्त व्यक्ति थे, वह ध्यान से सुनते और जब अपने विचार रखते तो उन्हें पूरा सम्मान दिया जाता। इसके विपरीत मैं भावप्रवण और अभिभूत होनेवाला था। जब मैं नियन्त्रण व्यवस्था पर बोलना शुरू करता तो मुझे रोकना बहुत मुश्किल हो जाता था। खनेजा को हमेशा ही चिन्ता सताती कि मैं अधिकारियों को पूरा सम्मान नहीं देता। नौकरशाह और राजनीतिज्ञ अक्सर हमें टाल देते थे लेकिन कई बार हमें हैरानी होती जब वे हमारी बात को सुन लेते।

मेरे लिए उस समय परीक्षा की घड़ी थी जब मैं अपनी कम्पनी का बड़ा भाग बरकरार रखने में विफल रहा। 1970 से सरकार ने विदेशी कम्पनियों से उनके विदेशी इक्विटी को चालीस प्रतिशत तक करने के लिए कहा। ऐसा विदेशी विनयन नियन्त्रक कानून (फेरा) के तहत किया गया। श्रीमती इन्दिरा गांधी ने राष्ट्रीयता और राजनीतिक लोकप्रियता के चलते 1974 में यह कानून लागू किया था। जनता पार्टी के शासनकाल में कुछ कम्पनियां इक्विटी घटाने को तैयार नहीं थीं जिसके कारण वे देश छोड़कर चली गईं जिनमें आई. बी. एम. और कोकाकोला भी शामिल थीं। नया विदेशी निवेश बन्द हो चुका था। हमारी कम्पनी के अमेरिका स्थित मुख्यालय को डर था कि यदि कम्पनी का शेयर कम हुआ तो कहीं यह अपना नियन्त्रण ही न खो बैठे। वे यह सोचकर बहुत परेशान थे कि उन्हें अपनी उस कम्पनी की हिस्सेदारी का बड़ा भाग भारतीय निवेशकों को देना पड़ेगा जिस कम्पनी को उन्होंने जन्म से लेकर अब तक सींचा।

इस चालीस फीसदी की हिस्सेदारी के कानून को तकनीकी रूप से समृद्ध कम्पनियों पर लागू नहीं किया गया। उन्हें अपनी अधिकतर हिस्सेदारी पर नियन्त्रण रखने की अनुमति शायद इसलिए मिल गई क्योंकि सरकार को उसकी जरूरत थी लेकिन इस बात को कैसे साबित किया जाता कि किसी के पास 'उच्च' और किसी के पास 'घटिया' तकनीक है। नौकरशाहों और कम्पनियों के लिए एक प्रतिस्पर्धा की स्थिति थी। नौकरशाहों की दुविधा के बीच सरकार ने योग्यता तय करने के लिए वैज्ञानिकों की समिति का गठन किया। लेकिन वैज्ञानिकों के सामने यह समस्या नहीं आई और समिति 'उच्च तकनीक' कम्पनियों की स्थापना के लिए कोई योग्यता निर्धारित नहीं कर पाई। राजनीतिक दबाव बढ़ता गया और अन्त में अधिकतर कम्पनियां चालीस फीसदी कमी करने पर राजी हो गईं।

मेरी कम्पनी जरूरी शर्तों को पूरा नहीं कर पाई। हमने कृषि क्षेत्र में अपने योगदान को लेकर कभी दबाव नहीं बनाया। मैंने कृषि विशेषज्ञों को तर्क दिया कि हमारे उत्तर प्रदेश 'शोध एवं विकास' विभाग ने 'मेनथाल अरवेनसिस' संयन्त्र को भारतीय स्थितियों के अनुकूल बनाया, इसकी उत्पादन क्षमता बढ़ाई और इसे रोगों का प्रतिरोधी बनाया। मैंने बताया कि हम देश में नई फसल लेकर आए। हमने 60,000 किसानों और मजदूरों को रोजगार देकर मेनथाल के क्षेत्र में आत्मनिर्भर बनाया। हमने तीन बड़े प्रेजेंटेशन दिए। हमने मन्त्रियों, राजनेताओं और जिस किसी ने भी बात सुनी सबसे बात की। लेकिन कोई फायदा नहीं हुआ और तीस दिन के भीतर हमें अपनी विदेशी हिस्सेदारी कम करनी पड़ी।

मैं विल्टन, कनेक्टीकर पहुंचा, जहां रिचर्डसन विक्स का प्रबन्धक नाराज बैठा हुआ था। मैंने भारत से बाहर करने के महत्त्व की दुहाई देकर बचाने का प्रयास किया। मैंने उन्हें बताया कि नियन्त्रण खोने का कोई खतरा नहीं है क्योंकि उनके पास अभी भी ट्रेडमार्क है, जिसे भारतीय कानून के तहत वापस लिया जा सकता है। ट्रेडमार्क के बिना कम्पनी का कोई महत्त्व नहीं था इसलिए बदले की भावना का कोई नियन्त्रण भी सम्भव नहीं था। मैंने कहा, हमारी कम्पनी अच्छा काम कर रही थी और विकसित हो रही थी। हमें व्यापार जारी रखना चाहिए और एक दिन अधिकतर हिस्सेदारी वापस मिलेगी और उसके परिणाम भी अच्छे होंगे। अनमने से वह तैयार तो हो गए लेकिन इससे पहले उन्होंने भारतीय सरकार को जमकर कोसा।

चूंकि अब नुकसान की कोई जगह नहीं थी इसलिए मैंने सार्वजनिक करने का फैसला किया। मैंने 'टाइम्स ऑफ इंडिया' और 'इकोनॉमिक टाइम्स' में फेरा के हानिकारक प्रभावों पर लेख लिखने शुरू कर दिए। मैंने यह दिखाने का प्रयास किया कि जिन देशों ने आर्थिक उदारीकरण अपनाया वे उन देशों से आगे निकल गए जिन्होंने अपने दरवाजे बन्द रखे और इनमें से किसी भी देश की सम्प्रभुता पर आंच नहीं आई। मैंने हमारे 'विदेशी द्वेष' को 'हीनभावना' का लक्षण बताया जो अन्त में आत्मघाती सिद्ध होता है। लेख छपने के बाद मुझे बहुत सारे बधाई सन्देश मिले, लेकिन उसी समय कुछ सरकारी दफ्तरों में मेरी आलोचना भी हुई।

मेरी दिल्ली यात्राएं अब और कठिन हो गईं। मेरे जीवन का सबसे घटिया क्षण तब आया, जब नए उत्पादन को शुरू करने के सम्बन्ध में हमारे आवेदन पर मुझे संयुक्त सचिव से मिलने के लिए बुलाया गया। उसने जोर दिया कि मुझे जल्द ही दिल्ली जाना चाहिए। सरकार नियन्त्रित इंडियन एयर लाइंस की उस समय दिल्ली से मुम्बई की मात्र तीन उड़ानें थीं और सीटें एक सप्ताह पहले ही बुक हो जाती थीं। इसलिए मुझे यह सुनकर हैरानी नहीं हुई कि प्रतीक्षा सूची में मेरा 182वां स्थान था (आज दस साल बाद

आर्थिक सुधारों के कारण दिल्ली और मुम्बई के बीच बाईस उड़ानें हैं)। हमने पूछा कि क्या मिलने का समय स्थगित नहीं किया जा सकता? जवाब मिला, नहीं।

उम्मीद न होने पर भी मैंने छह बजे की उड़ान में प्रयास करने का निर्णय किया। मैं साढ़े चार बजे हवाई अड्डे पहुंचा। हमारा प्रशासकीय प्रबन्धक और ट्रैवल एजेंट मेरे साथ आए। हमने ड्यूटी पर तैनात प्रबन्धक से एक सीट के लिए निवेदन किया। सौभाग्यवश, एक विदेशी यात्रियों का समूह औरंगाबाद से उड़ान रद्द होने के कारण हवाई अड्डे नहीं पहुंचा और बदले में मुझे सीट मिल गई। हालांकि उड़ान पांच घंटे लेट थी जो इंडियन एयरलाइंस के लिए कोई नई बात नहीं थी। एक ओर मैं हवाई अड्डे पर। भटक गया और मेरे कार्यालय के लोग मेरे मिलने का समय दो बजे करवाने में सफल रहे। दिल्ली पहुंचने पर हवाई अड्डे से मैं सीधे मन्त्रालय पहुंचा। मुझे बताया गया कि संयुक्त सचिव लंच लेने गए हैं और मुझे प्रतीक्षा करनी है। वह एक घंटे बाद वापस आए लेकिन किसी जरूरी काम में लग गए। मैं अपमान का घूंट पीकर रह गया और उनके कार्यालय के बाहर दो घंटे और इन्तजार करने का फैसला किया। मुझे चेतावनी दी गई कि यह अधिकारी विदेशी बहुद्देशीय कम्पनियों के विरुद्ध हैं और उनके अधिकारियों को लम्बा इन्तजार करवाते हैं। आखिरकार पांच बजे मुझे उनके कागजों से भरे कार्यालय का रास्ता दिखाया गया। वह अपनी कुर्सी पर बैठे दोपहर के बाद का अखबार पढ़ रहे थे। पांच मिनट बाद उन्होंने अखबार नीचे रखा और मेरी ओर देखा।

उन्होंने पूछा, "तुम क्या चाहते हो।" मैंने विनम्रता से कहा कि आपने मुझे बुलाया मैंने जवाब में 'सर' शब्द का प्रयोग नहीं किया। अमेरिका में बड़ा होने के कारण मैंने अधिकारियों को 'सर' कहकर बोलना नहीं सीखा था। उन्होंने अपने सचिव को फोन कर हमारी फाइल लाने को कहा। चूंकि फाइल ढूंढने में समय लगा इसलिए उस समय में उन्होंने मुझे विदेशी बुराइयों पर भाषण पिलाना शुरू किया। "तुम जानते हो वे सभी सी. आई. ए. के जासूस हैं।" उन्होंने मुझसे मेरी कार और विदेश यात्राओं के बारे में पूछा। उसने कहा, "आह क्या बात है!" मैंने बहुत हास्यास्पद महसूस किया। अन्त में फाइल आई। उन्होंने मेरी ओर देखा और कहा, "मैं इसमें कुछ नहीं कर सकता, मुझे डर लगता है।" "क्या नहीं कर सकते?" मैंने कहा।

"तुम चाहते क्या हो?" उन्होंने कहा, उनकी आवाज में अधीरता स्पष्ट दिखाई दे रही थी। मैंने बताया कि हम नए उत्पाद को लाने की अनुमति चाहते हैं। उन्होंने जवाब दिया, "हमें इसका अध्ययन करने में वक्त लगेगा?" यह कोई सीधी चीज नहीं थी। मैंने पूछा, "जब आपको पता था कि कोई सीट उपलब्ध नहीं है तो मुझे दिल्ली बुलाने पर मजबूर क्यों किया?" "ताकि हम एक दूसरे को जान सकें!" वह दुष्टता से मुस्कुराया।

उसने पूंजीवाद के बारे में बात करनी शुरू की। उसने कहा, "हो सकता है, बाजार दूसरे देशों में कामयाब हो जाएं लेकिन भारत में ऐसा नहीं हो सकता क्योंकि भारतीय व्यापारी बेईमान हैं।" मैंने उन्हें समझाने की कोशिश की कि बाजार खेलनेवाले के चरित्र से कोई मतलब नहीं रखता। दो बेईमान उद्यमियों के बीच प्रतिस्पर्धा, राजनेताओं और उद्यमियों के बीच गठबन्धन उत्पन्न स्थिति से कहीं बेहतर है। यह सुनकर भी वह बदलने को तैयार नहीं थे। मैंने पूछा, "मेरी फाइल पर कब तक निर्णय ले लिया जाएगा। उन्होंने कहा, "मैं कुछ नहीं कह सकता, यह मुश्किल काम है।" इसी के साथ उन्होंने जोर से अपनी कुर्सी पीछे की, जो नौकरशाहों द्वारा बातचीत खत्म करने का एक सिग्नल माना जाता है।

यह एक लम्बा थकान से भरे दिन का अन्त था और हार का अहसास मेरे ऊपर हावी था। मैं उस मकड़ी की तरह महसूस कर रहा था जो एक पहाड़ पर चढ़ने की तो निन्दा करती है और इसके ऊंचाई पर पहुंचने पर उससे नीचे गिरने का इन्तजार करती है। मैंने शाम के आकाश की ओर देखा और समझा कि मकड़ी किस तरह महसूस करती होगी। मैं यह भी जानता था कि मेरे पास नए सिरे से शुरू करने के अलावा कोई उपाय नहीं था। अंधेरा होने तक मैं इधर-उधर घूमता रहा। जल्द ही मैंने एक खाली टैक्सी ली और उसमें बैठ गया।

जब तक इंडिया गेट पहुंचते, अंधेरा गहरा हो चुका था। जानवरों की तरह कुछ गरीब लोग फुटपाथ के साथ-साथ शिकार की तलाश में भटक रहे थे, वे कई बार अंधेरे में होते तो कई बार कारों की लाइट से चुधिया जाते।

मैंने ड्राइवर से कहा कि निजामुद्दीन के पास मुझे यमुना नदी के किनारे ले चलो। जहां मैं गाड़ी से उतरकर किनारे के सूखे पत्थरों पर घूमने लगा। झाड़ी में पड़े पत्थरों और पानी के छोटे-छोटे गड्ढों के बीच घूमना आसान नहीं था। पास ही गन्दे पानी की धारा धीमे-धीमे बह रही थी। मैंने झुग्गी बस्ती के कूड़े को इधर-उधर बहते हुए देखा। हवा में धुएं का कालापन और दमघोंटूपन था। मकानों की छतों का प्लास्टिक की तिरपालों से ढंका होना वहां जीवन की मौजूदगी का आभास करा रहा था। बीच में, गरीबी गटर में बह रही थी। उस समय जो भाव मेरे अन्दर से उभरकर आए, वे यही थे कि यह लाइसेंस राज है, जो गरीबों की तरक्की के रास्ते बन्द कर उन्हें हताश कर रहा है।

सैम पित्रोदा अस्सी के दशक के कुछ चमकीले सितारों में से एक थे। जब मैं अपनी दिल्ली यात्रा के दौरान उनसे मिला था तो मुझे मालूम हुआ कि हम एक ही साल के दौरान जन्मे हुए हैं। परन्तु मेरे विपरीत उनका जन्म पिछड़े हुए उड़ीसा के एक गरीब गांव में हुआ था जहां न बिजली थी, न टेलीफोन और न ही वाटर सप्लाई। उनका जन्म एक गरीब बढ़ई परिवार में हुआ था और उनकी पढ़ाई की शुरुआत एक कमरेवाले स्कूल में हुई थी जहां उनके सहपाठियों के पास न किताबें थीं, न जूते। पर जिस समय मैं रिचर्डसन हिन्दुस्तान

लिमिटेड का प्रमुख बना था, वह अमेरिका में अपने व्यक्तिगत प्रयासों से टेलीकॉम उद्योग के लखपति बन चुके थे और तब उन्होंने अपने माता-पिता तथा आठ भाई-बहनों को अमेरिका बुला लिया जो अब तक भारत में मध्यवर्गीय जिन्दगी जी रहे थे।

सैम ने अपनी पूरी जिन्दगी समृद्धि और सफलता के सपने देखते हुए गुजारी थी पर जब वे पूरे हुए तो अचानक उन्हें अपराध बोध हुआ। अपने ऐश्वर्यशाली जीवन तथा भारतीय गांवों की गरीबी के बीच की चौड़ी खाई ने उन्हें परेशान करना शुरू कर दिया। सैम तकनीकी दिमाग के आदमी थे। उन्होंने अपने जीवन का सर्वश्रेष्ठ काम जी. टी. ई. शिकागो में एनालॉग-डिजिटल कन्वर्सन सिस्टम के साथ किया था। वहां उसने अपने नाम से तीस पेटेंट दर्ज करवाए थे। सैम मानता था कि तकनीक के प्रभाव दूरगामी होते हैं और आधुनिक टेलीफोन तन्त्र भारत में क्रान्तिकारी परिवर्तन ला सकता है। यह खुलापन, प्रवेश करने की क्षमता, जवाबदेही, जुड़ाव, लोकतन्त्र और विकेन्द्रीकरण आदि तमाम खूबियों को लाने में सक्षम है जो प्रभावी सामाजिक, आर्थिक और राजनीतिक विकास के लिए बहुत जरूरी है। पर यहां टेलीफोन तन्त्र विकसित करने लायक समृद्धि नहीं थी जबकि समृद्धि के लिए टेलीफोन तन्त्र का विकसित होना बहुत आवश्यक था। सैम मानते थे कि देश के निर्माण के अन्य महत्त्वपूर्ण कारकों में टेलीफोन एक है।

इन्हीं विचारों से ओत-प्रोत सैम भारत लौटे थे पर यहां उन्होंने बिल्कुल विपरीत मानसिकता का सामना किया। भारतीय और खासतौर पर गांधीवादी भारतीय टेलीफोन को ऐश्वर्य का साधन मानते थे और इस मशीन को गांवों तक पहुंचाना अनावश्यक समझते थे। क्योंकि एक गरीब किसान टेलीफोन नहीं चाहता था, वह पानी, साक्षरता तथा आधारभूत स्वास्थ्य सुविधाओं की मांग करता था। परिणामस्वरूप 1980 तक भारत में सिर्फ पचीस लाख टेलीफोन कनेक्शन थे जिनमें से अधिकांश बड़े शहरों तक सीमित थे। देश में सत्तर करोड़ लोगों के लिए मात्र बारह हजार पब्लिक टेलीफोन थे और इस तन्त्र का प्रबन्धन तथा संचालन जड़ हो चुके नौकरशाहों के पचीस हजार कर्मचारियों की फौज से किया जा रहा था। लाखों लोग टेलीफोन कनेक्शन के इन्तजार की कतार में लगे थे और जो टेलीफोन चालू थे, उनकी क्षमता भी बहुत बेहतर नहीं थी। ऐसा शायद ही होता था कि एक बार प्रयास करने पर कोई नम्बर लग जाए। टेलीफोन विभाग के कर्मचारी रूखे और बेईमान थे। अगर कोई लाइन कट जाती थी तो उसे दुरुस्त करवाने में महीनों लग जाते थे और लाइनमैन को अलग से रिश्वत भी देनी पड़ती थी।

सैम इन सारी व्यवस्थाओं में परिवर्तन लाने के लिए आए थे। उन्होंने सबसे ऊपर श्रीमती गांधी से शुरुआत की। पांच महीने तक मुलाकात के लिए इन्तजार करने के बाद वे उनसे मिले और उन्होंने श्रीमती गांधी को प्रभावित कर लिया। उन्होंने उनके पुत्र राजीव

गांधी से मिलकर बेहतर सम्बन्ध बना लिए। सैम ने उन दोनों को बताया कि वे गांवों तक टेलीफोन पहुंचाना, उपभोक्ता सेवा बेहतर करना, डिजिटल स्विचिंग स्थापित करना आदि सब कुछ कर सकते हैं और बहुत कम खर्चे में। सरकार ने सभी को हैरत में डालते हुए उनका प्रोजेक्ट पास कर दिया। सैम ने युवा इंजीनियरों की टीम के साथ हार्डवेयर और सॉफ्टवेयर विकसित करने का कार्यक्रम शुरू कर दिया जो भारत को विश्व स्तरीय टेलीफोन सुविधा उपलब्ध कराने जा रहा था। उस निजी अव्यावसायिक संस्था का नाम रखा गया 'सी-डॉट'। यह भारत सरकार द्वारा प्राप्त छत्तीस लाख डॉलर के फंड से भारतीय नेटवर्क की परिस्थितियों के अनुसार डिजिटल स्विचिंग सिस्टम स्थापित करने का काम कर रहा था। सैम ने बताया : "हमने एक सरकारी होटल में पांच कमरे किराए पर लिए थे और वहां हम बिस्तर को डेस्क बनाकर काम करते थे।" सैम प्रतिवर्ष एक रुपया कमाते थे और रूजवेल्ट से प्रभावित थे जो एक डॉलर प्रतिवर्ष कमाते थे। यह भारतीय के लिए एक असामान्य बात थी, अतः उनकी प्रक्रिया को गम्भीरता से देखा जाता था।

जल्द ही सैम पित्रोदा ने 420 युवा वैज्ञानिकों तथा तकनीकी विशेषज्ञों की संस्था बना ली, जहां काम करनेवालों की औसत आयु छब्बीस वर्ष थी। वे सकारात्मक सोच, प्रेम-भावना, सहजता तथा परिवर्तनशीलता से लैस अमेरिकी शैली में काम करते थे। तीन वर्षों में उन्होंने 128 लाइनोंवाला ग्रामीण एक्सचेंज विकसित किया। उन्होंने व्यावसायिक दृष्टिकोण के तहत एक निजी स्वचालित ब्रांच एक्सचेंज तैयार किया। उन्होंने 512 लाइनोंवाला एक लघु सेंट्रल एक्सचेंज भी तैयार किया। इसके बाद उन्होंने चालीस सरकारी तथा निजी कम्पनियों को अपने उत्पाद के निर्माण व विक्रय का लाइसेंस जारी किया। राजीव गांधी के साथ (जो उस वक्त भारत के प्रधानमन्त्री बन चुके थे) बेहतर व्यक्तिगत सम्बन्धों की वजह से उन्हें टेलीकॉम आयोग का प्रमुख नियुक्त किया गया तथा राज्यमन्त्री के बराबर का दर्जा दिया गया। विभाग का प्रमुख बनने पर उन्होंने अपने सपनों को पूरा करने की दिशा में खुलकर प्रयास शुरू कर दिए। उन्होंने सैंतीस टेलीकॉम यूनियनों को बिना किसी अतिरिक्त श्रम के लाइनों की संख्या को चौगुना करने पर सहमत करा लिया। उन्होंने फाइबर ऑप्टिक तैयार करनेवाली दो कम्पनियों की स्थापना की तथा बड़े शहरों को जोड़ने के लिए हाई-स्पीड फाइबर ऑप्टिक्स हाइवे का निर्माण प्रारम्भ करवाया। उन्होंने 400 जिलों में स्वचालित डायलिंग की सुविधा उपलब्ध कराई तथा 120 देशों की अन्तर्राष्ट्रीय डायरेक्ट डायलिंग सुविधा की शुरुआत की और 1990 तक आते-आते पचास लाख टेलीफोन कनेक्शन उपलब्ध कराए जा चुके थे और दस लाख कनेक्शन की प्रतिवर्ष क्षमता हासिल की जा चुकी थी। यह क्षमता आगे के वर्षों में बीस लाख हो गई और 1998 तक पहुंचते-पहुंचते देश में दो करोड़ टेलीफोन कनेक्शन उपलब्ध हो गए और प्रतीक्षा सूची लगभग समाप्त हो गई।

इस तरह सैम की योजना काफी सफल हुई। उन्होंने महसूस किया कि अगर अधिक संख्या में टेलीफोन बाजारों में उपलब्ध कराए जाते हैं तो लाखों लोग एक साथ सम्पर्क में आ जाएंगे। उन्होंने पाया कि सिक्कों पर आधारित टेलीफोन बूथ की पद्धति सही नहीं है क्योंकि एक तो यह खर्चीली है और भारतीय जलवायु में जल्द ही खराब हो जानेवाली होती है। इन परिस्थितियों में उनकी टीम ने पी. सी. ओ. बूथवाली नई योजना को जन्म दिया, जहां सामान्य टेलीफोन प्रयोग किए जानेवाले थे और लाखों लोगों को रोजगार मिलनेवाला था। सैम भले ही अमेरिका लौट गए हों पर उनकी इस योजना से क्रान्ति अवश्य हो गई। 1998 तक देश में पांच लाख से अधिक पब्लिक टेलीफोन बूथ खुल चुके थे और पन्द्रह लाख नए रोजगारों का सृजन हुआ था। 1995 तक एक लाख गांवों में ग्रामीण एक्सचेंज खुल चुके थे और 2000 तक तीन-चौथाई भारतीय गांवों (पांच लाख गांव) में टेलीफोन की सुविधा उपलब्ध कराई जा चुकी है।

लेकिन सैम पित्रोदा की कहानी का अन्त बुरा हुआ। 1989 के चुनावों में राजीव गांधी की हार हो गई और नई सरकार के लोगों द्वारा उन पर राजनीतिक हमले शुरू होने लगे और उन पर भ्रष्टाचार के आरोप लगे। हालांकि कई लोग सैम के समर्थन में भी सामने आए पर तनाव बहुत गम्भीर था और उन्हें हार्ट अटैक का सामना करना पड़ा। उनका परिवार वापस अमेरिका लौट चुका था और वे बुरी तरह टूट चुके थे। और आखिरकार 1991 में राजीव गांधी की मृत्यु हो गई और भारत के साथ उनका रिश्ता हमेशा के लिए खत्म हो गया। पर मैं उनकी क्रान्ति को धन्यवाद देना चाहता हूं जिसकी बदौलत मैं महाराष्ट्र के तटीय इलाके से अपनी मां से, जो पंजाब के गांव में रहती हैं, बात कर सकता हूं। हिमालय के सेब उपजानेवाले किसान टेलीफोन कॉल के जरिए मुम्बई बाजार का हाल मालूम कर सकते हैं। फोन सेवा बेहतर होने से भारत सूचना क्रान्ति की दौड़ में शामिल हो पाया। आज इसी की बदौलत सूचना प्रौद्योगिकी सेवा के क्षेत्र में भारत विश्व का एक बड़ा निर्यातक बन सका है। इंटरनेट तथा ई-कॉमर्स सेटअप इसी के कारण कायम हो पाया है। इस तरह ये सभी सैम पित्रोदा के ऋणी हैं।

कई बार मैं सोचता हूं, अगर सैम पित्रोदा बेहतर स्थिति में होते तो वही तेजी से देश को टेलीकॉम निजीकरण तकनीकी कुशलता और इंटरनेट के नए दौर में ले जाते। दुर्भाग्यवश जैसा कि दुनिया में होता रहा है, सरकार ने यहां भी आधारभूत और दूरवर्ती सेवाओं में प्रतियोगिता छेड़ दी है। अपनी तमाम सफलताओं के बावजूद भारतीय टेलीकॉम आज भी गैर-जिम्मेदार ही है। बाजार में प्रतिद्वन्द्वी न होने के कारण इसके कर्मचारी अब तक बुरे व्यवहारवाले और भ्रष्टाचारी हैं। वे अब तक लाइसेंस राज के कुरूप चेहरे की तरह दिखते हैं।

भाग तीन

सपनों का पुनर्जन्म
(1991-99)

जब राष्ट्र मुक्त होता है, तभी उसका कोई चरित्र होता है।

–जेम्स विल्सन

अध्याय पन्द्रह

1991 का सुनहरा ग्रीष्म

सभी सुधारक कुंआरे हुए हैं।

–जॉर्ज मूर

इतिहास विडम्बनाओं से भरा पड़ा है। नरसिंह राव द्वारा 1991 में की गई इ आर्थिक क्रान्ति जवाहर लाल नेहरू द्वारा 1947 में की गई राजनीतिक क्रान्ति की अपेक्षा अधिक महत्त्व रखती है। चीन में डेंग जाओपींग की सत्तर के दशक की आर्थिक क्रान्ति व माओ की 1949 की क्रान्ति की अपेक्षा अधिक महत्त्वपूर्ण है। उस समय, हालांकि राव ने ऐसा व्यवहार किया जैसे कि उन्हें अपनी क्रान्ति में विश्वास नहीं था और जनता ने प्रतिक्रियास्वरूप उनकी पार्टी को दूध में से मक्खी की तरह निकाल फेंका।

1996 के आम चुनावों में कांग्रेस की हार की कोई व्याख्या किस प्रकार कर सकता है। नब्बे के दशक के कुछ वर्ष भारतीय अर्थव्यवस्था के जीवनकाल थे। सुनहरा समय था तथा जिसमें अलग से समष्टिगत अर्थशास्त्र के उत्कृष्ट परिणाम देखने को मिले। सुधारों ने विश्वास और उत्सुकता की समझ हममें जगाई। बहुत से लोगों ने इसी तरह की समझ व सम्भावनाएं पचास के दशक में भी महसूस की थीं। अर्थशास्त्रियों ने भारत को कवर स्टोरी में 'आजाद बाघ' कहा। राव न तो अपना कद ही लोगों के सम्मुख बढ़ा सके और न ही कोई ऐतिहासिक उपलब्धि ही प्राप्त कर सके। कांग्रेस पार्टी ने भी उनकी महान और अभूतपूर्व उपलब्धियों को चुनावी मुद्दा नहीं बनाया। यह सही है कि एक औसत मतदाता इन सुधारों की व्याख्या को समझने में सक्षम नहीं है, किन्तु वे सुधरे आर्थिक हालातों से भी बेखबर नहीं थे। कांग्रेस की हार के

लिए एक कारण यह भी दिया जा सकता है कि लोगों ने राव को इतिहास का द्वारपाल ही माना–क्योंकि वह उस समय वहां थे, जब इतिहास बदला था। सुधारों के लिए लोगों ने उन्हें कोई श्रेय नहीं दिया। इन विडम्बनाओं को समझने के लिए यह जरूरी है कि हम देखें कि 1991 के सुनहरे ग्रीष्म में एक के बाद एक सुधार कैसे होते गए।

मानव-बम ने मई 1991 में राजीव गांधी की जीवन लीला समाप्त कर दी। वह अपने चुनावी प्रचार के दौरे पर थे और उनकी मौत से हर जगह सहानुभूति की एक लहर फैल गई जिसने कांग्रेस को जीत के करीब पहुंचाया। पार्टी ने नरसिंह राव को प्रधानमन्त्री पद के लिए चुना। उन्हें इसलिए चुना गया क्योंकि वह सत्तर वर्षीय शान्त, निष्प्रभ और किसी के लिए खतरा नहीं थे। वह अपने लम्बे राजनीतिक कैरियर में मुख्य राजनीतिक सर्कल में रह चुके थे। हालांकि इससे पहले उन्होंने कभी भी कोई आर्थिक विभाग नहीं संभाला था। वह एक बुद्धिजीवी व एशियाई और यूरोप की भाषाओं के जानकार भी थे। जब वह संसद से रिटायर होने की तैयारी में थे, तब पार्टी ने अन्तराल को रोकनेवाले नेता के रूप में उन्हें लोगों के सामने अल्पमत सरकार का नेतृत्व प्रदान किया, जिसके बारे में कोई नहीं जानता था कि यह कब गिर जाएगी। फिर भी उन्होंने 1947 के बाद एक बड़ी क्रान्ति लाकर हर किसी को चौंका दिया।

वित्तीय संकट लम्बे समय से चला आ रहा था। इसका मुख्य कारण था राजीव गांधी सरकार द्वारा 1985 के बाद की फिजूलखर्ची। जब खाड़ी संकट सामने आया तो तेल के दाम आसमान छूने लगे और भारत ने पाया कि उसके पास तेल खरीदने के लिए पर्याप्त धन नहीं है। देश की विदेशी मुद्रा बुरी तरह कम होने लगी और प्रवासी भारतीय भी यहां से वापस जाने लगे। जब राव ने अपनी भूमिका संभाली तब उन्होंने अन्तर्राष्ट्रीय मुद्राकोष के साथ जमानती पैकेज के सम्बन्ध में बात की। लेकिन राव के पूर्ववर्ती चन्द्रशेखर और वी. पी. सिंह इस संकट का सामना साहस से नहीं कर सके थे। राव समझ गए थे कि भारत दिवालिया हो गया है और उनका पहला और सबसे महत्त्वपूर्ण कदम एक समझदार व सयाना वित्तमन्त्री भारत को देना है। उन्हें प्रसिद्ध आई. जी. पटेल का खयाल आया, जो कि हाल ही में लन्दन के अर्थशास्त्र के स्कूल से वापस भारत लौटे थे। लेकिन वह कई कांग्रेसी दिग्गजों में मोरारजी के खेमे के माने जाते थे। राव साथ ही किसी युवा को चाहते थे। अन्ततः शान्त, मृदुभाषी अर्थशास्त्री मनमोहन सिंह को हीं बेहतर मान, उन्हें चुना। उनका कैरियर रिजर्व बैंक के गवर्नर के रूप में भी काफी प्रसिद्ध रहा था। हाल ही में जब वह दक्षिण आयोग जेनेवा में अध्यक्ष पद पर थे तब भी उन्होंने अपने गम्भीर प्रयासों से पूर्व एशियाई चमत्कारों को समझने की कोशिश की थी। यहीं से उन्हें महसूस हुआ कि भारत को पुरानी और मूर्खतापूर्ण योजनाओं को रद्द करना होगा।

21 जून 1991 को राष्ट्रपति ने नई कैबिनेट को शपथ दिलाई। अगले ही दिन राव ने घोषणा की कि राष्ट्र के सामने बहुत बड़ा संकट आ खड़ा हुआ है और उनकी सरकार इरादा कर चुकी है कि "बीते हुए समय के इस मकड़जाल को साफ कर और एक नए समय में प्रवेश करेंगे।" मनमोहन सिंह ने वित्तमन्त्री बनते ही सबसे पहला कदम यह उठाया कि रिजर्व बैंक के गवर्नर एस. वेंकटरमण और उनके योग्य सहयोगी सी. रंगराजन को दिल्ली बुलाया। उस दिन इन तीनों ने प्रधानमन्त्री को सूचित किया कि देश दिवालिया होने के कगार पर है। वे जानते थे कि अन्तर्राष्ट्रीय मुद्राकोष से ऋण ही उम्मीद की एकमात्र किरण है। वास्तव में अन्तर्राष्ट्रीय मुद्रा कोष के साथ पूर्व सरकार की बातचीत काफी आगे तक हो चुकी थी। नरसिंह राव के कहीं गहरे में एक बात यह भी थी कि यह संकट ही वह मौका है जिससे कई बड़े बदलाव लाए जा सकते हैं।

राव ने विपक्ष के प्रमुख नेताओं के साथ एक गुप्त बैठक की जिसमें मनमोहन सिंह ने सभी को स्थिति की गम्भीरता से अवगत कराया। मनमोहन सिंह ने कहा कि अन्तर्राष्ट्रीय मुद्राकोष से ऋण ही अब हम लोगों की साख बचा सकता है। जैसे भी हो हमें अपने सदन को क्रम में लाना होगा। उन्होंने कुछ बुनियादी सुधारों की जरूरत के बारे में भी बताया। संक्षिप्त में बताया कि वह मूल्य घटाने जा रहे हैं, वे सरकार द्वारा उठाए गए मुश्किल कदम जिनका वह इरादा कर चुके हैं, उसमें उनके सहयोग की उम्मीद करते हैं। इसके बाद वित्तमन्त्री ने अन्तर्राष्ट्रीय मुद्राकोष के प्रबन्ध संचालक एम. कैमदेसस से वायदा किया कि हम व्यापार और उद्योग नीति में कई बड़े सुधार लाएगे।

सरकार ने जुलाई के पहले तीन दिनों में भारतीय रुपये का बीस प्रतिशत अवमूल्यन किया। दूसरे अवमूल्यन के बाद, वह पी. चिदम्बरम, नए वाणिज्य मन्त्री और मोटेक सिंह आहलुवालिया, वाणिज्यिक सचिव से मिले और कहा कि वे निर्यात पर से सब्सिडी पूर्ण रूप से खत्म करना चाहते हैं। उन्होंने बहस की कि निर्यातकों को सस्ते रुपये के द्वारा समान प्रोत्साहन दिए जाने के कारण अवमूल्यन ने सी. सी. एस. को अनावश्यक बना दिया है। इससे राजकोषीय घाटे में 0.4 प्रतिशत की कमी आएगी।

इस बात पर चिदम्बरम की पहली प्रतिक्रिया यह थी कि ये कदम किसी वाणिज्य मन्त्री के लिए अपने राजनीतिक कैरियर बनाने के पहले ही दिन आत्महत्या की तरह होगा। उसने बहस की कि सी. सी. एस. ही तो उसका प्रमुख हथियार है निर्यात को बढ़ावा देने के लिए। वह निर्यातकों का सामना किस मुंह से करेंगे? उन्होंने कहा कि "मुझे इस बारे में सोचने का मौका दो।" मनमोहन सिंह ने कहा कि आप इस पर जल्दी ही विचार कर जवाब दीजिए क्योंकि प्रधानमन्त्री कल सुबह ही इसकी घोषणा करना चाहते हैं। चिदम्बरम नाराज हो गए, किन्तु बाद में वह अपने आप ही राजी भी

हो गए। उन्होंने पूछा कि वह इसी समय व्यापक व्यापार सुधारों की घोषणा भी कर सकता है। वित्तमन्त्री ने कहा, "आज रात ही?" चिदम्बरम ने अपनी सहमति जताई। वे शाम को मिलने व व्यापार प्रस्तावों पर समीक्षा करने के लिए राजी हो गए।

यद्यपि यह आर्थिक मन्त्रालय में उनका पहला काम था, जिसे करके वाणिज्य मन्त्री ने यह सिद्ध कर दिया कि वह बहुत ही तेज सीखनेवाले हैं। उन्होंने अपने काम के पहले हफ्ते के दौरान बड़े मुद्दों को समझने में रात और दिन एक कर दिए। उन्होंने बड़ी उत्सुकता से रिपोर्टों को पढ़ा और यह महसूस किया कि देश को व्यापार सम्बन्धी सुधारों की जरूरत है। हार्वर्ड विश्वविद्यालय से एम. बी. ए. चिदम्बरम व्यापार को समझने लगे थे और यह सहज वृत्ति से उसे खोल रहे थे। उद्योगों के वकील होने के नाते, वह पुरानी नीतियों से हुए नुकसान को देख रहे थे। मन्त्री बनने से पहले उन्होंने मजाक में डी. आर. मेहता से कहा था, जो कि आयात और निर्यात के मुख्य नियन्त्रक थे (सी. सी. आई. ई.), वह उनके काम के पहले हिस्से को तो जान गए हैं, लेकिन दूसरे को नहीं। यदि देश विकास चाहता है तो उसे नियन्त्रक की जरूरत क्यों है? वह सी. सी. आई. ई. से बोले कि यदि ये उनके हाथ में होता तो वह लाल किताब की प्रत्येक प्रति को जला देते-जो कि वाणिज्य मन्त्रालय की बाइबिल समान है, जिसमें हजारों उत्पादों की संक्षिप्त में व्याख्या की हुई है। उद्यमियों से भयभीत, सी. सी. ई. ई. विभाग के नियन्त्रक के 1000 कर्मियों के लिए यह 'गाइड' थी। सच्चा नियन्त्रक इससे मन नहीं बहलाता या प्रभावित नहीं होता।

उद्योग भवन के अपने कार्यालय में वापस आने पर चिदम्बरम ने मोटेक और डी. आर. मेहता को बुलाया। उन्होंने पूछा कि क्या वे लाइसेंस राज की व्यापार शाखा को विखंडित करने की स्थिति में हैं। यद्यपि इसे बनाने में चालीस साल लगे थे, उनके पास इसे ढहाने में सिर्फ आठ घंटे थे। वह उनके चेहरों से बता सकते थे कि मोटेक तैयार थे, किन्तु मेहता नहीं। वह मोंटेक से बोले, "चलो मेरे चेम्बर में चलकर काम करते हैं। मैं वकील हूं और मुझे ब्रीफ लिखाने की आदत है, और इससे ये बहुत जल्दी होगा।" वे जानते थे कि उनका प्राथमिक कार्य आयात लाइसेंस को समाप्त करना है। अगर वे लाइसेंस को विक्रय प्रोत्साहन के द्वारा प्रतिस्थापित कर सकते तो वहां पर उनकी कोई जरूरत नहीं रह जाती। विदेशी मुद्रा के अभाव के कारण निर्यातकों को कच्चा माल खरीदने के लिए लाइसेंस दिए जाते थे जो कि आयात के लिए उत्पाद बनाने में चला जाता था। मोंटेक सिंह इस प्रकार के एव प्रोत्साहन के विषय में जानते थे। यह मन्त्रालय के कई वर्षों से चक्कर काट रहा था। यह आयात-निर्यात पावती पत्र कहलाता था। यह निर्यातकों को उनके निर्यात के मूल्य के भाग के लिए, विदेशी मुद्रा अर्जित करने की अनुमति देगी। वे इन्हें बाजार में बेच सकते थे या सीधे वस्तुओं का

आयात कर सकते थे। गैर-निर्यातक या घरेलू उद्योग जिन्हें कच्चा माल आयात करने की आवश्यकता थी, वे आयात लाइसेंस के लिए आवेदन करने की बजाय बाजार से आयात-निर्यात पावती पत्र खरीद सकते थे।

चिदम्बरम इस हथियार को इसलिए पसन्द करते थे क्योंकि यह इस प्रक्रिया में नौकरशाहों को प्रवेश नहीं देता। उन्होंने वह छीन लिया और कुछ ही घंटों में इन दो आदमियों ने इसे लाल फीताशाही की पहुंच से बहुत दूर पहुंचा दिया। महीनों की देरी और कठिन तर्क, सन्ताप और भ्रष्टाचार जिसे भारत ने कई दशकों से बनाया था। वे दीवानों की तरह काम करने लगे और सात बजे उन्होंने नाटकीय ढंग से उदारवादी व्यापार नीति की घोषणा की। मनमोहन सिंह ने जब इन प्रस्तावों को देखा तो वह बहुत खुश हुए। उन्होंने विश्व को संकेत दिया कि भारत अब समझदारी से विकास के पथ पर अग्रसर हुआ है, वह भी निश्चित बाजार विनिमय दर के साथ।

नहाकर, बाहर नरसिंह राव लुंगी में ताजा दिख रहे थे। चिदम्बरम ने प्रधानमन्त्री के पास बैठकर उन्हें संक्षिप्त में सब कुछ बताया। प्रधानमन्त्री मनमोहन सिंह की ओर मुड़े। उन्होंने पूछा, “क्या आप इससे सहमत हैं?” मनमोहन सिंह ने भी मंजूरी में सिर हिला दिया, “ऐसे में इस पर दस्तखत कर देने चाहिए।” मनमोहन सिंह ने ऐसा ही किया और फिर प्रधानमन्त्री ने भी पेपर के नीचे अपने दस्तखत कर दिए। इस तरह भारत के इतिहास में व्यापक संरचनात्मक सुधारों की एक नई शुरुआत हुई। प्रस्तावों में विनिर्दिष्ट कुछ बातें उनके सिर के ऊपर से गुजर गईं, लेकिन नरसिंह राव उसमें दुबारा सुगठित करने के लिए दिए गए निर्देशों से सन्तुष्ट थे। उन्हें अपने तीनों आदमियों पर विश्वास था। जो कि सरकार के निर्णय लेने की धीमी व टेढ़ी-मेढ़ी प्रक्रिया को समझते थे, उनके लिए यह एक क्रान्तिकारी मौका था। वायदे और साहस के साथ उन चारों लोगों ने वह पा लिया जो बारह घंटे पहले असम्भव दिख रहा था।

आनेवाले वर्ष में चिदम्बरम साख के लिए पावती-पत्रों के उन्मूलन के लिए सहमत हो गए तथा और भी बेहतर व्यवस्था के लिए दोहरी विनिमय दर जो कि लाल फीते को और आगे से काट देगी तथा नौकरशाही को प्रक्रिया से बाहर कर देगी, उस उपकरण की बलि देना जिससे उनकी पहचान बनी और जिसे उन्होंने जन्म दिया हो, बहुत ही साहसपूर्ण कार्य था। देश बुद्धिमानी से वृद्धि करता रहा और आनेवाले वर्ष में वित्त मन्त्रालय ने एकीकृत विनिमय दर का परिचय कराया। एक और भी बेहतर क्रियाविधि जो भारत को व्यापार खाते पर करेंसी विनिमय तक ले गई। ए. एन. वर्मा और दूसरों ने मनमोहन सिंह को सुझाव दिया कि इतनी दूर जाने के बाद बाकी रास्ता भी तय कर लो और रुपये को परिवर्तनीय बना दो, परन्तु वह बहुत ही सावधान थे और पूरी दूरी

तय करने के लिए अनिच्छुक। पूंजी खाते पर रुपया अभी स्वतन्त्र नहीं था। बहुतों ने बहस भी कि उसकी संरक्षण नीति भारत के लिए वरदान थी, जैसा कि इसने भारत को 'एशियाई 'फ्लू' की पकड़ में आने से बचा लिया। 1991 में चिदम्बरम की बहुत बड़ी असफलता थी, सी. सी. आई. ई. के शक्तिशाली विभागों को बन्द न कर पाने की अयोग्यता और विश्व व्यापार का महानिदेशालय, जो कि लगातार अनिष्ट किए जा रहा था और हमारे निर्यात के लिए बहुत बड़ा अड़ंगा था।

राव अब उद्योगों में से लाइसेंस राज को खत्म करना चाहते थे। उन्होंने राजीव गांधी द्वारा 1980 में किए गए आधुनिक सुधारों के प्रयासों को देखा था। इन अल्प-प्रयासों से बहुत अच्छे नतीजे सामने आए थे। विश्व में क्या घट रहा है, यह देखने को वह विदेश यात्रा पर भी गए। कम्यूनिज्म के ह्रास ने राज्य की योजनाओं और नियन्त्रणों के पांव के नीचे से गलीचा खींच लिया था। इसलिए उन्होंने जानबूझकर उद्योग विभाग के अधिकार अपने पास सुरक्षित रखने का निर्णय लिया था। उन्होंने ए. एन. वर्मा को इस प्रक्रिया को आगे बढ़ाने के लिए अपना मुख्य सचिव चुना। वह जानते थे कि वी. पी. सिंह के शासन काल में वर्मा को बड़ी संख्या में कम्पनियों के लाइसेंस रद्द करने में महारत हासिल थी। राव ने वर्मा से कहा कि वह पुराने प्रस्तावों की तह में जाकर उनका निरीक्षण करे। वर्मा इससे खुश था कि उसने जो सुधारों का एक पैकेज राकेश मोहन के साथ मिलकर तैयार किया था, उसके लिए एक उम्मीद की किरण दिख पड़ी।

जब राव ने वर्मा-मोहन के प्रस्तावों को देखा तो वह समझ गए कि ये लम्बे रेस के घोड़े नहीं हैं। वह फिर मनमोहन की मदद के लिए उनकी ओर उन्मुख हुए। मनमोहन सिंह अधिक-से-अधिक उद्योगों को लाइसेंस मुक्त करने के लिए राजी हो गए तथा व्यापार पर रद्दी एम. आर. टी. पी. के प्रतिबन्धों को हटाने के लिए भी वे तैयार थे और विदेशी निवेशकों का भारतीय बाजार में हिस्सा बढ़ाने पर भी विचार कर रहे थे। प्रधानमन्त्री कार्यालय व अन्य अधिकारियों के एक छोटे समूह (वर्मा, सुरेश माथुर, जयराम रमेश और राकेश मोहन) के साथ नई नीति को अन्तिम स्वरूप देने के लिए कई दिन बिताए। वित्त मन्त्रालय के अधिकारियों की ओर से इस नीति के विरोध में कई आवाजें उठीं लेकिन मनमोहन सिंह ने उन सबको दबा दिया। उद्योग राज्यमन्त्री रंगा कुमारमंगलम जो कि सुधारकों में से नहीं थे और मनमोहन सिंह की लॉबी उन्हें भी अपनी ही नाव में सवार करना चाहती थी। प्रधानमन्त्री मूलतः कैबिनेट में उदारवादी औद्योगिक नीति लेकर गए।

आमतौर पर भारत में कैबिनेट की बैठकें शान्त और गुपचुप होते हैं और इस पर शायद ही खुलकर बहस होती है। यह गोपनीय भी होती है। इस तरह किसी अन्य

कलाकार से बात करना बहुत मुश्किल होता है। जब राव उद्योग मन्त्री थे, तब उन्होंने नई औद्योगिक नीति प्रस्तुत की थी और जिसके सम्बन्ध में उन्हें कोई शिकायत भी नहीं मिली थी। इसे सहमति के तौर पर लेते हुए उन्होंने बुलन्द आवाज में पूछा कि "अगर हम सबकुछ स्वतन्त्र कर दें और वह भी पूरी तरह से क्यों न हम कार और उसके जैसी अन्य चीजों को लाइसेंस-मुक्त कर दें?" मनमोहन सिंह ने सहमति जताते हुए कहा कि "इस तरह, आओ, हम सभी चीजों को, सिर्फ छोटे नकारात्मक सुरक्षा सूची व पर्यावरण सम्बन्धी चीजों को छोड़कर, खुली बाजार नीति के तहत ले आते हैं।" वर्मा और जो अन्य अधिकारी वहां बैठे हुए थे, उन्हें इन बातों को सुनकर अपने कानों पर विश्वास नहीं हुआ। कुछ क्षणों के इस खेल में नरसिंह राव और मनमोहन सिंह ने लाइसेंस राज को धराशायी कर दिया।

तभी प्रधानमन्त्री दोबारा सजग हुए। उन्होंने कांग्रेस के वरिष्ठ व पुराने सहयोगियों के चेहरों पर निराशा देखी। वे न तो राव को सहयोग ही दे रहे थे और न ही विरोध कर रहे थे। उन्होंने एक अपारखी जीवन का नेतृत्व किया था। वे पुरानी नीतियों के बारे में नहीं सोच रहे थे उन्होंने सिर्फ नई नीतियों को पार्टी की नीतियों के तौर पर लिया। राव ने सबके चेहरे पर फैली उदासी को पढ़ लिया। उन्होंने पूछा कि एकजुट होकर चिदम्बरम व मनमोहन सिंह की इन नीतियों के ड्राफ्ट की समीक्षा कर लीजिए। इस बैठक में सबकी सही भावनाएं उभरकर बाहर आईं और इसमें कई विचार भी उठे। अर्जुन सिंह ने कहा कि वह पुरानी नीतियों में कोई निरन्तरता नहीं पाते। फोतेदार का सोचना था कि ये नीति नेहरू और भारत विरोधी हैं? शंकरानन्द ने सहकारिता को इसमें नहीं पाया। हालांकि चिदम्बरम और मनमोहन सिंह ने सुधारों को अपनी बुद्धिमानी का परिचय देते हुए बचा लिया था, फिर भी यह साफ हो गया था कि नीतियां अभी खटाई में हैं।

जब राव को इस बारे में पता चला तो उन्होंने चिदम्बरम से कहा कि नीति की भाषा को राजनीति के अनुसार जायकेदार बनाकर पेश करो। उन्हें दिखाओ कि ये नीतियां बीते समय के साथ निरन्तरता रख सकती हैं। चिदम्बरम ने शीघ्र ही उसमें नेहरू, इन्दिरा गांधी और राजीव गांधी के सुधारों से सम्बन्धित वाक्यांश जोड़ दिए। तब कहीं जाकर नीतियों की रक्षा की जा सकी, फिर भी ये चुपचाप व पक्ष समर्थक ढंग से गुंजायमान हुईं। यह कहा जाता है कि हमने ये नीतियां क्यों बदलीं व इन नई नीतियों की क्या आवश्यकता थी। इसके स्थान पर यह कहा गया कि ये नई नीतियां नेहरू के समाजवाद के सपने का ही अगला रूप हैं। इस धारणा ने राव के निश्चयों को हिलाकर रख दिया। उसे महसूस हुआ कि ये सब कहीं उसके लिए अपनी पार्टी

विरोधी साबित न हो। उसे और भी सावधान रहने की जरूरत थी। यद्यपि मनमोहन सिंह जुलाई के मध्य तक नई औद्योगिक नीति की घोषणा करना चाहते थे जिसे बजट के साथ जोड़ना घातक सिद्ध हो सकता था, उसे कांग्रेस के विरोध का सामना करने के कारण और देरी हुई। अन्ततः इसकी घोषणा, 24 जुलाई की सुबह ही कर दी गई थी। शाम को मनमोहन सिंह ने बजट पेश किया।

अगले दिन के अखबार में नई औद्योगिक नीति ने सबका ध्यान अपनी ओर आकर्षित किया। सरकार में इस नीति के प्रति किसी का भी रवैया सकारात्मक नहीं था। अगले कुछ दिनों तक मीडिया और लोगों की स्थिति विस्फोटक थी। कुछ विरोध वाम की ओर से भी किया गया। वर्नाकुलर प्रेस, और बिहार, मध्यप्रदेश और उड़ीसा के कुछ पिछड़े इलाकों से इसका विरोध हुआ। नरसिंह राव ने महसूस किया कि लोग और राजनीतिज्ञ वास्तव में सुधार चाहते थे। बजट में फर्टिलाइजरों की कीमत बढ़ाने का भी विपक्ष और कांग्रेस में किसान लॉबी के कुछ लोगों ने विरोध किया।

मनमोहन सिंह ने निश्चय किया कि पूंजी का उपयोग शीघ्रता से किया जाए। उन्होंने आर्थिक नीतियों से सम्बन्ध रखनेवाले कैबिनेट सचिव नरेश चन्द्रा और प्रधानमन्त्री के सचिव वर्मा सहित कई महत्त्वपूर्ण सचिवों की बैठक बुलाई। बैठक में सिंह ने उन्हें आर्थिक संकट और बदलाव की जरूरत के लिए बताया। उन्होंने दोबारा उन्हें अन्तर्राष्ट्रीय मुद्राकोष के वायदे की याद दिलाई। और उन्होंने बताया कि हमें अभी और क्या करना है और कितनी तेजी से करना है। वह बोले कि प्रधानमन्त्री सबके सुझावों की कद्र करते हैं लेकिन वह यह बर्दाश्त नहीं करेंगे कि उनकी राह में कोई रोड़े अटकाए। यह समय सबको बताने का था। किसी को भी दंडित नहीं किया गया और सब अपने नए काम में सही ढंग से जुट गए। यह एक असाधारण बैठक थी। अधिकतर सचिवों का रवैया सकारात्मक रहा। यह सुधारों की दिशा में एक बिना किसी रुकावट के बढ़ने का निर्देश था।

मोंटेक सिंह ने कहा कि "लोगों पर इसका गलत प्रभाव पड़ रहा है। उच्च स्तरीय नौकरशाही अनुशासित है और यह हमारे रास्ते में बाधक भी नहीं है।" बैठक ने वित्त सचिव एस. पी. शुक्ला के विभाग का रास्ता दिखाया। तब राव ने वर्मा के नेतृत्व में एक संचालन समिति का गठन किया जिसके सदस्य प्रत्येक बृहस्पतिवार की सुबह मिलते थे। कमेटी सुधारों को अगले दो वर्षों में अभूतपूर्व गति से आगे ले जाने के लिए एक निर्णायक उपकरण बनी। वर्मा ने समिति का संचालन दृढ़तापूर्वक किया। बृहस्पतिवार के दिन किसी को भी कहीं बाहर जाने की इजाजत नहीं थी। समिति की बैठक दो घंटे चलती थी जिसमें सम्बन्धित सचिव एक या कभी-कभी दो सुधार प्रस्तुत करता था। वे मुद्दों पर खुलकर चर्चा करते। वर्मा संक्षिप्त रूप से सुधारों के प्रस्तावों पर विचार करते,

फिर उसे कैबिनेट के पास स्वीकृति के लिए भेज देते, और वहां से संसद। जब उन दिनों को याद करता हूं तो मुझे ध्यान आता है कि सरकार उन दिनों हर हफ्ते कोई-न-कोई नया सुधार प्रस्ताव हमेशा लाती थी।

अक्टूबर में, मनमोहन ने चिदम्बरम से मोंटेक सिंह की वित्त मन्त्रालय में आर्थिक मामलों के सचिव के रूप में मांग की। चिदम्बरम अपने सबसे काबिल सुधारकों में से एक को कैसे जाने की इजाजत दे सकते थे? चिदम्बरम ने कहा कि ऐसा करने से तो वाणिज्य विभाग के सारे काम जहां हैं, वहीं अटके रह जाएंगे। वह सभी मामलों में शीर्ष पर रहे हैं और यहां बात एक सुधारक अर्थशास्त्री की नहीं बल्कि एक काबिल प्रशासक की थी जो बहुत ही धैर्य व समझदारी से सारे कार्यों को क्रियान्वित कर देते हैं। मोंटेक क्रियान्वित करनेवालों में से नहीं थे। मनमोहन सिंह नए व्यक्ति को चाहते थे। वह अशोक देसाई जैसा उदारवादी अर्थशास्त्री चाहते थे।

देसाई ने बताया कि संघ लोक सेवा आयोग से उसे बुलावा आने पर उसने 24 जुलाई को अपना बायोडाटा भेज दिया। उसे साक्षात्कार के लिए सुबह साढ़े नौ का समय दिया गया लेकिन अन्य उम्मीदवारों के साक्षात्कारों के चलते उसका नम्बर डेढ़ बजे आया। अन्दर जाने पर उससे एक ही प्रश्न पूछा गया-क्या उसे सरकार में काम करने का कोई अनुभव है? अर्थशास्त्र सम्बन्धी किसी भी विषय पर उससे चर्चा नहीं की गई और साक्षात्कार खत्म हो गया। देसाई ने महसूस किया कि उसके साथ तन्त्र ने मजाक किया है जो उसे वित्त मन्त्रालय में अर्थशास्त्री के रूप में काम करने का मौका नहीं देंगे। मोटेक के वित्त मन्त्रालय में आने पर उन्होंने जल्द ही अशोक देसाई के लिए निजी विभाग से एक पैकेज की व्यवस्था कैबिनेट की सब-कमेटी से कराई और उन्हें प्रधान सलाहकार के रूप में ले आए। दीपक नैयर कुछ समय से मनमोहन सिंह के सुधारों से नाखुश थे और इसी सबके चलते उन्होंने मुख्य आर्थिक सलाहकार के पद से इस्तीफा दे दिया। इस प्रकार दिसम्बर 1991 में अशोक देसाई का बोर्ड में पदार्पण हुआ, जब बजट की तैयारियां पूरे जोरों पर थीं। वह महत्त्वाकांक्षी और सुधारों के प्रति तार्किक थे।

अगले दो वर्षों में सुधारकों ने अपने खाते में और भी कई उपलब्धियां जोड़ लीं। केन्द्रीय सरकार वित्तीय घाटा जो कि सकल घरेलू उत्पाद का 1991 में 8.4 प्रतिशत था, 1992-93 में घटकर 5.7 प्रतिशत रह गया। विदेशी मुद्रा भंडार 1991 की जुलाई में एक सौ करोड़ डॉलर से बढ़कर दो हजार करोड़ डॉलर हो गया था। मुद्रा स्फीति की दर 1993 की जुलाई के मध्य में तेरह प्रतिशत से घटकर छह प्रतिशत रह गई थी। सुधारकों ने क्रियात्मक ढंग से औद्योगिक लाइसेंस प्रणाली को समाप्त कर दिया। उन्होंने बहुत बड़ी संख्या में औद्योगिक संस्थानों को एम. आर. टी. पी. के नियन्त्रण से मुक्त कर

दिया, जिसने इनके विस्तार और निवेश पर रोक लगा रखी थी। उन्होंने कठोरता से बैंक, एयरलाइंस, विद्युत शक्ति, पेट्रोलियम और मोबाइल टेलीफोन सहित कई अन्य व्यवसायों पर से सार्वजनिक क्षेत्रों का एकाधिकार समाप्त कर उन्हें निजी क्षेत्रों के लिए खोल दिया। उन्होंने देश को विदेशी निवेश के लिए खोल दिया और चौंतीस उद्योगों में 'स्वचालित प्रवेश' की भी इजाजत दे दी। उन्होंने विदेशी निवेश प्रोत्साहन बोर्ड की स्थापना भी की, जिसने ए. एन. वर्मा की अध्यक्षता में बड़ी तेजी से अपने लक्ष्य को प्राप्त किया। विदेशी निवेश हर साल दोगुना होता गया और ये पन्द्रह करोड़ डॉलर बढ़ना शुरू हुआ था जो कि 1997 तक पहुंचते-पहुंचते तीन सौ करोड़ डॉलर तक पहुंच गया (यह और ऊपर तक जाता अगर हम विद्युत और टेलीकॉम के क्षेत्रों में नियन्त्रण ठीक से करते)।

उन्होंने जटिल आयात नियन्त्रण शासन-पद्धति को ढा दिया। कच्चा माल, घटक, पूंजीगत माल अब वस्तुतः प्रतिबन्धों से मुक्त होकर अन्दर दाखिल हो सकते थे। सीमा शुल्क नीचे आ गया। 1991 के 200 प्रतिशत की चोटी से 1990 के मध्य में चालीस प्रतिशत द्वारा औसत शुल्क में पचीस प्रतिशत कमी आई। रुपया समान अवधि में प्रतीकात्मक स्थिर अधिमूल्यांकन दर से एकीकृत विक्रय निर्धारित अस्थायी दर और चालू खाता विनिमय में चला गया। (ऐसा पाया गया कि आयात-निर्यात परचियां लाल फीते को भी शामिल करती थीं और नकली बनाने में भी आसान थीं, चाहे जो कुछ भी हो, जब हम अस्थायी विनिमय दर पर गए तो वह अनावश्यक बन गई।) 1991 में कर की दरें छप्पन से चालीस प्रतिशत पर आ गई (और चिदम्बरम के 1997 के बजट में तीस प्रतिशत और आगे)। उन्होंने मूल्य के अनुसार शुल्क को स्थानान्तरित कर उत्पाद शुल्क के विशाल तन्त्र को और भी सरल बना दिया। वित्तीय कार्यक्षेत्र में उन्होंने बैंकों की उच्च आरक्षित आवश्यकताओं को कम कर दिया (जिनका उद्देश्य सरकार को सस्ती निधि देना था।) और सरकारी प्रतिभूतियों पर ब्याज दरों को बाजार द्वारा निर्धारित करने के लिए छोड़ दिया। उन्होंने रिजर्व बैंक के साथ सरकारी ऋणयन पर टोपी पहना दी। (जब पूर्व निर्धारित उच्चतम सीमा का उल्लंघन किया गया तब इसने आर. बी. आई. को विपणन दर से कोष विधेयक को मंजूरी देने की अनुमति दे दी।) उन्होंने पूंजी बाजार अन्तर्राष्ट्रीय निवेशकों के लिए खोल दिए, जिनका निवेश दशक के अन्त तक ग्यारह करोड़ डॉलर तक पहुंच गया। उसी समय उन्होंने भारतीय कम्पनियों को विदेश में भूमंडलीय निक्षेपागार रसीदों द्वारा उधार लेने की अनुमति दे दी। उन्होंने शेयर बाजारों में पर्दे पर आधारित व्यापार का परिचय कराया और शेयरों को अवास्तविक बना दिया।

यह एक बहुत बड़ी उपलब्धि थी। किन्तु पहले दो वर्षों के बाद सरकार ने सुधारों पर रोक लगा दी और बहुत कुछ बिना किए ही रह गया। सरकार ने सार्वजनिक क्षेत्रों

के निजीकरण का कार्य शुरू नहीं किया था, जो कि अर्थव्यवस्था को चूस रहा था। उसने अभी तक मजदूरों के लिए किसी भी प्रकार के सुधारों को लागू नहीं किया था–अगर किसी प्रकार का उत्पादन नहीं हो रहा है तो भी यह सम्भव नहीं है कि किसी एक मजदूर को भी छोड़ दिया जाए। किसी कम्पनी के दिवालिया हो जाने पर भी उसे बन्द करना असम्भव है। इसने अभी तक कृषि बीमा शुरू नहीं किया था। वह सब्सिडी जो कि भारत की वित्तीय स्थिति को धीरे-धीरे खोखला करती जा रही थी और प्राथमिक रूप से उत्तरदायी थी, अवांछनीय उच्च वित्तीय वर्ग से निपटने के लिए भी इसने कोई प्रयास नहीं किया था। इसने लाइसेंस राज को मिटा दिया था। किन्तु इसने इंस्पेक्टर राज से निपटने के लिए कुछ नहीं किया था, इंस्पेक्टरों की उस फौज के लिए जिन्होंने भारतीय उद्यमियों का जीवन नर्क बना रखा था। यह सच है कि अधिकतर इंस्पेक्टर राज्य सरकार में थे, आम सहमति के अनुसार जो सबसे बुरे थे, वे कस्टम और उत्पादन (आबकारी) विभाग में थे। इसने भारत की चरमरानेवाली आधारिक संरचना की समस्याओं का समाधान भी नहीं किया। शिक्षा और स्वास्थ्य जैसे बड़े क्षेत्रों में भी इसने कोई सुधार करने शुरू नहीं किए थे। 1991 के सुनहरे ग्रीष्म के नौ सालों बाद भी सुधार आधे-अधूरे हैं।

पिछले कुछ साल भारत के सुधारवादी मस्तिष्कों के लिए काफी निराशापूर्ण रहे। गलती से हम यह सोच रहे थे कि हम 'शेर' बन गए हैं। किन्तु 1994 के बाद हम बहुत ही कष्टदायी, धीमी गति से आगे बढ़े हैं और मैंने इस तथ्य को स्वीकारा है कि भारत वह 'हाथी' है जो दो कदम आगे बढ़ता है तो एक कदम पीछे भी हटता है। यह भारतीय लोकतन्त्र की रफ्तार है। व्यापार में मन्दी के बावजूद यह विडम्बनापूर्ण था कि नब्बे के दशक में भारत की अर्थव्यवस्था शेर की तरह साढ़े छह की दर से बहुत तेजी से बढ़ी। सबसे बड़ी चूक यह हुई कि किसी ने भी लोगों के लिए सुधार नहीं किए। आशा के अनुरूप उम्मीदों में बढ़ोत्तरी हुई, और अमीर और अमीर हुए जिसने गरीबों को चोट पहुंचाई। भविष्य के प्रति पवित्र दृष्टिकोण भी यहां साफ नहीं है। सर्वसम्मति से यहां कई रुकावटें हैं जिनमें से कई लोकतन्त्र की उपज हैं। मजदूर यूनियनें सार्वजनिक क्षेत्रों के नवीनीकरण से बचना चाहती थीं। शक्तिशाली फार्म लॉबी सब्सिडी को हटाना चाहती थी और वाम प्रत्येक चीज को रोकना चाहते थे। फिर भी अन्य कई प्रजातन्त्र इन नीतियों को लेकर सफल रहे हैं। भारत ही क्यों असफल हुआ ? 1991 का ग्रीष्म हमें क्या सबक सिखाता है, जबकि सब कुछ सही ढंग से चल रहा था। सुधारों को मिलनेवाली ऊर्जा एकदम से कहां चली गई? दो वर्षों के बाद अचानक ही सुधारों को क्यों रोक दिया गया।

उत्तर को खोजने के लिए मैंने निर्णय लिया कि मैं इस नाटक के प्रमुख पात्रों–नरसिंह राव, मनमोहन सिंह, पी. चिदम्बरम, मोंटेक सिंह, ए. एन. वर्मा, अशोक देसाई, राकेश

मोहन और दीपक नैयर से मिलूं। यह मुश्किल नहीं था क्योंकि मैं इन सबको जानता था, सिर्फ भूतपूर्व प्रधानमन्त्री को छोड़कर। ये सभी बहुत ही खुले मिजाज के थे लेकिन सभी असाधारण कमजोर स्मरणशक्ति के शिकार थे। मैंने एक चीज अजीब पाई कि इनमें से किसी ने भी अपने ऐतिहासिक कदमों को किसी डायरी में नहीं उतारा था। किन्तु इस प्रकार की असफलताएं तो भारतीयों के लिए आम हैं क्योंकि हमारे सारे के सारे ऐतिहासिक तथ्य लम्बे समय से विदेशियों ने ही हमें उपलब्ध कराए हैं। काफी समय डटे रहने के बाद ए. एन. वर्मा मेरी मुलाकात राव से निर्धारित करा पाए, लेकिन कुछ शर्तों पर। पहली, वह चाहते थे कि मेरे सभी प्रश्न लिखित में हों। दूसरी, वह मुझे आंकने के लिए पहले मुझसे एक प्रारम्भिक मुलाकात करेंगे तब वह मेरे प्रश्नों का उत्तर लिखित रूप में देंगे। अन्ततः उन्होंने वर्मा से मुझसे मिलने के लिए कहा। जब हम मिले, उनका रवैया चौकस और रक्षात्मक था। वह एक भगोड़े आदमी की तरह दिखाई दे रहे मैं उनमें वह सुधारक नहीं ढूंढ पाया जिसने विश्व के छठवें भाग के लोगों का भाग्य बदल दिया था।

जब हम बैठ गए तब भूतपूर्व प्रधानमन्त्री माने कि वह एक कांग्रेसी थे, क्रान्तिकारी नहीं। "कांग्रेस हमेशा किसी-न-किसी की कड़ी है। मैंने भी सिर्फ इसी परम्परा को आगे बढ़ाया और भूत को बदलने का प्रयास नहीं किया।" वह बोले कि उनका मुख्य मुद्दा गरीबी था, किन्तु उन्हें महसूस हुआ कि विकास की जरूरत के लिए इसे पीछे छोड़ना पड़ेगा। उनके सुधारों की रूपरेखा विकास दर को बढ़ाने के अनुरूप थी। यद्यपि, विकास दर अपने-आप में पर्याप्त नहीं थी। हमें गरीबी पर सीधा हमला करने के लिए रोजगार योजनाओं की आवश्यकता थी, और राव की सरकार ने अन्य सरकारों की अपेक्षा इस दिशा में अधिक कार्य किया। नेहरू मिश्रित अर्थव्यवस्था के विचार में अटूट विश्वास होने के कारण वह सार्वजनिक क्षेत्रों के निजीकरण के विरोध में थे। उन्होंने कहा कि " आप उस बच्चे का गला कभी नहीं दबा सकते जिसे आपने जन्म दिया है।" उन्होंने सार्वजनिक क्षेत्रों की स्थिति को सुधारने के लिए उन्हें निजी क्षेत्रों के साथ प्रतिस्पर्धात्मक दौड़ में ला खड़ा किया। हम इस बात से सहमत नहीं थे कि दो वर्षों बाद सुधार रुक गए थे-" भारत सही गति में सुधारों के साथ चल रहा था और तेज गति से सभी मुश्किलों से निपट रहा था।" जब वह बात कर रहे थे, मुझे लगा कि वह अपनी नीतियों के बचाव करने में अधिक रुचि दिखा रहे थे।

सभी पात्रों से बात करने के बाद मैंने महसूस किया कि 1991-93 के सुधारों के प्रमुख पात्र व सूत्रधार नरसिंह राव ही रहे हैं। यद्यपि कर्णधार मनमोहन सिंह ही सारा श्रेय ले गए लेकिन यह राव ही थे जिन्होंने कठिन रास्ता चुना और प्रभावशाली निर्णय लिए व उन्हें ऊर्जा और राजनीतिक सहयोग दिया। वह चतुर थे और जानते थे

कि मुश्किलों से कैसे निपटा जा सकता है। जिस ढंग से उन्होंने औद्योगिक नीति की समीक्षा की और पुराने मन्त्रियों को उनकी भावनाएं व्यक्त करने का मौका दिया। यह उनकी काबिलियत का एक उदाहरण है। इसी के साथ-साथ मैं इसमें भी विश्वास करता हूं कि मनमोहन सिंह के बिना सुधार सम्भव नहीं थे। इसका विस्तार यह है कि जिस रास्ते जाना था, उसका नक्शा मनमोहन सिंह ने ही बनाया। उन्होंने एक सुन्दर चाल के अन्तर्गत कई कमेटियों का गठन किया, जैसे–बैंक सुधारों के लिए नरसिंहन, कर सुधार के लिए चेलैया, बीमा सुधारों के लिए मल्होत्रा, और उन्होंने बुद्धिमानी भरे तर्क दिए इन क्षेत्रों में किए गए सुधारों को आंकने के लिए। इसके लिए जरूरी था कि मनमोहन सिंह आगे आएं और विकास के बारे में लोगों को एक नई दिशा दिखाएं। मनमोहन सिंह एक शान्त और प्रकृति से सावधान रहनेवाले व्यक्ति थे। बिना राव के सहारे के अपने दम पर वह यह सब नहीं कर सकते थे। नई व्यापार नीति जिस तेज गति से आई थी, वह भी चिदम्बरम के सहयोग के बिना सम्भव नहीं थी। वर्मा निर्वाचन कमेटी का अध्यक्ष होने से डरा हुआ था। और उसने ही दो सालों में सुधारों के क्रियान्वयन को गति दी थी। वह तन्त्र को अच्छी तरह समझता था और सुधारों के पक्ष में उसे मोड़ना आता था। वर्मा का महत्त्वपूर्ण योगदान न तो समझा गया और न ही सराहा गया। अन्त में तीनों-मनमोहन सिंह, चिदम्बरम और वर्मा से ही राव की ताकत का अनुमान लगा सकते हैं।

आर्थिक सुधार इसलिए किए गए क्योंकि उस समय संकट था। इसके अलावा और कोई चारा नहीं था। अन्तर्राष्ट्रीय मुद्राकोष और विश्व बैंक का दबाव भी स्पष्ट था। जब संकट दूर हो गए और दबाव हट गया, तभी सुधार भी रोक दिए गए। तब भारत के नीति-निर्धारकों का सच भी सामने उभरकर आया। कुछ असम्भवों को छोड़कर, राजनीतिक वर्ग में कोई भी-नौकरशाह, राजनीतिज्ञ-ऐसा नहीं है जो सुधारों के प्रति उत्साहित हो। किसी के निजी व्यक्तित्व में तो कोई बदलाव लाया नहीं जा सकता। एक अशोक देसाई, जो कि बहुत योग्य थे लेकिन प्रभावी नहीं, वह टीम के खिलाड़ी नहीं थे और दो साल बाद छोड़कर चले गए। लोगों में बदलाव लाए बिना, बीते हुए समय के योजना बनानेवाले भविष्य के उद्धारक बन गए थे। प्रधानमन्त्री में भी फालतू मन्त्रालयों को बन्द करने का साहस नहीं था। हमारी बीमारी को पकड़नेवाला कोई भी व्यक्ति नहीं था। राष्ट्र को जो पुनर्निर्माण की सख्त जरूरत थी, उसका आन्तरिकीकरण नहीं किया था। इसलिए नीति निर्धारक चतुराई व योजनाबद्ध तरीके से उदारीकरण के अन्याय के विरुद्ध सुधारों के बाद उठनेवाली शिकायतों से अपनी रक्षा नहीं कर सके। उन्होंने लोगों के समक्ष यह स्वीकार नहीं किया था कि नेहरू–इन्दिरा का पथ असफल चुका है।

नए लोगों की कमी का मतलब है पुराने, जो कि शासन के तहत अपने निजी स्वार्थों के चलते काफी फला-फूला था, जिसने कभी भी उनकी असफलता के लिए अपनी जिम्मेदारी को स्वीकारा नहीं था, जो अभी तक अपने महत्त्वपूर्ण स्थानों पर बने हुए थे और अपनी वर्तमान स्थिति में सुधार आने के इन्तजार में थे। हारे और जीते हुओं के परिणामों की पुनःसंरचना में भारत के हारे हुओं को ब्याज देना है जो कि प्राचीन शासन प्रणाली से लाभान्वित हैं। व्यापार केन्द्र को अभी उच्च शुल्क दरों की दीवार फांदना और मुकाबला करना है। किसान भी बिजली, पानी और फर्टिलाइजरों पर सब्सिडी खो चुके हैं; बैंक आसान एकाधिकार खो चुके हैं; सार्वजनिक क्षेत्रों के कर्मचारियों की नौकरियां असुरक्षित हो गई हैं जो कि उन्हें ऊर्जा और स्फूर्ति प्रदान करती थीं। पुराने हितों ने बहस करना जारी रखा कि उदारीकरण असमान परिणामों का नेतृत्व करेगा, किन्तु इसकी सहायता से बहुत ही कम परिणाम सामने आए।

राव एक अनिच्छुक उद्धारक थे। वे डेंग नहीं थे, थैचर भी नहीं थे, न ही सैलीनास, महाथीर, मेनम, कीटिंग, रॉलिंग्स और वैक्लेव हैवेल भी नहीं थे–ये सब के सब जिस रास्ते पर चले, उन्होंने मतदाताओं को उनकी ही भाषा में वह सब समझाया जो उन्होंने किया। राव ऐसा करने में असफल रहे क्योंकि उनमें गहरे आत्मविश्वास की कमी थी। उन्होंने बात की, आदमी के चेहरे के साथ सुधार की। सुधारक को हमेशा एक बात याद रखनी चाहिए कि सुधार गरीब की एकमात्र उम्मीद होते हैं। इस तरह कोई भी राजनीतिक प्लेटफार्म इसको आंक नहीं सकता। लोग बीच में कोई सुधार अपने पक्ष में नहीं कर सके। आदर्श रूप में राजीव गांधी, जिन्हें संसद में बहुमत प्राप्त था, यह कर सकते थे। लेकिन उन्होंने अवसर खो दिया और हमने अपने छह वर्ष। कई तरह से, राव का काम डेंग की अपेक्षा अधिक मुश्किल था। जिसने अपनी बाजार क्रान्ति सजातीय, स्वेच्छाचारी समाज में हासिल की थी। राव ने अपनी उपलब्धि विषम जातीय बन्धनों व उथल-पुथल प्रजातन्त्र के अन्दर हासिल की। उनकी सबसे बड़ी असफलता थी कि वह सुधारों को लागू तो कर सके लेकिन पार्टी में अपनी छवि सुदृढ़ न कर सके और अन्ततः उनकी पार्टी ने ही उन्हें डुबो दिया। राव के शासन काल की सबसे सुखद धारणा यह रही कि बहुदलीय सरकार होने के बावजूद भी कोई उन्हें सुधारों के उनके विचार से डिगा नहीं सका और वह उन्हें धीरे-धीरे लागू करते रहे।

मनमोहन के बारे में कई तकलीफदेह प्रश्न हैं। वह विश्व में सुधारों के लिए मील का पत्थर बन चुके थे। वह अन्तर्राष्ट्रीय और व्यापार मंचों पर बखूबी बोलते थे और उन्होंने विश्व-व्यापार मंच पर भारत की एक अच्छे निवेश क्षेत्र के रूप में पहचान बना दी थी। वह कई युवा भारतीयों के नायक बन गए थे जो यह सोचते थे कि भारत बदल

रहा है व अब उसका भविष्य उज्ज्वल है। तब उन्होंने सुधार बन्द कर दिए और सुधारों से अलंकृत भाषा भी बन्द कर दी। वह अपनी पार्टी को अपनी नीतियों से सन्तुष्ट करने में असफल रहे। उन्होंने युवा कांग्रेसियों से मिलने का अवसर भी गंवा दिया तथा विदेशी निवेशकों को आकर्षित करने के सन्देश का भी उनमें सही ढंग से प्रचार नहीं कर सके। अन्ततः राजनीति ने उन्हें धीमा कर दिया। हर्षद मेहता के शेयर बाजार घोटाले से उन पर एक गहरा आघात हुआ। संयुक्त संसदीय समिति की नजर उन पर गड़ गई। उन्हें दो बार इस्तीफे के लिए कहा गया लेकिन हर बार उनकी किश्ती को राव ही मंझधार से निकाल कर लाए।

कार्यालय छोड़ने के बाद मनमोहन सिंह की भाषा राजनीतिक और सचेत हो गई। वह भी सुधारों की बात को आदमी के चेहरे से जोड़ने लगे। क्या वह एक प्रतिबद्ध सुधारक थे जैसा कि विश्व उन्हें मानता था। वह तीस साल से उन नीतियों को बना व उनकी रक्षा कर रहे थे, जो उदारीकरण के खिलाफ थीं। वह पुरानी व बेकार नीतियों को बदलने में लगे हुए थे और पूर्वी एशिया के देशों से भारत की तुलना करते थे कि भारत उनसे कितना पिछड़ा हुआ है। क्या वह एक सच्चे प्रवर्तक थे? अगर थे तो प्रवर्तन के लिए 1994 से अब तक का उनका प्रदर्शन ठीक नहीं था। मैंने उसकी वैद्यवृत्ति को ऐसे नोट किया है, जैसे उन्हें स्वयं को विश्वास दिलाने की आवश्यकता है कि अन्ततः सुधार गरीबों को फायदा पहुंचाएंगे। काल्पनिक सुधारक इस तरह से बात और क्रिया नहीं करते। मैं दुख के साथ इस निष्कर्ष पर पहुंचा कि वह एक सुधारक न होकर एक सत्यनिष्ठ व्यक्ति थे।

गरीबों की बात करने पर मैं यह स्वीकार करता हूं कि यह सुधारों पर बहस को धुंधला कर देता है। मेरा मानना है कि किसी भी समाज में पन्द्रह प्रतिशत लोग उच्च वर्ग के होते हैं और पन्द्रह प्रतिशत वे लोग होते हैं जिनकी देख-रेख राज्य करता है। सुधारों का मुख्य केन्द्र इन दोनों के बीच के सत्तर प्रतिशत लोग होते हैं। लोगों की इसमें बड़ी तादाद होती है, जिन्हें सफल आर्थिक सुधारों के माध्यम से मध्यवर्ग में तब्दील किया जा सकता है। सही परिस्थितियां, कठोर परिश्रम, आत्म–मदद और शिक्षा के माध्यम से मध्यवर्ग अपने को प्रतियोगात्मक अर्थव्यवस्था के द्वारा बदल सकता है। यह भारत में सम्भव नहीं है क्योंकि हमारी मौजूदा नीतियां विकास को दबा रही हैं। हमारा मध्यवर्ग 1984 में कुल जनसंख्या का केवल दस प्रतिशत था। अस्सी के दशक में जब अर्थव्यवस्था गम्भीरता से विकास करने लगी और सुधार होने लगे, तब से मध्यवर्ग की संख्या कुल जनसंख्या की तिगुनी हो गई जो कि राष्ट्रीय अनुप्रयुक्त आर्थिक अनुसन्धान परिषद के अनुसार बीस प्रतिशत के आसपास है। सुधार तभी

सफल हो सकेंगे, जब भारत में मध्यवर्ग की संख्या में वृद्धि होगी। गरीबों को देखना भी आसान है क्योंकि वह कुल जनसंख्या के चालीस से पचास प्रतिशत न होकर केवल पन्द्रह प्रतिशत ही हैं।

लम्बे समय में सुधार गरीबों की मदद करेंगे। सुधार हमें विकास की ओर ले जाएंगे। जिसके साथ हमें अधिक नौकरियां, कम मुद्रा स्फीति, सस्ता सामान, रोजगार के अवसर और कृषि व अन्य सेवाओं में अनेकानेक अवसर। सुधारों का अर्थ है कि अमीर मध्यवर्गीय किसानों के लिए कम सब्सिडी और सार्वजनिक क्षेत्र का कम ह्रास। विकास और राजस्व ये दोनों ही गरीबी कार्यक्रम के लिए प्रमुख संसाधन हैं। किसी भी तरीके से देखो तो गरीबों के लिए सबसे जरूरी और तत्काल लागू करनेवाले सुधार हैं, प्राथमिक विद्यालय और प्राथमिक स्वास्थ्य केन्द्र। यह सम्पन्नता की ओर जाने का एक आसान रास्ता है। दुर्भाग्यवश, ये सुधार नहीं हो सके। यद्यपि कई मौकों पर नरसिंह राव ने यह जाहिर किया कि वह साढ़े तीन प्रतिशत सकल घरेलू उत्पाद का छह प्रतिशत शिक्षा पर खर्च करना चाहता है। यह आश्चर्य की बात है कि राजनीतिज्ञ जनता तक अपने सुधारों को पहुंचाने में अक्षम होते हैं और सभी गुप्त रूप से सुधार करना चाहते हैं। राजनीतिक वर्ग का कोई भी सदस्य यह नहीं जानता कि यही कुछ चीजें हैं जो उन्हें वोट दिलाने में सहायक सिद्ध होंगी। कांग्रेस के सदस्य अपनी तुच्छ गुटबन्दी से बाहर नहीं आ सके। भारतीय राजनीति में वाम और तीसरी ताकतें सुधारों के पक्ष में नहीं हैं क्योंकि ये आभिजात्य वर्ग व नौकरशाहों के समर्थक हैं। भाजपा जो कि सुधारों के पैकेज की असली हकदार अपने को मानती है, जिसका पहला मुद्दा धन है, गरीबी उसके लिए गौण विषय है।

जब पहला सुधार सामने आया तो भारत के लोगों की अपेक्षा कांग्रेस अधिक सकते में आ गई। आखिरकार यही वह पार्टी थी जिसने भारत को 'लाइसेंस राज, गरीबी हटाओ, बाजार विरोधी नीतियां और सार्वजनिक क्षेत्र को ऊंचाई प्रदान की थी। नरसिंह राव का ऐतिहासिक चरित्र यह रहा है कि उसने राष्ट्र के गुरुत्वकेन्द्र को ही बदल डाला। तब से अब तक सभी पार्टियां बाजार क्षमता की कीमत समझने में लगी हुई हैं। इसके लिए सभी पार्टियों की आम सहमति की आवश्यकता थी रामू और वामू को छोड़कर। यह स्पष्ट करेगा कि क्यों सुधार अधूरे ही रह गए थे। यही नरसिंह राव और मनमोहन सिंह की महान सम्पत्ति है।

अगर वह आर्थिक सुधारों पर एकमत थे तो उन्होंने उन्हें लागू करने में हताशा भरी देर क्यों की? अगर हम इस पर सहमत हैं कि हमें क्या करना है तो वह हम क्यों नहीं कर लेते। इसका एक ही कारण है और वह यह कि हमारे राजनीतिक दलों के

पास कोई भी आर्थिक एजेंडा नहीं है। दूसरा, हमारे अर्थशास्त्र मन्त्रालय में कोई भी सुधारक नहीं है। तीसरा, हमारा बोलना व्यर्थ की बातों पर ही होता है। हम अपनी ऊर्जा 'क्या' जैसी बहसों पर नष्ट करते हैं, बनिस्बत इसके कि 'कैसे' को कार्यरूप दें। यह विषय निजी और सार्वजनिक का नहीं है। यह विषय है कि हम अधिक बिजली का उत्पादन कैसे करें, जब राज्य विद्युत बोर्ड का ग्राहक दिवालिया हो तब राजनीतिज्ञों को किसानों को मुफ्त में बिजली देनी चाहिए। सुधार करना एक बहुत ही मुश्किल कार्य है और यह सुस्त दिमागवालों के बस की बात नहीं है। ये दिमाग की सम्पूर्ण एकाग्रता चाहते हैं, ये समस्या के सुलझाव की योग्यता चाहते हैं और दिमागी तौर पर मजबूत व्यक्तियों की मांग होती है। अधिक तथ्यों पर सम्पूर्ण एकाग्रचित व उन्हें सुलझाने की क्षमता चाहते हैं। यह कमरों में बैठकर बातचीत करने के विषय नहीं हैं। दुर्भाग्यवश, हमारे राजनीतिज्ञ व पार्टियां प्रायः आर्थिक विषयों पर आकर नौसिखिये व दिमागी तौर पर सुस्त हो जाते हैं।

अध्याय सोलह

लाखों सुधारक

प्रत्येक व्यक्ति सुधारक है जब तक कि सुधार उसके दरवाजे पर आकर दस्तक नहीं देते।

–एडगर हॉव

हम सभी आसपास के अशान्त तथ्यों के बारे में सरल कल्पनाओं के प्रति संवेदनशील हैं। हम उन कर्कश वस्तुओं को, जिन्हें हम अपनी रोजमर्रा की जिन्दगी में देखते हैं, सरल बनाने और अपने मस्तिष्क की आरामदायक श्रेणियों में विभक्त करने की कोशिश करते हैं। अपने आलस्य से हम, अखबारों के सरल शब्दाम्बरों, 'सुधारों' और 'नए मध्यवर्ग' जैसे शब्दों पर बेईमानी से सहमत हो जाते हैं। भारत में यह और भी अधिक कठिन है। जैसे ही हम कुछ कदम आगे बढ़ाते हैं, साथ ही हम एक कदम पीछे जाते हैं, और भूतकाल हमेशा ही हमारे साथ रहता है। इस अध्याय में मैंने बदलते हुए भारत के विषय में अनुमान लगाने की कोशिश की है। यह हमेशा ही खतरनाक है क्योंकि कोई भी वही तथ्य चुनना चाहता है जो कि उसकी पूर्वधारणाओं के अनुसार ठीक बैठता है। फिर भी लम्बे-चौड़े प्रमाणों का वजन स्पष्ट दिशा की ओर संकेत करता प्रतीत होता है। राजू, सुशीला, कुमकुम, विकास गोलम मंडल और मधु वर्मा के साथ मेरी मुलाकातें विशिष्ट नहीं थीं। मेरी पत्नी भी मेरे साथ आ गई है। मैं दर्जनों और कहानियों का वर्णन कर सकता हूं परन्तु मेरे प्रमाणों से यह साफ होता है कि 1991 के बाद से भारत बदल गया है। सुधारों व टेलीविजन से शायद इसका कुछ लेना-देना हो सकता है। परन्तु मैंने एक नई इच्छाशक्ति को

पाया है और मुझे विश्वास है कि यह बहुत तेजी से भारत की पहचान और भविष्य को निश्चित करेगी।

1994 के आखिरी दिनों में मैंने प्रोक्टर एंड गैम्बल कम्पनी से स्वैच्छिक सेवानिवृत्ति लेने का निर्णय लिया। इस समय मैं सिनसिनाती में उपाध्यक्ष एवं प्रबन्ध निदेशक के पद पर कार्यरत था। विश्व स्तर पर नीतियों के लिए योजनाएं बनाना व विक्स के व्यापार को फिर से बढ़ाने के प्रयास करना ही मेरा काम था। यह एक चुनौती भरा व एकाग्र होकर करनेवाला काम था। लेकिन मैंने पाया कि रोज की बढ़ती परेशानियों व चिन्ता के बीच कोई भी कार्य कर पाना मुश्किल होता है। वस्तुतः कई सालों तक अपनी कम्पनी को मैंने सफलतापूर्वक चलाया और मैंने पाया कि नौकरशाही के मुख्यालय अब अत्याचारियों का रूप धरते जा रहे हैं। लगभग तीस साल के बाद, मैं इस सहयोगी विश्व से थक चुका था। कभी-कभी मुझे ऐसे लगता था जैसे कि मैं कोई बन्दी हूं। मैं अपने जीवन से और भी अधिक आशाएं रखता था। मुझे सिनसिनाती पसन्द नहीं था। मुझे भारत बहुत याद आता था और मैं उन बदलावों के और भी पास आना चाहता था जो भारत में हो रहे थे और अगर सम्भव हो तो उनसे प्रभावित होना चाहता था।

शायद यह एक हिन्दू के जीवन की चार अवस्थाओं का खिंचाव भी हो सकता है जो मेरे अवचेतन में कहीं छुपा हुआ था। पहली अवस्था, जिसे ब्रह्मचर्य कहा हैं, जो कि एक विद्यार्थी का जीवन है। दूसरी अवस्था, गृहस्थ है, जिसमें एक व्यक्ति शादी करके अपना परिवार बसाकर समाज के प्रति अपना कर्तव्य पूरा करता है। सभी कामुक व मनोहारी भावनाएं इसी अवस्था में होती हैं। एक समय मैंने यह बात अपनी व्याकुल पत्नी को याद दिलाई। तीसरी अवस्था को वानप्रस्थ कहा जाता है। बच्चे अपने पैरों पर खड़े हो जाते हैं और ऋण उतारने होते हैं–उसके पश्चात व्यक्ति इस बाहरी संसार से विमुख हो जीवन का सही अर्थ समझने का प्रयास करता है। चौथी अवस्था है संन्यास, जब कोई समाज को त्यागकर उस अनन्तं से अपने को जोड़ लेता है।

मेरी पत्नी ने कहा कि "तुम जानते हो कि तुम क्या कर रहे हो? मेरा मतलब है कि हम कितना अधिक कमा रहे हैं। यह समय पूरी जिन्दगी-भर की मेहनत की फसल को काटने का है जिसे आपने कड़ी मेहनत व लगन से बोया है।" मेरी पत्नी बिलकुल सही थी। सहयोगी जीवन को छोड़ना आसान नहीं था। हम संघर्ष करते जा रहे थे।

"किन्तु मैं और अन्य चीजें करना चाहता था," मैंने आपत्ति उठाई, "मेरा मतलब कि हमारे पास अधिक पैसा नहीं है? अपने जीवन के इस क्षण में, मैं नहीं चाहता कि मैं महीने के पन्द्रह दिन विश्व के तृष्णा वहमों से घिरा रहूं। मैं अब कुछ लिखना चाहता हूं। महत्त्वपूर्ण चीज तो यह है कि हमारी जरूरतें सीमित हैं। इसके बाद यह एक सीधा-सादा गणित है।"

वह समझ गई। उसने मुझे याद दिलाया, "मैंने उसे कई साल पहले कहा था कि मैं पचास की उम्र में इस सहयोगी संसार को छोड़ दूंगा।" हमने बैठकर हिसाब लगाया कि हमें अपने जीवन को बिताने के लिए कितने रुपयों की जरूरत पड़ेगी। अपने बच्चों को पालने की राशि को साथ जोड़कर, जो कि अभी अपना कॉलेज कर रहे थे। अपनी जरूरतों के विरुद्ध, हमने पाया कि जो हमने अपनी कमाई से जोड़ा है, वह हमारे नए जीवन के लिए पर्याप्त है।

छोड़ने का फैसला करने पर, मैंने भारत में रह रहे अपने मित्रों को पत्र लिखे। मेरी अपनी कम्पनी बहुत ही विलासिता पूर्ण थी। इसने मुझे कई विकल्प सुझाए जिनसे मैं खुश हो सकता था, किन्तु जब कम्पनी की सी.ई.ओ. जॉन पेपर को लगा कि मैं अपना मन बना चुका हूं तो उसने मुझे स्वैच्छिक सेवानिवृत्ति की पेशकश की जिसके साथ मुझे उसके सहवर्ती लाभ भी मिल सकते थे। 'द टाइम्स ऑफ इंडिया' ने मुझे कॉलम लिखने की पेशकश की। काफी समय पहले मैं कई बार इसके लिए लिख चुका था और बन्द भी कर चुका था और यह अचरज की बात नहीं थी कि मैंने उनकी पेशकश स्वीकार कर ली। वित्तमन्त्री मनमोहन सिंह ने लिखा कि "वापस आ जाओ, तुम्हारे लिए किसी चीज का वायदा तो नहीं करता पर हम कोशिश करेंगे।" कई भारतीय कम्पनियों के समूहों ने मुझे अपनी कम्पनी की बागडोर संभालने के लिए पेशकश की। लेकिन मैंने सभी ठुकरा दीं। मेरे कर सलाहकार ने मुझे ग्रीन कार्ड वापस करने के लिए कहा। नहीं तो मुझे यू. एस. सरकार को भारी कर अदा करना पड़ता मेरी यू. एस. आय पर। उसने कहा कि मैं ग्रीनकार्ड वापस करते समय फार्म नं. 407 लेना न भूलूं।

कुछ दिन बाद मैं सिनसिनाती के अप्रवास कार्यालय गया। जब मैं अपना ग्रीन कार्ड लौटा रहा था तब अप्रवास अधिकारी ने पूछा, "सर, क्या समस्या है? क्या आप हमारे देश को पसन्द नहीं करते?" मैंने कहा कि मैं तुम्हारे देश को तो पसन्द करता हूं लेकिन उसके कर कानूनों को नहीं। जब मैंने उसे फार्म-407 के बारे में कहा तो वह कुछ अजीब-सा मेरी ओर देखने लगा। वह बोला, "उसने यह फार्म कभी नहीं देखा।" उसने वाशिंगटन फोन किया तब वहां से उन्होंने फार्म फैक्स किया जिस पर लिखा था : विधिसम्मत स्थाई निवास स्थान का जानबूझकर परित्याग। उसने कहा, "लगाम थामे रहो, यंग मैन! मैं तुमसे कुछ प्रश्न पूछना चाहता हूं।" उसका प्रश्न मेरे स्वेच्छा से छोड़ने को पक्का करना था कहीं ऐसा तो नहीं था कि मैं देश किसी दबाव के अन्तर्गत छोड़ रहा था। मैं कार्यालय छोड़ते समय संयुक्त राज्य सरकार के मानवाधिकार से सम्बन्धित नियमों से काफी प्रभावित था।

भारत वापसी पर हमने बम्बई के स्थान पर दिल्ली को रहने के लिए चुना। दिल्ली में मेरे रहने के पीछे कई कारण थे। बतौर लेखक, मुझे पुस्तकालयों, सम्पादकों,

बुद्धिजीवियों और विचारकों की जरूरत थी। मुम्बई जो कि व्यावसायिक शहर था जबकि दिल्ली में यह सब आसानी से उपलब्ध थे। यदि किसी को कोई व्यापार सम्बन्धी काम नहीं है तो उसके लिए बम्बई में रहने का भी कोई मजा नहीं है। किन्तु, मेरी पत्नी दिल्ली को पसन्द नहीं करती थी। वह बोली कि इसकी कोई आत्मा नहीं है। इसकी सड़कों की जिन्दगी काफी आक्रामक है।

वह बोली कि किसी सभ्यता का आकलन इससे होता है कि वह औरतों से किस प्रकार का व्यवहार करते हैं। जब मैं दिल्ली आया तो मैंने देखा कि बहुत सी औरतें मुम्बई की ओर टुकर-टुकर देखती थीं। मेरी पत्नी ने बताया कि मुम्बई स्त्रियों को प्रतिष्ठा प्रदान करता है। जहां मुम्बई औरतों को सम्मान देता है, वहां दिल्ली उन्हें सिर्फ भोग-विलास की प्रतीक ही मानता है। मुम्बई में, औरतें आधी रात में भी टैक्सी से आ-जा सकती हैं, लेकिन दिल्ली में, लड़की शाम के समय भी आजादी से चल नहीं सकती। इससे पता चलता है कि सभ्य होने के लिए शिक्षा से अधिक भी कुछ चाहिए होता है।

बम्बई के इस प्रकार सभ्य होने का मुख्य कारण उसका व्यापारिक होना था। मान्टेस्क्यू ने 'स्पीरिट ऑफ द लॉज' में लिखा है कि "यह एक सामान्य नियम है कि जहां भी व्यवहार कुलीन होगा वहां व्यापार होगा; और जहां व्यापार होगा वहां व्यवहार कुलीन होगा।" उसका मानना था कि व्यापार लोगों को क्रूर युद्धों और खूनी जंगों से दूर रखता है। कुछ साल बाद, सैमुअल रिकार्ड ने कहा कि "वाणिज्य उन लोगों को, जो घमंडी और अभिमानी हैं, एकदम से शालीन और व्यवहार्य बना देता है। वाणिज्य के द्वारा आदमी सुविचारित, ईमानदार और बोलते व क्रिया करते समय अपने व्यवहार में शालीनता सीखता है।" वाणिज्य के बारे में वह कहते हैं : यह मध्यवर्ग को सदाचार और किफायत, आत्म-निर्भरता, और आत्मानुशासन के लिए प्रोत्साहित करता है। कुछ व्यापारियों जैसे मारवाड़ी, जैनियों और गुजराती बनियों के साथ मेरा यही अनुभव रहा है और मैंने यह देखा कि उनमें ये गुण पर्याप्त मात्रा में देखे जा सकते हैं जिसके बल पर वे समृद्धि प्राप्त करते हैं।

व्यापार का पहला नियम यह है कि जब तक खरीददार और विक्रेता दोनों खुश नहीं होते तब तक सन्तुलित सौदा नहीं होता। यदि खरीददार वस्तु पर ज्यादा छूट चाहेगा और यदि विक्रेता वस्तु पर कहे अनुसार छूट नहीं देगा तो यह एक सन्तुलित सौदा नहीं होगा। इसलिए व्यापारियों को परस्पर निर्भरता को समझना चाहिए। जब ग्राहक और विक्रेता दोनों सन्तुष्ट हो जाते हैं, तभी एक सकारात्मक सौदा सम्भव है। व्यापार में लगे लोग भी 'विकास' के महत्त्व को समझते हैं। वे यह सीखने में विश्वास करते हैं कि हमारे चारों तरफ बहुत कुछ है और यही समृद्धि समता को जन्म देती है।

नौकरशाही समाज की अधिक्रमिक प्रकृति के कारण दिल्ली का मूल सामन्ती और राजतन्त्रीय है। पिरामिड को जितना आप हिलाएंगे उतना ही यह छोटा होता जाएगा। यहां केवल एक प्रधानमन्त्री है। कोई भी सचिव नहीं हो सकता। यदि आप जीतना चाहते हैं, तो किसी को हारना पड़ेगा। ग्राहक और विक्रेता के बीच पारस्परिक निर्भरता समझने के लिए आपको लोगों को नीचे रखना होगा। दिल्ली में कोई भी व्यावसायिक कार्य प्रभाव और संरक्षण पर निर्भर करता है और यहां यह महत्त्व नहीं रखता कि आप क्या जानते हैं, बल्कि यह महत्त्व रखता है कि आप किसे जानते हैं। दिल्ली के लोग दर लोग, अच्छा पहनते है और अच्छा जीवन व्यतीत करते हैं। यह प्रति व्यक्ति उच्च आय के साथ एक मध्यवर्गीय शहर है। फिर भी यह एक सुखद शहर नहीं है। दिल्ली के लोग अपनी बुरी आदतें छिपा के रखते हैं। भाग्यवश, दिल्ली में पिछले कुछ दशकों में बदलाव आए हैं और यह बहुत तेजी से एक व्यावसायिक शहर बनती जा रही है। नए व्यापार आ रहे हैं। बहुराष्ट्रीय कम्पनियां अपने मुख्यालय यहां बना रही हैं। नया मध्यवर्ग उभरकर आ रहा है। यह दिल्ली के सभ्य होने की दिशा में आशा की एक नई किरण है। मेरी पत्नी निराश है कि यह उसके जीवनकाल में नहीं हो पाएगा।

हम 1995 में भारत वापस आ गए और लोगों ने यह भांप लिया कि मुझे यहां करने के लिए अधिक कुछ भी नहीं है, इसलिए वे मुझे अपने प्रबन्धकों की कमेटी से जुड़ने के निमन्त्रण देने लगे। पहले पहल मैं इनकी बातों में आ गया और मैंने इनके निमन्त्रण अन्धाधुन्ध स्वीकार कर लिए। कुछ महसूस होने से पहले, मैं चौदह सदस्यीय कमेटी का सदस्य था और कमेटी की एक मीटिंग से दूसरी मीटिंग के चक्कर में मैं महीने में बारह दिन सफर पर रहता था। इस सबके चलते तीन महीने बाद, मुझे लगा कि जीवन जीने का यह एक भयानक तरीका है। ध्यान रहे, बोर्ड का शासन बहुत महत्त्व रखता है किन्तु बोर्ड के अलावा अन्य लोगों से कम्पनी को बहुत कम ही उम्मीद रहती है। इससे अभिप्राय यह है कि बोर्ड का सदस्य बनने पर थोड़ी आत्मतुष्टि अवश्य मिलती है।

इसी समय, मैं व्यापार जगत में होनेवाले विकास के साथ जुड़ा रहना नहीं चाहता था। मुझे लगा कि मुझे कुछ अन्य कम्पनियों के विकास में सहयोग करना चाहिए। तब, एक दोपहर मैंने फोन उठाया और चौदह सदस्यीय कमेटी के चेयरमैन से कहा, "देखिए, मैं आपकी कमेटी का आदर करता हूं। लेकिन मैंने फैसला किया है कि मैं अब अपने आपको कुछ गिनी-चुनी कम्पनियों में सीमित करूंगा। इससे मैं उनके विकास पर सही तरीके से ध्यान दे सकूंगा। यदि आप सोचते हैं कि मैं आपकी कम्पनी की मदद कर सकता हूं, तब आप मुझे कोई चुनौतीपूर्ण काम सौंपें। मैं आपको महीने में केवल एक ही दिन दूंगा, जिसकी आपको मुझे काफी ज्यादा फीस देनी पड़ेगी,

जो इस बात की साक्षी होगी कि आप और मैं दोनों काम को गम्भीरता से ले रहे हैं। इस तरह, मैं आपके व्यापार को गम्भीरता से ले सकूंगा और आपकी कमेटी का एक कारगर सदस्य बन सकूंगा।"

यह मेरे लिए अचम्भा था कि छह कम्पनियों ने मुझे अपना सलाहकार बनाया। मैंने अन्य कमेटियों से त्यागपत्र दे दिया। मैंने देखा कि सलाहकार बोर्ड का सदस्य भी बना जा सकता है। इसका उत्तर यह था कि जब कम्पनी का वकील और चार्टर्ड अकाउंटेंट बोर्ड का सदस्य हो सकता है तो सलाहकार क्यों नहीं। मेरा सलाहकार का काम चल निकला और महीने में छह दिन काम करने का मैं आनन्द उठाने लगा। और मैं छह कम्पनियों को अधिक प्रतियोगी बनाने में जुट गया। मैंने एक कम्पनी को विश्वव्यापी उत्पाद बनाने में मदद की, दूसरी कम्पनी का घरेलू बाजार में हिस्सा बढ़ाया, तीसरी कम्पनी को नए उत्पाद बनाने और उनमें सुधार लाने में मदद की, चौथी कम्पनी के बाजार में और वृद्धि की जबकि वह स्वयं भी नेतृत्व की स्थिति में थी, पांचवीं को मैंने घरेलू की बजाय पूरी तरह व्यापारिक बना दिया, छठी कम्पनी के प्रबन्धकों को शत्रुओं के खिलाफ मिलजुलकर काम करने की शिक्षा दी। इसने भारतीय व्यापार को विविधता प्रदान की।

मुझे अपने सलाहकार के काम के लिए देश में दूर-दूर तक जाना पड़ा। और कभी-कभार मुझे बड़े शहरों से काफी दूर जाना पड़ता था जहां मैं अलग प्रकार के व्यापारियों से मिलता था। एक बार इसी प्रकार की यात्रा पर मैं पांडिचेरी गया और हम सुबह मद्रास से बैठे और एक घंटे बाद गांव की कॉफी की दुकान पर पहुंचे, जहां हमें चौदह वर्षीय राजू ने बहुत ही स्वादिष्ट, कॉफी पिलाई। वह चार मेजों के बीच खाकी निकर और डिजाइनर शर्ट पहनकर जल्दी-जल्दी काम कर रहा था और उसने हमें मरई मलाई नगर गांव की अपनी जिन्दगी के बारे में बताया। उसके पिताजी एक खोखा चलाते थे जिसमें वह सिगरेट, बीड़ी, पान, अखबार, केला, शेम्पू के पैकेट, कैंडी, चाय और खाना पकाने का तेल आदि बेचते थे। हमें वड़ा साम्बर देने के बाद राजू ने बताया कि यह उसकी 'समर 'जोब' है। वह इससे महीने में चार सौ रुपये कमा लेता है जो उसकी कम्प्यूटर कक्षाओं के लिए पर्याप्त हैं। "हमारा गांव बेकार है। यहां कम्प्यूटर पढ़ाने की कोई सुविधा नहीं है। इसलिए पास ही के गांव जो तीन किलोमीटर की दूरी पर है, जहां मैं साइकिल पर हफ्ते की दो शाम कम्प्यूटर सीखने जाता हूं। हमारे स्कूल में दो कम्प्यूटर हैं जिन पर हमेशा भीड़ लगी रहती है और मुझसे बड़े लड़के मुझे धक्का देकर हटा देते हैं। यही कारण है कि मैं गर्मियों की छुट्टियों में क्लासिस लेता हूं। अगले साल के लिए उम्मीद है कि मैं मद्रास की कम्प्यूटर कम्पनी में 'समर जॉब' करूंगा।" मैंने पूछा, "तुम बड़े होने पर क्या करोगे?"

"मैं कम्प्यूटर कम्पनी चलाऊंगा।" मैंने पूछा, "तुम्हें कम्प्यूटर से जुड़ी यह प्रेरणा कहां से मिली?" "मैंने टी.वी. पर बिलगे नामक आदमी को देखा जिसकी अमेरिका में साफ्टवेयर कम्पनी है। जो विश्व का सबसे अमीर आदमी है।" मुझे उसके बिलगेट्स के नाम का उच्चारण करने पर हंसी आई लेकिन मैं उसके एकमात्र उद्देश्य को देखकर काफी प्रभावित हुआ। उसका मानना था कि कम्प्यूटर ही हमारा भविष्य है। वह कम्प्यूटर ग्राफिक्स से बहुत प्रभावित था जिन्हें उसने अपने 2800 रुपये के ब्लैक एंड वाइट टेलीविजन पर देखा था जिसे वह किश्तों पर लाए थे। वह अपने स्कूल के दोस्तों में सबसे पहले कम्प्यूटर खरीदनेवाला बनना चाहता है।

"क्या आप नहीं सोचते कि कम्प्यूटर एक जबरदस्त चीज है।" वह नटखटपन से मुस्कुराया।

कुछ हफ्तों बाद मैंने पढ़ा कि फोर्ड में तमिलनाडु के मरई मलाई नगर गांव में महिन्द्रा के सहयोग से एस्कोर्ट के उत्पादन के लिए पचास करोड़ डॉलर निवेश करने का निर्णय लिया है। मैं सोचता हूं कि राजू अब ज्यादा समय तक अपने गांव को बेकार नहीं कह सकेगा। अगले पांच वर्षों के भारत भ्रमण के लिए राजू मेरे लिए एक परिभाषित छवि बन गया। मैं इस छवि से युवाओं की आशाओं में, लोगों के बात करने के ढंग में, उनके सड़क के किनारों पर खड़े होने के ढंग में, माताओं के अपने बेटे और बेटियों के बारे में सोचने के ढंग में कई बार टकराया। राजू ने विश्व को देखने का एक नया दृष्टिकोण दिया। भारत बदल रहा है।

पांडिचेरी से लौटने के बाद मैंने युवा लड़कियों के झुंड को देखा जिन्होंने बहुत ही अच्छे ढंग से चटक रंग की साड़ियां पहन रखी थीं जो कि दो लेनवाले राजमार्ग पर घूम रही थीं। उनकी संख्या काफी अधिक थी। मेरी पहली प्रतिक्रिया यह हुई कि वे मन्दिर जा रही होंगी। आज जरूर ही कोई उत्सव है। हमने कार रोकी और एक लड़की से पूछा, "क्या होने जा रहा है?"

उसने हंसते हुए कहा, "कुछ नहीं। हम लोग चमड़ा कारखाने में काम करने जा रहे हैं।" वह चमड़े के जूते बनाती थी। मैंने उससे उसके ग्राहकों के बारे में पूछा। "फ्लोरशिम, होगार्थ, मार्क्स और स्पेंसर।" उसने ये नाम बहुत ही साफ और सुविचारित ढंग से कहे। उसे अपने ग्राहकों पर गर्व था। उसने कहा, "हां, हम बहुत अच्छे जूते बनाते हैं।"

उसने हमें बताया कि उसका नाम सुशीला है। वह बीस साल की है तथा महीने के चौदह सौ रुपये कमाती है। तीन साल पहले जब यह फैक्टरी शुरू हुई थी तब से वह इसमें काम कर रही है। तबसे उसके गांव गुडूवेंचरी में लगातार चीजें बदलती रहीं। सभी लड़कियां अब नौकरी करती हैं। वे अपना दहेज खुद जोड़ने में सक्षम हैं और जिससे उन्हें

समाज में सम्मान भी प्राप्त है। अचानक ही उसका बैग गिर गया और वह घबरा गई। उसमें से ओले की तेल की शीशी छिटककर बाहर गिरी। भाग्य से वह टूटी नहीं और उसने राहत महसूस की। मैंने पूछा, "क्या यह महंगी है?" उसने कहा, "इसे इस्तेमाल करना बहुत महंगा है, लेकिन इसकी कीमत काफी कम हो गई है।" दुकानदार ने उसे बताया था कि सभी सौन्दर्य प्रसाधनों पर उत्पादन शुल्क कम कर दिया गया है। सहसा उसने अपनी घड़ी की तरफ देखा और बोली, "अब मुझे चलना चाहिए।" उसने फैक्टरी की तरफ जानेवाली रंगीन लाइन में प्रवेश कर लिया। मुझे उसके फ्लोरशिम, होगार्थ कहने के ढंग के पीछे जो आत्मविश्वास था, वह पसन्द आया। उसने यह नाम ऐसे लिए जैसे वह सच्ची में इनकी परवाह करती है। वह विश्वव्यापी अर्थव्यवस्था में सफल होने के रहस्य को जानती थी। सुशीला से मुलाकात से कुछ कड़वी यादें ताजा हो आईं।

मैं अपने शैम्पू–पैंटीन, पर्ट प्लस, हैड एंड शोल्डर्स और विडाल ससून के भारतीय बाजार में न लाने से काफी परेशान था। क्योंकि कर ढांचा इतना अजीब था, जो कि उनकी कीमतों से दोगुना था। पी. एंड जी. के सभी एशियन सब्सिडरीवालों की देखभाल में पूरे विश्व में अच्छा व्यापार कर रहे थे, भारत को छोड़कर। यही कारण था कि ओले तेल अच्छा व्यापार न कर सका। पी. एंड जी. चीन में हमारे यहां से आधी कीमत पर विश्व में अच्छा व्यापार कर रहा था।

वित्तमन्त्री के साथ मेरी मुलाकात में यह मुद्दा भी सामने आया। मैंने उनसे उत्पादन शुल्क को कम करने पर बहस की, जिससे कि शैम्पू, त्वचा की क्रीम, और अन्य प्रसाधनों की कीमत कम होने से उनकी मांग भी बढ़ेगी। कर और दर कम होगी तो कर राजस्व भी बढ़ेगा। मन्त्री ने कहा कि भारतीय स्त्रियों को लिपस्टिक और चेहरे की क्रीमों की आवश्यकता नहीं है। मैंने जवाब दिया कि हर औरत सुन्दर दिखना चाहती है।

उन्होंने कहा, "क्रीम एक बदसूरत चेहरे के लिए कुछ नहीं कर सकती। यह सिर्फ अमीर लोगों की ऐश की वस्तुएं हैं।" मैंने कहा कि यहां तक कि गांव की लड़कियां भी हल्दी का लेप लगाकर सुन्दर दिखने का प्रयास करती हैं।

वह अधीरता से बोले, "नहीं, यह बढ़िया है कि चेहरे को प्रकृति पर छोड़ दिया जाए।"

मैंने बहस करते हुए कहा, "सर, आप कैसे यह निर्णय ले सकते हैं कि वे क्या चाहती हैं? आखिरकार यह उनकी मेहनत से कमाया हुआ पैसा है?"

"यही तो मैं नहीं चाहता कि वे अपनी मेहनत की कमाई को ऐसे फिजूल उड़ा दें। उन्हें खाना खरीदने दो।" इसके साथ ही, उन्होंने उद्दंडता से मुझे आफिस से बाहर जाने के लिए कहा।

सुशीला के खुले घाव को मैंने भरने की सोची थी। यह दस साल पहले हो चुका है, लेकिन आज भी मैं इस आदेशित अर्थव्यवस्था व आदेशकर्ताओं की मूर्खताओं पर गुस्सा था। जब हम माउंट रोड के ट्रैफिक जाम में फंसे तब मैं शान्त था। मैंने महसूस किया कि राजू अपने बिलगेट्स के सपनों में और सुशीला अपने ग्राहकों के बारे में सोचने के साथ ही हम विश्वव्यापी अर्थव्यवस्था के एक भाग बन गए हैं। मनमोहन सिंह ने न केवल प्रसाधनों पर से उत्पादन शुल्क ही कम किया बल्कि उन्होंने एक बड़ी क्रान्ति को भी जन्म दिया। सूचना प्रौद्योगिकी के पीछे व्यापार में उदारीकरण और कर सुधार ने सुशीला और राजू के दिमागों को बदलना शुरू कर दिया है।

दिल्ली में जद्दोजहद दोबारा शुरू होने पर मैं अपनी दोस्त नलिनी सिंह से मिला और उसे सुशीला व राजू के बारे में बताया। उसने भी मुझे एक लड़की के बारे में बताया जिससे वह अपने बालों के लिए गजरा खरीदती थी। उसने कहा कि वह निरुला के पास की रेड लाइट पर से अपने लिए गजरा खरीदती है। जब वह चमेली के फूलों का गजरा खरीद रही थी तब उसने लड़की से कहा कि तुम्हारे गजरे बहुत ही ठंडे व ताजा हैं और इनकी सुगन्ध सारे माहौल को सुगन्धित कर रही है।

लड़की ने सामने कुछ ही दूरी पर दुकान पर पड़े छोटे-से फ्रिज की ओर इशारा किया। यह उसका रहस्य था। नलिनी ने आश्चर्य से पूछा, “क्या तुम सही में अपने फूल इसमें रखती हो !” उसने शब्दों में नहीं, लेकिन इशारे में बताया कि इसका कारण है, जनपथ ट्रेफिक के कोने में खड़ी लड़की, जिसके साथ उसकी प्रतिस्पर्धा है।

कुछ महीनों बाद, मेरे दोस्त एस. के. सिंह ने मुझे अपने भाई के उत्तर प्रदेश स्थित फार्म हाउस पर निमन्त्रित किया। बारतोली एक शान्त गांव है, जो कि केन्द्रीय तौर पर सामन्ती है। यहां पर अधिकतर निम्नजाति के लोग हैं, कुछ मुस्लिम और कुछ राजपूत। वे हमेशा भ्रष्टाचार, रिश्वत और सिफारिश की बातें करते हैं। ये सब उसके भाई ने तब बताया जब हम बुलन्दशहर और खुर्जा के बीच के जी. टी. रोड पर थे जो कि पूर्वी दिल्ली से सौ किलोमीटर की दूरी पर है।

मैंने गांव की ओर नजर डाली और एक और कहानी देखी। खेत गन्नों से भरे हुए थे, ट्रैक्टर जमीन को जोत रहे थे। गांव को मुख्य सड़क से जोड़नेवाले छोटे से पर एक ट्रैक्टर ट्राली के कारण जाम लगा हुआ था। डीजल पम्पसेट गैलनों पानी उंडेल रहे थे। अच्छी तरह तैयार हुए बच्चे घर से स्कूल की ओर जा रहे थे, वे अभी छह महीने पहले खुले मोंटेसरी स्कूल में पढ़ते थे, जिसमें कुल अस्सी बच्चों के नाम रजिस्टर्ड थे।

“आज कल सभी का दिमाग पैसा कमाने की ओर भाग रहा है।” यह बात सरकारी स्कूल के एक मास्टर ने कही थी, जो कि बच्चों के उसके स्कूल छोड़ने का रोना

रो रहा था। "मोटेसरी शब्द ही मेरे विद्यार्थियों को आकर्षित कर रहा है। उन्हें इस शब्द का मतलब भी नहीं पता। वे पैंतीस रुपये हर महीने लेते हैं और अस्सी बच्चों का कुल 2800 रुपये बनता है। मेरे स्कूल में एक रुपये देने की जगह गरीब चमार भी अपनी मेहनत की कमाई को वहां भेंट चढ़ा रहे हैं।"

मैंने पूछा, "वे तुम्हारा स्कूल क्यों छोड़ रहे हैं?" "क्योंकि वे टेलीविजन देखते हैं, वे अंग्रेजी सीखना चाहता हैं, वे अमीर बनना चाहते हैं।"

मेरे मेजबान ने उसे बीच में रोका, "नहीं, तुम मूर्ख हो, क्योंकि तुम तरक्की नहीं करना चाहते, तुम तो अपनी दुकान चलाने में व्यस्त हो।" स्कूल मास्टर जानना चाहता था कि सरकार 'दोपहर के भोजन की योजना कब से लागू कर रही है। उसने समाचार पत्र में पढ़ा था कि यह योजना शीघ्र ही लागू होनेवाली है। जिनके यहां मैं ठहरा था, उनके गांव के घर में बहुत गर्मी थी और हम अपनी चारपाई लेकर बाहर आ गए। मेरे मेजबान ने बताया कि स्कूल मास्टर का विद्यार्थियों के स्कूल छोड़ने से दुखी होने का सिर्फ एक ही कारण है और वह है 'दोपहर का मुफ्त भोजन।' मास्टर उम्मीद कर रहा है कि विद्यार्थियों की कम हो रही संख्या से शायद उसे इस योजना का लाभ न मिल सके और उससे होनेवाले लाभ से वह वंचित रह जाएगा।

पड़ोसी फतेहसिंह हमसे मिलने आया। वह एक सजग व जोशीला दिखनेवाला दलित था। वह उस चारपाई पर नहीं बैठा जिस पर हम बैठे थे क्योंकि मेरे मेजबान राजपूत थे। फतेहसिंह के पास अपनी चार एकड़ जमीन थी और वह छह एकड़ ठेके पर लेकर जोतता था। वे गन्दे चमड़े को साफ करनेवाले मजदूर हुआ करते थे लेकिन आज उनके पास अपनी जमीन के साथ-साथ पांच ट्रैक्टर भी हैं, जिन्हें वह किराये पर देते थे। राजपूत कृष्णपाल सिंह, जिसकी तीस एकड़ जमीन दो गांवों बारतोली और मम्मन खुर्दआ के बीच पड़ती थी, उसने कहा, "मुख्य समस्या मजदूरों की है, सर। मैं किसी को भी खेतों पर काम करने के लिए नहीं ला सका। हमारी सबसे बड़ी समस्या है किसी से खेतों पर काम कराना। चालीस रुपये दिहाड़ी के साथ तीन वक्त का खाना व पशुओं के लिए चारा भी देने को तैयार हूं, लेकिन फिर भी कोई काम करने को तैयार नहीं।"

फतेहसिंह ने कहा कि "खेतों पर काम करना आसान नहीं है। हमें बिजली केवल रात को ही मिलती है। तो इसके लिए किसी ऐसे व्यक्ति की जरूरत है जो रात-भर जागकर खेतों को पानी दे सके। मई और जून में गर्मी इतनी अधिक होती है कि अच्छे-अच्छों को नानी याद आ जाए।" इससे सभी के चेहरों पर मुस्कान दौड़ गई, लेकिन इसने एक बात स्पष्ट कर दी कि क्यों सभी युवा गांव छोड़ रहे हैं।

मेरे मेजबान ने फतेहसिंह की ओर देखते ही कहा, "तुम किसके बारे में शिकायत

कर रहे हो? मायावती अब मुख्यमन्त्री बन गई हैं और तुम जो चाहो वो पा सकते हो।" फतेहसिंह इससे आहत था। उसे अपनी जाति याद दिलाना अच्छा नहीं लगा। हालांकि नई मुख्यमन्त्री भी दलित हैं। मेरे मेजबान ने मेरी तरफ मुड़ते हुए कहा, "मैं एक उदार विचारोंवाला व्यक्ति हूं और इस जात-पात में विश्वास नहीं रखता। लेकिन मैं यह कभी भी देख नहीं सकता कि नीचजाति की लड़की ब्राह्मण लड़के के साथ बैठी हो। मैंने यह अपनी आंखों से दिल्ली की एक बस में देखा था। आपको पता है, लड़का सर्वोच्च न्यायालय के जज का बेटा था।"

मैंने उससे पूछा, "उन दोनों के एक साथ बैठने में क्या गलत है? " मेरे राजपूत मेजबान ने कहा, "क्या गलत है–वह अछूत है।" वह आक्रोश से चारपाई पर से उठ गए और अभिमान से सेवानिवृत्त परिवहन आयुक्त की गरिमा के बारे में बताया कि वह सिर पर मैला ढोने के आदि थे।

मैंने कहा, "ऐसा दो पीढ़ी पहले होता था।" मेरी आवाज में अधीरता साफ प्रकट हो रही थी। एक सुन्दर अच्छी तरह से तैयार हुआ जवान आदमी हमारे बीच शामिल हुआ। उसका नाम विकास था। उसका रंग अपने अंकल फतेहसिंह से ज्यादा साफ था। उसका अच्छा और मजबूत जबड़ा था और अच्छी तरह से कंघी किए हुए काले बाल थे। वह यू. पी. रोडवेज बस के कंडक्टर का बेटा था। वह अपने कॉलेज के पहले साल में था और एक किसान नहीं बनना चाहता था। उसका विचार था कि वह खुर्जा में अपना व्यापार करेगा। खुर्जा मिट्टी के बर्तनों के लिए प्रसिद्ध है लेकिन विकास का एक अलग ही विचार था। "मेरे पिताजी अब रिटायर होनेवाले हैं... मैं सोचता हूं कि मैं उनके साथ इस्पात के ट्रंक बनाने का व्यापार शुरू करूं। हमें वहां अच्छे मुस्लिम कारीगर भी मिल जाएंगे और मैं दिल्ली के थोक बाजारों में खरीदारों से मिलूंगा।" विकास ने कहा। मेरे मेजबान ने कहा, "तुम तो जानते ही नहीं हो कि व्यापार कैसे किया जाता है। तुम जानते हो कि बिजली बोर्ड के लाइनमैनों को रिश्वत कैसे दी जाती है? पी. लाइनमैनों के घर बहुत ही उम्दा दर्जे व संगमरमर के बने होते हैं।"

फतेहसिंह ने शिकायत भरे स्वर में कहा कि "यह लड़का तो हमारी मौत बनकर आया है। लखनऊ में सांठ-गांठ करके पचास हजार रुपये देकर हमने इसके लिए रोडवेज में कंडक्टर की नौकरी तय की थी। लेकिन हम इसका दिमाग ठिकाने न ला सके। यह अपनी जिन्दगी और अपने पिता की मेहनत की कमाई को बर्बाद करने पर तुला है। कृपया करके इसके दिमाग में करके इसके दिमाग में से ट्रंक निकाल दीजिए।"

दिल्ली वापस लौटने पर मैंने अपनी पत्नी को विकास के बारे में बताया। मैंने कहा, "यहां तक कि यू. पी. के गांवों में भी बदलाव आ रहा है।" उसने अविश्वास से सहमति

जताई। कुछ महीनों बाद, मैं एक कपड़ा कम्पनी का सलाहकार बना। मुझे कलकत्ता के दौरे पर भेजा गया। जहां मैं लिंडसे इस्पात के समृद्ध सुमंगल कपड़ा स्टोर पर गया। वहां मैं गोलम मंडल से मिला, जो कि अपनी चालीस की अवस्था में मूछोंवाला सेल्समैन था, जो हुगली जिले के बबनाम गांव से आया था। मंडल अपनी चिकन की कढ़ाई का काम दो काउंटरों तक फैला चुका था और वह इसे सुमंगल में थोक में बेचने के प्रयास में था।

ब्लाउज को देखकर मेरे मुंह से निकला, "यह तो बहुत बढ़िया है।" दुकानदार ने मुझे याद दिलाया कि इतने उत्साहित होने की जरूरत नहीं है जब तक दो पैसे कम नहीं करवा लेता। मंडल ने बताया कि उसके चचेरे भाई को इस मैचिंग साड़ी को बनाने में तीन महीने तक लग जाते हैं। जिसकी कीमत पांच हजार रुपये है। मैंने पूछा कि उसका भाई इस काम से कितना कमा लेता है। उसने अपने चारों ओर देखा और जब वह निश्चिन्त हो गया कि स्टोर का मालिक उसकी बात नहीं सुन रहा है।

"क्या आप ग्राहक हैं, सर?"

"नहीं।" मैंने कहा।

"तब मैं आपको बता सकता हूं कि वह बहुत कमा लेता है, सर। हमारे लोग पीस के हिसाब से काम व पैसा लेना पसन्द करते हैं। साधारण चिकन के काम व अन्य प्रकार के चिकन के काम से वे लगभग तीन सौ रुपये कमा सकते हैं। हमारे पारम्परिक बंगाली सुई के काम कांथा के एक पीस पर एक हजार रुपये तक कमा लेते हैं। हमारे गांव में दो सौ परिवार रहते हैं। और प्रत्येक परिवार की औसत आय आठ हजार रुपये माहवार है। औरतें भी काम करती हैं और मर्द उसे बेचने के लिए जाते हैं। मैं अपना ध्यान अधिकतर दक्षिण की ओर देता हूं। इस साल के लिए मेरी ऑर्डर बुक भरी हुई है। पंजाब नेशनल बैंक ने अपनी बबनाम शाखा का नवीनीकरण किया है। मैनेजर ने कहा कि चिकन का काम करनेवाले लोगों की जमा राशि एक करोड़ पचास लाख से ऊपर थी।" मैंने पूछा, "क्या सरकार मदद करती है?"

"मदद सर?" हम सरकार को अपने गांव के पास फटकने देना नहीं चाहते। सर मुझे आपको अपने गांव ले जाते हुए बड़ी शर्म महसूस होगी। बरसात के दिनों में सड़कें पानी में डूब जाती हैं। कच्चा माल लानेवाले ट्रक अकसर कीचड़ में धंस जाते हैं। हमें बिजली की जितनी जरूरत होती है, उसकी आधी ही हमें मिल पाती है। मैं नहीं जानता कि मैं कैसे बिजली की इस समस्या के साथ इस ऑर्डर को पूरा कर पाऊंगा।"

"ऑर्डर बुक का तुम्हारे लिए क्या महत्त्व है?"

"मैं नहीं जानता। दस साल पहले हम चूहे की तरह गरीब थे। आज नर्सिंग होम, स्कूल, होटल सभी हमारे चिकन के काम को पसन्द करते हैं। हम लोग शुरू से ही साड़ी

और हथकरघा दुकानों पर निर्भर हैं...।" स्टोर के मालिक को पास आता देख उसने अपना वाक्य अधूरा ही छोड़ दिया।

"हां, तुम भद्दे और अभागे व्यक्ति थे। मैं जानता हूं कि आज तुम एक बहुत बड़े आदमी हो।"

शाम को मैं अपने कलकत्ता के कुछ पुराने दोस्तों से मिलने गया। उन्होंने शिकायत की कि कलकत्ता में न तो नौकरियां ही हैं और न ही निवेश के अवसर। मैंने उन्हें मंडल के बारे में बताया। लेकिन वह उसके जीवन से वास्ता नहीं रखते थे। मैं मध्यवर्गीय बंगाली माताओं से माफी चाहता हूं जिनके पढ़े-लिखें बेटे जो कि बेरोजगार हैं और भारत के अन्य भागों में नौकरी की तलाश में गए हुए हैं। बन्धोपाध्याय ने कहा कि कोई भी समझदार उद्योगपति कम्यूनिस्ट राज्य में निवेश नहीं करेगा। उसने कहा, "विडम्बना यह. रही कि अच्छा आर्थिक ढांचा-पावर, टेलिकॉम और मेट्रो होने के बावजूद भी हम प्रचुर मात्रा में नौकरियां उपलब्ध न करा सके।" उन्होंने कहा कि गांव में तो यह स्थिति और भी अलग थी। लोग अधिक सकारात्मक थे। बहुत से लोग भूमि सुधारों से लाभान्वित भी हुए। बन्धोपाध्याय ने कहा कि "आखिरकार बंगाल में हरित क्रान्ति आई तो।"

इसी महीने मैं एक अमेरिकी यात्री की कम्पनी के काम से गुलाबी शहर जयपुर गया। जब वह घूमने चला गया, तो मैंने मधु वर्मा के पास जाने का निर्णय लिया। जिससे पहली बार मेरी मुलाकात कई साल पहले बम्बई में हुई थी। उसका पति एक सार्वजनिक क्षेत्र के बैंक में मैनेजर था। वे पिछले पन्द्रह सालों से जयपुर में रह रहे थे। उनके घर जाते समय मैं ट्रैफिक जाम में फंस गया। मुझे अपने लेट होने पर झुंझलाहट हुई।

जयपुर ऊंघता हुआ, क्षमा प्रार्थी-सा और छोटे शहर की हवा में सांस लेता हुआ-सा मालूम होता था। मैं सड़क पर एक नई आक्रामकता महसूस कर रहा था। कुछ लोग साइकिलों पर आवाजाही कर रहे थे; जिन लोगों के पास पहले साइकिलें थीं, अब उनके पास स्कूटर आ गए थे; और जिनके पास स्कूटर थे, अब वे चमचमाती मारूती कार में घूम रहे थे। जो इस ट्रैफिक जाम का कुछ हद तक कारण भी थे। जयपुर पहले से समृद्ध नजर आ रहा था। लेकिन पन्द्रह साल पहले, यही सड़क साफ-सुथरी थी व मुख्य मार्ग चौड़ा था। आज सड़क के दोनों तरफ कूड़े के अम्बार थे और ट्रैफिक का धुआं सारे वातावरण में बुरी तरह से छाया हुआ था। टैक्सी में काफी गर्मी थी और यह सब काफी थका देनेवाला था और ट्रैफिक की चिल्ल-पों भयानक थी। सूरज आग बरसा रहा था और मेरी कमीज पसीने के कारण मेरी त्वचा से चिपकी जा रही थी।

आखिरकार, जाम हटा और हम अभी हाल में बनी जयपुर की मध्यवर्गीय कालोनी में पहुंच गए। हम गुलाबी और हरे जैसे चटकीले रंगों से रंगे मकानों के आगे

से गुजरे जिनकी छतों पर डिश एंटीना लगे थे, बाहर कारें पार्क की हुई थीं और पीछे खुला कूड़ाघर था। और जल्दी ही मैं मधु वर्मा के घर पहुंच गया। मैंने अन्दाजा लगाया कि यह उसी का घर है-शान्त, बोगनवेलिया के फूलों से ढंका, सलीके से कटा हुआ लॉन और बहुत-सी हरियाली से सम्पन्न। अन्दर काफी ठंडक थी और मैं पुराने संसार के जादू से घिरा हुआ था।

मधु ने बड़ी नम्रता से कहा कि "जयपुर बदल गया है। इसमें कुछ ऐसे बदलाव भी आए हैं जिन पर किसी का ध्यान नहीं गया। अधिकतर इसे पसन्द नहीं करेंगे, लेकिन इसके साथ, कुछ अच्छी चीजें भी जुड़ी हुई हैं।" उसने मुझे चाय देते हुए मेरे माता-पिता के बारे में पूछा। मैंने पूछा कि क्या बदल गया है।

वह खिड़की से बाहर कचनार के पेड़ को देखने लगी। मुझे ऐसा लगा जैसे सोचने में वह उसकी मदद कर रहा है। "मेरे चार बच्चे हैं, और सभी काम करते हैं। दो बड़ों में से एक ने बिना किसी सिफारिश के नौकरी प्राप्त की है और अभी हाल ही में मेरी बेटी ने एक सुअवसर देखते हुए अपनी नौकरी बदली है। और मेरे चौथे बच्चे ने अभी व्यापार शुरू किया है। उसका व्यापार अभी अच्छा नहीं चल रहा है क्योंकि उसके क्षेत्र में प्रतियोगिता बहुत अधिक है। वह किसी के लिए काम नहीं करना चाहता।"

"क्या बदल गया है?" मैंने दोबारा पूछा।

"यही तो बदलाव है। मेरे बच्चे नौकरियां कर रहे हैं, उनका भविष्य है। यही चहल-पहल इस घर में फैली रहती है। वे विश्व के समाचार लेके आते हैं। क्या तुम सोच सकते हो कि यही दस साल पहले अपने में सन्तुष्ट थे। तब ये लोग काफी खराब स्थिति में थे। मैंने दुनिया-भर के लोगों को फोन करके पूछा कि क्या उनकी संघ लोक सेवा आयोग में कोई जान-पहचान है। ये लोग अकेले नहीं थे। इनके कॉलेज के दोस्त भी अच्छी नौकरियां पाने और व्यापार करने के बारे में सोचते थे।"

"तुम क्या सोचती हो, इसके लिए क्या उत्तरदायी है?"

"मैं नहीं जानती। मैं कोई विशेषज्ञ नहीं हूं। शायद यह आर्थिक सुधार हो सकते मैं यह जानती हूं कि जयपुर में रहनेवाले मेरे बच्चों के पास नौकरियां हैं, जब कि मेरे चचेरे भाई के बच्चे इंग्लैंड में बेकार हैं, और वे दो साल से नौकरी ढूंढ़ रहे हैं।"

यहां तक कि नजरिये में बदलाव से न्यायपालिका और मजदूर यूनियन भी बच नहीं पाएं। "बम्बई उच्च न्यायालय के जज सावंत ने दस में से पांच फैसले व्यापार के पक्ष में किए दस में से दस फैसले मजदूरों के पक्ष में।" जिया मोदी जो कि एक बड़े वकील हैं, उन्होंने मुझे बताया। साम्यवादी व्यापार संघ ए. आई. टी. यू. सी. के महासचिव ने माना कि संघों ने मध्यवर्ग को छोड़ दिया है क्योंकि हम आंख बन्द करके

निजी क्षेत्र को सहायता दे रहे हैं जबकि वह हमें सेवाएं उपलब्ध कराने में असफल रहा है। मजदूरों का नजरिया समझदारी भरा था। कुछ हड़तालों और मजदूर समझौतों ने उत्पादकता को भी जोड़ दिया है। फ्रांसीस एक नए प्रकार के मजदूर नेता के रूप में उभरा है। वह कम्प्यूटर के आगे बैठता है, लाइनोंवाली कमीज पहनता है, आंखों पर महंगा चश्मा और विल्स पीता है। वह दिल्ली स्कूल ऑफ इकोनॉमिक से पढ़ा है और 1972-73 के छात्र आन्दोलन के दौरान वह कम्यूनिस्ट बन गया। उसने कहा कि निजी क्षेत्र की कम्पनी बन्द करने से सिर्फ नौकरियों का ही नुकसान नहीं होता। अगर वह संसाधनों और निवेश के मार्ग खोलता है तो यह एक समझदारी भरा कदम है।

देश में चर्चा का विषय अब राजनीति से हटकर अर्थशास्त्र हो रहा है। व्यापार सम्बन्धी अखबार 'इकोनॉमिक टाइम्स' की औसत बिक्री 1989 में एक लाख प्रतियां थी। मार्च 1994 में यह संख्या पांच लाख तक पहुंच गई जो कि इंग्लैंड के 'फाइनेंशियल टाइम्स' से साठ गुना अधिक है। शेयर बाजार में गिरावट के साथ ही इसकी संख्या में तीन लाख अस्सी हजार की गिरावट आई। उसी प्रकार पिछले पांच सालों में तीन अग्रणी व्यापार पत्रिकाओं के पाठकों की संख्या दोगुनी हो गई है। 1995 की गर्मियों के दौरान पूरा देश महाराष्ट्र के एनरॉन विद्युत संयन्त्र द्वारा सम्मोहित था। संसद, अखबारों और टेलीविजन कार्यक्रमों में भारतीय एनरॉन के साथ समझौते की जटिलताओं की उसी उत्साह के साथ चर्चा करते थे जिस तरह तेन्दुलकर की बल्लेबाजी की। महाराष्ट्र के कॉलेजों में विद्यार्थी एनरॉन संयन्त्र प्रकरण के बारे में इस तरह विचार-विमर्श करते जैसे वह बम्बई सिनेमा जगत के अपने हीरो के नए चक्कर के बारे में करते थे।

यहां तक कि राजनीतिज्ञ भी बदल चुके थे। मैं दिल्ली में रहनेवाले एक पूर्व कैबिनेट मन्त्री के घर गया। वह एक पुराना शानदार बंगला था जिसमें कुछ नवशास्त्रीय खम्भे लुटियन की दिल्ली की याद दिलाते थे, जिसके चारों ओर बहुत ही सुन्दर बगीचा था और गेट पर सुरक्षा प्रहरी। लेकिन वहां कोई भी प्रार्थी नहीं था। तब मुझे याद आया कि यह महान आदमी अब सत्ता में नहीं रहा। पुराने समय में यहां दर्जनों लोग दरवाजे के बाहर इन्तजार करते रहते थे। इस महान आदमी की प्रतिष्ठा लाइसेंस राज में देखने योग्य थी कि कितनी संख्या में लोग उन्हें देखने का इन्तजार करते थे। नहा-धोकर तरोताजा होने के बाद सफेद स्टार्च लगा कुर्ता-पायजामा पहनकर वह रोज पांच बजे घूमने निकलते थे। पांच मिनट बाद अच्छी तरह से तैयार सहायक हमारे लिए चाय ले आया।

वह हलकी-सी मीठी मुस्कान जिसने उनकी डांट को छिपा रखा था, बोले, "तुम हमारे यहां और अधिक नहीं आ सकते। लेकिन वैसे भी आजकल कोई राजनीतिज्ञों से मिलना नहीं चाहता।"

मैंने उस आरामदायक कमरे में चारों ओर देखा। मैंने महसूस किया कि जल्दी ही इन्हें यह बंगला छोड़ना होगा। यदि कोई पैबन्द लगा लेते हैं, तो ये इसे दोबारा अपने पास रख सकेंगे। किन्तु सरकारी बंगले को गैर-कानूनी ढंग से दबाए रखना खटकता है। उन्होंने मेरे विचारों को पकड़ लिया। "हां, इस घर की सभी चीजें सरकार से जुड़ी हैं। सभी कप, सभी तश्तरियां, यह चाय की ट्रे, यह सहायक और यहां तक कि उसकी वर्दी भी।" उनका चेहरा असहाय लग रहा था जैसे कह रहा हो कि 'कोई कैसे यह सबकुछ किसी को देकर बिल्कुल कंगाल हो जाए?"

उन्होंने चाय का कप मेरी ओर बढ़ाते हुए कहा, "मुझे इस बात की खुशी है कि तुम सुधारों को लेकर सरकार की मदद कर रहे हो। हमें अपनी-अपनी अर्थव्यवस्था को विश्वव्यापी बनाने की आवश्यकता है और अपने व्यापारों को और अधिक प्रतिस्पर्धात्मक।" वह इसी प्रवाह में लगभग आधे घंटे बोलते रहे। जब वह थोड़ी उत्तेजक अवस्था में आए तो मैं एक राजनेता को क्रियात्मक रूप में देख सका। यह एक बहुत ही सुनियोजित अदाकारी थी। मैं इस चकित कर देनेवाली समाजवाद की भक्ति पर मोहित हुआ जा रहा था। पांच साल पहले, इन्होंने मुझे इसी विषय पर भाषण दिया था, किन्तु तब वह इसके विरुद्ध थे।

जब मैं जाने लगा तो वह धीमी आवाज में बोले, "हां, सभी सन्दर्भों में, तुम इस उदारीकरण के कार्यक्रम में सरकार की मदद करो, किन्तु हमें भी याद रखना। पुरानी दोस्ती को भूल मत जाना। यह बहुत बुरी बात है कि उद्योगपति अब हमसे मिलने नहीं आते।" वह मेरी ओर प्रत्युत्तर की प्रतीक्षा में देखने लगे और फिर बोले, "नए सुधारों का हम पर कोई प्रभाव नहीं पड़ा और हम पुराने समझौतों के तहत चलते रहे।" बरामदे के चारों ओर से पुराने खम्भे शाम की रोशनी में धुंधले हो गए थे। बेंत की कुर्सियां जो कि कुछ देर पहले आराम करती नजर आ रही थी, वे अब धुंधलके में भद्दी और काफी बोझिल लग रही थीं। कुछ क्षणों के लिए मुझे लगा कि यह महान आदमी सच में बदल गया है, तभी वह सुधारों के बारे में इतनी ईमानदारी से बोले और उनका अभिनय भी अच्छा रहा था। लेकिन अन्त में, गन्दा सच उभरकर सामने आया और एक ठीक-ठीक शाम बेकार हो गई। मैने सोचा कि क्या भ्रष्टाचार सुधारों के आने से बढ़ा है या कम हुआ है।

स्वामीनाथन अय्यर ने कहा कि, "जिन क्षेत्रों में सुधार पूरे नहीं हो पाए जैसे विद्युत, टेलीकॉम, विमानन, पर्यावरण उन्हीं में भ्रष्टाचार बढ़ा है। किन्तु सक्रिय न्यायपालिका और संवेदनशील प्रेस के होते भ्रष्टाचार के विषय में और भी कई बातें हो सकती हैं। ये सुधारों के कारण एकदम से नहीं बढ़ी हैं।"

इस मामले में साफ है कि लोगों के दिमाग बदलने शुरू हो गए हैं। यह अधिकतर मध्यवर्ग में घटित हो रहा है। और यह युवाओं में अधिक उभरकर आया है। और व्यापार जगत में स्पष्ट रूप में उभरा है। लोगों ने विश्व को एक नए नजरिये से देखना शुरू कर दिया है। गुप्त रूप से वातावरण में आत्मविश्वास फैल रहा है। लोग आमतौर पर यह मानने लगे हैं कि जो उन्होंने जिया उनकी औलाद उससे बेहतर जिएगी। युवा प्रबन्धक और उद्यमियों का नजरिया 'कर सकते' का है। यह केवल सुधारों के हाथों में नहीं जाता। मध्यवर्ग शीघ्रता से बढ़ रहा था। टेलीविजन लोगों के दिमाग को आजाद कर रहा है। विकास के द्वारों को खोलने के लिए सबसे बड़ा और अकेला कारक 1991 का उदारीकरण है। गम्भीर बनने को लोगों ने स्वीकार कर लिया था। पुरानी पीढ़ी में जहां सरकारी नौकरी को सफलता का रास्ता माना जाता था, वहीं अब व्यापार आ बैठा है। विशेषाधिकार और ताकत का स्थान पैसे ने ले लिया है। पुराने और पारम्परिक लोगों ने इस बदले हुए नजरिये की निन्दा की है। वे इसे 'लालच' कहते हैं। वे इससे परेशान हैं और इसे भारतीय सभ्यता के लिए खतरा मानते हैं। किन्तु युवा लोगों ने अपनी रक्षा यह कहकर स्वयं की कि यह लालच नहीं कुछ पाने की इच्छा है। वह 'मिले हुए काम को पूरा करना', 'परिणाम देना' चाहते हैं और व्यापार ही उन्हें यह सबकुछ करने के लिए मंच प्रदान कर सकता है।

व्यापारी लोग 'सुधारों की बात करने में अधिक पैगम्बरी हो जाते हैं। कलकत्ता के प्रकाशक अवीक सरकार ने शरारती मुस्कुराहट से कहा, "कि नरसिंह राव 1991 में जुरासिक पार्क से आए और गौतम बुद्ध के बाद सबसे बड़े क्रान्तिकारी बन गए।" रिलायंस के अनिल अम्बानी ने कहा, "किन्तु उन्हें इसका पता नहीं था। यह आर्थिक सुधार नहीं है, यह क्रान्ति है।" अन्यों ने भी इसी तरह के विचार प्रकट किए। महाराष्ट्र के लाखों किसानों के नेता शरद जोशी ने मुझे बताया, "यह हमारी दूसरी स्वतन्त्रता 1 1947 में हमें राजनीतिक स्वतन्त्रता मिली थी। चवालीस सालों के संघर्ष के बाद 1991 में हमने आर्थिक स्वतन्त्रता प्राप्त की।" लेखक और टीकाकार अरुण शौरी का कहना है : "आज हमारे सामने वे सभी सम्भावनाएं हैं जो 1950 में भी हमारे सामने थीं।"

अवीक सरकार ने कहा कि तुम कैसे बयासी वर्षीय ज्योति बसु के दृष्टिकोण के बारे में बता सकते हो। बंगाल का मार्क्सवादी भगवान जिसने कि 'वॉल स्ट्रीट' के निवेशकों के सामने खड़े होकर अपने राज्य के लिए निवेश का ढोल बजाया ?

"तुमने (भारत ने यह सब कैसे किया?" जर्मन उद्योगपति ने इंडियन एयरलाइंस की कलकत्ता जानेवाली फ्लाइट में मुझसे पूछा। "यह पूर्वी और पश्चिमी जर्मनी की

एक पूरी पीढ़ी को आत्मसात करने जैसा है। फिलहाल के कुछ सालों में तुम अपना नजरिया बदलने में सफल रहे हो।"

भारत लम्बे समय से अस्थिर रहा है। यहां नई ऊर्जा और नई समझ की आजादी हैं। बबनाम गांव के गोलम मंडल को सुनने के बाद मैंने महसूस किया कि यह राज्य लम्बे समय तक 'माता-पिता' की तरह रक्षक नहीं रह पाएगा। राज्य पर सन्देह नई मानसिकता का एक अंग था। पुराने मूल्यों का हनन होते हुए भ्रष्ट सरकार के अन्त को देखना है। मैंने इसे अपनी प्रजातान्त्रिक यात्रा में नई परिपक्वता के चिन्ह के रूप में देखा है। उदारवादी दार्शनिक हमेशा ही राज्य-शक्ति के प्रति सन्देही नहीं रहे हैं। बदलाव के कारण क्या हैं ! सक्रिय न्यायपालिका, शक्तिशाली चुनाव आयुक्त या टेलीविजन के प्रभाव, मंडल की सामाजिक क्रान्ति या उदारीकरण–कुछ भी कहना मुश्किल है। जब वित्तमन्त्री मनमोहन सिंह ने 1991 में आर्थिक सुधारों की घोषणा की, तब मुझे लगा कि ये तकनीकी मामलों जैसे ढांचे में सुधार, शुल्क स्तर, उद्योग को लाइसेंस से मुक्त करने से सम्बन्धित है। मैंने जब महसूस किया कि ये सुधार हमारे विचारों में क्रान्ति तो लाए ही, साथ में इन्होंने हमारे नजरिये को भी बदला। क्रान्ति का मतलब यह नहीं है कि नौकरियां अंकुरित होने लगेंगी और गरीबी एकदम से गायब हो जाएगी। हृदय विदारक गरीबी अभी भी भारत का व्यापक चेहरा है। यह बहुत ही भयानक कैद है जिसमें कई भारतीय भय और चिन्ता के साथ रहते हैं। फिर भी एक दिन और जल्दी ही, हम उम्मीद करते हैं कि यह मानसिक क्रान्ति एक शरीरिक नेतृत्व प्रदान करेगी।

अध्याय सत्रह

नया धन

व्यापार में सफलता का रहस्य यह नहीं कि आप किसे जानते हैं, बल्कि यह है कि आप क्या जानते हैं।

—द वालस्ट्रीट जनरल एडवरटाइजमेंट

हमने कहीं पढ़ा था कि चीन में करोड़पतियों की संख्या कई लाख है और वहां 180 लाख से ज्यादा उद्यमी हैं। ये आंकड़े उस समय के हैं जबकि चीन में आर्थिक सुधार लागू हुए बीस बरस गुजर चुके हैं। मैं यह नहीं कह सकता कि भारत में करोड़पतियों की संख्या कितनी है क्योंकि यहां सुधारों को सिर्फ नौ साल ही हुए हैं। मगर इतना तो तय है कि यहां हमेशा की तरह उद्यमियों का बोलबाला है। सरकार की लाख कोशिशों के बावजूद बीते चालीस सालों में उद्यमियों की भावनाएं वैसे ही फल-फूल रही हैं। आप किसी भी बाजार से गुजर जाएं, आपको हर जगह फलता-फूलता उद्यम दिखाई पड़ जाएगा। लाइसेंस राज से उद्योगपतियों में संरक्षणवाद की बुरी लत पड़ गई। इसके बावजूद अपने व्यवहार से वे उद्यमी ही बने रहे और बाजारों पर कामयाबी हासिल करते रहे लेकिन इससे उन्हें नुकसान यह हुआ कि उद्योग भवन के नौकरशाहों का विश्वास खोते रहे और वहां उनकी हिस्सेदारी घटती रही। उन्होंने शायद ही कभी इस खेल के नियमों से खिलवाड़ किया हो। नब्बे के दशक के उद्यमी स्पर्धात्मक अर्थव्यवस्था की पैदाइश कहे जा सकते हैं। लाइसेंसों के लागू रहने, फेरा, एम. आर. टी. पी., बन्द सीमाएं और ऊंचे करों के बावजूद देश आत्मविश्वास की एक नई लहर से लबरेज होता रहा। ऐसे हालात में, मैं उम्मीद कर

सकता हूं कि भारत भी जल्दी ही लाखों करोड़पतियों का देश हो जाएगा। भारतीय युवाओं को अमीर बनने में कोई परहेज भी नहीं है।

प्रबन्धन सलाहकार के मेरे काम ने मुझे ऐसा मुकाम दिया है, जहां से मैं भारतीय व्यापार की ढलती सूरत को अच्छी तरह से देख सकता हूं। मैं हर तरह के व्यापारियों से मिला। मैं उनकी परेशानियों से दो-चार हुआ हूं। अवसरों को भुनाने का हुनर जाना और मेरी खुशी का ठिकाना उस वक्त नहीं रहा जब मैंने नए व्यापार की समस्याओं के साए में फलने-फूलने का रास्ता निकाल लिया। व्यापारियों से बात करने के किसी भी मौके को मैंने हाथ से नहीं जाने दिया। चाहे वह हवाई अड्डा, रेलगाड़ी या संगोष्ठी अथवा सम्मेलन हो। वैसे यह मुश्किल भी नहीं है क्योंकि भारतीय प्रबन्धक बातचीत के मामले में दब्बू अथवा शर्मीले नहीं होते। न ही अपने व्यापार की समस्याओं के बारे में बताने में उन्हें कोई हिचक होती है। कई दफा मुझे बहुत दिलचस्प लोगों से मुलाकात का मौका मिला जो उद्योगों की नई जानकारियों के भंडार भी थे। औद्योगिक क्रान्ति के समय से ही किसी खास वर्ग या समूह ने सारे सुधार नहीं किए, बल्कि सूचना तकनीकी के पेशेवरों ने ग्राहकों की सुविधा में चार चांद लगा दिए। हालांकि अभी भी उत्कृष्टता आनी बाकी है। नई सदी के इन प्रबन्धकों और उनकी कम्पनियों ने न्यूयार्क के बोर्डरूम से लेकर, काठमांडू के बाजारों तक अरबों लोगों की जीवन-शैली ही बदल डाली है। सही मायनों में ओलिवर बेंडेल होम्स का कथन सही होता दिख रहा है कि 'जुनून और समय का सदुपयोग' ही आज की कार्यशैली बन गई है।

अमीर बनने की ढेरों कहानियां ऐसी ही नई भावनाओं से ओतप्रोत दिखाई देती। हालांकि यह कोई चौंकानेवाला तथ्य नहीं है। आर्थिक विस्तार के युग में ऐसा कई देशों में हुआ। धन का स्थान ताकत और विशेषाधिकार ने ले लिया। कुछ लोगों का मानना है कि व्यापार एक लालच का नाम है, कुछ हद तक तो यह ठीक है परन्तु यह एक कौशल का परिचायक भी है। कुछ जोशीले नौजवानों ने ऐसे असम्भव कार्य को भी सम्भव कर दिखाया जिससे कई नौकरियों की जगह बनीं और इसने समाज को समृद्धि प्रदान की। हालांकि इसमें से ज्यादातर लोग इसका अनुकरण नहीं कर सके। हम अब भी नेपथ्य में बज रहे प्रजातन्त्र के ढिंढोरे को सुन रहे हैं जबकि हम उद्यमवृत्ति के मचलते संगीत को सुन सकते हैं।

एक बार दो दक्षिण भारतीय ब्राह्मण बहुत शान्ति से मेरे करीब बैठे हुए सभी मद्रास से बैंगलोर जानेवाली जेट एयरवेज की उड़ान का इन्तजार कर रहे थे। वे बुजुर्ग अगल-बगल बैठे हुए थे। दोनों के पास इडली से भरा स्टील का टिफिन था। दोनों के माथे पर चन्दन का त्रिपुंड बना हुआ था। उनके गेंहुए चेहरे पर चुटीली बातों और हंसी की झुर्रियां

नजर आ रही थीं। उनके हंसी-मजाक की आवाजें नारियल के निकुंज जैसा जादू पैदा कर रही थीं और उनकी वाणी में वीणा की-सी मिठास थी। दोनों ने ही केलफ लगी झक सफेद धोती और पैरों में चप्पलें पहन रखी थीं। ऐसा लगता था कि मद्रास हवाई अड्डे के चमचमाते फर्श के लिए दोनों का पहनावा एकदम दुरुस्त है। दोनों की आवाज महीन थी। उनकी बातचीत से उनके खानदानी होने का प्रमाण मिलता था। सच पूछो तो वे दोनों आर के. नारायणन के उपन्यास के पात्र जान पड़ रहे थे। उनकी आंखों में चमक थी और वे अपने व्यक्तित्व की आभा से चारों ओर प्रकाश फैला रहे थे। मैंने खुद से सवाल किया, आखिर ऐसा क्यों है। अधेड़ उम्र के ये लोग इतने जहीन कैसे दिखाई दे रहे हैं। वे दोनों अधेड़ उम्र के दयालु और सयाने नजर आ रहे थे। दरअसल वे दोनों बुजुर्ग एक सॉफ्टवेयर कम्पनी चला रहे थे। मद्रास लौटकर मैंने पूरा दिन विलायन की टी. आई. साइकिलवालों के साथ परामर्श करते हुए बिताया। क्योंकि उन दिनों टी. आई. साइकिल भारत के परिपक्क साइकिल बाजार में अपनी साख के लिए संघर्ष कर रही थी। हवाई अड्डे पर बैठकर उन्हीं दोनों ब्राह्मणों का विचार फिर से कौंधा और मैं काफी भ्रमित हो रहा था। लेकिन यह वैसी परिस्थिति नहीं थी जैसा कि हम समकालीन इतिहास में देखते हैं। सारे रास्ते उनके बारे में विचार करते हुए मैं थकने लगा तो फिर उस खयाल को दिल से निकाल दिया। क्या कोई उम्मीद कर सकता है कि इस शहर में सादगी पसन्द लोग भी हैं जिन्हें अपनी अधेड़ावस्था से कोई फर्क नहीं पड़ता क्योंकि वे अपने जीवन में अध्यात्म को घोल चुके हैं। शायद औद्योगीकरण की भागमभाग जिन्दगी में उन्हें इसी तरीके से शान्ति मिलती है। यदि अपनी हवाई अड्डे तक की यात्रा पर ही मैं भरोसा करूं तो जल्दी ही ऐसा समय आएगा, जब आटोमोबाइल का तन्त्र सारे मद्रास को जकड़ लेगा। पिछले कुछ सालों में जिस तरह से यहां तेजी से वृद्धि हुई है, उससे यहां जीना दूभर हो गया है। चारों ओर बढ़ती भीड़ से ऐसा जान पड़ता है, मानो आदमजात भी कीड़े-मकोड़ों की जमात में शामिल हो गई है। मगर उन दोनों ब्राह्मणों का कहना था कि सड़कों पर चीखता-चिल्लाता ट्रैफिक, शोरगुल और बेतहाशा भागदौड़ उन्हें कतई परेशान नहीं करते। इसके विपरीत उन्हें तो इस बदलाव में आनन्द की अनुभूति होती है क्योंकि पुराने उपनगरीय मन्दिर की जिन्दगी से यह अलग और बेहतर है।

मेरी उड़ान की घोषणा हुई, मैं जहाज में लम्बे तगड़े युवा अमेरिकी के बगलवाली सीट में बैठ गया। वह बैंगलोर की एक सॉफ्टवेयर कम्पनी का ग्राहक था। उसने कहा कि अमीर देश सम्भव है कि आनेवाले कल के सूचना उद्योग के विशेषज्ञ बन जाएं तथा गरीब देश कम तनख्वाहों, फूहड़ उद्योगों के कारण बीते हुए कल की कहानी। यह सिद्धान्त था पर कुछ लोग शायद बैंगलोर का नाम लेना भूल गए। भारत में कम

से कम पांच शहर तो ऐसे हैं जो सूचना युग में सर्वथा अग्रणी होने के लिए पूरी तरह से तैयार हैं।

यूनाइटेड ब्रेवरीज की युवा टीम से मिलने के लिए मैं बैंगलोर जा रहा था, जहां मुझे किंगफिशर बियर को विश्वव्यापी बनाने में उनकी मदद करनी थी। अन्य बातों के अलावा मुझे बैंगलोर की विश्वव्यापी सॉफ्टवेयर कम्पनी इनफोसिस का दौरा करने का न्यौता भी मिला था। अगले दिन होसर रोड पर टेक्नोलॉजी पार्क स्थित इनफोसिस कम्पनी में पहुंच गया, जहां भीतर जाकर ऐसा लगा, मानो हम कैलीफोर्निया की सिलिकॉन वैली पहुंच गए हों। चारों ओर सॉफ्टवेयर पेशेवर कम्प्यूटरों में जुटे खामोश वातावरण में आपसी विचार-विमर्श में तल्लीन थे। वहां की कार्यशालाएं युवा और प्रतिभा सम्पन्न इंजीनियरों से भरी पड़ी थीं। करीब 3000 पेशेवर इनफोसिस में कार्यरत दिखाई दिए। उनमें से कुछ सौ तो इतने सक्रिय दिखे जो पल-पल में हो रहे विकास एवं तकनीकी ज्ञान के बारे में खुद को परिपक्व बनाने तथा क्वालिटी के बारे में जानकारी हासिल करने में तल्लीन थे। वहां की बड़ी विशालकाय कक्षाएं अत्याधुनिक उपकरणों से लैस दिखीं, बीसियों दिमाग कस्टमर सर्विस पर चर्चा करने में व्यस्त थे। इनफोसिस का रहस्य भी यही है कि वह सर्वश्रेष्ठ हुनर को खरीदता है और उसे इस बात के लिए प्रेरित करता है कि वह ऐसा वातावरण बनाए जिससे कुछ सीखा जा सके। वह ऐसा करने में इसलिए भी सक्षम है क्योंकि उसके पास वैकल्पिक योजनाओं का जबरदस्त भंडार है जो कि हरेक उस पेशेवर के लिए खुला है जिसने वहां तीन साल काम कर लिया है। यद्यपि उनमें कई छोटे और मंझोले प्रबन्धक ऐसे भी हैं जो भारतीय स्तर के मुताबिक अमीर कहे जा सकते हैं। जो अपनी सम्पति को अपनी कड़ी मेहनत से कमाया हुआ कह सकते हैं। इनफोसिस अपनी कमाई का पांच फीसदी शिक्षा, शोध एवं स्टाफ के विकास पर खर्च करती है।

छह कम्प्यूटर इंजीनियरों एवं दस हजार की लागत से शुरू इनफोसिस की सम्पत्ति फरवरी 2000 में 66,000 करोड़ रुपये थी। यह दुनिया-भर की श्रेष्ठ कम्पनियों के लिए सॉफ्टवेयर बनाती है। जिसकी औसत वार्षिक बढ़ोत्तरी दर चालीस फीसदी तक है, जो विगत पांच वर्षों में 180 लाख डॉलर से 1200 लाख डॉलर तक रही। इंटरनेट मूलभूत ढांचे और ई कॉमर्स की ताकत को व्यापक बनाने में इसकी भूमिका अग्रणी रही है। इसने बैंकों के लिए एक सॉफ्टवेयर सिस्टम बनाया, बैंक 2000, जिसे इसने अमेरिका की जानी-मानी जूता कम्पनी रीबॉक के चेयरहाउस मैनेजमेंट सिस्टम को बेचा। क्योंकि रीबॉक के भंडारण की दिक्कत थी। उसके पास सैकड़ों की तादाद में ऐसे मैनेजर होंगे जिनकी निजी सम्पत्ति लाखों डॉलर होगी। करीब 400 से अधिक ऐसे प्रबन्धक होंगे जिनकी कीमत एक करोड़ रुपये मासिक से अधिक होगी।

प्रबन्ध निदेशक सुवे नन्दन नीलेकनी का कहना है कि हमारी सफलता का रहस्य 'टीम वर्क' है। जिसमें किस्मत, थोड़ा रसायन शास्त्र और थोड़ा नारायण मूर्ति का अंश है जो सारी सफलता के उत्प्रेरक भी हैं। उनका कहना है कि इनफोसिस आपको आपके अहम् का दास बना देता है और आप अपने सारे शोक को दरकिनार कर अपने काम को तरजीह देने लगते हैं। मध्यम कद-काठी के, गोरे, ग्लास का चश्मा पहने, साधारण नैन-नक्श के स्वामी नारायण मूर्ति इस कम्पनी के सी. ई. ओ. हैं। वह कम्पनी के छह संस्थापकों में से एक हैं। नारायण मूर्ति बताते हैं कि 1962 में उन्हें आई. आई. टी. खड़गपुर में दाखिला मिल गया था पर मैं यहां नहीं जा सका क्योंकि मेरे पिता होस्टल की फीस के डेढ़ सौ रुपये प्रतिमाह वहन नहीं कर सकते थे। उनके पिता सरकारी नौकरी में थे और पुरानी मैसूर सरकार में शिक्षा अधिकारी के पद पर कार्यरत थे। उन्हें प्रतिमाह 500 रुपये तनख्वाह मिलती थी। अपनी इतनी आमदनी में वह परिवार के आठ बच्चों का पालन-पोषण करते थे। मूर्ति इस समय पचास वर्ष के लगभग होंगे, पर अपने अतीत के बारे में बताने में उन्हें कतई शर्म महसूस नहीं हुई। आज वह लाखों, करोड़ों डॉलर की सम्पत्ति के मालिक हैं और इन्होंने अपने यहां सी. ई. ओ. स्तर के लोगों की जमात इकट्ठा कर रखी है। इसका सीधा अर्थ यह भी हुआ कि उन्हें अपनी छवि का अहसास भी है।

तो फिर आखिर उन्हें आम आदमी से अमीर होने का रास्ता कैसे मिल गया। "जब मैं आई. आई. टी. नहीं जा सका तो मैंने वहीं मैसूर के स्थानीय इंजीनियरिंग कॉलेज में दाखिला ले लिया। वहां से मैंने आई. आई. एम. अहमदाबाद का रास्ता लिया। उसके बाद छोटी-मोटी कई नौकरियों में धक्के खाए, यहां तक कि फ्रांस में फौज को रसद पहुंचाने का ठेका तक लिया। बम्बई में पाटनी कम्प्यूटर सिस्टम में आने से पहले इसी तरह नौकरियों में धक्के खाता रहा। वहां मैंने पांच साल काम किया। यह आगरा का व्यापारिक घराना था और लोग बहुत ही अच्छे थे। पेशेवर होने के साथ-साथ उन्हें हुनरमन्द लोगों की कद्र थी। वहीं पर हम छह साथियों ने अपनी सॉफ्टवेयर कम्पनी खोलने का विचार किया और अन्त में हमारा सपना साकार हुआ।"

अपने छात्र-जीवन में मूर्ति मार्क्सवाद से प्रभावित थे और उसी का अनुकरण करते थे। मगर 1974 की एक घटना से मूर्ति का मार्क्सवाद से भरोसा उठ गया और उन्होंने कम्यूनिस्ट विचारधारा से मुंह मोड़ लिया। दरअसल एक बार वह पेरिस से बैंगलोर हिचहाई किंग (लिफ्ट) से पहुंचना चाहते थे इसलिए सोफिया एक्सप्रेस से वह पेरिस जा रहे थे। अपनी इस यात्रा के दौरान युगोस्लाविया और बुल्गारिया की सीमा पर स्थित एक बेहद छोटे स्टेशन नाइशे पर रात में ट्रेन रुक गई। इस बीच उनकी मुलाकात पूर्वी जर्मन पुरुष और आस्ट्रियाई लड़की से हुई, जो फ्रेंच भाषा में बात कर

रहे थे। अगले स्टेशन पर पहुंचते ही ट्रेन अचानक रुक गई और पुलिस ने धड़धड़ाते हुए छापा मारना शुरू कर दिया। उन दोनों पुरुष एवं महिला को घसीटकर ट्रेन से बाहर कर दिया। मूर्ति ने जब सारा मामला जानने की कोशिश की तो उन्हें बताया गया कि पूर्वी जर्मन पुरुष और आस्ट्रियाई महिला जासूस हैं तथा देश के गोपनीय दस्तावेजों की अदला-बदली करते हैं। उन दोनों को जेल में डाल दिया गया, जहां उन्हें न खाना दिया जाता था न पानी। मूर्ति के जीवन में शायद यह सबसे बड़ी घटना थी, उन्होंने बड़बड़ाते हुए कहा, " अगर यही कम्यूनिज्म है तो यह मेरे लिए नहीं है।" आर्थिक सुधारों के सबसे अच्छे उदाहरण के रूप में इनफोसिस को देखा जा सकता है और बैंगलोर में 325 से भी ज्यादा काम करनेवाली सॉफ्टवेयर कम्पनियों को भी, इन सभी कम्पनियों के ज्यादातर ग्राहक विदेशी हैं। इस उदारीकरण और नौकरशाही की दूर दृष्टि का परिणाम यह हुआ कि विदेश जानेवाले भारतीय सॉफ्टवेयर इंजीनियर अब यहीं काम तलाशने लगे और जो शुरुआती दौर में चले भी गए थे, वे भी लौट आए हैं।

एन. विट्ठल, कम्पनी का अपना ही सेटेलाइट लिंक है। वह अपना ज्यादातर काम बैंगलोर में ही करते हैं। आज स्थिति यह है, उनके ग्राहक अमेरिका में अपना कार्यालय छोड़ते समय शाम को अपनी समस्याओं को ई मेल के जरिये बैंगलोर भिजवा देते हैं अथवा सॉफ्टवेयर से सम्बन्धित जरूरतों की सूची ई मेल से भेज देते हैं और जिस समय वे लोग चैन की नींद सो रहे होते हैं, भारतीय इंजीनियर उनकी समस्याओं का हल निकालकर दिन ढलने तक उनके पास भिजवा देते हैं। इसका मतलब यह हुआ कि सवेरे जब अमेरिकी कॉफी का अपना प्याला लेकर डिस्क को लॉग ऑन करता है तो समस्या का समाधान उसके सामने होता है।

बैंगलोर में काम कर रही तमाम सॉफ्टवेयर कम्पनियों में से तीन चौथाई भारतीय हैं, परन्तु निवेश में उनका हिस्सा सिर्फ एक तिहाई ही है। आई. बी. एम., टेक्सास इंस्ट्रूमेंट्स, मोटोरोला, ग्रुप बुल और सन माइक्रोसिस्टम जैसी विदेशी कम्पनियां भी बैंगलोर में सॉफ्टवेयर निर्माण कार्य में लगी हुई हैं। इसका सीधा सा अर्थ यह हुआ कि अमेरिका के इंजीनियर के मुकाबले भारतीय इंजीनियर की कीमत बीस प्रतिशत पड़ती है। बैंगलोर और अन्य पूर्वी एशियाई शहरों में जो बुनियादी फर्क है, वह यह कि यहां मजदूरी सस्ती होने के साथ-साथ दिमाग भी सस्ता मिल जाता है। यद्यपि भारत में प्रति बीस लाख से ज्यादा स्नातक होते हैं, जिनमें से केवल पचीस हजार ही प्रशिक्षित कम्प्यूटर इंजीनियर होते हैं जबकि बाजार में मांग बहुत तेजी से बढ़ रही है। इसी वजह से तनख्वाहें हर साल बीस फीसदी से भी ज्यादा की औसत से बढ़ जाती हैं। ऐसी सूरत में कम्पनियों को हर वर्ष एक तिहाई मजदूरों से हाथ धोना पड़ता है।

विदेशी कम्पनियों ने इस दबाव को और बढ़ा दिया है। दरअसल विदेशी कम्पनियां अच्छे भारतीय इंजीनियरों को अमेरिका स्थानान्तरित करने लगी हैं ताकि उनके अन्य विदेशी ऑपरेशन सस्ते में पूरे हो सकें। ज्यादातर भारतीयों की लालसा होती है कि वे सिलिकॉन वैली जाएं। सिलिकॉन वैली में एक तिहाई से ज्यादा हाई टेक कम्पनियों को चीनी और भारतीय इंजीनियर चला रहे हैं। ऐसा दावा लन्दन से प्रकाशित होनेवाले अखबार फाइनेंशियल टाइम्स का है। कुल मिलाकर ऐसा भी कहा जा सकता है कि भारत के उद्यमियों को अपनी प्रतिभाओं को बरकरार रखने के लिए नारायण मूर्ति से सबक लेना चाहिए, भारतीयों के लिए नारायण मूर्ति एक उदाहरण हैं।

यह बात सही है कि पारम्परिक विश्वविद्यालय एवं शिक्षण संस्थाएं आज की बढ़ती मांग को पूरा नहीं कर सकतीं क्योंकि आज बाजार की पहली जरूरत कम्प्यूटर शिक्षा है। दिल्ली आई. आई. टी. के दो युवा उद्यमियों, विजय थड़ानी एवं राजेन्द्र पवार ने 1980 के दशक में पाया कि आज की जो जरूरत है, उसे सरकार पूरा नहीं कर पा रही है। उन्होंने सोचा कि दुनिया तो बदल रही है और आनेवाले दिनों में कम्प्यूटर क्षमता के बगैर रोज़गार मिलना सम्भव नहीं हो सकेगा। जबकि भारत में आई. टी. पेशेवरों की जबरदस्त सम्भावना है और इसके विपरीत हमारे स्कूल और कॉलेज बेरोजगारों की फौज खड़ी करने में लगे हुए हैं। दोनों युवाओं ने आज की जरूरत को भांपते हुए बड़ा कदम उठाया और नेशनल इंस्टीट्यूट ऑफ इनफॉर्मेशन टेक्नोलॉजी (एन. आई. आई. टी.) की स्थापना कर कम्प्यूटर का सबक सीधे बड़ी और अत्याधुनिक प्रयोगशालाओं से निकालकर बाजार में पहुंचा दिया। हालांकि बाजार की बढ़ती जरूरतों के मुताबिक भरपाई तो नहीं कर सके, मगर उन्हें अपने इस काम में उम्मीद से ज्यादा कामयाबी हासिल हुई। अपने सीमित संसाधनों के कारण इस योजना को वे सारे देश में जब फैलाने में सफल नहीं हो सके तो उन्होंने इसका एक और तरीका निकाला और अपने स्कूलों की फ्रेंचाइजी देने का आइडिया बाज़ार को दे दिया। जल्दी ही उनकी मेहनत रंग लाई और निट के केन्द्र छोटे-छोटे कस्बों तक में खुल गए। इसी तर्ज पर बम्बई के एक उद्यमी ने एपटेक की शुरुआत की और आज भारत में इसके करीब 2000 केन्द्र हैं जो हर साल पांच लाख से ज्यादा छात्रों को कम्प्यूटर की शिक्षा देते हैं। इनफोटेक के प्रशिक्षण की दर तीस प्रतिशत प्रतिवर्ष तक बढ़ रही है। इस 1000 करोड़ रुपये के बाजार पर इस समय निट की चालीस फीसदी की हिस्सेदारी हो गई है।

नब्बे के दशक के शुरुआती वर्षों में निट और एपटेक के बढ़ते प्रभाव का अंसर यह हुआ कि युवाओं में कम्प्यूटर की ओर मुड़ने की होड़ सी लग गई और माहौल में जबरदस्त गर्मी पैदा हो गई। पठानकोट से लेकर बर्दवान और बीकानेर से लेकर तेलचेरी तक हर जगह युवा वर्ग नए-नए खुलते कम्प्यूटर स्कूलों में दाखिला लेने के

लिए कतारबद्ध हो गए। एक तरह से चारों ओर माहौल गरमा गया। दरअसल भारतीय बाजार में आई यह दूसरी क्रान्ति थी। ऐसी ही क्रान्ति कुछ बरस पहले उस समय आई थी, जब सैम पित्रोदा की दिमागी कुशलता के कारण भारत के शहर व गांवों में एस. टी. डी., पी. सी. ओ. के बूथ खुल गए थे। सूचना प्रौद्योगिकी के क्षेत्र में तीसरी क्रान्ति का दौर उस समय आया, जब इंटरनेट और साइबर कैफे लोगों का जुनून बन गए।

निट का सपना है कि वह दुनिया-भर में कम्प्यूटर शिक्षा देने के मामले में अग्रणी संस्था बने। मौजूदा समय में निट की शाखाएं इकतीस देशों में हैं। हाल ही में इसकी शाखाएं चीन में खुली हैं। जहां 600 शंघाई निवासियों ने इसमें अपना नाम दर्ज करवाया है। पवार ने बड़े गर्व से बताया कि चीनी विश्वविद्यालयों से जुड़े करीब ग्यारह प्रोफेसरों ने साल भर की मेहनत के बाद निट के लिए ऐसे पाठ्यक्रम तैयार करने में मदद की है जिससे चीनी लोगों को इसे अपनाने में कोई परेशानी न हो, जिससे वे खिंचे चले आएं। विश्व में सर्वश्रेष्ठ बनने के लिए निट को अमेरिका को अपने विस्तृत दायरे में लाना पड़ेगा। और इस दिशा में बढ़ने के लिए उन्होंने ऐसी कम्पनी बनाने का विचार करना शुरू कर दिया है। हालांकि इस काम के लिए कोई भी अमेरिकी कम्पनी बहुत महंगी पड़ेगी क्योंकि उसकी लागत 1000 लाख डॉलर से ज्यादा हो सकती है। अब एक भारतीय कम्पनी, जिसकी कुल आमदनी 1500 लाख डॉलर हो, वह 1000 लाख डॉलर की अमेरिकी कम्पनी को कैसे खरीद सकेगी? पर ऐसा हो सकता है और इसकी जिम्मेदारी निट के कन्धों पर है क्योंकि दो अरब डॉलर के बाजार पर उसका अच्छा प्रभाव है।

लम्बी कद-काठी, खिचड़ी दाढ़ीवाले अधेड़ उम्र के पवार बड़ी तल्लीनता से बताते हैं कि सब कुछ दिल से होता है। हालांकि उनका सिर सफलताओं के बादलों से घिरा हुआ है, परन्तु उनके पैर धरती पर ही टिके नजर आते हैं। हालांकि उनका कामयाबी का सिलसिला तभी शुरू हो सका जब निट से उन्होंने कम्प्यूटर शिक्षा को शाखाओं के जरिये उस तरह लोगों के लिए सुलभ करवाना शुरू किया जैसे मैकडोनाल्ड की हैमबर्गर बेचने के लिए और ग्राहकों को लुभाने के लिए जगह-जगह दुकानें खुली हुई हैं। जहां तक उन्हें मालूम है, दुनिया में पहली बार शाखाओं के जरिये शिक्षा देने की शुरुआत निट ने की। उनकी सफलता का राज यह है कि उन्होंने शाखा सही वक्त पर सही जगह खोली, जो पूरी तरह से पेशेवर रवैये से काम करती है। लेकिन इसका अर्थ यह नहीं कि छोटे-मोटे स्थानीय दुकानदारों सरीखा रवैया, जो अपने गृहनगर में जायदाद खरीदने में व्यस्त रहता है बल्कि निट पढ़े-लिखे काबिल व्यापारी बनने में मदद करता है। निट अपनी शाखाओं का हर तरह से खयाल रखती है। उसके लिए बड़ी और हवादार कक्षाएं बनाने, प्रशिक्षण सम्बन्धी साजो-सामान, बढ़िया और काबिल अध्यापकों को अपने से जोड़ने

में मदद, स्थानीय स्तर पर शाखा का प्रचार-प्रसार करने के बारे में उन्हें शिक्षित करना, इसके अतिरिक्त बही खातों का नियमित रूप से ऑडिट करना और सारी व्यवस्था का स्तर बनाए रखने के लिए अपने व शिक्षकों का समय-समय पर परीक्षा लेना। इन सभी का मकसद यही था कि निट का स्तर ऊंचा ही बना रहे और इसके बारे में सारी बातें स्पष्ट हैं। लगातार प्रचार-प्रसार के लिए विज्ञापनों पर जोर देने का अर्थ यह है कि निट ब्रांड की छवि स्थानीय स्तर पर सर्वोपरि बन जाए। पूरे देश के कस्बों में शाखाओं के होने के बावजूद निट को रोजाना की हाय-हाय, किच-किच और सैकड़ों मैनेजरों के बावजूद उनके झगड़ों से नहीं निबटना पड़ता। वे लोग अपनी ऊर्जा झगड़ा करने के बजाय पाठ्यक्रम और छात्रों के कार्यक्रम सुधारने एवं उनका स्तर उठाने में खपाते हैं। इसका नतीजा उनके छात्रों की सफलता से लगाया जा सकता है जो अपना पाठ्यक्रम पूरा होते ही कुछ दिनों के भीतर नौकरी पाने में सफल हो जाते हैं।

इसका सबसे बेहतरीन प्रयोग चार वर्षीय पाठ्यक्रम माना जा सकता है, जिसे स्नातक उपाधि के समकक्ष समझा जाता है। उनकी दूरदर्शी शिक्षाविदों की टीम द्वारा तैयार किए गए पाठ्यक्रम वाकई जबरदस्त हैं। अब तक दस हजार से ज्यादा छात्र इस दुनियावी विश्वविद्यालय से सफलता की डिग्री हासिल कर चुके हैं तथा बीस हजार से अधिक छात्र मौजूदा समय में अपना पंजीकरण करवा चुके हैं। सच पूछो तो निट ने हमारे यहां के उन पारम्परिक विश्वविद्यालयों एवं कॉलेजों को काफी पीछे छोड़ दिया जो छात्रों को महज साक्षर बनाकर भीड़ में शामिल कर देते हैं। निट के छात्र अपने पाठ्यक्रम का चौथा साल 2000 से अधिक मान्यता प्राप्त कम्पनियों में अनुभव हासिल करने में व्यतीत करते हैं और इसके लिए उन्हें वजीफा भी मिलता है। हालांकि समाज अपने युवाओं से यही आस लगाता है कि वे औपचारिक डिग्री हासिल करें। ऐसी परम्पराओं के मद्देनजर कुछ छात्र औपचारिक कॉलेजों में दाखिला तो ले लेते हैं पर अपना अधिकतर समय निट में ही बिताते हैं। अपनी कामयाबी के बारे में पवार का कहना है कि सिर्फ अच्छे और काबिल अध्यापकों से ही सफलता नहीं मिलती बल्कि सर्वश्रेष्ठ छात्रों का होना भी सफलता की कुंजी है, ऐसा निट ने साबित कर दिखाया है। इन दिनों वैवाहिक विज्ञापनों में भी प्रायः देखने में आ रहा है कि चार वर्षीय 'जी निट' शिक्षा का उल्लेख बहुतायत में होने लगा है। लड़कियों को अपने नाम के आगे जी निट लिखने में कम दहेज की गारंटी हो जाती है। मेरे एक युवा पड़ोसी ने बताया कि उसने चार वर्षीय पाठ्यक्रम पर छप्पन हजार रुपये खर्च किए हैं। इसके बाद उसे पूरा भरोसा है कि इंजीनियरिंग छात्रों के लिए सुलभ नौकरी के लिए वह भी योग्य हो जाएगा। सबसे खास बात यह है कि उसने आत्मविश्वास और मिलकर काम करने के महत्त्व को जान लिया है।

विगत पांच वर्षों से निट ने अपने आप में कुछ और भी परिवर्तन किए हैं और बहुत तेजी से सॉफ्टवेयर समस्याओं के हल निकालने और मल्टी मीडिया के बारे में शिक्षित करने की दिशा में बढ़ रहा है। अभी तक 269 उपाधियां भी दी जा चुकी हैं। इनका आधे से ज्यादा राजस्व गैर-शैक्षणिक सेवाओं से आता है। इनके सॉफ्टवेयर व्यापार में उन्हें इतना और फायदा हो जाता है कि उन्हें अपनी ही 'वर्ल्ड यूनिवर्सिटी' के सर्वश्रेष्ठ स्नातकों को अपने इस काम में जोड़ने में सुविधा हो जाती है। इसका अन्दाजा इस बात से लगाया जा सकता है कि 3800 कर्मचारियोंवाले निट में 1500 ऐसे हैं जिन्होंने जी निट पाठ्यक्रम पूरा किया है। इस सॉफ्टवेयर व्यवसाय से एक और सबसे बड़ा फायदा यह हो जाता है कि अपने छात्रों के लिए अध्ययन लायक पाठ्यक्रम को बनाने और उसका स्तर बढ़ाने में उन्हें किसी और का मुंह नहीं देखना पड़ता जो उनके शिक्षा के व्यवसाय को बढ़ाने में मददगार होता है। इनफोसिस की तरह निट अपने यहां मौके उपलब्ध करवाकर प्रतिभाओं को रोककर रखने में सफल हो रहा है। जबसे स्टाक मार्केट में उछाल आया है, उसके 900 कर्मचारियों के पास दस लाख से अधिक रुपयों की सम्पत्ति थी, जबकि अठासी के पास एक करोड़ रुपयों से अधिक। और आठ ऐसे थे जो जुलाई 1999 में डॉलरों की गिनती में करोड़पतियों में शुमार किए जाने लगे थे। सबसे खास बात यह है कि इसने लगभग 800 उद्यमियों को पैदा कर अपनी शाखाओं के जरिये परोक्ष रूप से दस हजार नौकरियों की गुंजाइश बनाई और लोगों को रोजगार उपलब्ध करवाए।

निट का सबसे आकर्षक प्रयोग यह रहा कि इसने तमिलनाडु में 371 स्कूलों में कम्प्यूटर शिक्षा देने का जिम्मा लिया। पवार का कहना है कि दिन के समय स्कूली छात्र ए.सी. कक्षाओं में प्रशिक्षण प्राप्त करते हैं। स्कूल के बाद यह सुविधा उस इलाके में रहनेवाले लोगों के लिए सुलभ करवाई जाती है, जो हमें इस लिहाज से फायदेमन्द लगता है कि दिन के समय में हमारी शाखाओं को जो घाटा उठाना पड़ता है उसकी भरपाई हो जाती है। यदि इसमें मुनाफे की सूरत दिखाई दी तो इस तरह की शिक्षा देने की होड़ में लगी कम्पनियां भी मैदान में उतर आएंगी और पूरे देश में ऐसी शिक्षा शुरू हो जाएगी। यदि तमिलनाडु का यह प्रयोग सफल होता है तो देश भर के सरकारी स्कूलों तक को कम्प्यूटर शिक्षा देने के लिए एक कारगर मॉडल मिल जाएगा। ऐसी सूरत में सारे देश में कम्प्यूटर शिक्षा का प्रसार होना शुरू हो जाएगा। हालांकि प्रधानमन्त्री वाजपेयी ने अपनी आई. टी. सेना को तैनात करते हुए आह्वान किया था कि 2010 तक सारे देश के स्कूली छात्र कम्प्यूटर शिक्षित हों, शुरू में मैं यह सोचा करता था कि यह महज खयाली पुलाव है पर यदि निट का मॉडल कामयाब हो जाता है तो यह सपना भी साकार हो सकेगा।

सुधारों के बाद इनफोसिस और निट भारत में नूतन उद्यमोंवाली कम्पनियों के रूप में उभरकर उदाहरण स्वरूप सामने आए हैं। हर रोज ऐसे ही उदाहरणों से लबरेज कई और कम्पनियां पनप रही हैं। ऐसी ही एक और कम्पनी है सत्यम् इनफोवेज जिसकी शुरुआत नवम्बर 1998 में उस दौर में हुई जब वाजपेयी ने इंटरनेट को सरकारी चंगुल से निकालकर आम लोगों के लिए खोल दिया था। इंटरनेट सेवा प्रदान करनेवाली दुनिया-भर की चालीस कम्पनियों में से एक सत्यम् ने अक्टूबर 1999 में नास्डाक पर शुरुआत करने के सपने को पूरा कर दिखाया। सूचना तकनीकी सेवाओं का इस कदर विस्तार हुआ कि सॉफ्टवेयर कारोबार पीछे छूट गया। इसका यह भी फायदा हुआ कि भारत के दूरदराज के इलाकों में भी रोजगार के अवसर पैदा होने के आसार बन गए। मेरे एक मित्र ने मद्रास में एक कारोबार शुरू किया। जिसके तहत वह डॉक्टरी के छात्रों को अपने यहां काम देता है। वे लोग ब्रिटिश प्रकाशक के लिए यू. के. में नौकरियों की तलाश से सम्बन्धित मेडिकल लेखों का कम्प्यूटर पर प्रूफ पढ़ने और सम्पादित करने का काम करते हैं। बैंगलोर में अदिति टेक्नॉलोजीस ऐसी कम्पनी है जो माइक्रोसॉफ्ट के उत्पादों को देखने और परखने की सेवा प्रदान करती है। उसके ग्राहक अपनी समस्याओं को नेट पर प्रेषित करते हैं और अदिति उन समस्याओं का निदान उन्हें ई मेल के जरिये प्रदान करती है। हैदराबाद के डाटा-ट्री में सौ से ज्यादा लोग अमेरिकी शहरों से प्राप्त आंकड़ों को डिजिटल सी डी रोम्स में परिवर्तित करते देखे जा सकते हैं। ब्रिटिश एयरवेज और कैथ ने अपने कार्यालय भारत में खोलकर आनलाइन एकाउंट के जरिये दुनिया-भर में अपना प्रभाव बढ़ा लिया है। सिटी बैंक, अमेरिकन एक्सप्रेस और अन्य अन्तर्राष्ट्रीय बैंक भी ऐसा ही काम कर रहे हैं। रोगों के लक्षण और उसके नुस्खों को अमेरिकी डॉक्टर अपने मरीजों को बताते हैं। यह बातचीत दरअसल इलेक्ट्रोनिक भाषा में दर्ज होती है और यह फाइल बैंगलोर की एक कम्पनी हैल्थ स्क्राइब्स को भेजी जाती है। जहां हुनरमन्द लोग उन्हें इलेक्ट्रोनिक भाषा से आम बोलचाल की डॉक्टरी भाषा में अनुवाद कर लेते हैं और उसे फिर वापस प्रेषित कर देते हैं। दिल्ली के करीब दुनिया-भर की सुविधाओं से लैस जी. ई. कैपिटल 2000 लोगों को रोजगार देती है, जिनका काम दुनिया भर में यूरोप और अमेरिकी क्रेडिट कार्ड धारकों के ऋण आवेदन-पत्रों को एकत्रित करना एवं उनसे सवाल-जवाब करने के अतिरिक्त दुनिया-भर में फैले प्लांटों और कार्यालयों में काम करनेवाले कर्मचारियों की तनख्वाहों का हिसाब-किताब रखना है। ज्यादातर कर्मचारी अपने ग्राहकों को देखे बगैर ही उनका काम करते हैं। ऐसा भी सम्भव होना चाहिए कि कार्यालय का सारा काम ही हस्तान्तरण के जरिये भारत में पूरा हो जाए। बम्बई में क्रेस्ट कम्यूनिकेशन को देखने का मौका मिला, जो चलचित्रों के लिए डिजिटल चित्रों को बनाते

हैं। इस कम्पनी को हालीवुड के एक स्टूडियो से थ्रीडी फिल्म बनाने का ठेका मिला। केरल स्थित ज्योग्राफिक सॉफ्टवेयर सिस्टम ने जर्मनी की एक काउंटी फ्लेसबर्ग के लिए 5000 डिजिटल नक्शे बनाने का ठेका उठाया है।

ऐसी कोई वजह दिखाई नहीं देती कि 1-800 कॉल करनेवाले टोल फ्री केन्द्र अमेरिका से भारत नहीं आ सकते थे। ऐसा इसलिए सम्भव हो सकता है क्योंकि भारतीय विश्वविद्यालय हर साल बीस लाख स्नातकों को तैयार करते हैं। जो हर स्तर की अंग्रेजी को समझने में सक्षम हैं। सुदूर सेवा कारोबार में लगे कई भारतीय तो इतने पढ़े-लिखे हैं जो पश्चिमी देशों में अत्यधिक योग्य माने जाते हैं।

एक प्रामाणित जन लेखाकार जी. ई. के खातों को देखने का काम महज पन्द्रह से बीस हजार डॉलर प्रतिवर्ष की दर पर देख लेता है जबकि अमेरिका में यही काम कम पढ़ा-लिखा कर्मचारी इसकी तीन गुनी तनख्वाह पर करता है, अपने ऐसे कामों से जी. ई. कैपिटल कम्पनी अगले कुछ सालों में सौ लाख डॉलर की बचत करने में सफल हो जाएगी। मैकिंजी रिकोंस 2010 तक इसी तरह के काम के लिए पचास अरब की कीमतवाले बीस लाख रोजगार के अवसर भारत में उपलब्ध करवाएगा। इससे होगा यह कि अन्तर्राष्ट्रीय थोक कीमत पर काफी जबरदस्त प्रतिस्पर्धा शुरू हो जाएगी। लिहाजा हमें अपने कानूनों में बदलाव करने की जरूरत है, ताकि बाजार की मांग के ही श्रम की कीमत तय कर सकें।

राष्ट्रपति कैनेडी ने अमेरिकी प्रत्यावर्तन नियमों में जब संशोधन किया तभी से भारत सहित सारी दुनिया से प्रतिभा सम्पन्न लोग अमेरिका की ओर रुख करने लगे। हालांकि भारतीय अपने प्रतिभावान लोगों के पलायन को जानते-समझते रहे पर वे अपने बच्चों को जाने से रोक नहीं सके। इस बात से मुझे भी तकलीफ होती है कि दुनिया तो सूचना युग में पहुंच गई और गरीब देशों से ज्ञान का भंडार बहुत तेजी से खाली होता जा रहा है। क्योंकि हम लोग अपनी सर्वश्रेष्ठ प्रतिभाओं को खोते जा रहे हैं। परन्तु मेरी उम्मीद आज भी कायम है कि जो भारतीय प्रतिभाएं विदेशों में बस गई हैं, वे एक-न–एक दिन वापस लौटकर भारत आ जाएंगी और उस धरती के लिए काम करने में अपना हुनर दिखाएंगी जहां उनका पालन-पोषण हुआ और जहां वे पढ़-लिखकर काबिल बने।

अब वह समय आ गया है जब आपके काम की पूरी कीमत मिलने लगी है। बैंगलोर की एक छोटी-सी कम्पनी है आरमीडिया जिसके करीब तैंतालीस कर्मचारी इतने अमीर हो गए हैं जितना कि वे अपने सपने में भी नहीं सोच सकते थे। इसकी शुरुआत दो साल पहले तुषार दवे ने की थी। तुषार लम्बे कद मधुरवाणी का मालिक है और सिलिकॉन वैली में चिप डिजाइनर था। मगर उसने अमेरिका की नौकरी छोड़ी और पासपोर्ट लेकर

अपने वतन लौट आया। 1999 के मध्य में अमेरिका की 'ब्रॉडकॉम' ने आरमीडिया को 670 लाख डॉलर में खरीद लिया और इस अमेरिकी कम्पनी ने बैंगलोर की प्रतिभाओं को नौकरियां प्रदान कीं। वालस्ट्रीट ने विश्लेषण किया कि ब्रॉडकॉम दुनिया की जानी-मानी कम्पनियों में से एक है, और जब इसने समुद्रपार कर भारत में पैठ बनाई तो इस बात ने दुनिया-भर के निवेशक समुदाय में जबरदस्त संकेत दिया कि यहां अवसरों की जबरदस्त सम्भावना है। इस बात का असर जल्दी नजर आने लगा और निवेशकों का तांता बड़ी-बड़ी तनख्वाहोंवाली नौकरियों और भारत के लिए निर्यात के रास्ते खुल गए। और यह सब कुछ एक तरह से तुषार दवे की बदौलत ही हुआ।

तुषार दवे ने जो भी किया उसे उसकी पूरी कीमत भी मिली। इसी तरह राज वेट्टीकुटी, भारत देसाई, अशोक त्रिवेदी, सुनील वाधवानी, और नन्दू थोडांवड़ी के भी किस्से हैं।

ये वो भारतीय हैं जो अमेरिका में अच्छा काम करने के बाद वापस भारत आए। इन सबने यहां सॉफ्टवेयर बनाने या सुधारने के केन्द्र खोले और अपनी कम्पनियों के जरिये रोजगार के अवसर बढ़ाए। जब भारत में आई. टी. की बहार आई, उससे काफी अरसा पहले ही ये लोग भारतीय सॉफ्टवेयर उद्यमियों के उस वर्ग में शामिल हो चुके थे जो अरबपति कहलाते थे। इन लोगों ने सिलिकॉन वैली में जबरदस्त तरक्की की थी। भारत उनके लिए मायने रखता था क्योंकि वे अमेरिका की सृजनात्मक संस्कृति और सॉफ्टवेयर विकास में भारतीय क्षमता दोनों सर्वोत्तम कहे जाते थे और वे इन स्थितियों के कायल भी थे।

कुछ बरस पहले जब रमेश चौहान ने 'थम्सअप' को 400 लाख डॉलर में कोक के हाथों बेचा तो भारतीय कम्पनियों में घबराहट का माहौल व्याप्त हो गया। इस बात का जबरदस्त विरोध भी हुआ। उनका कहना था कि हम अपनी धरोहरों को विदेशियों के कब्जे में कैसे जाने दे सकते हैं। लेकिन जब तुषार दवे ने आरमीडिया को 670 लाख डॉलर में बेचा तो कोई विरोध नहीं हुआ बल्कि कई लोगों ने इसकी वाहवाही की। आखिर यह परिवर्तन क्यों? एक बात तो है कि अब हम काफी परिपक्व हो गए हैं। हम इस बात को समझने लगे हैं कि मालिकाना हक और राष्ट्रीय सम्पदा दोनों एक बात नहीं हैं। इससे कोई फर्क नहीं पड़ता कि थम्सअप अथवा आरमीडिया का मालिकाना हक किसके पास है, जब तक कि इससे सम्बन्धित रोजगार एवं आर्थिक गतिविधि भारत में हो रही हैं। हम यह भी जानने लगे हैं कि कम्पनियों की खरीद-फरोख्त महज एक खेल है। सुदृढ़ अर्थव्यवस्था में ऐसा होता है और यह भारतीय उद्यमियों को उनकी कड़ी मेहनत का सही पारितोषिक भी प्रदान करेगा। आज के उद्यमी कम्पनियों का निर्माण करते हैं। कुछ वर्षों बाद इन्हें बेच देते हैं और अपनी सम्पति को किसी दूसरे क्षेत्र में

निवेश करने की राह खोज लेते हैं। चूंकि उन्हें बाहर निकलनेवाले रास्ते की तलाश होती है, लिहाजा ऐसे में प्राय: विदेशी कम्पनियां ही उनको अपने अधिकार मैं ले लेती हैं।

रमेश चौहान और तुषार दवे की कहानियां आधुनिक भारत के उदाहरण हैं। थम्सअप को कामयाबी की बुलन्दी पर पहुंचाने और उसका बाजार बनाने में रमेश चौहान ने दशकों तक पसीना बहाया। इसी बीच बाजार में पेप्सी का जोर बढ़ा। पेप्सी को भारत से बाहर खदेड़ने के लिए उन्होंने अपनी बहुत ऊर्जा बेकार कर दी, पर अपनी कोशिश में वह कामयाब न हो सके, वैसे वे अपनी उस ऊर्जा का इस्तेमाल कारोबार को बढ़ाने एवं पेप्सी के मुकाबले थम्सअप को और लोकप्रिय बनाने में भी कर सकते थे। चूंकि थम्सअप बाजार में उपलब्ध सबसे तेज उत्पाद था। लिहाजा कोक ने उसकी काफी बढ़ी हुई कीमत लगा दी।

तुषार दवे सिलिकॉन वैली गया और इंटेल के साथ एक इंजीनियर की हैसियत से उसने सोलह साल काम किया। वहीं उसे चिप डिजाइनिंग की बेशकीमती जानकारी मिली। उसने महसूस किया कि इंटेल ने ताकतवर चिप बनाकर अपना भविष्य तो बेहतरीन बना लिया है। इंटेल जो चिप बनाता है, वह कम्प्यूटर की रफ्तार काफी बढ़ा देते हैं। विश्व को लम्बे समय तक गणना करनेवाले चिप की जरूरत नहीं थी। चिप की जरूरत उन टेलीविजन और कम्प्यूटरों को थी जिनसे आंकड़ों को तेज गति से सम्प्रेषित किया जा सके। उसने इंटेल की नौकरी छोड़ दी और बैंगलोर में इस नए चिप का डिजाइन तैयार करने के लिए आरमीडिया की स्थापना की। हालांकि इस काम के लिए उसे भरोसेमन्द काबिल इंजीनियरों की आवश्यकता थी। मुसीबत यह थी कि भविष्य को अंधेरे में रखने का जोखिम उठाने की हिम्मत कोई नहीं उठा पा रहा था और बंधी–बंधाई तनख्वाहवाली नौकरी छोड़ना किसी को गंवारा नहीं हो रहा था। तभी उसने ऐसी युक्ति निकाली कि उसे अपनी जरूरतवाले इंजीनियर बड़ी सहजता से मिल गए। उसने अपने सभी कर्मचारियों को कम्पनी का हिस्सेदार बनाने का अनोखा प्रस्ताव दिया था। दो सालों में आरमीडिया ने ऐसे चिप बनाने शुरू किए जो डिजिटल टेलीविजन में लगा देने से चित्र और ध्वनि की तरंगों में भेदकर उन्हें अलग-अलग कर सकते थे। हालांकि आरमीडिया के पास चिप को खपा सकनेवाले बाजार बनाने का बूता नहीं था क्योंकि उसके पास संसाधनों की बेहद कमी थी लेकिन अमेरिका का ब्रॉडकॉम साधन-सम्पन्न था। ब्रॉडकॉम ने महसूस किया कि आरमीडिया ने विश्व को चकाचौंध करनेवाला विश्व स्तरीय उत्पाद तैयार किया है, लिहाजा दोनों ने हाथ मिलाने में ही बेहतरी समझी।

दृष्टान्त के इस हिस्से से यह पता चलता है कि दो सालों में आरमीडिया ज्ञान का भंडार बन गया और दशकों पुराने थम्सअप के मुकाबले पचास फीसदी ज्यादा कीमती

भी। आर. मीडिया के सभी कर्मचारियों को उम्मीद से ज्यादा पारितोषिक मिला। जबकि थम्सअप से केवल रमेश चौहान और उनके परिवार को फायदा हुआ। भारत के आर्थिक उदारवाद, और सुधार की प्रक्रिया की शानदार मिसाल है आरमीडिया जबकि पुरानी बंधी हुई सामाजिक अर्थव्यवस्था का उदाहरण थम्सअप ने पेश किया। सच पूछो तो आरमीडिया हमारा भविष्य और थम्सअप हमारा अतीत है।

मैं बम्बई में कभी भी लम्बे समय तक नहीं रहा लेकिन आज भी मैं इसके प्रति अनुराग रखता हूं और अकसर वहां आता-जाता रहता हूं। जिसके लिए मैं अपने सलाहकार के कार्य का धन्यवाद करना चाहूंगा। मैंने इसमें समय के साथ होनेवाले बदलावों को भी देखा। शुरू में तो यह तटीय शहर अपने खुलेपन और उन्मुक्त शहरी संस्कृति के लिए मशहूर था। बीते पचास सालों में यह समाजवादी भारत के अन्य शहरों के मुकाबले अलग-थलग पड़ा दिखाई दिया क्योंकि यहां के क्रिकेटरों, सिने सितारों और सौदागरों की राजकुमारों जैसी हैसियत के कारण अलग ही पहचान बन चुकी थी और यह लोगों के सपनों का शहर बन गया था। सच पूछो तो बम्बई असली वृहद भारत का छोटा संस्करण है जो बांह फैलाकर सबका स्वागत करता है। कई भिन्न-भिन्न समाजों को अंगीकार कर लिया है इसने, जो दूध में पानी की तरह रच-बस गए हैं और उन्हें अलग नहीं किया जा सकता।

1996 में बम्बई मुम्बई हो गया। अगर केवल नाम बदलने का सवाल है तो फिर किसी भी और बातों पर कोई फर्क नहीं पड़ना चाहिए और जैसा मद्रास के चेन्नई होने पर लोगों ने मुस्कुराते हुए कहा था कि नाम से क्या फर्क पड़ता है, पर हकीकत में ऐसा नहीं है। बम्बई से मुम्बई होने के साथ ही बहुत कुछ नए होने के संकेत भी मिलने लगे। समूचे भारत से आए व्यापारियों ने जो सौहार्दपूर्ण वातावरण बनाया था, उसे नए कारोबारियों ने ठुकराना शुरू कर दिया था। शुरू में तो मैं अपने मुम्बई के दोस्त से इस खतरे की घंटी के बारे में बातें करने से कतराता था क्योंकि मेरा यही मानना था कि यह तो सामान्य व्यापार है। मैं यही समझता था कि यहां की पतली और संकरी सड़कें यदि चौड़ी हो जाएं और परिवहन व्यवस्था सुधर जाए तो मुम्बई हांगकांग की तर्ज पर दक्षिण एशिया का प्रमुख व्यापारिक केन्द्र ही नहीं बल्कि व्यापारिक राजधानी बन सकता है। इस शहर में भी संकरे रास्तों की समस्या को सुलझाने के लिए फ्लाई ओवर बनाने की शुरुआत हो गई। मैं जबरदस्त निराशावादी बन गया लेकिन तभी एक लेख ने मुझे झकझोर दिया। न्यूयार्क रिव्यू ऑफ बुक्स के 22 अप्रैल 1999 के अंक में क्रिस्टोफर डी. बिलेग का लेख छपा बाम्बे एट वार'। इस लेख से मैं सिर्फ चौंका ही नहीं बल्कि उस पर गौर करने को विवश भी हो गया।

डी. बिलेग ने बताया कि कैसे एक उदारवादी शहर की खूबसूरती एक भयानक शक्ल में तब्दील हो गई। मजारों का यह शहर मुम्बई कहलाया। गन्दी और द्वेषपूर्ण सियासत ने मोहनदास करमचन्द गांधी और जवाहरलाल नेहरू द्वारा स्थापित धर्मनिरपेक्षता के मूल्यों को किस कदर बरबाद कर दिया। 6 दिसम्बर 1992 को जब बाबरी मस्जिद ढहाई गई, उसी क्षण से मुम्बई की किस्मत का बुलन्द सितारा डूबने लगा और शान्ति और सौहार्द की ठंडी छाव में बसनेवाला शहर आग में धधकनेवाला ज्वालामुखी बन गया। एक के बाद एक घटनाओं ने मुम्बई की खुशहाल किस्मत बदलकर रख दी। दिसम्बर, जनवरी के दंगों, श्रृंखलाबद्ध बम धमाकों, फिर 1995 में विधानसभा चुनावों में शिवसेना का राज्य सरकार पर कब्ज़ा, तथा कांग्रेस की लगातार गिरती साख एवं पार्टी में बिखराव ने मुम्बई की समूची शक्ल ही बदल दी। सबसे गौर करनेवाली बात यह थी कि हमेशा ही उदारवाद का दामन थामे रखनेवाले मुम्बई के लोगों ने डरकर हावी होती जा रही साम्प्रदायिकता का विरोध भी नहीं किया। आखिर क्यों तमाम लोग शहर के घावों से रिसते हुए खून को सिर्फ मूक तमाशबीन की तरह देखते रहे। क्या पुरानी एकता, अखंडता और सहनशीलता समाप्त होकर संवेदनाशून्य हो गई थी। अपने इन सवालों का बिलेग को कोई सन्तोषजनक उत्तर नहीं मिल सकता। उन्होंने यह जरूर कहा कि शहर के 'सम्भ्रान्त वर्ग ने शान्ति की खातिर शिवसेना को भुगतान करना शुरू कर दिया।' एक जगह उन्होंने शायद जावेद अख्तर की एक रचना को उपमा के तौर पर जरुर उल्लेखित किया कि 'जब पानी खौलने लगेगा तो मेंढक अपने आप फुदकते हुए बाहर आ जाएंगे.... मेंढक को ठंडे पानी में डालकर स्टोव जला दें। और इस तरह आप मेंढकों को शिकार बना लेंगे।'

अपने सलाहकारवाले दिनों में मैं बम्बई के कई व्यापारियों से मिला। पर जी टेलीविजन के संस्थापक सुभाषचन्द्रा ने मुझे सबसे ज्यादा प्रभावित किया। सुभाषचन्द्रा हरियाणा में हिसार के रुई और कपास का व्यवसाय करनेवाले घराने से ताल्लुक रखते हैं और दिल्ली से हिसार बहुत दूर नहीं है। उन्होंने बड़ी मुश्किल से हाई स्कूल तो पास कर लिया पर कभी कॉलेज नहीं पास कर सके। परन्तु वह गजब की महत्त्वाकांक्षा के स्वामी हैं। 1967 में अचानक उनके पारिवारिक कारोबार का दिवाला निकल गया और जिस समय उन्होंने हिसार छोड़ा, उनकी जेब में महज सत्रह रुपये थे। 1999 में वह समूची धरती पर मनोरंजन की दुनिया के बादशाह बन चुके थे और उनकी भारतीय कम्पनी की कीमत पचास हजार करोड़ रुपये पहुंच गई थी। उन्होंने आई. सी. ओ. ग्लोबल सैटेलाइट के जरिये संचार जगत में तहलका ही मचा दिया। उनकी यही योजना थी कि भारत में संचार का ऐसा तन्त्र बनाएं जो उनके अन्य व्यवसायों को समूचे देश में फैलाने में मददगार हो सके। लोग उन्हें 'एशिया का मरडोक' पुकारने लगे।

सुभाष चन्द्रा के परदादा शेखावटी जिले के नेत्रहीन मारवाड़ी थे। वे अपने भाई के साथ राजस्थान छोड़कर पंजाब चले गए थे, तब पंजाब बंटा नहीं था। यह वह जमाना था जबकि केवल कमजोर और असफल मारवाड़ी ही घर-परिवार छोड़कर बाहर जाया करते थे। सुभाष चन्द्रा ने मुझे याद दिलाया कि वह भाग्यशाली हैं और उनकी दर्जनों शाखाएं पंजाब में काम कर रही हैं। उन्होंने यह भी बताया कि एक शाखा इंग्लैंड के मैनचेस्टर में भी है। सुभाष चन्द्रा हिसार में अपने दादाजी के संयुक्त परिवार में पले-बढ़े। जहां उन्होंने दिन-रात सिर्फ कपास के बारे में होनेवाली बातचीत को सुना। वे अपने दादाजी की मदद करते थे और रोजाना सप्लायर और ग्राहकों को सैकड़ों पोस्टकार्ड लिखा करते थे। 1967 में जब वह सिरसा के सरकारी पॉलीटेक्नीक में पढ़ते थे, तभी उन्हें एक दुखद समाचार मिला कि कपास के व्यापार में उनका परिवार दिवालिया हो गया और उन्हें कॉलेज से इसलिए निकाला जा रहा है क्योंकि वह अब कॉलेज की फीस तक नहीं दे सकते। जिस वक्त वह घर छोड़ रहे थे, उस समय उनके दादाजी ने कहा था कुछ भी करना पर कपास को हाथ मत लगाना।'

1976 में देश में हुई जबरदस्त पैदावार ने उन्हें धन कमाने का सुनहरा अवसर प्रदान किया। सरकार द्वारा संचालित भारतीय खाद्य निगम को 140 लाख टन अनाज के सुरक्षित भंडारण के लिए जगह की तलाश थी। तब सुभाष चन्द्रा ने अनाजों के ऊंचे-ऊंचे पहाड़ों को खुले आसमान तले प्लास्टिक की बड़ी-बड़ी चादरों के जरिये बचाने की योजना बनाई। तभी उन्हें पालीथीन कवरों एवं प्लास्टिक के गुणों का पता चला और उन्होंने इसके बारे में गहन जानकारी लेनी शुरू की। इस काम से हुए मुनाफे को उन्होंने रूस को किए जानेवाले चावलों के निर्यात में लगाया। जहां उन्हें जबरदस्त फायदा हुआ, हालांकि इस काम में उन्हें कुछ बदनामी भी झेलनी पड़ी। लेकिन अब उनके पास काफी सम्पत्ति थी। उन्हें प्लास्टिक के बारे में तो पता था ही और वह उद्योगपति बनना चाहते थे। लिहाजा वह बम्बई आ गए और यहां आकर टूथपेस्ट के लिए प्लास्टिक युक्त खोल बनाने का छोटा प्लांट लगा लिया। उस जमाने में एल्यूमिनियम की ट्यूबों का चलन था। इन प्लास्टिक की ट्यूबों की लागत एल्यूमिनियम के मुकाबले चालीस फीसदी कम आती थी। उन्होंने इसकी सप्लाई, कोलगेट, लीवर्स और अन्य कम्पनियों में शुरु की तथा सफलता की सीढ़ियों पर चढ़ना शुरू कर दिया और एक साधारण अनाज व्यापारी की घुटन और गलीज आढ़त से निकलकर बहुराष्ट्रीय कम्पनी के मालिक बनने में पूरे पांच बरस का समय लग गया और दशक बाद सबसे कम लागत में पैकेजिंग ट्यूब बनानेवाले दुनिया के दूसरे सबसे बड़े उत्पादक बन गए और कर हटाने के बाद उन्होंने सौ करोड़ रुपयों का मुनाफा कमाया।

सुभाष चन्द्रा ने रूसी व्यापार से जो मुनाफा कमाया उसके कुछ हिस्से से बोरीविली में 730 एकड़ का जंगल खरीद लिया। यह इलाका बम्बई के करीब था। उन्हें यह जमीन इसलिए सस्ती मिल गई क्योंकि वह गैर-विकासशील क्षेत्र में आती थी और इस इलाके में बिल्डरों की भी कोई दिलचस्पी नहीं थी। उन्होंने यहां डिजनीलैंड की तर्ज पर पारिवारिक मनोरंजन केन्द्र खोलने का विचार किया। जिसकी उन्हें इजाजत भी मिल गई। बाद में यही पार्क 'एसेल वर्ल्ड' के नाम से मशहूर हुआ। उन्हें उम्मीद थी कि तीस लाख से ज्यादा लोग यहां पहुंचेगे पर यह आंकड़ा केवल दस लाख तक ही पहुंच सका और व्यापारिक तरीके से सफल नहीं रहा। इसके बावजूद सुभाष चन्द्रा इस बात के कायल दिखे कि मनोरंजन की भूख भारतीयों में गजब की है। लिहाजा वह मनोरंजन के क्षेत्र में सम्भावनाओं की तलाश में जुट गए। परन्तु जो भी योजना उनके दिमाग में आती, उसी से कई अड़चनें भी सामने आने लगतीं। इसी उधेड़बुन के बीच आखिर उन्हें 1991 में कामयाबी मिल ही गई जब उन्होंने सुना कि हांगकांग में सैटेलाइट टेलीविजन की शुरुआत हो गई। भारत में निजी प्रसारण कर्ताओं के लिए रास्ते खुले थे। ऐसे में उन्होंने सोचा कि आखिर विदेश से टेलीविजन पर हिन्दी फिल्में क्यों नहीं दिखाई जा सकतीं।

हांगकांग में स्टार टी.वी. के एक अधिकारी से मुलाकात करने में उन्हें महीनों लग गए। आखिरकार उन्हें मुलाकात का मौका मिल गया। उन्होंने कहा कि भारत भूखा और गरीब मुल्क है पर सुभाष चन्द्रा तो केवल टेलीविजन के बारे में सोच-सोचकर दीवाने हुए जा रहे थे। सारी बातें हुईं परन्तु एक बात ने सुभाष चन्द्रा को बुरी तरह झकझोर दिया जब उन लोगों ने खिल्ली उड़ाते हुए कहा कि वह अनाज के आढ़ती को अपना साझीदार नहीं बनाना चाहते। इस बात ने उनके अहम् पर चोट की परन्तु वह खून का घूंट पीकर रह गए। फिर चन्द्रा ने कहा, ठीक है अगर साझीदार नहीं बना सकते हो तो कम-से-कम भारत में प्रसारण के लिए ट्रांसपोंडर को पन्द्रह लाख डॉलर प्रतिवर्ष की दर से ठेके पर दे दें। इस बात को सुन स्टार टी.वी. के अधिकारी राजी तो हुए परन्तु उन्हें गुमान था कि इतना पैसा उनके पास होगा ही नहीं। उन्होंने एक तरह से चन्द्रा की खिल्ली उड़ाते हुए कहा कि यह रकम पचास लाख डॉलर होगी। सेकेंड-भर सोचे बगैर सुभाष चन्द्रा ने कहा 'ठीक है' पर यह सौदा तभी हो सकता है जब आज ही करारनामे पर दस्तखत हो।

यह बात जब पता चली तो लोगों ने समझा कि सुभाष चन्द्रा पागल हो गए हैं। जबकि ऐसा भी निश्चित नहीं था कि सरकार उन्हें रोकने की कोशिशे नहीं करेगी। अगर सरकार ने विज्ञापन के लिए विदेश में भुगतान करने की मनाही कर दी तो वह कमाई कैसे करेंगे? मगर यह सुभाष चन्द्रा का वह ख्वाब था जिसमें कोई खलल पैदा नहीं हुआ और भारतीय टेलीविजन की दुनिया में वह क्रान्ति हुई जैसी पहले कभी नहीं हुई थी।

दरअसल, स्टार टी.वी. ने उनको तवज्जो देते हुए संयुक्त उपक्रम के लिए करार कर दिया था। उनके इस अभियान को उस समय जबरदस्त बल मिला जब भारतीय रिजर्व बैंक ने आयातकों को विज्ञापन के लिए विदेशी मुद्रा में भुगतान करने की इजाजत दे दी। तीन लोगों के साथ मिलकर शुरू की गई दुकान आगे चलकर सारी दुनिया में मीडिया का साम्राज्य कहलाने लगा। अब जी टी.वी. की पहुंच भारत में 220 लाख घरों तक हो गई है और विज्ञापन से होनेवाली आय का आंकड़ा 600 करोड़ को पार कर गया, जो कि सरकार द्वारा संचालित दूरदर्शन की आय से कहीं ज्यादा है। हालांकि देश में दूरदर्शन की पहुंच 600 लाख घरों तक है। मध्य एशिया, ब्रिटेन, अफ्रीका, अमेरिका और कनाडा में रहनेवाले भारतीय भी अपने केबल के जरिये जी चैनल देखने लगे और जी की आमदनी विदेशों में भी उतनी ही होने लगी जितनी भारत में हो रही थी।

बादशाहत की राह में एक रुकावट अभी भी बरकरार थी और वह था रुपर्ट मरडोक, जिसने 1993 में स्टार नेटवर्क के बीमार हो रहे साम्राज्य को खरीदकर फैलाना शुरू किया। वह यह चाहता था कि सुभाष चन्द्रा मैदान से बाहर हो जाए। वह इस बात को समझते थे कि भातीय भाषाओं का देश में क्या असर और प्रभाव है। लिहाजा इस क्षेत्र को वह पूरी तरह से अपने लिए बनाकर रखना चाहते थे। हालांकि स्टार के साथ जी का करार भी कमजोर पड़ने लगा था, चूंकि सुभाष चन्द्रा के समझौता करने का अन्दाज मरदोच को बहुत पसन्द आया था। दरअसल उसने अंधेरे में तीर चलाया था जो एकदम सही निशाने पर बैठा। लिहाजा दोनों ने हाथ मिलाया और अक्टूबर 1999 तक आते-आते भारतीय प्रसारण कारोबार में दोनों बराबरी के साझीदार बन गए। जब सुभाषचन्द्रा ने 3000 लाख डॉलर के करीब मरडोक के शेयर खरीद लिए।

महत्त्वाकांक्षा में सुभाष चन्द्रा रुपर्ट मरडोक के ही समान हो गया। वह भी उसी की तरह दृढ़ निश्चयी था। यद्यपि अपने स्टॉक विकल्प के जरिये उसने अपने कई अधिकारियों को करोड़पति बना दिया, वह भी डॉलर की तुलना में। लोगों की जरूरत न होने के बावजूद उसने लोगों को बहाल बनाए रखा। उसने केबल ऑपरेटर के साथ अगर सख्त रवैया अपनाया तो जोड़-तोड़ करके ऐसी लॉबी भी तैयार की जो सरकार की नीतियों में ऐसे फेरबदल करवा सके जिससे उन्हें फायदा ही फायदा हो सके। वह इसलिए भी मायने रखने लगे क्योंकि जी ने प्रत्यक्ष अथवा परोक्ष रूप से लाखों की तादाद में नौकरियों की सम्भावनाएं पैदा कर दी थीं।

उनकी महत्त्वाकांक्षा को ध्यान में रखकर और क्षेत्रीय भाषाओं के अतिरिक्त समाचार चैनल, खेल चैनल, इंटरनेट पोर्टल, जीनेट इंटरएक्टिव सुविधा उपलब्ध कराने की योजना के मद्देनजर अगले पांच सालों में नौकरियों की संख्या दस लाख तक

पहुंच सकती है। जी टीवी की ये सारी योजनाएं एवं चैनल 3000 फिल्मों की लाइब्रेरी पर आधारित होंगी। साथ ही टीवी मैगजीन शुरू करने का अनोखा विचार है, सिटी केबल नेटवर्क के जरिये जीनेट इंटरएक्टिव इंटरनेट सेवा शुरू करने की महत्त्वाकांक्षी योजना बनाई गई है। केबल नेटवर्क के जरिये डाइरेक्टर टू ऑपरेटर पे टी.वी. सेवा शुरू की जाएगी। ऐसी कहावत है कि दुनिया में हर छठा आदमी भारतीय है। वह कहते हैं कि उनकी अभिलाषा कि हर तीन में से दो भारतीय जी टी.वी. देखें।

अभी तक हमने इनफोसिस, निट, जी टी.वी. और आर मीडिया की कामयाबी की बातें सुनीं। हालांकि सुधारों के बाद ढेरों ऐसी कम्पनियां उभरकर सामने आई जिनकी सफलता की कहानी वास्तव में अपने-आप में मिसाल है। तमाम बहस के बाद आखिर यह तय मान लिया गया है कि जेट एयरवज दुनिया में सर्वश्रेष्ठ घरेलू विमानसेवा है। सन टी.वी. की शुरुआत मद्रास से एक तमिल चैनल के रूप में हुई थी परन्तु आज की तारीख में चारों दक्षिण भारतीय भाषाओं के केबल टी.वी. बाजार पर उसका साम्राज्य चलता है। इसी तरह रैनबेक्सी, डा. रेड्डीज लेबोरेटरीज, सिपला और वोकहार्ट ने दवाओं के बाजार में भी जबरदस्त धूम मचाई है। 1999 सितम्बर में रैनबेक्सी ने सारी दुनिया के लिए अपनी दवाओं की मार्केटिंग के अधिकार 670 लाख डॉलर में बेयर को बेचे, साथ में रॉयल्टी अलग से। इसी तरह डायबिटीज के लिए अपने नए उत्पाद की मार्केटिंग के लिए डॉ. रेड्डीज लेबोरेटरीज ने नोबो नोर्डिस्क को लाइसेंस दिया। नोबो नोर्डिस्क चिकित्सीय विकास में काम करनेवाले डेनमार्क की बहुराष्ट्रीय कम्पनी है।

सभी नए उपक्रम सफल हों, ऐसा भी जरुरी नहीं है। उदारवाद के बाद कुछ कम्पनियों ने शुरुआत तो बहुत अच्छी की पर वे सफलता की सीढ़ियां न चढ़ सकीं। नब्बे के दशक के मध्य में जब मन्दी का दौर आया तो कई कम्पनियां तबाह हो गईं। ऐसा इसलिए हुआ क्योंकि उन्होंने अपनी क्षमता से ज्यादा आर्थिक देनदारियां लाद लीं। उन्हें उनके ग्राहकों, हिस्सेदारों, कर्मचारियों, वितरकों और बैंकरों के कारण परेशानियां उठानी पड़ीं। सबसे दुख भरी दास्तान मद्रास के आर. सुब्रह्मण्यम की है। उन्होंने स्टर्लिंग रिसोर्ट के नाम से दुनिया की सबसे बड़ी शेयर कम्पनी बनाई, जिसका काम था अपने ग्राहकों को छुट्टी के दौरान पर्यटन स्थल पर ठहरने का स्थान मुहैया कराना। उसके पास दस रिसोर्ट थे जबकि ग्राहकों की संख्या थी उनचास हजार। इसके अतिरिक्त वाणिज्यिक कृषि का उपक्रम शुरू किया, जिसके तहत पेड़ों का जंगल तथा फलों के बाग ऊसर जमीन पर लगाने की आकर्षक योजना बनाई। उन्होंने इसकी शुरुआत 1993 में की और जल्दी ही युवा पेशेवर कामगारों की एक जबरदस्त टीम भी तैयार हो गई। 1996 तक आते-आते उनके ग्राहकों की संख्या बीस हजार तक

पहुंच गई और पचीस हजार एकड़ ऊसर भूमि भी मिल गई। एक दिन मैक्सफोर्थ से आकर्षक सेल्समैन आया और तमिलनाडु के जल्लीपट्टी में आम का बाग मुझे एक लाख बीस हजार में बेचने लगा। उसने समझाया कि चौथे साल से मुझे मेरे निवेश का बीस फीसदी हिस्सा वापस मिल जाएगा और बारहवें साल के बाद अगले चालीस सालों तक मेरे निवेश की शत–प्रतिशत अदायगी होने लगेगी। उसने मेरे निवेश के फायदे की तुलना ब्ल्यू चिप स्टॉक और सोने तक से कर दी। हालांकि मैंने उसमें निवेश नहीं किया परन्तु मैं उसकी उद्यमिता से बेहद रोमांचित जरुर हो गया।

सुब्रह्मण्यम ने अपनी दूरदृष्टि से इस्राइल की तर्ज पर भारत की विशाल ऊसर और बेकार पड़ी भूमि पर फलोद्यान लगाने की योजना बनाई क्योंकि इतनी बड़ी धरती पर खेती तो हो नहीं सकती थी, न ही उसमें अन्न उगाया जा सकता था। उनका मानना था कि ऐसा करने से शहरों में लग रहा धन फिर से गांव की ओर मुड़ जाएगा और इसमें उन्हें भी लाखों का फायदा होगा। इसके लिए उन्होंने इस्राइली कम्पनी कामटेक के सहयोग से मद्रास के निकट कृषि स्नातकों के लिए एक प्रशिक्षण स्कूल की स्थापना की। उनकी योजना थी कि जमीनी जलस्रोतों के आसपास वह फलोद्यान लगाएंगे। उनके विशेषज्ञ वैज्ञानिक तरीके से इस तरह के खेतों की देखभाल करेंगे तथा बुआई के बाद की कारगर सुविधा मुहैया कराने की एक श्रृंखला भी तैयार हो जाएगी। इसके पीछे आम के आम और गुठलियों के दामवाली कहावत जैसा कुछ सपना था। इसमें निवेशकर्ता की लागत तो कुछ नहीं लग रही थी क्योंकि पदार्थ और प्रबन्धन का कुछ खर्च ही नहीं था, बस अपने फल बेचो और आमदनी करो। चूंकि सरकारी नियमों के तहत कम्पनी को खेतीयुक्त जमीन रखने का हक नहीं है, लिहाजा उन्होंने इसका शानदार तरीका निकाला कि हजारों की संख्या में पहुंच चुके शहरी निवेशकों के नाम जमीन का पट्टा लिख दिया गया। एक मैक्सफोर्थ फलोद्यान का मालिक एक एकड़ प्लॉट का मालिक भी होगा। ऐसी सूरत में निवेशक अपने पट्टे को जब चाहें तब बेच अथवा खरीद सकते थे जैसे वह म्यूचुअल फंड में करते हैं। ऐसा करने पर धन शहर से गांव की ओर फिर से हो जाएगा और एक दिन भारत की 2400 लाख एकड़ बंजर भूमि हरी-भरी हो जाएगी। साथ ही ग्रामीण इलाकों में लाखों की संख्या में रोजगार के अवसर पैदा हो सकेंगे। वास्तव में यह बहुत खूबसूरत ख्वाब था।

यह सपना चकनाचूर हो गया क्योंकि सुब्रह्मण्यम का सपना जितना बड़ा था, वह उसे उतनी ही तेजी से सच भी करना चाहता था। वह फलोद्यान से सन्तुष्ट नहीं था। वह अपना ही एक कोल्ड स्टोरेज पैकेजिंग और परिवहन सुविधा के अलावा 640 सुपर मार्केट की श्रृंखला शुरू करना चाहता था ताकि अपने उत्पादन को खुद ही बेच

सके। इसके अतिरिक्त वह फलों का निर्यात करने के लिए एक निर्यात कम्पनी खोलना चाहता था। स्कूलों की श्रृंखला टीक वृक्षारोपण, पर्यावरण–युक्त गांव बनाने की भी उसकी अभिलाषा थी। एक आदमी और इतने काम करने की महत्त्वाकांक्षा ही उसकी मुसीबत बनी और जैसे ही मन्दी का दौर आया सब कुछ ढह गया। आज वह अपनी करनी पर सिर पकड़े मद्रास में बैठे हैं क्योंकि उनका कितने का नुकसान हुआ इसका आकलन वह स्वयं नहीं लगा पा रहे हैं। उन्होंने 'हम तो डूबेंगे सनम तुमको भी ले डूबेंगे' वाली कहावत को चरितार्थ किया क्योंकि वह खुद तो बरबाद हुए ही साथ में हजारों आंखों ने जो सपने संजोए थे, उन्हें भी चकनाचूर कर दिया।

एम. आई. टी. के प्रोफेसर बर्च के मुताबिक तीन प्रकार की कम्पनियां होती हैं, हाथी, चूहे और बारहसिंगा। हाथी मार्का कम्पनी वास्तव में बहुत बड़ी होती है। जिनसे कइयों की किस्मत जुड़ी होती है। ऐसी लगभग 500 कम्पनियां हैं जैसे जनरल मोटर्स इत्यादि। दूसरी ओर बाजार में छोटे-छोटे उद्यम के रूप में रिटेल शॉप, रेस्तरां और अन्य सर्विस केन्द्र होते हैं, इन्हें चूहों की संज्ञा दी जाती है। तीसरी होती है बारहसिंगा, जिनकी शुरुआत तो बहुत मामूली होती है परन्तु अपने आविष्कारों एवं पहल करने की कोशिशों से विशालकाय स्वरूप अख्तियार कर लेती हैं। माइक्रोसॉफ्ट और इंटेल इसी वर्ग की कम्पनियां हैं। कभी-कभी बारहसिंगा तो एक नए तरह के उद्योग को जन्म देती हैं। फेडरेल एक्सप्रेस और यू. पी. एस. कोरियर उद्योग की अग्रणी कम्पनियां हैं।

प्रोफेसर बर्च के शोधों से ज्ञात होता है कि अमेरिका में सत्तर फीसदी नए रोजगार कम्पनियों की देन हैं। यह बात सभी जानते हैं कि अमेरिका रोजगार पैदा करने में सबसे सफल देश है। वहां पिछले दो दशकों में 264 लाख रोजगार के अवसर बने हैं। जबकि इनमें हाथी मार्का कम्पनियों के रोजगारों को नहीं जोड़ा गया क्योंकि पिछले दशक में ऐसी कम्पनियों ने अपने कर्मचारियों की संख्या में भारी कटौती की है और न ही चूहा मार्का कम्पनियों की गणना की गई क्योंकि जब भी कोई नई दुकान खुलती है तो पुरानी दुकान अक्सर बन्द हो जाती है। सच पूछो तो बारहसिंगा ही अब हाथी मार्का कम्पनी बन गई है परन्तु जिस तरह से वह अपनी उत्पादकता बढ़ाती है, जबरदस्त उच्च स्तरीय रोजगार पैदा करती है, उससे तो यही कहा जा सकता है कि बारहसिंगा ही कामयाबी का दूसरा नाम है।

भारत में भी कुछ ऐसी कम्पनियां हैं जिनका शुमार बारहसिंगा में किया जा सकता रिलायंस, एन. आई. आई. टी., जेट एयरवेज, इनफोसिस, जी टी.वी. आदि। एक राष्ट्र के नाते हमारे सामने यह चुनौती है कि हम ऐसे उद्यमियों की तलाश करें जिनमें दूरदृष्टि और सुनहरे सपने देखने की क्षमता हो। जो कल के बारहसिंगा कहलाएं। यदि

एक बार कोई मिल गया तो सफलता उनके कदम चूमेगी, हालांकि यह आसान नहीं है। किसी भी समाज में उद्यमिता हमेशा ही छुपी-रुस्तम होती है। जबकि पांच में से चार उद्यम असफल हो जाते हैं। लिहाजा यही एक कला है कि ऐसे लोगों की तलाश की जाए और उन्हें बारहसिंगा बनने के लिए तैयार किया जाए। आखिर किसे ऐसा करना चाहिए, निश्चित रूप से सरकार को तो नहीं करना चाहिए। बल्कि ऐसे लोगों को तो, जहां तक सम्भव हो, सरकारी तन्त्र से दूर ही रखा जाना चाहिए। सरकार कारोबार को तो समझेगी नहीं बल्कि ऐसे हुनर को दबाने में जरूर सफल हो जाएगी।

इन सबका जवाब है पूंजीवादी उपक्रम। अमेरिका की ज्यादातर बारहसिंगा इसी से तैयार हुई हैं क्योंकि उपक्रम सम्पति के मालिक अपना सारा मुनाफा फिर से कारोबार में नहीं लगाते बल्कि नए विचारों और नए खून की तलाश में कुछ धन लगाते हैं और उनके साथ भविष्य के मुनाफे की भागीदारी करते हैं और इस काम में प्रबन्धक उनकी पूरी मदद भी करता है। बैंकों ने जोखिम उठाने में कमी की है। ऐसे में वे किसी भी नए व्यक्ति और नए विचार पर धन लगाने से पीछे हट जाते हैं, जबकि हरेक उद्यमी के पास पूंजी की खासी कमी होती है, ऐसे में वह किसी भी तरह की मदद का स्वागत करते हैं। जब भी कोई व्यापार शुरू किया जाता है तो तीन से पांच साल के बाद उसके विस्तार के लिए धन की आवश्यकता पड़ती ही है। अब तो व्यापार में मुनाफे के मायने ही बदल गए हैं। सबसे खास बात है कि कम्पनी को आम लोगों तक पहुंचा दिया जाए और विस्तार करने के लिए स्टॉक मार्केट से पूंजी ली जा सकती है। पूंजीवादी उपक्रम के लिए वह एक ऐसा मौका होता है जहां से वह अपने मुनाफे को अलग कर ले, अपने शेयर को बेच सके और एक उपक्रम की हद से निकलकर एक और बारहसिंगा बनने की दिशा में अग्रसर हो सके।

कई कामयाब उद्योगपति मुझसे अक्सर परोपकार के सम्बन्ध में सलाह लेते हैं। वे कहा करते हैं कि हमने पैसा तो कमा लिया और मेरा कोई छोटा सहारा भी नहीं है, हमें क्या करना चाहिए, हम अपने पैसे को कहां दान-धर्म में लगाएं। जब भी व्यापारी वर्ग परोपकार के बारे में बात करता है तो उसके दिमाग में मन्दिर, अस्पताल, स्कूल और छात्रवृति की सम्भावना बनती है। ये भी अच्छी बातें हैं परन्तु मैं अक्सर उनका ध्यान स्वयंसेवी संस्थाओं की ओर खींचने का काम करता हूं। क्योंकि मैं समझता हूं कि समाज सुधार के कार्यक्रम में निजी स्तर से ज्यादा इस तरह के संगठन ज्यादा कारगर तरीके से काम कर रहे हैं। हालांकि प्रोफेसर बर्च की किताबों को पढ़ने के बाद मैं इस नतीजे पर पहुंच रहा हूं कि बारहसिंगे भी एक तरह के परोपकार में लगे हुए हैं। इससे बढ़िया और क्या हो सकता है कि एक युवा व्यक्ति के सपने को साकार करने की दिशा में कदम उठाया जाए और अर्थव्यवस्था में रोजगार की सम्भावनाएं बढ़ाकर लोगों में स्पर्धात्मक होने की भावना विकसित की जाए।

हालांकि यह विशुद्ध नया विचार नहीं है। भारत में कुछ वर्ग ऐसे हैं जो खास तौर से व्यापारी वर्ग में आते हैं जैसे गुजरात के जैन। ये लोग जोखिम लेना जानते हैं। ये ऐसे युवाओं पर पैसा लगाते हैं जिनके बारे में उनका अन्दाजा होता है कि वे भविष्य में हमारा पैसा लौटाने में सक्षम होंगे। उन्नीसवीं शताब्दी में ऐसे ही कुछ मारवाड़ी युवाओं की इसी अनुमान के जरिये मदद की गई थी। ये युवक राजस्थान से कलकत्ता जाना चाहते थे। मेरा पुत्र अक्सर बहस करता है कि पूंजीवादी उपक्रम परोपकारी नहीं हो सकता, यह विशुद्ध व्यापार है। परन्तु यदि पूंजी के मुनाफे से कोई नया उपक्रम खोला जाए तो मेरे विचार से यह भी एक तरह का परोपकार ही कहलाएगा। इस अभियान के अन्तर्गत मैं कई विशेषज्ञों से मिला हूं और हर बार यही पाया कि भारत में पूंजीवादी उपक्रम का सही तरीके से इस्तेमाल नहीं किया जा रहा है। इसको सही दिशा में लाने का एक ही तरीका है कि ऐसे उपक्रमों को पेशेवर हाथों में होना चाहिए।

कभी-कभी भाग्य भी काम करता है। एक दिन सुबह-सुबह हार्वर्ड स्कूल के दो स्नातकों, गोल्डमैन साक के आशीष धवन तथा मोरगन स्टेनले के राज कोंडूर ने मुझे न्यूयार्क से फोन किया। उन्होंने कहा कि वे अपनी नौकरियां छोड़ने पर विचार कर रहे हैं और भारत में उपक्रम में पूंजी लगाना चाहते हैं। क्योंकि उनका मानना था कि वे लोग वालस्ट्रीट से 500 लाख डॉलर तक पैदा कर सकते हैं। और वे यह भी चाहते थे कि इस कोश को मैं संभालूं। सच पूछो तो यह मेरे सपनों के साकार होने जैसी बात थी। मैं इस विचार से उछल पड़ा। वे दिल्ली आए तो हमने अनुबन्ध को अन्तिम रूप दिया। उसके अगले माह मैं न्यूयार्क गया, जहां मैं अपने प्रमुख निवेशकों रिपब्लिक नेशनल बैंक के पूर्व अध्यक्ष 'जैफ कील', लाजार्ड के वरिष्ठ साझीदार 'एडवर्ड स्टर्न', और नेशंस बैंक, लाजार्ड तथा मैकिंजे से जुड़े रहे जैरी रोसेन फील्ड से मिला। वे सभी हमारे साथ 150 लाख डॉलर की पूंजी लगाकर कारोबार करने को राजी थे। इस समय हमारे युवा सहयोगियों ने अपनी नौकरियों को छोड़ दिया। उन्होंने मुझे बताया कि उन्होंने अमेरिका के उन सौ भारतीयों का डाटा बैंक बनाया है जिनके पास 500 लाख से अधिक की सम्पत्ति है। इनमें से ज्यादातर सिलिकॉन वैली में हैं। हम इस बात के लिए राजी हो गए कि अपनी उपक्रम पूंजीवादवाली परियोजना की खातिर धन इकट्ठा करने के लिए इन लोगों को थामना बहुत जरूरी है। जैसे ही यह काम अमल में लाया गया, हम लोग 1000 लाख डॉलर इकट्ठा करने में सफल हो गए और हमने 600 लाख डॉलर की पूंजी निकाल ली। हम लोगों ने अपना कारोबार 1999 नवम्बर में शुरू किया। सच कहूं तो मैंने अपनी जिन्दगी में यही काम शायद सबसे रोमांचकारी तरीके से किया।

दूसरी ओर नब्बे के दशक में भारत में रहने पर अलग तरह की कुंठा पनपने लगी थी क्योंकि उस समय कुछ नहीं किया जा सकता था सिवाय इसके कि किनारे बैठकर उदारवाद की सुस्त रफ्तार से हो रही प्रगति को निहारा जाए। उन दिनों हर रोज सुबह जब अखबार पढ़ने बैठता था तो नागरिक उड्डयन, कृषि, वित्त, दूर संचार और ऊर्जा मन्त्रालय की शेखचिल्ली सरीखी नीतियों को पढ़कर न सिर्फ गुस्सा आता था बल्कि दिल देश की हालत पर बेहद निराश भी हो जाता था। उस समय दिल तो यही करता था कि जैसे भी हो, राजनीति में शामिल हो जाऊं और देश में आर्थिक सुधार के लिए कुछ अच्छा किया जाए ताकि प्रगति की रफ्तार बढ़ सके। उस समय मैं प्रोक्टर एंड गैम्बल के सी. ई. ओ. 'जान पेपर से काफी प्रभावित हुआ करता था क्योंकि उस जमाने में उनके विचार ही मुझे रास्ता दिखाने का काम करते थे। वह मेरे लिए एक तरह से आदर्श जैसा बन गए थे और इसी नाते और भी हम राजनीति में जाने को उतावले होने लगे थे। संयोग यह भी था कि आसपास वातावरण भी था क्योंकि माहौल तो चुनाव का था। उन दिनों देश में चुनाव की बहार इसलिए भी दिखाई दे रही थी क्योंकि गठबन्धन की राजनीति जोरों पर थी जिसकी वजह से किसी भी दल को जनमत हासिल नहीं हो पा रहा था लिहाजा केन्द्र में सरकार स्थायी नहीं रह पा रही थी। ऐसे में सम्भावनाएं बहुत थीं। लिहाजा हमने कांग्रेस तथा भाजपा के नेताओं से मिलना शुरू कर दिया। चूंकि यही दो दल ऐसे थे जो वास्तविक विकल्प देने में सक्षम थे। शुरू शुरू में उन लोगों ने मेरा दिल खोलकर स्वागत किया। मुझसे गोपनीय विचार-विमर्श तक करने लगे। ताकि मैं उद्योगों से उनके लिए धन उगाहने में उनकी मदद कर सकूं। मैंने उन सभी से सुधारवाद के मुद्दे पर जोर देने की जरुरत पर बल दिया। हालांकि ज्यादातर मुझसे सहमत थे, दरअसल वे सभी राजनीतिज्ञ थे, परन्तु शायद मैं उनकी आंखों की भाषा को पढ़ने में सफल हो गया था कि सुधारवाद की बात उनके दिमाग में शायद सबसे आखिरी शब्द था। वाकई मैं मैं बहुत गलत रास्ते पर जाने की सोचने लगा था, मुझसे सभी खुश थे और उन्होंने मुझसे वादा तक कर दिया था कि मैं जब तक चाहूं उनके साथ सफर कर सकता हूं। अन्त में मैं इस नतीजे पर पहुंचा कि इन लोगों को दरअसल सुधारवाद के लिए राजनीति में योग्य मैनेजरों की जरूरत नहीं है क्योंकि उनका दिमाग इस ओर है ही नहीं, यह जानकर मुझे वाकई दुख हुआ। आज मुझे अपने उस तुच्छ विचार से भी घृणा हो गई है। मेरे दिल ने कहा कि चाहे कहीं भी चले जाओ, राजनीति सब जगह एक ही तरह की गन्दी है। और यह अजीबोगरीब किस्म की कुरबानी भी मांगती है। तब मुझे लगा कि मैं यह रास्ता यदि चुनता हूं तो मेरे भीतर की तमाम ऊर्जा ही समाप्त हो जाएगी और मैं समाप्त हो जाऊंगा। मैं वाकई इस बात से चौंक गया और जाग उठा।

मैंने जितने भी उद्यमियों की बातें बताई हैं, वे सभी उदारवाद के विश्वव्यापी समर्थन की देन हैं। ये सुधारवाद के बाद के भारत की तस्वीर की छवि दिखाते हैं। उदारवाद के आलोचक अक्सर हम लोगों को गुमराह करने के प्रयास करते थे। उनके तर्क यही थे कि उदारवाद से अमीर और अमीर हो जाएगा। जबकि यह सच नहीं है।

इस अध्याय में जितने भी अरबपतियों का जिक्र किया गया है, उन सभी ने बहुत ही मामूली हैसियत से अपनी शुरुआत की थी। खुली अर्थव्यवस्था से प्रतिभाओं की पहचान करने के अलग-अलग रास्ते भी खुले हैं, जहां हुनर प्रबन्धकीय क्षमता और कड़े परिश्रम की कद्र की जाती है, न कि चापलूसी की। पुराने व्यापारिक घराने बहुत ज्यादा दिन तक फायदा उठाने की स्थिति में नहीं रहे क्योंकि उस समय अन्तर्राष्ट्रीय मुद्रा के प्रबन्धक अतीत पर ध्यान नहीं देते थे बल्कि तत्कालीन उपक्रमों को ही तवज्जो देते थे। जिन्हें बेहद हुनरमन्द पेशेवर चलाते थे। समय के साथ-साथ ये सब बातें समाज से बाहर निकल गईं। पुराने व्यापारिक प्रतिष्ठानों की जगह नए प्रतिष्ठान खुलने लगे, जिन्हें उद्यम कहना ज्यादा ठीक रहेगा। इनमें से कोई शुरू में तो बड़ा नहीं बना। आज की तारीख में इंटरनेट का क्षेत्र खुला मैदान है जिस पर खुलकर खेला जा सकता है। कोई भी दीवाना भारतीय उद्यमी इस पर दांव खेल सकता है।

दीवानगी का भी अच्छा खासा साहित्य है। लेकिन जहां व्यापार का सवाल है तो कोई भी जन बेहद धीर-गम्भीर भारतीय के व्यवहार के विषय में कुछ नहीं बता सकता जिसने सुधारवाद के बाद अपनी सारी जमा पूंजी लगाकर कोई काम शुरू किया और अपने सपने को सच होते देखा। जबकि वह इस जमीनी सच्चाई से भी वाकिफ है कि दस में से नौ व्यवसाय ऐसे भी होते हैं जो साल के भीतर ही बन्द हो जाते हैं। इस उथल-पुथल भरी अर्थव्यवस्था की सबसे अहम और गौर करनेवाली बात तो यह है कि इसमें उद्यमों की विफलता की दर बहुत ऊंची है। व्यापार में सफलता का मतलब विपरीत परिस्थितियों से मुकाबला करना होता है खासकर भारत में क्योंकि यहां दर्जनों ऐसे महकमे हैं जिनके इंस्पेक्टर बिना रिश्वत के कोई काम ही नहीं करते। लिहाजा यह कहना लाजमी है कि एक उद्यमी अपनी जिन्दगी के फैसले से अनजान जुआ खेलता है। कुछ लोग इसे हिम्मतवाला होने की संज्ञा देते हैं और कुछ महज बेवकूफी की। सच पूछो तो इन सबकी बुनियाद में जुनून होता है जो उन्हें हरदम प्रेरित करता रहता है। ये उद्यमी ठीक वैसे ही दिवाने होते हैं जैसे मध्यकाल में हमारे राजपूत हुआ करते थे जो हर समय रणभूमि में जाने को आतुर रहते थे। दिल से वे यह जानते थे कि वीरगति ही उनके जीवन का सबसे बड़ा पारितोषिक है।

अध्याय अठारह

पुराना धन

पुराने को समाप्त होने और नए प्रतिष्ठान के निर्माण होने के बीच की अवधि को परिवर्तन का समय कहते हैं। इस समय में अनिश्चितता, संशय, चूकें, अराजकता और डर का माहौल व्याप्त होना लाज़मी है।

—जॉन सी. कालहन

पुराने धन ने हमेशा ही नए धन को तुच्छ समझा है। सदियों से देखा गया है कि जो नए धनवान होते हैं, वे तिरस्कार और उपहास के पात्र होते हैं। पर अब हमारे इतिहास में शायद पहली बार देखने में आया है कि जो नए करोड़पति हैं, वे गर्व से सिर उठाकर जीना पसन्द करते हैं। क्योंकि यह वर्ग प्रतिभा सम्पन्न समुदाय का हिस्सा होता है जिसे पेशेवर उद्यमी की संज्ञा दी जा सकती है। जो अर्थव्यवस्था की अपनी जानकारियों की बदौलत एक नए अध्याय की शुरुआत करते हैं। सितम्बर 1999 में बिजनेस स्टैंडर्ड ने सौ भारतीय अरबपतियों की सूची प्रकाशित की थी, जिनमें दस में से आठ उद्यमी पहली पीढ़ी के थे। जबकि दस में से छः लोगों सूचना उद्योगों में अपना भाग्य संवारा था। उन्हें विरासत में धन-सम्पदा हासिल नहीं हुई थी, न ही उनके साथ किसी घराने का नाम जुड़ा था। भारत में आर्थिक सुधारों के बाद बने नए समाज की छवि ये लोग दिखा रहे थे, जहां हुनर, कड़ी मेहनत, प्रबन्धकीय दक्षता को विरासत में हासिल दौलत से श्रेष्ठ माना जाने लगा था। हमारे समय में ये सबसे रोमांचकारी बदलाव थे। इंटरनेट ने उन लोगों को अमीर बनने के पर्याप्त मौके प्रदान किए जिनके पास नए विचार थे। आज के जमाने में व्यापार क्षेत्र में लगातार परिवर्तन आ रहे हैं जिसमें हर वह आदमी

न सिर्फ अमीर बन सकता है, बल्कि कई लोगों के लिए रोजगार पैदा कर सकता है, जो बाजार के बदलते रुख को पहले से भांप ले और उसकी जरूरत के मुताबिक काम करे। इससे हमारे समाज में फैली गरीबी को दूर करने में मदद मिल सकेगी।

1947 में जब भारत आजाद हुआ, उस समय देश की अधिकतर सम्पत्ति जमींदारों के कब्जे में थी तालुकेदार एवं जमींदार गरीब किसानों को अपने अधिकार में रखते थे। उस समय बहुत कम व्यापारिक एवं औद्योगिक घराने थे। उनमें से कुछ उत्सुकतावश महात्मा गांधी और स्वतन्त्रता आन्दोलन को समर्थन देते थे, किन्तु सामाजिक स्तर पर वे बड़े जमींदारों से निम्न समझे जाते थे। आजादी के बाद सामन्ती राज पर नई सरकार का शासन हो गया और जमींदारी प्रथा को समाप्त कर दिया गया। पुराना धन अब पतन की राह पर था। तब औद्योगिक घरानों ने सोचा कि अब उनका समय आ गया है। मगर उनकी उम्मीदें बहुत जल्दी ही टूट गईं क्योंकि समाजवादी सरकार ने करों की दर काफी ऊंची रखी थी और हरेक चीज पर सरकार का नियन्त्रण काफी मजबूत था। ऐसे में जमींदारों की तिजोरी में बन्द दौलत बाहर निकलकर व्यापारी वर्ग तक नहीं पहुंच पा रही थी। जिसकी वजह से निजी क्षेत्र के उपक्रम खुलने शुरू हो गए।

1960 के दशक में जब हरित क्रान्ति हुई तो छोटे और मझोले जमींदारों को कोई क्षति नहीं हुई क्योंकि हम लोग भूमि सुधार कानून को पूरी तरह लागू नहीं कर पा रहे थे। ऐसे में पश्चिमी उत्तर प्रदेश, पंजाब और हरियाणा के किसानों ने जबरदस्त फायदा उठाया। उन्होंने ट्रैक्टर खरीदे, ट्यूबवेल लगवाए और बिहार से मजदूरों को लाए। कोई भी उन्हें धनी होने से नहीं रोक पाया क्योंकि ये सब उन्हें कड़ी मेहनत से हासिल हुआ था। लाइसेंस राज से नौकरशाहों और राजनेताओं की नई पीढ़ी को फायदा हुआ और इन लोगों ने दोनों हाथों से दौलत बटोरी। सत्तर के दशक में कई भारतीयों ने मध्य एशिया की तरफ पलायन भी शुरू कर दिया था क्योंकि धन कमाने के वहां बहुत साधन थे। इसके अतिरिक्त ऐसे ढेरों अप्रवासी भारतीय आ रहे थे जो अपनी कमाई का अधिकतर धन पंजाब और केरल में आलीशान बंगलों का निर्माण करवाने पर खर्च कर रहे थे। अप्रवासी भारतीय, हरित क्रान्ति के दौर के किसान और भ्रष्ट सरकारी अधिकारी उस दौर के नए धन के रूप में उभरे।

1991 में जब आर्थिक सुधारों की प्रक्रिया शुरू हुई तो धन कमाना फिर से सम्मानजनक हो गया और पुराने व्यापारिक घरानों ने अचानक ही समूची ताकत पर कब्जा जमाने के प्रयास शुरू कर दिए, जिन्हें वे पचास सालों से ठुकराते चले आ रहे थे। वे पुराना धन कहलाए। हालांकि सामाजिक बन्धन कुछ इस तरह का था कि उन्हें यह नहीं समझ

आ रहा था कि स्पर्धा के इस दौर में किस तरह पैर टिकाए जाएं। ऐसे में उन्होंने विदेशियों के साथ मिलकर उपक्रम डालने शुरू किए। यह जाने बगैर कि उनकी क्षमता क्या है। वे अपनी क्षमताओं को बिना सोचे-समझे बढ़ाने लगे। तभी 1977 में मन्दी का दौर आया। पूर्ति, मांग से कई गुणा बढ़ गई और वे संकट में फंस गए। ऐसे में संयुक्त उपक्रम टूटने लगे क्योंकि विदेशियों को यह महसूस होने लगा कि उनके भारतीय साझीदार अब ज्यादा भरोसे के काबिल नहीं रह गए क्योंकि न तो उनमें काबिलियत थी और न ही उनके पास पैसा था। इसी दौर में 'बम्बई क्लब' भागे हुए लोगों की शरणस्थली बन गया।

सुधारों के आठ साल बाद भी पुराने धन की उपयोगिता बनी रही क्योंकि अभी तक यह इतनी दक्षता पैदा नहीं कर पाए थे कि विश्वव्यापी अर्थव्यवस्था में जगह बना सकें। हालांकि औद्योगिक युग समाप्त होता जा रहा था परन्तु बोलबाला कारखानों में काम करनेवाली मानसिकता का ही था। जब पुराने भारत के उद्यमी संकट में थे, तभी भाग्यवश नए भारत के उद्यमी उभरकर आगे आए। 1991 में सुधारवाद के आने से ढेरों युवाओं को अपना सपना साकार करने का मौका मिल गया। इसे इसलिए भी फायदा मिला क्योंकि हमारे साथ-साथ विश्व भी बदल रहा था। औद्योगिक युग के विपरीत सूचना युग हमारी ताकत की कहानी कह रहा था।

हमारे नौकरशाह और अक्षम उद्योगपतियों ने देश में औद्योगिक क्रान्ति की अवस्था में ही हत्या कर दी थी। पुराने धन ने हमें नीचा देखने को मजबूर कर दिया था। मगर नए धन ने वैदिक काल के 'ज्ञान ही धन है' के मूल मन्त्र को समझ लिया था। इक्कीसवीं सदी में इसी मूल मन्त्र की बदौलत रोजगार के लाखों अवसर पैदा किए जा सके हैं।

भारतीय व्यापार के बंटे होने की लकीर स्पष्ट थी। इसी वजह से इस मूल मन्त्र को विस्तार का पूरा मौका मिल गया। इस युग में भारत के दो उद्यमी देखे जा सकते है। एक तरफ नए, ऊर्जावान दुनिया-भर की जानकारी से लबरेज, सारी दुनिया में स्पर्धा करनेवाली सॉफ्टवेयर कम्पनियां, इंटरनेट, सूचना तकनीक, गुणसूत्रवाली चिकित्सा और मनोरंजन से लबरेज भारत है। इस सन्दर्भ में कुछ उद्यमियों का जिक्र हम लोग पिछले अध्याय में कर चुके हैं। दूसरी ओर पुराने व्यापारिक घराने हैं जो बिना किसी आशा के रोजमर्रा की जरूरतवाली वस्तुओं के व्यापार में हैं और बंटे हुए हैं। इनकी विदेशियों के साथ साझीदारी चल नहीं पाई। लिहाजा ये लोग संरक्षण की गुहार करने लगे। इस मामले में मेरे खयाल से राहुल बजाज की बेचैनी का उदाहरण ही सबसे सटीक होगा। मैंने उनका उदाहरण इसलिए चुना है क्योंकि भारत के पुराने होते जा रहे व्यवसाय जगत के वह सबसे मजबूत और सर्वश्रेष्ठ प्रतिनिधि हो सकते हैं। लिहाजा उन्हें आसानी से चुना जा सकता है। जैसे बिड़ला की शाखाएं हैं, जैसे एम्बेसडर कार बनानेवाली इकाई,

सच पूछो तो यह कारपोरेट भारत के पचास साल के इतिहास का सबसे शर्मनाक पहलू है। इसके अतिरिक्त मोदी अथवा सिंघानिया की लगातार बन्द होती कम्पनियों को भी उदाहरण बनाया जा सकता था परन्तु वह शायद हमारे मकसद को पूरा नहीं कर पातीं।

1988 में राहुल बजाज ने एक सपना संजोया 'मुझको सन्तुष्टि कैसे मिलेगी'। लन्दन से प्रकाशित 'फाइनेंशियल टाइम्स' के एक पत्रकार से उन्होंने कहा था, "जब वह एक ऐसी अन्तर्राष्ट्रीय कम्पनी बनाने में सफल हो जाएंगे जो सारी दुनिया में अपनी प्रौद्योगिकी, गुणवत्ता और कम लागत के लिए मशहूर होगी, तभी उन्हें सन्तोष मिलेगा। वास्तव में यह वह सपना है जो हरेक भारतीय व्यापारी देखता है। दूसरों के मुकाबले राहुल बजाज ने अपने सपने को साकार करने का वादा भी किया था। मगर वह कामयाब नहीं हो सके और ऐसी सम्भावना भी नहीं है कि निकट भविष्य में उन्हें सफलता हासिल हो सकेगी। उनकी विफलता की कहानी भारतीय कम्पनियों के बारे में भविष्यवाणी करने के लिए पर्याप्त है।

राहुल बजाज भारतीय बाजार के अगुवा कहलाते हैं। भारत का दुपहिया वाहन बाजार, दुनिया में दूसरे नम्बर का है। जहां पैंसठ फीसदी हिस्सेदारी स्कूटर की और कुल दुपहिया वाहनों की हिस्सेदारी चालीस फीसदी है। स्कूटर का उत्पादन करने में बजाज का दुनिया में दूसरा स्थान है जबकि दुपहिया वाहन के उत्पादन में दुनिया की चौथे नम्बर की कम्पनी है। होण्डा, यामहा और सुजूकी अन्य कम्पनियां क्रमश: पहले, दूसरे और तीसरे स्थान पर थीं। इस विशाल आकार के बावजूद वह भारत में ही छाया रहा। वह अपने उत्पादन का मुश्किल से चार फीसदी हिस्सा निर्यात कर पाता था। ग्यारह साल पहले उसने कहा था कि वह अपने उत्पादन के निर्यात को दो से बढ़ाकर पन्द्रह प्रतिशत करना चाहता है।

राहुल बजाज की जो बेचैनी है, सच पूछो तो वह सफल भारतीय कम्पनियों की स्थिति का आईना भी है। वह होड़ में सबसे आगे होने के बावजूद अभी तक दुनिया-भर के जानेमाने उद्योगपति बनने की दिशा में अगला कदम नहीं उठा सके थे। अर्थव्यवस्था के जबरदस्त उतार-चढ़ाव के बीच वह आज भी दुनिया में सबसे कम लागत पर उत्पादन कर रहे हैं। भारतीय सड़कों के लिहाज से उनका उत्पाद बेहतर है और बिक्री के बाद सर्विस नेटवर्क में भी वह अन्य कम्पनियों के मुकाबले लगभग दोगुनी तादाद में है। हाल के वर्षों में उन्होंने अपने उत्पाद को और बेहतर बनाने की कोशिश की है ताकि अपने घरेलू मैदान में ही जापानी प्रतिस्पर्धियों से मिलनेवाली चुनौती का बखूबी सामना कर पाएं। हालांकि भारतीय बाजार में उनकी हिस्सेदारी घटी है, फिर भी अन्य भारतीय प्रतिस्पर्धियों के मुकाबले उनका मुनाफा काफी बढ़ा है। इस लिहाज से वह बेहद रईस उद्योगपति कहे जा सकते हैं।

इतने फायदे होने के बावजूद दुनिया के बाजार में जापानियों को पछाड़ सके, ऐसा विश्वास बजाज में अभी तक नहीं आ पाया हैं। उनमें होण्डा और यामहा की बढ़ी हुई साख का खौफ साफ झलकता है। उन्हें यह भी महसूस होता है कि 'मेड इन इंडिया' की छवि बहुत अच्छी नहीं है। जापान की शोध एवं विकास करने की क्षमता से भी वह काफी भयभीत दिखाई देते हैं। यद्यपि दोपहिया वाहनों में काफी परिपक्व और स्थाई तकनीक का इस्तेमाल किया जाता है। जापानियों के स्तर की तुलना में वह शोध एवं विकास पर बहुत कम खर्च करते हैं परन्तु उनमें यह दक्षता जरूर है कि जापानियों के आविष्कार की नकल बहुत तसल्लीबख्श तरीके से करते हैं और उसे बरकरार भी रखते है। विदेश में व्यापक स्तर पर वितरण प्रणाली क्षमताओं को लेकर भी वह काफी चिन्तित हैं। उनका इस बात से भी ताल्लुक है कि जिद्दी और अड़ियल रवैयेवाले उनके कर्मचारी भरोसेमन्द गुणवत्तावाले उत्पादन कर सतत् वितरण करने में सफल भी होंगे या नहीं।

सुधारवाद से पहले कोई भी विश्व स्तर पर विचार न करने के लिए राहुल बजाज की आलोचना करने के बारे में सोच भी नहीं सकता था। सरकारी नियमों के कारण उन्हें अपना उत्पादन बढ़ाने की भी इजाजत नहीं थी। सहमति पाने की लम्बी प्रक्रिया के बिना उन्हें नई प्रौद्योगिकी को खरीदने, कलपुर्जों अथवा मशीनों को सहज कस्टम ड्यूटी पर आयात करने की इजाजत भी नहीं थी। न ही उन्हें इस बात की इजाजत थी कि वह विदेशों में अपना कारोबार बढ़ा सकें अथवा विदेशी कम्पनी के साथ साझीदारी कर सकें। भारत में बिजली और इस्पात की आसमान छूती कीमतों से भी उनकी परेशानी बढ़ी। इसके बाद राहुल बजाज ने विशुद्ध स्थानीय व्यापारी की तरह काम करना शुरू कर दिया। उन्होंने जो भी उत्पादन किया, उसे बेच दिया। वास्तव में एक समय ऐसा था, जब बजाज स्कूटर के लिए दस साल तक प्रतीक्षा सूची बन जाती थी। और काला बाजार में उसकी कीमत चालीस प्रतिशत अधिक होती थी। उन्होंने कभी भी अपनी मार्केटिंग अथवा उत्पाद विकास क्षमता को विकसित नहीं किया और न ही इसकी उन्हें जरूरत महसूस हुई।

सच पूछो तो इसमें सारा दोष केवल उनका नहीं है बल्कि सचाई यह है कि वह अपने सपने की सचाई को समझने में सफल नहीं हुए। बन्द अर्थव्यवस्था की बुराइयों ने उन्हें बुरी तरह जकड़ लिया था। उनके सपनों की बुनियाद में ही घुन लग गया था। जर्जर मूलभूत ढांचे, रुकावटें पैदा करती नौकरशाही और इंस्पेक्टर राज, ऊंचे किराये और ब्याज की बढ़ी दरें, भारत के उद्योग के अवरोध की जीती-जागती मिसाल हैं। ऐसा लग रहा था, मानो जब औद्योगिक युग सारी दुनिया से समाप्त होने लगा, तब भारत में औद्योगिक क्रान्ति की शुरुआत हो रही थी।

भारत के औद्योगिक क्षितिज पर राहुल बजाज एक ऐसा सितारा है जो त्रासदी की दासता के लिए मशहूर होंगे। वास्तव में वह भोले, सीधे-सपाट और लोगों से प्यार करनेवाले इंसान हैं। वास्तव में उनकी दिली इच्छा थी कि वह एक जबरदस्त कम्पनी बनाएं। आज स्थिति यह है कि विश्वव्यापी अर्थव्यवस्था में अगुवा बनने के बजाय उन्हें बने रहने के लिए संघर्ष करना पड़ रहा है। जहां रोकने की जरूरत थी वहां उन्होंने वृद्धिवाद को अपनाया। इसी तर्ज पर अन्य भारतीय कम्पनियां भी उसी तन्त्र की पैदाइश हैं। जिसकी रचना उन्होंने स्वयं नहीं की है। उनमें इतनी क्षमता भी नहीं थी कि विश्वव्यापी अर्थव्यवस्था में वे सफल हो सकतीं। सुधारों के सालों बाद अभी भी व्यवस्था में खामियां बनी हुई हैं। विश्वव्यापी अर्थव्यवस्था में सफल होने के लिए तीन बातों का होना बहुत जरूरी है। मानव संसाधन पर जबरदस्त निवेश, उत्पाद को बेहतरीन बनाने का जुनून और अपने ग्राहक के प्रति सुरक्षा की सर्वोपरि भावना। भारत की कुछ कम्पनियों ने समझदारी दिखाई और इस फलसफे को जान लिया। तब सवाल यह उठता है कि फिर इन मूल मन्त्रों को भारतीय कम्पनियां क्यों नहीं अपना पाईं। जवाब साफ है कि जिस काम को आप सफलतापूर्वक कर रहे हैं, उससे बदलकर दूसरे तौर-तरीकों को अपनाना वास्तव में कठिन प्रक्रिया है जिसमें समय लगता है, परन्तु वक्त की यही मांग थी जिसे वे सुन नहीं सके।

जब मैंने परामर्श देने का काम शुरू किया था, उस दौर में मैं कई लोगों से मिला। जिनका दावा था कि आर्थिक सुधार वास्तव में अतिशयोक्तिपूर्ण है और इसका बहुत ज्यादा असर नहीं पड़नेवाला। एन. आई. सी. सी. ओ. के अभिजीत सेन भी एक सफल व्यापारी थे। लेकिन उदारवाद के बाद ही उनका टेलीफोन की तार बनाने का व्यवसाय फल-फूल सका जिसने संशकित लोगों को पूरी तरह खारिज कर दिया था। सेन के अनुसार, सुधारों के बिना उनको अपने व्यवसाय का अस्तित्व बचाना मुश्किल हो गया था। 1986 तक सरकार ने टेलीफोन के तार बनाने के लिए निजी क्षेत्र को इजाजत नहीं दी थी। क्योंकि उस दौर में लाइसेंसिंग सबसे बड़ी बाधा हुआ करती थी जिसका सीधा-सा अर्थ था कि व्यापार के सम्बन्ध में महत्त्वपूर्ण फैसले नौकरशाही के हाथ में थे। 1991 में लाइसेंस की सबसे बड़ी रुकावट समाप्त हुई और कम्पनियों ने अपनी क्षमता लगभग पांच गुना तक बढ़ा ली।

सेन ने बताया कि 1991 से पहले उन्होंने अपनी कम्पनी को तीन बीमार इकाइयों में बांट रखा था क्योंकि वह नहीं चाहते थे कि किसी भी तरह उनकी सम्पत्ति सौ करोड़ रुपये का आंकड़ा पार कर जाए। क्योंकि ऐसा होने पर एम. आर. टी. पी. अधिनियम के तहत एकाधिकार करनेवाली कम्पनी का ठप्पा लगा दिया जाएगा और ऐसी सूरत

वह कम्पनी का विस्तार करने में सफल नहीं हो सकेंगे। 1991 में उन्होंने करोड़ों रुपये आयकर बचाया और अपनी तमाम कम्पनियों का एक ही में विलय कर लिया।

उन्होंने सरकार में अपने हितों की रक्षा करने के लिए चार आदमी दिल्ली में बैठा रखे थे। जो सम्पर्क बढ़ाने का काम देखा करते थे। आज इस काम के लिए सिर्फ एक आदमी है वह भी अल्पकालीन अवधि के लिए। क्योंकि उनके उत्पादन के लिए सारा का सारा कच्चा माल नियन्त्रण से मुक्त है। 1991 में, उदारवाद से पहले इस कम्पनी को स्टील, एल्यूमिनियम नियन्त्रकों के पास आदमी लगाने पड़ते थे। साथ ही एक आदमी इस काम के लिए रखा जाता था कि वह तांबे की नालियां बनानेवाली एजेंसी पर निगाह रखे जबकि चौथे व्यक्ति की जरूरत विशेष तौर पर काम आनेवाली प्लास्टिक का आयात करने के लिए एस. टी. सी. की व्यवस्था में लगी रही। जब तक सी. सी. आई. से अनुमति नहीं मिल जाती थी तब तक अपनी पूंजी का विस्तार नहीं किया जा सकता था। अब ऐसा नहीं है क्योंकि सेबी के माध्यम से मर्चेंट बैंकर इस जरूरत को आधे समय में ही पूरा कर देते हैं। अब कच्चा माल आयात करने के लिए जे. सी. आई. ई. से अनुमति लेने की जरूरत भी नहीं पड़ती, पांच करोड़ से अधिक का कर्ज लेने के लिए भी अनुमति आवश्यक नहीं है। न ही विदेश जाने के लिए भारतीय रिजर्व बैंक से अनुमति लेने की जरूरत पड़ती है। जबकि पहले विदेशी मुद्रा हासिल करने के लिए ही महीनों चक्कर काटने पड़ते थे। मॉडवेट के जरिये अपने उत्पादन की मात्रा घटाई या बढ़ाई जा सकती है जिससे आयकर में जबरदस्त बचत हो जाती है। नौवां पश्चिम बंगाल में अब चौथ वसूलनेवाली चौकियां भी समाप्त कर दी गई हैं जिससे माल की आवाजाही द्रुतगति से होने लगी है। दसवां, अब वह भारत के किसी भी शहर में जाने का फैसला आखिरी क्षणों तक कर सकता है क्योंकि उसे केवल इंडियन एयरलाइंस की सेवाओं पर ही निर्भर नहीं रहना पड़ता। ग्यारहवां, काम करने के तौर-तरीकों में बदलाव आने से उसकी उत्पादकता पैंतीस फीसदी तक बढ़ गई है। उसके दो हजार कर्मचारी अब 1991 की तुलना में तीन गुना अधिक तारों का उत्पादन करने लगे हैं।

यह तो एक उदाहरण है। लेकिन इससे एक सबक यह मिलता है कि भारतीय प्रबन्धकों का अपने व्यापार को चलाने का तरीका क्या है। औद्योगिक उदारवाद ने उन्हें इस बात की अनुमति प्रदान कर दी कि वे अपने मौजूदा व्यापार को जितना मर्जी चाहे विस्तार दे सकते हैं अथवा सरकार की इजाजत के बिना किसी नए व्यापार की शुरुआत कर सकते हैं। साथ ही नए व्यापार में वे जबरदस्त निवेश भी कर सकते हैं। कुछ मामले तो ऐसे भी हैं, जहां विश्वस्तरीय संयन्त्रों की शुरुआत की गई क्योंकि अब यह वो समय नहीं था जब नौकरशाही यह तय करे कि कौन-सा स्तर सही है। दूसरे मामलों में वे

अपनी जरूरत के अनुसार प्रौद्योगिकी में परिवर्तन कर सकते हैं क्योंकि अब उन्हें इस बात का इन्तजार करने की जरूरत नहीं है कि तकनीकी विकास के महानिदेशक उन्हें बताएं कि कौन-सी प्रौद्योगिकी की उन्हें जरूरत है। व्यापार सुधारों के बाद ही यह सम्भव हो सका कि बाहर से कच्चा माल अथवा कलपुर्जे को आयात करने के लिए लाइसेंस की जरूरत नहीं है। माल भाड़े में कमी से उन्हें अपने उत्पाद की लागत को कम रखने की सहूलियत हो गई जिससे दामों की होड़ में आने में ज्यादा आसानी हो गई। भारतीय अथवा विदेशी वितरकों को चुनने की स्वतन्त्रता मिल जाने से उत्पादन की क्वालिटी में जबरदस्त सुधार आ गया क्योंकि उतनी ही लागत में अथवा उससे कम लागत के विदेशी माल के मुकाबले वे अपने माल को बेचने में सक्षम हो सकें। कमजोर वितरकों को नुकसान यह हुआ कि बाजार में उनकी भागीदारी घटनी शुरू हो गई।

सुधारों के बाद भारतीय बाजार अधिक प्रतिस्पर्धात्मक हो गए। हालांकि नई स्पर्धा का दौर शुरू होना अभी बाकी है। प्रबन्धकों को इस बात की चिन्ता सताने लगी कि अपने दक्ष प्रतिद्वन्द्वी के मुकाबले अपने व्यापार को कैसे बरकरार रखा जाए। स्पर्धा का मर्म समझ लेने के बाद भारतीय प्रबन्धकों के दिमागों में अब केवल इसी बात ने घर कर लिया था। यह पहली बार देखने को मिला था कि अपने उत्पाद को बनाने के लिए कम्पनियों को मुश्किल विकल्पों का सामना करना पड़ रहा है। इससे फायदा बाजार और ग्राहकों को हुआ क्योंकि अब उनके हितों का ध्यान कम्पनियों ने रखना शुरू कर दिया था। इस सारे रवैये ने कम्पनियों को मौके का फायदा उठाने के बजाय सूझ-बूझ से काम लेना सिखा दिया था।

चालीस साल बीत जाने के बाद मैंने यही पाया कि समाजवाद उद्योग पर आधारित भारत को समाप्त नहीं कर सका। यद्यपि इसने इसमें जबरदस्त खामियां पैदा कर दी थीं। भारतीय कम्पनियों के पास वास्तव में असली ताकत छुपी हुई है। बीते पचास सालों में बिड़ला की कम्पनियों ने दिहाड़ी मजदूरी की बदौलत अपनी जबरदस्त उद्यमिता का प्रदर्शन किया। अम्बानी ने अकेले दम पर बीस लाख शेयरधारकों की फौज भारत में तैयार कर दी। यह दुनिया में किसी भी कम्पनी द्वारा किया गया अनोखा कीर्तिमान भी था। क्योंकि समाजवादी व्यवस्था में कई तरीकों के मूल्य नियन्त्रण के कारण भारतीय उद्योगों को परेशानियों का सामना करना पड़ता था। कम्पनियां इस बात के लिए मजबूर होती थीं कि होड़ में बने रहने के लिए कम लागत का उत्पादन करना बहुत जरूरी है। जब भारत ने विश्वव्यापी अर्थव्यवस्था में कदम रखा तो इसी बात ने उसके लिए जबरदस्त ताकत और होड़ में बढ़त लेने का आधार तैयार किया।

भारतीय कम्पनियों में कई खामियां भी थीं। उनमें सबसे महत्त्वपूर्ण थी, प्रबन्धन में मालिकाना हक का हावी होना, साथ ही व्यापारिक रणनीति पर ध्यान केन्द्रित करने की

क्षमता का अभाव, व्यापार के लिए लघुकालीन रवैया, कर्मचारियों में निवेश न करने की प्रवृत्ति और अपने उत्पादन के विकास पर ध्यान देना, ग्राहकों के प्रति संवेदनशून्यता आदि। बहुतायत में इसलिए भी था क्योंकि बाजार में प्रतिस्पर्धा नहीं थी। नतीजा यह हुआ कि इसने मार्केटिंग क्षमता को कमजोर कर दिया। साथ ही तकनीकी को भी दूर कर दिया और एक सबसे बड़ा नुकसान यह हुआ कि मिल-जुलकर काम करने की क्षमता ही नष्ट कर दी। हम लोग वास्तव में अच्छे मिल-जुलकर काम करनेवाली टीम के खिलाड़ी नहीं कहलाते। ये सारी खामियां बन्द अर्थव्यवस्था की देन थीं।

भारतीय व्यापार में सबसे अधिक चुभनेवाली बात यह थी कि पारिवारिक प्रबन्धकों द्वारा ही व्यापारिक घरानों को चलाया जाता था। प्रायः देखा गया कि ऐसे घराने हमेशा परेशानियों से ही घिरे रहते थे। उनकी सबसे बड़ी चिन्ता इस बात को लेकर थी कि सुधारों के बाद उनका घराना बाजार में फैली स्पर्धा की मांग के साथ तालमेल बैठाने में सक्षम है कि नहीं। हमने उन्हें यह समझाने का प्रयास किया कि आधुनिक समाज में भी व्यापारिक घरानों का बोलबाला हो सकता है। मैंने उन्हें समझाया कि उन लोगों ने आर्थिक इतिहास के बदसूरत पहलू को ही अपना रखा है। जिसके तहत व्यापरिक घरानों को कारपोरेट क्रान्ति की शुरुआत करने का सम्मान हासिल था। जैस-जैसे कम्पनी तरक्की करती है, उसे और अधिक पूंजी की जरूरत पड़ती है, तब पुराने पेशेवरों को नियुक्त करने और सार्वजनिक होकर तमाम अनजान शेयरधारकों के जरिये विशालकाय निगम बन जाती है।

सचाई यह है कि सारी दुनिया में व्यापारिक जीवन में घरानों का ही बोलबाला है। खासकर लातिन अमेरिका और एशिया के बढ़ते बाजार में इनकी भूमिका महत्त्वपूर्ण है। फ्रांस, इटली, पूंजीवादी चीनी समाज जैसे हांगकांग और ताईवान में व्यापार को कुशल प्रबन्ध के जरिये छोटे-छोटे घराने चला रहे हैं। इटली, फ्रांस और चीनी कुटीर उद्योगों की कामयाबी इस बात का इशारा करती है कि घरानों से जरूरी नहीं, असफलता ही हासिल हो। हालांकि सफल घरानों के लिए जरूरी है, वे पूरी तरह पेशेवर बन जाएं। इसके लिए बाहर से प्रतिभावान पेशेवरों को लाने और बहाल करने की जरूरत पड़े तो जरूर करें। स्पर्धात्मक युग में यह जरूरी है कि कम्पनी को सर्वश्रेष्ठ व्यक्ति ही संभालें। यदि परिवार का आदमी संभालने में सक्षम न हो तो प्रबन्धन संभालने के लिए बाहरी काबिल व्यक्ति पर भरोसा किया जा सकता है। पेशेवर होने का यह अर्थ है कि घरानों को ऐसी मानसिकता बना लेनी चाहिए, जिसके तहत मालिक और प्रबन्धन में फर्क पैदा कर सकें। जिससे वे कम्पनी और घराने, दोनों के हितों में भी अन्तर कर सकें।

आज ज्यादातर भारतीय कम्पनियां संक्रमण के दौर से गुजर रही हैं। उनकी परेशानी का सबब यह भी है कि कम्पनी के शीर्ष पदों पर परिवार के ही सदस्य बैठे हुए हैं जो दक्षता से काम करने में सक्षम नहीं हैं। राहुल बजाज का कहना है कि "यदि कोई बाहरी व्यक्ति मैनेजर बनता है तो उस पर चढ़ाई सहजता से की जा सकती है लेकिन अगर वह घर का आदमी हो तो उस पर कैसे चढ़ाई की जा सकती है! आप या तो परिवार के हितों की रक्षा कर लीजिए या फिर वे काम कीजिए जो कम्पनी के हित में हों। यह आपको ही तय करना होगा कि परिवार के सदस्यों को नाराज करना बेहतर है या एक कमजोर कम्पनी बनाना।" आज के इस स्पर्धात्मक दौर में कम्पनियों में इस कदर दबाव बढ़ गया है कि वे सर्वश्रेष्ठ लोगों के साथ मिलकर सर्वश्रेष्ठ कम्पनी तैयार करें। उनकी कम्पनी की सफलता इस बात पर निर्भर करती है कि उच्च क्षमतावाले पुरुष एवं महिलाओं के साथ कम्पनी कैसा सलूक करती है अथवा उनके प्रशिक्षण की क्या व्यवस्था करती है। सोलह सौ करोड़ रुपयेवाली एक कम्पनी के मालिक ने मेरे सामने यह कुबूल किया कि उसने अतीत में हुनरमन्द कर्मचारियों के साथ अच्छा सुलूक नहीं किया बल्कि उन्हें बर्बाद ही किया है। इससे भी बढ़कर यह मुगालता पाल लिया था कि वह खुद सारे काम अच्छी तरह से कर सकता है। मैं अभी तक जितने भी उद्योगपतियों से मिला उनमें से ज्यादातर का मानना था कि कम्पनी के महत्त्वपूर्ण पदों पर रहकर प्रबन्धन का कार्य दक्षतापूर्ण तरीके से कर सकनेवाले पुरुष एवं स्त्री कर्मचारी को ढूंढ़ने की चुनौती उनके सामने खड़ी रहती है। सुधारों के बाद भारतीय कारोबार जगत में ये शायद सबसे बड़ा परिवर्तन देखने को मिला।

बड़े पैमाने पर कोई भी कारोबार शुरू करने की क्षमता अभी भी बड़े घरानों के अतिरिक्त किसी में नहीं है। यह बात खटकनेवाली है। आज हम औद्योगीकरण के जिस युग में जी रहे हैं, उसमें यह जरूरी नहीं है कि आर्थिक विकास की दर समान रूप से बनी रहे। भले ही छोटी कम्पनियों के पास आर्थिक तंगी हो, तकनीकी संसाधनों की कमी हो और सीमित अधिकार हो, फिर भी नौकरशाही की कमी, तुरत-फुरत फैसले करने की क्षमता और लचकदार रवैये के कारण फायदे में आ जाती हैं। 1980 के दशक में इटली और अन्य पारिवारिक घरानों के कारोबारवाले लैटिन अमेरिकी कैथोलिक समाज की तरक्की जर्मनी के मैक्स वेबर की तुलना में कहीं ज्यादा हुई थी। मैक्स वेबर का यह मानना था कि आधुनिक अर्थव्यवस्था में चीनी तर्ज पर कारोबार करने का बोलबाला हो सकता है। जो कि बाद में गलत साबित हुआ। वास्तव में यह सम्भव है कि चीन और इटली की तरह छोटे व्यापारिक घराने जापान अथवा जर्मनी के विशाल निगमों की तुलना में ज्यादा समृद्धिशाली बने हैं क्योंकि उपभोक्ता बाजार

की जरूरत के मुताबिक उन्होंने खुद को बहुत तेजी से बदला। यदि हमारा उद्देश्य भारत में सम्पदा को बढ़ाना है तो छोटे कुटीर उद्योगों को भी बराबर की तवज्जो देनी पड़ेगी। हमें इससे भागने की जरूरत नहीं बल्कि इसे अपनाने में फायदा है।

भारतीय कारोबार प्रबन्धकीय पूंजीवाद का सृजन कर सकता है, यह इस बात पर निर्भर करता है कि क्या भारतीय समाज की यह क्षमता है कि वह सामाजिक पूंजी बनाए। वास्तव में जहां दो अजनबी एक-दूसरे पर भरोसा करने लगें और एक-दूसरे को सहयोग करने लगें तो इससे बड़ी सामाजिक पूंजी और कुछ नहीं हो सकती। टॉक्विले इसे मिल-जुलकर काम करने की कला की संज्ञा देते हैं। अमेरिकी समाज की तुलना यह ज्यादा अच्छी और जरूरी बात है क्योंकि इससे व्यक्तिवादिता की प्रवृत्ति कम होती। बाजार की हर गतिविधि में विश्वास और सहयोग बहुत आवश्यक है। जहां विश्वास की छांव होती है, प्रायः वहां लेन-देन, भ्रष्टाचार और नौकरशाही की खरपतवार बहुत कम पनप पाती है। इटली, ताईवान, हांगकांग और फ्रांस के घरानों का पूंजीवाद फल-फूल सकता है, यदि वे शिक्षा तथा कड़ी मेहनत के मूलमन्त्र को साथ में मिला लें, अन्यथा ठहराव और पतन का रास्ता ही खुलता दिखाई देता है। भारत की कई बड़ी कम्पनियों को अब इस बात का एहसास होने लगा है कि शिक्षा और कड़ी मेहनत करनेवाले पेशेवरों की ज्यादा जरूरत है, न कि आलसी और अनपढ़ भाई-भतीजों की। मगर अभी भी इस मुद्दे से हजारों छोटे और मझोले उद्योग संघर्ष करते दिखाई दे रहे हैं।

मैं अक्सर घरानेवाली कम्पनियों को यह याद दिलाता रहता हूं कि वैश्विक अर्थव्यवस्था में यह जरूरी नहीं है कि पारिवारिक पूंजीवाद हमेशा नुकसानदेह हो अथवा कोई कमजोरी बने। पेशेवर न होना ही स्पष्ट रूप से सबसे बड़ी कमजोरी है। इसलिए जरूरी है कि प्रतिभावानों को बाहर से लाकर कम्पनी को संगठन का रूप देने की कोशिश करनी चाहिए और कम्पनी तथा परिवार के हितों को आपस में टकराने से बचाने का प्रयास करना चाहिए। निर्यात करनेवाले सफल देश और पारिवारिक घराने इन समस्याओं से निजात पा चुके हैं जबकि भारतीय कम्पनियां अभी भी इससे जूझ रही हैं।

भारतीय व्यापार की अभी तक यह खास बात देखी गई है कि कम्पनियां एक संयुक्त परिवार जैसा दर्जा रखती हैं, जहां पूरा परिवार मिलकर काम भी करता है और रहता भी है। उदाहरण के तौर पर पश्चिम भारत के पालनपुरी जैन को लिया जा सकता है जिन्होंने तेल अवीव, एंटवर्प, बम्बई, लन्दन और न्यूयार्क के हीरे के केन्द्रों में व्यापारिक कालोनियां बनाईं। दुनिया-भर के कच्चा हीरा बाजार की तमाम खरीदारी में उनका मोटे तौर पर पचास फीसदी का हिस्सा हो गया है। ऐसा इसलिए हो सका क्योंकि संयुक्त परिवार भरोसे की डोर में बंधा हुआ है। जैन हीरा व्यापारी भाइयों

और भतीजों पर आंख मूंदकर भरोसा करते हैं तथा अपने कार्य-क्षेत्र में कुशलता और विशेषज्ञता हासिल कर दुनिया के सबसे अधिक जोखिमवाले व्यापार को मिल-जुलकर करते हैं। वैश्विक अर्थव्यवस्था में जनजाति रवैये का लेखा-जोखा रखनेवाले 'द ट्राइब्स' के जोल कोट्किन का कहना है कि पारिवारिक मूल्यों और आपसी समझ का नतीजा है कि बाजार में वह बेजोड़ है। साथ ही साथ उस सवाल का कुछ हद तक जवाब भी देने में सक्षम है कि इसने पारम्परिक जवाहरातों की कीमत पर कैसे बाजार में अपनी हिस्सेदारी में इजाफा किया।

हमने यह सवाल राहुल बजाज के सामने रखा कि क्या एक संयुक्त परिवारवाला घराना व्यापार में स्पर्धात्मक बढ़त ले सकता है? उनका जवाब था नहीं, क्योंकि व्यापार कुशल प्रबन्धन का मोहताज है। उन्होंने कहा कि अच्छे प्रबन्धक तो बाहर के ही हो सकते हैं, परिवार से नहीं। आपके पास कोई और चारा नहीं है, सिवाय इसके कि अपने परिवार के कारोबार को आगे बढ़ाने के लिए उन्हें लाना ही होगा अन्यथा आप होड़ से बाहर हो जाएंगे।

मैंने फिर पूछा, "क्या संयुक्त कारोबारी परिवार का कोई फायदा है ?"

उन्होंने जवाब दिया कि "सरसरी तौर पर तो इसके दो फायदे दिखाई देते हैं, पर मुझे उन पर सन्देह होता है कि वास्तव में ये फायदे बने रहनेवाले हैं या नहीं। फायदा एक, कटिबद्धता-सीधे सपाट शब्दों में इसका अर्थ कठिन मेहनत हो सकता है और दूसरा निरन्तरता। मैं दोनों ही के बारे में निश्चित नहीं हूं क्योंकि ये दोनों बातें कटिबद्धता और कठिन परिश्रम पेशेवर मैनेजरों में भी देखने को मिलती हैं। मैंने ऐसे भी आलसी पारिवारिक प्रबन्धकों को देखा है जो व्यापार में बढ़त दिलाने के बजाय प्राय: बोझ ही बने नजर आते हैं। ऐसे में आप काम न करने की सूरत में भी उन्हें बदल नहीं पाते।

बीस साल पहले भारत में ज्यादातर व्यापार संयुक्त परिवारों के ही हाथों में थे परन्तु आज संयुक्त व्यापारी परिवार लगभग समाप्त हैं। सवाल उठता है कि परिवार क्यों टूट गए ? रणनीति और कारोबार में परिवार टूटकर कारपोरेट में तब्दील हो गए। अहमदाबाद में भारतीय प्रबन्धन संस्थान के प्रोफेसर पुलिन गर्ग का मानना है कि यह तो कुदरत का कानून है कि परिवार तो टूटता ही है। वह अक्सर कहा करते हैं: "हवेली की उम्र साठ साल है।" (परिवार की जिन्दगी साठ साल है)। नोबेल पुरस्कार विजेता जर्मन लेखक थॉमस मान ने भी अपने प्रसिद्ध उपन्यास 'बुडनब्रुक्स' में ऐसी ही भावनाएं व्यक्त की हैं। ऐसा माना जाता है कि व्यापारिक घरानों के बारे में लिखी गई यह अब तक की सर्वश्रेष्ठ पुस्तक है। इसमें तीन पीढ़ियों का जिक्र किया गया है। पहली पीढ़ी में ऐसे लोग थे जो कड़ी मेहनत के बदले धन बनाने के पक्षधर थे। जबकि दूसरी पीढ़ी को ज्यादा धन

से मतलब नहीं था। वे ताकत के अभिलाषी थे। इसका सबसे सटीक उदाहरण जोसेफ कैनेडी के रूप में मिलता है। बुडनब्रुक्स का पुत्र सीनेटर बना। जबकि तीसरी पीढ़ी धन-दौलत और सत्ता में पली-बढ़ी और उसने खुद को कला के लिए समर्पित कर दिया। उनका पोता शारीरिक तौर पर कमजोर था परन्तु परम्परा और मूल्यों को समझनेवाला, वह वाइलिन बजाने में माहिर था। इनमें से कोई भी पारिवारिक कारोबार को संभालने लायक नहीं था। लिहाजा बुडनब्रुक्स घराना समाप्त हो गया।

यदि संयुक्त परिवार में काम करने की शैली और क्षमता के फायदे हैं तो इतने सारे परिवार टूटकर बिखर क्यों गए? बहुत कम ऐसे मामले दिखाई देते हैं जिनमें संयुक्त घरानों का कोई प्रबन्धक आगे निकलता है। ऐसा तभी सम्भव है जबकि परिवार में ही समानता का भाव सख्ती से लागू होता है। राहुल बजाज का चचेरा भाई नीरज वीरेन शाह के पुत्रों के साथ मिलकर मुकुन्द आयरन एंड स्टील को चलाता था। एक ही घराने का व्यापार होने के कारण उन्हें वित्तीय लाभ मिलता रहा। दोनों ने साथ काम करते हुए बजाज की सफलता में कुछ और मील के पत्थर स्थापित किए लेकिन साथ ही इस बात का कड़ाई से पालन किया कि निजी हैसियत में कोई अन्तर न आने पाए। हम किसी भी कारोबार को किसी भी स्तर और आकार का कर सकते हैं परन्तु हमारे रहन-सहन के स्तर में कोई अन्तर नहीं आना चाहिए। राहुल तीन हजार करोड़ रुपये की सम्पत्तिवाले बजाज ऑटो को चलाता है जबकि, शेखर के बजाज इलेक्ट्रिकल्स की पूंजी तीन सौ करोड़ रुपये है। परन्तु दोनों की तनख्वाह समान है। दोनों को बराबर का जेबखर्च मिलता है। दोनों ही एक तरह की कारों में घूमते हैं। हवाई जहाज में एक ही क्लास में सफर करते हैं। आमतौर पर छुट्टियां भी साथ-साथ मनाते हैं। इससे होता यह है कि दोनों में अन्तर और तुलना काफी कम हो जाती है।

बिड़ला घराने से जुड़े लोगों का मानना है कि संयुक्त परिवार में जीवन ठीक वैसा होता है जैसे आप समाजवाद में जिन्दगी जी रहे हो। जिस तरह समाजवाद हमेशा एक-सा नहीं रहता, उसी तरह ये लोग लम्बे समय तक एक-सा काम नहीं कर सकते। संयुक्त परिवारों की सबसे बड़ी जरूरत है बराबरी का दर्जा। भले ही मनुष्य एक से न हों और उन्हें कुछ करने के लिए विभिन्न सामानों की जरूरत पड़ती है, लेकिन संयुक्त परिवारों ने इस नियम को लगभग तोड़ा ही है। मुरुगप्पा घराना पुराने घरानों में से एक है जो अभी तक एक परिवार की तरह बना हुआ है। उसके एक सदस्य का कहना है कि टी. आई. ग्रुप ऑफ कम्पनीज चलानेवाले युवा वेलायन ने कुछ अर्सा पहले यह कहते हुए एयरकंडीशन कार लेने से इंकार कर दिया था कि जब उनके दादाजी एम. एम. अरुणाचलम की कार में एयरकंडीशन नहीं है तो फिर वह कैसे रख सकता है।

परिवार टूटने से संयुक्त ग्रुप को ऋण लेने में जो लाभ होता है, वह आधा हो जाता है, साथ ही खरीदारी के फायदों से भी वंचित होना पड़ता है। लेकिन कुछ ऐसे भी मामले सामने आए हैं जिनमें अपने कारोबार को छोटा करने के अच्छे नतीजे निकले और उन कारोबारों का सहजता से प्रबन्धन किया जा सका। लेकिन यह भी तभी होता है जब अलग हुए परिवारों की काम करने की प्रवृत्ति और दिशा एक-दूसरे से जुदा हो। ऐसे में नई रणनीति के साथ व्यापार पर ही सारा ध्यान होता है। कुछ मामले ऐसे भी देखे गए, जहां पारिवारिक कारोबार की सही अहमियत को नजरअन्दाज करके बंटवारा कर दिया गया। इससे परिवारों के सदस्यों को तो लाभ हो जाता है, मगर कारोबार समाप्त प्राय हो जाता है। अक्सर ऐसा उन मामलों में होता है, जहां अगली पीढ़ी संसाधनों की पर्याप्त मात्रा के अभाव में व्यापार से दिल हटा लेती है।

नए वातावरण में औसत दर्जे के बच्चे विरासत में मिले धन के आधार पर ही जिन्दा नहीं रहते। किसी भी समाज में तोहफे में मिला उद्यम जनसंख्या का छोटा हिस्सा ही माना जाता है। यदि यह सही है तो बहुत ज्यादा उत्तराधिकारी असफल होंगे और उनकी कम्पनियां बन्द होने के कगार पर होंगी। ऐसे में हजारों कर्मचारियों तथा प्रबन्धकों की नौकरियों के जाने का खतरा पैदा होगा। ऐसे में सबसे सही तरीका यह है कि उन्हें सिखाया जाए। मैंने सैकड़ों कम्पनियों को ऐसी सूरत में यही सुझाव दिया कि कम्पनी को बेच दो और विलासितायुक्त अपने जीवन को सुख से जियो। ऐसे में परिवार और कम्पनी, दोनों की खुशी बरकरार रहेगी। बीते सौ सालों में अमेरिका में औद्योगिक घराने ऐसा ही कुछ करते आए हैं। हालांकि यह एक कटु सत्य है जिसे अक्सर लोग सुनना पसन्द नहीं करते और इसीलिए मेरे उस परामर्श को नजरअन्दाज भी कर दिया जाता है। दरअसल घरानों में यह विकृति पनप जाती है कि अपनी कम्पनियों को अपने बच्चों के बीच में लोकतन्त्र की भांति बांट दो। इससे होता यह है कि समूचा व्यापारी समूह कमजोर पड़ जाता है। जबकि ऐसा भी किया जा सकता है कि समूचे कारोबार में अपने बच्चों को बराबरी की हिस्सेदारी दे दें और परिवार के सबसे प्रतिभावान सदस्य अथवा कोई बाहरी प्रबन्धक इस कम्पनी को चलाने लगे।

'इकोनॉमिक टाइम्स' के सलाहकार सम्पादक स्वामीनाथन अय्यर ने एक कारण सुझाया कि आखिर क्यों ऐसा नहीं किया जा सकता। उनके अनुसार इन्दिरा गांधी के शासनकाल में जबकि आयकर सत्तानवे प्रतिशत तक पहुंच गया था, तब कुछ गलत आदतें पनपनी शुरू हो गई थीं। उसी समय यह जरूरी हो गया था कि उद्योगपति आयकर का भुगतान करे और टूट जाए अथवा काले धन को संचालित करे। लोगों ने दूसरे विकल्प का सहारा लिया और परिवार के हर एक सदस्य को एक कम्पनी की

जरूरत हो गई ताकि वे अपने काले धन को बचा सके। कर की दर अधिक होने की वजह से परिवारों का टूटना और बिखरना इसलिए भी जारी रहा क्योंकि ऐसे में फायदे को बही से दूर रखा जा सकता था। कोई नहीं जान सकता था कि किसने कितना धन कमाया। लिहाजा हर एक उत्तराधिकारी अपनी अलग कम्पनी चाहने लगा।

मैंने भारतीय कम्पनियों के असफल होने की सबसे बड़ी वजह यह पाई कि वे सब कुछ कर लेना चाहते थे। वह चाहे टाटा, बिड़ला, सिंघानिया, मोदी अथवा थापर कोई भी हो, सबमें दूरदृष्टि का अभाव रहा है। औसत व्यापारिक घराने ज्यादातर अट्ठारह दूसरे व्यापारों में भी व्यस्त हैं। लेकिन इसके विपरीत आज रिलायंस का उदाहरण लिया जा सकता है जो कुछ ही उत्पादों पर अपना ध्यान केन्द्रित किए हुए है। रिलायंस पेट्रोकेमिकल्स से सम्बन्धित उत्पादों का उत्पादन करता है और अपने काम को वह अच्छे ढंग से अंजाम दे रहा है। रेनबैक्सी केवल दवाओं का उत्पादन कर रही है जबकि इनफोसिस सॉफ्टवेयर निर्माण के क्षेत्र में ही लगा हुआ है।

दूसरी ओर कम्पनियां विदेशों में व्यापार से तालमेल न बैठा सकनेवाली गतिविधियों में लिप्त देखी गई हैं। ऐसे में भारतीय कम्पनियां दिशा भटककर दूसरे रास्तों में आगे बढ़ जाती हैं। 1993-94 में डॉ. फ्रेडी मेहता ने भारत की पचास शीर्ष कम्पनियों का अध्ययन किया। इसमें एक वित्तीय कम्पनी के ज्यादातर चेयरमैनों के बयानों को खासतौर पर उल्लेखित किया गया है। 1994-95 में उस कम्पनी के चेयरमैन ने अपनी रुचि पावर के क्षेत्र में लगाने का दावा किया था। 1995-96 की रिपोर्ट बताती है कि इस बार कम्पनी दूरसंचार के क्षेत्र में उतरने को उतावली थी। भवन, वितरक, वितरण का समूचा तन्त्र, ग्राहकों की जरूरतों को समझने के बाद किसी भी उद्योग का मूलभूत ढांचा तैयार करने में दशकों लग जाते हैं। जबकि भारतीय किसी भी नए कारोबार में जाने का फैसला तुरत-फुरत और गम्भीरता से ले लेते हैं। पूरे साल भर में किस उद्योग की बहार रही, उसे देखते हुए भले ही उसका उनके पिछले कारोबार में तालमेल न भी हो तब भी वह उसमें दखल देने लग जाते हैं।

बचकानी हरकतें और बैठक में हुई अनौपचारिक बातचीतवाले रवैये के सदस्यों की संख्या बम्बई क्लब में काफी है। लिहाजा क्लब के साथ सहानुभूति रखना मुश्किल है। भारतीय कम्पनियों को शायद व्यापार के मूलमन्त्र का कुछ अता-पता नहीं होता। खास करके मूलभूत ढांचे के बारे में क्योंकि इसमें ही सब कुछ दांव पर लग जाता। इसके अलावा भारतीय कम्पनियों की वित्तीय क्षमता भी बहुत अच्छी नहीं होती।

अक्सर देखा गया है कि कई जिम्मेदार व्यापारी अपनी रणनीति के बारे में अक्सर सवाल उठाया करते हैं और अपने-आप से ही पूछते रहते हैं कि हमारी वास्तविक आन्तरिक

क्षमता क्या है, और किस क्षेत्र में हम होड़ का फायदा उठा सकते हैं। इसके लिए मैकिंजे और आर्थर एंडर्सन सरीखे परामर्शदाताओं से सम्पर्क करते हैं जो कि उनके कारोबार को पुनर्गठन करने में मदद करते हैं। कम्पनी को बेचने अथवा खरीदने सम्बन्धी संरक्षण कानून भी अब काफी सहज बन गए हैं। इसलिए विविधताओं भरे टाटा घराने ने खुद को टोम्को और लैक्मे सरीखे ग्रुपों में विभाजित कर रखा है। केमिकल और पेपर के साथ-साथ अन्य कारोबार में भी थापर ग्रुप ने अपनी दखल बरकरार रखी है। आर. पी. जी. ग्रुप ने टायर और रेजर ब्लेड बनाने के कारोबार को बेच दिया। विजय माल्या के यू.बी. ग्रुप ने अपने टेलीकॉम इंजीनियरिंग और पेट्रोकेमिकल व्यापार को किनारे कर दिया।

विभाजन की यह बीमारी भारतीय कारोबार की जड़ में है। और सच पूछो तो अंग्रेजों के समय से ही भारतीय कारोबार प्रबन्धन करनेवाली किसी एजेंसी की व्यवस्था की भांति पनपता रहा। अंग्रेजों के समय में एक ही प्रबन्धन चाय, जूट, टेक्सटाइल, सीमेंट, शिपिंग इत्यादि ढेरों कारोबारी गतिविधियों में लिप्त पाया जाता था। भारत में काम करनेवाली एक निखालिस ब्रिटिश कम्पनी मैनेजिंग एजेंसी की तरह काम करती थी जो कि इंग्लैंड में पूंजी बनाती थी और भारत में दर्जनों व्यापारों में उसका निवेश करती थी। चूंकि उस समय प्रतिभावान प्रबन्धकों की कमी थी, लिहाजा प्रबन्धकों के छोटे-छोटे समूह विभाजन की गतिविधियों में संलिप्त हो जाते थे। जब अंग्रेज छोड़कर गए, इन प्रबन्धन एजेंसियों पर भारतीय व्यापारियों का कब्जा हो गया और इसी बीच यही मैनेजिंग एजेंसियां टाटा, बिड़ला और अन्य भारतीय घरानों की मॉडल बन गईं। आजादी के बाद लाइसेंसिंग व्यवस्था तथा अक्षम पूंजी ने बाजार में विभाजन की प्रवृत्ति को फिर से हावी होने में मदद दी। जब एक व्यापारी यह तय नहीं कर पाता कि उसे किस चीज का उत्पादन करना चाहिए और कौन-सा लाइसेंस उपलब्ध है जिस पर वह निर्भर है। ऐसे में उथल-पुथल की स्थिति कायम होती है और व्यापारिक घराने उन वस्तुओं का उत्पादन करने लग जाते हैं जिनका वास्तव में कोई खास मतलब नहीं रह जाता। यद्यपि लाइसेंसिंग व्यवस्था ने भारत को कुछ अतिरिक्त लाभ दिया पर विभाजन ने सारा बंटाधार कर दिया। जापान के जाइकैतसुस और कोरिया के चाईबोल्स घराने भी इसी तर्ज पर बंटे हुए थे। हालांकि जापानियों ने बाद में महसूस किया कि ट्रयोटा, होण्डा, सोनी, पैनासोनिक और तोशीबा की सफलता का राज यह था कि इन सभी ने अपने उत्पादन पर गम्भीरता से सोच-विचार कर उसी पर ध्यान केन्द्रित किया। इस सबक को भारतीय कम्पनियों ने अब सीखना शुरू कर दिया है। 1991 के बाद से इस प्रक्रिया में काफी तेजी आई और विदेशी कम्पनियों के साथ मिलकर उपक्रमों के बनने का सिलसिला जारी हो गया। इन संयुक्त उपक्रमों का आपस में कोई सीधा सम्बन्ध नहीं था।

ऑटोमोटिव कलपुर्जों से लेकर फास्ट फूड और फैशन गारमेंट्स बनानेवाली कम्पनियों का उद्भव हुआ। कुछ सालों बाद तो इनमें से कई मैदान से गायब हो गईं।

हाल के संयुक्त उपक्रमों की एक और खराबी यह थी कि वे नाउम्मीदी के वातावरण से ओत-प्रोत थे। संयुक्त उपक्रमों में मालिकाना हक के बारे में भारतीय साझीदार काफी कमजोर थे। वे अपने विदेशी साझीदार को यह भरोसा नहीं दिला पाते थे कि उपक्रम को संभालने में वे सफल रहेंगे। ऐसे में विदेशी अपने भारतीय साझीदार को काठ का उल्लू मान लेता जो बाद में परेशानी का कारण बनता था। विशुद्ध उपक्रम में होता यह है कि विदेशी तकनीक अथवा उत्पाद को लाता है और भारतीय उसके लिए बाजार बनाता है। सच पूछो तो यह एक वितरण तन्त्र कहलाता है जिसमें कारीगरों और सरकार दोनों के बीच में प्रबन्धन की क्षमता काम करती है। आपसी सहयोग का यह सबसे बढ़िया उदाहरण हो सकता है। परेशानी उस समय पैदा होती है जब भारतीय सहयोगी परिस्थितियों और असमानता को जाने-समझे बगैर अधिक हिस्सेदारी के लिए जोर डालता है। जबकि उसे यह मालूम होता है कि यह संयुक्त उपक्रम विदेशी माल अथवा ब्रांड के बिना बाजार में टिक ही नहीं सकता। इस मामले में सरकार का रवैया भी दुराग्रहपूर्ण रहता है और वह असंगत प्रतिभूति ढांचे को बढ़ावा देने लगती है। कुछ समय बाद विदेशियों ने भारतीय साझीदारों की कमजोरियों को जान लिया। क्योंकि वितरण तन्त्र या तो कमजोर हो चुका होता है अथवा अस्तित्व में ही नहीं होता। उदारवाद के बिना सरकार में ताल्लुकात बहुत ज्यादा मायने नहीं रखते और सबसे चौंकानेवाला तथ्य यह है कि भारतीय साझेदार के प्रबन्धकों का स्तर दूसरे दर्जे का होता है। ईमानदारी से कहा जाए तो कुछ संयुक्त उपक्रम काफी सफल भी रहे और भारतीय भागीदारों को बहुत कुछ हासिल भी हुआ। हालांकि यह सब उम्मीद के मुताबिक ही है और मेरा अनुमान है कि इस तरह जो लोग आगे निकल गए हैं, उनकी संख्या में जबरदस्त बढ़ोत्तरी की सम्भावना है।

मौजूदा हालात तो यही बताते हैं कि भारतीय उद्योगपतियों को विदेशी साझीदारों से जितना हो सके सीख लेना चाहिए। यही सर्वश्रेष्ठ तरीका होगा। ये संयुक्त उपक्रम उम्मीद और सम्भावनाओं की उस खिड़की को खोलते हैं, जहां से तकनीकी तथा प्रबन्धकीय क्षमता के प्रकाश की किरण आकर उनकी क्षमताओं में विकास का संचार करती है। इतिहास गवाह है कि एक समय भारत उस मुकाम पर था, जहां कोरिया और ताईवान उसके मुकाबले बीस साल पीछे छूट चुके थे। पूर्वी एशिया के इन दो देशों ने दीवानगी की हद तक पहुंचकर तकनीक के समावेश पर ध्यान केन्द्रित किया। हाल ही में आनन्द महेन्द्रा ने कहा कि संयुक्त उपक्रम सीखने का सबसे अच्छा तरीका

है, तकनीकी की गाड़ी पर सवार होकर आप विकसित और विकासशील देशों के बीच का रास्ता तय करें। संयुक्त उपक्रम की यह जिम्मेदारी हो जाती है कि वह अपने तमाम सदस्यों के लिए पर्याप्त स्थान सुनिश्चित करे। सैमसंग ने बोईंग से हवाई जहाज बनाने के बारे में ज्यादा कुछ नहीं सीखा। परन्तु उसने बोईंग की सबसे बड़ी परियोजना प्रबन्धकीय क्षमता पर बहुत काम किया। बाद में उसने इसी क्षमता का इस्तेमाल इलेक्ट्रॉनिक सामानों को बनाने के अभियान में किया। भारतीय समाज के लिए मालिकाना हक का मसला मायने नहीं रखता था। लिहाजा जो चीज सबसे जरूरी थी, वह थी सूचना और क्षमता, जो कि बाद में उन्होंने भारतीयों को हस्तान्तरित की।

प्रतिस्पर्धात्मक बाजार वास्तव में कम्पनियों को बदलाव लाने के लिए बाध्य करता। भारतीय व्यापार की विफलता का कारण यह भी है कि उसने तात्कालिक जरूरतों पर ज्यादा ध्यान दिया और दूरदृष्टि नहीं दिखाई। कम्पनियां अपने कर्मचारियों पर बहुत कम निवेश करती हैं।

मानव पूंजी पर ध्यान न देने और नए कर्मचारियों की भर्ती को तवज्जो न देना, भारतीय कम्पनियों का रवैया बन गया। मुझे याद है कि भारतीय प्रबन्धन संस्थान के परिसर से प्रोक्टर एंड गैम्बल अपने प्रशिक्षुओं की भर्ती किया करता था। उस समय परिसर के सर्वश्रेष्ठ स्नातक सिटी बैंक, लीवर्स और नेस्ले जैसी विदेशी कम्पनियों में नौकरी पाने के लिए होड़ किया करते थे। एशियन पेंट्स सरीखी कुछ ही भारतीय कम्पनियों को यह स्तर हासिल था जबकि जापान में स्थिति ठीक उल्टी थी। वहां विदेशी कम्पनियों के लिए शीर्ष संस्थानों जैसे टोक्यो विश्वविद्यालय से सर्वश्रेष्ठ स्नातक हासिल करना वास्तव में टेढ़ी खीर साबित होता है क्योंकि वहां का माहौल एकदम अलग है तथा स्पर्धा का तरीका भी एकदम अलग। वहां घरेलू कम्पनियों में काम करना खुद के लिए गौरव की बात समझी जाती है और स्वदेशी कम्पनियों में नौकरी उनके लिए किसी सम्मान से कम नहीं है।

यदि प्रबन्धकों के स्तर पर ही किसी कम्पनी की सफलता टिकी हुई है तो फिर भारतीय कम्पनियां भारतीय प्रबन्धन संस्थान और आई. आई. टी. के स्नातकों को अपने यहां भर्ती क्यों नहीं करतीं? भारतीय उद्योगपतियों का कहना है कि प्रबन्धन संस्थान और आई. आई. टी. के स्नातकों की संस्कृति उनके व्यापार से तालमेल नहीं बैठा सकती। यदि प्रमुख संस्थाओं के छात्रों की संस्कृति उनके व्यापार से मेल नहीं खा पाती तो फिर उद्योगपति अन्य कॉलेजों में जाकर भर्ती का कार्यक्रम क्यों नहीं चलाते। इसका एक और आसान तरीका यह हो सकता है कि आवश्यकता का विज्ञापन, स्कूलों में लगा दिया जाए। रिलायंस के मुकेश अम्बानी पहले ही टाईवाले और गोल्फ

खेलनेवाले पश्चिमी संस्कृति से ओतप्रोत अधिकारियों के प्रति अपनी अरुचि जाहिर कर चुके हैं। इस मुद्दे के बारे में वह चर्चा भी कर चुके हैं कि आखिर भारतीय स्कूलों और कॉलेजों की प्रतिभाएं भारतीय कम्पनियों में काम करने के बजाय विदेशी कम्पनियों में काम करना अधिक पसन्द क्यों करती हैं। इसका प्रमुख कारण यह है कि भारतीय व्यापार में अभी भी सामन्ती राज कायम है। सारे फैसले कम्पनी के मालिकों के हाथों में होते हैं। कुछ मालिक तो अपने कर्मचारियों के साथ नौकरों जैसा सुलूक करते हैं। दरअसल एक बार मैंने एक उद्योगपति को अपने विदेशी साझेदार के सामने वित्त प्रबन्धक को नौकर का दर्जा देते हुए सम्बोधित करते हुए देखा था। विदेशी कम्पनियों के पेशेवर वातावरण में कर्मचारी को अपने आत्मसम्मान का अहसास होता है, यही वजह है कि भारतीय कम्पनियां अच्छे और काबिल प्रबन्धकों का खर्च वहन करने की स्थिति में होने के बावजूद प्रायः उन्हें ज्यादा दिनों तक अपने यहां रोक नहीं पातीं।

प्रशिक्षण की तरफ ध्यान न देना भी, अच्छी भर्ती न हो पाने की सबसे बड़ी कमजोरी है। कम्पनियां एक युवा को नौकरी देकर उसे वस्तुतः काम में झोंक देती हैं। दूसरी ओर, बहुराष्ट्रीय कम्पनियां बाकायदा एक प्रशिक्षण कार्यक्रम चलाती हैं, ताकि युवा प्रबन्धक को अपने वातावरण के प्रति न सिर्फ ढाल लें बल्कि उसे उसकी जिम्मेदारी का अहसास भी करवा सकें। आमतौर पर बहुराष्ट्रीय कम्पनियों में शुरू के दो साल प्रशिक्षण के होते हैं। वे अपने वरिष्ठ प्रबन्धकों का न सिर्फ सम्मान करते हैं बल्कि उन्हें अपने सहयोगियों को योग्य बनाने एवं उनसे बेहतर काम करवा लेने के लिए दीक्षित करते हैं। सामाजिक विज्ञान अध्ययन केन्द्र के निदेशक अमिया कुमार बागची का कहना है कि हमारा मानव सम्पदा पर ध्यान न दिया जाना ही समाज के सामन्त राज होने की निशानी है, जिसका नतीजा यह होता है कि मालिक तो गुरूर में रहता है जबकि प्रबन्धक सिर्फ बोझ तले नौकरी बजाता है। उनका कहना है कि पूर्वी एशिया में कम्पनी का मालिक खुशी-खुशी अपने कर्मचारी के साथ बैठकर खाना खा सकता है। यह वह व्यवहार है जो उनकी कामयाबी की दास्तान कहता है। इसी तरीके से आप सबको शिक्षित करते हैं और गरीबी को दूर करते हैं, इसके विपरीत भारत भी फिलीपींस की तरह है जहां पूर्वी एशिया की कामयाबी का तसव्वुर भी किसी को नहीं क्योंकि वहां का सामाजिक ढांचा भी भारत की ही तरह का है।

आर्थिक सुधारों के बाद भारतीय कम्पनियों में संक्रमण का दौर आया। नए स्पर्धात्मक दौर का असर यह हुआ कि कम्पनियों में प्रतिभाओं को तलाशने का जुनून छा गया। रिलायंस, आर. पी. जी. ग्रुप तथा अरविन्द मिल्स जैसी दर्जनों कम्पनियों ने भर्ती और प्रशिक्षण के ढेरों कार्यक्रम चला दिए। कुछ कम्पनियों ने तो वैश्वीकरण के प्रति गम्भीर प्रयास भी शुरू कर दिए। इस बात के ढेरों उदाहरण मौजूद हैं। परन्तु मैं

सिर्फ दो उदाहरण ही रखूंगा। मद्रास की सुन्दरम फास्टनर्स पर सुधारों का जबरदस्त असर दिखा। इस कम्पनी ने दुनिया-भर की अन्य कम्पनियों को पीछे छोड़ते हुए एक ठेका हासिल किया जिसके तहत जनरल मोटर्स के अमेरिका स्थित सभी संयन्त्रों में यह कम्पनी रेडिएटर के ढक्कनों की आपूर्ति करेगी। छह माह के भीतर इसने ब्रिटेन से जनरल मोटर्स की सुविधा मुहैया कराने का काम शुरू किया। सुधारों से करीब साल भर पहले उसने यह काम शुरू किया था। आज स्थिति यह है कि दुनिया भर में फैले जनरल मोटर्स के संयन्त्रों और डेटरायट में स्थित गोदाम का सीधा सम्बन्ध इलेक्ट्रॉनिक के माध्यम से हो गया है। बीते पांच सालों में उसकी आपूर्ति भंग नहीं हुई। अड़तालीस घंटों के भीतर ही वह ढक्कनों के आकार बदलकर नया आकार दे सकता है। इसके बेहतरीन काम का अन्दाजा इसी बात से लगाया जा सकता है कि दस लाख ढक्कन यदि बनते हैं तो उनमें से डेढ़ सौ के खराब होने की गुंजाइश मान्य है, परन्तु उसके दस लाख ढक्कनों में से औसतन सिर्फ छह ढक्कन ही खराब होते हैं।

भारत में दवा निर्माण की सबसे बड़ी कम्पनी बन जाने के बाद रेनबैक्सी ने अन्तर्राष्ट्रीय बाजार की ओर बहुत तेजी से रुख किया। आज वह अपना उत्पाद पैंतालीस देशों को बेच रही है। जबकि अमेरिका और चीन समेत आठ देशों में उसने निर्माण इकाइयां स्थापित की हैं। उसके कुल राजस्व का आधा हिस्सा भारत के बाहर से आता है। 1998 में इसका टर्नओवर चार हजार पांच सौ लाख डॉलर था और उम्मीद है कि 2003 तक यह आंकड़ा एक अरब डॉलर को पार कर जाएगा। यह कम्पनी अपने रेनबैक्सी ब्रांड नाम के तहत दुनिया भर के बाजार में सस्ती दवाएं मुहैया कराने के नाम पर छा जाना चाहती है। इसके लिए उसने शोध एवं विकास का काम बड़े पैमाने पर शुरू किया। अपनी बिक्री का पांच फीसदी हिस्सा वह शोधकार्य पर खर्च करती है। भारतीय उद्योग में शोध पर खर्च करनेवालों में रेनबैक्सी दूसरे नम्बर पर है। उसका शोधकार्य हाल ही में उस समय रंग लाया, जब जर्मनी की दवा कम्पनी बायर ने उसे नई दवा के अधिकार की रॉयल्टी के रूप में छह सौ सत्तर लाख डॉलर की रकम अदा करने पर सहमति जताई। यह अपने-आप में अनोखी दवा है। रेनबैक्सी की रणनीति भारतीय दवा उत्पादकों के एक तीर से तीन शिकार करने की मुहिम का हिस्सा बनी: (1) कम लागत परन्तु वैज्ञानियों का बेहतरीन शोध एवं विकास कार्य, (2) उत्पादन में न्यूनतम लागत के कारण भारतीय उत्पादकों द्वारा पैदा किए गए मूल्य नियन्त्रण के मुश्किल लक्ष्य को हासिल करना। इसकी वजह से बीस सालों तक लगातार दवाओं के दाम कम बनाए रखने पर सफलता पाना, (3) भारत में पेटेंट संरक्षण की कमी के कारण दवा के पुनर्शोधन की इंजीनियरिंग का तजुर्बा।

ये दो ऐसे उदाहरण हैं जो यह बताते हैं कि भारतीय कम्पनियां भी दुनिया-भर के बाजार में अपनी पैठ बनाने में सक्षम हैं। इसके लिए करना यह होगा कि स्पर्धा के दौर में सिर्फ एक क्षेत्र में ही ध्यान केन्द्रित करना, न कि बेवजह इधर-उधर हाथ फैलाना। सुन्दरम ने ऑटो पार्ट्स में और रेनबैक्सी ने दवाओं के क्षेत्र में ही अपना ध्यान लगाया और सफल हुए। दूसरा, सबसे पहले उन्होंने घरेलू बाजार में अपनी पैठ बनाई, फिर अपनी सम्पत्ति का विस्तार विदेशों तक किया। तीसरा, वे बाजार के रुख को समझने में भी सफल रहे। सुन्दरम ने डेट्रायट के ऑटो निर्माताओं को कलपुर्जों की आपूर्ति करने में इच्छा जाहिर की न कि उनके उत्पादन में। रेनबैक्सी ने इस बात का फायदा उठाया कि समूची दुनिया के हर एक समाज में स्वास्थ्य के प्रति लोग सचेत हो रहे हैं। ऐसे में सस्ती दवाएं सुलभ कराकर बाजार पर अपना आधिपत्य जमाया। चौथा, यद्यपि इनका सारा जोर कम लागत की रणनीति पर ही रहा, फिर भी उन्होंने क्वालिटी की तरफ से आंख नहीं फेरी। यही कारण है कि सुन्दरम आई. एस. ओ. 9000 वरीयता हासिल करनेवाले पहले भारतीयों में शामिल हुए। पांचवां, वे उत्पाद के विकास में खर्च करके भारतीयों की ऐतिहासिक खामियों से खुद को निजात दिलाने में सफल हुए।

एक कम्पनी तीन रास्तों से गुजरकर स्पर्धा के दौर में बढ़त हासिल कर सकती है। वह बेहतरीन लागत अथवा बेहतरीन उत्पाद अथवा बेहतरीन सेवा के आधार पर स्पर्धा कर सकती है। भारत की सर्वश्रेष्ठ कम्पनियों में से ज्यादातर उम्दा लागत रणनीति अपनाती हैं। यह बिल्कुल सीधी सपाट रणनीति है जिसके बल पर अतीत में भी भारतीय कम्पनियों ने फायदा उठाया। भारतीय कम्पनियों ने उस वक्त मौके का लाभ उठाया जब विभिन्न कारकों के आधार पर किसी भी उत्पादन को एक-दूसरे से अलग करना मुश्किल था। कम्पनियों ने इस बात को महसूस किया कि होड़ में बने रहने के लिए लागत के साथ-साथ गुणवत्ता को नजरअन्दाज नहीं किया जा सकता। परिणामस्वरूप विश्वस्तर की गुणवत्ता देना विश्व बाजार में बने रहने के लिए कम्पनियों की पहली जरूरत बन गई। इसका असर यह पड़ा कि गुणवत्ता के आधार पर किसी भी उत्पाद को एक-दूसरे से अलग नहीं किया जा सकता था। केवल लागत के आधार पर ही उत्पाद एक-दूसरे से जुदा होते थे।

यह महज एक कोरी कल्पना होगी कि भारतीय कम्पनियां तकनीकी में भी अग्रणी हैं। ऐसा इसलिए नहीं कि भारतीय वैज्ञानिक सक्षम नहीं हैं, परन्तु ऐसा इसलिए है कि भारतीय कम्पनियां विज्ञान की ताकत को जानने और समझने और उस दिशा में अग्रसर होने में काफी वक्त ले लेंगी तथा तकनीकी आधारित संस्कृति बनाने में उन्हें समय लग जाएगा। कोरिया और ताईवान की कम्पनियां भी तकनीकी मामले में बहुत आगे नहीं हैं।

अब यहां सवाल उठता है कि क्या भारतीय कम्पनियां लागत के मामले में अग्रणी होने के साथ-साथ किसी अन्य रणनीति को अपना सकती हैं। लागत की रणनीति का तो ऐसा है कि वह प्रतिद्वन्द्वी के दामों के प्रति अदल-बदल भी कर सकती है और घरेलू कर्मचारियों का पारिश्रमिक बढ़ जाता है। मुझे यह जानकर बहुत हैरानी हुई कि भारतीय कम्पनियां बेहतर सेवा उपलब्ध कराने पर आधारित रणनीति की ओर अपनी ऊर्जा नहीं लगातीं। ऐसा इसलिए नहीं कि यह बहुत ज्यादा सिर खपाऊ है बल्कि इसलिए भी कि स्पर्धात्मक बाजार अर्थव्यवस्था में भारतीय व्यापारियों को अपनी क्षमता साबित करने के लिए मशक्कत करनी पड़ेगी। कोई भी जो साड़ी की दुकान में खरीदारी करे अथवा उडीपी रेस्तरां में खाना खाए, उसकी पहचान भारतीय व्यापारी के रूप में की जा सकती है। उसके अन्दर क्षमता होती है बेहतर सेवा देने की। एच. डी. एफ. सी. और सुन्दरम फाइनेंस इस मामले में इसके सबसे अच्छे उदाहरण हैं। गृहऋण के लिए एच. डी. एफ. सी. के साथ हुए करार को हर कोई अच्छे अनुभव के तौर पर याद करता है। जबकि ट्रक ग्राहकों की विश्वसनीयता की बात आती है तो सुन्दरम फाइनेंस को ही याद किया जाता है क्योंकि उनका मूलमन्त्र है–बेहतरीन सेवा।

ब्रेहतरीन सेवा पर आधारित रणनीति भी ताकतवर हो सकती है क्योंकि इसी से कीमत बढ़ जाती है। बेहतरीन सेवा निश्चित रूप से उच्चस्तरीय प्रशिक्षण प्राप्त कामगारों द्वारा ही दी जा सकती है, जिनमें वैज्ञानिक, इंजीनियर, बाजार विश्लेषक और वकील शामिल होते हैं। ये लोग स्पर्धा के प्रति शक्तिशाली तरीका प्रदान कर सकते हैं। बुद्धिमान कर्मचारी न केवल सूचना तकनीक की ताकत को समझ सकता है बल्कि ग्राहकों की जरूरत के हिसाब से और बाजार में हो रही स्पर्धा के मुताबिक अपने संसाधन तैयार कर सकता है। इस रणनीति में ज़ुबान देने का मतलब यह है कि नए कर्मचारियों की भर्ती उनके व्यवहार के आधार पर हो और फिर उन्हें व्यापारिक ढांचे में ढाला जाए। ज्यादातर कम्पनियां इसके उलट काम करती हैं। हालांकि यह एक बेहद आकर्षक रणनीति है क्योंकि अन्य दो के मुकाबले यह लगभग मुफ्त ही पड़ती है। अभी तक हमें एक भी उदाहरण नहीं मिला कि किसी एक भारतीय कम्पनी ने अपनी वैश्विक महत्त्वाकांक्षा को पूरा करने के लिए इस रणनीति को गम्भीरता से लिया हो।

मेधावी क्षमताओं की बदौलत एक कम्पनी स्पर्धा में बढ़त लेती है। सम्बन्धों में सहजता, सरसता और सरलता के साथ-साथ निरन्तरता से ही ये क्षमताएं पैदा होती हैं। किसी भी कम्पनी में यह सब उसके वितरक, ग्राहक और कर्मचारियों की बदौलत तैयार होता है। इसके अलावा स्पर्धा में आगे रहने के लिए अनोखा उत्पादन जरूरी है, जिसकी नकल आसान न हो। अपनी ताकत को पहचानने के बाद ही यह सब कम्पनी के

भीतर ही तैयार किया जा सकता है, इसे किसी और जरिये से नहीं बनाया जा सकता, न ही बाहरी ताकत से इसे जबरदस्ती लागू किया जा सकता है। कोई परामर्शदाता अथवा कारपोरेट संचार कार्यक्रम इसे बना सकता है क्योंकि ये सम्बन्ध अपने-आप में अनोखे होते हैं और इनके भरोसे पर जो कामयाबी हासिल की जाती है, उसका न तो कोई जोड़ होता है तथा इसके विफल होने की सम्भावना भी बहुत कम होती है।

बाजार की स्पर्धा में बहुत बढ़त लेने के पीछे वर्षों की मेहनत होती है। कुछ ही भारतीय कम्पनियों में इतना धैर्य होता है जो इन विकल्पों को अपनाने का साहस करती हैं। इसके लिए जरूरी है कि शीघ्र प्रबन्धन को व्यापार के सम्बन्ध में गूढ़ जानकारी हो और वह बड़े लक्ष्य से ध्यान हटाए बगैर छोटी-छोटी कमजोरियों को दूर करने का प्रयास करे। हालांकि इस मामले में ज्यादातर भारतीय कम्पनियां खुद को असहाय मान लेती हैं। 1991 तक समाजवादी राज में ज्यादातर भारतीय कम्पनियों का ध्यान व हुनरमन्द कर्मचारियों का काम बेमकसद–सा जान पड़ता था क्योंकि उनकी ज्यादातर ऊर्जा तो नौकरशाही को सन्तुष्ट करने में व्यर्थ हो जाती थी। जबकि दूसरे देशों में उनके प्रतिद्वन्द्वी अपने वितरकों, सप्लायरों और ग्राहकों का पूरा ध्यान रखकर आपसी सम्बन्धों को प्रगाढ़ बनाने में जुटे हुए थे। 1960 के दशक में होण्डा ने सिर्फ पांच सालों के भीतर अमेरिकी मोटर साइकिल बाजार में अपनी साख बना ली थी और तीसरी सबसे बड़ी कम्पनी बन गई थी। इसके लिए उसे दूरदृष्टि की जरूरत नहीं पड़ी बल्कि उसने एक सस्ती टिकाऊ मोटर साइकिल का नमूना पेश किया। जबकि उनकी सफलता इस बात पर अमल करने से बनी कि उन्होंने अपने वितरकों के साथ लम्बे समय के रिश्तों के प्रति ज्यादा ध्यान दिया और उसे बनाने में ज्यांदा भागदौड़ की।

वैश्विक महत्त्वाकांक्षा रखनेवाली भारतीय कम्पनियों के लिए यह सबक है कि सफलता महज सोच लेने से नहीं हासिल हो जाती बल्कि अपनी क्षमताओं को पहचानने तथा उन्हें कायदे से व्यवस्थित और नियन्त्रित करने पर ही हासिल होती है। यदि वास्तव में सफलता हासिल करने का कोई सीधा-सादा सूत्र अथवा रणनीति होती तो शायद हर कम्पनी उसे अपना लेती।

किसी सफल कम्पनी की खूबियों को जानना ज्यादा जरूरी है, न कि यह जानना कि अन्य सफल कम्पनियों में समानता क्या है। जो कम्पनियां और प्रबन्धक फटाफट ही सफलता की मंजिल हासिल करने के ख्वाहिशमन्द होते हैं, उनके लिए यह बेहद निराशाजनक तथ्य हो सकता है। बड़ी योजनाओं पर कार्य करनेवाली भारतीय कम्पनियों के लिए यह तथ्य आशा की किरण जगाता है कि जहां चाह वहां राह। अपनी कम्पनी में ही रिश्तों की मजबूत डोर बनाने के लिए मशक्कत करनेवाले इस

बात को भी जानते हैं कि कामयाबी वैसे नहीं हासिल होती, जैसे दूसरे करते हैं बल्कि सफलता उन्हें मिलती है जो काम अलग ढंग से करते हैं।

क्या पुरानी कम्पनियां बेहतर कर सकती हैं? 1999 में भारतीय शेयर बाजार ऐसा नहीं सोच सकता था। फरवरी 1999 में पुराने घरानों की कम्पनियों ने बम्बई स्टॉक एक्सचेंज पर पन्द्रह फीसदी का कब्जा कर लिया था। बिक्री के मामले में बिजनेस इंडिया द्वारा चुनी गई शीर्ष सौ कम्पनियों में से दो तिहाई कम्पनियां पुराने घरानों की थीं। बाजार में लगी पूंजी के आधार पर चुनी गई सौ कम्पनियों में से पैंतालीस पुराने घरानों में से थीं। ये आंकड़े 22 अगस्त 1998 में बिजनेस वर्ल्ड में प्रकाशित हुए थे। यद्यपि पुराने घरानों ने खुद को बदलना शुरू कर दिया था, फिर भी परिवार की सम्पत्ति को शेयरधारकों में बांटने को लेकर उनमें खींचतान जारी थी। केवल कुछ ही कम्पनियों को यह विचार अच्छा लगा कि धन, ताकत और हैसियत से ही कम्पनियों के प्रबन्धन को नियन्त्रित नहीं किया जा सकता, इसके लिए और भी चीजें बहुत जरूरी हैं। यह तभी सम्भव है जब स्पर्धात्मक और पेशेवर तरीके से चल रही कम्पनी की अपनी प्रतिभूति का मूल्य और उसकी संख्या लगातार बढ़ती रहे। रेनबैक्सी के परमिन्दर सिंह ने मार्च 1999 में पुरानी सम्पदा से निकलने का जबरदस्त संकेत इस घोषणा के साथ दिया कि अब उनकी कम्पनी उनके बेटों के बजाय पेशेवर प्रबन्धकों के हाथों में होगी। उस समय वह कैंसर से पीड़ित था और वह उन चन्द पुराने घरानों में से एक था जो इस बात को समझते थे कि जितनी अधिक संख्या में शेयरधारक होंगे, उतने ही अधिक वे धनवान कहलाएंगे।

भारतीय आर्थिक सुधारों पर ज्यादातर बहस इस बात को लेकर होती रही कि आखिर सरकार को क्या करने की जरूरत है। इस बात पर बहुत कम ध्यान दिया गया कि वास्तव में सुधारों की सफलता के लिए भारतीय उद्योगों और व्यापार की सफलता पर ही सुधारों के बाद तय होनेवाली भारतीय अर्थव्यवस्था का भविष्य निर्भर है। हालांकि भारतीय व्यापार का प्रदर्शन अतीत में बहुत बुरा रहा है। निश्चित रूप से देश में औद्योगिक क्रान्ति को लाने में सफलता नहीं मिली है। 1947 से पहले ब्रिटिश राज्य को इसके लिए दोषी ठहराया जा सकता है जबकि 1947 के बाद लाइसेंसी राज्य को इसके लिए उत्तरदायी ठहराया जा सकता है। और अब 1991 में आर्थिक सुधारों के बाद किसी और को नहीं, खुद इसे ही दोषी माना जा सकता।

अध्याय उन्नीस

मध्यवर्ग की उठान

आदर्श राजनीतिक समुदाय वह है जिसमें मध्यवर्ग नियन्त्रण में हो और बाकी दोनों वर्ग संख्या में ज्यादा।

–अरस्तू

दिल्ली के मार्च माह की रविवार की यह एक सुहावनी दोपहर थी। आसमान साफ था। सूरज चमक रहा था और शीतल हवा ने मुझे लोदी रोड से खान मार्केट बाल कटवाने के लिए मजबूर किया। एक बार मैंने सोचा, चलो पार्क में एक झपकी ले ली जाए। मैं हरी घास पर सोना चाहता था।

मैं लोदी रोड के बड़े गुम्बद के पास खम्भे का सहारा लेकर खड़ा हो गया और वहां किशोरों को क्रिकेट खेलते हुए देखने लगा। वे एलबीडब्ल्यू पर बहस कर रहे थे, जो अब काफी बढ़ चुकी थी। मैं इस खेल का प्रशंसक नहीं था इसलिए मेरी रुचि जल्द ही खत्म हो गई। मेरा ध्यान एक मध्यवर्गीय पिता की ओर गया, जो अपने दो बेटों के साथ गेंद को पकड़ने का खेल खेल रहा था। जैसे ही छोटे बच्चे से गेंद छूटती वह तेजी से उसके पीछे भागता और शानदार तरीके से कूदकर गेंद को गड्ढे में जाने से रोकता।

बहुत साल पहले मैं बाउंडरी पर चौका बचाने के लिए भागा करता था, मुझे इसकी आदत थी, आज घास की सुगन्ध ने मेरी उस याद को ताजा कर दिया। कहते हैं कि सुगन्ध स्मरणशक्ति की कुंजी है और मैं स्कूल के दिनों में घास की सुगन्ध से कभी वंचित नहीं हुआ। मैं खम्भे से अलग हटा और उनके बीच जगह बनाता हुआ निकल

पड़ा और वन विहार करनेवाले दो समूहों से काफी आगे निकल आया था। यहां मैंने सोचा कि मुझे एक झपकी ले ही लेनी चाहिए।

शहर में पार्क में सोना सभ्यता का एक रूप है। पहले आपको एक हलचल और शोर-शराबेवाला शहर चाहिए और फिर आप एक हरे और शान्ति भरे स्थान के लिए लालायित हो जाएंगे। उस समय आपको एक अच्छा पार्क चाहिए, निःसन्देह जैसा कि लोदी गार्डन है और अन्त में आपको एक ऐसा आदमी चाहिए जो कि अपनी चिन्ता छोड़, बेसुध हो और मुंह खोलकर सो जाए व दरियाई घोड़े की भांति खर्राटे ले। बड़े गुम्बद के पीछे का हिस्सा उन दिनों कुछ हद तक तैयार नहीं हुआ था। मैं लेट तो गया लेकिन सो नहीं सका। बड़े गुम्बद का स्थल बहुत उत्कृष्ट था, नाई की दुकान पर होनेवाला अपमान मेरे दिमाग में घूम रहा था। मैं आंखें बन्द करके पन्द्रह मिनट के लिए लेटा रहा और दृश्यों के संगीत को सुनता रहा और फिर झट से उठकर बैठ गया।

मैंने वहां घूम रहे पहले परिवार को गौर से देखा और पाया कि ये मध्यवर्गीय हैं। वे लोग वेपरवाह होकर बातें कर रहे थे। उनकी बातचीत से मैं समझ गया था कि इस परिवार का अच्छा-खासा वस्त्र निर्यात करने का व्यापार है। महिलाओं समेत सभी वयस्क व्यापार में कड़ी मेहनत करते होंगे। मैंने मन-ही-मन उनको सराहा, जिस तरह से वे अपने उपभोक्ताओं जो कि सिडनी, टोरंटो और ब्रुसल में थे, उनकी बात कर रहे थे। वे टूटी-फूटी अंग्रेजी में भी बात कर रहे थे। जिसके कुछ शब्द उनकी समझ से बाहर भी होते थे। वे नए समृद्धि प्राप्त लोग थे।

मैं दूसरे शान्त परिवार को देखने के लिए घूमा। दोपहर के खाने के बाद तीन पीढ़ियां धूप का मजा ले रही थीं। दादी अपने पोते को घास में कूदते-फांदते देख रही थी। जबकि कठोर दिखनेवाला पति जो कि सम्भवतः सरकारी पद से सेवानिवृत्त हुआ था, अपने अहंकारी ढंग में बैठा हुआ था। उसका बेटा जो कि आई. आई. टी. या आई. आई. एम. से प्रशिक्षित प्रबन्धक था, जो लीवर के लिए काम करता था। वह एक पुराना मध्यवर्गीय परिवार था।

समकालीन भारत का सबसे आश्चर्यजनक लक्षण नए आत्मविश्वासी मध्यवर्ग का उदय है। यह स्फूर्ति से परिपूर्ण और नई चीजें बनाने में सक्षम है।

यह पुराने मध्यवर्ग से अलग था, जो कि सहनशील, धर्मनिरपेक्ष और सन्दिग्ध था। नया वर्ग बहुत चालाक है। इसे अपने विकास के लिए निचले स्तर से लड़ना पड़ा और इसने तन्त्र से लड़ना सीख लिया। इसके गंवारूपन पर निराश होना आसान था। यह एक नई समृद्ध मानसिकता है किन्तु क्या भारत वस्तुओं को सही पहुंचा पाएगा, यह इसी बात पर निर्भर करता है।

इस नए मध्यवर्ग ने पुराने मध्यवर्ग, मेरे दादाजी और पिताजी की तरह के लोग जो कि उन्नीसवीं शताब्दी में अंग्रेजी भाषा के फैलने से उभरे थे, का स्थान ले लिया। इसने व्यावसायिकों को उत्पन्न किया जिन्होंने 1947 में भारत छोड़नेवाले अंग्रेज़ों का स्थान लिया और तब से उन्होंने समाज की नेमतों का एकीकरण कर लिया। पुराने मध्यवर्ग की नैतिकता उसकी शिक्षा पर आधारित थी, लेकिन यह वर्ग लोगों से दूर हो रहा था और उन्हें अपनी पहचान के विषय में भी विश्वास नहीं था। दूसरी ओर नया मध्यवर्ग धन, आत्मविश्वास और वस्तुओं को बनाने में अपनी क्षमता पर आधारित था। पुराना मध्यवर्ग दानी, आदर्शवादी और निषिद्ध था, जबकि नया वर्ग औपनिवेशिकता से परे है।

हम पुराने वर्ग पर लगे ग्रहण पर खेद महसूस करते हैं, क्योंकि यह मुक्त आवागमन, शिक्षा और क्षमता पर निर्भर करता है। कभी-कभी यह बात गले से नहीं उतरती कि नया वर्ग, जो धन पर आधारित है, इसका स्थान ले रहा है। यह एक चमत्कार नहीं है। औद्योगिक क्रान्ति के बाद ऐसा अक्सर हर समाज में होता है। चाहे नया हो या पुराना लेकिन मध्यवर्ग भारत में तेजी से विकास कर रहा है। अगर कोई कानपुर से मद्रास तक एक रेखा खींचता है, तो मैं यह मानता हूं कि 2020 तक, रेखा के पश्चिम में आधी जनसंख्या, मध्यवर्गीय होगी। रेखा के पूर्व में लोगों को वहां तक पहुंचने में अभी भी बीस साल और लगेंगे और तब पैंसठ करोड़ भारतीय मध्य वर्गीय होंगे और इसका बहुत अधिक प्रभाव राजनीति, बाजार और समाज पर पड़ेगा।

जब भारत आजाद हुआ, उस समय मध्यवर्ग बहुत छोटा था-लगभग कुल जनसंख्या का पांच प्रतिशत, लेकिन यह हमें स्पष्ट था कि हमारे माता-पिता हमें किस प्रकार बढ़ाना चाहते थे। वे हमें एक अच्छा भारतीय लड़का, शिष्ट, आकर्षक, बुद्धिमान और खेलों में निपुण बनाना चाहते थे। वे हमें आजाद भारत के भूरे साहबों की तरह बड़ा करना चाहते थे। उन्होंने हमें प्राइवेट स्कूलों में पढ़ाया। जो अधिक अमीर थे, वे अपने बच्चों को दून और मायों भेजते थे। (चाहे उनकी जेबें बेशक खाली ही क्यों न हो जाए)। हम क्रिकेट और टेनिस में अच्छे और पढ़ाई में उच्च्च दर्जे के रहें। 'वह हरफनमौला है' यह हमारे सामने आदर्श वाक्य के रूप में रखा गया। स्कूल के बाद हम दिल्ली के सेंट स्टीफन कॉलेज या कलकत्ता और मद्रास के प्रेसीडेंसी कॉलेज गए। कुछ भाग्यशाली रहे, जो ऑक्सफोर्ड और कैम्ब्रिज गए। हमने मूलभूत तथा महत्त्वपूर्ण शिक्षा को पाने की अपेक्षा की थी किन्तु हम स्कॉलर नहीं बन पाए।

1960 से, मार्ग और भी प्रतिस्पर्धात्मक हो गया और जो तकनीकी व प्रबन्धकीय संस्थानों में प्रवेश चाहते थे, उनका चुनाव आई. आई. टी. व आई. आई. एम. के द्वारा होता। कॉलेज के बाद, हम लोग आई. ए. एस. और उद्योग-व्यवसायों से जुड़ने के लिए

तैयार थे–सम्माननीय व उपयुक्त जगहों पर भारतीय मध्यवर्ग का अधिकार था। सुरक्षित नौकरी और अपनी जेब को देखते हुए हमने अच्छे मध्यवर्ग और उच्चमध्यवर्गीय परिवार की लड़कियों से शादी कर ली। जिनसे हमारा कभी जिमख़ाना क्लबों और हिल स्टेशनों पर सामना हुआ था। हम लोग स्थापना के आधार स्तम्भ बनने को तैयार थे और इसी क्रिया को अपनी नवयुवा पीढ़ी के साथ दोहराना चाहते थे। अपनी नौकरियों से हमने समृद्धि प्राप्त की, दक्षिणी दिल्ली में घर बनाए और भड़कीली पार्टियों में शरीक हुए, जहां हम अपने दोस्तों से मिले। राजनीतिज्ञों के साथ दो-चार हुए और बुद्धिजीवियों की समझ का आनन्द भी उठाया। क्या किसी के पास ईर्ष्या पैदा करनेवाले सुखी जीवन का नुस्खा है ? हमने अपने पिताजी के सभी सपनों को साकार किया। तब भी हम सभी सफलताओं के बावजूद भी अपने सीने में एक दर्द को क्यों महसूस करते है? क्या गलत हुआ था?

सरकारी नौकर होने के कारण हमें रोज राजनीति के प्यादों के हाथों अपमानित होना पड़ता था। जिनकी पृष्ठभूमि और विचार दोनों ही हमसे भिन्न थे। हम हवा के झोंके के साथ झुकने को तैयार रहते थे। परन्तु यह असहनीय होता था जब हम झूठ बोलते थे, धोखा देते थे और अन्यायपूर्ण ढंग से उनकी तरफदारी करते थे क्योंकि हम डरते थे कि कहीं किसी अनैच्छिक स्थान पर हमारा तबादला न कर दिया जाए। निजी क्षेत्र में प्रबन्धक के तौर पर हम लाइसेंस और परमिट के इसी प्रकार के मन्त्रियों और नौकरशाहों से मिलते थे। जब दिल्ली में हमारे साथ एक दुधारू गाय-सा व्यवहार होता तो हमारे आत्मसम्मान को ठेस पहुंचती थी। जब हमारे स्कूल का दोस्त आई. ए. एस. बन हमारे साथ सन्देहात्मक बर्ताव करता तो हम मन मसोसके रह जाते। हमें राजनीतिज्ञों को सहना पड़ता, चाहे वह सरकारी नौकर के रूप में हो या किसी कम्पनी के प्रबन्धक के रूप में क्योंकि वह लोकतन्त्र का एक अवश्यम्भावी वृद्धिकर्ता है जिसे हम अच्छी तरह से पहचानते हैं। किसी भी तरह से नए पैसेवाले वर्ग को स्वीकार करना मुश्किल है। ठेकेदार, मध्यस्थता करनेवाले और सत्तारूढ़ पार्टी के तोंदू चापलूस बहुत घिनौने होते हैं।

हमारे बच्चे देश छोड़कर बाहर जा रहे थे जो कि असन्तुष्टता का दूसरा रूप था। गलत आर्थिक नीतियों के कारण अपने घर में हम पर्याप्त मात्रा में नौकरियां उपलब्ध नहीं करवा पा रहे थे। हमारे बच्चों को अवसरों के लिए विदेशों की ओर देखना पड़ रहा था। कई तो वापस घर लौटकर नहीं आए। जब बच्चे या दोस्त छोड़ जाते हैं तब जीवन बदरंग-सा लगने लगता है।

पुराना मध्यवर्ग लगातार हमारे राष्ट्रीय चरित्र में आ रही गिरावट की शिकायत करता रहा है। सामान्यतः यह एक ठप्पे की आवाज तब करता है जब आप पाते हैं कि आपके समूह का सदस्य आई. ए. एस. बनने के बाद भ्रष्ट हो गया है या आपके बोर्डिंग

के कमरे में साथ रहनेवाला साथी आई. पी. एस. बन, आन्ध्रा में एक फर्जी मुठभेड़ के मामले में शक के दायरे में है। आपके क्लर्क की पत्नी ने ससुरालियों की दहेज की मांग से तंग आकर आत्महत्या कर ली है, तो आपके दुख का कोई ठिकाना नहीं रहता।

हमारा आन्तरिक जीवन विडम्बनात्मक है। हमारा एक पैर भारत में और पश्चिम में है और हम दोनों में से किसी के साथ भी मेल नहीं खाते। हम टूटी-फूटी अंग्रेजी का प्रयोग करते हैं और हमारी क्षेत्रीय भाषा सुननेवाले के अनुसार बदलती रहती है। नौकरों और दुकानदारों से बात करते समय हम स्थानीय भाषा के शब्दों का सहारा लेते हैं और समय के अनुसार हम शुद्ध अंग्रेजी भाषा बोलने में भी सक्षम हैं। हम लोग, जनसमूह से प्रभावित होते रहते हैं। संस्कृति के पौराणिक ग्रन्थों व अपनी संस्कृति को पढ़े बिना उसके सम्बन्ध में हमारे नीरस उद्गार निकलते रहते हैं। ऊपर उठने के लिए हम 'टाइम्स' पत्रिका पढ़ते हैं। हम भारत के प्रति भावुकता और पश्चिम की ओर प्रेरणा व मान्यता की दृष्टि लिए देखते हैं।

हम मैकाले की औलाद हैं न कि मनु की। हमारी द्वैत वृत्ति उस दिन वापस चली जब मैकाले ने अंग्रेजी सरकार पर भारतीयों को अंग्रेजी सिखाने के लिए जोर डाला। हमारी स्थिति राममोहन राय जैसी थी जिनके कलकत्ता में दो मकान थे। एक बंगाली मकान और दूसरा यूरोपीय। बंगाली मकान में वह अपने परिवार के साथ पारम्परिक भारतीय ढंग से रहते थे। दूसरी ओर उनके यूरोपीय मकान में अंग्रेजी जायके का फर्नीचर था जिसका उपयोग वह अपने यूरोपीय दोस्तों की मौज-मस्ती के लिए करते थे। कुछ लोग उन्हें यह कहकर चिढ़ाते थे कि 'उनके बंगाली मकान में सबकुछ बंगाली था सिर्फ राममोहन राय को छोड़कर और यूरोपीय मकान में सबकुछ यूरोपीयन था सिर्फ राममोहन राय को छोड़कर।' आज के भूरे साहब की विडम्बना भी बिलकुल ऐसी ही है। हम एक अरसे से पाखंडी जीवन जी रहे हैं। आखिरकार हमने अपनी ईर्ष्यात्मक खुशहाल जिन्दगी के लिए प्रश्न किया।

पुराने मध्यवर्ग में नौकरशाही सर्वोत्कृष्ट है और कोई भी अकेला संस्थान अब हमें निराश नहीं कर सकता। हमने 'स्टील फ्रेम' को क्रूर मिथक पाया। मेरे दादाजी कहा करते थे कि 1947 से पहले ब्रिटेन भारत की तरह अच्छे नियन्त्रण में नहीं था। क्योंकि उसके पास भारतीय सिविल सेवा नहीं थी। आज हमारे नौकरशाह देश की उन्नति की राह में सबसे बड़ी रुकावट हैं। पूर्व गृह सचिव, माधव गोडबोले कहते थे कि "भारतीय नौकरशाह स्वयंसेवक, किराया अन्वेषक बाधक और भ्रष्ट हैं।" आर्थिक सुधारों के ठीक ढंग से लागू न होने के पीछे भी कुछ हद तक नौकरशाही उत्तरदायी रही है। जिस रास्ते पर ये जा रहे थे, उसे देखने से पता चलता था कि ये नौकरशाह बनाम अन्य लोग हैं।

इसकी तुलना चीन की परिस्थितियों से की जा सकती है। फिलिप्स कार्बन ब्लैक के प्रबन्ध संचालक मि. सहगल पिछले वर्ष एक नए संयन्त्र की स्थापना के लिए चीन गए। एक वरिष्ठ चीनी अधिकारी शंघाई हवाई अड्डे पर उन्हें मिले। रविवार होने के वावजूद भी नौकरशाह उनसे मिलने होटल आए। भूमि अधिकारी ने उनसे तीस दिन में प्लांट आवंटित करने का वादा किया। कर अधिकारी अपनी वर्दी में थे और उन्होंने धीरता से सात पन्नों की आयकर और तीन पन्नों की उत्पादन शुल्क नियमावली को उन्हें समझाया। विद्युत बोर्ड के अध्यक्ष ने तीस दिनों में दो किलोमीटर तक संचारन लाइन डालने का वादा किया। महापौर दोपहर को उनको अपनी कार से वुक्सी ले जाने के लिए आएंगे जो कि 200 किलोमीटर दूर था। वह सुपर हाइवे की बदौलत दो घंटे में पहुंच सकते थे। अन्य दौरों पर महापौर दोबारा से शंघाई अपने चालू प्रबन्धक से मिलने वुक्सी आए। इसी परिप्रेक्ष्य में, फिलिप्स कार्बन ब्लैक ने नौ महीने और आधा दर्जन से अधिक रिश्वतें दी थीं। दुर्गापुर में जमीन पर कब्जे के लिए और छह महीने लगे थे। विद्युत कनेक्शन प्राप्त करने में और एक व्यक्ति को पूरे समय अधिकारियों के पीछे लगाया गया था।

यह व्यापक स्तर पर ग्रहण करने योग्य है कि पूर्वी एशिया के नौकरशाह ने इंजीनियरिंग के क्षेत्र में आर्थिक चमत्कारपूर्ण भूमिका निभाई। वह सफल क्यों हुए और भारतीय नौकरशाह असफल क्यों हुए। एक कोरियाई व्यापारी ने मुझे बताया कि "आदमी के लिए आदमी, तुम्हारे नौकरशाह चालाक हैं। किन्तु यह भी समस्या का एक हिस्सा हो सकता है। चूंकि तुम्हारे नौकरशाह सब कुछ जानते हैं। जरूरतें और उन्हें निर्देश देते हैं। हमें सुनना और व्यापारियों के साथ हमारे सम्बन्धों को पहले ही भांप लेते हैं।" दूसरा पूर्वी एशिया के नौकरशाह विशेषज्ञ होते हैं जो कि एक नौकरी से दूसरी नौकरी में स्थानान्तरित नहीं होते। इसलिए वे निपुणता और प्रतिबद्धता प्राप्त करते हैं। यहां तक कि इंग्लैंड में भी यदि आप कोषागार में सम्मिलित होते हैं, तो वे सिविल सेवा में नहीं जा सकते। तीसरा, पूर्वी एशिया की नौकरशाही छोटी है और इसे सीमित अधिकार प्राप्त हैं जो इन्हें जल्द ही निर्णय करने में सहायक सिद्ध हो जाते हैं। चौथा, जब आप रिश्वत देते हैं तब आप के काम हो जाते हैं लेकिन भारत में रिश्वत देने के बाद भी कोई गारंटी नहीं है।

इसका जवाब क्या है? निःसन्देह, यह सिविल सेवा का उन्मूलन करने से नहीं था। हर देश को इसकी जरूरत है और हर किसी के पास अपना एक अदद है। इसका समाधान कार्य-प्रक्रिया और क्रिया-विधि को बदलना है और परिणाम के लिए नौकरशाहों को इनाम देना है न कि उन्हें कार्य-प्रक्रिया से चिपकाए रखना है। हरियाणा के मि. बिन्द्रा को मोहाली में विश्वस्तरीय स्टेडियम बनाने के लिए पुरस्कृत करना चाहिए न कि सी. बी.

आई. जांच कराकर दंड देना चाहिए। अच्छे परिणामों के लिए हमें नौकरशाही में कटौती करनी होगी और निचले स्तर के अधिकारियों को और अधिक अधिकार प्राप्त करने होंगे। दूसरा, हमें सिविल सेवाओं का प्रशिक्षण देने में पूंजी लगानी चाहिए। हमें उन्हें एम. बी. ए. और टी. क्यू. ए. के हुनर से नवाजना होगा और उन्हें अर्थशास्त्र में शिक्षित करना होगा व उदारवादी अर्थव्यवस्था का महत्त्व समझाना होगा।

कपड़ा निर्यातकों की स्वाभिमानी हंसी ने मेरा दिमाग नौकरशाहों और पुराने मध्यवर्ग के बारे में अप्रिय खयालों से हटा दिया। निश्चित रूप से यह नया मध्यवर्ग परिवार आधा शिक्षित था। वह घमंड से अपने धनी होने का प्रदर्शन करते और वे जोर से हंसते थे, लेकिन हमें उनका सामना करना है, क्योंकि वह हमारा भविष्य है। पुराना मध्यवर्ग वस्तुएं पहुंचाने नहीं जाएगा। कपड़ा निर्यातक, जो कि नए मध्यवर्ग का प्रतिनिधित्व करता है तथा जिनके पास हमारे राष्ट्र की झूठी भव्यता नहीं है, वे अपने राष्ट्र के प्रभुत्व के साथ बाहरी हस्तक्षेप करने के लिए चिन्तित नहीं थे। भारतीय महसूस करने लगे कि उन्हें पेप्सी के साथ जुड़ने की आवश्यकता नहीं है। वे राजनीतिज्ञों और नौकरशाहों को आर्थिक जीवन से परे रखना चाहते हैं। वे भारत को खुला और विश्व के साथ जोड़ना चाहते हैं। वे आधुनिक तकनीकी व रुपये को परिवर्तनीय बनाना चाहते हैं। संक्षेप में, वे भारत को अन्य कामयाब राष्ट्रों की तरह बनाना चाहते हैं।

नए मध्यवर्ग को दूर से ही पहचाना जा सकता है। आप एक आदमी को मीलों दूर से पहचान सकते हैं जिसने एक हाथ में वी. आई. पी. का ब्रीफकेस और दूसरे में एक चमत्कार चिकनी पत्रिका पकड़ रखी हो। बी. पी. एल. की दुकान से खरीददारी करने के लिए, औरत जिसने पोलिस्टर की साड़ी पहनी हुई है, नई लाल मारुति कार से उतरती है। उनके बच्चे जिन्होंने कि.एरो की कमीज और कलर प्लस की पैंट पहनी हुई है, निरुला में पेप्पी पीते पाए जाते हैं। वे देश से छुट्टियां मनाने गए साथ में उसी रंग के बैंगों को लेकर। जब वे गोवा पहुंचे, तो बोग मेलों तट पर एक लम्बी सैर के बजाय उन्हें टेलीविजन व वीडियोवाले कमरे में पाया गया।

नया मध्यवर्ग निरोध से मुक्त है जो कि पुराने मध्यवर्ग को जोड़ता है। यह पश्चिम से समर्थन नहीं चाहता कि क्या काम अच्छा है। यह असैद्धान्तिक, व्यावहारिक और परिणाम देनेवाला है। पुराने मध्यवर्ग के उदार और मानवतावादी विचार सन्दिग्धता और संकोच की निश्चिन्तताओं को सह चुके थे। साफ़-सुथरी सरकार और आर्थिक स्वतंत्रता इसके राजनीतिक उद्देश्य थे। विभिन्न पृष्ठभूमियों से आए पुराने मध्यवर्ग के लिए अंग्रेजी भाषा और शिक्षा मुख्य बाधाएं थीं। कुल मिलाकर अवसर सबके लिए खुले हुए थे। हालांकि ऊपरी जाति के लोग पहले ही इन अवसरों को पकड़ लेते थे। जब कोई नया

सम्भ्रान्त व्यक्ति बनता है तब यह सारे पदों को बन्द कर देता है। 1947 के बाद इसने अपनी ऊर्जा को धीरे-धीरे खोना शुरू कर दिया और यह पतन की ओर अग्रसर हो गया। शिष्टाचार, सन्तुष्टता के मुकाबले ज्यादा महत्त्वपूर्ण बन गया। आप क्या कहते हैं, यह इससे ज्यादा महत्व रखता है कि आप कैसे बोलते हैं; आपका लेखन, विचारों से अधिक मूल्यवान हो गया। आजादी के बाद व्यापारी वर्ग द्वारा प्रतिष्ठा पाने के लिए एक निश्चित प्रयास किया गया जो कि उनकी वित्तीय शक्ति का विस्तार था। किन्तु, राजनीति और नौकरशाही में लिप्त पुराना मध्यवर्ग इन महत्त्वाकांक्षाओं को व्यर्थ की कर प्रणाली और कानून जैसे कि एम. आर. टी. पी. एक्ट को नियन्त्रण के साथ जांचता था।

जब मैं पढ़ रहा था तब मध्यवर्ग बहुत छोटा था। यह 1950 में बढ़ने लगा। जो इसमें अभी नए शामिल हुए थे उन्हें विजय की अनुभूति थी लेकिन साथ में उन्हें यह भी चिन्ता थी कि कहीं वह दोबारा से श्रम करनेवाले गरीबों में न आ जाएं। प्रारम्भ में आनेवाले प्रतियोगी सरकारी नौकरियों द्वारा ऊपर आए थे-ये दफ्तर में क्लर्क और चपरासी थे जो कि सन्देश और फाइल ले जाते, चाय और काफी लाते और नागरिकों को अधिकारियों से दूर रखते। जैसे ही सरकार ने स्टील और अन्य वस्तुओं का उत्पादन शुरू किया, इन्हें कारखानों में मजदूर और निजी क्षेत्र में सुपरवाइजर की नई नौकरियां मिलीं। 1970 में हरित क्रान्ति के साथ ही पंजाब, पश्चिमी उत्तर प्रदेश और अन्य समृद्ध क्षेत्र जैसे महाराष्ट्र की चीनी बनाने की बेल्ट के बच्चों ने नए मध्यवर्ग में प्रवेश किया। मजदूरों के बच्चे, तेल व्यापार के उत्कर्ष के दौरान मध्य पूर्व गए और उन्हीं जैसे हो गए।

एक आदमी मध्यवर्ग में तब आता है जब उसे शारीरिक श्रम न करना पड़े। अर्थशास्त्री अशोक देसाई के अनुसार अन्य दूसरा स्पष्ट चिन्ह यह है कि आप अपने पैरों में कुछ पहनते हैं या तो सैंडिल या जूते। मजदूर वर्ग आमतौर पर नंगे पांव ही रहते हैं। आजकल यह पूर्णरूप से सच नहीं है निम्नवर्ग अब पी. वी. सी. की चप्पलें और कृत्रिम रेशम के कपड़े पहनते हैं। देसाई कहते हैं कि आज विशिष्ट वर्ग के संकेतक घर हैं। मध्यवर्ग ईंटों और सीमेंट से बने पक्के घरों में रहता है जबकि निम्नवर्ग शहरों में झुग्गी-झोपड़ियों और गांवों में कच्चे मकानों में रहता है। वे अपने बच्चों को नए अंग्रेजी माध्यम स्कूलों और दूसरे दर्जे के कॉलेजों में भेजते हैं। फिल्मी पत्रिकाएं पढ़ते हैं। और टेलीविजन युक्त कोचों में छुट्टियां मनाने जाते हैं। वे स्कूटरों पर सवारी करते हैं और मिर्ची पीसने के लिए मिक्सी खरीदते हैं। भारत अब मिक्सियों के लिए विश्व का सबसे बड़ा और स्कूटर के क्षेत्र में दूसरा सबसे बड़ा बाजार है।

1980 में जब आर्थिक वृद्धि दर बढ़कर 5.6 प्रतिशत हुई तब मध्यवर्ग दोगुना हो गया। बाजार से सम्बन्धित व्यावसायिक ग्रामीण लोगों की समृद्धि को देखकर हक्के-

बच्चे रह गए। जैसे ही ग्रामीण परिवारों का खाने पर खर्च अपनी आय का अड़सठ प्रतिशत से पचपन प्रतिशत हुआ, वैसे ही ग्रामीणों में उपभोक्ता उत्पादों की मांग बढ़ गई। गांवों में साबुन और डिटर्जेंट की मांग 1980 के दौरान बीस प्रतिशत बढ़ी बल्कि शहरों में सिर्फ पांच प्रतिशत। उदाहरण के लिए 1980 में तीस प्रतिशत के मुकाबले 1990 में पचपन प्रतिशत ग्रामीण बाजार में कपड़े धोनेवाले उत्पाद हो गए। ग्रामीणों की समृद्धि के साथ ही, भारत ट्रेक्टर का विश्व में सबसे बड़ा उत्पादक और उपभोक्ता बना। टेलीविजन के फैलाव का भी प्रभार और प्रभाव का कारण था। अन्त में लाखों ग्रामीण परिवार राष्ट्रीय मध्यवर्ग में शामिल हो गए।

1990 में आर्थिक वृद्धि दर सात प्रतिशत से भी आगे चली गई और इसने मध्यवर्ग को सहारा दिया। राष्ट्रीय अनुप्रयुक्त आर्थिक अनुसंधान परिषद ने मध्यवर्ग का नियमित रूप से विवरण रखा जो कि राष्ट्रीय निरीक्षण नमूनों पर आधारित है। इसका मुख्य केन्द्र उपभोक्ता उत्पाद का स्वामित्व है और यह 'उपभोक्ता वर्ग' शब्द को अस्पष्ट 'मध्यवर्ग' की जगह पेश करते हैं। 1998 में अनुमान लगाया गया कि 325 लाख कुटुम्ब 'उपभोक्ता वर्ग था। तब से इनके अनुसार हर कुटुम्ब में पांच लोग हैं। इसका मतलब यह है कि मध्यवर्ग की कुल जनसंख्या का 1690 लाख या अठारह प्रतिशत है। राष्ट्रीय अनुप्रयुक्त आर्थिक अनुसंधान परिषद की उपभोक्ता वर्ग की आय 45,000 से 215,000 रुपये के बीच थी और वे प्रतीकात्मक ढंग से टेलीविजन, कैसेट रिकार्डर, प्रेशर कुकर, छत का पंखा और कलाई घड़ी खरीदते हैं। दो-तिहाई उपभोक्ता वर्ग स्कूटर, रंगीन टेलीविजन, बिजली की प्रेस, मिक्सी और कपड़े सिलनेवाली मशीन खरीदता है लेकिन आधे से भी कम फ्रिज खरीदता है। स्वाभाविक रूप से टेलीविजन, साइकिलों, रेडियो और पंखों का प्रवेश मध्यवर्ग से काफी आगे चला गया। टेलीविजन 620 लाख से ज्यादा, साइकिलें आठ करोड़ से ज्यादा और पंखे पांच करोड़ से ज्यादा घरों में हैं। सबसे चमत्कारपूर्ण यह रहा कि उपभोक्ता वर्ग अगले दस सालों में तिगुना हो गया। राष्ट्रीय अनुप्रयुक्त आर्थिक अनुसंधान परिषद ने यह अनुमान लगाया कि 2007 तक उपभोक्ता वर्ग 910 लाख कुटुम्ब और 4,500 लाख लोगों तक पहुंच जाएगा। यह बहुत आशावादी हो सकता था, लेकिन यह कल्पना करना आसान है कि मध्यवर्ग कुल जनसंख्या का पचास प्रतिशत हो सकता है। पश्चिम में 2020 तक काल्पनिक रेखा कानपुर और मद्रास से जुड़ेगी और पूर्वी रेखा 2040 तक।

इस प्रकार हमने इक्कीसवीं शताब्दी की शुरुआत गतिशील और तेजी से वृद्धि करते मध्यवर्ग के साथ की। जिसने कि राजनेताओं को उदार और विश्वव्यापी बनने की ओर धकेला। इसका प्राथमिक पूर्वाधिकार जीवन स्तर बढ़ने के साथ था। सामाजिक

गतिशीलता के साथ इसने उपभोक्ताओं और उनके जीवन जीने के ढंग को जोशपूर्ण तरीके से स्वीकारा। बहुत से लोगों ने नए मध्यवर्ग में सजातीयता, धार्मिक उदारता, और कुछ एक ने मूल तत्त्ववाद को स्वीकार किया। इसको मुख्य रूप से भाजपा का सहारा मिला हुआ था और इसी ने भाजपा को भारत की सबसे बड़ी पार्टी बनने में मदद की। बहुसंख्यक पैसों के बारे में सोचने में व्यस्त हैं और जिनका न तो राजनीति से कुछ लेना-देना है और न ही हिन्दू राष्ट्रवाद से। इनके युवा आक्रामकता से विश्व की जानकारी को ग्रहण कर रहे थे। ये मूल रूप से यह समझते थे कि तकनीकी अनुग्रह से काम कर रही हैं। कम्प्यूटर ने दिन-प्रतिदिन शब्दों, संख्याओं, दृष्टि और आवास की कीमत को कम कर दिया। इन्होंने सॉफ्टवेयर, मीडिया और मनोरंजन को इस तरह ग्रहण कर लिया जिस तरह मछली पानी को करती है। दलेर मेहंदी और ए. आर. रहमान इनके नए संगीत हीरो थे। जिन्होंने संगीत के भूमंडली मिक्सचर को पैदा करने में मदद की जिसने सभी महाद्वीपों पर मध्यवर्गीय भारतीयों के साथ स्पन्दन किया।

सिनेमा अपने पूरे वेग से चलता रहा। इसने मध्यवर्ग की पुष्टि की। इसने अपनी उपयोगिता को बनाए रखा। इसने मध्यवर्ग की आत्मा को विकसित किया और यह उसके सपनों का स्रोत और कर्तव्य का प्रतिरूप था। बाजारों में नए हिट संगीत की आवाज सुनाई पड़ती है और यह एक प्रान्त से सम्बन्धित शहर का सामान्य दृश्य होता है कि जवान आदमी और औरते) नए किस्म के फैशन के कपड़े पहनते हैं, सड़कों पर अकड़कर चलते हैं और हीरो की चाल व उसके नए गाने को गुनगुनाकर उसकी नकल उतारते हैं। आजकल फिल्में ठीक उसी प्रकार प्रसिद्ध होती हैं जैसे 1950 में होती थीं। इन्होंने निश्चित रूप से स्पष्ट प्रतिबिम्ब की व्यवस्था की। मगर वहां कुछ भिन्नता थी। 1950-60 के सपने और आशाएं बीत चुकी थीं। आज फिल्में तेजी से बढ़ रही हैं। इनका बजट काफी ज्यादा होता है। नृत्यकारों को श्रेणी की ज्यादा प्यास होती है। खलनायक बहुत अधिक हिंसात्मक होते हैं।

जब मैं किशोर था तब गुरुदत्त और राजकपूर ने लोगों की सहानुभूति के तार को छेड़ा था। उच्च श्रेणी की भावुकता के साथ इनकी फिल्में हर प्रेममय सपने को बुलाती नजर आती थीं। वे नए राष्ट्र के सपने थे। मध्यवर्ग आशा से भरा हुआ और भावुकता के लिए प्यासा था। इसने स्वतन्त्रता संग्राम के साथ कदम बढ़ाया। इसने आपदाओं, रक्तपात और बंटवारे के दर्द को सहा है। अब यह प्रेम भी आजादी चाहता है। यह गुरुदत्त की सच्चे और मासूम नायक की तलाश के साथ पहचाना जाता था जो कि समाज में समझौते के तहत सही-सलामत रहा। यह उसके अप्रतिशोधित प्यार के प्रसंग से पीछे हट गया है, जो कि आत्म-पीड़ा की ओर ले गया। वह अपनी फिल्म में थोड़ा समय लगाते

थे। इसने अपनी नई मासूम सरकार को पुरानी दोष-दृष्टिवाली भूमंडलीय व्यवस्था से अलग किया। यह साफतौर पर सेल्यूलॉयड विश्व के मुगल गार्डन में विश्वास रखता था, जो कि, भौंरों, चमेली के फूलों और सुस्त हवा के झोंकों से महकता है। यह उसमें इस प्रकार विश्वास रखता है जैसे कि वह नेहरू के सपनों में विश्वास रखता है। आज गुरुदत्त के सपने कहीं खो गए जिस प्रकार इसके स्वतन्त्रता बाद के सपने मर गए।

आज मध्यवर्ग को कोई भ्रम नहीं है। वह मंडल (और निम्न जाति का उदय) और हिन्दू राष्ट्रवाद (भाजपा के प्रभाव से) दोनों को स्वीकार करता है। पैसे के अलावा इसकी कोई साफ इच्छा नहीं है। बालीवुड के सितारों और क्रिकेट खिलाड़ियों के अलावा अन्य कोई भी इनका हीरो नहीं है। पुरानी विशेषताओं पर आधारित मध्यवर्ग की आत्मा मर चुकी है। आक्रामक पूंजीवाद ने युवाओं के समाजवादी आदर्शवाद की जगह ले ली है। ये जनसम्पर्क के लोग हैं, ये जी टी.वी. और स्टार टी.वी. जैसे नए मीडिया के बुद्धिजीवी हैं, और मोर्गन स्टैंले और कोटेक महिन्द्रा के सम्भ्रान्त वर्ग की उपज हैं।

अपने हाल ही के मुम्बई दौरे के दौरान मैं दो लड़कों से मिला जो कि अपने बीस के शुरुआती दौर में थे। मैं कुछ सालों पहले उनके पिताजी को जानता था। हम रुके और नेरीमन प्वाइंट पर एक विशाल इमारत को देखने लगे जिसे देखकर उनमें से एक ने उत्सुकता से कहा, "तो ये है वो!" दूसरे ने कहा "यही है वो !" धीरूभाई अम्बानी के दफ्तर को आदर से देखते हुए दूसरे ने जवाब दिया। "न जाने वह कहां से आया और उसने आकाश की ऊंचाइयों को छुआ। वे इसके पतन की सोच रहे थे लेकिन ऐसा नहीं हुआ और उन्होंने भारत में अपना साम्राज्य स्थापित किया।"

दोनों युवा लड़के व्यापारिक पृष्ठभूमि से नहीं थे। पारम्परिक ब्राह्मण परिवार से थे और वे अपने हीरो को आदर भेंट कर रहे थे। जिसने आश्चर्यजनक ढंग से रिलायंस उद्योग की स्थापना की थी। आठ वर्ष इनके हीरो गोखले और तिलक थे। पचास वर्ष पूर्व गांधी और नेहरू थे। आज उनके हीरो शक्तिशाली पूंजीवादी अम्बानी और अजीज प्रेमजी हैं। यह हमारे बदलते समय का प्रतीक है।

वे दोनों मुझे बान्द्रा में अपने घर ले गए। उनकी एक बहन थी जिसने हाल ही में हाईस्कूल खत्म किया था। शाम को खाने के बाद उसने मुझे आदर्श जीवन का नुस्खा दिया। "पहले मैं आई. आई. टी. और फिर आई. आई. एम. जाऊंगी। उसके बाद ही मुझे सलाहकार या वित्तीय सेवाओं के काम में हाथ डालना चाहिए। अन्त में मैं अपनी कम्पनी खरीदूंगी और उसे चलाऊंगी।"

मैंने पूछा, "क्या तुम कॉलेज में आर्ट्स सब्जेक्ट लेने की सोचोगी?" वह मुझे ऐसे देखने लगी जैसे मेरा दिमाग खराब हो गया हो। उसने कहा, "आर्ट्स बेवकूफों के लिए

है। यह उनके लिए है जिन्हें साइंस नहीं मिलती। वैसे कविता का क्या इस्तेमाल है?"

मैंने प्यार से उसे समझाया कि कल के व्यावसायिक नेता के पास यह दृष्टि होनी चाहिए। उन्हें उच्च कोटि का कार्य करनेवाले संस्थान का निर्माण करना है। भूमंडलीय होड़ का लाभ उठाने के लिए उन्हें बदलाव और नवप्रवर्तन को बढ़ावा देना चाहिए तथा मनुष्य के हुनर में निवेश को बनाए रखना चाहिए। साहित्य और इतिहास के पाठ युवाओं को चुनौतियों का सामना करने के लिए अच्छी तरह तैयार करते हैं।

उसने बात खत्म करते हुए कहा कि "आर्ट्स में ज्यादा नम्बर नहीं आ सकते, और मैं आपने बायोडाटा को खराब करना नहीं चाहती।" मैंने उसे आई. आई. टी. के जरिये विज्ञान को चुनने के लिए कहा। क्या वह विज्ञान को पसन्द करती थी?

"आपको शायद कुछ बातें याद होंगी। सौभाग्य से मेरी याददाश्त बहुत अच्छी है।" वह आत्मविश्वासी और पढ़ाई में अच्छी थी। लेकिन मैं उसकी अपनी शिक्षा के प्रति अधूरी सोच को देखकर आशंकित हुआ। इसका दोष कुछ हद तक उसके माता-पिता व अध्यापकों के सिर जाता है। किसी ने उसे यह नहीं समझाया कि विज्ञान एक तथ्यों के समूह के बारे में नहीं है बल्कि यह हमें ज्यादा सही सोचने पर विवश करता है। वैज्ञानिक शिक्षा का मतलब विवेकपूर्ण, प्रयोगात्मक प्रकृति को दिमाग में बैठाना है। जिस रात मैं उनके घर से जा रहा था, खुद को आश्वस्त महसूस कर रहा था। तीनों बच्चे युवा, आत्मविश्वासी और आशावादी थे। वे भविष्य के बारे में दृढ़ निश्चयी थे। तब भी वे परिश्रम को घोर परिश्रम करने की तरह देखते थे।

यह पुराने मध्यवर्ग का नए अमीरों के प्रति असन्तोष प्रकट करना और मूल्यों में के बारे में चर्चा करना वक्त गुजारने का मशहूर तरीका था। सुधारों के बाद वह शिकायत करते थे कि युवा आत्मकेन्द्रित हैं और केवल लोभ के वशीभूत हैं। वे कहते थे कि "अपंग बना देनेवाली वैचारिक व्यर्थता धमकी देती थी कि वह भारत को अनैतिक और चाहनेवालों के समूह में बदल देगी। उनका मानना था कि नया मध्यवर्ग समतावादी समाज के आदर्शवादी लक्ष्य को नष्ट कर देगा, जो कि गांधी, नेहरू के जवानी के दिनों की सर्वसम्मति का हिस्सा था। मैंने कुछ अलग महसूस किया। मुझे यकीन है कि युवाओं में थोड़ी-बहुत ईमानदारी शेष है। न ही नया मध्यवर्ग सिर्फ लालची ही है। (ये कम पढ़े-लिखे जरूर हैं, लेकिन इनके बच्चे उच्च शिक्षा प्राप्त हैं।) मुख्य अन्तर, यही कि यहां कम पांखड और ज्यादा आत्मविश्वास है। आत्महित हमेशा से ही व्यक्तियों और वर्गों को मूल रूप से प्रेरित करता आया है। मानवता के प्रति आधारभूत सम को स्वीकारते हुए हमने विश्वासघाती विचारधाराओं और असफल आर्थिक नीतियों को स्वीकारा। हम अवश्य ही उन प्रयोगों को दोबारा दोहराना नहीं चाहेंगे।

अध्याय बीस

आधुनिक बनाम पाश्चात्य

वह आधुनिक ही है जो हमेशा पुराना हो जाता है।

–आस्कर वाइल्ड

'आधुनिक' और 'पाश्चात्य' के बीच भेद जानने की असमर्थता ही हमारे दुख आ का कारण है। सभी बुद्धिजीवी तथा सभ्य मनुष्यों की आलोचनात्मक सोच के अनुसार अगर हम यही मान लें कि आधुनिक पाश्चात्य संस्कृति अब केवल पश्चिम की ही पूंजी नहीं है बल्कि सर्वव्यापक है तब हमें उस पर इतना दुखी नहीं होना पड़ेगा। हमें अपनी शक्ति को अच्छे कामों के लिए बचाकर रखना चाहिए न कि उसे स्वदेशी, हिन्दुत्व, भारतीय भाषा पर विवाद, अमेरिका पर टिप्पणी, विदेशी पूंजी निवेशकों पर कटाक्ष आदि बेकार के मुद्दों पर बर्बाद करना चाहिए। उन्नीसवीं शताब्दी में राजाराममोहन राय द्वारा शुरू आधुनिकीकरण तथा पश्चिमी सभ्यता के बीच विवाद आज भारतीय जनता पार्टी के उत्थान से और प्रचंड हो गया है। भावों की उलझनें हमें विदेशी व्यापार तथा पूंजी निवेश के बीच परस्पर विरोधी धारणाओं में बांध देती हैं। ये हमें वैश्वीकृत दुनिया में सुरक्षा की गुहार करने के लिए प्रेरित करती हैं। इससे हमारी आर्थिक सुधारों के प्रति अनुक्रिया धीमी पड़ जाती है तथा एक प्रतिस्पर्धात्मक अर्थव्यवस्था बनाने की सक्षमता कम हो जाती है। इस मुद्दे के मूल में भारतीय परम्परा, संस्कृति तथा रहन-सहन के खो जाने का एक डर सा है। मगर यह डर अक्सर पश्चिम के समक्ष हीनता का लक्षण है, खासतौर से पुरानी पीढ़ी के साथ शासन कर रही है।

आश्चर्यजनक रूप से उन्नीसवीं शताब्दी के हमारे कई बुद्धिजीवियों ने इस भेद को अच्छी तरह समझा और हमारी परम्पराओं का आलोचनात्मक अध्ययन कर, इसे इस्तेमाल कर, उन सभी संगठनों तथा रीतियों को खत्म कर दिया जिन्होंने इतनी शताब्दियों से अस्थिरता और अन्धविश्वास के सहारे इसकी आत्मा को विकृत कर दिया था। इसी प्रकार आज की नई पीढ़ी आत्मविश्वासी व व्यावहारिक होती नजर आ रही है जो उपनिवेशवाद से प्रभावित भी नहीं है। उदाहरण के तौर पर मेरे पड़ोसी की बेटी निर्यातक है जो वैश्विक अर्थव्यवस्था में रोजाना भाग लेती है। जब वह अपने विंडोज सॉफ्टवेयर पर काम करती है तो अपने ग्राहकों की नागरिकता या वह कहां रहते हैं, जाने बिना उनके अंग्रेजी में पूछे गए सवालों का जवाब देती है तथा अपने मूल्यों का उल्लेख डॉलरों में करती है। वह अपने-आप को छोटा महसूस नहीं करती क्योंकि अंग्रेजी इंग्लैंड की भी राष्ट्रीय भाषा है, डॉलर अमेरिका की राष्ट्रीय मुद्रा है और विंडोज की उत्पत्ति सिएटल में हुई। उसकी कामकाजी दुनिया में, अंग्रेजी व्यापार की एक विश्व व्यापक भाषा, डॉलर विश्व व्यापार की मुद्रा तथा विंडोज संचार साधन का माध्यम है।

जब मैं बारह वर्ष का था तब मेरी मध्यवर्गीय बुआएं दिल्ली में हमारी आकर्षक पड़ोसिन के बारे में लगातार बातें करती थीं। "तुम यह कहना चाहती हो कि तुम उसे नहीं जानतीं? वह एक आधुनिक महिला है-वह सिगरेट पीती है, वह शराब पीती है और यहां तक कि पुरुषों के साथ नाचती भी है।" एक साल बाद हम वहां से आ गए और उनकी पड़ोसन को पीछे छोड़ आए। मगर मैं 'आधुनिक' शब्द के गलत अर्थ के साथ बड़ा हुआ। मेरी बुआओं के लिए 'आधुनिक' शब्द का अर्थ है, किसी के द्वारा पश्चिमी सभ्यता को उसके गलत और बनावटी उसूलों को यानी हमारे भगवान से डरनेवाली परम्पराओं के विपरीत अपनाना, मगर मेरी बुआओं की यह सोच असामान्य नहीं थी। मैंने 1965 में न्यूयार्क रिव्यू ऑफ बुक्स में एक विज्ञापन में एक उत्तेजक उपन्यास के बारे में पढ़ा जो केवल डाक द्वारा ही प्राप्त किया जा सकता था। इस विज्ञापन में किताब की व्याख्या 'आधुनिक अमेरिकन शादी की कहानी' के रूप में की हुई थी। इस विज्ञापन में जो 'आधुनिक' का मतलब दिया था वह सही नहीं था जैसे कि नारी की महत्त्वाकांक्षाएं, उसका आक्रामक रूप तथा उसके अविश्वास।

कॉलेज में मैंने पाया कि जरूरी नहीं है कि 'आधुनिक' का मतलब नकारात्मक या पाश्चात्य है। जिस शब्द का हम आज इस्तेमाल करते हैं, वह उन्नीसवीं शताब्दी में यूरोप में उस वक्त उत्पन्न हुआ जब पश्चिमी समाज में चकित कर देनेवाले परिवर्तन हो रहे थे। अर्थव्यवस्थाओं का औद्योगीकरण हुआ, स्वतन्त्र राज्यों का गठन हुआ, सामाजिक प्रजातन्त्र उभरा, राष्ट्रीय दफ्तरशाही उत्पन्न हुई और इस प्रकार विश्व ने विशाल समाज के

उत्पन्न होने की शुरुआत देखी। इन सभी तेज रफ्तार से होते हुए बदलावों को एक अर्थ देते हुए इतिहासकारों ने निष्कर्ष निकाला कि वे सब एक-दूसरे से सम्बन्धित थे। सही शब्द न मिलने के कारण उन्होंने उसे आधुनिकता का नाम दे दिया। इसके अलावा उन्होंने इन बदलावों को गुणों और संस्थाओं के एक समूह के रूप में उदार स्वीकृति से जोड़ दिया जिसका नाम उन्होंने 'आधुनिक' रखा। अठारहवीं शताब्दी में नैतिकता के फूल खिले और फ्रांसीसियों ने समता, स्वाधीनता और बन्धुता की क्रान्ति छेड़ी। नैतिक गुणों में व्यक्तिवाद तर्क शक्ति, धर्मनिरपेक्ष प्रवृत्ति (धर्म से परे), कानूनी नियम (अलग-अलग राजाओं के प्रति वफादारी के बजाय), प्रतिनिधित्व सरकार और बाजारू अर्थव्यवस्था में विश्वास था। इस विश्वास के पीछे मनुष्य के हालात सुधरने की एक आशावादी भावना थी।

जब हमारा देश आजाद हुआ, तब गांधीजी की इच्छा के विपरीत शिक्षित भारतीयों के बीच यह मत था कि अगर हमें सफल होना है तो हमें आधुनिक समाज का गठन करना पड़ेगा। हमें एक मजबूत स्वतन्त्र राज्य तथा उसके प्रशासन के लिए एक प्रभावशाली नौकरशाही बनाना है तथा हमें साम्प्रदायिक शान्ति बहाल करने के लिए धर्मनिरपेक्ष होना पड़ेगा, हमें सामाजिक प्रजातन्त्र को बढ़ाने के लिए निचली जाति के लोगों को ऊपर उठाना होगा, हमें समता लाने के लिए प्रजातन्त्र में व्यापक मताधिकार का प्रयोग करना होगा। इन सभी को साकार करने के लिए आधुनिकता के गुणों को 1950 में भारत के संविधान में संचित किया गया।

1950 के साल हमारे इतिहास में बहुत महत्त्व रखते हैं क्योंकि शिक्षित मध्यवर्गीय लोग इन आधुनिक गुणों को बहुत मानते थे। मुझे यह जानकर हैरानी हुई कि मध्यवर्ग के लोगों में बहुत से लोग यह सोचते थे कि हम एक बेहतर समाज की रचना कर सकते हैं इसलिए वर्ष 1950 में वस्तुतः हमारे हजार साल पुराने समाज, जबकि पढ़े-लिखे पहुंचवाले लोग सिर्फ अपने निर्वाण और उत्थान के बारे में ही सोचते थे, के बीच एक विभाजन रेखा खिंच गई। उन्नीसवीं शताब्दी की शुरुआत में राजा राममोहन राय से शुरू करते हुए महात्मा गांधी की राष्ट्रीय लड़ाई तथा आजादी को मिलाते हुए हमें यह अहसास हुआ कि आधुनिक होने के लिए समाज में सुधार होना बहुत जरूरी था। आजादी के बाद हमारे शासकों ने कम-से-कम कुछ पल के लिए इन सिद्धान्तों पर ईमानदारी से अमल किया।

मेरे चाचाजी दिल्ली में मेरी चाचीजी से अलग रहते थे। मेरी मां के देवर अक्सर मेरे माता-पिता को टोकते रहते थे कि हम कुछ ज्यादा ही पाश्चात्य होते जा रहे हैं। उन्होंने कहा कि यह परेशानी हमारी स्कूली पढ़ाई में थी। हम अपनी संस्कृति से विमुख होते जा रहे थे। मेरे माता-पिता को तो तब तक कुछ पता नहीं था। इस बारे में क्या करना चाहिए जब तक कि हमारे पड़ोसी, मेरे पिताजी के बॉस ने मुझे संस्कृत पढ़ाने की

सलाह नहीं दी। मेरी मां इस विचार से काफी खुश हुई। बस हर रविवार सुबह को हांडा साहब के घर मेरी पढ़ाई शुरू हो गई। पहले आधे घंटे में मैं भगवतगीता से लिया गया श्लोक याद करता, दूसरे आधे घंटे में वह मुझे उस श्लोक का अर्थ समझाते थे। मुझे श्लोक याद करना बिल्कुल अच्छा नहीं लगता था, परन्तु मुझे उनके द्वारा सुनाई गई कहानियां, खासतौर से महाभारत की लड़ाई के बारे में, सुनने में बहुत मजा आता था।

हांडा साहब मुझे बताया करते थे कि पश्चिमी आदमी की सफलता, उसकी मानवीय तर्कशक्ति के प्रति निष्ठा के कारण हुई। विज्ञान और इंजीनियरिंग, मेरे पिताजी की तरह वह भी एक इंजीनियर थे. भौतिकशास्त्र सम्बन्धी समस्याओं को तर्क के आधार पर जांच करने का परिणाम है। परिणामस्वरूप पश्चिम ने काफी तरक्की की तथा आर्थिक लाभ हासिल किया। हालांकि उन्होंने कहा कि आर्थिक लाभ ही सब कुछ नहीं होता। तर्क के प्रति अत्यधिक निष्ठा ने पश्चिमी मनुष्य को प्रभु के होने के प्रति अविश्वास तथा अपनी आत्मा से दूर कर दिया। दूसरी तरफ पूर्वी इंसान ने अपनी रोजमर्रा की जिन्दगी में आध्यात्मिकता को कायम रखा। यहां तक कि पाश्चात्य रोजगार में शामिल पढ़े-लिखे और कामयाब भारतीय भी लगातार आध्यात्मिक जिन्दगी से जुड़े हुए हैं। उन्होंने इसका उल्लेख करते हुए मेरे पिताजी तथा हमारे बहुत से पड़ोसी तथा मित्रों का उदाहरण दिया। मनुष्य जीवन तब तक अधूरा है जब तक वह तर्क को आध्यात्मिकता से नहीं जोड़ता। उन्होंने बताया कि गीता में एक आदर्श, पूर्ण जिन्दगी जीने के लिए उचित सम्मिश्रण प्रस्तुत किया गया है।

हांडा साहब तीन प्रकार के ज्ञान के बारे में बताते थे : विश्व-ज्ञान, आत्म-ज्ञान तथा ईश्वर-ज्ञान। विश्व-ज्ञान तर्कशक्ति और भौतिकशास्त्र से आया। आत्म-ज्ञान का कुछ हिस्सा मनोविज्ञान तथा सामाजिक विज्ञान से तथा इसके बारे में पश्चिम से भी हमें कुछ शिक्षा प्राप्त हुई, परन्तु ईश्वर-ज्ञान के लिए गीता का ज्ञान होना जरूरी है। गीता के अनुसार किताबी ज्ञान काफी नहीं है। इसे कर्म से जोड़ना तथा इसे अनुभव करना जरूरी है। सही कर्म वही है जो इच्छा रहित और स्वार्थ रहित हो, यानी कि वह कर्म जो बिना किसी लगाव, फल या लाभ की इच्छा से किया गया हो। वही कार्य उचित है जो धर्म समझ के किया जाए, न कि इसलिए क्योंकि वह कर्म करनेवाले के अनुकूल है। ईश्वर-ज्ञान ध्यान करने से भी प्राप्त होता है। उन्होंने कहा कि एक आधुनिक भारतीय के लिए आदर्श जिन्दगी वही है जिसमें पूर्व की आध्यात्मिकता और ज्ञान तथा पश्चिम की तर्कशक्ति और तकनीकी ज्ञान मिले हों। हांडा साहब ने कहा कि अब भारत में हमें जो चाहिए वह है–पश्चिम के विज्ञान के सहारे बने उद्योग जिसमें हमारी आध्यात्मिक परम्परा विद्यमान होगी। यह हमारी राष्ट्रीय योजना थी। चलो, तुम दोबारा श्लोक याद करने लग जाओ।

कई साल बाद हांडा साहब द्वारा सिखाए गए सबकों के बारे में सोचा। यह खयाल कि मेरे पिताजी के बॉस अपने रविवार की सुबह मुझे देंगे, काफी माने रखता था। मेरे पिताजी और हांडा साहब उस जमाने के ठेठ शिक्षित भारतीयों में से थे, उनका रास्ता आध्यात्मिक था। मैंने यह महसूस किया कि जो लोग भगवान के अस्तित्व पर शक करते थे, जिन्होंने भारत के अन्धविश्वासों का अनादर किया, वे भी धार्मिक और दर्शनशास्त्रीय तथ्यों से आकर्षित हो गए। इसलिए भारतीय अध्यात्म का विचार कोई कथा नहीं है। जब मैं अपने बारे में सोचता हूं, तो पाता हूं कि शुरू में मैं कॉलेज में इंजीनियरिंग पढ़ने गया। फिर मैंने अर्थशास्त्र लिया और आखिर में दर्शनशास्त्र में डिग्री प्राप्त की क्योंकि वही एक विषय था जिसमें मैं अपने बड़े-से-बड़े सवाल का उत्तर पा सकता था।

नेहरू ने हमारे देश में आधुनिकता लाने में महत्त्वपूर्ण भूमिका निभाई। उनकी सुरुचिपूर्ण आत्मकथा तथा भारत के बीते दिनों की अनोखी व्याख्या उनके विश्वास की साक्षी है। स्वतन्त्र भारत के पहले सत्रह सालों में उनको जिन्दगी का सबसे बड़ा मौका मिला, इन विचारों को लागू करने और भारत को बदलने का। उन्होंने अपने इस प्रस्ताव को तीसरे मार्ग का नाम दिया जो वर्तमान तन्त्रों जैसे कि रूस, अमेरिका आदि में से अच्छाइयां लेकर कुछ ऐसा बनाए जो हमारे इतिहास और दर्शन के लिए उचित हो। तीसरे मार्ग ने पूंजीवाद के विकास तथा समाजवाद के न्याय को साम्यवादी हिंसा के बिना जोड़ने की कोशिश की। आखिर में यह तीसरा मार्ग असफल हो गया। 1964 में नेहरू के निधन से पहले ही इसने हमें निराश कर दिया था। हमें न तो पूंजीवाद की तीव्र वृद्धि मिल सकी और न ही समाजवाद का न्याय। हम देश की विशाल गरीबी पर कोई महत्त्वपूर्ण प्रभाव नहीं डाल पा रहे थे। हम यह सोचने लगे कि भारत कम्यूनिस्ट हिंसक क्रान्ति के बगैर आधुनिक हो पाएगा या नहीं? आय में औसतन वृद्धि के निष्क्रिय होने का कारण बढ़ती विस्फोटक आबादी थी जो शताब्दी के आधे भाग में एक प्रतिशत से ढाई प्रतिशत बढ़ गई। भ्रष्टाचार बढ़ गया और सर्वव्याप्त होने लगा और लोगों में अनुशासन कम होने लगा। असलियत सामने आने लगी और तथ्य आधुनिक आदर्शों से अलग होने लगे।

नेहरू भले ही एक महान आधुनिक निर्माता रहे हों, परन्तु वह एक अच्छे व्यवस्थापक नहीं थे। उनमें व्यवस्था, उसको कार्यान्वित करने तथा उसका विस्तार करने के प्रति धैर्य नहीं था। उनकी नीतियों से ज्यादा उनका प्रशासन था जिसने हमें नाकामयाब किया। फ्रांसीसी क्रान्ति के विचारों का प्रचार करने तक तो ठीक था परन्तु सबको यह दिख रहा था कि स्वाधीनता अनुशासनहीनता की ओर बढ़ती जा रही है। शक्तिशाली शासक राजनीतिक दल गरीबों को समता दिलाने के नाम पर ऊंचे उठ रहे थे और बन्धुता केवल रिश्वत देने और लेनेवालों के बीच ही रह गई थी। संघ

खासतौर से सरकारी क्षेत्र में बहुत शक्तिशाली होते जा रहे थे और देश को शासित करना उतना ही मुश्किल होता जा रहा था। इस गिरावट की प्रतीक थी कांग्रेस पार्टी। एक शक्तिशाली प्रबन्धक (शायद सरदार पटेल) ने यह सब नहीं होने दिया होता। समाजवादी सिद्धान्त लाइसेंस राज में न बदले होते। अगर कार्यों पर नजर रखी गई होती, नीतियों के असर को समयानुकूल परखा गया होता, प्रभावकारी कार्यों के बीच आई बाधाओं को रोका गया होता यानी वे सभी कार्य जो एक अच्छा व्यवस्थापक अपने कार्यकाल में करता है, तब बात ही कुछ और होती। नीतियां पहले ही ठीक हो सकती थीं। बदकिस्मती से इन्दिरा गांधी ने परेशानी को और उलझा दिया।

नेहरू ने इंडियन सिविल सर्विसिज के स्टील फ्रेम पर कुशल कार्यान्वय का ठप्पा लगाया। इसने उन्हें बुरी तरह नीचा दिखाया। यह ब्रिटिश साम्राज्य द्वारा नियम, कानून और जमीन पर कर जमा करने के लिए बनाई गई थी। मगर यह विकास, लाभ और पिछड़े समाज को आधुनिक बनाने के लिए नहीं था। यह नियन्त्रण पर नियन्त्रण बढ़ाती गई और इसने एक आर्थिक बोझ के रूप में दैत्य को जन्म दे दिया। अन्त में यह कहना मुश्किल हो गया कि क्या उन नीतियों या उनको कार्यान्वित करने के ढंग में खोट है। यही हमारी असफलता का कारण था। मेरे खयाल से दूसरे कारण का द्योतक ज्यादा था। नेहरू का मुख्य पूर्वाधिकार था विदेशी मामलों और उनकी विश्व साहित्य में जगह। इसमें विकास शामिल नहीं हुआ। उन्होंने अपने विदेश मन्त्री बनने पर जोर दिया जिससे वह अनावश्यक विदेश मन्त्रालय चलाने के फन्दे में फंस गए। मिशेल ब्रीयर जिसने उन्हें कई साल तक करीब से देखा, लिखते हैं: “उनका तुच्छ पर ध्यान, इंसान को उसकी पहचान पर चौंकाने वाला है। अगर नेहरू की प्राथमिकता सही ढंग से कार्यान्वित हुई होती तो उन्हें विकास की भूख होती और एक काबिल व्यवस्थापक होते तो वह हमारे आचार और संस्थाएं सही मायने में आधुनिक बनाने में सफल होते।”

उस वक्त मैं हार्वर्ड में था जब पहली बार मेरा सम्पर्क आधुनिक सिद्धान्त से पड़ा। हालांकि, मैं समाजवाद का विद्यार्थी नहीं था, समाजवाद विभाग के प्रोफेसर टालकाट पारसंस व्यापक बुद्धिमत्ता की मिसाल थे और उनके विचारों से कोई नहीं बच सकता था। पारसंस और आधुनिकीकरण गिरोह ने मुझे विकास में पूर्ण विश्वास रखनेवाले ज्ञानवर्धन अभियान के बच्चों की तरह छू लिया। एक प्रतीकात्मक अमेरिकी की तरह वह इस सरल विश्वास से भरे हुए थे कि एक आधुनिक समाज ही अच्छा समाज हो सकता है। उन्होंने सोचा कि जैसे ही समाज आधुनिक बना दिनोंदिन के निर्णय बनाने में तर्कशक्ति का इस्तेमाल होने लगा और धीरे-धीरे सामन्तवादी गतिविधियों को खत्म कर प्रत्येक व्यक्ति को उसकी प्रतिष्ठा वापस मिल जाएगी। जैसे

ही इसका औद्योगीकरण हुआ, यह और भी ज्यादा समृद्ध और सन्तुलित हो जाएगी और आखिरकार यह प्रजातन्त्र और सामान्य कानून और नियम के साथ आजाद हो जाएगी। विकासशील अर्थशास्त्रियों की तरह समाज का भी 1950-60 के शुरू में समूह था। वह गरीबों के उत्थान, पारम्परिक समाजों को आधुनिक बनते देख काफी उत्सुक थे। आज स्कॉलर पूरी तरह से स्पष्ट नहीं हैं कि आधुनिकता किस प्रकार पारम्परिक समाजों पर प्रभाव डालती है या उसके प्रभाव हमेशा ही उदार होंगे। वे यह बात कहने से हिचकिचाते हैं कि अमेरिका, जो कि पहला आधुनिक समाज' है, उस दिशा का नेतृत्व करता है जिसमें बाकी समाजों को भी चलना चाहिए।

हालांकि महात्मा गांधी ने आधुनिकता को लोगों तक पहुंचाया पर वह बहुत गहराई से इस दुविधा से पीड़ित थे जो बहुत से विद्वान भारतीयों को दुखी कर रही थी। उन्होंने रेल तथा तार सेवाओं का खूब प्रयोग किया परन्तु वे उनसे नफरत करते थे। वे पश्चिमी तकनीक को उपनिवेशवाद से जोड़ते थे और उसे दासता का साधन बताते थे। वे अपने आपको इस बात से सहमत नहीं कर पाए कि पश्चिमी तकनीक विश्व-सम्बन्धी समस्याओं को सुलझाने का एक तर्कपूर्ण मार्ग है और एक बार बनने के बाद इसके उत्पाद सभी मनुष्यों की व्यापक पूंजी। उन्होंने सोचा कि एक आधुनिक शहरी आदमी मनुष्यत्व से वंचित होकर मशीनों का शिकार हो गया है और उन्होंने उसके विकल्प में एक दूसरा नमूना प्रस्तुत किया जो आत्मनिर्भर गांवों के जनसमुदाय पर निर्भर था। नेहरू ने अपनी योजना को निराशापूर्वक काल्पनिक बताया। अक्टूबर 1945 में जैसे-जैसे स्वाधीनता और स्वशासन पास आ रहे थे, गांधी ने नेहरू को लिखा: "सबसे पहले मैं जिस बारे में लिखना चाहता हूं, वह है, हमारे नजरिये की भिन्नता... मैं इस बात से सहमत हूं कि पहले या बाद में इस तथ्य को स्वीकारना पड़ेगा कि लोग गांवों में रहेंगे न कि शहरों में, झोपड़ियों में रहेंगे न कि महलों में करोड़ों लोग शहरों और महलों में कभी भी एक साथ शान्ति से नहीं रह पाएंगे।"

हालांकि मैं आधुनिक विज्ञान की सराहना करता हूं, पर इसे सही आकार-प्रकार में प्रस्तुत करने की जरूरत है। नेहरू ने अपनी तरफ से यह तय किया कि यह समय ईमानदार होने का है, न कि बेकार के मुद्दों में पड़ने का, जो उन्होंने सारी जिन्दगी किया। उन्होंने आनन्द भवन से जवाब दिया, "मेरी समझ में यह नहीं आता कि यह जरूरी क्यों है कि गांव में सत्य और अहिंसा का ही वास रहे। आमतौर पर एक गांव की संस्कृति पिछड़ी होती है और पिछड़े माहौल में कोई विकास नहीं हो सकता। दकियानूसी खयालात के लोग ज्यादातर झूठे और हिंसक होते हैं ...।"

गांवों में उचित तकनीक को लागू कर भारत को अपने खयालों के अनुसार दुबारा बनाने की आखिरी कोशिश के बाद गांधी ने इस मुद्दे को दुबारा नहीं उठाया। नेहरू अब

आधुनिक भारत बनाने की अपनी योजनाओं को लागू करने के लिए आजाद थे, जो समाजवादी योजनाओं, पश्चिमी विज्ञान तथा तकनीकी के आधार पर आधारित थीं। मैं यह समझता हूं कि गांधी-आधुनिक सभ्यता को अस्वीकार करने में गलत थे क्योंकि यह रक्षा के औजारों को अस्वीकार करना था। गांधी की धरोहर और आधुनिकता के प्रति हमारी परस्पर विरोधी भावनाएं समाज के महत्त्वपूर्ण वर्गों को लगातार दुखी करती रहीं।

कई भारतीय चकित थे कि क्या जापानी मॉडल हमारे लिए सम्भव होगा। ऐसा लगता है कि जापानी बाजार की आधुनिक संस्थाओं को अपनाने तथा उससे पुराने और सामन्ती समाज को प्रतियोगी, क्रियान्वित तथा शिक्षा के आधार पर योग्यपूर्ण समाज में बदलने में कामयाब हो गए थे। उन्होंने अपने पारम्परिक पारिवारिक कर्त्तव्यों या अपनी पौराणिक नैतिक भावनाओं जैसे 'मुंह छिपाने' और 'सार्वजनिक लज्जा' को छोड़े बिना यह सब किया।

अब कोई भी अरथर कोएस्टलर को नहीं पढ़ता। मगर 1940-50 में कोएस्टलर उस समय के बहुत बड़े विद्वान थे। उन्होंने भारत और जापान का दौरा किया और वहां 'द लोटस एंड द रोबोट' नामक पुस्तक में पूर्व के आध्यात्मिक पुराणों को बेध दिया। भारत सरकार इतना झल्ला गई कि किताब पर प्रतिबन्ध लगा दिया। कोएस्टलर की किताब में काफी निरर्थक बातें लिखी हैं परन्तु उसमें परिज्ञान के भी काफी महत्त्वपूर्ण तथ्य थे। इसमें उन्होंने भारत और जापान की तुलना की है जो कि एशिया के अन्य महान देशों में सबसे ज्यादा पारम्परिक और आधुनिक हैं। कोएस्टलर ने पाया कि भारत और जापान के समाज की बनावट एक समान थी जो कि उस परिवार के आधार पर बने थे, जिनके वंश विस्तृत तथा जाति-वर्गों में बंटे थे। इन दोनों समाजों में, बड़ों को अपने से छोटों से इज्जत मिलती थीं, पुरुष महिलाओं पर हावी थे, बच्चे अपने शिक्षकों का सम्मान करते थे; अनुकूलता को व्यक्तित्व से ज्यादा महत्त्व दिया जाता था। दोनों ने ही तर्क शक्ति और परीक्षण से हटकर अध्यात्म का मार्ग अपनाया।

कोएस्टलर ने कई महत्त्वपूर्ण भिन्नताएं भी निकालीं। जापान की जातीय व्यवस्था अव्यवस्थित थी, भारत की सुव्यवस्थित। आम जापानी नागरिक गोद लेने और शादी करने के बाद सामुराई वर्ग में जा सकता था। रईस सेठ अधिकतर सामुराई की पदवी को अपने बेटों की शादी सामुराई की बेटियों से कर खरीद लेते थे। जब सामन्तवादी अर्थव्यवस्था औद्योगिक अर्थव्यवस्था में बदली तब नए व्यापारी और जायबस्तुज सामन्त प्रदेश के गोद लिए हुए दामाद बन गए। भारत में खासतौर से गांवों में अन्तर्जातीय विवाह और यहां तक कि एक साथ अन्तर्जातीय खान-पान के बारे में तो सोचना भी पाप था। यह इसलिए था क्योंकि जाति धर्म के द्वारा स्वीकृत की जाती थी और अब यह हरेक के धर्म का एक हिस्सा

थी। जापान में जात-पांत सामाजिक हायरार्की का मामला था जिससे व्यावहारिक तौर पर निपटा जा सकता था। भारत में प्राधिकरण का आचार धर्म था। गुरु अपनी मौजूदगी में आध्यात्मिक दर्शन देते थे। गुरु ज्ञान बांटते थे, मगर यह सब दुनियावी प्रकृति थी।

भारतीय लोग समाज को चलाने में लापरवाही बरतते थे, मगर देवताओं को पूजने में वे कोई कमी नहीं करते थे। जापान में इसका उल्टा था। जापान के नागरिक शिंटो समाधि पर भगवान को रिझाने के लिए बिना लय की ताली बजाते थे परन्तु सामाजिक शिष्टाचार नियमित था, वह तोहफे के पार्सल को सजाने की पैंतीस विधियां जानता था और उसकी सबसे बड़ी त्रासदी यह थी कि वह समाज में अपनी पहचान ही खो बैठा। भारतीय धैर्य को लेकर परेशान रहते थे तो जापानी अपने रुतबे के बारे में चिन्तित। भारतीय सोचते थे कि सेक्स सिर्फ प्रजनन के लिए है जबकि जापानियों को पता था कि सेक्स मनोरंजन के लिए भी है। भारतीय हस्तमैथुन करने पर अपने आप को कसूरवार मानता था जबकि जापानी इसे सामयिक सुख मानता था लगभग सिगरेट पीने जैसा। भारतीय नारी लुभानेवाली थी जो आदमी की शक्ति को वश में कर लेती थी जबकि जापानी महिला विभिन्न प्रकार के सुख देती थी। भारतीय बच्चा प्यार-दुलार में ही डूबा रहता था और उसकी पढ़ाई देर से शुरू होती जिससे वह असंयमी रहता था; जापानी बच्चे को बहुत छोटी उम्र से ही समाज के कड़े रीति-रिवाजों के अनुसार ही चलना पड़ता था।

कोएस्टलर की अन्तर्दृष्टि में राष्ट्रीय प्रतिद्वन्द्विता के लक्षण थे। जापान की धर्मनिरपेक्ष आत्मा स्पष्ट कर सकती है जैसे कि उसका तकनीकी के साथ प्रेम-प्रसंग। इसके बनिस्बत भारतीय इस बात में कम उत्साह दिखाते हैं कि विश्व कैसे काम कर रहा है। भारत की सामाजिक प्रणाली जापान के मुकाबले ज्यादा स्थिर थी और इससे यह साबित होता है कि वह दल के बेकार खिलाड़ी थे। जापान की अस्थिर जातीय व्यवस्था ने मेजी के दौरान व्यापारी वर्ग के उत्थान को आसान कर दिया और सामाजिक क्रान्ति को शुरू करने में भी मदद की। भारत इस सामाजिक क्रान्ति को अब भुगत रहा है जब आर्थिक सुधार हो चुके हैं और प्रजातन्त्र को भुगतते पचास साल।

जापान अपनी आर्थिक परेशानियों के बाद भी एक महान देश है जो विश्व का भविष्य सुधारने के काबिल है। अभी भी, बहुत से वर्तमान विद्वान जो गांधी की आधुनिकता के प्रति सन्देह के पक्षधर हैं, वे एक-एक करके जापान की सफलता का मूल्य आंकते हैं। वे इस बात से हैरान हैं कि क्या जापानी तनख्वाह पानेवाला, जिसने लड़ाई के बाद से अपने रहन-सहन में नाटकीय ढंग से बढ़ोत्तरी का आनन्द उठाया है, वह अपनी पारम्परिक शक्ति का साथ नहीं छोड़ रहा और क्या उसकी उन्नति उसकी सफलता की वजहों को मिटा रही है।

रॉबर्ट बेल्लाह, जो 1950 में हार्वर्ड में टालकाट पारसंस का छात्र था, ने जापान के लिए वह किया जो मैक्स बेबर ने पश्चिम के लिए किया। उसने आधुनिक जापान की सांस्कृतिक जड़ों तथा धर्म और बढ़ते हुए औद्योगिक समाज के बीच सम्बन्ध का परीक्षण किया। वेबर ने बताया कि औद्योगिक क्रान्ति सबसे पहले उत्तरी यूरोप और उत्तर अमेरिका में आई क्योंकि वे प्रोटेस्टेंट थे और व्यक्तिवाद, तप तथा कठोर परिश्रम, खासतौर से व्यापारियों में, जैसे आचारों पर विश्वास रखते थे। दक्षिणी यूरोप तथा लैटिन अमेरिका के देशों में उनके बराबर वे नैतिक गुण नहीं थे क्योंकि वे कैथोलिक थे और इसलिए वे पिछड़े रहे। इसी तरह बेल्लाह ने परिकल्पना की कि जापान की सफलता की जड़ उसकी संस्कृति और धर्म में थी जिसने परिवार, कम्पनी तथा देश के प्रति वफादारी संचालित की। कुछ ऐसी घटनाओं ने बेल्लाह के कथन को साबित कर दिया, जैसे कि 1960-90 के दौरान जापान ने आर्थिक महाशक्ति बन, चमत्कारिक सफलता हासिल की।

तीस साल बाद, अस्सी के दशक के बीच में बेल्लाह अपनी पुस्तक के नए संस्करण को लाए। आलोचना करने के बजाय बेल्लाह ने नए परिचय में पूछा कि क्या जापान को अपनी सफलता के लिए बहुत ज्यादा कीमत नहीं देनी पड़ी। स्पष्ट रूप से उसने पाया कि जापान विश्व में सबसे ज्यादा कारगर शासित समाज है। जापानी अधिकारी काम के प्रति समर्पित तथा काबिल थे–कहीं नहीं तो औद्योगिक एवं व्यापार मन्त्रालय में, जो भारत की भारतीय जनता पार्टी की नीतियों का प्रिय था, जिसने जापानी व्यापारियों को बदलते अन्तर्राष्ट्रीय बाजार में उतारने के लिए सफलतापूर्वक उधार और सूचना में मदद की। मगर जापान उस ढंग से आधुनिक नहीं बना जैसे समाजशास्त्रियों ने सोचा था। इसने व्यापक नीतिशास्त्र, जो प्रत्येक व्यक्ति की प्रतिष्ठा की इज्जत करता है, को विकसित नहीं किया। जापानी अभी भी गुटों में बंधे हुए थे जो उनकी वफादारी चाहते थे और बाहरवालों के प्रति कोई सहानुभूति नहीं रखते थे। न ही जापानी महिलाओं ने समानता के अधिकार के क्षेत्र में ही ज्यादा उन्नति की।

बेल्लाह यह विश्वास करता था कि तीव्र उन्नति ने जापान की पारम्परिक जिन्दगी को धमका रखा था; चाहे कितना ही छोटा हो, जो मौसम और प्रकृति का अहसास कराता था। मगर अब जापानी अपार्टमेंट्स में रहते हैं; और उनकी बैठक में टेलीविजन राज करता है। बच्चे अलग अपने कमरे में रहते हैं जहां वे दिन-रात पढ़ते हैं। पिता एक अजनबी की तरह है जो घर और काम के बीच में लम्बा सफर तय करता है। पैतृक गांव और मन्दिर से सम्बन्ध टूट गए और इसी प्रकार ऐक्य में भी जो कि जापानी धर्म का केन्द्रीय सिद्धान्त है। हालांकि और देशों के मुकाबले जापान में जिन्दगी सुहावनी

है परन्तु वहां का प्राकृतिक भूदृश्य खत्म होता जा रहा है। बेल्लाह ने कबूल किया कि उसकी किताब की सबसे बड़ी कमी आधुनिक सिद्धान्त ही है। वह यह नहीं देख पाया कि जरूरी नहीं है कि पूंजी जोड़ने से ही अच्छी जिन्दगी बीतेगी बल्कि दूसरी ओर स्थिर समाज की अवस्थाओं को भी नष्ट कर सकती है। पारसंस ने यह मान लिया था कि वैयक्तिकता अनिवार्य रूप से आधुनिकता से जुड़ी है। जापानियों के इस अनुभव ने इस जोड़ को स्वयं प्रमाणित कर कम कर दिया।

आधुनिकता का विकृत विज्ञान पर बोलनेवाले भारत में बहुत हैं, आशीष नन्दी और कई अकादमिकों से लेकर भारतीय जनता पार्टी के दुर्भाग्य की घोषणा करनेवाले तक। वे हमें आधुनिकता की बुराइयां याद दिलाते हुए कभी नहीं थकते। शैक्षणिक मौसम मेरे स्नातक काल के दिनों से पहले ही बदल गया था और हमारी आधुनिक परियोजना इसकी सबसे बड़ी शिकार हुई। यह पश्चिमी और पूर्वी शिक्षा के कारण भारी दबाव में है। 1950-60 में सब इस बात पर राजी थे कि तीसरी दुनिया को उन्नति करनी होगी और अपने समाजों को पारम्परिक से आधुनिक बनाना होगा। आज हमें कम सन्देह है, क्योंकि किसी को भी नहीं पता कि आधुनिकता क्या है। लेकिन बीसवीं शताब्दी के ऐतिहासिक अनुभव ने इस पर और भी बेतुके सवाल खड़े कर दिए हैं। सोवियत यूनियन और फासिस्ट जर्मनी ने बिना लोकतन्त्र के औद्योगीकरण किया। सुदूर पूर्व बिना व्यक्तिवाद के उद्योग उन्नत हुए। भारत में नौकरशाही विकास के मार्ग में सबसे बड़ी बाधा बन गई। आधुनिकता के साथ धर्म को अपनी जगह से हटाना था मगर बीसवीं शताब्दी में अमेरिका ने धर्म का बहुत बड़ा पुनरुत्थान देखा (यूरोप ने भी ऐसा ही पुनरुत्थान उन्नीसवीं शताब्दी में देखा था)।

ऑक्सफोर्ड के इतिहासकार डेविड बाशब्रूक ने हाल ही में और परेशानियां खड़ी कर दीं। आधुनिकता का उत्थान सबसे पहले पश्चिम में हुआ और फिर पूरे विश्व में फैला। यह एक व्यापक अवधारणा बन गई। हालांकि बाशब्रूक ने पश्चिम में ऐतिहासिक जड़ों, जो कि आधुनिकता की ओर जाती हैं, के एशिया के चीन, भारत और इस्लाम में होने का संकेत दिया है। औपचारिक तर्कशक्ति, जिसने आधुनिक विज्ञान को जन्म दिया, ऐंग्लो-सेक्सोन में आने से बहुत पहले ही संस्कृत और अरबी सांस्कृतिक दुनिया का हिस्सा थी। वाणिज्य और मुद्रा अर्थव्यवस्था जिसने आधुनिक पूंजीवाद को जन्म दिया, मध्य यूरोप से पहले एशियाई समाजों में विद्यमान थी। इसी प्रकार सम्पत्ति और वर्ग सम्बन्ध भी उनमें प्रचलित थे। बाशब्रूक ने दर्शाया कि उपनिवेशवाद से पूर्व भारतीय समाज ने ब्राह्मणिक शास्त्र और भक्ति आन्दोलनों में काफी हद तक व्यक्तिवाद प्रदर्शित किया। इस बात का भी प्रमाण है कि नातेदारियों और मन्दिर में धार्मिक सम्प्रदायों में समानता थी। निष्कर्ष निकालते हुए वह कहते हैं,

जैसा एडवर्ड ने भी कहा है, कि आधुनिकता मूलत: पश्चिम प्रभाव का आदर्श है न कि कोई वैज्ञानिक घटना।

अब काफी सालों बाद उत्तर कनफ्यूशियन की परिकल्पना ने आधुनिकता के मानक आदर्शों को ललकारा और यह किसी हद तक प्रचलित भी हुआ। सुदूर पूर्व में हाल ही में आई परेशानियों के बावजूद इस परिकल्पना को माननेवाले अनेक हैं। यह सिद्ध करता है कि जापान और पूर्व तथा पूर्वी दक्षिण एशिया ने आर्थिक चमत्कारों को कनफ्यूशियन विस्तारपूर्वक मूल्यांकित करता है।

विश्व तथा उसके मामलों के प्रति सकारात्मक रुख, एक जीवित अनुशासनपूर्ण तथा स्वयं सुसंस्कृत रहने का ढंग, अधिकार और कानून, मितव्ययिता के प्रति सम्मान और एक सुगठित पारिवारिक जिन्दगी के लिए परस्पर चिन्ता-ये कनफ्यूशियन के कुछ बड़े सिद्धान्त हैं जो शिक्षा के जरिये सुदूर पूर्व में फैले और जिन्होंने आर्थिक सफलता भी हासिल की।

इस परिकल्पना के पीछे एक गुप्त अनुमान भी है। इसके अनुसार, जैसे ही बौद्धवाद ने तिब्बती पठार और हिमालय की पहाड़ियां पार कीं, वैसे ही उसमें एक गम्भीर रूपान्तरण हुआ। वह धर्म जो आज तक के इतिहास में विश्व का सबसे ज्यादा नकारा गया धर्म था, वह अब विश्व का महत्त्वपूर्ण तथा दृढ़ धर्म बन गया था। हालांकि भारत में महायान बौद्धवाद को कुछ हद तक स्वीकृति मिल गई थी मगर सिर्फ चीन और पूर्व एशियाई महायान बौद्धत्व देशों में ही लगता है कि निर्वाण इसी दुनिया में है। इसलिए हम अधिकतर अनुमानित तौर पर सुनते हैं कि सुदूर पूर्व में निर्वाण और समसार एक ही हैं और धर्मकाया जो कि बुद्ध का असली शरीर है' इस दुनिया में है। अगर कनफ्यूशियन की परिकल्पना और चीन की बुद्धत्व उपसिद्धि सही है, तो अवश्य ही यह तीव्र आर्थिक उन्नति और भारत के आधुनिकीकरण के लिए बुरी खबर है। इसका मतलब है कि हम आसानी से उनके पाठ भारत में स्थानान्तरित नहीं कर सकते और विशाल हिमालय की पहाड़ियां सदा ही दुर्गम आड़ बनी रहेंगी।

विडम्बना यह रही कि शताब्दी की शुरुआत में कनफ्यूशियनवाद अच्छा नहीं रहा। चीन के विद्वान सोचते थे कि चीन के पिछड़े होने का कारण उसकी सांस्कृतिक परम्परा में है, खासतौर से कनफ्यूशियन सिद्धान्तों में आश्चर्य की कोई बात नहीं। उन्होंने उत्कट परिश्रम से कनफ्यूशियन के तथ्यों पर प्रहार किया। मैक्स वेबर ने 'दी रिलिजन ऑफ चाइना' में लिखा है कि चीन की संस्कृति और धार्मिक परम्परा आधुनिकता के अनुकूल नहीं थी। उसने बताया कि इसकी नीति ने आर्थिक विकास को बाधित कर दिया क्योंकि कनफ्यूशियनवाद ने विद्वानों को सामाजिक वर्ग में ऊंचे स्थान पर रखा

और उसके साथ सरकारी अधिकारी को भी। इसने वफादारी की श्रृंखला को महत्त्व दिया जो कि सन्तान परायणता से शुरू होती है और आगे सरकार की उपयोगिता तक बढ़ती है। वेबर ने यह नहीं सोचा था कि इतना कठोर सामन्त समाज पूंजीवाद को बढ़ावा देगा जो कि परिवर्तनशील, व्यक्तिवादी तथा पुरानी परम्पराओं का विनाशक था। मैं सोचता हूं कि हाल ही के अनुभव से आज हम कह सकते हैं कि वेबर बिल्कुल गलत था। इसी तरह, उत्तर कनफ्यूशियन ने अपने वक्तव्य का कुछ ज्यादा वर्णन कर दिया और उन्होंने हाल में हुई एशियाई आर्थिक समस्या पर मिट्टी डाल दी।

नीतिशास्त्र को हम चाहे जो नाम दें-प्रोटेस्टेंट, कनफ्यूशियन, मारवाड़ी-सचाई यह है कि कुछ गुण आर्थिक विकास को उत्साहित कर रहे हैं। हम कभी उन्हें 'मध्यवर्ग के सिद्धान्त' समझते थे। ये हैं कड़ी मेहनत, शिक्षा, बचत और भविष्य के लिए पूंजी निवेश तथा एक सामान्य उद्देश्य के प्रति सहयोग देने की काबिलियत। हार्वर्ड के प्रोफेसर मैकफर्कुहर ने हाल ही में कनफ्यूशियनवाद के समर्थकों की (खासतौर से सिंगापुर के) एक विशिष्ट क्लब बनाने की कोशिश के लिए निन्दा की। भारत के कुछ व्यापारिक उद्यमियों तथा दक्षिण पूर्वी एशिया के चीनी व्यापारियों के बीच कोई भिन्नता नहीं है, उन्होंने कहा कि मुझे विश्वास नहीं है कि जो धर्म विश्व का त्याग करने की शिक्षा देता हो, वह किसी को व्यापारिक आत्मा होने से मना करेगा। यह तो व्यक्ति को निर्णय लेना है कि वह इस जिन्दगी में ऐसा काम करना चाहता है या नहीं जो उसको अगले जन्म में बदतर जिन्दगी जीने के लिए मजबूर कर दे।

मैं प्रोफेसर मैकफर्कुहर से सहमत हूं। मैं यह भी मानता हूं कि आर्थिक कार्यों के प्रदर्शन के लिए सांस्कृतिक गुण सीमित प्रयोग के लिए होते हैं। सुदूर पूर्व में आधुनिक पूंजीवाद की सफलता अच्छी आर्थिक नीतियों तथा अभ्यासों की वजह से है और यह स्थानान्तरित भी की जा सकती है। सुदूर पूर्व देशों ने उच्च्य दर्जे का विकास हासिल किया तथा कायम रखा क्योंकि उन्होंने बहुत समझदारी से अपने संसाधनों का प्रयोग किया। उन्होंने निर्यात के लिए मजदूरी द्वारा उत्पादन को महत्त्व दिया। उन्होंने अपने लोगों को शिक्षित किया, उनकी सरकारें प्रतिद्वन्द्विता बनाने तथा कमियों को सुधारने के लिए बीच में आईं। भारत में इसके विपरीत सरकारी नीतियों ने कमियों को पैदा किया। इसने दुर्लभ पूंजी को सस्ता, श्रमिक दल को महंगा, विनिमय मूल्यों को हद से ज्यादा बढ़ा दिया, और प्रतियोगी दबाबों को कम कर दिया। इनमें से कुछ कमियों को सुधारने के लिए हमारे आर्थिक सुधार शुरू हो गए और हमने तभी से सुदूर पूर्व की सफलता कुछ नियमों को अपनाना शुरू कर दिया। हालांकि, हमने अभी अपने शैक्षणिक संस्थान को गम्भीरता से सुधारना नहीं शुरू किया, जो सबसे पहले विकास के साथ न्याय प्रदान करने योग्य हैं। बस, हमें अब आर्थिक तथा शैक्षणिक सुधारों पर ज्यादा ध्यान देना चाहिए और सांस्कृतिक पर कम।

'आधुनिकता का विकृत विज्ञान' के अनुसार मैं यह मानता हूं कि भाजपा और आधुनिकता के शैक्षणिक आलोचक यह जानने में सक्षम नहीं हुए कि आधुनिकता ही ज्यादा-से-ज्यादा लोगों को एक अच्छी जिन्दगी जीने के लिए काबिल बनाने का मौका देती है। आधुनिकता से बचने का मतलब है कि लोगों को जबरदस्ती गरीबी तथा पारम्परिक समाज में जाति के नाम पर हो रहे अन्यायों के निकट लाना। समाज के बीस प्रतिशत उच्चवर्ग के लोगों के लिए अपने उच्च तथा मध्यवर्ग की आरामदायक जिन्दगी में रहकर आधुनिकता की निन्दा करना आसान है। मगर उन लोगों से पूछो कि वे किसी भी दिन कोकाकोला या के. एफ. सी. के साथ जाना पसन्द करेंगे, अगर इसका मतलब दो वक्त की रोटी, एक अच्छा घर तथा एक नौकरी है तो। अगर जापान के रहन-सहन से उनके अपने रहन-सहन को बदलने का मौका दिया जाए तो वे हमेशा गांव की पारम्परिक जिन्दगी छोड़ एक अच्छी जिन्दगी व्यतीत करना मंजूर करेंगे। शहरों की ओर प्रवास इस बात का गवाह है। इसलिए बेल्लाह की चिन्ता या आशीष नन्दी की आलोचना में शामिल लोगों की प्रतिध्वनि नहीं सुन पाएंगी।

यह भारत जैसे गरीब देश के लिए आधुनिकता की दुविधा है। भाजपा की पारम्परिक संस्कृति की अच्छी चीजें अपनाने की इच्छा से असहमत होना मुश्किल है। यह विदेशीयता के डर या अत्यधिक कर सुरक्षा से हासिल नहीं होगा। यह शक्तिशाली प्रतियोगी अर्थव्यवस्था और शिक्षा के गुण तथा मात्रा को सुधारने से आएगा जो भारतीयों को आखिरकार उनकी जिन्दगी तथा उनकी संस्कृति में विश्वास पैदा करेगा। यह कोई सवाल नहीं है कि आधुनिक जिन्दगी पारम्परिक समाज के कई लक्षणों को मिटा देगी, मगर शिक्षा के जरिये बीते दिनों को समझने से परम्परा में मनुष्य को यथार्थ मिलेगा। और जो अच्छा है उसे अपनाने और जो बुरा है उसे नकारने की शक्ति देगा।

पिछले दशक में भाजपा के उत्थान ने हमें यह दुबारा सोचने पर मजबूर कर दिया कि हमारी जिन्दगी में राष्ट्रवाद की जगह कहां है। राष्ट्रवाद के दो घातक आकर्षण हैं; यह पहले ही स्वयं व्याप्ति को स्वीकार कर लेता है, जो कि एक बहुत अच्छा दृष्टिकोण है और यह बहुत होशियारी से बताता है कि हम इसलिए उत्कृष्ट हैं क्योंकि हम किसी एक समय और जगह से सम्बन्ध रखते हैं। बदकिस्मती से ये दोनों धारणाएं गलत और यहां तक कि घातक हैं। खासतौर से अब जब हम ग्लोबल विश्व में एक-दूसरे पर निर्भर होके रहते हैं।

आत्मनिर्भर होने पर गर्व करने में कोई बुराई नहीं है, मगर सुरक्षा इसके विपरीत परिणाम लाएगी। भारत में एक बहुत शक्तिशाली भावना है। इसकी राष्ट्रीय सफलता के लिए स्वयं में विश्वास होना बहुत जरूरी है। विदेशी कम्पनियों को बाहर रखकर जितना हो सके, ज्यादा-से-ज्यादा चीजें भारत में बनाने की कोशिश करनी चाहिए (वह भी जब

इसका कोई आर्थिक मतलब न हो)। यह धारणा स्वदेशी के नाम से जानी जाती है और पिछले कुछ सालों से इसका पुनः प्रचलन हुआ है, खासतौर से भाजपा के समर्थकों में। मैं इसके दस कारण सोच सकता हूं कि स्वदेशी रूपी सुरक्षा एक बेकार नीति है।

पहला, हीनता की भावना को प्रदर्शित करना। जो सुरक्षा चाहते हैं, वे यह सोचते कि भारत के लोग हीन हैं और बराबरी नहीं कर सकते। वे यह भूल जाते हैं कि पालनपुरी जैनियों ने बिना कहे हीरों के विश्व-बाजार के आधे हिस्से पर कब्जा किया हुआ है, मुख्य रूप से यहूदियों के मुकाबले। आदित्य बिड़ला ग्रुप विश्व का सबसे बड़ा रेयान उत्पादक है, लक्ष्मी मित्तल के विश्व स्टील साम्राज्य ने उसे इंग्लैंड की महारानी से ज्यादा रईस बना दिया है; रिलायंस एशिया की पहली दस सराही गई कम्पनियों में से एक है; ताज और ओबराय ने विश्व-भर में होटलों की श्रृंखला बना ली है। भारत की सॉफ्टवेयर कम्पनियों में विश्व के सर्वश्रेष्ठ कम्प्यूटर इंजीनियर हैं और सिलिकान वैली के भारतीय व्यापारी इंटरनेट धूम की क्रान्ति के क्षितिज बन गए हैं। स्वदेशी के समर्थकों को भारत की काबिलियत पर ज्यादा विश्वास होना चाहिए।

दूसरा, यह कई लाख भारतीयों की कीमत पर कुछ हजार उद्योगपतियों के हितों की सुरक्षा के बारे में सोचती है। स्वदेशी नीति विदेशी कम्पनियों, विदेशी उत्पादनों के प्रवेश पर पाबन्दी तथा आयात कर बढ़ा देगी। यह हमारे नागरिकों को विश्व के सस्ते तथा बढ़िया उत्पादनों से वंचित कर देगी। अच्छी सरकारें पहले अपने उपभोक्ताओं के हितों की सुरक्षा करती हैं और फिर बाद में उत्पादकों की। तीसरा, स्वदेशी हमारी कम्पनियों के हितों के बारे में भी नहीं सोचती। पुष्ट प्रतियोगिता सर्वोच्च विद्यालय है जहां उद्योग सफलता हासिल करना सीखते हैं। प्रतिद्वन्द्विता कम्पनियों को दाम गिराने तथा गुण सुधारने पर मजबूर कर देती है जिससे उपभोक्ताओं की अपेक्षाएं और बढ़ जाती हैं। प्रतिद्वन्द्विता कम करने पर स्वदेशी हमारी कम्पनियों को कमजोर बना देगी। इसलिए स्वदेशी की अवधारणा न केवल हमारे उपभोक्ताओं बल्कि उत्पादकों के लिए भी सही नहीं है।

चौथा, अपने सुगठित औद्योगिक ढांचे को बनाने के लिए हमें बीस हजार करोड़ डॉलर की जरूरत है, भारत में इतना पैसा किसी के पास नहीं है। हमें विश्व पूंजी पर निर्भर रहना पड़ता है। वह ब्रिटिश पूंजी थी जिसने अमेरिका को एक सुगठित औद्योगिक ढांचा बनाने के लिए उन्नीसवीं शताब्दी में मदद दी और उसकी औद्योगिक क्रान्ति शुरू की। भाजपा भी यह मानती है कि उस ढांचे को बनाने के लिए विदेशी पूंजी की जरूरत है। अगर वह भारी सम्पत्ति जैसे कि पावर प्लांट, सड़कें, बन्दरगाह और पुल विदेशियों की ओर उलटने के लिए राजी है तो उसे आलू के चिप्स और गैस भरा हुआ बोतलबन्द पानी के बारे में चिन्ता करने की जरूरत नहीं है।

पांचवां, संरक्षणकारियों की यह सोच गलत है कि हम विदेशियों के लिए अपने संगठित ढांचे के दरवाजे खोल दें और उपभोक्ताओं के उत्पादनों के लिए बन्द कर दें। विदेशी पूंजी अब एकबद्ध है और सामूहिक विचारों के साथ कल्पनाओं और बाजार की धड़कन' के आधार पर कार्य कर रही है। हम चयनशील या अर्ध फलप्रद नहीं हो सकते। छठा, स्वदेशी के बारे में कुछ नया नहीं है। हम आजादी से इसके साथ कार्य करते आए हैं। इसने हमें सिर्फ रद्दी, महंगे सामान और कमजोर भाजपा अप्रतियोगी कम्पनियां दी हैं। भाजपा के समर्थक स्वदेशी केवल दस सालों तक चाहते हैं जिससे खेलने की एक समतल जगह बन जाए। सातवां, हर देश में अपनी स्वदेशी सक्रियता होती है मगर समझदार सरकारें स्वदेशी गुटों को अनदेखा कर देती हैं। बीस सालों से अमेरिका के राष्ट्रपतियों ने ऑटो बनानेवालों की दर्खास्त को खारिज कर दिया जो जापानी कारों के आयात को सीमित करना चाहते हैं। जब जापानियों ने अमेरिका के एक तिहाई बाजार को काबू किया, उनके स्वदेशी गुट ने अमेरिकी ऑटोमोबाइल के खत्म होने की घोषणा कर दी, मगर क्या हुआ? जापानी प्रतियोगिता ने डेट्रॉयट को अपनी कारें सुधारने और बाजार पर दुबारा कब्जा करने के लिए मजबूर कर दिया। अमेरिकी लोग बहुत अच्छी कार चलाते हैं और अगर राष्ट्रपति ने सुरक्षा का चुनाव किया होता तो वह आज भी पिंटो चला रहे होते।

आठवां, स्वदेशी लाइसेंस राज को वापस ले आएगा। भाजपा उच्च तकनीक के उत्पादन चाहती है, न कि उपभोक्ताओं के उत्पादन। हालांकि पर्सनल कम्प्यूटर भी उपभोक्ता उत्पादन है। अनिवार्य रूप से, राजनीतिक या आधिकारिक विचारशीलता ही यह तय करेगी कि कौन आता है। यह भ्रष्टाचार का दूसरा नाम है। स्वदेशी दिमाग में एक सामान्य धारणा' घूम रही है जो कि एक निरंकुश समाज बनाना चाहती है। नौवां, स्वदेशी कहता है कि कोई हमें यह बताता है कि हमारे लिए क्या अच्छा है। स्वदेशी की गहराई में निरंकुश शासन की भावना निहित है। दसवां, स्वदेशी किसी काम का नहीं है। उस देश में जिसमें एक तिहाई लोग गरीबी की जिन्दगी जीते हैं और आधे अनपढ़ हैं, क्या यह मायने रखता है कि कुछ लोग कैलोगस कोरनफ्लैक्स खाते हैं। अगर विदेशी पूंजी निवेश कुल निवेश से दो प्रतिशत कम है, तो हमें बेकार की बहस में वक्त नहीं गंवाना चाहिए। इसकी अपेक्षा हमें अपने कार्यक्रमों को सुधारने की दिशा में कदम उठाने चाहिए।

हालांकि मैंने उनकी किताबें पढ़ी हैं, मैं 1992 तक अमर्त्य सेन से नहीं मिला था, जब मैंने पी. एंड जी. से छुट्टियां ली हुई थीं तो मैं हार्वर्ड में 'समता और असमानता' पर हुए उनके सेमिनार में शामिल हुआ। उन्होंने अभी तक नोबेल पुरस्कार नहीं जीता था परन्तु वह कैम्पस में मौजूद कई महान विद्वानों में से एक थे। फिर भी उन्होंने सबके साथ बहुत अच्छी तरह समय गुजारा। एक दिन मैंने उन्हें बाल स्ट्रीट जर्नल के लिए

मेरे द्वारा लिखा हुआ कॉलम दिखाया जिसमें मैंने भाजपा को पक्की रूढ़िवादी पार्टी बताया। यह भाजपा की सोच के हिसाब से सही बैठता है। मैंने सोचा क्योंकि वह परम्परा का संरक्षण करना चाहती थी और जहां तक है देश में दो राजनीतिक दल राज करने लगें। सेन ने सोचा कि मैं भाजपा के बारे में सोचने के लिए निराशापूर्वक, आदर्शवादी था कि भाजपा यह व्यक्तित्व और कार्यसूची अपना लेगी। उनके लिए वह एक फासिस्ट दल था। जिसने हमें परम्परा और आधुनिकता के बारे में बहस में डाल दिया। उन्होंने सोचा कि भाजपा का विदेशी उत्पादनों के प्रति राष्ट्रीय भय दिमागी उलझनों की वजह से उत्पन्न हुआ। उन्होंने पूछा कि अगर पेनसीलीन के उपयोग से पाश्चात्यवाद आ सकता हो। शेक्सपीयर के मनोरंजन के बारे में क्या खयाल है। गोचे क्या किसी तरह यूरोपियन गुट को धोखा दे रहा था क्योंकि वह कालिदास से प्रभावित हो गया था। भारतीय खाने भी भारतीय नहीं थे क्योंकि उनमें मिर्च डाली गई थी जो भारत में पुर्तगाली लाए थे।

सेन ने यह विचार एक वार्ता में व्यक्त किए जो उन्होंने कुछ साल बाद इंडिया इंटरनेशनल सेंटर दिल्ली में दिए थे। उन्होंने कहा कि वैज्ञानिक विचारों के उत्थान को किसी बिन्दु के द्वारा व्यक्त करना मुश्किल है। ट्रिग्नोमैटरी के कुछ प्रमुख विचार भारत में उत्पन्न हुए जबकि वह भारत में पश्चिमी किताबों के द्वारा वापस आए। उन्होंने 'साइन' का उदाहरण दिया जो भारतीय गणितज्ञ आर्यभट्ट द्वारा छठी शताब्दी ईसा पूर्व की शुरुआत में इस्तेमाल किया गया। उन्होंने दशमलव मूल का वर्णन किया जो कि भारत में छठी शताब्दी तक विकसित हुआ और फिर यहां से अरबी गणितज्ञों द्वारा लेने के बाद दसवीं शताब्दी की आखिरी इकाई में यूरोप पहुंचा। इसी तरह 'शून्य' भी इसी समय भारत से यूरोप गया तथा अरब गणितज्ञों तक स्थानान्तरित हुआ। भारतीय सभ्यता इतनी विस्तृत और बहुसंख्यक है तथा बहुत से प्रभावों से बनी है–द्रविड़, आर्य, हिन्दू, ग्रीक, बौद्ध सिथियन, इस्लाम, यूरोपियन-कि अब यह वैश्विक संस्कृति के प्रभावों के साथ खड़ी हो सकती है। खतरों को बढ़ा-चढ़ाकर बोलनेवालों के विपरीत, मैं यह महसूस करता हूं कि भारतीय संस्कृति पुष्ट है और इसे अपनी प्रतिष्ठा और पहचान को बनाए रखना चाहिए। जिन्हें भारतीय संस्कृति खो जाने का डर महसूस होता है, वे रवीन्द्रनाथ ठाकुर को पढ़ें। हमेशा की तरह वह सही थे, जब उन्होंने लिखा : "हम मानवीय उत्पादकों को जो भी समझते और मनोरंजन लेते हैं, वह तुरन्त ही हमारा बन जाता है चाहे उसका मूल जहां भी हो। मैं मानवीयता पर गर्व करता हूं जब मैं दूसरे देशों के कवि और कलाकारों को अपना समझ उनकी सराहना करता हूं। मुझे बेतहाशा खुशियों के साथ यह महसूस करने दो कि मनुष्य के सारे महान वैभव मेरे हैं।"

अध्याय इक्कीस

अन्तर्द्वन्द्व : (स्पर्धा और जंग)

विफलता नहीं, बल्कि दोयम दर्जे का मकसद अपराध होता है।

—जेम्स रसेल लोवेल

एक शाम बम्बई में जाने-माने प्रबन्धकीय पुस्तकों के लेखक एडवर्ड डि बोनो से मैं मिला और उन्होंने मुझे व्यापार की एक जबरदस्त परिभाषा समझाई। एक छोटे बच्चे ने अपने पिता से पूछा, "डैडी, आप क्या करते हैं?" पिता ने जवाब दिया, "मैं एक व्यापारी हूं।"

इस पर बेटे ने पूछा इसका अर्थ क्या हुआ? तो पिता ने विस्तार से समझाया, "देखो बेटा, मैं काम करता हूं और धन कमाता हूं। महीने के आखिर में मैं धन तुम्हारी मां को घर का खर्च चलाने के लिए देता हूं। इसका यह भी अर्थ हुआ कि मैं जो धन कमाता हूं वह पूंजी कहलाती है और तुम्हारी मां प्रबन्धन।" इस बात को अच्छी तरह समझाने के बाद उन्होंने अपनी नौकरानी की ओर इशारा करते हुए कहा कि "वह श्रमिक है।" उस छोटे बच्चे का एक छोटा भाई था जो शिशु ही था। पिता ने उसकी ओर इशारा करते हुए कहा कि यह भविष्य है।

उस रात छोटे शिशु के रोने की आवाज सुनकर बच्चा उठ बैठा। वह बच्चे के पानने तक पहुंचा तो देखा कि गीला होने के कारण बच्चा रो रहा था, ऐसे में उसके कपड़ों को बदलने की जरूरत थी। वह भागकर ऊपर की ओर गया तो देखा कि मां बेखबर सो रही थी। वह पिता को देखने मुड़ा, उसने पाया कि एक बन्द कमरे में पिता और नौकरानी अश्लील हरकतों में लिप्त थे। वह जीने से नीचे उतर आया और हाथ

उठाकर बच्चे से बोला कि "भाड़ में जाए व्यापार। जहां प्रबन्धन सोता रहता है, पूंजी श्रमिक का शोषण करती है और भविष्य पड़ा सड़ता रहता है।"

साम्यवाद के समाप्त होने के बाद दुनिया में पूंजीवाद और प्रजातन्त्र का बोलबाला हो गया। दुनिया में कामयाब होने की परिभाषा व्यापारिक सफलता से जोड़ी जाने लगी। अपने नए चलन में इसे स्पर्धात्मक स्वरूप की संज्ञा दी गई। आर्थिक सुधारों के बाद भारत में भी ऐसा ही कुछ नजारा था। हमारे देश का सारा ध्यान नई सदी में कारोबार के विस्तार करने पर था। यह आवश्यक भी था। मेरे विचार से इस बात को समझना बेहद जरूरी है कि व्यापार में सफलता का मूलमन्त्र क्या है तथा अपनी पारम्परिक कमजोरियों से कैसे उबरा जा सकता है।

पारम्परिक रूप से भारतीय व्यापार अपने ग्राहकों के प्रति पूरी तरह से उदासीन रहा है। लिहाजा माल और सेवा दोनों ही दोयम दर्जे के रहे। इसकी एक वजह हमारा तकनीकी रूप से पिछड़ा होना भी है। साथ ही साथ आविष्कारों की बेहद कमी भी। हम लोग मिलनसार लोगों में शुमार नहीं किए जाते। लिहाजा हम लोग टीम के साथ मिलकर काम नहीं कर पाते जो कि हमें और भी पिछड़े हुए टीम के खिलाड़ी बनाता है।

तमाम विपरीत परिस्थितियों के बावजूद हमने व्यापार में प्रभावी होने का एक बेहतरीन सबक रिचर्ड्सन हिन्दुस्तान के एक सुरक्षा गार्ड काम्बले से सीखा। एक बार शाम के तकरीबन साढ़े सात बजे मैं जैसे ही अपने दफ्तर से निकलने लगा। काम्बले ने मुझे टोकते हुए कहा कि मेज पर जो लिफाफे रखे हैं, उन्हें दोबारा देख लें, क्योंकि उसे सन्देह हो रहा था कि लिफाफों पर लिखे हुए पते ठीक नहीं थे तथा जिन्हें कोरियर वाला कभी भी लेने आ सकता था। वह बिल्कुल ठीक सोच रहा था। दरअसल उन लिफाफों में ऐसे महत्त्वपूर्ण टेप थे जिन्हे हमारे मार्केटिंग के लोग टेलीविजन स्टूडियो भिजवाना चाहते थे। जिसका प्रसारण अगले दिन होना था। हमने तुरन्त ही विज्ञापन एजेंसी को फोन किया और पता दुरुस्त करवाकर एक भारी नुकसान से बचा लिया।

जब मैं घर लौट रहा था, मैं सोचने लगा कि ऐसा पहली बार नहीं हुआ जब काम्बले ने स्थिति को संभाला। चार बरस पहले वह हमारे पास एक गार्ड के रूप में आया था और जल्दी ही वह हरफनमौला बन गया। सबसे पहले उसने टेलीफोन स्विच बोर्ड को चलाना सीखा और वह भी अपने दम पर। उसके बाद उसने मुश्किल समझी जाने वाली फोटोकापी मशीन को चलाना सीखा और फिर अन्त में उसने फैक्स करना जान लिया। कुछ ही दिनों में वह फैक्स करने में माहिर हो गया। वह यह भी जानता था कि कौन दफ्तर में देर तक रुकता है, कौन कैसे जाता है, कौन दौरे पर रहता है

तथा किसके घर किस तरह पहुंचा जा सकता है। इसका असर यह हुआ कि जब हमें परेशानी होती हमारे मुंह से तुरन्त ही यह निकलता कि 'काम्बले कहां है'।

एक बार जब हमारे टेलीफोन ऑपरेटर को प्रसव अवकाश पर जाना था तब काम्बले ने खुद ही प्रस्ताव रखा कि अगले छह हफ्तों के लिए उसे टेलीफोन स्विच बोर्ड संभालने की जिम्मेदारी सौंप दी जाए। जल्दी ही हमारी टेलीफोन सेवा में जबरदस्त सुधार नजर आने लगा। हमारे व्यापारिक सहयोगी पूछने लगे आखिर ऐसा कौन-सा जादू कर दिया। जबकि सालों से यही लोग शिकायत किया करते थे कि हमारे यहां घंटी बजती रहती है और कोई फोन उठाता तक नहीं। लिहाजा उन्हें लम्बे इन्तजार के बाद टेलीफोन रख देना पड़ता था। लेकिन अब अचानक ही सब बदल गया है। उन्हें अचरज था कि अब तो दूसरी घंटी पर ही टेलीफोन पर जवाब मिल जाता है। इस बारे में जब हमने काम्बले से पूछताछ की तो उसने बताया कि "हो सकता है कि दूसरी ओर कोई ग्राहक हो, जवाब न मिलने पर जो सौदा हमारे साथ होनेवाला है वो न हो सके।" हालांकि काम्बले को हमारे कामकाज का वास्तविक अन्दाजा नहीं था कि हमारा काम टेलीफोन के जरिए नहीं होता था, फिर भी उसका व्यवहार बहुत मायने रखता है।

मैंने यह सवाल कई बार अपने-आप से किया कि ऐसा क्या किया जाए कि हमारे सभी कर्मचारी काम्बले की तरह काम करने लगें। कैसे सभी कर्मचारी टेलीफोन पर ऐसे ही बात करें, जैसे दूसरी तरफ ग्राहक हो। यह एक ऐसी चुनौती थी जिसका सामना हर एक प्रबन्धक को करना था कि कैसे कम्पनी का एक सामान्य कर्मचारी व्यापार की ठीक उसी तरह चिन्ता करे जैसे वह खुद कम्पनी का मालिक हो। दरअसल परेशानी यह थी कि सुबह जब कर्मचारी घर से निकलता है तो उसके दिमाग में ग्राहक नहीं बल्कि दूसरे कर्मचारियों की छवि आंखों के सामने होती है। ज्यादातर कर्मचारी ग्राहक के बजाय निर्देशक, मैनेजर, अधिकारी, सचिवों और कार्यालय के अन्य सहयोगियों का मुंह देखते रहते हैं। लिहाजा ये लोग दफ्तर की राजनीति में ही व्यस्त रहते हैं। निदेशक जब अपना साम्राज्य बढ़ाने के बारे में सोचते रहते हैं तो प्रबन्धक लोग इस बात पर सिर खपाते हैं कि किस तरह उनके दफ्तर का आकार दूसरों की तुलना में बढ़ जाए। कनिष्ठ अधिकारियों का सरोकार कार्यालय के मेमो को खंगालने तक ही रह जाता है। वे यह जानने में सारा समय खपा देते हैं कि किसे तरक्की मिली और किसे सजा। विडम्बना यह है कि कम्पनी की सारी कमाई बाहर से ही होती है यानी जब ग्राहक उत्पाद खरीदता है। मगर कर्मचारी अपना सारा वक्त कम्पनी के भीतर ही गुजार देते हैं, बेमतलब की बकवास में।

जवाब एकदम स्पष्ट है कि हमें अपने कर्मचारियों को ग्राहकों के करीब ले जाने की कोशिश करनी होगी। इससे एक फायदा यह होगा कि कर्मचारियों को अपने काम का

अर्थ समझ में आने लगेगा। प्रबन्धन समिति की अगली बैठक में मैंने सुझाव रखा कि कम्पनी के अपने सभी 900 कर्मचारी साल में कम-से-कम दस ग्राहकों और दुकानदारों से मुलाकात करें। साथ ही अपने सुझावों से सम्बन्धित रिपोर्ट दफ्तर में दें। समिति ने मेरे इस सुझाव का जोशीले अन्दाज में स्वागत किया और हमने तय किया कि इसको लागू कर दिया जाए। एक साल बाद हमने पाया कि कम्पनी के सिर्फ एक चौथाई से भी कम लोग ही वास्तव में बाजार जा रहे थे। जो लोग बाजार जाते थे, वास्तव में हमें उनसे ही कुछ बेहतरीन सुझाव मिलने शुरू हो गए थे कि किस तरह हमारा उत्पाद होना चाहिए, अपने काम-काज का तरीका और अपना रवैया सुधारना चाहिए। अगले साल हमने बाजार का दौरा अनिवार्य कर दिया और अपने कार्मिक विभाग को निर्देश दे दिया कि जिस कर्मचारी की बाजार रिपोर्ट न मिले उसकी तनख्वाह में बढ़ोत्तरी रोक दो। इससे हुआ यह कि बाजार का दौरा हमारे यहां आदत में शुमार हो गया। एक बार प्रक्रिया शुरू होने के बाद मेरे खयाल होने के बाद मेरे खयाल से ज्यादातर लोग इसे पसन्द करने लगे। अब वह इस बात को समझने लगे थे कि आखिर क्यों वे इस धन्धे में हैं। इसके बदले में कम्पनी को कुछ अच्छे सुझाव मिलने लगे थे।

इस सांकेतिक कवायद से यही मतलब निकलता है कि ग्राहकों की बदौलत ही हमारा अस्तित्व है। एक बार लोग इस बात को समझ लें और इस पर विश्वास करें तो इसका व्यापक असर दिखाई देने लगता है जो ग्राहकों की सन्तुष्टि के लिए की गई कई छोटी-छोटी गतिविधियों के रूप में सामने आता है। इसका असर उस समय जबरदस्त दिखाई पड़ सकता है जब उत्पाद का विकास करनेवाले वैज्ञानिक भी इसे समझने लगें। यदि अपने कैरियर के शुरुआती दौर में वैज्ञानिक नियमित रूप से बाजार जाएं तो उन्हें इसका अहसास होगा कि वे जो काम कर रहे हैं, वह न सिर्फ विज्ञान के लिए है बल्कि वे तो ग्राहकों की भलाई और उनकी जीवन-शैली सुधारने में लगे हैं। यदि शोध एवं विकास-कार्य ग्राहकों के मुताबिक होने शुरू हो जाएं तो उसका फल भी अपने-आप मिलना शुरू हो जाएगा। साथ ही साथ उत्पादन के विकास के मामले में तत्परता दिखाई देने लगेगी। अब जबकि हम लोग डब्ल्यू. टी. ओ. की नई वैश्विक अर्थव्यवस्था में प्रवेश कर चुके हैं, ऐसे में भारतीय कम्पनियों के लिए यह एक महत्त्वपूर्ण सबक होगा। इससे एक बात तो निश्चित हो जाती है कि बाजार में प्रतिस्पर्धा जबरदस्त हो जाएगी और जो कम्पनी ग्राहकों के सबसे करीब होगी, वही अस्तित्व बचाने में सफल रहेगी।

हमारी छोटी कम्पनी में कानूनों की बन्दिश नहीं है। इस बात का जीता-जागता उदाहरण काम्बले ही है। जहां कानूनों का पहरा होगा, वहां लोग अपने प्रयासों से कुछ भी नहीं करेंगे बल्कि कानूनों की धज्जियां उड़ाने की तरकीब ढूंढ़ने में अपना समय और

दिमाग खपाने लगेंगे। अस्पताल, स्कूल और स्वयंसेवी संस्थान सरीखे संगठनों में सारा कामकाज कुछ इस आधार पर चल रहा है जिसमें कर्मचारी कुछ-न-कुछ गड़बड़ी जरूर करते हैं। जबकि मैं इसके ठीक विपरीत सोचता हूं। सामान्य आदमी आमतौर पर सही काम ही करता है। सबसे महत्त्वपूर्ण पहलू यह है कि उसके नतीजे को ही वे लोग इनाम मान लेते हैं। हमारे कार्मिक विभाग को कर्मचारियों की गतिविधियों पर सन्देह हुआ तो उसने कुछ नियम बना लिए। दूसरी ओर काम्बले सरीखे लोग हमेशा सफल हो जाते हैं क्योंकि कोई जान भी नहीं पाता कि उसकी ड्यूटी कब शुरू हुई और कब समाप्त। यदि केवल नतीजा ही महत्त्वपूर्ण माना जाने लगे तो मैं समझता हूं कि सामान्य कर्मचारी हमेशा ही अपनी असामान्य क्षमता से प्रबन्धकों को चौंकाते रहेंगे।

हमारी कम्पनी में आमतौर पर लंच के दौरान कर्मचारी कैरम बोर्ड खेलते रहते थे। कई दशकों तक ऐसा चलता रहा कि एक से दो बजे के दरम्यान मेजें पूरी तरह खाली दिखाई पड़तीं और दफ्तर का माहौल ऐसा हो जाता जैसा कि किसी युवा शिविर का होता है। इस बात से हमारा कार्मिक विभाग परेशान हो गया और उसने अपनी और से इन गतिविधियों पर रोक लगाने की कवायद शुरू कर दी। तब मैंने बीच में बड़ी ही शालीनता के साथ हस्तक्षेप किया और समझाया कि भोजन के समय जो ये लोग कैरम खेलते हैं, उसके जरिये जरूरत के मुताबिक ये लोग आराम कर लेते हैं। और शायद जितना ही ये लोग शोरगुल करेंगे, उतने ही ये लोग रचनात्मक बनेंगे। वास्तव में यह कोई नहीं जानता कि मानव की रचनात्मकता का ऊर्जा स्रोत क्या है। यदि आप कर्मचारियों के हाज-भाव को लेकर परेशान हैं तो कर्मचारी वैसा ही व्यवहार करेंगे और अगर आपको केवल परिणाम को लेकर चिन्ता है तो निश्चित जान लीजिए कर्मचारी बेहतरीन परिणाम आपको देंगे।

यह बेहद जरूरी है कि लोगों के साथ ज्यादा टोका-टाकी न की जाए। उन्हें अपना काम अपने तरीक से करने दिया जाए। इससे उनके भीतर की रचनात्मक क्षमता ही बढ़ती है जो परिणाम के हित में हो सकती है। मेरे कहने का मतलब यह कतई नहीं है कि कर्मचारियों को गलत तरीके से प्रशिक्षित किया जाए, ताकि वे जिम्मेदारियों से मुंह मोड़ लें। प्रबन्धक के लिए यह जरूरी है कि वह हर समय अपने सहयोगियों को प्रशिक्षित करता रहे। साथ ही साथ उनमें जुनून भी भरता रहे। मगर यह भी बहुत जरूरी है कि नियन्त्रण करने के चक्कर में उसे पूरी तरह दबाकर ही न रख लें। सबसे बढ़िया तरीका यह है कि प्रबन्धक अपने मातहत को स्पष्ट और महत्त्वाकांक्षी लक्ष्य समझा दे और फिर उसकी कार्यशैली पर नजर रखे कि वह अपने काम से लक्ष्य की ओर बढ़ रहा है अथवा नहीं। यदि एक बार किसी को भरोसे में लेकर उस पर विश्वास

कर लिया जाए तो वह खुद-ब-खुद जिम्मेदार बन जाता है। लोगों से जैसा व्यवहार किया जाएगा, वैसा ही व्यवहार आपको मिलेगा। दुर्भाग्यवश मैं अपनी भावनाओं से कार्मिक विभाग के प्रमुख को पूरी तरह सन्तुष्ट कराने में विफल रहा।

वैसे यह बहुत महत्त्वपूर्ण है कि कम्पनी के मकसद और अभिमान को हरेक कर्मचारी समझे तथा उसमें भागीदारी भी करे। बहुत-सी कम्पनियां अपने मकसद को गोपनीय बनाए रखने का प्रयास करती हैं। उनका मानना है कि प्रतिस्पर्धा में लगी अन्य कम्पनियां कर्मचारियों को बहुत-सी आधारभूत बातें तक बताने में कतरा जाती हैं। जबकि वे इस बात को भूल जाती हैं कि अपने लक्ष्य और काम करने के स्तर के बारे में जो भी सूचना है, उसे अगर ठीक-ठीक समझा दिया जाए तो कर्मचारियों को और भी बढ़िया तरीके से प्रेरित किया जा सकता है। बड़े-बड़े संगठनों में यह बहुत आवश्यक माना जाता है कि लोग यह बात अच्छी तरह समझ लें कि उनके काम के कुछ मायने हैं। इसी सन्दर्भ में एक कहानी है कि एक बार बादशाह शाहजहां ने यह जानने की कोशिश की कि आखिर ताजमहल की प्रगति कैसी चल रही है। उसने एक बूढ़े लाचार का वेश रखा और यमुना किनारे चल रहे निर्माण स्थल पर पहुंच गया। वह एक पत्थर तराशनेवाले के पास पहुंचा और उससे पूछा कि "तुम क्या रहे हो?" अपने काम में व्यवधान पड़ता देख पत्थर तराश ने झिड़कते हुए कहा, "जाओ बुड्ढे, देखते नहीं कि मैं व्यस्त हूं।" उस पत्थर तराश की लगन को देख शाहजहां बहुत प्रभावित हुआ। वह दूसरे पत्थर तराश के पास पहुंचा और उससे भी वही प्रश्न दोहराया। वह भी उसी तरह झुंझलाया और क्षद्मवेशधारी बादशाह से बोला कि "बुजुर्गवार पत्थर तराशना भी एक कला है और मैं तुम्हारे सवाल का जवाब नहीं दे सकता, न ही अपनी कला के बारे में कुछ बता सकता हूं।" शाहजहां उसकी भाव-भंगिमा से बेहद प्रभावित हुआ और इस बार उसे यह जानकर खुशी भी हुई कि अपनी पेशेवर क्षमता पर मनुष्य किस कदर ना कर सकता है।

फिर बादशाह तीसरे पत्थर तराश के पास पहुंचा और फिर वही सवाल दोहराया। तब तीसरे कारीगर ने जवाब दिया कि "मैं ताजमहल बना रहा हूं, बुजुर्गवार यदि मैं आपके बेतुके सवालों का जवाब देने लग गया तो इस धरती पर बननेवाली सबसे खूबसूरत कृति का निर्माण कभी नहीं कर पाऊंगा।" यह सुनकर बादशाह अपने महल लौट आया। वह काफी प्रसन्न भी था। जाहिर है, तीसरे पत्थर तराश ने जो जवाब दिया वह सबसे बढ़िया और सटीक जबाव था। पहले मजदूर ने काम के प्रति अपनी लगन का इजहार किया यानी जितना वह कमाता था ईमानदारी से वह उतना काम भी करता था। दूसरे मज़ूदर ने पेशेवर क्षमता का नमूना पेश किया जबकि तीसरे मजदूर

ने जाहिर किया कि उसे काम और उसका मकसद साफ-साफ मालूम है। प्रायः यह देखा जाता है कि हम इसलिए विफल हो जाते हैं क्योंकि कर्मचारियों को असली लक्ष्य का पता ही नहीं होता। जाहिर सी बात है ऐसे में सब अपनी-अपनी दिशा तय करने लगते हैं। जहां तक मैं समझता हूं, यदि लक्ष्य का पता हो तो सामान्य जन भी असम्भव को सम्भव कर सकते हैं।

अस्सी के दशक में तेल की कीमत से जबरदस्त झटका लगा। उस झटके के बाद जापान में निसान ने नौ माह के भीतर अपनी लागत तीस फीसदी तक घटा दी क्योंकि उसके सभी कर्मचारियों ने मिलकर लक्ष्य हासिल कर लिया था। संस्कृत में एक संकल्पना है जिसे एकाग्रता कहते हैं जिसका अर्थ होता है–एक बिन्दु पर ही ध्यान केन्द्रित करना। मैंने देखा है अच्छे प्रबन्धकों की निगाहें हमेशा अपने लक्ष्य की ओर लगी रहती हैं। वे कुछ भी काम करते हैं पर उन्हें इस बात का इत्मिनान होता है कि वो जो कर रहे हैं बिल्कुल सही है। वे अपने काम को बुद्धिमत्ता के साथ अमली जामा पहनाते हैं और उन्हें अपने इस काम को करने में आनन्द भी मिलता है।

अस्सी के दशक के मध्य में रिचर्डसन हिन्दुस्तान भारत की आला कम्पनियों में से एक हो गई थी परन्तु इसकी संरक्षक रिचर्डसन विक्स इंक (आर. वी. आई.) की हालत दुनिया-भर में खराब हो गई थी। लिहाजा इस कम्पनी का अधिग्रहण कइयों के लिए लक्ष्य बन गया। 1985 में रोजमर्रा की जरूरतों का सामान बनानेवाली ऐंग्लो-डच कम्पनी यूनिलीवर ने आर. वी. आई, का अधिग्रहण करने के लिए बढ़-चढ़कर बोली लगाई। इसके बावजूद उसे सफलता नहीं मिल सकी और प्रोक्टर एंड गैम्बल तब उसको बचाने के लिए देवदूत बनकर भागी आई। और आर. वी. आई. को अपने हाथों में ले लिया। आर. वी. आई. के वरिष्ठ प्रबन्धकों ने अपने विकल्पों के जरिये कम्पनी का भविष्य सुधार दिया, हालांकि सारी दुनिया में आर. वी. आई. का औसत कर्मचारी बुरी तरह मुसीबत से घिरा था। ऐसा इसलिए था कि अगले चौबीस महीनों के भीतर ज्यादातर आर. वी. आई. के कर्मचारियों के हाथों से रोजगार छिननेवाला था। भारत में हम इस विलय से काफी खुश थे। यकाएक हमारे पास बड़े स्थाई और अग्रणी ब्रांडों की भरमार हो गई। हम यह भी जानते थे कि हम बेहतर हैं और भारत के विशाल बाजार में प्रवेश करने के लिए प्रोक्टर एंड गैम्बल को हमारी जरूरत भी थी।

अगले कुछ बरस हमारे लिए रोमांचकारी थे क्योंकि हम नए व्यापार की नई संस्कृति में प्रवेश कर रहे थे। हमने प्रोक्टर एंड गैम्बल से तीन महत्त्वपूर्ण क्षमताओं को सीखा था। पहला, उत्पाद को बेहतरीन बनाने का जुनून। हमने यह भी सुन रखा था कि प्रोक्टर एंड गैम्बल को मार्केटिंग में जबरदस्त क्षमता और विशेषज्ञता हासिल है,

परन्तु हम यह नहीं जानते थे कि ये साबुन बनानेवाले लोग नई तकनीक को अपनाने के बारे में सजग भी हैं या नहीं। नए उत्पादन को लाने से पहले अथवा नए बाजार में प्रवेश करने से पहले एक बार भी चर्चा नहीं की गई। यद्यपि आंकड़े तो यही दर्शा रहे थे कि नए उत्पाद को बेहतरीन माना जा रहा है। प्रोक्टर एंड गैम्बल उच्चस्तरीय डाटाबेस कम्पनी थी और वह अपने काम के मामले में एकदम खरी थी। उत्पाद की क्वालिटी बेहतरीन हो सके इसके बारे में वह हर तरह की कार्रवाई करने को तत्पर रहती थी। उनकी प्रयोगशालाओं में हजारों पी-एच. डी. डॉक्टर दिन-रात नए शोधों में लगे रहते थे, ताकि उत्पाद को बेहतरीन बनाया जा सके तथा व्यापारिक प्रबन्धक हर समय यही सीखने में लगे रहते थे कि वैज्ञानिकों की इस ताकत के साथ स्तर का तालमेल कैसे बैठाया जा सके।

प्रोक्टर एंड गैम्बल से दूसरी खास बात यह जानी कि कॉलेजों के प्रतिभाशाली युवाओं की भर्ती करना एवं उन्हें प्रशिक्षित करने का जुनून होना चाहिए। इसकी सफलता का रहस्य ऑपरेशनल प्रबन्धक बनाने में निहित था, न कि कार्मिक प्रबन्धक बनाने में। प्रत्येक वरिष्ठ प्रबन्धक का यह दायित्व होता था कि वह कॉलेजों में जाकर अपनी जरूरत और काबिलियत के मुताबिक हुनरमन्द लोगों को साल दर साल नौकरी पर रखे। दरअसल यह जुनून आदमी के अन्दर उस दिन ही पैदा हो जाता है जिस दिन कम्पनी में वह पहली बार शामिल होता है क्योंकि उसे यही सीख मिलती है कि वह काम करते हुए प्रशिक्षण हासिल कर रहा है। कई कम्पनियां व्यापार में नतीजों के आधार पर प्रबन्धकों का मूल्यांकन करती हैं। मगर प्रोक्टर एंड गैम्बल में एक मैनेजर के कामकाज की तथा उसकी सराहना के लिए दो छोटे अनुच्छेदों में बात कही गई है। पहले अनुच्छेद में कहा गया है कि व्यापार में नतीजा ही मूल्यांकन का आधार है और दूसरे अनुच्छेद में कहा गया है कि प्रबन्धक की काबिलियत इस बात पर निर्भर करती है कि वह संगठन को किस तरह संगठित करता है। इसके लिए पीपुल रिजल्ट्स की संज्ञा दी गई।

तीसरा, प्रोक्टर एंड गैम्बल ने हमें सिखाया कि किस तरह एक पेज का मेमो लिखा जाना चाहिए। हमें अपने लिखने की क्षमता पर गर्व था। पहले मैं इसे एक सनक समझता था परन्तु बाद में मुझे जानकर ताज्जुब हुआ कि एक पन्ने में मेमो लिखना भी अपने–आप में एक कला है। हमने यह सीखा था कि मेमो के पहले अनुच्छेद में उद्देश्य और उपसंहार दोनों ही साफ कर दिए जाएं। जबकि प्रोक्टर एंड गैम्बल मेमो की शुरुआत ही करता है : 'यह संस्तुति की जाती है कि" से। दूसरे पैरे में पिछली बातों का जिक्र किया जाता। तीसरे में उस वैकल्पिक हल की चर्चा की जाती जिसे

लिखनेवाला खुद समझता है। चौथे में उसके आर्थिक पहलू पर विचार किया जाता। पांचवे पैरे में सुझाव होता है (खासकर समय और कार्यक्रम के बारे में)। यदि कोई करोड़ों या अरबों डॉलर के निवेश का प्रस्ताव करे लेकिन वह उपरोक्त प्रारूप के मुताबिक ही मेमो लिखेगा। उसके बाद युवा प्रबन्धक इसके बारे में तार्किक विचार-विमर्श करेगा, ताकि अपने वरिष्ठ प्रबन्धक का कीमती समय बचा सके (आमतौर पर वरिष्ठ प्रबन्धक पहले ही कागजों के बोझ तले दबे होते हैं)। अच्छी अंग्रेजी लिखना सीखने का प्रशिक्षण हार्वर्ड और व्हाल्टन से आनेवाले उच्च स्तरीय स्नातकों के लिए सबसे बढ़िया तजुर्बा होता है।

1991 की गर्मियों में लीवर के साथ जबरदस्त स्पर्धात्मक युद्ध छिड़ गया था। भारत विश्व में लॉण्ड्री बाजार के मामले में तीसरा सबसे बड़ा देश था (उससे पहले अमेरिका और चीन का नम्बर आता था)। यूनिलीवर की भारतीय इकाई हिन्दुस्तान लीवर का भारत में आधिपत्य था। चूंकि दांव पर बहुत कुछ लगा हुआ था और मैं यह भी जानता था कि यह जंग खूनी भी हो सकती है। एक सदी से देश में लीवर काम कर रही थी और उपभोक्ता वस्तुओं के मामले में उसे एक शक्ति के रूप में देखा जाता था। 1950 के मध्य में पहला डिटर्जेंट सर्फ बाजार में उतारा और टाटा, साराभाई और गोदरेज को आनेवाले दशकों तक जबरदस्त तरीके से पछाड़ दिया। अस्सी के दशक तक आते-आते उसने सर्फ और रिन के रूप में धुलाई के क्षेत्र में अपनी अमिट छाप बना ली थी। हालांकि हर कामयाब कम्पनी के साथ यह जरूर होता है कि उसके लोग थोड़ा शिथिल पड़ जाते हैं। जब निरमा ने अपना बेहद सस्ता उत्पाद उतारकर बाजार पर धावा बोला तब लीवर को झटका जरूर लगा। सर्फ बेहतरीन होने की कोशिश में था परन्तु बाजार में उसका हिस्सा एक चौथाई कम हो गया था। यद्यपि यह बहुत बड़ी कमी नहीं थी क्योंकि उस समय तक बाजार फैलने लगा था। खासकर ग्रामीण इलाकों में, चूंकि देश की अर्थव्यवस्था में 5.6 फीसदी की वृद्धि दर्ज की जा रही थी। अस्सी के दशक के अन्तिम वर्षों में लीवर ने सुरक्षा का उपाय ढूंढ़ लिया और निरमा से भिड़ने के लिए सस्ती दर पर व्हील को बाजार में उतारा। यहां से उसका सुधार शुरू हो गया।

प्रोक्टर एंड गैम्बल में हमने महसूस किया कि बाजार में मची जंग के बीच में कूदना अक्लमन्दी नहीं होगी। बाजार में अलग छाप छोड़ने के लिए हमें कोई कारगर रणनीति बनाने की जरूरत थी। तब पता चला कि लीवर का बाजार पर जबरदस्त प्रभाव है और हमें बाजार को कायदे से समझना होगा। इस गुत्थी को सुलझाने में महीनों लग गए और हजारों घरों में अपने उत्पाद और संकल्पना का परीक्षण करने के साथ-साथ थोक और फुटकर विक्रेताओं से बातचीत, गृहिणियों के धुले हुए कपड़ों

को देखने, अनगिनत साक्षात्कार करने के बाद हमें उसका सटीक जवाब मिला। हमें पता चला कि भारतीय महिलाएं वाकई हटके हैं। वे अपने परिवार के कपड़ों को दो चरणों में साफ करती हैं। सबसे पहले वह गन्दे कपड़ों को पानी की बाल्टी में भिगो देती हैं, उसके बाद गन्दगी निकालने के लिए वे डिटर्जेंट पाउडर का इस्तेमाल करती हैं। दूसरा, नौकरानी एक-एक कपड़े को डिटर्जेंट अथवा साबुन की टिकिया से रगड़ती है। ऐसे में एक ही दिन में दो उत्पादों का इस्तेमाल करती थीं। दो चरणों की धुलाई के तौर-तरीकों ने किसी भी चीज से ज्यादा हम लोगों के मानस पटल पर असर छोड़ा।

हमने सवाल किया कि यदि हमें उत्पाद बेहतर बनाना है तो उसके लिए जरूरी है कि न सिर्फ वह ताकतवर हो बल्कि सारी प्रक्रिया को एक चरण में पूरा कर सके। इससे हम उनकी मेहनत और समय बचाने के साथ-साथ उनके जीवन का स्तर भी सुधार सकते हैं। चूंकि भारतीय गृहिणी का बजट भी सीमित होता है, लिहाजा यह जरूरी हो जाता है कि मौजूदा समय में भारतीय गृहिणियां धुलाई पर जितना खर्च करती हैं, नए उत्पाद पर उससे ज्यादा खर्च न करना पड़े। हमने सिनसिनाती में प्रोक्टर एंड गैम्बल की प्रयोगशाला में एक तकनीकी दल को यह जिम्मेदारी सौंपी कि हमें किस तरह का उत्पाद चाहिए। हमारी कामयाबी की उम्मीद सिर्फ इस बात पर थी कि बाजार में अनिरन्तरता के दौर को हम भुना लें। एक दिन एक युवा वैज्ञानिक ने वाकई हमारी कामयाबी का फार्मूला ढूंढ़ निकाला। दरअसल वह इतना आधुनिक फार्मूला था जो कि अभी तक अमेरिका अथवा यूरोप में भी नहीं उतारा गया था। हालांकि जापान में इसे प्रायोगिक तौर पर इस्तेमाल किया गया था (जिसकी उपभोक्ताओं में जबरदस्त मांग थी)। इस खोज से हमारी खुशी का ठिकाना न रहा। और इसने हमें बहुत जल्दी कामयाबी की मंजिल दिखा दी।

अब समस्या इसकी कीमत को लेकर थी क्योंकि इसमें मिलानेवाले अवयव में से कुछ का हमें आयात करना पड़ता जिसके लिए भारी सीमा शुल्क अदा करना पड़ता था। आठ रुपये प्रति किलो के निरमा और सत्ताइस रुपये प्रति किलो के सर्फ की तुलना में हमारे उत्पाद की कीमत साठ रुपये प्रति किलो बैठ रही थी। हमारे कई सहयोगियों को इस बात से दिक्कत थी कि दुनिया की अत्याधुनिक तकनीक एक पिछड़े देश में बेचने की कोशिश की जा रही है। दूसरी ओर 1950 में उतारे गए सर्फ में लीवर ने कोई भी सुधार नहीं किया था।

तीन दशकों में तकनीक काफी आगे निकल चुकी थी और भारतीय उपभोक्ता पीछे छूट चुके थे। तब फिर हमें क्यों नहीं महंगी और बिना सिद्ध की गई तकनीक के जरिये एक उद्देश्यपूर्ण उछाल मारनी चाहिए।

मैं इससे सहमत था कि उत्पाद की श्रेष्ठता ही प्रतिस्पर्धा में अवरोधक सिद्ध होगी। अब हमारी उम्मीद इस पर टिकी थी कि खेल के नियम ही बदल जाएं। मैं समझता था कि यह केवल तकनीक ही ऐसी चीज है जिसे लीवर जल्दी नहीं पकड़ सकेगा। लिहाजा हमें आगे बढ़ने में सफलता मिल जाएगी। हमने प्रतिकिलो की दर में कोई परिवर्तन किए बगैर शुरुआत की जिसके कुछ वाजिव तर्क भी थे। पहला हमारी तकनीक पर आधारित पाउडर दूसरे पाउडरों के मुकाबले कम खर्चवाला था। मसलन दिन-भर की धुलाई के लिए दूसरा कोई पाउडर एक कप तक खर्च होता था तो हमारा पाउडर एक चम्मम ही खर्च होता था। इसके अलावा धुलाई में इस्तेमाल होनेवाले दो उत्पादों की जगह सिर्फ एक ही कारगर था। जब हमने यह गणित लगाया तो हमें यह जानकर बेहद खुशी हुई कि महिलाएं दिन-भर की धुलाई में अभी तक जितना खर्च कर रही हैं, उसके मुकाबले कम ही खर्च आएगा क्योंकि महिलाएं दो चरणों में धुलाई करती थीं-सर्फ में भिगोना और रिन से रगड़ना। लेकिन अब उन्हें ऐसा नहीं करना पड़ेगा। हमारा उत्पाद सस्ते ब्रांड निरमा पाउडर और निरमा टिकिया के मुकाबले थोड़ा महंगा था। चलन यह बन चुका था कि किलो के आधार पर बेचने में ग्राहक दो चरणों का अनुमान नहीं लगा पाता था। ऐसे में महिलाओं को प्रति धुलाई की कीमत के तर्क से समझाया जा सकता था।

जब हमने देश भर के हजारों घरों में अपने उत्पाद का परीक्षण किया तो हमें यह जानकर कोई ताज्जुब नहीं हुआ कि उपभोक्ता हमारे उत्पाद से रोमांचित थे। उन्होंने कपड़ों को इतना साफ होते नहीं देखा था और वह भी महज एक चम्मच भर पाउडर से। बड़ी तादाद में लोगों ने टिकिया का इस्तेमाल बन्द कर दिया। मगर आधे से ज्यादा लोगों को यह लगा कि उत्पाद थोड़ा महंगा है क्योंकि वह हर धुलाई पर होनेवाले खर्च का आंकलन नहीं कर पाते। अब यह हमारे विज्ञापनों के लिए जबरदस्त चुनौती भी थी।

जुलाई 1990 में हमने विशाखापत्तनम में प्रायोगिक तौर पर एरियल को बाजार में उतारा। इस पूर्वी तटीय इलाके में टेलीविजन विज्ञापन दिखाया गया कि एक आधुनिक बहू अपनी जिद्दी सास को समझाने की कोशिश करती है। अंत में सास के रवैये में जबरदस्त परिवर्तन दिखाया गया और वह सांबुन की टिकिया को खिड़की के बाहर फेंक देती है क्योंकि साबनु की टिकिया रिन से मिलती-जुलती दिखाई देती है लिहाजा लीवर ने हमें अदालत में घसीट लिया। हालांकि विशाखापत्तनम में गृहिणियों में एरियल का जबरदस्त प्रभाव पड़ना शुरू हो चुका था। क्योंकि छह माह के भीतर ही बाजार पर हमारी हिस्सेदारी दस फीसदी तक बढ़ गई थी और हम समझ चुके थे कि हम कामयाब हो गए हैं। हमने फैसला किया कि भोपाल के निकट मंडीदीप में

नए प्लांट पर आठ करोड़ रुपये का निवेश किया जाए। और भारत में अब तक के सबसे बड़े प्रचार अभियान से हमें जबरदस्त मदद मिली। देश-भर के लाखों घरों में जा-जाकर इसका प्रदर्शन किया गया।

उधर लीवर के तमाम बड़े अधिकारी सदमे की स्थिति में थे। उनमें से कुछ का मानना था कि हम लोग पागल हो गए हैं। क्योंकि हमारा उत्पाद काफी महंगा है। लेकिन उनकी भी दाद देनी होगी कि वे लोग हाथ पर हाथ रखे नहीं बैठे रहे। वे लोग भी अपने उत्पाद का विकास करने के अभियान में जुट गए। उन्होंने एक विवादास्पद कार्यक्रम के जरिये पलटकर वार किया। जिसके तहत लीवर ने हमारे ही प्रदर्शन का अनुसरण किया। उन्हीं परिवारों में गृहिणियों को यह समझाने का प्रयत्न किया कि एरियल से कपड़ों की रंगत पर बुरा असर पड़ता है। लीवर के वैज्ञानिकों ने खोज निकाला कि अगर एरियल के गाढ़े घोल में सफेद कपड़े को कुछ ज्यादा देर तक छोड़ दिया जाए तो सफेद कपड़ा गुलाबी पड़ जाता है, हालांकि बाद में वह अपने वास्तविक रंग में लौट आता है। मगर अपने को सिद्ध करने के लिए इतना काफी था। हम बेईमानी-बेईमानी कहते हुए चिल्ला उठे। हमने इसे बदनीयती माना और लीवर को अदालत में घसीट लिया। मगर जब तक कोई फैसला हो पाता नुकसान हो चुका था। लीवर ने सर्फ-एक्सेल बाजार में उतारा जो वाकई बेहतर था। जैसा कि हमारा उत्पाद। उसके बाद दोनों में नोच-खसोट शुरू हो गई। दोनों ही इस फिराक में लग गए कि किस तरह से दूसरे को बाहर कर बाजार पर अपनी हिस्सेदारी बढ़ा ली जाए। इस कवायद में दोनों ही कम्पनियों को जबरदस्त धन झोंकने पर मजबूर होना पड़ा। मगर भारतीय गृहिणियों ने आखिरकार असली विजेता को पहचान लिया। उन्होंने दुनिया में उच्च क्वालिटी के उत्पाद को पहचानकर उसकी कीमत लगाने में सफलता पा ली थी। मैं यह भी समझता हूं कि हमने महिलाओं की एक बहुत बड़ी समस्या दूर की और उनके जीवन स्तर को बेहतर बनाने में सफलता पा ली।

।इसके बाद हालांकि कई जंगें हुईं परन्तु मैं उस समय भारत छोड़कर प्रोक्टर एंड गैम्बल के मुख्यालय में नौकरी के लिए चला गया। आज तक भारत में लीवर और प्रोक्टर एंड गैम्बल के बीच साबुन युद्ध चल रहा है। सारी दुनिया में यही हालत है और उम्मीद है कि आगे भी ऐसा ही बना रहेगा। ये झगड़े तो शाश्वत हैं और सफलता के लिए कोई छोटा रास्ता भी नहीं है। इस जंग से हमने कई सबक भी सीखे। सबसे पहली बात ग्राहकों और उनकी जरूरतों को समझना किसी के लिए भी निहायत जरूरी है। यही वह कीमत है जिसे चुकाकर आप रणक्षेत्र में उतर सकते हैं। जब भी आप को किसी को चौंकाने की जरूरत पड़ती है तो वहां आविष्कारक तकनीक ही सहायक होती

है। यह वह जरिया है जिसकी बदौलत प्रतिस्पर्धा में अच्छी-खासी बढ़त हासिल की जा सकती है, मगर तकनीकी तौर पर ली गई बढ़त बहुत जल्दी समाप्त भी हो जाती है। यह ज्यादा लम्बे समय तक रह नहीं पाती। लिहाजा हर एक को नवीनता तो बनाए रखना पड़ता है। यहां तक कि डिटर्जेंट जैसे परिपक्व उद्योग को भी ऐसा करना पड़ता है। प्रतिस्पर्धी के हमले का जवाब तैयार रखने के लिए हर एक को पर्सिया के जनरल वोन क्लॉजविट्ज की रणनीति को समझ लेना चाहिए। लगन और प्रचार की ताकत ही काफी नहीं है बल्कि हर एक को बाजार में अनिरन्तरता बनानी पड़ती है। ऐसे में अगर जरूरत पड़े तो अपने हक में खेल के नियम बदल लेने में ही भलाई होती है। हालांकि यह करने के बजाय कहना आसान है क्योंकि पारम्परिक आदतों को बदलना बहुत मुश्किल है। ग्राहक की मन:स्थिति को बदलना किसी भी तकनीकी आविष्कार की तुलना में बहुत मुश्किल है। इसलिए मार्केटिंग और विज्ञापन का काम यह हो जाता है कि वह उपभोक्ता को समझाए कि हमारा उत्पाद ज्यादा कारगर है और हमारी विरोधी कम्पनी असफल है।

हिन्दुस्तान लीवर सरीखी विशालकाय कम्पनी से टक्कर लेने का हौसला इसीलिए आया क्योंकि हमारे लोगों में गुणवत्ता और लगन कूट-कूट कर भरी हुई थी। यह बात सही है कि हमारी कम्पनी के मुकाबले हिन्दुस्तान लीवर बीस गुना बड़ी थी। प्रोक्टर एंड गैम्बल बनने से काफी पहले हमने प्रतिभाशाली लोगों को कॉलेज से सीधे भर्ती करने का एक जबरदस्त कार्यक्रम चलाया। खासकर आई. आई. एम. के छात्रों के लिए। उद्योग जगत में यह नया चलन था। प्रतिभाशाली लोगों को अपने साथ मिला लेने के बाद प्रोक्टर एंड गैम्बल ने इसके प्रशिक्षण में जबरदस्त निवेश किया। हम लोगों में लगन तो जबरदस्त थी क्योंकि एक टीम के रूप में काम करना हमें विरासत में नहीं मिला था। मगर हममें से सभी इस बात को समझते थे कि उपलब्धि और नतीजे ही तरक्की के रास्ते खोलते हैं। अपने प्रतिस्पर्धी को कभी भी कमजोर नहीं समझना चाहिए। और हर एक मोड़ पर बुरे से बुरे परिणाम को भुगतने के लिए भी तैयार रहना चाहिए। किसी भी कम्पनी के चरित्र को समझने का सबसे अच्छा तरीका है कि कठिन परिस्थितियों में कौन-सी कम्पनी किसी तरह मुकाबला करती है। इन जंगों की बदौलत हिन्दुस्तान लीवर में मेरा प्रभाव बहुत जबरदस्त तरीके से बढ़ गया था।

अध्याय बाइस

निष्कर्ष : विद्या ही धन है

ज्ञान की नाव बड़े-बड़े पापियों को भी भवसागर पार करा देती है।

–भगवद्गीता (4)

इक्कीसवीं शताब्दी के शुरू में मैंने ठीक वैसा ही अनुभव किया जैसा मेरे माता-पिता ने 14 अगस्त 1947 को किया था। उस दिन नेहरूजी ने उनकी भावनाओं को एक नई आवाज दी थी, जब उन्होंने कहा: "आज हम दुर्भाग्यपूर्ण युग का अन्त करते हैं और भारत ने आज स्वयं को खोज लिया है। जिस सफलता का उत्सव आज हम मना रहे हैं वह एक कदम है, मार्ग है, एक अवसर है उन महान विजयों और उपलब्धियों का जो हमारा इन्तजार कर रही हैं। क्या हम इतने बहादुर और बुद्धिमान हैं कि इस अवसर को अपने अनुसार भुना सकेंगे और भविष्य की चुनौती को स्वीकार कर लेंगे।" हकीकत तो यह है कि भारत की आर्थिक असफलता ने उन सारी सफलताओं और उपलब्धियों को छिपा दिया है जिनका सपना नेहरू ने देखा था। बल्कि यह बाकी विश्व के मुकाबले और भी पीछे है, स्वतन्त्रता के वक्त वाली स्थिति से भी पीछे। सौभाग्यवश पिछले दशक में हमारी स्थिति बदली है। जैसा कि अगस्त 1997 में एक अर्थशास्त्री ने लिखा था आज 'भारत' नई दहलीज पर खड़ा है, जहां महान विजय और उपलब्धियां एक बार फिर हमारे सामने हैं।

वैदिक लोकोक्ति 'विद्या ही धन है' नई शताब्दी में भारत के अवसरों का सार बताती है। विश्व बहुत तेजी से औद्योगिक से सूचना अर्थव्यवस्था की ओर बढ़ रहा है। इसका अर्थ है कि अर्थव्यवस्था के सूचना क्षेत्र से नौकरियां, निर्यात, आर्थिक

क्रियाकलाप और अधिक ऊंचे मूल्य के जोड़ के साथ राष्ट्रीय सम्पत्ति में वृद्धि होगी। जो देश इन कार्य-क्षेत्रों में प्रबलता से हिस्सा लेंगे, उन्हें बौद्धिक तथा उच्च जीवन-स्तर से नवाजा जाएगा।

पिछले दो सौ वर्षों में एक के बाद एक देश जिस प्रकार से गरीबी से खुशहाली की ओर बढ़े हैं, वह यह सुझाता है कि प्रत्येक मामले में सामान्यतः एक कार्य-क्षेत्र ही कामगर सिद्ध होता है, जो कि अर्थव्यवस्था का इंजन बन गया है। ब्रिटेन में यह इंजन वस्त्रोद्योग था, संयुक्त राज्य में रेलवे ने औद्योगिक क्रान्ति का नेतृत्व किया था। स्वीडन के उत्थान के लिए इमारती लकड़ी के उत्पादक उत्तरदायी थे, दूध और दुग्ध उत्पादों ने ऐसा ही डेनमार्क के लिए किया। आजकल की भाषा में राष्ट्र का प्रतिस्पर्धात्मक लाभ उसके मार्गदर्शन करनेवाले कार्य-क्षेत्र से ही निकलता है। पिछले पचास सालों में भारत ने अपने विकास क्षेत्र या इसके स्पर्धात्मक लाभ के स्रोत को पाने के लिए असफलतापूर्वक संघर्ष किया है। आंशिक रूप से यही औद्योगिक क्रान्ति की रचना करने में असमर्थता को बताता है। अब, शायद भारत ने इसे सूचना अर्थव्यवस्था में प्राप्त कर लिया है।

भारत की सूचना अर्थव्यवस्था में उभरती हुई सफलता इसका पहला प्रमाण है। पिछले पांच वर्षों में इसके सॉफ्टवेयर निर्यात में शून्य से पबिलीयन की वृद्धि हुई है और पचास प्रतिशत की वृद्धि लगातार जा रही है। इस प्रदर्शन में वृद्धि का कारण छोटी कम्पनियों के बढ़ते हुए सॉफ्टवेयर निर्यात को कम बताए जाने से भी है-ये ऑनलाइन वितरित किए जाते हैं और 'अद्दश्य प्रवाह' के रूप में राष्ट्र के वेतन खाते की बचत में दर्ज किए जाते हैं। और भारत के ये 'अद्दश्य' अपने व्यापार खाते से कहीं अधिक तेजी से वृद्धि कर रहे हैं। फिर भी समालोचकों का मानना है कि भारत के सॉफ्टवेयर क्षेत्र का आकार भूमंडलीय स्तर पर बहुत छोटा है। अगर सॉफ्टवेयर इसकी वृद्धि दर को बनाए रखता है तो इसमें ज्यादा वक्त नहीं है कि यह इस सन्दर्भ में भी महत्त्वपूर्ण बन जाएगा।

निवेशक बैंकर सूचना क्षेत्र के लिए आई. सी. ई. को छोटे रूप में इस्तेमाल करते हैं जिसे ये 'नई अर्थव्यवस्था' भी कहते हैं। एकरोनिम में 'आई' सूचना तकनीकी के लिए इस्तेमाल होता है और उससे सम्बन्धित सेवाओं के लिए, 'सी' संचार और टेलीकॉम सेवाओं के लिए और 'ई' (एंटरटेनमेंट) मनोरंजन और मीडिया सेवाओं के लिए। ये कार्य-क्षेत्र नौकरियां, निर्यात और सम्पत्ति का निर्धारण करने में सबसे आगे हैं। अध्ययन दशति हैं कि अमेरिका 1990 में अपनी आर्थिक सफलता के लिए इन कार्य-क्षेत्रों का ऋणी है। अध्याय सत्रह में मैंने बताया है कि भारत भी, इनमें से कुछ कार्य-क्षेत्रों में अपनी क्षमता सिद्ध कर रहा है। इसने सॉफ्टवेयर के अलावा आई. टी. (सूचना तकनीक) से सम्बन्धित सेवाओं में भी फैलना शुरू कर दिया है। जैसा कि

घरेलू और अन्तर्राष्ट्रीय कम्पनियां बहुत तेजी से भारत में 'कॉल सेंटर' और बैक सेंटर स्थापित कर रही हैं। ये सब वे भूमंडलीय उपभोक्ताओं के वित्तीय लेखांकन, मानचित्र बनाने, स्वास्थ्य रक्षा लेखकी, प्रकाशन, थ्रीडी एनीमेशन तथा बहुत से क्षेत्रों में दूरस्थ सेवाओं के लिए कर रही हैं। मैकिंजी का अनुमान है कि सूचना तकनीकी (आई. टी.) 2010 तक एक हजार करोड़ डॉलर तक की सेवाएं उपलब्ध करा सकेगी। ये सब हमारे अंग्रेजी भाषा सीखने की लगन व हमारे वृहद् उच्च शिक्षा तन्त्र के कारण ही सम्भव हो सकेगा जो हमारे बीस लाख युवाओं को प्रतिवर्ष स्नातक करता है।

मनोरंजन और मीडिया तीसरा क्षेत्र है जहां भारतीय अपनी क्षमता सिद्ध कर रहे हैं। जी टी.वी. की विदेशों में हाल ही की सफलता हमें बॉलीवुड और भारतीय फिल्मों की लोकप्रियता के बारे में बताती है जिसने न केवल दो करोड़ भारतीय लोगों के बीच बल्कि साथ-साथ मध्यपूर्व, मध्य एशिया, उत्तरी अफ्रीका और दक्षिण पूर्व एशिया के बहुत बड़े भाग में भी सफलता प्राप्त की। उसी प्रकार से ए. आर. रहमान और दलेर मेहंदी का नया फ्यूजन संगीत भी पूरे संसार में बहुत रुचि के साथ सुना जाता है। एक अन्य उदाहरण है क्रेस्ट कम्यूनिकेशन, जिसने कि हालीवुड स्टूडियो के लिए थ्रीडी एनीमेटिड फिल्में बनाईं।

सूचना अर्थव्यवस्था अर्थव्यवस्था में भारत की सफलता पर कइयों को सन्देह हैं, क्योंकि औद्योगिक अर्थव्यवस्था में वह असफल हुआ है। और ये आग्रहपूर्वक पूछते हैं कि यह कैसे हो सकता है कि कुछ सैकड़ों-हजारों लोग (या कुछ लाखों लोग अगर मैकिंजे की दूरदर्शिता सच होती है) करोड़ों की संख्या को परिवर्तित कर सकते हैं, विशेष रूप से जबकि चालीस प्रतिशत अशिक्षित हों और हमारा आर्थिक ढांचा बुरी स्थिति में हो? यह एक समझदारी-भरा प्रश्न है और इसका उत्तर देना आसान भी नहीं है। सूचना उद्योग सेवाएं अर्थव्यवस्था में कार्यरत हैं और ये आदर्श रूप से दस्तकारी की तुलना में काम-धन्धों में वृद्धि करनेवाले हैं। मैंने प्रमाण दिए हैं कि निट, जी टी.वी. और भारती टेलीकॉम के उदाहरण-जो कि नई नौकरियों का सृजन कर रही हैं। सुभाषचन्द्र दावे के साथ कहता है कि जी टी.वी. ने अकेले ही पचीस हजार नौकरियों के अवसर उपलब्ध कराए हैं। मैंने प्रोफेसर बर्थ के अनुसन्धान की ओर भी संकेत किया है जो कि दावा करते हैं कि संयुक्त राज्य में 1985-95 के दशक में सत्तर प्रतिशत नई नौकरियां 'गैजल्स' के द्वारा सृजित हैं–जो कि नई कम्पनियां हैं जिन्होंने छोटे स्तर से शुरूआत की और तीव्रता से आगे बढ़ीं। इनमें से अधिकतर नौकरियां या तो सेवा या सूचना कम्पनियों या दोनों में ही थीं। भारत में भी ऐसा ही होने की सम्भावना है। इंटरनेट ने खेल के मैदान को इतना समतल कर दिया है और प्रवेश में आनेवाली रुकावटों को दूर कर दिया है कि दृढ़ इच्छा शक्तिवाला कोई भी नया उद्यमी सफल हो सकता है।

कुछ लोग कहते हैं कि इंटरनेट और ई-कॉमर्स की सीमाओं को न भूलना समझदारी है। जबकि कुछ लोग पूछते हैं कि इंटरनेट एक पहर के सपने की तरह गुजर जानेवाला है या क्या इसका कोई अस्तित्व भी है? इस सबका उत्तर है कि ऐसा कहना अतिशयोक्ति है क्योंकि वास्तविकता में इसका एक मजबूत आधार है। हम जो भी करते हैं, इंटरनेट उसका रूप बदल देगा, और यह एक क्रान्तिकारी व्यवसाय के रूप में उभरेगा। 1999 में अमेरिका में पन्द्रह प्रतिशत शेयर और पांच प्रतिशत किताबें वेब साइट द्वारा खरीदीं गईं और चालीस प्रतिशत कारें इंटरनेट पर सलाह और जानकारी लेने के बाद खरीदी गईं। जबकि पुरानी चली आ रही ट्रेवल एजेंसियां बन्द होने के कगार पर पहुंच गई, किन्तु वेब व्यापारों ने अभी तक कोई लाभ नहीं कमाया। 1999 में ई-कॉमर्स ने अमेरिका में केवल एक प्रतिशत फुटकर बिक्री दर्ज की है। बावजूद इसके कोई भी कम्पनी इंटरनेट को नजरअन्दाज नहीं कर सकती। किन्तु उत्पादों को अभी भी उत्पन्न करना पड़ता है और ईंट और गारा में भुगतान करना पड़ता है। सूचना तकनीकी स्टॉकों के लिए पागलपन निश्चित रूप से एक तकनीकी बुलबुला है। उनके शेयर को अधिक दाम मिलता है और अमेरिका में चार में से तीन, इंटरनेट स्टॉक उनके जारी मूल्य से कम व्यापार करते हैं। जब डॉट कॉम इतनी सफलता से पूंजी बढ़ा सकते हैं, तो वे उसे नष्ट भी कर सकते हैं। ऐसा कहकर कि शायद इंटरनेट भी बिजली की खोज की तरह हो और भारतीय युवा वर्ग अपने सपनों का पीछा करने में सही हों।

हमारे यहां व्यावसायिक क्रान्ति शायद कभी नहीं आएगी, ऐसा सोचकर उदास होने से कोई लाभ नहीं है। व्यावसायिक युग अब बीत चुका है और अतीत को दोहराने का कोई तुक भी नहीं है। इसके अलावा सूचना उत्पादों में जो मूल्य जोड़ा जाएगा वह व्यावसायिक उत्पादों से कहीं अधिक होगा। यहां तक कि कम्प्यूटर हार्डवेयर भी इसी ग्रुप का एक आगे बढ़ता हुआ उद्योग है जिसमें जोड़ा गया मूल्य काफी अच्छा हो गया है। पूंजी बाजार भी हमें यही बताता है। बाजार पूंजीकरण से तीन वर्ष पहले का दो प्रतिशत आई. सी. ई. कार्यक्षेत्र अब पचीस से तीस प्रतिशत हो गया है और बम्बई स्टॉक एक्सचेंज के 2001 में पचास प्रतिशत होने की आशा है। रोजाना व्यापार का पचास प्रतिशत पहले से ही सूचना स्टॉक और शेयरों में है। इसलिए व्यावसायिक क्रान्ति में इस तरह की तेजी अच्छी है जब तक कि हम सूचना युग में सफल होते हैं। इस्पात बहुत बड़ी मात्रा खरीदने के लिए, सॉफ्टवेयर की थोड़ी-सी मात्रा भी काफी रहेगी।

सूचना अर्थव्यवस्था में स्थिर सफलता बनाए रखने के लिए शिक्षा की ओर अधिक ध्यान देने की आवश्यकता है-ख़ासकर प्राथमिक शिक्षा के विस्तार की और उच्च शिक्षा की गुणवत्ता को बेहतर बनाने की। सबको बेहतर प्राथमिक शिक्षा निरक्षरता को

मिटाने में सहायक होगी; अर्थात आर्थिक वृद्धि के प्रतिफलों का सीधा और गहरा असर हो सकेगा और अधिक संख्या में लोग खुशहाली में हिस्सेदारी ले सकेंगे। उच्च शिक्षा में किए गए सुधार राष्ट्रीय प्रतिस्पर्धा पर असर छोड़ेंगे। शिक्षा न सिर्फ स्वयं में उपयोगी है, बल्कि यह अर्थव्यवस्था में प्रतिस्पर्धात्मक लाभ के निर्माण में भी मदद करती है।

आलोचक आश्चर्य करते हैं कि हम कम्प्यूटर के जानकारों का निर्माण कैसे कर पाएंगे जबकि शिक्षा के क्षेत्र में हम अभी भी पिछड़े हुए हैं। उत्तर, शायद तमिलनाडु में किए गए प्रयोग की सफलता पर निर्भर करेगा, जिसकी ओर मैंने अध्याय 17 में संकेत किया है। तमिलनाडु सरकार और प्राइवेट कम्पनियां निट के सहयोग से सरकारी स्कूलों में कम्प्यूटर शिक्षा को लाने में सहयोग कर रही हैं। निट कम्प्यूटर और अध्यापक उपलब्ध करवा रहा है और स्कूल जगह आदि सुविधाएं उपलब्ध करवा रहे हैं। जो कि निजी सूचना तकनीकी शिक्षा में अत्यधिक महत्वपूर्ण लागत है। दिन के समय बच्चे व्यावहारिक रूप से मुक्त शिक्षा प्राप्त करते हैं और स्कूल के बाद यह शहर के लोगों के लिए विधिवत निट कमर्शियल सेंटर बन जाता है। निट के द्वारा जो लाभ दिन के समय गंवाया जाता है, उसे चार बजे सायं से दस बजे रात्रि के बीच तक कमा लिया जाता है। यदि भारतीय युवाओं को कम्प्यूटर सिखाने के माध्यम से ही लाभ कमाया जाना है, तो फिर शायद हमने देश में विस्तृत पैमाने पर कम्प्यूटर साक्षरता का नमूना पा लिया है, फिर भी अभी यह कहना जल्दबाजी होगा कि यह कार्यक्रम उड़ान भरेगा और इसे दोहराया जाएगा।

अन्ततः आलोचकों को यह याद रखना चाहिए कि उन्नीसवीं शताब्दी के आरम्भ में ब्रिटेन के व्यापार की अत्यधिक मांग के दौरान निरीक्षकों ने पहले से ही नहीं सोचा होगा कि वहां एक औद्योगिक क्रान्ति आनेवाली है। उसी प्रकार से, हम भी सम्भ्रान्तों की सूचना अर्थव्यवस्था और जनसमूह की स्थिति के बीच की सभी कड़ियों को देखने में असमर्थ हैं। हम केवल 'अंकों पर आधारित विभाजन' ही देख सकते हैं। इसलिए, काफी हद तक यह विश्वास पर निर्भर है।

आलोचक यह भी पूछते हैं कि क्या भारत और चीन जैसे देशों, जिनकी अधिकतर जनसंख्या किसान है, द्वारा कैलिफोर्निया के बहुत ही अलग प्रकार की सामाजिक-आर्थिक संरचना से उभरती हुई उच्च तकनीकी क्रान्ति का अनुसरण करने का प्रयत्न करना बुद्धिमानी है? एक कहता है कि "बैंगलोर के थोड़े से लोग भारत की गरीबी की समस्या को दूर नहीं कर पाएंगे।" एक अन्य पूछता है कि "जैसी भी उनकी सामाजिक संरचना है, क्या भारत और चीन अपने करोड़ों गरीब देशवासियों के बीच विश्व की बराबरी करनेवाले उच्च तकनीकी परिक्षेत्र का निर्माण करने का बीड़ा उठा सकते हैं। बढ़ती हुई तकनीक का प्रभाव बहुत धीमे होता है। परन्तु क्या यह जनसंख्या

में अत्यधिक विषमता के चलते कारगर सिद्ध होगा? गांवों में उचित तकनीक की उत्पत्ति व विस्तार के लिए विकसित विश्व की कम्प्यूटर, एरोस्पेस, संचार तकनीक और अन्य संसाधनों का बंटवारा गांवों में अधिक लाभदायक तरीके से करने के लिए उचित तकनीकों को और नहीं जोड़ा जा सकता था?"

ये वही पुराने शको शुबहे थे जो 1960 में भी लोगों में पाए जाते थे। जब वे यह सोचते थे कि क्या भारत और चीन के लिए पश्चिम के औद्योगिक मार्ग का अनुसरण करना उचित था। इस तरह के प्रश्न पूछना यह बताता है कि भारत और चीन को आगे बढ़ने के प्रयत्न नहीं करने चाहिए। यह राजनीतिक रूप से एक अस्वीकार्य चुनाव है। अगर यह सम्भव भी होता तो इन सभी सन्देहों का सीधा उत्तर यह है कि हमें सभी स्तरों पर आगे बढ़ना है–उन्नत, मध्यस्थ, प्राथमिक स्तर पर यानी खेतों पर, फैक्टरी में और इंटरनेट पर भी। विश्वव्यापी अर्थव्यवस्था में पूंजी संसाधन कोई रुकावट नहीं है।

तीस वर्षों पहले हुई हरित क्रान्ति के उन प्रचंड दिनों के बाद अब हमने अपने लोगों में वैसा ही जुनून और जोश देखा है। इस समय हमारे शहरों में शिक्षित युवा वर्ग है जो कि इस कार्यभार का नेतृत्व कर रहा है। मैं आई. आई. टी. और आई. आई. एम. सहित कई कॉलेज परिसरों में निरीक्षण और व्याख्यान देने के लिए जाता रहता हूं और मैंने वहां वैसी ही ऊर्जा और आग पाई है। एक बार फिर यह नई तकनीक का रोमांच ही है जो कि युवा भारतीयों को आवेशित कर रहा है। इस बार यह इंटरनेट है। मेरी बातचीत का विषय अलग-अलग होता है किन्तु विद्यार्थी केवल 'इंटरनेट उद्यमी कैसे बनें के बारे में ही बातचीत करना चाहते हैं। (पूंजी के साथ और साहसिक प्रयोगों के कारण)। उनके पास सबसे अधिक अद्भुत विचार हैं जिन्हें वे अपने 'सपने' पुकारते हैं। मैं उन्हें अपने सपनों को बिजनेस मॉडल और शीघ्रता से साहसिक कार्य करने के प्रयत्न करने के लिए प्रोत्साहित करता हूं। मैं उनसे कहता हूं कि "यह क्षण तुम्हारा है, भगवान के लिए इसे जाने मत देना।"

कुछ बहादुरों ने धर्म के क्षेत्र में गोता लगा दिया है। उन्होंने इंटरनेट खिलाड़ियों जैसी कड़ी मेहनत शुरू कर दी है। और साहसिक कम्पनियां एक-दूसरे से आगे बढ़कर खिलाड़ियों को झपटने की कोशिश में लग गई हैं। निट जैसी कम्पनियां सैकड़ों साहसिक उद्यमी कार्यों को विकसित करने के लिए एक अदद पूंजी अलग रखती हैं। इस क्रान्ति का सप्ताह दर सप्ताह पीछा करने के लिए व्यक्ति को केवल इकोनॉमिक टाइम्स' और 'बिजनेस वर्ल्ड' पढ़ने की आवश्यकता है। अकेले मेरी पूंजी ने ही पिछले तीन माह में 500 से अधिक व्यावहारिक योजनाओं का मूल्यांकन किया है। औद्योगिक कम्पनियों और बैंकों में युवा प्रबन्धकों का झुकाव इंटरनेट की ओर बढ़ रहा है और इन्होंने अपनी सुरक्षित नौकरियों को छोड़ना शुरू कर दिया है तथा इंटरनेट की दुनिया में साझेदारी शुरू कर दी है।

इन साहसिक उद्यमियों को शीघ्र ही हमारी स्थापित कम्पनियों और अमेरिका की इंटरनेट कम्पनियों, जो कि इंटरनेट का घर हैं, से कठिन प्रतिस्पर्धा का सामना करना पड़ेगा। जापान में ऐसा ही हो रहा है जहां कि सोनी और फुजीत्सु अमेरिका की डॉटकॉमों के साथ जुड़ रही हैं। एन. ई. सी. ने हाल ही में अपनी तीस प्रतिशत की भागीदारी दर्ज करवाई है और 1999 के राजकोष के लिए जापान की हिस्सेदारी 2000 गुना अनुमानित की गई है।

हमारे नौकरशाहों और राजनीतिज्ञों ने हमारी औद्योगिक क्रान्ति की भ्रूणावस्था ही हत्या कर दी थी, वे सूचना क्रान्ति के साथ भी तो ऐसा ही नहीं करेंगे, लेकिन हमारे आर्थिक सुधारों के कारण इस बार हमारे नौकरशाह जीत नहीं सकेंगे। साथ ही व्यापार भी पारदर्शी है, वे न तो इसे देख सकते हैं और न नियन्त्रित कर सकते हैं। नौकरशाहों को हमारी सूचना क्रान्ति की हत्या करना कठिन मालूम होगा क्योंकि इंटरनेट पारदर्शिता की रचना करता है। सभी प्रकार का लेन-देन लोगों के बीच होता है। यह नौकरशाहों की ताकत को कम करता है जो कि सूचना के आदान-प्रदान पर आधारित है।

पचास साल बाद हम वह राष्ट्र हैं जो खुद से ही निराश है। हमारे असन्तुष्ट होने का एक कारण शिक्षा की खराब स्थिति है। भारत में दस में से चार बच्चे निरक्षर हैं। लड़कियों की स्थिति तो और भी खराब है। पिछड़े हुए उत्तरी राज्यों में जहां अध्यापक प्रायः अनुपस्थित रहते हैं और विद्यालयों में मूल सुविधाओं की भी कमी है, बच्चों को प्रोत्साहित नहीं किया जाता और वे भी स्कूल जाना बन्द कर देते हैं। किन्तु वहां भी आशा के संकेत नजर आते हैं। वहां भी शिक्षा के लिए आश्चर्यजनक जिज्ञासा और जरूरत है। पिछले छह वर्षों में साक्षरता दर बावन से बासठ प्रतिशत ऊपर उठी है। यह एक अच्छा और बड़ा ग्लोबल सुधार है और यदि यही रुझान बने तो राजनीतिज्ञों की उपेक्षा के बावजूद साक्षरता अब बहुत दूर नहीं है। कुछ राज्यों में शिक्षा की जिम्मेवारी स्थानीय पंचायतों के हाथों सौंपना शुरू हो गया है। मध्यप्रदेश और आन्ध्रप्रदेश इसका नेतृत्व कर रहे हैं। इन राज्यों के लोग अपने नेताओं को फिर से चुनकर इस आभार को लौटा रहे हैं। इस प्रकार से एक उम्मीद कायम है। यदि ऐसा कुछ है जो कि हमारा भविष्य सुरक्षित कर सकता है, तो वह है मानव क्षमताओं के निर्माण के क्षेत्र में ध्यान देना।

अगर प्रकृति ने मध्य पूर्व को तेल का उपहार दिया है और जापान को राष्ट्रीय समर्पण का, तो भारत को विशाल मानव बुद्धि का। हालांकि इस उपहार को इसने अनुशासन और सामूहिक रूप से कार्य करने की कमी से भी नकारा है। अपनी मानव पूंजी की रक्षा करना हमारा पहला कर्त्तव्य है। आज की विश्वव्यापी अर्थव्यवस्था में देश की स्थिति उन ब्रांडों के हिस्सों से निर्धारित होती है जिन पर यह शासन करता है और बुद्धि के उस भाग से जिसे यह इस्तेमाल करता है। आर्थिक सुधार इसका अपूर्ण

उत्तर है। जब सरकार ने इंटरनेट को वी. एस. एन. एल. के एकाधिकार से मुक्त किया, तो इसने लाखों युवा भारतीय बुद्धियों की रक्षा की। यदि यह कृषि में व्यापार के मार्ग खोलता है तो यह लाखों किसानों की रक्षा करता है। मानव पूंजी की रक्षा करने का सबसे शक्तिशाली मार्ग है शिक्षा। दस महत्त्वपूर्ण भारतीय दस सबसे बड़े राज्यों के शिक्षा मन्त्री हैं। अगले दस इन मन्त्रियों के सचिव हैं। दुर्भाग्यवश, उन्होंने अपने ऐतिहासिक मिशन को अनुभव नहीं किया है। संयुक्त राज्य यूरोपीय संघ और पूर्वी एशिया सभी ने अपने मानव उद्यमों के विकास की गति को तेज करने के लिए बड़ी-बड़ी योजनाओं को कर दिया है। निश्चित रूप से हमें अपने प्रतियोगियों के मुकाबले कुछ अधिक लाभ प्राप्त है। चीन द्वारा विश्वविद्यालय भेजे गए प्रत्येक विद्यार्थी की तुलना में भारत छह भेजता है। यदि हमने कोई कदम नहीं उठाया तो ये लाभ भी शीघ्र ही नष्ट हो जाएंगे।

सहस्राब्दि का भारत का वास्तविक लाभ राजनीतिक है। लोकतन्त्र ने अपनी पैठ बना ली है और वैधता का एक सही रूप विकसित किया है। बीते हुए पचास वर्षों के दौरान भारतीय लोग स्कूल गए। उन्होंने समय–समय पर और शान्तिपूर्वक अपनी सरकार को बदलना सीखा। उन्होंने अपने लड़ाके स्वभाव को स्वतन्त्र रूप से ढलने दिया और क्षमता के अनुसार उन्होंने न्यायालय पर दबाव डाला। उन्होंने सशक्त मुक्त प्रेस की रचना की और अभी हाल ही में टेलीविजन की भी; और कानून के शासन का घरेलूकरण करना शुरू किया। परिणामस्वरूप विभिन्न स्वर उभरे हैं, पिछड़ी जातियां आगे आई हैं, बहुवादी मध्यवर्ग का विकास हुआ है और सुअवसरों में काफी सन्तुलन हुआ है। भारतीयों ने अपने भ्रष्ट राजनीतिज्ञों के स्वरूप का तिरस्कार किया है, जो कि हर वर्ष सरकार को नीचे स्तर पर लाते जा रहे हैं। लेकिन वे जानते हैं कि राजनीतिक अस्थिरता के पीछे संवैधानिक स्थिरता है। लोकतान्त्रिक भारत को अब विचारधारा या राजनीति में तीव्र और मौलिक परिवर्तन का कोई डर नहीं है। इस सम्बन्ध में यह रूस, चीन, इंडोनेशिया, मिश्र और पाकिस्तान जैसे अलोकतान्त्रिक देशों से ज्यादा अच्छी स्थिति में है। वैयक्तिक अधिकारों के दायरे में शिक्षा प्राप्त करने से लेकर भारतीयों को अधिक प्रश्न पूछने और परिवर्तन लानेवाले विचारों के योग्य होना चाहिए। सूचना अर्थव्यवस्था में ये मददगार योग्यताएं हैं। सूचना तकनीकी सम्बन्धी क्रान्ति, सही मायनों में केवल स्वतन्त्र समाज में ही हो सकती है। यदि इंटरनेट नौकरशाही को जड़ों से काटता है तब लोकतन्त्र सूचना अर्थव्यवस्था को जरूरी लाभ भी देगा।

भारत एक मिश्रित व विभिन्न जातियोंवाला देश है। यह आधुनिक राष्ट्र के रूप में बने रह पाया है, इसकी यही सफलता पर्याप्त है। परन्तु इसने इससे भी अधिक किया है। एक भारतीय निवासी ने अपने इतिहास के सुनहरे पचास वर्षों में जीवन जिया है।

उसे निरंकुश महाराजाओं, नवाबों, जमींदारों और जागीरदारों के सामने घिघियाना नहीं है। यह निश्चित करने के लिए कि बंधुआ मजदूरी लुप्त न हो, रणवीर सेना ने समय-समय पर बिहार के दलितों को आतंकित किया है। किन्तु साधारण भारतीय, यदि अपनी सरकार उसे पसन्द न हो, तो उसे बदलने में समर्थ हैं, बिना किसी डर के वे अपने मत दे सकते हैं। यदि वे सन्तुष्ट नहीं हैं तो न्यायालयों में जा सकते हैं। यदि उनकी शारीरिक भाषा को देखें तो वे अधिक विश्वास से चलते हैं। यह लोकतन्त्र का लाभांश है। किसी भी तरह लोकतन्त्र कीमत वसूल कर लेता है। लेकिन जब एक देश को पुरानी नीतियों को छोड़ने की आवश्यकता होती है, लोकतान्त्रिक आवाजों की कर्कशता इसे कठिन बना देती है। बहुत से लोग अनुभव करते हैं कि भारत के कष्टदायक धीमे आर्थिक सुधारों के लिए लोकतन्त्र को ही दोषी ठहराया जाना चाहिए। प्रभुत्वसम्पन्न पूर्वी एशिया में, वे प्राय: भारत के लोकतन्त्र को इसके आर्थिक पिछड़ेपन के लिए दोषी मानते हैं। लेकिन इससे मैं सहमत नहीं हूं। मेरा विश्वास है कि लोकतन्त्र में भी एक योग्य और मेहनती नेता सुधारों को समर्पित कार्य करवा सकता है। अन्ततः जो भी हुआ हो, थैचर, कीटिंग, रॉलिंग और मेनेम इसमें सफल हुए हैं।

यदि इसका लाभ राजनीतिक है, भारत की हानि आर्थिक है। हमने पूंजीवाद के साथ बहुत लम्बा समय नहीं बिताया है और हमारे पास अपनी संस्थाओं को भूमंडलीय बाजार के कठोर और जीवन के दबावों के अनुकूल बनाने और मजबूत करने का समय नहीं था। हालांकि 1990 में वित्तीय पद्धति में बड़े स्तर पर सुधार हुए थे, फिर भी वह अब तक कमजोर ही है और ये राजनीतिक और सामाजिक जीवन से कम ही जुड़े हैं, क्योंकि यह भ्रष्टाचार और पैसे की राजनीति है।

1990 का दशक मेरे माता-पिता की पीढ़ी के लोगों के लिए चोट पहुंचानेवाला समय था। उन्होंने अपने संसार को अपनी आंखों के सामने ढहते देखा। चालीस वर्षों तक यह विश्वास दिलाया गया कि मिश्रित अर्थव्यवस्था पूंजीवाद और साम्यवाद दोनों से ही श्रेष्ठ थी। मिश्रित अर्थव्यवस्था से उनका मतलब था समाजवाद और पूंजीवाद का मिश्रण, जिसे कि नेहरू ने 1950 में गढ़ा था और जिसमें राज्य औद्योगीकरण के क्षेत्र में प्रमुख भूमिका निभाता था। वे इस दम्भपूर्ण विश्वास में पले कि हालांकि मिश्रित अर्थव्यवस्था अयोग्य थी फिर भी यह पूंजीवाद से बेहतर थी क्योंकि यह गरीबों का ध्यान रखती थी। यह साम्यवाद से बेहतर थी क्योंकि इसने लोकतान्त्रिक स्वतन्त्रताओं को सुरक्षित रखा। अब वे जान गए हैं कि वह एक बुरा सपना था। मिश्रित अर्थव्यवस्था की समस्या काम की थी, विश्वास की नहीं। यदि यह कारगर होती, तो भारत और तीसरे विश्व का अधिकतर भाग आज समृद्ध होता। यह नेहरू की महान दृष्टि थी जो

कि बाकी विश्व को रास्ता दिखाने जा रही थी। इसकी समस्या यह थी कि इसने राज्यों द्वारा उत्पीड़न का नेतृत्व किया। भारतीयों ने अपने कष्टदायी अनुभवों से यह सीखा है कि राज्य आवश्यक रूप से लोगों के लिए कार्य नहीं करते थे। ये सिर्फ खुद के लिए ही कार्य करते हैं–राजनीतिज्ञों, नौकरशाहों और सीधे समर्थनों के लिए। भारत में राज्य के कर्मचारी शक्तिशाली हित बन गए हैं। वे किसी के भी अधीन नहीं हैं और वे विश्वास करते हैं कि उन्हें काम करने की आवश्यकता नहीं है।

मुझे लगता है कि इस पुस्तक में नेहरू पर अत्यधिक आरोप लगाने के कारण शायद मैं कसूरवार हूं, विशेष रूप से शुरू के अध्यायों में। यह सच है कि नेहरू के लिए मेरा युवा उत्साह वास्तविक ज्ञान में बदल गया था। दोनों ही शायद अधिक जान पड़ें। सन्तुलन बनाए रखना कभी भी आसान नहीं है। यह याद रखना हमेशा ही अच्छा है कि यदि सामाजिक शक्तियां व्यक्तियों द्वारा प्रेरित होती हैं तो व्यक्ति भी महान लोगों सहित सामाजिक शक्तियों द्वारा गढ़े जाते हैं।

अतीत के रक्षक तर्क देते हैं कि बहुतों द्वारा अवसरों को चूकने के बावजूद स्वतन्त्रता के बाद के वर्ष भारत के भौतिक जीवन में सबसे अच्छे थे। शताब्दी के पहले आधे भाग में हमारी अर्थव्यवस्था ने एक प्रतिशत से कम वृद्धि की। दूसरे आधे भाग में इसने चार प्रतिशत वृद्धि की। 1950 और 1975 के बीच इसने साढ़े तीन प्रतिशत वृद्धि की; अस्सी के दशक में यह 5.6 प्रतिशत तक पहुंची; नब्बे के दशक में यह औसतन 6.3 प्रतिशत रही। निर्देश मिलते ही बाघ तेज दौड़े। फिर भी अर्थव्यवस्था का यह हाथी एक अरब लोगों को सहारा दे रहा है-तीन गुना ज्यादा लोग और प्रति व्यक्ति आय चार गुना ज्यादा है। आयु दर बढ़ गई है। साक्षरता तीन गुना से ज्यादा है, शिशु मृत्यु दर आधी है। वे कहते हैं, विशेष रूप से एक उदार लोकतान्त्रिक प्रणाली में यह एक महत्त्वपूर्ण उपलब्धि है। मैं विश्वास करता हूं कि हमें स्वयं को बाकी विश्व के साथ आंकना चाहिए। 1998 की वर्ल्ड बैंक एटलस के अनुसार भारत की प्रति व्यक्ति आय 380 डॉलर है जो कि इसे 157 देशों की सूची में 124वें स्थान पर रखती है। एक डॉलर प्रति व्यक्ति प्रतिदिन की अन्तर्राष्ट्रीय गरीबी रेखा के द्वारा भारत के आधे लोग गरीब हैं और विश्व के गरीबों का तीसरा हिस्सा भारत में है। एक हजार में से पैंसठ शिशु मर जाते हैं, और यह बहुत ज्यादा है। दो तिहाई बच्चे अपर्याप्त पोषण से पीड़ित हैं और कुपोषण का शिकार हैं। इकहत्तर प्रतिशत स्वच्छता को नहीं प्राप्त कर पाते और जैसा कि मैंने अभी लिखा है, दस में से चार भारतीय निरक्षर हैं। और यह भारत को संयुक्त राष्ट्र विकास कार्यक्रम की मानव विकास सूची में 174 देशों में से 134वें स्थान पर ले आता है। यह खराब प्रदर्शन है।

किसी अन्य से अधिक हार्वर्ड का अर्थशास्त्री जेफरी सैच भारत के भविष्य में मेरे दृढ़ विश्वास को पक्का करता है। लड़कों की तरह उसका उत्साह उतना ही संक्रामक है जितना कि भ्रामक। एक अच्छे प्रोफेसर की तरह वह योग्यता, शिक्षा और वाक्पटुता का एक उदाहरण है। वह हमें यह याद कराते हुए शुरू करता है कि द्वितीय विश्वयुद्ध के बाद विश्व में तीन प्रकार की अर्थव्यवस्थाएं थीं: पूंजीवादी पहला विश्व, समाजवादी दूसरा विश्व और विकासशील तीसरा विश्व, जिसका लक्ष्य मध्यम मार्ग था। तीसरा विश्व केवल गरीब ही नहीं था अपितु इसके पास भिन्न अर्थव्यवस्था प्रणालियां थीं; जिसने अर्थव्यवस्था को बन्द कर दिया और राज्य को औद्योगीकरण में सर्वप्रथम भूमिका सौंप दी (हालांकि प्रभुत्व का एकाधिकार नहीं था जैसा कि समाजवादी अर्थव्यवस्था में होता है)। आज यह सब बदल गया है। वह कहता है कि विश्व की जनसंख्या का नब्बे प्रतिशत हिस्सा अब खुली अर्थव्यवस्थाओं में रहता है। पिछले पचास वर्षों में राष्ट्रों के मध्य सबसे अधिक अद्भुत आयाम एक-दूसरे के पास आना है। साम्यवादी दूसरा विश्व के अवसान ने विश्व की अर्थव्यवस्थाओं को जोड़ने और तीसरा विश्व को खोलने की गति को तेज कर दिया है। एक अकेली भूमंडलीय अर्थव्यवस्था प्रणाली उभरी है और इसका चिह्न विश्व व्यापार संगठन है, जो 120 से अधिक राष्ट्रों की सहमति से 1995 में स्थापित हुआ।

चूंकि 1970 के दशक में, चौरासी में से इकहत्तर विकासशील देश बन्द थे। सैच कहता है, उनमें से अधिकतर आज स्वयं को विश्व अर्थव्यवस्था में एकीकृत करने यानी शामिल होने के लिए प्रबलता से खुल गए हैं। एकीकरण का क्या अर्थ है? इसका अर्थ कि ये राष्ट्र निर्यात और आयात को बढ़ाने के लिए व्यापार में शुल्क और अन्य बाधाओं को कम कर रहे हैं; वे अपने कानूनी कर और सम्पत्ति प्रणालियों में अन्तर्राष्ट्रीय मानदंडों के साथ सामंजस्य स्थापित कर रहे हैं। वे सक्रिय रूप से तकनीक और भूमंडलीय पूंजी के लिए प्रतिस्पर्धा में जुटे हैं। भूमंडलीय प्रतिस्पर्धा के दबाव के तहत वे अपनी घरेलू अर्थव्यवस्थाओं में भी सुधार कर रहे हैं–मूल्य नियन्त्रणों को हटा रहे हैं, निजीकरण कर रहे हैं, उद्योग अनियमित कर रहे हैं और शिक्षा को बेहतर बना रहे हैं। यह एक अन्तर्राष्ट्रीय दौड़ प्रतीत होती है कि कौन सबसे पहले सुधार कर रहा है।

सैच और वार्नर के हाल के अध्ययनों ने शक्तिशाली प्रमाण उपलब्ध कराए हैं कि क्यों खुली अर्थव्यवस्थाएं सफल होती हैं और बन्द असफल। अर्थशास्त्री बहुत लम्बे समय से, एडम स्मिथ के समय से विश्वास करते आए हैं, कि गरीब देशों को अमीर देशों से तेज वृद्धि करनी चाहिए और आय के इस अन्तराल को खत्म कर देना चाहिए। यह इसलिए क्योंकि वे पूंजी और आधुनिक तकनीक को अमीर देशों से आयात कर सकते

हैं और उन्हें पहिये का फिर से आविष्कार करने की आवश्यकता नहीं है। अभी तक, पिछले पचास वर्षों में, गरीब देश मोटे तौर पर अमीर देशों से घनिष्ठ नहीं हो सके हैं। सैच ने दिखाया है कि समस्या व्यापार शासन प्रणाली के साथ है, खुली अर्थव्यवस्थाएं संग-साथ की ओर अभिमुख हैं, परन्तु बन्द अर्थव्यवस्थाएं नहीं। गरीब देश, अमीर नहीं बन पाए हैं क्योंकि वे विश्व के लिए बन्द थे। 1970 और 1990 के बीच, 'खुले' विकासशील देशों ने साढ़े चार प्रतिशत प्रति व्यक्ति प्रतिवर्ष की दर से वृद्धि की जबकि 'बन्द' विकासशील देशों ने केवल 0.7 प्रतिशत वृद्धि की। तेरह में से ग्यारह खुली अर्थव्यवस्थाओं ने तीन प्रतिशत प्रतिवर्ष से अधिक वृद्धि की, जबकि चौहत्तर में से केवल चार बन्द अर्थव्यवस्थाओं ने इस प्रकार की वृद्धि प्राप्त की। औपचारिक वार्तालाप में तेरह खुली अर्थव्यवस्थाओं में से केवल एक ने दो प्रतिशत से कम वृद्धि की है, अठत्तर में से अड़तालीस बन्द अर्थव्यवस्थाओं के मुकाबले। इसी बीच अमीर देशों ने उसी अवधि में 13 प्रतिशत सालाना की वृद्धि की।

हालांकि गरीब अर्थव्यवस्थाओं ने भी, जिस तरह अमीर देश तेजी से विकास कर रहे थे, विकास करना शुरू कर दिया और गरीब तथा अमीर देश आपस में व्यापार और निवेश के जरिये जुड़ गए। गरीब अर्थव्यवस्थाएं गरीब ही रहीं क्योंकि वे बन्द थीं। द्वितीय विश्व युद्ध के बाद से, उन्होंने भूमंडलीय विकास को अस्वीकार किया है। इस प्रक्रिया में, करीब-करीब दो पीढ़ियों को बलिदान देना पड़ा। भारत इनमें से एक था, और शायद आर्थिक असफलता का सबसे अधिक आश्चर्यजनक उदाहरण भी। 'सर्वाधिक आश्चर्यजनक क्योंकि यह एक बहुत बड़ा देश था, यह एक लोकतन्त्र था, इसका अंग्रेजी बोलनेवाले लोगों का एक बहुत बड़ा शिक्षित वर्ग था, इसके पास जवाहरलाल नेहरू का आदर्शवादी नेतृत्व था, जिसे चहुंओर से सहानुभूति मिली और जो विश्व के गरीबों के लिए आशा का प्रतीक था।

अर्थव्यवस्था के खुलने के साथ ही भारत तकनीक, पूंजी और भूमंडलीय अर्थव्यवस्था के विचारों के निरन्तर फैलाव को और अधिक देर तक नहीं रोक सका। सार्थक सुधारों के बिना, यदि यह 1980 के दशक के दौरान पांच प्रतिशत सालाना से अधिक वृद्धि कर सका, तो सुधारों के बाद इसे सात या आठ प्रतिशत की वृद्धि बनाए रखने के लिए बाध्य होना पड़ेगा। 5.6 प्रतिशत की वृद्धि के साथ भी, यह अस्सी के दशक में लाखों लोगों को गरीबी रेखा से ऊपर खींचने में समर्थ था। इसी बीच, दशकों में पहली बार, जनसंख्या में वृद्धि दर धीमी हुई। 1990 में यह 2.2 प्रतिशत से 1.7 पर आ गई। सम्मिश्रण के दो नए रुझानों को गरीबी रेखा से नीचे के लोगों की संख्या को आज के लगभग पचास प्रतिशत से पन्द्रह-बीस प्रतिशत से नीचे लाना चाहिए। पूर्वी एशिया

के देश गरीबी के स्तर में काफी कमी ला पाए हैं। जैसा कि अर्थशास्त्री कहते चूंकि आय का वितरण प्रतीकात्मक ढंग से 'लॉग नॉर्मल' है, इसका इस प्रकार गिरना सम्भव है।

जैसा कि मैंने उन्नीसवें अध्याय में उल्लेख किया है कि कांग्रेस पार्टी के विचारक जयराम रमेश ने कुछ वर्ष पहले भारत के आर-पार उत्तर में कानपुर को दक्षिण में मद्रास से जोड़ती हुई एक रेखा खींची। उन्होंने कहा कि इस रेखा के पश्चिम में स्थित राज्य अत्यधिक तेजी से वृद्धि कर रहे हैं–बहुत से दो अंकों में–पूर्ववालों की अपेक्षा, और वे अर्थव्यवस्था के खुलने से कहीं अधिक तेजी से लाभ उठा पाएंगे और काफी अमीर बन जाएंगे। जो पूर्व में हैं, वे पिछड़े ही रह जाएंगे। इसी सन्दर्भ में, हमारे कुछ दक्षिणी और पश्चिमी राज्य पहले से ही फिसड्डी हैं। यदि सम्पूर्ण अर्थव्यवस्था सात प्रतिशत की दर से वृद्धि करती है, तो मेरे आंकड़े दशाते हैं कि इस रेखा के पश्चिम में पचास प्रतिशत लोग 2020 तक मध्यवर्गीय बन जाएंगे। इस रेखा के पूर्वी भारत का भाग इस सामाजिक स्थिति को केवल 2040 तक ही पहुंच पाएगा (इस रेखा के साथ हमें थोड़ी-सी हेरा-फेरी करनी पड़ेगी क्योंकि आन्ध्र प्रदेश इस रेखा के पश्चिम में है)। विषमताएं साफतौर पर चीजों को बदतर बनाती जाती हैं, परन्तु दृढ़ प्रयास उनमें सुधार लाने में मदद करेगा। सात प्रतिशत प्रति व्यक्ति वार्षिक सकल घरेलू उत्पाद 2020 में 5653 डॉलर चढ़ जाएगा (1999 के 1750 डॉलर की अपेक्षा) और पी. पी. पी. के आधार पर 2040 में 16,500 डॉलर। आपत्ति सूचना के साथ जैसे-जैसे आय बढ़ती है पी. पी. पी. सूची बदलती है। यदि यह अनुमान सही सिद्ध होता है तो यह भारत की दिशा ही बदल देगा। जबकि समाज की आधी जनसंख्या मध्यवर्ग हो, इसकी राजनीति नाटकीय रूप से बदल जाएगी। इसका दृष्टिकोण अलग होगा और समाज के पास इसके गरीबों की देखभाल के लिए अधिक साधन उपलब्ध होंगे।

भारत का यह मध्यवर्ग 1984 में जनसंख्या के दस प्रतिशत से कम था। हमारी असफल अर्थव्यवस्था का सत्य मापदंड है। (मैंने एन. सी. ई. ए. आर. की मध्यवर्ग की परिभाषा का प्रयोग किया, जो इसे उपभोग करनेवाला वर्ग बुलाती है)। आज मध्यवर्ग लगभग बीस प्रतिशत है। सुनिश्चित अंकों में तिगुना हो गया है। यह रुझान लगातार बना रहेगा। जबकि जनसंख्या अधिकतर मध्यवर्ग है, यह गरीबी पर भी प्रभाव डालना आरम्भ कर देगा। बीस प्रतिशत जनसंख्या, जो कि पचास प्रतिशत की अपेक्षा गरीब है, की देखभाल करना स्पष्ट रूप से आसान है।

भारत की गरीबी हमारे ग्रह पर गरीबी का प्रतीक है। पन्द्रह वर्ष पूर्व यह विचार कि क्या हम इस दाग को धो पाएंगे, अविश्वसनीय ही था। आज, शायद यह विस्मयकारी प्रतीत हो, हम इस आशावान प्रस्ताव को शान्तिपूर्वक और गम्भीरता से देखने की

हिम्मत कर सकते हैं। चीन, एक अच्छी शुरुआत के साथ इसे जल्दी ही प्राप्त कर लेगा। मुख्य अन्तर यह है कि आज हम समृद्धि और धन-दौलत कमाने पर केन्द्रित हैं। यही है वह सब जिसके विषय में सारे आर्थिक सुधार हैं। दस वर्ष पूर्व हमारा केन्द्र गरीबी का पुनः वितरण था।

इस शताब्दी में गरीब और अमीर देशों के बीच की समानताओं के हम इतने आदी हो चुके हैं कि हम इस विस्मयकारी सचाई को भूल गए हैं कि विश्व में 1750 में मोटे तौर पर चारों ओर जीवन-स्तर एकसमान था। हर कोई गरीब था। 1850 में भी स्थिति भिन्न नहीं थी। आज विकसित देशों में औसत व्यक्ति विकासशील देशों की तुलना में दस गुना ज्यादा अमीर है। यह कैसे हुआ? उत्तर–पूंजीवाद के प्रतिरोध के बावजूद हम आगे बढ़ने में निहित है जो कि इंग्लैंड में 1760 और 1820 के बीच रूई और भाप के इंजन के आविष्कार के साथ प्रारम्भ हुई। यूरोप और उत्तरी अमेरिका ने बिजली, भाप, जहाज और इस्पात के तकनीकी नवोत्पाद की लहर के साथ प्रवेश किया। इसके तुरन्त बाद बिजली का आविष्कार हुआ और शुरुआत हुई मध्यवर्ग में विस्फोट की और पश्चिम में अधिक उपभोग की। बीसवीं शताब्दी के पहले आधे भाग में, स्वचालित वाहन वृद्धि को चलानेवाली शक्ति बन गए। द्वितीय विश्व युद्ध के बाद चिप और कम्प्यूटर की खोज ने तेजी से जीवन को रफ्तार दी और आज के सूचना समाज की ओर ले गए। बीसवीं शताब्दी के अन्तिम चौथाई भाग में जापान और सुदूर पूर्व के ऊपर उठने के साथ विश्व व्यापार संचार और सीमा पार पूंजी बहाव के अविश्वसनीय विस्तार से उकसाने पर एक भूमंडलीय अर्थव्यवस्था बन गया।

प्रौद्योगिकी और पूंजीवाद के सृजनात्मक बदलावों ने राष्ट्र के विकसित होने के लिए समय को नाटकीय ढंग से कम कर दिया है। ब्रिटेन ने प्रति व्यक्ति उत्पादन को दोगुना करने में अट्ठावन वर्ष (1780 के बाद); संयुक्त राज्य ने सैंतालिस वर्ष (1840 के बाद); जापान ने तैंतीस वर्ष (1880 के बाद); इंडोनेशिया ने सत्रह वर्ष (1965 के बाद); दक्षिण कोरिया ने तेरह वर्ष (1970 के बाद) और चीन ने दस वर्ष (1978 के बाद) लिए। पूर्व और दक्षिणपूर्व एशिया के श्रेष्ठ प्रदर्शन करनेवाले आठ देशों ने केवल तेजी से वृद्धि ही नहीं की है, बल्कि उन्होंने यह भी दिखा दिया है कि वे गरीबी को भी हटा सकते हैं। इंडोनेशिया में गरीबी रेखा से नीचे के लोगों का प्रतिशत जो 1977 में अट्ठावन प्रतिशत था, 1982 में सत्रह प्रतिशत नीचे आया है। मलेशिया में यह 1973 में सैंतीस प्रतिशत से 1987 में चौदह प्रतिशत नीचे गिरा है, थाईलैंड में 1762 में उनचास से 1986 में छब्बीस; सिंगापुर में यह 1972 में चौंतीस से 1982 में दस प्रतिशत नीचे गिरी। चीन में 1979 से लगभग 160 लाख लोग गरीबी से उबर चुके हैं

जब इसके सुधार शुरू हुए। सुदूर पूर्व के लोगों की औसतन आयु छप्पन से इकहत्तर वर्ष हो गई है। हालांकि बहुत से सुदूर पूर्व के देश नब्बे के दशक के अन्त में संकट में आ गए थे, लेकिन उन्होंने यह दिखा दिया है कि यह किया जा सकता है।

जो इस सुखद भविष्य को होने से रोक सकता था, वह भारत है। सरकार सभी स्तरों पर भयावह है। सभी राज्य दिवालिया हैं। कानून और व्यवस्था एक गम्भीर समस्या है। हमारी अर्थव्यवस्था केवल अभी अधकचरी है। हमें तेजी से अपनी सार्वजनिक क्षेत्र की कम्पनियों का निजीकरण करना होगा जो कि हमारा खून चूस रही हैं। अपनी निजी 'बीमार इकाइयों' को बन्द करने की अनुमति देनी होगी। प्रत्यक्ष और अप्रत्यक्ष दोनों तरह की सब्सिडीज को हटाना होगा ताकि विदेशी निवेश हमारे आन्तरिक ढांचे की नसों में दौड़ सके। कृषि में व्यापार खोलना होगा। 'लघु उद्योगों' के लिए आरक्षण से छुटकारा पाना होगा। एकमात्र वैट टैक्स प्रणाली लगानी होगी और मजदूर बाजारों को खुला छोड़ना होगा। ये अत्यधिक महत्त्वपूर्ण सुधारों में से कुछ हैं। यदि हम इस सुधार कार्यसूची को लागू कर पाते हैं, तो हमारा लज्जित करनेवाला वित्तीय घाटा नियन्त्रित हो जाएगा और हमारी अर्थव्यवस्था और अधिक प्रतिस्पर्धात्मक बन जाएगी। नए सुधार हमारी वृद्धि दर को और ऊपर उठा पाएंगे और इसके साथ भारत अपने लाखों लोगों के जीवन को बदल सकेगा। इससे कोई फर्क नहीं पड़ता कि बाजार क्या भूमिका निभाता है-इस समाज को हमेशा सच्चे और काबिल सरकारी नौकरों की जरूरत रहेगी। ये भारत की नब्ज हैं।

मेरे दो पुत्र हैं। दोनों ही अपने बीसवें वर्ष में हैं और दोनों को ही समाजवादी राज्य के कारण विदेश जाकर रहना पड़ा। हम अपने काले दशकों के दौरान उनके लिए पर्याप्त नौकरियां उपलब्ध नहीं करा सके। अब हमने ऐसा करना शुरू कर दिया है, अधिकतर भारतीय अभिभावकों की तरह मैं चाहता हूं कि वे वापस आएं और अपने देश में अपना जीवन बिताएं। उन्होंने हमारे भविष्य के इस दृष्टिकोण में हिस्सेदारी शुरू कर दी है किन्तु अपने अन्य साथियों की तरह वे देख रहे हैं और इन्तजार कर रहे हैं। लोकतान्त्रिक भारत, जिसने कि बाजार को खोल दिया है, ने पहले की अपेक्षा कहीं अधिक और बेहतर मानवीय क्षमताओं में अपनी जड़ें जमाई हैं। वैयक्तिक स्वतन्त्रता ने ऊर्जा और सृजनात्मकता के विशाल संसाधन मुक्त किए हैं। अब यह सॉफ्टवेयर, मनोरंजन, दूरस्थ सेवाएं, इंटरनेट, साथ ही साथ इंडीपॉप, फैशन, क्रिकेट की सनक, अंग्रेजी में भारतीय उपन्यासों के बीच से गुजर रही है। ये भूमंडलीय उद्योग बन गए हैं और तेजी से भारतीय लोगों को नए आयाम दे रहे हैं। परिवार, जाति और राज्य का हाथ, जिसने कि मानव सम्भावनाओं को अवरुद्ध किया हुआ था, अब जाने दे रहा

है और भारतीय सामाजिक तथा आर्थिक संगठनों के नए प्रकार खोज रहे हैं, जो कि मानव क्षमताओं का अधिक उपभोग करते हैं।

विकास जरूरी तरीके से महानगरों, अत्यधिक भीड़-भाड़, बुरी कार्य-स्थितियों और पर्यावरण सम्बन्धी घोर विपत्तियों को जन्म देगा। बाजार सामाजिक मूल्यों को निश्चित करता है। कुछ को लाभ होगा और अन्यों को हानि। यदि विजेताओं की संख्या हारे हुओं से अधिक हो जाती है, तो भी वहां हारे हुए होंगे और भारत जैसे देश में उनकी संख्या बहुत अधिक होगी। किन्तु युवा जनसंख्या के समाज में इसे इस प्रकार से होना पड़ेगा जिससे कि बढ़ती हुई श्रम शक्ति को सोख लेने की आवश्यकता हो। भारतीयों को अभी भी कितनी सीढ़ी और चढ़ना है, शीघ्र विकास इसका लक्षण है, महाशक्तियों के उच्च स्थान को हथियाकर कब्जा करने की भारत की आसन्न शक्तियों के बजाय। शिक्षा और समय के साथ भारतीय भी अपनी पर्यावरण सम्बन्धी समस्याओं को नियन्त्रित कर लेंगे। सामाजिक व्यवस्था की रूपरेखा में भारत के विकास को भी सन्तुलित करना होगा। कोई भी आदर्श नहीं जानता। निस्सन्देह पश्चिम आदर्श नमूना पेश नहीं करता क्योंकि इसकी जरूरत से ज्यादा व्यक्तिवादी प्रवृत्ति ने परिवार और समाज इकाई पर भयानक प्रभाव डाला है। सूचना और नवप्रवर्तन की अर्थव्यवस्था में व्यक्तिवाद अनिवार्य तो है किन्तु पश्चिम ने भी यह सीखा है कि व्यक्तियों को सहायक समाज की आवश्यकता होती है। समाज और बाजार को किस प्रकार मिलाया जाए, इस समस्या का भी भारतीयों को साहस के साथ सामना करना होगा और पेशा, परिवार और समाज के बीच पश्चिम की अपेक्षा बेहतर सन्तुलन कायम करने का प्रयत्न करना होगा।

ऐसी आशा करने में कोई अच्छाई नहीं है कि भारतीय मूल्य और 'जीवन के तरीके' अक्षत जीवित बने रहेंगे, 'एशियाई मूल्यों' की विजयगान की बातों के साथ, जो कि हमने पिछले दशक के दौरान सुनी हैं। यह अब स्पष्ट होता जा रहा है कि उन्होंने पूरी तरह से पूर्वी एशियाई लोगों को निराश किया है। वे पूंजीवाद, सामन्ती राजनीति और संस्थागत भ्रष्टाचार के लिए कुएं का कोहरा साबित हुए। आलोचकों ने कहा है कि एशियाई मूल्य विक्टोरियन मूल्य (सशक्त परिवार, सशक्त देश और सशक्त राष्ट्रीयता) से अभिन्न हैं। यह सरलता से इस तथ्य को रेखांकित करता है कि हम औद्योगीकरण से लेकर लोकतन्त्रीकरण तक हर चीज में विकास के सदियों पुराने उसी हाथी चालवाले रास्ते पर चल रहे हैं। इसके सकारात्मक और नकारात्मक परिणाम हैं, और हमें उनके साथ जीना होगा।

दो भूमंडलीय प्रवृत्तियां ऐसी हैं जो कि भारत के भविष्य को बताती हैं। पहली तेज़ी से विकसित हो रहे मध्यवर्ग की उत्साही भागीदारी द्वारा भूमंडलीय अर्थव्यवस्था और संचारों

पर निरन्तर दबाव है। घरेलू रूप में हम स्पर्धात्मक बाजारों और सामाजिक लोकतन्त्र का बेरोक विस्तार देखेंगे। उन्नत हो रहे जीवन-स्तर, सामाजिक गतिशीलता, मध्यवर्ग के मूल्य और संस्कृति एक समान भूमंडलीय संस्कृति के रूप में तेजी से प्रभावित करेगी।

दूसरा है, विश्व में विकसित हो रही धार्मिक पहचान की चेतना जो कि मूल तत्त्ववादी और पृथकतावादी अभिवृत्तियों की ओर संकेत कर रही है। भारत में, यह स्वयं को हमारे समाज के प्रत्यक्ष अधर्म निरपेक्षीकरण में झलक रही है। यह प्रवृत्ति असहमति, अस्थिरता, विभाजन, कठोरता और असंगति को प्रोत्साहित करती है। यह हमारी उस पुरानी प्रवृत्ति के साथ तीखे विरोधाभास को बताती है, जो कि शान्ति, स्थिरता, एकीकरण, लचीलापन और तर्क को बढ़ावा देती है।

पूर्वी एशिया ने पहली प्रवृत्ति को अपनाया है। पश्चिमी एशिया ने दुसरी प्रवृत्ति को अपनाया है। इन दोनों प्रवृत्तियों में से किसके भारत में प्रभावशाली होने की सम्भावना है? या भारतीय समाज इन दोनों शक्तियों के संघर्ष के बीच कठिनाई से आगे बढ़ पाएगा। दोनों धाराओं को हम विश्व पटल पर साथ-साथ देख सकते हैं। पहला दृष्टिकोण कुछ वर्ष पूर्व बड़े उत्साह के साथ फ्रांसिस फूकूसामा के द्वारा प्रस्तुत किया गया था जिसने कि भविष्यवाणी भी की थी कि साम्यवाद के विध्वंस के साथ और स्पर्धा करनेवाली विचारधारा की अनुपस्थिति में, मुक्त बाजारों पर आधारित उदार लोकतन्त्र विश्व को आसानी से जीत लेगा। परिणामस्वरूप, विश्व तेजी से सजातीय मध्यवर्ग संस्कृति बन पाएगा, जिसमें विश्वव्यापी संघर्ष के लिए कोई स्थान नहीं होगा।

सैमुअल हटिंग्टन का दृष्टिकोण इस आदर्श सोच के विरोध में था, जिसने बहस की कि व्यापक एकरूपीय संस्कृति की ओर बढ़ने के बजाय विश्व तेजी से मूलतत्त्ववादी और अलग होता जा रहा है। उसने शीत युद्ध के बाद विश्व को आठ भिन्न सभ्यताओं में विभाजित किया है-पश्चिम, इस्लाम, कनफ्यूशियन, हिन्दू, जापानी, लैटिन अमेरिकी, रूढ़िवादी और सम्भवत: अफ्रीकी भी। उसने बहस की कि सभ्यता-चेतना बढ़ रही थी और सभ्यताओं के बीच का संघर्ष सैद्धान्तिक संघर्ष का रूप ले लेगा और भूमंडलीय संघर्ष का एकाधिकारी प्रकार बन जाएगा।

इन दोनों वृत्तान्तों में कुछ सचाई तो है। विश्व अधिक लोकतन्त्रात्मक और पूंजीवादी बनता जा रहा है। अधिकतर भूतपूर्व साम्यवादी देश पूंजीवादी लोकतन्त्र बन गए हैं। चौदह सबसे बड़े विकासशील देशों सहित बासठ 'बाजार हितैषी' देश आर्थिक सुधारों के रास्ते में हैं।

दुनिया उत्साहपूर्वक मध्यवर्गीय मूल्यों और कोक–एम टी.वी. की चर्चित होती जीवन-शैली को अपना रही है। विश्व का रक्षा खर्च भी अब कम हो गया है। दो सबसे

बड़े अपव्ययियों में से सोवियत राष्ट्र संघ समाप्त हो चुका है। अमेरिका के रक्षा पर होनेवाला खर्च भी कम हो गया है। इसलिए यह कहा जा सकता है कि दुनिया अधिक शान्ति, एकरूप, मध्यवर्ग, पूंजीपति और अधिक लोकतन्त्र की ओर रुख कर रही है।

इसी दौरान दूसरी प्रवृत्ति के भी काफी प्रमाण सामने आए हैं। बीती शताब्दी में जनजातीय संगठन, मानव-जाति (गैर-ईसाई) और रूढ़िवाद उभरकर सामने आया है। यूगोस्लाविया इसका सबसे नाटकीय उदाहरण है। लेकिन आखिरी संयुक्त राष्ट्र गणना के अनुसार दुनिया में सैंतीस गर्म स्थान हैं जहां गैर-ईसाइयों में संघर्ष चल रहा था। इस्लामी रूढ़िवादिता में वृद्धि के मामले सबसे अधिक पाए गए। अर्द्धचन्द्र के आकारवाले इस्लामिक गुट ने बल्ज ऑफ अफ्रीका से मध्य एशिया तक सीमाओं को बोसनिया में सर्ब्स, इजराइल में यहूदियों, भारत में हिन्दुओं, बर्मा में बौद्धों, फिलिपींस में कैथोलिक के विरुद्ध भड़काया है। रूढ़िवादी आन्दोलन ईसाई, यहूदी, बौद्ध और हिन्दू धर्मों में पनप रहा है। जार्ज वेजेल का कहना है : 'यह विश्व का अ-धर्मनिरपेक्षीकरण है।' चीनी देश लालायित हो चीनी दार्शनिक कनफ्यूशियन के मूल्यों को अपना रहे हैं। भारत में भाजपा सबसे बड़ी राजनीतिक पार्टी के रूप में उभरी है। हर जगह कॉलेज पास युवक ही हैं जो दुनिया में रूढ़िवादी आन्दोलनों में बढ़-चढ़कर भाग ले रहे हैं। बाकी दुनिया की तरह भारत भी एक तरह से प्रजातान्त्रिक पूंजीपति समाज की ओर बढ़ रहा है। जिसकी शान्ति को समय-समय पर धार्मिक उग्रवाद कम करते रहते हैं।

फूकूयामा के उज्ज्वल दर्शन के सभी सकारात्मक पहलुओं में एक हिस्सा बेहद कठोर है। वह यह है कि मध्यवर्ग का जीवन उपभोक्तावादी, एकाकी, तुच्छ और कमजोर बनने की ओर अग्रसर होता है। गतिशीलता ने कमजोर होते पारिवारिक रिश्ते और सामाजिक जीवन के साथ औद्योगीकरण में होते नुकसान और धर्म को पतन की ओर धकेला है। आधुनिकता के आलोचक हमें याद दिलाते हैं कि व्यक्ति अपने आसपास के माहौल से दूर होता जाता है और वह भी बिना खूंटों के इंटरनेट, अगर कुछ है, तो यही इस प्रवृत्ति को मजबूत कर रहा है।

उदारवाद की सबसे बड़ी विडम्बना यह है कि वह व्यक्ति के जीवन को संवारने की बजाय उसे खाली जगह से भर रही है। लेकिन व्यक्ति उस खाली जगह का सामना करने में असमर्थ होता है और उसे बेकार की वस्तुओं से भर देता है। बिना भगवान या सिद्धान्त के मध्यवर्गीय जीवन कभी न खत्म होनेवाले लक्ष्यों, जैसे कार, वी. सी. आर., बर्तन धोने की मशीन और इस चैनल से उस चैनल की खोज तक ही सीमित रह जाता है। सन्दर्भ बिन्दु है अहंकार और व्यक्ति शारीरिक सुरक्षा और रैशनल खर्चे की दुनिया में खो जाता है। यहां तक कि जब बात खेल और कसरत की आती है तो व्यक्ति

टीमवाले खेलों को खेलने की बजाय जॉगिंग करना बेहतर समझता है। बिना ऊंचे उद्देश्यों के कभी भी वीरतापूर्ण कार्य सम्पन्न नहीं होते। क्या यही जीवन है, जिसकी ओर भारत को इस सहस्राब्दि में देखना है?

यह अनुभव है पश्चिम में लोकतान्त्रिक पूंजीवाद का। सुदूर पूर्व के हाल के पाठ यही सलाह देते हैं। ये राष्ट्र भी पश्चिमी अनुभवों को दोहराने की इच्छा रखते हैं। मेरा अनुमान है कि भारत में भी जीवन बदलेगा, लेकिन यह नीरस और कठोर बनने का है औरों से अधिक विरोध करेगा क्योंकि यहां पर धर्म की मजबूत पकड़ है। हालांकि भारत आर्थिक समय-सारिणी को दबा लेगा और अगले पचीस-तीस सालों में समृद्ध बन जाएगा। मेरा विश्वास है कि वह धार्मिकता को उतनी तेजी से नहीं छोड़ पाएगा। भारतीय जीवन में धर्म का एक मजबूत और महत्त्वपूर्ण स्थान है और भगवान का स्थायित्व ही उसकी सबसे बड़ी और शक्तिशाली सुरक्षा होगी। फिर भी चुनौती होगी धर्म को व्यक्तिगत विषय-वस्तु बनाए रखने की।

भारत ने प्रजातन्त्र को पहले अपनाया और पूंजीवाद को बाद में और इस कारण भी यह अलग है। भारत 1950 में सार्वभौमिक मत और व्यापक मानव अधिकारों से पूर्णतया लोकतन्त्र बन चुका था, लेकिन 1991 तक ऐसा ही था जब तक उसने बाजारू ताकतों से खुलकर खेलना शुरू नहीं किया था। इस असाधारण ऐतिहासिक बदलाव का अर्थ यह भी था कि भारत का भविष्य अनियन्त्रित पूंजीवाद से रचित नहीं होगा। बल्कि उसका जन्म जाति की रूढ़िवादी ताकतों, धर्म और गांव, वामपन्थी और नेहरू की सामाजिक ताकतों (जिन्होंने चालीस सालों तक देश के बुद्धिजीवी वर्ग पर शासन किया) और सार्वभौमिक पूंजीवाद की नई ताकतों के दैनिक संवादों के जरिये होगा। प्रजातन्त्र की इन करोड़ों वार्ताओं का मतलब है कि आर्थिक सुधार की गति गड़बड़ और धीमी होगी। इसका यह भी अर्थ हुआ कि भारत एशियाई चीतों की तरह तेजी से नहीं बढ़ेगा, न ही गरीबी और अज्ञानता को उतनी तेजी से दूर कर पाएगा, जैसा वह शायद कर पाता।

पूंजीवाद और प्रजातन्त्र के बीच उल्टी स्थिति यह सलाह देती है कि अधिक वार्ताएं हो सकती थीं और फलस्वरूप भविष्य में शान्तिपूर्ण परिवर्तन होते, जैसे चीन में। भारत शायद रूस की तरह बिना तैयारी के पूंजीपति समाज के कुछ हानिकारक प्रभावों से दूर रहने का प्रयास करे। लेकिन कोशिश होगी अपनी जीवन-शैली और विविधताभरी सभ्यता, सहनशीलता और आध्यात्मिकता को सार्वभौमिक संस्कृति के आक्रमण के खिलाफ सुरक्षित रखने की।

यहां एक दृढ़ विश्वास है कि भारत हर समय दुनिया को सुविधाएं प्रदान करने में समर्थ है, लेकिन यह आज ज्यादा कीमती है। भूमंडलीकरण के लगातार होते आक्रमणों

ने सभी जगह लोगों को अन्दर तक बेचैन कर दिया है। एकरूपता और निराकार दुनिया में जीने की सम्भावना अब सुखद नहीं है। कोई भी ग्लोबल संस्कृति को पसन्द नहीं करता। दुनिया-भर की मीडिया यह सुनिश्चित करती है कि हम एक ही तरह के साधारण कार्यक्रम अधिक मात्रा में देखते हैं, वही पुटित समाचार, वही हास्यास्पद विज्ञापनों के नारे सुनते हैं और एक जैसी भावनाओं में प्रवाहित होते हैं। विश्वव्यापी उपभोक्ता समाज के तले अनुशासन दमघोंटू लक्षण है। और किसलिए ताकि हमारे पास अधिक-से-अधिक उपभोज्य वस्तुएं और भौतिक स्वामित्व हो? हम बड़ी-बड़ी और गुमनाम संस्थाओं की भूलभुलैया में गुम हो चुके हैं। अपनी नियति पर कुछ नियन्त्रण के साथ हम इस साधारण दुनिया में अकेलेपन की गहरी भावनाओं से भर चुके हैं। बाकी समय में हम अपने हस्तान्तरित अस्तित्व पर नीरस और उचाट प्रतिक्रिया व्यक्त करते हैं। एकाकीपन और हस्तान्तरण की भावनाएं सफल और प्रतियोगी अर्थव्यवस्था-संयुक्त राज्य, जापान, जर्मनी और कोरिया में बेहद तीक्ष्ण हैं।

इस एकाकी और उबाऊ संसार को जीने की कला प्रदान करने के लिए भारत ने आध्यात्मिक मार्गदर्शन प्रस्तुत किया है। पिछले पचास सालों से समाज में औद्योगिक समाज के फैलने के बावजूद भारतीय जीवन में अध्यात्म के व्यवहार और पारिवारिक सम्बन्धों का लगातार पोषण हुआ है। यह सिर्फ अशिक्षित लोगों तक ही सीमित नहीं। हर पेशे के कुछ सफल और समझदार लोग आज भी अध्यात्म में दिलचस्पी ले रहे हैं। वे ऐसा कई कारणों से करते हैं–समकालीन जीवन के पागलपन और खालीपन के विरुद्ध तसल्ली लेने के लिए, जीवन के सही अर्थ को समझने के लिए, संस्कृति को अपनाने के कारणों के लिए, या फिर भौतिक संसार में असफल होने से दूर जाने के लिए। जो भी कारण हों, धर्म और अध्यात्म का आज भी भारतीय मानस के जीवन के हर पड़ाव पर मजबूत पकड़ है।

पिछले पचास सालों में अधिक-से-अधिक आध्यात्मिक आन्दोलन भारत से पश्चिम की ओर निर्यात किए गए हैं–कुछ नीम-हकीमों द्वारा, लेकिन ज्यादातर आन्दोलनों ने जीने की कला के आकर्षक और सम्पन्न आध्यात्मिक समाधान प्रस्तुत किए हैं। यह स्पष्ट करता है कि पश्चिम (और खासतौर पर पूर्व) के युवाओं के उद्देश्यों में भारत की दृढ़ पकड़ को, जो अपने जीवन को जीने के वैकल्पिक उपाय की खोज कर रहे हैं। क्या यह एक नई सनक नहीं है ! यह प्रवृत्ति 2000 साल पुरानी है। दो चीनी पर्यटक फॉ हीयेन और ह्यून सांग बौद्धिक समझ को ढूंढ़ते हुए आए। इस्लामिक पंडित अलबरूनी जो हिन्दुओं के गणित में विवेकी उपलब्धियों में रुचि रखता था, वेदों से प्रभावित हुआ। बाद में जब पश्चिम ने भारत की खोज की, उन्नीसवीं शताब्दी के महान

बुद्धिजीवियों जैसे गोयथी, स्कोपेनह्यूर और नीत्शे भारतीय दर्शन से प्रभावित थे। कुछ समय पहले थियोसोफिस्टों, रामकृष्ण मिशन, लोकोत्तर चिन्तन और कई आध्यात्मिक संगठनों ने दुनिया में 'भारतीय जीवन-शैली' का परिचय दिया है।

यह 'भारतीय जीवन-शैली' बाद में विकसित औद्योगिक उदार समाज के लिए एक आकर्षक विकल्प पेश करती है जिसने उसकी भौतिक समस्याओं का निदान किया है। वह उन व्यक्तियों के लिए भी आकर्षक हो सकती है जो उदारवाद की उत्सुकता' का सामना नहीं कर सकते। भारतीय, जो आर्थिक क्षेत्र में धीमे रहे है, अब बेहतर अवस्था में हैं, जिससे वे खुद को संसार की चुनौतियों से बचा सकें। कहा जाता है कि यह 'भारतीय जीवन-शैली' समझदार और दृढ़ नजरिये के लिए हमारी गरीबी और बीमारी के समाधान का विकल्प या बहाना नहीं है।

बीसवीं सदी के इतिहास ने पश्चिम को निराशा की ओर धकेला है। यह उन्नीसवीं सदी के आशावाद के विरोध में है, जो दो धारणाओं पर आधारित था-पहली, आधुनिक विज्ञान मानव-जीवन को सुधार पाएगा और बीमारी और गरीबी पर विजय पा लेगा। दूसरी, प्रजातन्त्र पूरी दुनिया में तेजी से फैल जाएगा और तानाशाही को खत्म कर देगा। जर्मनी में हिटलर, रूस में स्टालिन और चीन में माओ के जाति संहार के बाद 1914-18 के निरर्थक युद्ध ने उसके आत्मविश्वास को पूरी तरह से समाप्त कर दिया था। पिछली सदी को लेकर हमारे अनुभव एकदम अलग रहे हैं। हमने औपनिवेशिक शासन से अपनी आजादी जीती थी और एक मजबूत गुंजायमान प्रजातन्त्र का निर्माण किया है।

आर्थिक रूप से शायद हमने उतना अच्छा प्रदर्शन न किया हो जितना कि सुदूर पूर्व के देशों ने किया, किन्तु हमने अकालों पर विजय प्राप्त की है, आर्थिक निष्क्रियता को झेल लिया है और अब तेज गति के विकास के लिए तैयार हैं। पुराना कांग्रेस प्रभावित केन्द्रित भारत उतना ही अतीत बन चुका है जितना की ब्रिटिश राज। नया भारत प्रतिस्पर्धा और विकेन्द्रीकरण का होगा। हम देश में फैली गरीबी को खत्म करने की हर सम्भव असली कोशिश कर रहे हैं, जिसने कि बहुत से बड़े लोगों के जीवन का चित्रण किया है। इस प्रकार हमारे पास अच्छे कारण हैं यह अपेक्षा करने के कि इक्कीसवीं शताब्दी में बहुसंख्यक भारतीयों का जीवन स्वतन्त्र और अधिक समृद्ध होगा, उनके माता-पिता और दादा-दादियों के जीवन की अपेक्षा। अभी तक के इतिहास में पहले कभी भी इतने सारे लोग इतनी तेजी से ऊपर उठने की स्थिति में नहीं थे।

सन्दर्भ

यह कोई बहुत बड़ा विद्वनीय कार्य नहीं है। यह भारत में समयानुसार घटित हुई घटनाओं का मेरा निजी लेखा-जोखा है। जहां तक हो सका, मैंने पुरजोर देने से अपने आपको बचाया है।

- "... जब पुराने शब्द..." गीतांजलि से, रवीन्द्रनाथ टैगोर, 1912, पृष्ठ 371

भूमिका : सयाना हाथी

- "...समृद्धि के कारण..." जे. एम. केन्स 'कलेक्टिव वर्क्स x', पृष्ठ 97-98। डेविड लेंडस, 'द वेल्थ एंड पॉवर्टी ऑफ नेशंस', डब्ल्यू. डब्ल्यू. नॉर्टन एंड कम्पनी, न्यूयार्क, 1998, पृष्ठ vii।
- "भारत की प्रति व्यक्ति आय..." वर्ल्ड बैंक एटलस, द वर्ल्ड बैंक, वाशिंगटन डी.सी. 1998।
- "1970-90 के बीच..." जेफरी डि सैच और एंड्रयू वार्नर, 'इकोनॉमिक रिफॉर्म एंड द प्रोसेस ऑफ ग्लोबल इंटीग्रेशन', ब्रुकिंग्स पेपर ऑन इकोनॉमिक एक्टिविटी, नं. 1 (1995), पृष्ठ 1-1181

भाग एक

हमारी उम्मीदों का बसन्त (1942-1965)

- "कुछ नेतृत्व लाने का प्रयास करते हैं..." जेम्स विल्सन, संस्थापक और सम्पादक 'इकोनॉमिस्ट', नवम्बर 1843, दसवां अंक, 'विडो बिडल एंड द पूअर नीडल-

वूमन ऑफ द मेट्रोपोलिस' में 'द परसूएट ऑफ रीज़न : द इकोनॉमिस्ट', 1843-1993, रूथ एडवर्ड हैमिल्टन, लन्दन, 19931

1. अंग्रेजी में प्रलाप, संस्कृत में आलाप

- इस अध्याय में आनेवाली पारिवारिक बातचीत को परिवार के सदस्यों से बात करके दोबारा सजाया-संवारा गया है जो कि अधिकतर 1980 के शुरुआती दौर की हैं, सिर्फ मेरे दादाजी के साथ को छोड़कर, जिनके साथ मैंने 1960 में कुछ समय बिताया था।
- "तीस लाख लोग मारे गए।" आधिकारिक आपात पूछताछ आयोग (1945) ने रिपोर्ट की कि पन्द्रह लाख लोग मारे गए। डब्ल्यू. आर. एक्रॉयड, जो कि आयोग का एक सदस्य था, ने बाद में लिखा, "मैं अब सोचता हूं कि यह अन्दाजा कम. था, विशेषकर ये सिर्फ सड़क के किनारे मरे हुए लोगों का लेखा-जोखा था।" अमर्त्य सेन ने 'पॉवर्टी एंड फैमिन्स : एन एस्से ऑन एनटाइटलमेंट एंड डेपरिवेशन' में लिखा है कि मौतें लगभग तीस लाख के आस-पास हुई थीं। (परिशिष्ट डी. पृष्ठ 195-216)।
- "साफ छविवाले उदारवादी..." यह गद्यांश एन्द्रे मालॉक्स की एंटीमेमॉइर्स' से सम्बन्धित है। टेरेंस किलमार्टिन, हमीश हैमिल्टन, लन्दन, 1968, पृष्ठ 1331 "कारण खाद्यान में कमी नहीं था..." "1943 में खाद्यानों की कमी केवल पांच प्रतिशत थी जो कि इससे पहले के वर्षों की अपेक्षा कोई खास नहीं थी। 1941 में यह तेरह प्रतिशत अधिक थी। लेकिन 1941 में इसके बावजूद भी कोई अकाल नहीं पड़ा था।" (वही, पृष्ठ 58)।
- "रंगूर जापान पर..." जिला अधिकारी और अकाल जांच आयोग (1945) के कमिश्नर की रिपोर्टों से उद्धृत, परिशिष्ट vi (वही, पृष्ठ 55)। स्टेट्समैन अखबार की रिपोर्टों से और के. सी. घोष की 'फैमिन्स इन बंगाल 1770-1943', कलकत्ता, 1944 से।
- "बंगाल का अकाल..." पैट्रिक फ्रेंच, 'लिबर्टी ओर डेथ : इंडिया'स जरनी टू इंडिपेंडेंस एंड डिविजन, हार्पर कॉलिन्स, इंडिया दिल्ली, 1997, पृष्ठ 181।
- "मैं भारतीयों से नफरत करता हूं..." जॉन बर्निस एंड डेविड निकल्सन (स.), 'द एम्पायर एट बे : द लियो अमेरी डायरिज़', 1929-1945, लन्दन, 1988, पृष्ठ 832।

- “बंगालियों की काल्पनिकता...” पैट्रिक फ्रेंच (1997), वही, पृष्ठ 181।
- “हिटलर जैसा नजरिया...” पेंडरल मून, ‘वैवेल : द वायसराय जनरल’, लन्दन, 1973, पृष्ठ 89।
- “अमर्त्य सेन ने हमें बताया...” जीन ड्रीज के साथ सह लेखन से लिखी उनकी पुस्तक ‘इंडिया : इकोनॉमिक डेवेलपमेंट एंड सोशल ऑपोरच्युनिटी’, ऑक्सफोर्ड यूनिवर्सिटी प्रेस, दिल्ली, 1995, अध्याय 4।
- “एफ. डी. आर. होने के लिए...” क्रिस्टोफर ऑग्डन, ‘लाइफ ऑफ द पार्टी, लन्दन, 1994, पृष्ठ 122-23।
- “हकीकत यह थी...” वारेन क्रिम्बल (सम्पादक), ‘चर्चिल एंड रूजवेल्ट : द कम्पलीट कॉरेस्पोंडेस, (3 भाग), प्रिंस्टोन, 1984।
- “चर्चिल को निश्चित करने के लिए...” ये शब्द भारत के राज्य सेक्रेटरी लॉर्ड अमेरी के हैं, भारत के वायसराय लिंलिथगो के माक्वेस के लिए। पैट्रिक फ्रेंच की पुस्तक से उद्धृत (1997), वही, पृष्ठ 143।
- “मैं पूर्ण रूप से सन्तुष्ट महसूस करता हूं...” यह अनुच्छेद भी पैट्रिक फ्रेंच की पुस्तक से उद्धृत (1997), वही, पृष्ठ 145।
- “वहां पर प्रतिस्पर्धा में दो दृष्टिकोण थे...” मुझे इस अनुच्छेद के लिए प्रेरणा टोनी जोसेफ के स्तम्भ ‘टू यूटोपिमा, थ्री परिफेरेंसिस’ से लिया गया है जो कि ‘बिजनेस स्टेंडर्ड’ के अगस्त 1997 के अंक में प्रकाशित है।

2. बाजार की सुगन्धें

- “सिद्धान्त...” इविंग बैबित (1865-1933), ‘डेमोक्रेसी एंड लीडरशीप’, हार्वर्ड यूनिवर्सिटी।
- “सम्पन्नता महान प्रभाव...” डेविड लेंडिल के ‘वेल्थ एंड पॉवर्टी ऑफ नेशंस’ से उद्धृत, डब्ल्यू. डब्ल्यू. नॉर्टन एंड कम्पनी, न्यूयार्क, 1998, पृष्ठ 166।
- “किसी भी अंग्रेज जिसने यह शुरुआत...” वही, पृष्ठ 162।
- “सिर्फ जुर्म ही नहीं...” वही, पृष्ठ 167।
- “अन्दर और बाहर...” एलेन रोस, ‘द एमिसरी’, कॉलिंस हारविल, लन्दन, 1986, पृष्ठ 8।
- “जी. डी. कांग्रेस का एक बहुत बड़ा समर्थक बन गया था।” इतिहास विशेषज्ञ विपन चन्द्र ने कहा है कि जी. डी. द्वारा कांग्रेस को वित्तीय सहयोग का कोई भी

सुराग उसने इतिहास में नहीं पाया। फिर भी, जी. डी. गांधीजी की चैरिटियों, चरखा संघ और हरिजन संघ को सहयोग देते थे। सभी का मानना था कि बिड़ला अंग्रेजों समेत कांग्रेसियों को भी वित्तीय सहयोग देते थे।

- "हर सम्भव कदम..." हरडेक और पीरामल, 'इंडिया'ज इंडस्ट्रियलिस्ट्स', भाग 1, थ्री कांटिनेंट्स प्रेस, वाशिंगटन डी.सी., 1985, पृष्ठ 71।
- "मैं सोचता हूं क्वीन मेरी..." लार्डवैवल, 'द ट्रांसफर ऑफ पावर, खंड 4, मिनहाज मर्चेंट की 'आदित्य विक्रम बिड़ला : ए बॉयोग्राफी' से उद्धृत, वाइकिंग, नई दिल्ली, 1997, पृष्ठ 26।
- "अंग्रेजी शासन बिना अंग्रेजों के..." एम. के. गांधी, 'सोशलिज्म ऑफ माई कनसेप्शन', पृष्ठ 2251

3. कहीं भी न जानेवाली ट्रेन

- "उन्होंने सपना देखा..." चार्ल्स लीलैंड (1824-1903), 'ब्रांड न्यू बैलेड्स', 'दि मैशरं।
- "बहुत साल पहले हमने निश्चित स्थान..." जवाहरलाल नेहरू, 'इंडिपेंडेंस एंड आफ्टर : ए कलेक्शन ऑफ स्पीचेज, प्रकाशन विभाग, भारत सरकार, नई दिल्ली, 1949, पृष्ठ 3।
- "उसका ऐसा कोई प्रभाव नहीं था..." डेनियल थॉर्नर, 'दि शेपिंग ऑफ मॉडर्न इंडिया', एलाइड, बम्बई, 1930, पृष्ठ 120।
- "वे एक शक्तिशाली को सामने लाते हैं..." सम्पोषकों में से एक ने लिखा : "यह भारत के लिए अत्यन्त महत्त्व का विषय है जहां कि वैयक्तिक विचारधाराओं को एकाधिकारवादी क्रूर शासन व्यवस्था द्वारा कुचल दिया गया, अनुत्तरदायित्वपूर्ण एवं बर्बर अधिकारियों, धार्मिक अड़चनों एवं धर्म के नाम पर थोपी गई परम्पराओं तथा सामाजिक विचारों को जांच-परख के आधार पर प्रयोग के बजाय पुरानी परम्पराओं व हाशियों पर आधारित होने के बहाने आगे न बढ़ने दिया गया।" आदरणीय जॉन रसेल, सांसद, का 'भारतीय रेलवेज' पर लन्दन (1848) लिखे गए एक पत्र में उल्लिखित है जिसे डेनियल थॉर्नर की पुस्तक 'इंवेस्टमेंट इन एम्पायर : ब्रिटिश रेलवेज एंड स्टीम शिपिंग इंटरप्राइसिस इन इंडिया, 1825-49', फिलाडेलफिया, 1950, पृष्ठ 151-52।
- "इसकी तुलना में, संयुक्त राष्ट्र के पास..." थॉर्नर (1980), पृष्ठ 120।

- “पाने के लिए उसने खूब मेहनत की...” मैकाले ने भारत में अंग्रेजी शिक्षा के उद्देश्य को स्पष्ट करते हुए कहा कि इससे भारत में अंग्रेजी भाषा जाननेवाला एक शिक्षित मध्यवर्ग पैदा होगा जो देश की जनता और हमारे (शासक वर्ग) बीच दुभाषिये का काम करेगा यह वर्ग जो रंग व रक्त से तो भारतीय होगा, किन्तु विचारों से, भोजन व रहन-सहन से, चरित्र एवं बुद्धि चातुर्य में अंग्रेज बनने का प्रयत्न करेगा। मैकाले को प्राच्य संस्कृति से घृणा थी–उसने एक प्रसिद्ध एवं घमंडी वक्तव्य में कहा था : “मुझे संस्कृत व अरेबिक भाषा का ज्ञान नहीं है किन्तु उनके सही मूल्यांकन के लिए मैंने पूरा काम कर लिया है। कौन इंकार कर सकता है कि यूरोपीय लायब्रेरी में कुछ अच्छी पुस्तकें भारत या अरबी साहित्य के समस्त ऐतिहासिक तथ्य, जो संस्कृत भाषा में पाई जाती हैं, इतने महत्त्व की नहीं हैं, जितनी कि इंग्लैंड की पाठशालाओं में पढ़ाई जानेवाली छोटी-छोटी पुस्तकें।” एम. एडवर्ड्स की ‘ब्रिटिश इंडिया 1777-1947’ में ‘द टेक्स्ट ऑफ मैकाले'स मिनिट’ से, सिड्विक एंड जैक्सन, लन्दन, 1967।
- “वसन्त की एक सुहावनी सुबह...” अलेक्जेंडर के युद्ध का सीधा व सच्चा उल्लेख अलेक्जेंडर के समकालीन पन्द्रह व्यक्तियों द्वारा लिखे गए पत्रों में उपलब्ध है जिन्होंने उसकी कमान में युद्ध लड़ा है। अलेक्जेंडर जानता था कि वह इतिहास की रचना कर रहा है और अनेक इतिहासविद् उसके इर्द-गिर्द फैले हुए हैं। इन्हीं स्रोतों के आधार पर ऐरियन ने अपनी प्रसिद्ध पुस्तक ‘केम्पेंस ऑफ अलेक्जेंडर’ लिखी, जिससे मैंने अधिकांश सामग्री ग्रहण की है। अनुवाद : आबे डे सिलिंकोट, पेंगुइन बुक्स, लन्दन 1971। मैंने उसके साथ जे. डब्ल्यू. एम. ग्रिन्दले की ‘द इनवेशन ऑफ इंडिया बाय अलेक्जेंडर द ग्रेट’, कानस्टेल, वेस्टमिनिस्टर 1896 तथा ‘द कैम्ब्रिज हिस्ट्री ऑफ इंडिया’, भाग 1, 15वां अध्याय, कैम्ब्रिज यूनिवर्सिटी प्रेस, कैम्ब्रिज।
- “तर-बतर (भीगे) किनारे पर...” एरियन, ‘कैम्पेंस ऑफ एलेक्जेंडर’, पृष्ठ 2741
- “भारतीय घुड़सवार फौज...” स्टीफन पी. रोसन, ‘सोसायटीज एंड मिलिटरी पॉवर : इंडिया एंड इट्स आर्मीज’, कोरनेल यूनिवर्सिटी प्रेस, इथाचा, 1996, पृष्ठ 80-831
- “उसकी तरक्की को देखभाल के...” एरियन, पृष्ठ 288-89। इसके अलावा देखें वही, जदूनाथ सरकार की ‘मिलिटरी हिस्ट्री ऑफ इंडिया’ सरकार, कलकत्ता, 1960, पृष्ठ 8-10, 20-23। इसी तरह के विचार मुखजी की पुस्तक ‘चन्द्रगुप्त

मौर्य, पृष्ठ 26, और मजुमदार की पुस्तक, 'मिलिटरी सिस्टम्स ऑफ एशियंट इंडिया', पृष्ठ 46 में भी गूंजते हैं।

- "पंजाब के भारतीय रक्षक..." सरकार, वही, पृष्ठ 21।
- "निजी द्वेष, व्यक्तिगत..." मेजर जनरल निरंजन प्रसाद, 'दि फॉल ऑफ टोवांग', 1962 पालित एंड पालित, नई दिल्ली, 1981, पृष्ठ 13-20 और देखें डी. के. पालित की 'वार इन हिमालया', पृष्ठ 106, साइटेड इन रोसेन, पृष्ठ 2421
- "एकमात्र न्यायोचित निष्कर्ष है..." हरबक्श सिंह, 'वार डिस्पैचिज', और सुखवन्त सिंह, 'इंडियाज वार्स सींस इंडिपेंडेंस', निष्कर्ष : रोसेन, पृष्ठ 2481
- "आखिरी परिणाम यह है कि..." धीरेन्द्र नारायन, 'हिन्दू कैरेक्टर', 'यूनिवर्सिटी ऑफ बॉम्बे पब्लिकेशंस, सोशियोलॉजी सीरिज न. 8, बॉम्बे यूनिवर्सिटी प्रेस, बम्बई, 1957।
- "व्यस्क भारतीय पुरुष व्यक्तित्व..." पी. स्प्रैट, 'हिन्दू कल्चर एंड पर्सनेलिटी : ए साइको-एनलिटिक स्टडी', मानकतलाश, बम्बई, 1966 पृष्ठ 1 और 9; सुधीर कक्कर, 'दि इनर वर्ल्ड : ए साइको एनेलिटिक स्टडी ऑफ चाइल्डहुड एंड सोसायटी इन इंडिया', ऑक्सफोर्ड यूनिवर्सिटी प्रेस, दिल्ली, 1978, पृष्ठ 104 और 1341

4. तब भी अन्धे थे, आज भी अन्धे हैं

- "अच्छे ध्येय..." जामी, 'द कैमल एंड द रैट', 'बहारिस्तान' (पन्द्रहवीं शताब्दी)।
- "मृतराजा के जवाहरात ..." द्विजेन्द्र त्रिपाठी, 'द डायनेमिक्स ऑफ ए ट्रेडिशन : कस्तूरभाई लालभाई एंड हिज इंटरप्रेनरशिप', मनोहर, नई दिल्ली, 1981, पृष्ठ 241
- "बिना झगड़े के एक ..." उपरोक्त, पृष्ठ 26।
- "भार में कम, मूल्य से भारी..." उपरोक्त, पृष्ठ 28।
- "यदि वस्तु मूल्य कम है.." निरंजन भगत आदि (सम्पादन), 'ट्रिब्यूट टु एथिक्स : रिमेम्बरिंग कस्तूरभाई लालभाई', अहमदाबाद, 1983, पृष्ठ 9।
- "सेठ कस्तूरभाई ने स्थापित की..." द्विजेन्द्र त्रिपाठी, वही, पृ. 99।
- "शायद कहीं भी नहीं..." जवाहरलाल नेहरू, 'जवाहरलाल नेहरू'स स्पीचिज', भाग 3, 1953-57, नई दिल्ली, 1958, पृष्ठ 31

5. "यदि हम कभी अमीर थे तो अब गरीब क्यों है?

- "महान तब से..." फ्रांसिस्को लोपेज दि गोमारा, 'हिस्ट्री ऑफ द इंडीज', डेविड लैंडस, 'द वैल्थ एंड पॉवर्टी ऑफ नेशंस', डब्ल्यू. डब्ल्यू. नार्टन एंड कं. न्यूयॉर्क, 1998, पृष्ठ 60।
- "अति प्राचीन समय से..." जी. डब्ल्यू. एफ. हीगल, 'द फिलोसॉफी ऑफ हिस्ट्री', अनूदित जे सेब्री, डोवर, न्यूयोर्क 1956; सुगाता बोस और आईशा जलाल, 'मॉडर्न साउथ एशिया', ऑक्सफोर्ड यूनिवर्सिटी प्रेस, दिल्ली, 1998, पृष्ठ 1।
- "उसने जीवों के विषय में कहा..." डेविड लैंडस (1918) पृष्ठ 89 पर वर्णित 'पुर्तगालियों ने पता लगाया कि कालीकट से पचास किलोग्राम काली मिर्च तीन सिक्कों में खरीदकर यूरोप में अस्सी सिक्कों में में बेची जाती थी।
- "गुणवत्ता के लिए अद्वितीय ..." डेविड लैंडस (1998), वही, पृष्ठ 22। 'स्टिनगार्ड के अनुसार जेम्स ट्रेसी के द राइज ऑफ मर्चेंट एम्पायर्स : लॉग डिस्टेंस ट्रेड इन द अर्ली मॉडर्न वर्ल्ड 1350-1750, कैम्ब्रिज, 1990, पृष्ठ 102-1521 ईस्ट इंडिया कम्पनी के द्वारा सूत का निर्यात 221,500 नग से 1680 में बढ़कर 707,000 नग हो गया।
- "भारतीय कपास ने बदल दिया..." डी. लैंडस, (1998), वही, पृष्ठ 154।
- "मुगल साम्राज्य के दिनों में..." इरफान हबीब के अनुसार, वह पन्द्रह सौ लाख के करीब था। 'पोटेनशियलिटीज ऑफ कैपिटैलिस्ट डेवेलपमेंट इन द इकोनॉमी ऑफ मुगल इंडिया', जर्नल ऑफ एकोनॉमिक हिस्ट्री, भाग 29, पृष्ठ 32-371
- "किसी प्रकार पिछड़ा नहीं...", उपरोक्त, पृष्ठ 34।
- "मुगल शहशांह की वार्षिक वित्तीय आय..." जॉन कौत्सिकी, 'द पॉलीटिक्स ऑफ अरिस्टोक्रेटिक एम्पायर्स', यूनिवर्सिटी ऑफ नार्थ कैरोलिना प्रेस, चेपेल हिल, 1982, पृष्ठ 188; डेविड लैंडस (1998), पृष्ठ 136 में लैंडस कहता है कि यह अनुमानित आकलन प्रथम विश्वयुद्ध से पूर्व के डॉलर मूल्य पर आधारित है और उन्हें 1990 के डॉलर मूल्य से समानता बिठाने के लिए 20-24 गुणा करना होगा।
- "भारत का 22.6 प्रतिशत अंशदान था..." एंगस मैडिसन, 'चायनीज एकोनॉमिक परफॉरमेंस इन द लौग रन, (ओ. ई. सी. डी.) पेरिस, 1998। चीन का 23.1 प्रतिशत अंश का विश्व में सन् 1700 में, जिसमें 1952 तक भारत का अंश

3.8 प्रतिशत तक लुढ़क गया और चीन 5.2 प्रतिशत, जबकि यूरोप 29.7 तथा संयुक्त राष्ट्र 28.4 तक बढ़ गया॥ 1955 तक भारत मुश्किल से 4.6 तक उभरा और चीन ने लगभग दोगुनी प्रगति कर 10.9 और यूरोप एवं संयुक्त राट्र क्रमश: 23. 8 तक 20.9 प्रतिशत तक गिर गए।

- "इसलिए आश्चर्य नहीं कि..." द डिस्क्रिप्शंस ऑफ एटीन्थ सेंचुरी इंडिया' कई कुचानन, जेजे हाल्वेक हाव सफ पेब्सर्ट, जे ओविग्टन, एम बिल्कस् जे फोर्स तथा डब्ल्यू वोल्टस ये सब तपन राय चौधुरी के लेख में मिल सकते हैं–'द मिड एटीन्थ सेंचुरी बैकग्राउंड', धर्मकुमार व मेघनाथ देसाई द्वारा सम्पादित, 'द कैम्ब्रिज इकोनॉमिक हिस्ट्री ऑफ इंडिया', भाग 2, पृष्ठ 3-35, कैम्ब्रिज, 1983।
- "यहां ज्यादा महत्त्वपूर्ण था..." तपन राय चौधुरी, 'द कैम्ब्रिज इकोनॉमिक हिस्ट्री ऑफ इंडिया' में 'द मिड एटीन्थ सेंचुरी बैकग्राउंड, धर्म कुमार मेघनाथ देसाई (सम्पादक), भाग 2, पृष्ठ 3-35, कैम्ब्रिज, 1983। उन्होंने कहा : "यह अधिक महत्त्वपूर्ण दर पर उससे उत्पादकों के विस्तृत क्षेत्र एवं व्यावसायिक उपज को स्थानीय तथा विश्व बाजार में लाने का प्रयास था। भारत का वस्त्र-निर्यात दक्षिणपूर्व एशिया तथा मध्यपूर्व के बाजार की आवश्यकता की पूर्ति करने के समर्थक था। इस क्षेत्र में प्रतियोगितात्मक शक्ति उत्पादन की कम लागत थी जिससे सिद्ध होता है कि ब्रिटिश वस्त्र उद्योग द्वारा अन्तद्वीपीय वाणिज्य के क्षेत्र में रक्षात्मक व्यापार की आवश्यकता जान पड़ी।
- उपरोक्त पुस्तक 'कैम्ब्रिज एकोनॉमिक हिस्ट्री ऑफ इंडिया' के पृष्ठ 32 के अनुसार, "भारतीय उत्पादकों की तुलना शक्ति में भारत में कृषि के क्षेत्र में कोई क्रान्ति नहीं हुई थी। फलस्वरूप कई शताब्दियों तक उसकी दशा में एक तरह की निष्क्रियता व्याप्त थी। सभ्यता के क्षेत्र में इसकी प्रगति करनेवाले देश में तकनीकी प्रगति अपने प्रारम्भिक दौर में थी। जड़ शक्ति का ज्ञान बिलकुल नहीं हुआ था।"
- "कृषक बहुत गरीब था।" जब यूरोपीय लोगों का भारत आगमन हुआ तब भारतीयों के जीवन स्तर के सम्बन्ध में विपरीत धारणाएं सामने आती हैं। जहां यूरोपीय यात्रियों और भ्रमणकारियों ने सामान्यतः दुखभरी स्थिति का जिक्र किया है। अनेक विद्वानों के अनुसार यात्री सही स्थिति को नहीं समझ सके। कुछ लोगों ने कहा कि भारतीय किसान के खाने की आदतों के हिसाब से यहां के किसान इंग्लैंड के किसानों से बेहतर नहीं तो उनके समान ही थे। आय के ये आंकड़े समझ से परे हैं। बीसवीं सदी से अठारहवीं सदी के आंकड़ों का मिलान उचित

नहीं जान पड़ता। एक छोटी-सी भूल इस 200 वर्ष की अवधि में अनर्थकारी हो सकती है। यूरोप में कृषि उत्पादकता की इस अवधि में अच्छी तकनीक और श्रम साध्य सेवाओं की उपलब्धि, नए उपकरणों का प्रयोग, सम्पत्ति सम्बन्धी अधिकार आदि के कारण परम्परागत निर्णयों के साथ समझना कठिन हो रहा था। कुछ इतिहासकारों का मानना है कि भारत एक सुदृढ़ औद्योगिक देश बनने में समर्थ था, यदि ब्रिटिश उपनिवेशवाद इसके रास्ते में अनुचित रुकावटें न डालता और उसकी प्रगति में बाधक न बनता।

यही विचार एक जापानी विद्वान का भी था। मध्य भारत की आर्थिक स्थिति पर लिखते हुए 'द कैम्ब्रिज एकोनॉमी हिस्ट्री ऑफ इंडिया' में उसने सत्रहवीं सदी के शाही कारखाने के विषय में लिखा है कि सत्रहवीं शताब्दी के ये शाही कारखाने मशीनीकरण की दिशा में बहकर आदर्श औद्योगिकीकरण की स्थापना कर सकते थे यदि भारत पर ब्रिटेन की विजय न होती। यह कुछ हद तक सही है जबकि भारत आजाद होने के पचास वर्ष बाद भी औद्योगिक प्रगति में काफी पिछड़ा हुआ है।

- "भारत में यह कम ही होता है कि...", एफ. बुचानन, 'ए जरनी फ्रॉम मद्रास... (1807)' में राय चौधुरी का उद्धरण, पृष्ठ 291
- भारत धीमी गति से आगे बढ़ा किन्तु क्या भारतीय व्यापारी को दोषी माना जाए। जब सत्रहवीं शताब्दी में यूरोपीय बाजार पूरे जोर-शोर से खुला तो लोगों की मांग अधिक बढ़ी, लेकिन भारत में इनकी आपूर्ति पूरी न हो सकी। अपूर्ण आपूर्ति तथा माल ढोने, पहुंचाने के सम्बन्ध में अनेक शिकायतें सुनी गईं। ऐसी स्थिति में माल मंगाने-ढोने में नए तरीके अपनाने की काफी गुंजाइश थी।***

भारतीय व्यापारी ने आपूर्ति की श्रृंखला में महत्त्वपूर्ण भूमिका अपनाई। उसने बुनकरों से कपड़े खरीदे और यूरोपीय व्यपारियों को बेच दिए। चार्टेड कम्पनियां के माध्यम से यह कपड़ा यूरोपीय जनता तक पहुंचाया गया। बुनकरों को अग्रिम राशि देकर उनके माल की खपत का आश्वासन दिया गया। अधिकाधिक बुनकर अपने घर से ही यह काम करते थे। जिसमें परिवार के सभी सदस्य अपना हाथ बंटाते हुए घरेलू उद्योग के रूप में इसकी व्यवस्था बनाए रखते थे। बुनकर गरीब थे और कच्चे माल के लिए इन व्यापारियों पर निर्भर थे। व्यापारी उन्हें दैनिक आधार पर धन देते थे जिससे कि वे कहीं भागने या अधिक दिनों तक तैयार माल रोकने की स्थिति में न आ सकें।

यूरोपीयनों द्वारा दूर रखने के तरीके से यह कुछ भिन्न था, जिससे व्यापारी भी काम में भाग लेने लगता था। यूरोपीय व्यवसायी काम में इतना तल्लीन हो जाता था जिससे काम करने के तरीके में भी सुधार होना लाजिमी था। काम करने और यातायात की धीमी गति के कारण उत्पादित वस्तुओं को बन्दरगाह तक पहुंचाने में काफी समय, कभी-कभी तो, वर्षों लग जाते थे। मुगलकाल का एक विद्वान इरफान हबीब इस सम्बन्ध में वर्णन करता है कि बैलगाड़ियों की लम्बी कतार कई हजारों की संख्या में बन्दरगाह से कच्चे माल को बुनकरों व हथकरघों के गांवों तक पहुंचाने में काफी समय लेती थी। क्योंकि एक दिन में कुछ मील ही चल पाती थी। और इसलिए कम-से-कम छः महीने माल पहुंचने में लग जाते थे।

भारतीय व्यवसायी इस प्रक्रिया को अपने हाथों में क्यों नहीं ले सके, विशेषकर जबकि इसमें अनेक लाभ-ईनाम उपलब्ध थे? साथ ही इसके बुनकरों को पैसा उधार देकर कच्चे माल को खरीदकर, मजदूरों को संगठित करके उनके द्वारा माल तैयार करने में अधिक सुविधा थी। निश्चय ही उसे इन सारे झमेलों को निपटाने में कुछ परेशानियां होती किन्तु यही तो उद्यमियों का काम होता है। नए संगठनात्मक तरीकों द्वारा ही नए तकनीकी आविष्कार के अवसर प्राप्त होते हैं।

- "पॉल बायरूच के अनुसार..." पॉल बायरूच, 'इकार्ट्स इंटरनेशनेक्स डेस निविएक्स दि वाय एवांट ला रिवाल्यूशन इंडस्ट्रली', 'एनाल्स: कुजनेट्स, इकोनॉमीज, सोसायटीज, सिविलाइजेशंस', भाग 34, न. 1 (जनवरी-फरवरी 1979)।
- "इंग्लैंड ने प्राप्त कर लिया था...", सिमोन कुज्नेट्स, 'अंडरडेवेलप्ड कंट्रीज प्रेजेंट कैरेक्टरिस्टिक्स, इन द लास्ट ऑफ पास्ट ग्रोथ पेटर्स, मिमियोग्राफ्ड पेपर, 21 अप्रैल 19581 गुन्नार मिरडाल, 'एशियन ड्रामा : एन इनक्वायरी इनटू दि पॉवर्टी ऑफ नेशंस, भाग 1, पैनथन, न्यूयार्क, 1968, पृष्ठ 454।
- "कपास बुनकरों की हड्डियों..." दीपक लाल, 'दि हिन्दू इक्विलिब्रियम : कल्चरल स्टेबिलिटी एंड इकोनॉमिक स्टेगनेशन, इंडिया 1500 बी. सी-1980 ए.डी.', भाग 1, ऑक्सफोर्ड, 1984, पृष्ठ 184 से उद्धृत।
- "तब से भारत निरन्तर निर्यात..." मेरे चाचाजी अवश्य ही पॉल बारन की पुस्तक 'दि पॉलीटिकल इकोनॉमी ऑफ ग्रोथ, न्यूयार्क, 1957, पृष्ठ 148 से उद्धरण देते थे। कालान्तर में इरफान हबीब की गणना ने बारन की राष्ट्रीय आय को दस प्रतिशत बनाम चार प्रतिशत करके 1882 में शून्यता ला दी थी। इरफान हबीब,

'स्टडिंग ए कॉलोनियल इकोनॉमी-विदाउट परसीविंग कॉलोनियलिज्म', 'मॉडर्न एशियन स्टडीज', 19 मार्च 1984, पृष्ठ 375-76।

- "मेरे चाचाजी ने चौथे ... स्थान पर..." भारतीय राष्ट्रवादी बीसवीं शताब्दी की शुरुआत में ही 'शून्यता' की बातें करने लगे थे। दादाभाई नारोजी, 'पॉवर्टी एंड अन–ब्रिटिश रूल', लंदन 1901; आर. सी. दत्त, 'दि इकोनॉमिक हिस्ट्री ऑफ इंडिया इन दि विक्टोरियन एज', लन्दन, 1906।
- "अतिरिक्त मूल्य भी..." उन्नीसवीं सदी से अन्त तक वह बीस करोड़ पाउंड या निर्यात के दो प्रतिशत से कम और 1913 में निर्यात के एक प्रतिशत से कम था। के. एन. चौधरी, 'इंडियाज इंटरनेशनल इकोनॉमी इन दि नाइनटीनन्थ सेंचुरी : एन हिस्टोरिकल सर्वे', 'मॉडर्न एशियन स्टडीज', 19 मार्च 1985, पृष्ठ 375-761 " अगर भारत को बनाए रखना होता..." वेरा एनस्टे, 'इकोनॉमिक डेवेलपमेंट ऑफ इंडिया', लन्दन, 1929, पृष्ठ 511।
- "सिर्फ उस अनमोल का हिस्सा..." विश्व व्यापार मंडल में भारत हमेशा ही सोने और चांदी के लिए दुनिया की 'खान' रहा है। प्लिनी प्राचीन काल से कीमती खनिज के लिए भारत की रुचि से अवगत था। और जे. एम. केयनिस ने भारत के स्वर्ण विनियम मानदंड का इस्तेमाल बहस के लिए किया। अपनी पुस्तक 'इंडियन करेंसी एंड फाइनेंस, लन्दन, 1913 में राष्ट्रवादी इतिहासकार ने स्वीकारा कि पूंजी सोने-चांदी के आयात से अंशतः बढ़ी जरूर थी, लेकिन उनकी बहस इस पर थी कि आर्थिक कार्यकलापों की मदद करने की बजाय यह जमींदार और आभिजात्य वर्ग के हाथों में चली गई। सोने-चांदी के आयात ने असमानता को भले ही बढ़ावा दिया, लेकिन इसमें ब्रिटेन की गलती नहीं थी। किसी भी हालत में यह ड्रेन थियोरी के प्रासंगिक नहीं थी। वी. आर. टॉम्लिन 'दि इकोनॉमी ऑफ मॉडर्न इंडिया', भाग 3, कैम्ब्रिज यूनिवर्सिटी प्रेस, कैम्ब्रिज, 1996, पृष्ठ 15
- "1900 तक भारत का अंश गिर चुका था..." मौरिस एंड ताया जिंकिन, 'ब्रिटेन एंड इंडिया', चेटू एंड विंडस, लन्दन, 1964, पृष्ठ 67।
- "1896 में भारतीय मिलों ने... की आपूर्ति..." एंगस मैडिसन, 'दि कॉलोनियल बर्डन : एक कम्पेरिटिव परस्पेक्टिव', एम. स्काट और डी. लाल (सम्पादित), 'पब्लिक पॉलिसी एंड इकोनॉमिक डेवेलपमेंट : ऐसेज इन ऑनर ऑफ इयान 'लिटिल', ऑक्सफोर्ड, 1990, पृष्ठ 57। 'शून्यता' आज के अतिरिक्त चालू हिसाब के बराबर थी।

- "उत्पादन बढा..." रजत रे, 'इंडस्ट्रियलाइजेशन इन इंडिया : ग्रोथ एंड कॉनफ्लिक्ट इन दि प्राइवेट कारपोरेट सेक्टर, ऑक्सफोर्ड, दिल्ली, 1982, पृष्ठ 341।
- "आखिरकार ब्रिटिश सरकार ने..." 1917 में सामान्य सीमा शुल्क 7.5 प्रतिशत बढ़ा, 1922 में पन्द्रह प्रतिशत, अक्टूबर 1931 में बढ़कर इकतीस प्रतिशत तक पहुंच गया। 1930 में बीस प्रतिशत की खास कीमत (ब्रिटिश सामान पर पन्द्रह प्रतिशत) सस्ते सूती कपड़ों के आयात पर लगाई गई। और यह 1932 में ब्रिटिश के अलावा अन्य उत्पादों पर पचास प्रतिशत और 1933 में पिचहत्तर प्रतिशत तक चढ़ गया। 'दि फिस्कल सिस्टम', धर्म कुमार, 'दि कैम्ब्रिज इकोनॉमिक हिस्ट्री ऑफ इंडिया', भाग 2, पृष्ठ 921-24।
- "औरों ने विविध प्रेषणों में प्रवेश किया..." बी. आर. टॉम्लिनसन (1993), पृष्ठ 143, रजत रे (1982), पृष्ठ 276।
- "साम्राज्य ब्रेड है..." जॉन स्ट्रेचे, 'दि ग्रेट अवेकनिंग', एनकाउंटर नं. 5, 1961, पृष्ठ 9।
- "अगर ब्रिटिश साम्राज्य गिरता है...", माइकल ब्राउन, 'आफ्टर इम्पेरिलिज्म', हेनिमान, लन्दन, 1963, पृष्ठ 294।
- "ऐसा ही फ्रांस, हॉलैंड...", जॉन स्ट्रेचे की पुस्तक 'दि एंड ऑफ एम्पायर' पुरानी सोच के विरोध में कई सबूत प्रदान करती है।
- "1914 तक भारत के पास..." मोरिस डी. मोरिस, 'दि ग्रोथ ऑफ लार्ज स्केल इंडस्ट्री टू 1947', 'दि कैम्ब्रिज इकोनॉमिक हिस्ट्री ऑफ इंडिया', कैम्ब्रिज, 1983, भाग 2, पृष्ठ 553।
- "गुन्नार मिरडाल ने पाया कि..." गुन्नार मिरडाल, 'एशियन ड्रामा : एन इनक्वायरी इनटू दि पॉवर्टी ऑफ नेशंस', पैनथन, न्यूयार्क, 1968, भाग 2, परिशिष्ट 2, पृष्ठ 1843।
- "मिरडाल के अनुसार तुच्छ कार्य..." उपरोक्त, पृष्ठ 1862।
- "ये संयोजित थे..." उपरोक्त, पृष्ठ 1862।
- "एक अन्य अर्थशास्त्री दीपक लाल...", दीपक लाल, 'दि हिन्दू इक्विलिबिरियम : कल्चरल स्टेबिलिटी एंड इकोनॉमिक स्टेगनेशन, इंडिया 1500 बी. सी.-1980 ए डी'; भाग 1, ऑक्सफोर्ड, 1984, पृष्ठ 2-3 और 341। इसके अलावा मोरिस डी. मोरिस (1983), उपरोक्त।
- "प्रकृति के समान जिन्दगी भी पक्षपाती..." डेविड लैंडस, 'दि वेल्थ एंड पॉवर्टी

ऑफ नेशंस', डब्ल्यू. डब्ल्यू. नॉर्टन एंड कं., न्यूयार्क, 1998, पृष्ठ 45।

- "आर्थिक इतिहासकारों का अब..." रजत रे (1982), वही, पृष्ठ 339।
- "अमिया कुमार बागची सलाह देते हैं...", अमिया कुमार बागची, 'प्राइवेट इंवेस्टमेंट इन इंडिया', 1900-1939, कैम्ब्रिज, 1972।
- "एक भारतीय उद्यमी, उसने अनुभव किया कि..." मोरिस डी. मोरिस, 'दि ग्रोथ ऑफ लार्ज स्केल इंडस्ट्री टू 1947', 'दि कैम्ब्रिज इकोनॉमिक हिस्ट्री ऑफ इंडिया, ' कैम्ब्रिज, 1983, भाग 2, पृष्ठ 533-676।
- "रजत रे के अनुसार..." रजत रे (1982), वही, पृष्ठ 2।
- "अठारहवीं शताब्दी में..." वेरा एनस्टे, 'दि इकोनॉमिक डेवेलपमेंट ऑफ इंडिया', लन्दन, 1929 पृष्ठ 282 ।
- "उसने शिक्षित करने का प्रयास नहीं किया..." 1946 में पूरे भारत में कुल सिर्फ नौ कृषि कॉलेज थे जिनमें 3,110 छात्रों का नामांकन हुआ था। जी. ब्लाइन, 'एग्रिकल्चरल ट्रेंड्स इन इंडिया 1891-1947', फिलाडेलफिया, 1966।
- "किसी उपनिवेशी ताकत ने मदद नहीं की..." आर्थर डब्ल्यू लेविस, 'ग्रोथ एंड फ्लक्चुएशंस, 1870-1913", जॉर्ज ऐलन एंड अनविन, लन्दन, 1978, पृष्ठ 225।
- "उसने भारतीय जनमानस को शिक्षित करने का प्रयास नहीं किया–शिक्षा व मानवीय विकास के लिए उसे अत्यधिक खर्च करना पड़ता। अति उत्साही शासन ही इतने बड़े पैमाने पर सामाजिक हित में इसके लिए ढांचा खड़ा कर सकता था जैसे कि जापान व सोवियत रूस में हुआ किन्तु उपनिवेशवादी सरकार को उसमें कोई रुचि न थी-यद्यपि इस प्रकार के ढांचे के खड़ा होने पर नौकरी के अधिक अवसर पैदा होते जिससे अनेक लोगों को धन प्राप्त होता और ब्रितानिका द्वारा निर्मित सामान का उत्पादन बढ़ता-व्यापार में वृद्धि होती किन्तु उपनिवेशवादी सरकार उस तरह नहीं सोचती थी। यहां तक कि स्वतन्त्र भारत की सरकार ने भी मानवीय विकास व साक्षरता पर ध्यान नहीं दिया और इसी आधार पर सुदूर पूर्व के देशों में भारत अलग से पहचाना जाता है। प्रश्न यह उठता है कि जापान, जो कि एक एशियाई देश ही है और जहां किसी प्रकार की वैज्ञानिक क्रान्ति नहीं हुई थी, उन्नीसवीं शताब्दी के मेजी सुधार के बाद कैसे इतनी तेजी से औद्योगिक प्रगति कर सका जबकि भारत व चीन नहीं कर सकें? मुख्य कारण यह लगता है कि तोकुगावा समाज में साक्षरता

अधिक थी जो प्रौद्योगिक प्रगति में सहायक हुई, पहले कृषि में और बाद में उद्योग में। सत्रहवीं शताब्दि में भी जापानियों ने भारतीयों व चीनियों की अपेक्षा पश्चिमी विज्ञान व तकनीकी शिक्षा की ओर अधिक उत्सुकता दिखाई जबकि निर्यात व्यापार में भारत काफी आगे और जापान तकनीकी शिक्षा में पर्याप्त प्रगतिशील रहा।

6. पेपर पथ

- "मैं प्रजातन्त्र..." अलेक्सिस डि टॉक्विले, 'डेमोक्रेसी इन अमेरिका' (1835-1839), 2.2.19।
- उन्होंने समाज-सुधार में सहायता दी जैसा कि सी. ए. बायली तथा अन्यों ने इंगित किया कि ये सुधार भक्ति व सूफी सम्प्रदायों ने पहले आरम्भ कर दिए थे। राज के इतिहास पर गहन पुनर्विचार किया गया और इससे अठारहवीं शताब्दी को अफरा-तफरी एवं परेशानियों से भरा समय माना गया। मुगल एकाधिकार समृद्ध होने पर व्यावसायिक क्षेत्र में होनेवाली अनेक गतिविधियों के विषय में नवीन इतिहास बताता है। देखिए सी. ए. बायली, 'इंडियन सोसायटी एंड द मेकिंग ऑफ द ब्रिटिश एम्पायर', कैम्ब्रिज यूनिवर्सिटी प्रेस, 1988 तथा उनकी लेटर 'रूलर्स, टाउंसमेन एंड बाजार्स' (1992)।
- "मेरे बहुत से सहपाठियों की तरह..." मध्य के बाएं चलनेवाले लोगों ने समाज में दीन व दुर्बल के हित में सामाजिक व्यवस्था में परिवर्तन चाहनेवाले व्यक्ति के लिए उदारवादी शब्द का प्रयोग शुरू किया। इसी प्रक्रिया से उन्होंने इस शब्द को इतना उलझा दिया कि उसका पुराना अर्थ ही खो गया। लिबरल का पुराना अर्थ, जिसे आज 'क्लासिकल लिबरल' कहा जा जाता है, से तात्पर्य था, वह व्यक्ति जो स्वतन्त्र बाजार, स्वतन्त्र व्यापार तथा छोटे-छोटे शासन द्वारा उदारवादी विचारधारा को अधिक-से-अधिक व्यवहार में लाना चाहता है। वास्तव में ये सारी धारणाएं हमारे समय के रूढ़िवादी लोग ही मानते हैं।

7. अमीरों के लिए पूंजीवाद, गरीबों के लिए समाजवाद

- "वे जिन्होंने दिया है..." अनातोले फ्रांस, 'दि क्राइम ऑफ सिलेस्ट्रे बोनार्ड', (1881), 2, अनुवाद : लाफिडियो हर्न।
- "1944 में भारत की प्रमुख...।" कई उद्योगपति 1938 में कांग्रेस और जवाहरलाल नेहरू द्वारा गठित समिति के हिस्से के रूप में एकजुट हुए। दि बॉम्बे

प्लान प्रचलित शीर्षक था, 'ए प्लान ऑफ इकोनॉमिक डेवेलपमेंट ऑफ इंडिया', पेंगुइन, लन्दन, 1945।

- "उन्होंने विदेशी ऋण को बेहतर समझा..." उपरोक्त, पृष्ठ 53-54।
- "अधिकार निजी... से जुड़ गए थे।" उपरोक्त, पृष्ठ 94-95।
- "वह न सिर्फ... उसका करीबी सहयोगी ..." सुनील खिलनानी, 'द आइडिया ऑफ इंडिया', हामिश हेमिल्टन, लन्दन, 1997, पृष्ठ 831 ई. जे. थॉमसन, जो टैगोर के अनुवादक और दोस्त थे, स्पष्ट तौर पर महालानोबिस के शाब्दिक निर्णय पर बहुत निर्भर था और खिलवानी के अनुसार, 'उसने उसका नाम उन लोगों की श्रृंखला में लिख दिया था जो बंगाली कविताओं की कभी न प्रकाशित हो पाई ऑक्सफोर्ड पुस्तक की तैयारी में लगे थे।'
- "वह महालानोबिस की बुद्धिसम्पन्नता के प्रति गहरी वचनबद्धता....।" नेहरू अन्य वैज्ञानिकों की ओर भी आकर्षित हुए। मेघनाथ साहा, खगोल भौतिकी शास्त्री, जो 'साहा समीकरण' के लिए प्रसिद्ध हैं, भी योजना आयोग में शामिल थे। अन्य जिन्होंने नेहरू को प्रभावित किया, वे थे–होमी भाभा, शान्तिस्वरूप भटनागर और के. एस. कृष्णन्।
- "वस्तुओं के प्राकृतिक तथ्य..." वेद मेहता, 'पोरट्रेट ऑफ इंडिया', याले यूनिवर्सिटी प्रेस, न्यू हेवन, 1993, पृष्ठ 286।
- "हमें महान... की आदत-सी थी।" पी. सी. महालानोबिस, 'दि एशियन ड्रामा : एन इंडियन व्यू' संख्या (सीरिज बी), खंड 31 (1969), पृष्ठ 446; सुनील खिलनानी (1997), वही, पृष्ठ 87।
- "सम्भवत: कई... में से एक...।" जे. बी. एस. हालदेन द्वारा पी. सी. महालानोबिस को, 16 मई 1955, एस. गोपाल, 'जवाहरलाल नेहरू', ऑक्सफोर्ड यूनिवर्सिटी प्रेस, दिल्ली, 1979, खंड 2, पृष्ठ 305।
- "दोहरी कांटेदार भुजाओं ने हमला किया...।" माइकल ब्रीचर, 'नेहरू : ए पॉलीटिकल बायोग्राफी', ऑक्सफोर्ड यूनिवर्सिटी प्रेस, लन्दन, 1959, पृष्ठ 533। "वित्तमन्त्री सी. डी. देशमुख...।" सी. डी. देशमुख, 'दि कोर्स ऑफ माई लाइफ', दिल्ली, 1974 पृष्ठ 209।
- "अगर एक निराशावादी भी है...." हालदेन द्वारा उद्धृत एस. गोपाल (1979), खंड 2, वही, पृष्ठ 305-6।
- "सहमति पर समाजवादी क्रान्ति..." ताया जिंकिन 'नेहरूइज्म : इंडियाज

रिवोल्यूशन विदआउट फियर, पैसिफिक अफ्येर्स, सितम्बर 1955, एस. गोपाल (1979), उपरोक्त, पृष्ठ 307।

- "...बौद्धिक संयुक्त सन्धि... " संजय बारू, पैरामिड शिफ्ट : दि इंडियन एक्सपीरियंस', इंडिया टुडे, 15 अगस्त 1997, पृष्ठ 70।
- "समाजवाद की स्थापना..." इंडियन नेशनल कांग्रेस (भारतीय राष्ट्रीय कांग्रेस), कांग्रेस बुलेटिन, जनवरी, 1955।
- "इस्पात के उत्पादन..." वेद मेहता (1993), वही, पृष्ठ 287।
- "1950 के दशक में उस समय..." सी. एन. वकील और पी. आर. ब्रह्मानन्द 'प्लानिंग फॉर एन एक्सपैंडिंग इकोनॉमी', वोरा एंड कं., बम्बई, 1956। मैं मेघनाद देसाई का कृतज्ञ हूं जिन्होंने हमें वैकल्पिक दृष्टि के विषय में याद दिलाया। देखें, मेघनाद देसाई, 'डेवेलपमेंट परस्पेक्टिव्स : वाज देयर एन अल्टर्नेटिव टू महालानोबिस', आहलुवालिया आदि 'इंडिया'स इकोनॉमिक रिफॉर्म्स एंड डेवेलपमेंट', ऑक्सफोर्ड यूनिवर्सिटी प्रेस, दिल्ली, 1988, पृष्ठ 40-47।
- "विशाल मकानों ने यह महसूस किया..." जे. भगवती और पी. देसाई, 'प्लानिंग फॉर इंडस्ट्रीलाइजेशन', ऑक्सफोर्ड यूनिवर्सिटी प्रेस, लन्दन, 1970, 270। आंकड़े मोनोपालीज़ इनक्वायरी कमीशन रिपोर्ट (1965) और आर. के. हजारी की कटु समीक्षा, 'इंडस्ट्रीयल प्लानिंग पॉलिसी', योजना आयोग, भारत सरकार 1967, से जिन्होंने इस व्यवहार के समर्थन में कई आंकड़े पेश किए हैं।
- "नियन्त्रणों को स्वीकार करना..." डी. त्रिपाठी (सम्पादक), 'स्टेट एंड बिजनेस इन इंडिया : ए हिस्टोरिकल परस्पेक्टिव'; आई. जी. पटेल, 'फ्री इंटरप्राइज इन दि नेहरू इरा', नई दिल्ली, 1987, पृष्ठ 351।
- "पश्चद्दष्टि के फायदों से..." बी. के. नेहरू, 'नाइस गायज फिनिश सेकेंड', वाइकिंग, नई दिल्ली, 1997, पृष्ठ 270-271।
- "राज्य के उद्यमों पर बृहत जोर..." आर. थिरूमलाई, 'टी. टी. के. : दि ग्रेट इनोवेटर', मद्रास, 1998, पृष्ठ 38-39।
- "एक उद्यमी ..." उपरोक्त, पृष्ठ 57।
- "बल्कि वह कमजोर और खोखला सरकंडा ..." आई. जी. पटेल, 'दि सोशलिस्ट लीगेसी', इकोनॉमिक वीकली, खंड 16, विशेष संख्या, जुलाई 1964, पृष्ठ 1219-25।

भाग दो

लुप्त पीढ़ी (1966-1991)

8. बाजार शक्ति

- “एडमोंड एंड जूलेस डि गॉनकोर्ट, जनरल, जुलाई 1864।
- “सालों बाद मुझे एहसास हुआ..", इस अध्याय के कुछ विचार मुख्यतः मेरे लेख, ‘लोकल मेमोरेज ऑफ ए ग्लोबल मैनेजर, हार्वर्ड बिजनेस रिव्यू, मार्च-अप्रैल 1993। और विभिन्न संग्रहों में भी प्रकाशित, जैसे, क्रिस्टोफर बर्टलेट और सुमान्त्रा घोषाल द्वारा सम्पादित ‘ट्रांसनेशनल मैनेजमेंट’, इरविन, बोस्टन, 1995, पृष्ठ 768-76।

9. लरमा रोजो. और ताइचिंग निवासी नं. 1

- “वहां जीवन है...” चार्ल्स डडली वॉर्नर, ‘प्रीलिमिनरी’, ‘माय समर इन गार्डन’ (1871)।
- “मार्क्स भी, काफी विलक्षणता से...” ‘भारतीय ग्रामीण के एक स्वतन्त्र इकाई के रूप में का विचार मार्क्स ने सर चार्ल्स मैटकॉफ से लिया था, जिसे इसने 1932 में प्रसिद्ध और प्रायः उद्धरणीय लेख में व्यक्त किया था, जब मार्क्स अभी एक लड़का ही था। विचार एक पुराण कथा में बदल गया था और राष्ट्रवादी आन्दोलन द्वारा अपने विशिष्ट कार्यों में लगा लिया गया। यह पुराण कथा निरन्तर बनी हुई है। बी. आर. अम्बेडकर ने इस पुराण कथा की संविधान सभा में निन्दा की थी, जब उसने पूछा था, ‘गांव क्या है? यह स्थानीयवाद का परनाला है, अज्ञानता, ओछापन और साम्यवाद की मांद है।’
- “ये व्याख्यात्मक ग्राम समुदायों...” डेनियल थॉर्नर, ‘द शेपिंग ऑफ मॉडर्न इंडिया’, ऐलाइड बम्बई, 1980, पृष्ठ 238।
- “आधुनिक उद्योग, परिणाम दे रहे हैं...” वही, पृष्ठ 358।
- “हमें क्रम से वापस होना चाहिए...” पेंडरल मून की ‘गांधी एंड मॉडर्न इंडिया’ में एम. के. गांधी ‘हिन्द स्वराज’, डब्ल्यू. डब्ल्यू. नॉर्टन एंड कम्पनी, न्यूयार्क, 1969, पृष्ठ 286-89।
- “हमें गर्व था कि...” उस नाटक के स्पष्ट विवरण के लिए जो कि नेहरू की मृत्यु

और शास्त्री के उद्गम के बाद हुआ। देखें माइकेल ब्रेचर, 'सक्सेशन इन : ए स्टडी इन डिसीजन मैकिंग, ऑक्सफोर्ड यूनिवर्सिटी प्रेस, लन्दन, 1966, विशेष रूप से अध्याय 3, पृष्ठ 32-69)।

- "1950 के दशक के अन्त में..." सेलिंग एस. हैरिसन, इंडिया : द मोस्ट डेंजरस डिकेड्स', प्रिंस्टन यूनिवर्सिटी प्रेस, प्रिंस्टन, 1960।
- "यह एक कष्टदायी विचार है कि..." नेहरू के अप्रकाशित पत्र, अगस्त 1957। माइकेल ब्रेचर में उद्धत (1966), वही, पृष्ठ 145।
- "जनता के प्रतिनिधियों..." बी. के. नेहरू, 'नाइस गाएज फिनिश सेकेंड', वाइकिंग, नई दिल्ली, 1997, पृष्ठ 431।
- "हमेशा की तरह, भारतीय थे..." एम. ब्रेचर (1966), वही, पृष्ठ 139-1501 "आप क्या कर रहे हैं, पिताजी.." बी. के. नेहरू (1997), वही, पृष्ठ 467। "हमें स्मरण करा रहा है..." वही, पृष्ठ 467।
- "वह तुम्हारा सुब्रह्मण्यम...' वही, पृष्ठ 470।
- "वह यह समझ गया था कि यदि प्रौद्योगिकी..." बी. एम. भाटिया, 'इंडियाज एग्रिकल्चरल परफॉरमेंस ग्रोथ अमिड्स्ट निग्लेक्ट', आर. ए. चौधरी आदि द्वारा सम्पादित, 'द इंडियन इकोनॉमी एंड इट्स परफॉरमेंस सींस इंडिपेंडेंस', ऑक्सफोर्ड यूनिवर्सिटी प्रेस, दिल्ली 1990, पृष्ठ 209।
- "वही लोग चिन्तित हैं कि एक प्रदेश..." वही, पृष्ठ 208।
- "वहां नए प्रमाण हैं कि..." सी. एन. हनुमन्था राव, 'एग्रिकल्चरल पॉलिसी एंड परफॉरमेंस, बिमल जालान द्वारा सम्पादित, 'द इंडियन इकोनॉमी : प्राब्लम्स एंड प्रास्पेक्ट्स' वाइकिंग, नई दिल्ली, 1992, पृष्ठ 121।
- "इसलिए, प्रादेशिक असमानताएं..." उपरोक्त।
- "गरीबों को लाभ हुआ है..." ए. वी. जोंस 'एग्रिकल्चरल वेजिस इन इंडिया', द इकोनोमिक एंड पॉलीटिकल वीकली, संख्या 6, 25 जून 1988, साथ ही देखें जी. एस. भल्ला और डी. एस. त्यागी, 'पैटर्न्स इन एग्रिकल्चरल डेवेलपमेंट, ए डिस्ट्रिक्ट लेवल स्टडी', दिल्ली, 1989।
- "उन्होंने आशा की थी..." हनुमन्था राव (1992), वही, पृष्ठ 128।
- "भारतीय कृषि के विकास करने का कार्य..." दीपक लाल, द हिन्दू इक्विलिब्रियम : कल्चरल स्टेबिलिटी एंड इकोनॉमिक स्टेगनेशन, इंडिया 1500 बी.सी.-1980 ए.डी.', थॉर्नर, वही, ऑक्सफोर्ड, 1984, पृष्ठ 282।

- "मेरे जीवन के लिए..." थॉर्नर, वही, पृष्ठ 225।
- मेंट करना बिरला ही था..." वही, पृष्ठ 232।
- "1947 के बाद के दशकों ने गवाही दी है..." वही, पृष्ठ 2451 "भूमि सुधार, जैसे कि..." वही, पृष्ठ 246।
- "उसने वर्णन किया है..." अशोक गुलाटी और अन्य, 'एक्सपोर्ट कम्पीटिटिवनेंस ऑफ सलेक्टिड एग्रीकल्चरल कमोडिटीस, नेशनल काउंसिल ऑफ एपलाइड इकोनॉमिक रिसर्च, नई दिल्ली, 1994, पृष्ठ 286-300।
- "उसने स्पष्टता से सिद्ध किया है..." अमर्त्य सेन और जीन ड्रेज, 'इंडिया इकोनॉमिक डेवेलपमेंट एंड सोशल ऑपोरच्युनिटी', ऑक्सफोर्ड यूनिवर्सिटी प्रेस, दिल्ली, 1995।

10. जाति

- "विश्व को अलग-अलग करना....." जॉन रसकिन, 'सिसैम एंड लिलिज', II 1869, पृष्ठ 150।
- "उदाहरण के लिए, बंगाल के तेल कोल्हू ...." एम. एन. श्रीनिवास, 'कास्ट इन मॉडर्न इंडिया एंड अदर एसेज' में 'वर्षा एंड कास्ट', एशिया पब्लिशिंग हाउस, लन्दन 1962, पृष्ठ 63-69।
- "गांवों में, मुसलमान और इसाइयों...." डेविड जी. मेनडेलबाम, 'सोसाइटी इन इंडिया', बम्बई, 1991, खंड 2, पृष्ठ 545-52।
- "एक मानव शरीर रचना शास्त्री ने वर्णन किया है...." जे. एम. हट्टन, 'कास्ट इन इंडिया', ऑक्सफोर्ड यूनिवर्सिटी प्रेस, लन्दन, 1963, चौथा संस्करण, पृष्ठ 11 "एक समूह का मानना ...." लुईस ड्यूमोंट, 'होमो हायरार्क्स : द कास्ट सिस्टम एंड इट्स इम्प्लीकेशंस', यूनिवर्सिटी ऑफ शिकागो प्रेस, शिकागो, 1980, पृष्ठ 191।
- "कुछ शैक्षिकों ने तर्क दिया है ...." उदाहरण के लिए देखें रोनाल्ड इंडेन, 'इमैजिनिंग इंडिया', बेसिल ब्लैकवेल, कैम्ब्रिज, 1990, पृष्ठ 31-32, 69।
- "हाल ही के वर्षों में, समाजशास्त्रियों ने....." जी. एस. धुरे, 'कास्ट क्लास एंड ऑक्युपेशन', पॉपुलर डिपो, बम्बई, 1961।
- "एन्द्रे बेटिली ने सिद्ध किया है....." एन्द्रे बेटिली, 'कास्ट, क्लास एंड पावर चेंजिंग पैटर्न्स ऑफ सोशल स्ट्रैटिफिकेशन इन ए तंजोर विलेज, कैलिफोर्निया यूनिवर्सिटी प्रेस, बरकली, 1965।

- "अन्य समाजशास्त्रियों ने तय किया है..." जे. लर्च, 'द मॉडर्नाइजेशन ऑफ रिलेशंस ऑफ डोमिनैंस बिट्वीन फार्मर्स एंड आर्टिसेंस ऑफ अर्बन फैमिलीज', सोशलोजिकल बुलेटिन 42 (1 और 2), मार्च-सितम्बर 1993, पृष्ठ 85 से 112। "एड्रियन मेयर ने अध्ययन किया है..." एड्रियन मेयर, 'कास्ट इन एन इंडियन विलेज', सी. जे. फुल्लर द्वारा सम्पादित 'कास्ट टूडे' में, आक्सफोर्ड प्रेस, दिल्ली, 1997, पृष्ठ 48-49।
- "वहां कम-से-कम दो सभ्यताएं..." मायरॉन वीनर, 'इंडिया : टू पॉलीटिकल कल्चर्स', 'लुसियन डब्ल्यू. पाइ एंड सिडनी वर्बा द्वारा सम्पादित 'पॉलीटिकल कल्चर एंड पॉलीटिकल डेवेलपमेंट' में, प्रिंस्टन यूनिवर्सिटी प्रेस, प्रिंस्टन, 1965, पृष्ठ 192-244।
- "मनुष्य आ रहा था..." नरेन्द्र पंजवानी, 'लीविंग विद् कैपिटेलिज्म : क्लास, कास्ट एंड पैटर्नलिज्म अमंग इंडस्ट्रीयल वर्कस इन बॉम्बे, कंट्रीब्यूशन टू इंडियन सोशियोलॉजी', 18 (2) 1984, पृष्ठ 267-92।
- "शिल्पकार जातियां प्रतीत होती थीं..." पृष्ठ 35, पाणिनी प्रमाण उपलब्ध करवाता है नवलखा (1989), जयारामन (1997), सागर जैन (1971), सुब्रह्मण्यम (1971), लैम्बर्ट (1963), पाणिणी (1993), होमस्ट्रोम (1976), पंजवानी (1984) के द्वारा किए गए कई अध्ययनों से खुला प्रवेश समानता संरक्षित नहीं करता है–यह एक दुर्भाग्यपूर्ण सत्य है, कम-से-कम लम्बे समय से लिए नहीं। स्पर्धात्मक परीक्षाएं उन्हीं की ही सहायता करती हैं जो कि पहले से ही लाभान्वित हैं।
- "विशेष रूप से जाति महत्त्वपूर्ण है..." मार्क होमस्ट्रोम, 'इंडस्ट्री एंड इनइक्वेलिटी : द सोशल ऐन्थ्रोपोलॉजी ऑफ इंडियन लेबर, एलाइड पब्लिशर्स, बम्बई, 1985, पृष्ठ 247।
- "वे अब प्रतियोगिता में हैं..." ई. आर लीच द्वारा सम्पादित 'आस्पेक्ट्स ऑफ कास्ट इन साउथ इंडिया, सीलोन एंड नार्थ वेस्ट पाकिस्तान, कैम्ब्रिज यूनिवर्सिटी प्रेस, 1966, पृष्ठ 67, साथ ही देखें एफ. जी. बेली, 'कास्ट एंड द इकोनॉमिक फ्रंटियर : ए विलेज इन हाईलैंड उड़िसा', मैनचेस्टर यूनिवर्सिटी प्रेस, 1957, पृष्ठ 224।
- "वी. एस. नायपॉल का कहना है..." इंडिया टूडे, 18 अगस्त 1997, पृष्ठ 37।
- "आधुनिक इंडस्ट्री... परिणत हो रहे हैं..." 'न्यूयार्क डेली ट्राइब्यून', न्यूयार्क, 8 अगस्त 1853।

- "भारत की जाति व्यवस्था ने निर्माण किया है..." मैक्स वेबर, 'रिलिजियन ऑफ इंडिया : द सोशियोलॉजी ऑफ हिन्दूइज्म एंड बुद्धिइज्म' हैंस एच. गर्थ एंड डॉन मारटिंडेल द्वारा सम्पादित, फ्री प्रेस, ग्लेनको, इलीनॉएस, 1958, पृष्ठ 38। "उसने पाया कि गांव था..." ऑस्कर लेविस, 'विलेज लाइफ इन नॉर्थ इंडिया', यूनिवर्सिटी ऑफ इलीनॉएस प्रेस, अरबाना, 1958, अध्याय 4।
- "एक दिन जाति...।" मैं इस विचार के लिए स्वर्गवासी एम. एन. श्रीनिवास का ऋणी हूं, भारतीय समाजशास्त्र का शलाका पुरुष, इंडिया इंटरनेशनल सेंटर पर एक व्याख्यान में, 21 सितम्बर 1999।

11. विश्वासघात

- "यद्यपि वे ... कि......" शेक्सपियर, 'सिम्बलाइन' (1609-10), 3.4.87।
- "मोरारजी को रोकने के लिए, सभा ने ...." मैं इन्दिरा गांधी के अनुक्रम के इस विवरण के लिए माइकल ब्रेचर की उच्चकोटि की पुस्तक, 'सक्सेशन इन इंडिया : ए स्टडी इन डिसीजन मेकिंग', ऑक्सफोर्ड यूनिवर्सिटी प्रेस, लन्दन, 1966, पृष्ठ 190-225 का ऋणी हूं।
- "बहुत वर्षों पश्चात एल. के. झा ने यह निश्चय किया..." एल. के. झा ने यह दिल्ली में लाला भरतराय के घर पर एकत्रित हुई सभा में, पुणे में उसकी मृत्यु से दस दिन पूर्व, बी. के. नेहरू के पुत्र अशोक नेहरू को बताया।
- "1966-1980" प्रभावशाली है.., वही, पृष्ठ 102।
- "इशर आहलुवालिया ने मूल्यांकन किया..." इशर जे. आहलुवालिया, 'इंडस्ट्रियल ग्रोथ इन इंडिया स्टेगनेशन सींस द मिड सिक्सटीज', ऑक्सफोर्ड यूनिवर्सिटी प्रेस, दिल्ली, 1985।
- "इन हानियों के भुगतान के लिए..." वी. एम. दांडेकर, बिमल जालान, 'फोर्टी ईयरस आफ्टर इंडिपेंडेंस, द इंडियन इकोनॉमी वाइकिंग, नई दिल्ली, 1992, पृष्ठ 59, सारणी 9।
- "1990 तक बैंकों के सकल लाभो..." वही, पृष्ठ 149।
- "राकेश मोहन ने सुरक्षित रूप से मूल्यांकन किया है..." राकेश मोहन, 'इंडस्ट्रियल पोलिसी एंड कंट्रोल्स', बिमल जालान सम्पादित 'द इंडियन इकोनॉमी', वाइकिंग नई दिल्ली, 1992 पृष्ठ 107।

- "वास्तविक शुल्क एकत्रित चले गए..." राकेश मोहन (1992), वही, पृष्ठ 109, विशेष रूप से देखें सूची 8।
- "तथापि हम भुगतान समस्याओं के सन्तुलन में थे", वही, पृष्ठ 108।
- "इन असाधारण त्रुटियों के बावजूद .." केन्द्रीय संगठन भारत सरकार, स्थिर मूल्यों पर, वही, पृष्ठ 101, सूची 2।
- "भारत बुरी दशावालों के मध्य था.." वही, पृष्ठ 108, हालांकि वह विवरण के नाम की चर्चा करने की उपेक्षा करता है।
- "श्रीमती गांधी के सत्ता में वापस आने के बाद..." मैं आई. जी. पटेल की जीवन चर्चा के इस विवरण के लिए अशोक देसाई के स्तम्भ 'द फ्यूचर ऑफ द गवर्नमेंट, बिजनेस वर्ल्ड', 7-21 दिसम्बर, 1998 का ऋणी हूं।
- "बैंक धरोहरें ऊपर चढ़ गईं..." सी. रंगराजन और नरेन्द्र यादव, 'इश्यूज इन फाइनैंशियल सेक्टर रिफोर्म, बिमल जालान सं. द इंडियन इकोनॉमी', वाइकिंग, नई दिल्ली, 1992, पृष्ठ 147।
- "वह इच्छुक नहीं है...." आर. एम. लाला, 'बीयोंड द लास्ट ब्लु माउंटेन : ए लाइफ ऑफ जे. आर. डी. टाटा, पेंगुइन बुक्स, नई दिल्ली, 1993, पृष्ठ 274।
- "मुझे विश्वास आ गया है कि मुख्य कारण..." जे. आर. डी. टाटा, 'कीनोट', टाटा प्रेस, बम्बई, 1986, पृष्ठ 391

12. मारवाड़ी

- "इससे कोई फर्क नहीं पड़ता कि कौन..." हेनरी वार्ड बीचर, 'प्रोवर्ब्स फ्रोम ए प्लाइमाउथ पल्पिट' (1887)।
- "क्रम से वे उद्योग की ओर मुड़े..." भारत सरकार, 'मोनोपोलीज इन्क्वायरी कमीशन रिपोर्ट, नई दिल्ली, 1965, पृष्ठ 119-121।
- "आठ मारवाड़ी थे..." भारत के पचास व्यापारी परिवार, 'बिजनेस टुडे', 22 अगस्त 1997, पृष्ठ 218।
- "उसी प्रकार से, समकालीन पाकिस्तान में..." हना पापानेक, 'पाकिस्तान'स न्यु इंडस्ट्रियलिस्ट एंड बिजनेसमैन', मिल्टन सिनगर, 'एंटरप्रेनरशिप एंड मॉडर्नाइजेशन ऑफ ऑक्युपेशनल कल्चरस इन साउथ एशिया, दुरहैम, 1973।

- “उन्नीसवीं शताब्दी के अन्तिम आधे भाग में...” उन्नीसवीं शताब्दी में बम्बई के महान बनकर आर्कषण थे: पतित, वाडिया, और टाटा (पारसी), करिमभॉय (खोजा), सासून (बगदादी यहूदी), खेतान, गोकुलदास, थाकरसेस (कच्छ से भाटिया) अहमदाबाद में जैन बनिये नेता थे–साराभाई और लालभाई जो कि प्रसिद्ध खजांची थे (हालांकि नगर ब्राह्मणों ने प्रथम मिलें स्थापित की थीं।) रजत रे, ‘एंटरप्रेनरशिप एंड इंडस्ट्री इन इंडिया 1800-1947’, ऑक्सफोर्ड यूनिवर्सिटी प्रेस, नई दिल्ली; पृष्ठ 42-44, अन्य प्रसिद्ध वाणिज्य सम्बन्धी समुदाय थे, उत्तर में गुप्ता और अग्रवाल, तथा दक्षिण में चैतियार।
- “बैंकरों में से...", “जेम्स रोड एनाल्स एंड एंटिक्विटीस ऑफ राजस्थान, 1829-32 खंड 2, पृष्ठ 166; टॉम टिम्बर्ग, ‘द मारवारीज’, विकास, नई दिल्ली, 1978, पृष्ठ 4 भी देखें।
- “उदाहरण के लिए भगोती राम पौद्दार...” वही, पृष्ठ 128।
- “दिल्ली कलकत्ता रेलवे का आगमन...” वही, पृष्ठ 51।
- “प्रथम विश्व युद्ध के दौरान...” वही, पृष्ठ 66।
- “बिड़ला का दादा, शिव नारायण...” वही, पृष्ठ 5।
- “जब मारवाड़ियों को पैसे की जरूरत थी...” वही, पृष्ठ 6।
- “उसी समय पर...” ओमकार गोस्वामी, ‘साहिब्स, बाबूज, एंड बनियाज’, रजत रे (स.) ‘एंटरप्रेनरशिप एंड इंडस्ट्री इन इंडिया, 1800-1947’, ऑक्सफोर्ड यूनिवर्सिटी प्रेस, दिल्ली, पृष्ठ 233 का परिचय भी देखें, पृष्ठ 52।
- “कुछ वास्तव में सृजन करो...” मिनहाज मर्चेंट, ‘आदित्य विक्रम बिड़ला : ए बायोग्राफी, वाइकिंग, नई दिल्ली, 1997, पृष्ठ 105।
- “यह अनुमति सिर्फ एक भाग है...” वही, पृष्ठ 257।
- “जब 1995 में अचानक उसकी मृत्यु हुई...” वही, पृष्ठ 257।
- “मानव फैक्टरी निर्माण करने की फैक्टरी...” गीता पीरामल, ‘बिजनेस महाराजास’, वाइकिंग, नई दिल्ली, 1996, पृष्ठ 153।
- “अन्ततः ठोस मत के बाद...", ‘मिनहाज मर्चेंट’, पृष्ठ 220।
- “केवल शाकाहारी भोजन ही खाओ...” गीता पीरामल, ‘बिजनेस महाराजास’, वाइकिंग, नई दिल्ली, वही, पृष्ठ 208।

13. कबूतरखाने में सपने

- यह अध्याय आंशिक रूप से आधारित है 1996 में बम्बई में अनिल अम्बानी के साथ लम्बे साक्षात्कार पर।
- "व्यापार में साहस..." थॉमस फुल्लर, एम. डी., 'ग्नोमोलोगिया', 1732, 1006।" अन्य व्यापारियों की तरह..." अनिल अम्बानी के साथ साक्षात्कार, 1996।" धीरूभाई को 'जीरो क्लब' से सम्बन्धित होने पर गर्व है..." यह अभिव्यंजना है उद्दयन बोस की, क्रैडिट कैपिटल के मैनेजिंग डायरेक्टर पीरामल में उद्धृत, 1996 पृष्ठ 17।
- "हमारे देश में यह होगा..." वही, पृष्ठ 41।
- "इस प्रकार की कुशलताओं के परिणामस्वरूप..." सुमान्त्रा घोषाल, लन्दन बिजनेस स्कूल में प्रोफेसर, जिसने रिलायंस पर केस स्टडी तैयार की। पीरामल में उद्धृत, 1996, पृष्ठ 461

14. लाइसेंस राज

- "नियमन की कोई भी पद्धति..." लुईस ब्रांडीस (1856-1914) अमेरिकी सुप्रीम कोर्ट के जज।
- "लाल बलुआ पत्थर के दीर्घकाम वृक्षों के बीच के दृश्य..." एन्द्रे माल्रॉक्स 'एंटीमेमोरिस', हमीश हैमिल्टन, लन्दन, 1968, पृष्ठ 1321

भाग तीन

सपनों का पुर्नजन्म (1991-1999)

- "एक राष्ट्र का चरित्र....." मैडेम डि स्टेल, 'डिला लिटरेचर', 18001

1991 का सुनहरा ग्रीष्म

- "सभी सुधारों..." जॉर्ज मूर, 'द बेंडिंग ऑफ बग', 1900, पृष्ठ 1।

यह अध्याय आधारित है उन लम्बे साक्षात्कारों की श्रृंखला पर जो कि लेखक ने पूरे 1999 में सुधार नाटक के अभिनेताओं के साथ किए : पी. वी. नरसिंह राव, मनमोहन सिंह, पी. चिदम्बरम, मोंटेक सिंह आहलुवालिया, ए. एन. वर्मा, अशोक देसाई, राकेश मोहन, और दीपक नैय्यर। इसे अनुपूरित किया

गया अर्थशास्त्री अर्जुन सेन गुप्ता, सम्पादक टी. एन. निज्जन, और जानकी कठपालिया के साथ की गई चर्चाओं के द्वारा जो कि उस समय वित्त मन्त्रालय में थे।

17. नया पैसा

- इस अध्याय की स्रोत सामग्री लेखक की उद्योगपतियों से निजी बैठकों और परस्पर विचार-विमर्श का परिणाम है जो कि 1995-1999 के मूल पाठ में प्रमाणित है।

18. पुराना पैसा

- "अवनति के बीच का अन्तराल...." जॉन सी. कालहॉन, 'ए डिसक्विजिशन ऑन गवर्नमेंट', 1850।
  इस अध्याय की स्रोत सामग्री लेखक की उद्योगपतियों के साथ निजी बैठकों और परस्पर विचार-विमर्श का परिणाम है जो कि 1995-1999 के मूल पाठ में प्रमाणित है।
- "किसी हद तक भारतीय समाज की योग्यता पर निर्भर करता है..." फ्रांसिस फुकुयामा के अनुसार, शक्तिशाली राजनीतिक केन्द्रीयकरण के दौरान सामाजिक पूंजी क्षय हो जाती है। वह यह उदाहरण देकर समझाता है कि फ्रांसीसी निरपेक्षवाद। के दौरान फ्रांसीसी शिल्प संघ के कमजोर होने के द्वारा यह भारत के लिए एक महत्त्वपूर्ण सीख है जो कि शक्तिशाली औपनिवेशिक शासन के सौ वर्ष के बाद केन्द्रीयकरण के पचास वर्षों से बाहर आ रहा है। भारतीयों को अपने नागरिक समाज के पुनर्निर्माण और संस्था की कलाओं को मुक्त करने में समय लगेगा। उदाहरण के लिए, हमारे चैम्बर ऑफ कॉमर्स को सरकार के साथ अपने व्यवहार में चापलूसी की आदत को छोड़ना होगा। वामपन्थी यह गलत सोचते हैं कि राज्य अर्थपूर्ण सामाजिक भाईचारे को साकार कर सकते हैं या बढ़ावा दे सकते हैं। स्वेच्छा-तन्त्रवादी कट्टरपन्थी, अपनी मांग के लिए यह सोचने में गलत हैं कि एक बार जब राज्य समीकरण में से घटा दिए जाएंगे तो शक्तिशाली सामाजिक ढांचे स्वतः ही पुनः उत्पन्न हो पाएंगे। नागरिक समाज की नैतिकता और इसकी माध्यमिक संस्थाएं गैर–विवेकी कारकों जैसे कि संस्कृति, धर्म, परम्परा और अन्य परम आधुनिक स्रोत आधुनिक समाजों की भूमंडलीय अर्थव्यवस्था की सफलता में मुख्य होंगे।

फ्रांसिस फुकुयामा, ट्रस्ट द सोशल वर्चुअस एंड दि क्रिएशन ऑफ प्रोसपेरिटी' फ्री प्रेस पेपरबैक्स, न्यूयार्क 1995, पृष्ठ 3।

- "पालनपुरी जैन एक उदाहरण है..." जॉल कोटकिन, 'ट्राइब्स : हॉओ रेस, रिलीज़न एंड आइडेंटिटी डिटरमाइन सक्सेस इन दि न्यू ग्लोबल इकोनॉमी', रैंडम हाउस, न्यूयार्क, 1993, पृष्ठ 2061

19. उदय और मध्यम वर्ग का उदय

- "अति श्रेष्ठ...." अरस्तु, 'पॉलिटिक्स', 322 ई. पू.।

20. आधुनिक बनाम पाश्चात्य

- "यह केवल आधुनिक है..." ऑस्कर वाइल्ड, 'द डिके ऑफ लाईंग', 'इटेंशंस' 1891।
- "उसकी परिष्कृत आत्मकथा...", जवाहरलाल नेहरू, 'एन आटोबायोग्राफी', ऑक्सफोर्ड यूनिवर्सिटी प्रेस, नई दिल्ली, 1980।
- "एक तीसरा मार्ग, जो कि..." आर. के. करोजिया, 'दि माइंड ऑफ मिस्टर नेहरू : एन इंटरव्यू, लन्दन 1960, पृष्ठ 100-1, फ्रैंसीन फ्रैंकेल में उद्धृत, 'इंडियास पॉलीटिकल इकोनॉमी', 1947-77, प्रिंस्टन यूनिवर्सिटी प्रेस, प्रिंस्टन, 1978, पृष्ठ 3।
- "साधारण की ओर उसका ध्यान..." माइकेल ब्रेचर, 'नेहरू : ए पॉलीटिकल बायोग्राफी', ऑक्सफोर्ड यूनिवर्सिटी प्रेस, लन्दन, 1959, पृष्ठ 18।
- "पहली चीज जिसके बारे में मैं लिखना चाहता हूं..." नेहरू को गांधी के पत्र दिनांक 5 अक्टूबर 1945 डी. जी. तेन्दुलकर की आठ भागोंवाली जीवनी के परिशिष्ट में, 'महात्मा : द लाइफ ऑफ मोहनदास करमचन्द गांधी, प्रकाशन विभाग, भारत सरकार, दिल्ली, 1951।
- "अत्यधिक पारम्परिक और अत्यधिक आधुनिक...", आर्थर कोएस्लर, 'द लोटस एंड द रोबोट', मैकमिलन न्यूयार्क, 1961, पृष्ठ 280।
- "राबर्ट बेलाह, एक विद्यार्थी..." रॉबर्ट बेलाह, 'तोकुगावा रिलिजियन', द फ्री प्रेस, ग्लैंको, इलीनॉयस, 1957।
- "वेबर ने सुझाया है...", मैक्स वेबर, द प्रोटेस्टेंट एथिनिक एंड द स्पिरिट ऑफ कैपिटैलिज्म', चार्ल्स स्क्रीबनर'स संस, न्यूयार्क, 1958।
- "डेविड वॉशबुक एक इतिहासकार...", डेविड वॉशब्रुक, 'फ्रॉम कम्पेरेटिव

सोशियोलॉजी टू ग्लोबल हिस्ट्री : ब्रिटेन एंड इंडिया इन द प्रीहिस्ट्री ऑफ मॉडर्निटी', 'जनरल ऑफ ईस्ट एंड साउथ ईस्ट एशियन हिस्ट्री, 40:4, 1997 पृष्ठ 401।

- "जैसे बौद्ध धर्म पार करना है..." यह उपप्रमेय दस वर्ष पूर्व, पीटर बर्जर, बॉस्टन यूनिवर्सिटी में धर्म और समाजशास्त्र के प्रोफेसर द्वारा प्रस्तुत की गई। उसी दौरान प्रोफेसर बर्जर ने यह भी सुझाया था कि पूर्वी एशिया की सफलता की जड़ें महान धार्मिक परम्पराओं की बजाय सुदूर पूर्व के लोक धर्मों में निहित है।
- "बुद्ध का वास्तविक शरीर..." एम्ब्रोस वाई. सी. किंग, द ट्रांसफॉर्मेशन ऑफ कनफ्यूशियनिज्म इन द पोस्ट कनफ्यूशियन, 'ईरा : दि इमरजेंस ऑफ रैशनेलिस्टिक ट्रेडिशनेलिज्म इन हांगकांग, टू वी मिंग, 'दि ट्रायडिक कॉर्ड : कनफ्यूशियन एथिक्स', इंडस्ट्रियल ईस्ट एशिया' एंड मैक्स वेबर, पृष्ठ 205।
- "चीन की संस्कृति और धर्म..." मैक्स वेबर, 'द रिलिजियन ऑफ चाइना', द फ्री प्रेस, ग्लैंको, इलीनॉयस, 1951, पृष्ठ 151।
- "इसमें कोई अन्तर नहीं है..." रॉड मैकफारक्यूहर : उद्धृत किया गया है नाथन ग्लेजार द्वारा, 'डिफ्यूजन ऑफ वैल्यूज एंड द पैसीफिक रिम', जॉन डी, मॉन्टगोमेरी सम्पादित 'वैल्यूज इन एडूकेशन : सोशल कैपिटल फॉर्मेशन इन एशिया एंड द पैसीफिक', होलिस पब्लिशिंग कम्पनी, होलिस एन. एच. 1997, पृष्ठ 58।

21. अन्तर्द्वन्द्व : स्पर्धा और जंग

- "असफलता नहीं बल्कि ....." जैम्स रसल लॉवेल (1819-1891), काव्य का प्रोफेसर, हार्वर्ड यूनिवर्सिटी।

22. निष्कर्ष : ज्ञान ही सम्पति है

- "ज्ञान का बेड़ा..." भगवद्गीता, 4 अनुवाद : पी. लाल।
- "भारत खड़ा है नई देहरी पर..." 'द इकोनॉमिस्ट', 16 अगस्त 1997, पृष्ठ 9।
- "उनके सामाजिक ढांचों के अनुरूप... " पॉल कैनेडी, 'प्रिपैरिंग फॉर द ट्वेंटी फर्स्ट सेंचुरी', रैंडम हाउस, न्यूयार्क, 1993, पृष्ठ 182-83।
- "मिलिनियम पर..." जब पैंगुइन बुक्स ने यह प्रस्तावित किया कि मैं समकालिन भारत पर एक पुस्तक लिखूं, तो इसने यह सिफारिश की कि मैं फेलिप फर्नांडिज आर्मेस्टो की 'मिलिनियम' पढ़ें। आज्ञाकारिता से, अगले ही दिन मैं गया और

एक प्रति खरीद लाया। मैं यह जानकर स्तब्ध रह गया कि इसमें पिछले हजार वर्षों के इतिहास में भारत पर कोई भी अध्याय नहीं था। धीरे-धीरे मैं यह समझ गया कि फर्नांडिज आर्मेस्टो ने चूक की। भारत के पास मिलिनियम की सिंड्रेला सभ्यता है : सुन्दर, प्रतिभाशाली, महानता के लिए नियत, परन्तु इस्लाम और ईसाई जगत की उन प्रभावी बहनों द्वारा सीढ़ियों को हटा दिया गया। दूसरी तरफ, उसने जोड़ा है कि एक हमारे युग के प्रथम मिलिनियम के इतिहास को भारत को विशाल महत्त्व देना होगा। इस पूरे उप-महाद्वीप में यह एक अकेली सभ्यता रहती है, सामान्य संस्कृति के घटकों को अपनाए हुए, भौगोलिक सीमाओं के साथ लेकिन इसने जो उपलब्धियां कला, विज्ञान, दर्शनशास्त्र के साहित्य में उत्पन्न कीं वे थी चीन और इस्लाम से निर्यातित, स्वाभाविक प्रभाव के साथ, और यह एक विस्तार कर रही सभ्यता थी, दक्षिण पूर्वी एशिया में अपने औपनिवेशिक नए विश्व का निर्माण करती हुई। अब विस्मय के साथ, शताब्दी के बदलने के समय, यह प्रेरणा सूखती हुई प्रतीत हुई, दृष्टिकोण अर्न्तमुखी हो गया, और सम्बद्धता भंग हो गई।' फेलिप फर्नांडिज आर्मेस्टो 'मिलिनियम', ब्लैक इवैन बुक्स, लन्दन, 1996, पृष्ठ 105।

सैच के दल ही की आनुभाविक अध्ययनों...." जैफरी डी सैश और एंड्रयू वॉर्नर, 'इकोनॉमिक रिफॉर्मस एंड द प्रोसेस आफ ग्लोबल इंटीग्रेशन, ब्रूकिंग्स पेपर्स ऑन इकोनॉमिक एक्टीविटी, 1: 1995, पृष्ठ 1-118।

- "इसलिए, गरीब देश भी तीव्र विकास की ओर उन्मुख हैं...." सैश के साथ, बेन डेविड की, 'इक्वैलाइसिंग एक्सचेंज ट्रेड लिब्रेलाइजेशन एंड इनकम कनर्वेजंस', 'क्वाटरली जरनल ऑफ इकोनॉमिक्स', खंड 108, अगस्त 1993, पृष्ठ 653-679 भी देखें।
- "इस सुखद भविष्य को क्या रोक सकता है....." पिछले दो दशकों के दौरान का विश्वव्यापी अनुभव हमें यह शिक्षा देता है कि बाजार कार्य नहीं करते हैं या वे अच्छे संस्थानों की अनुपस्थिति में विकृत परिणाम उत्पन्न करते हैं। भारत में हमें कानून अपने स्थान पर प्रतीत होते हैं परन्तु हम उन्हें कार्यान्वित करने में कमजोर हैं। देखें जस्टिन लिन और जैफरी नुगेंट, 'इंस्टिट्यूशंस एंड इकोनॉमिक डेवेलपमेंट', जे. बेहरमैन और टी. एन. श्रीनिवासन, 'हैंडबुक ऑफ इकोनॉमिक डेवेलपमेंट' में भाग 3 ए, उत्तरी हॉलैंड, एम्मट्रडैम 19951
- यह संस्थानों और आर्थिक विकास पर विशाल साहित्य का उत्कृष्ट पुनरावलोकन

उपलब्ध करवाता है। समाज आधारित संरचना में रॉबर्ट हॉल और चार्ल्स जोंस अन्तर्दृष्टियां प्रस्तुत करते हैं कि क्यों कुछ देश अन्य देशों की अपेक्षा अत्यधिक उपज उत्पन्न करते हैं? 'क्वाटरली जरनल ऑफ इकोनॉमिक्स', फरवरी 1999, 144 (1), पृष्ठ 83-116। नौकरशाही गुणवत्ता और सामाजिक पूंजी पर, स्टीफेन नैक और फिलिप कीफर, देखें, 'इंस्टिट्यूशनंस एंड इकोनॉमिक परफॉर्मेंस', 'इकोनॉमिक्स एंड पॉलीटिक्स', नवम्बर 1995, पृष्ठ 207-228।

- "एशियाई मूल्यों की सभी सफल बातों के साथ..." बैरी बुजान और जिराल्ड सीगल, फॉरगेट द वेस्ट वर्सिस द रेस्ट-वेल्कम टू दि वेस्टर्निस्टिक ईरा, आर. जी. आई. सी. एस. वर्किंग पेपर श्रृंखला 3, 1999, राजीव गांधी इंस्टिट्यूट फॉर कटेम्पोरैरी स्टडीज, नई दिल्ली।